GOLDMANN

Buch

Ann Campbell, junge Offizierin und Tochter eines hochdekorierten Generals, wird unter mysteriösen Umständen ermordet aufgefunden. Für Paul Brenner, Sonderermittler des militärischen Geheimdienstes, und seine attraktive Kollegin Cynthia Sunhill ein Fall, bei dem sie sich womöglich mehr als nur die Finger verbrennen werden. Denn was auf den ersten Blick nach einem Sexualverbrechen aussieht, entpuppt sich schon bald als eine raffinierte Inszenierung, bei der die Ermordete offenbar selbst die Fäden gezogen hat. Und je tiefer Paul Brenner und Cynthia Sunhill bei ihren Nachforschungen in die Abgründe der Tat vorstoßen, desto mehr bekommen sie zu spüren, daß ihre Schnüffeleien bei der feinen Gesellschaft des Ortes alles andere als willkommen sind.

Mit seinem neuen, perfekt in Szene gesetzten Thriller, der Klischees und vordergründige Action bewußt meidet, erweist sich Nelson DeMille einmal mehr als Meister seines Fachs – als ein Autor nämlich, dem es um mehr geht als bloßen Nervenkitzel. Wie kaum ein anderer weiß DeMille eine perfekt vernetzte Handlung mit geistreich-ironischen Dialogen und einer hellsichtigen Analyse der Untiefen und Schattenseiten unserer vermeintlich so zivilisierten und fortschrittlichen Welt zu verbinden.

Autor

Nelson DeMille wurde 1943 in New York geboren. Er promovierte an der Hofstra University, New York, in Staatswissenschaft und Geschichte. 1967 mußte er sein Studium unterbrechen und in Vietnam seinen Militärdienst ableisten. Nach der Rückkehr aus Südostasien begann er zu schreiben. Der durchschlagende Erfolg gelang ihm 1980 mit *An den Wassern von Babylon.* Seither gilt DeMille, dessen Bücher weltweit in Millionenauflage verbreitet sind, als einer der profiliertesten Autoren spannender Unterhaltung.

Im Goldmann Taschenbuch
liegen bereits folgende Titel vor:

An den Wassern von Babylon (9647)
Das Ehrenwort (9425)
Die Kathedrale (6795)
In den Wäldern von Borodino (9756)
In der Kälte der Nacht (41348)
Wolfsbrut (8574)

NELSON DEMILLE

DIE TOCHTER DES GENERALS

ROMAN

Aus dem Amerikanischen von Wulf Bergner

GOLDMANN VERLAG

Die amerikanische Originalausgabe erschien 1992 unter dem Titel
»The General's Daughter« bei Warner Books, Inc., New York

Umwelthinweis:
Alle bedruckten Materialien dieses Taschenbuches
sind chlorfrei und umweltschonend.
Das Papier enthält bereits Recycling-Anteile.

Der Goldmann Verlag
ist ein Unternehmen der Verlagsgruppe Bertelsmann

Vollständige Taschenbuchausgabe Januar 1995

Umschlaggestaltung: Design Team München
Umschlagfoto: Frank Schott, Köln
Druck: Elsnerdruck, Berlin
Verlagsnummer: 42812
SK · Herstellung: Ludwig Weidenbeck
Made in Germany
ISBN 3-442-42812-2

3 5 7 9 10 8 6 4 2

Für
Mom und Dad,
Dennis und Lillian,
Lance und Joanie

Wofür die Gestorbenen keine Worte
  fanden, solange sie lebten,
Das können sie dir sagen, da sie tot
  sind: Die Toten sprechen
Mit feurigen Zungen jenseits der
  Lebenden Sprache.

T. S. Eliot
Four Quartets. Little Gidding

KAPITEL EINS

»Ist hier noch frei?« fragte ich die attraktive junge Frau, die allein an einem Tisch in der Salonbar saß.

Sie blickte von ihrer Zeitung auf, ohne zu antworten.

Ich setzte mich ihr gegenüber an das Cocktailtischchen und stellte mein Bier ab. Sie konzentrierte sich wieder auf ihre Zeitung und nahm einen kleinen Schluck von ihrem Drink: Bourbon mit Coke. »Kommen Sie oft hierher?« fragte ich.

»Hau ab!«

»Welches Tierkreiszeichen haben Sie?«

»Verschwinde!«

»Kennen wir uns nicht von irgendwoher?«

»Nein.«

»Doch – aus dem NATO-Hauptquartier in Brüssel. Wir haben uns auf einer Cocktailparty kennengelernt.«

»Schon möglich«, gab sie zu. »Du hast dich besoffen und in die Bowlenterrine gekotzt.«

»Die Welt ist klein«, sagte ich. Cynthia Sunhill, der ich jetzt gegenübersaß, war mehr als nur eine flüchtige Bekanntschaft. Tatsächlich hatten wir mal was miteinander gehabt, wie man so sagt. Offenbar zog sie es vor, sich kaum noch daran zu erinnern. »*Du* hast gekotzt«, stellte ich fest. »Ich hab' dich gewarnt, daß Bourbon und Coke nicht gut für deinen Magen sind.«

»*Du* bist nicht gut für meinen Magen.«

Man hätte glauben können, ich hätte ihr den Laufpaß gegeben. Dabei war es genau umgekehrt gewesen.

Wir saßen in der Salonbar im Officers' Club in Fort Hadley, Georgia. Es war Happy Hour, und alle übrigen Gäste wirkten happy – nur wir zwei nicht. Ich trug einen blauen Anzug, sie ein hübsches Strickkleid in Pink, das ihre Sonnenbräune, ihr kastanienbraunes Haar, die haselnußbraunen Augen und ihre sehenswerte Figur betonte. »Bist du dienstlich hier?« erkundigte ich mich.

»Darüber darf ich nicht sprechen.«

»Wo wohnst du?«

Keine Antwort.

»Wie lange bleibst du hier?«

Sie konzentrierte sich wieder auf ihre Zeitung.

»Hast du den Kerl geheiratet, mit dem du nebenbei was gehabt hast?« fragte ich.

Sie ließ die Zeitung sinken und sah mich an. »Ich hab' nebenbei was mit *dir* gehabt. Mit ihm war ich *verlobt.*«

»Richtig. Noch immer verlobt?«

»Geht dich nichts an«, wehrte sie ab und versteckte sich wieder hinter ihrer Zeitung.

Ich sah keinen Verlobungs- oder Ehering, aber in unserer Branche besagte das nicht sonderlich viel, wie ich aus Brüssel wußte.

Cynthia Sunhill war übrigens Ende Zwanzig, und ich bin Anfang Vierzig, so daß uns keine Mai-November-Romanze verbunden hatte. Eher Mai-September. Vielleicht August.

Sie hatte ein Jahr lang gedauert, als wir beide in Europa waren, während ihr Verlobter, ein Major der Special Forces, in Panama stationiert war. Das Militärleben belastet Beziehungen aller Art, und die Verteidigung der westlichen Zivilisation macht die Leute ein wenig fickrig.

Cynthia und ich hatten uns vor etwas über einem Jahr unter ziemlich unerfreulichen Umständen getrennt. Offenbar waren wir beide noch nicht darüber hinweg: Ich war noch verletzt, und sie war noch sauer. Auch der betrogene Verlobte hatte ziemlich aufgebracht gewirkt, als er mir zuletzt in Brüssel mit einer Pistole unter der Nase herumgefuchtelt hatte.

Der O Club in Hadley ist im Stil leicht spanisch oder vielleicht maurisch angehaucht, was mich an *Casablanca* erinnerte, so daß ich aus dem Mundwinkel heraus Bogart imitierte: »Von allen Gin-Kneipen der Welt muß sie sich gerade meine aussuchen.«

Entweder sie verstand diese Anspielung nicht oder war nicht zum Lächeln aufgelegt, denn sie las weiter ihre Zeitung – die *Stars and Stripes,* die sonst kein Mensch liest, zumindest nicht in der Öffentlichkeit. Aber Cynthia ist eine loyale, begeisterte und pflichtbewußte Soldatin ohne den müden Zynismus, den die meisten ihrer Kollegen nach ein paar Dienstjahren zur Schau tragen.

»Herzen voller Leidenschaft, Eifersucht und Haß«, soufflierte ich.

»Hau ab, Paul«, forderte Cynthia mich auf.

»Tut mir leid, daß ich dein Leben ruiniert habe«, sagte ich aufrichtig.

»Du könntest mir nicht mal den Abend ruinieren.«

»Du hast mir das Herz gebrochen«, sagte ich noch aufrichtiger.

»Am liebsten würde ich dir den Hals brechen!« antwortete sie mit ehrlicher Begeisterung in der Stimme.

Ich hatte es also geschafft, doch wieder etwas in ihr aufflammen zu lassen. Auch wenn es nicht gerade die alte Leidenschaft war, denn Cynthia stand ruckartig auf und ließ mich sitzen.

»Spiel's noch mal, Sam.« Ich trank mein Bier aus, stand auf und ging an die Bar zurück.

An der langen Theke standen Männer, die schon einiges vom Leben gesehen hatten: Die meisten waren mit Orden und Frontspangen dekoriert, mit Feldzugsabzeichen aus Korea, Vietnam, Grenada, Panama und dem Golf. Der Kerl rechts neben mir, ein grauhaariger Colonel, sagte: »Krieg ist die Hölle, mein Sohn, aber die Hölle kennt keinen Zorn wie ein verschmähtes Weib.«

»Amen.«

»Hab' alles im Spiegel hinter der Bar beobachtet«, teilte er mir mit.

»Barspiegel können sehr interessant sein«, bestätigte ich.

»Genau.« Gleichzeitig betrachtete er mich im Spiegel. Mit einem Blick auf meinen Anzug fragte er: »Pensioniert?«

»Ja.« Obwohl das nicht ganz stimmte.

Der Colonel teilte mir seine Meinung über Frauen beim Militär mit: »Sie hocken sich hin, um zu pissen. Versuchen Sie das mal mit fünfundzwanzig Kilo Marschgepäck.« Verkündete dann: »Muß mal austreten« und schlenderte in Richtung Männerklo davon.

Ich trat aus dem Club in die heiße Augustnacht hinaus und stieg in meinen Chevy Blazer. Ich fuhr über das Kasernengelände, das einer Kleinstadt gleicht – mit sämtlichen Einrichtungen von der PX über schlecht plazierte Unterkünfte bis hin zu einem ehemaligen Instandsetzungsbetrieb für Panzer.

Fort Hadley ist ein kleiner Standort, der 1917 im Süden Georgias eingerichtet wurde, um Infanteristen für den Einsatz an der Westfront auszubilden. Aber der dazugehörige Standortübungsplatz ist ziemlich groß – über vierzigtausend Hektar hauptsächlich bewaldetes Gelände, das für Gefechtsübungen, Überlebenstraining, Guerillaausbildung und so weiter geeignet ist.

Die Infanterieschule wird gerade aufgelöst, so daß große Teile des Standorts verlassen wirken. Aber es gibt hier eine Special Operations School, deren genauer Zweck eher vage ist – oder experimentell, um es freundlich auszudrücken. Soviel bekannt ist, geht es dort um psychologische Kriegführung, Untersuchungen zur Kampfmoral, Isolierungs- und Entbehrungsstudien, Streßmanagementkurse und dergleichen Psychospiele. Das mag bedrohlich klingen, aber wer die Army kennt, weiß auch, daß die vielleicht einmal brillante Grundidee wahrscheinlich längst zu Drill, Zeremonien und auf Hochglanz polierten Stiefeln degeneriert ist.

Nördlich von Fort Hadley liegt die Kleinstadt Midland, eine typische Army Town mit einer Bevölkerug aus pensionierten Militärs, Zivilangestellten der Standortverwaltung, Leuten, die Soldaten etwas verkaufen, und einigen wenigen, die nichts mit dem Militär zu tun haben und damit auch ganz zufrieden sind.

Midland war schon 1710 eine englische Handelsniederlassung und früher ein Vorposten der spanischen Kolonie St. Augustine in Florida. Davor war es eine Indianerstadt – das Zentrum des Stammes der Upatoi. Die Spanier brannten die Indianerstadt nieder, die Engländer brannten den spanischen Vorposten nieder, die Briten räumten ihr dortiges Fort während der Revolution und brannten es nieder, und die Yankees brannten Midland 1864 nieder. Wenn man die Stadt heutzutage ansieht, fragt man sich, wozu all dieser Aufwand getrieben worden ist. Jedenfalls haben sie jetzt dort eine gute freiwillige Feuerwehr.

Ich bog auf die an Fort Hadley nach Midland vorbeiführende Interstate ab und fuhr weiter nach Norden zu einem fast verlassenen Trailerpark. Dort hauste ich behelfsmäßig in einem Wohnwagen. Die Einsamkeit konnte für meinen Job zuweilen sehr nützlich sein.

Mein Job? Ich bin Offizier der U.S. Army. Mein Dienstgrad

tut nichts zur Sache und müßte ohnehin geheim bleiben. Ich arbeite beim Criminal Investigation Detachment (CID), der militärischen Kriminalpolizei, und in der sehr dienstgradbewußten Army ist der beste Dienstgrad überhaupt kein Dienstgrad. Tatsächlich bin ich wie die meisten CID-Angehörigen ein Warrant Officer, der als Feldwebelleutnant zwischen Unteroffizieren und Offizieren steht. Warrant Officers werden mit »Mister« angesprochen, und CID-Ermittler tragen meist Zivil – wie ich an diesem Abend. Manchmal bilde ich mir sogar ein, wirklich ein Zivilist zu sein.

Zwischendurch trage ich jedoch auch Uniform. In solchen Fällen erhalte ich vom Heeresministerium mit dem Einsatzbefehl einen neuen Namen, den passenden Dienstgrad und die entsprechende Uniform. Ich melde mich bei der Einheit des Verdächtigen und tue dort Dienst, während ich Beweismaterial für den Chef des Heeresjustizwesens sammle.

Als verdeckter Ermittler muß man ein Allrounder sein. Ich bin schon alles vom Koch bis zum Spezialisten für chemische Kriegführung gewesen – obwohl das bei der Army kein allzu großer Unterschied ist. Manche dieser Rollen sind nicht ganz einfach zu spielen, aber mit meinem Charme komme ich meistens gut durch. Ohnehin ist alles nur Illusion. Mein Charme übrigens auch.

Jedenfalls gehöre ich zu einem CID-Spezialistenteam, einer Art Eliteeinheit, obwohl ich zögere, diesen Ausdruck zu benutzen. Wir sind alle bewährte Veteranen, die auf außergewöhnlich gute Ermittlungserfolge zurückblicken können. Als Angehöriger dieses Spezialteams habe ich das Recht, weltweit jeden amerikanischen Soldaten ohne Rücksicht auf seinen Dienstgrad festzunehmen.

Ich hatte nicht vor, dieses Recht zu mißbrauchen, beispielsweise um einen der Vereinten Stabschefs wegen zu schnellen Fahrens zu verhaften, aber ich hätte schon gerne mal ausprobiert, wie weit ich gehen konnte. Hier sollte ich bald Gelegenheit dazu bekommen. Die heimliche Waffenschieberei in Fort Hadley hatte mich zwar nicht sonderlich gereizt, aber ich hatte den Fall übernommen, weil gerade kein guter Mord aufzuklären war. Mordfälle sind meine Spezialität.

Meine Einsatzzentrale ist das CID-Hauptquartier in Falls Church, Virginia, aber meine Ermittlungen führen mich in alle Welt. Reisen, Abenteuer, Freizeit, geistige und körperliche Herausforderungen und Vorgesetzte, die einen in Ruhe lassen – was könnte ein Mann mehr wollen? Ah, richtig, Frauen. Natürlich hatte es auch seit Brüssel welche gegeben, aber keine hatte mir so viel bedeutet wie Cynthia.

Leider gibt es aber auch Männer, denen ganz andere Herausforderungen Spaß machen: Vergewaltigung. Mord. So ein Fall bahnte sich in dieser heißen Augustnacht in Fort Hadley an. Das Opfer war Captain Ann Campbell, die Tochter von General »Fighting Joe« Campbell. Als ob das nicht schon schlimm genug gewesen wäre, war sie jung, schön, begabt, intelligent und außerdem West-Point-Absolventin. Sie war der Stolz Fort Hadleys, der Liebling aller PR-Leute der Army, ihr Mädchen auf Army-Werbepostern, eine Vorkämpferin der neuen, nicht mehr sexistischen Army, eine Golfkriegsveteranin und so weiter und so fort.

Aber davon ahnte ich während der Happy Hour im O Club noch nichts. Als ich mit Cynthia und dann mit dem Colonel an der Theke sprach, lebte Captain Ann Campbell noch. Wie meine späteren Ermittlungen zeigten, nahm sie keine zwanzig Meter von mir entfernt im Speisesaal ein aus Salat, Brathähnchen, Weißwein und Kaffee bestehendes Abendessen ein.

Ich erreichte den unter Tannen liegenden Trailerpark Whispering Pines und stellte meinen Blazer in einiger Entfernung von meinem Wohnwagen ab. Dann folgte ich im Dunkel einem Gehweg aus verrotteten Planken. Um eine Lichtung herum standen einige leere Wohnwagen, ansonsten gab es auf dem Platz hauptsächlich Betonfundamente, auf denen früher, als Fort Hadley im Vietnamkrieg ein Infantry Training Center gewesen war, etwa hundert Mobilheime gestanden hatten.

Erstaunlicherweise gab es hier noch Strom und Telefon sowie einen Brunnen, der Wasser lieferte, das ich durch Zusatz von Scotch trinkbar machte.

Ich sperrte meinen Wohnwagen auf, trat ein und knipste das Licht an. Der Wohnwagen kam mir vor wie eine Zeitkapsel, in der sich seit etwa 1970 nichts mehr verändert hatte. Die Möbel bestanden aus avokadogrünem Kunststoff, und das Senfgelb von Herd und Kühlschrank war meiner Erinnerung nach damals als Herbstgold angepriesen worden. Die Wände waren mit dunklem Sperrholz getäfelt, und der Spannteppich war rotschwarz kariert. Bei Farbempfindlichen hätte diese Kombination Depressionen und Selbstmordanfälle auslösen können.

Nachdem ich Jacke und Krawatte abgelegt hatte, stellte ich das Radio an, holte mir ein Bier aus dem Kühlschrank und ließ mich in den am Fußboden festgeschraubten Sessel fallen. Der Wandschmuck bestand aus drei ebenfalls angeschraubten Kunstdrucken: einem Stierkampf, einem Seestück und einer Reproduktion von Rembrandts »Aristoteles in Betrachtung der Büste Homers«.

Ich trank einen kleinen Schluck Bier und betrachtete Aristoteles, der die Büste Homers betrachtete.

Später las ich ein paar Magazine, trank noch ein paar Biere, dachte an Cynthia und dachte nicht an Cynthia.

Normalerweise amüsiere ich mich etwas besser, aber am nächsten Morgen mußte ich bereits um fünf Uhr in Fort Hadley in der Waffenmeisterei sein.

KAPITEL ZWEI

Die Waffenmeisterei eines Standorts ist eine wahre Schatzkammer an amerikanischen High-Tech-Produkten für alle möglichen militärischen Zwecke.

Etwa um die Zeit, als Ann Campbell in den frühen Morgenstunden ermordet wurde, hielt ich mich als verdeckter Ermittler in der Waffenmeisterei auf. Einige Wochen zuvor hatte ich Aussehen und Dienstpflichten eines leicht heruntergekommenen Versorgungs-Sergeanten namens Franklin White übernommen. In dieser Rolle war ich gemeinsam mit einem wirklich heruntergekommenen Versorgungs-Sergeanten namens Dalbert Elkins dabei, ein paar hundert Gewehre M-16 und sonstige todbringende Hardware aus der Waffenmeisterei an eine Gruppe kubanischer Freiheitskämpfer zu verkaufen, die Fidel Castro stürzen wollten. In Wahrheit waren die hispanischen Gentlemen kolumbianische Drogenhändler, aber sie wollten unser Gewissen in bezug auf die geplante Transaktion erleichtern.

Jedenfalls saß ich morgens um sechs Uhr in der Waffenmeisterei und unterhielt mich mit Staff Sergeant Elkins, meinem Mitverschwörer. Wir sprachen darüber, was wir mit den 200000 Dollar tun würden, die wir uns teilen wollten. Sergeant Elkins würde für den Rest seines Lebens hinter Gitter wandern, aber davon ahnte er noch nichts, und Männer brauchten schließlich Träume. Leider ist es meine unangenehme Pflicht, ihr schlimmster Alptraum zu werden.

Das Telefon klingelte. Ich nahm ab, bevor mein neuer Kumpel nach dem Hörer grapschen konnte, und meldete mich: »Waffenmeisterei, Sergeant White.«

»Da sind Sie ja!« sagte Colonel William Kent, als Provost Marshall – Kommandeur der hiesigen Militärpolizei – Fort Hadleys oberster Cop. »Mann, bin ich froh, daß ich Sie gefunden habe!«

»Seit wann bin ich verloren gewesen?« fragte ich. Bevor ich gestern abend zufällig Cynthia begegnet war, hatte hier nur Colonel Kent meine wahre Identität gekannt. Logischerweise vermutete ich jetzt, er wolle mich vor meiner unmittelbar bevorstehenden Enttarnung warnen. Deshalb behielt ich Sergeant Elkins und gleichzeitig die Tür im Auge.

Aber leider ging es um etwas ganz anderes. »Es hat einen Mord gegeben«, teilte Kent mir mit. »Ein weiblicher Captain. Möglicherweise auch vergewaltigt. Können Sie reden?«

»Nein.«

»Können wir uns treffen?«

»Vielleicht.« Kent war ein anständiger Kerl, aber wie die meisten MP-Typen nicht sonderlich clever, und Leute vom CID machten ihn nervös. »Ich bin gerade bei der Arbeit«, erklärte ich ihm.

»Dieser Fall ist wichtiger, Mr. Brenner. Eine große Sache!«

»Das hier auch.« Ich sah zu Sergeant Elkins hinüber, der mich mißtrauisch beobachtete.

»Die Ermordete ist General Campbells Tochter«, sagte Kent.

»Großer Gott!« Ich überlegte kurz. Meine Instinkte warnten mich vor einem Fall, in dem es um die Vergewaltigung und Ermordung einer Generalstochter ging. Dabei konnte man nur den kürzeren ziehen. Bestimmt würde sich in unserer Spezialeinheit jemand finden lassen, der diesen Fall übernehmen konnte. Jemand, dessen Karriere ohnehin auf dem absteigenden Ast war. Mir fielen mehrere Kandidaten ein. Andererseits war meine natürliche Neugier geweckt. Ich fragte Colonel Kent: »Wo können wir uns treffen?«

»Auf dem Parkplatz vor meiner Dienststelle. Ich fahre Sie zum Tatort.«

Als verdeckter Ermittler durfte ich mich nicht einmal in der Nähe seiner Dienststelle sehen lassen, aber Kent schien irritierend begriffsstutzig. »Nicht dort«, wehrte ich ab.

»Oh, wie wär's mit dem Stabsgebäude des dritten Bataillons? Das liegt auf dem Weg.«

Elkins, der schon ganz nervös und paranoid war, wurde allmählich zappelig. »Okay, Sweetheart«, sagte ich zu Kent. »In zehn Minuten.« Ich legte den Hörer auf und wandte mich an Sergeant Elkins. »Meine Freundin. Sie braucht's mal wieder.«

Elkins sah auf seine Uhr. »Bißchen spät, oder früh...«

»Nicht für dieses kleine Biest.«

Der Sergeant grinste.

Vorschriftsmäßig trug ich im Dienst in der Waffenmeisterei eine Pistole. Nachdem ich mich davon überzeugt hatte, daß Elkins sich wieder beruhigt hatte, schnallte ich mein Koppel ab und ließ es samt der Waffe da. Ich konnte nicht ahnen, daß ich sie später brauchen würde. Zu Elkins sagte ich: »Bin irgendwann wieder da.«

»Yeah, okay. Amüsier dich gut.«

»Wird gemacht.«

Den Blazer hatte ich im Trailerpark zurückgelassen. Mein Privatfahrzeug war jetzt ein Ford Pick-up, den ich für meine jetzige

Rolle zugewiesen bekommen hatte. Der Wagen war komplett ausgestattet – mit einer Halterung für Schrotflinten, Hundehaaren auf dem Rücksitz und hüfthohen Gummistiefeln auf der Ladefläche.

Ich fuhr quer übers Kasernengelände los. Wenige Minuten später erreichte ich den Bereich der Infantry Training Brigade mit langen Holzbaracken aus dem Zweiten Weltkrieg, die größtenteils leerstanden und geisterhaft aussahen. Der kalte Krieg ist vorbei, und obwohl die Army nicht gerade demobilisiert wird, verringert ihr Umfang sich doch beträchtlich. Die kämpfende Truppe muß dabei die größten Kürzungen hinnehmen. Im Gegensatz dazu ist die mit Straftaten befaßte CID eher ein Wachstumsunternehmen.

Als junger Gefreiter hatte ich vor vielen Jahren hier die Advanced Infantry Training School absolviert und war danach in Fort Benning, nicht weit von hier, auf der Airborne School und der Ranger School gewesen. Danach war ich ein Airborne Ranger – eine menschliche Waffe, eine Killermaschine, der Tod vom Himmel, ein stahlharter Einzelkämpfer und so weiter. Aber inzwischen bin ich ein bißchen älter geworden, und der Dienst beim CID ist genau das richtige für mich.

Es war kurz vor Tagesanbruch. Der Himmel über Georgia begann sich zartrosa zu färben, und die hohe Luftfeuchtigkeit kündigte einen schwülheißen Tag mit über dreißig Grad im Schatten an. Ich konnte feuchte Tonerde, Tannenduft und das Kaffeearoma aus einer Mannschaftskantine – einer »Verpflegungseinrichtung«, wie sie jetzt heißt – in der Nähe riechen.

Von der Straße bog ich auf den jetzt mit Unkraut überwucherten Parkplatz vor dem ehemaligen Stabsgebäude des 3. Bataillons ab. Colonel Kent stieg aus seinem olivgrünen Dienstwagen, und ich kletterte aus meinem alten Pick-up.

Kent war Anfang Fünfzig, groß, mittlerer Körperbau, pokkennarbiges Gesicht und eisblaue Augen. Manchmal ein bißchen steif, wie gesagt nicht unbedingt clever, aber fleißig und tüchtig. Als militärisches Gegenstück eines Polizeichefs befehligte er die uniformierte Militärpolizei in Fort Hadley. Sein Stekkenpferd war die strikte Einhaltung aller Vorschriften; das machte ihn nicht gerade unbeliebt, aber auch nicht zum besten Kumpel der hier Stationierten. In seiner Uniform als Provost Marshall mit weißem Stahlhelm, weißem Koppelzeug und auf Hochglanz polierten Stiefeln gab Kent eine schneidige Figur ab.

»Ich lasse den Tatort von sechs MPs sichern«, erklärte er mir. »Dort ist nichts verändert worden.«

»Immerhin ein Anfang.« Kent und ich kannten uns seit etwa zehn Jahren; wir arbeiteten gut zusammen und hatten uns beinahe angefreundet. Er stand im Dienstgrad über mir, aber ich konnte vertraulich mit ihm umgehen und ihm tatsächlich sogar Weisungen erteilen, solange ich als Ermittler in einer Sache tätig war. Ich hatte ihn bei Militärstrafverfahren im Zeugenstand erlebt und wußte, daß er aus der Sicht der Anklagevertreter dem Ideal eines Cops entsprach: emotionslos, glaubwürdig und in seiner Aussage logisch. Deshalb stellte ich leicht überrascht fest, daß die Ereignisse dieses Morgens ihn offenbar etwas mitgenommen hatten. »Haben Sie General Campbell schon benachrichtigt?« fragte ich ihn.

»Nein.«

»Dann sollten Sie lieber gleich zu ihm fahren.«

Er nickte widerstrebend. Auf den zweiten Blick sah er miserabel aus, woraus ich schloß, daß er selbst schon am Tatort gewesen war. Ich teilte Colonel Kent mit: »Für diese verzögerte Benachrichtigung reißt der General Ihnen den Arsch auf.«

»Nun, wir haben noch keine wirklich positive Identifizierung«, erklärte Kent mir. »Ich meine, ich kann doch nicht zu ihm fahren und ihm mitteilen, daß seine Tochter…«

»Wer hat die vorläufige Identifizierung vorgenommen?«

»Ein Sergeant St. John. Er hat die Leiche entdeckt.«

»Und er hat sie gekannt?«

»Die beiden haben zusammen Dienst gehabt.«

»Hmmm, das ist eine ziemlich eindeutige Identifizierung.«

»Nun ja…«

»Ganz zu schweigen von ihrer Erkennungsmarke und dem Namen auf ihrer Uniform.«

»Das ist alles weg.«

»Weg?«

»Ja. Der Täter hat ihre Uniform und die Erkennungsmarke mitgenommen.«

Aus Erfahrung entwickelt man einen sechsten Sinn für solche Situationen, so daß man sich bei Berichten dieser Art und danach am Tatort überlegt: *Was stimmt hier nicht?* Ich fragte Colonel Kent: »Unterwäsche?«

»Was? Oh, die ist da – auf der Erde, meine ich.« Er fügte hinzu: »Im allgemeinen nehmen sie die Unterwäsche mit, stimmt's? Ein verrückter Fall!«

»Kommt Sergeant St. John als Täter in Frage?«

Kent zuckte mit den Schultern. »Das müssen *Sie* rauskriegen.«

»Okay, nachdem er St. John heißt, wollen wir ihm vorerst seinen Namen zugute halten.« Ich betrachtete die verlassenen Unterkünfte, das Stabsgebäude, die Kantine, die mit Unkraut überwucherten Antreteplätze und glaubte im grauen Licht des beginnenden Tages junge Soldaten zu sehen, die zum Appell antraten. Ich erinnerte mich daran, wie ich vor dem Frühstück immer müde, ausgefroren und hungrig gewesen war. Und ich erinnerte mich an meine Angst bei dem Gedanken daran, daß neun Zehntel von uns nach Vietnam geschickt werden würden, von wo nur jeder Zweite unversehrt heimkehren würde. Zu Kent sagte ich: »Dort drüben war mal meine Kompanie. Die vierte Kompanie.«

»Hab' gar nicht gewußt, daß Sie Infanterist gewesen sind.«

»Schon lange her. Bevor ich Cop geworden bin. Und Sie?«

»Immer bei der MP. Auch in Vietnam. Ich bin in der amerikanischen Botschaft gewesen, als der Vietcong damals über die Mauer gekommen ist. Januar 1968.«

Ich nickte. »Manchmal denke ich, daß es bei der Infanterie gar nicht so schlecht war. Die Bösen waren niemals die eigenen Leute. Dieser Scheiß ist was anderes.«

»Die Bösen sind die Bösen«, erklärte Kent mir. »Die Army ist die Army. Befehl ist Befehl.«

Mit dieser schlichten Mentalität kam man beim Militär vielleicht ganz gut durch – aber nicht beim CID. Dort muß man zuweilen schon Befehlen zuwiderhandeln, selbständig denken, Vorgesetzte ignorieren und vor allem die Wahrheit an den Tag bringen. Verständlicherweise nicht immer zur Freude des Militärs, das sich noch heute für eine große Familie hält, in der »die Brüder alle tapfer, die Schwestern alle tugendhaft« sind.

Colonel Kent schien meine Gedanken gelesen zu haben, denn er sagte: »Ich weiß, daß das ein scheußlicher Fall sein könnte. Aber vielleicht auch nicht. Vielleicht ist der Täter ein Zivilist. Vielleicht läßt der Fall sich schnell aufklären.«

»Klar, das denke ich auch, Bill. Und dann wird Ihnen und mir eine förmliche Anerkennung ausgesprochen, die in der Personalakte landet, und General Campbell lädt uns zum Cocktail ein.«

Kents Miene wurde noch sorgenvoller. »Ehrlich, hier geht's um meinen Arsch. Dies ist mein Problem, mein Revier. Wenn Sie sich abseilen, wird uns ein anderer Fahnder zugeteilt. Aber

Sie sind zufällig hier, Sie gehören zum Spezialteam, wir haben schon früher zusammengearbeitet, und ich möchte, daß Sie den Vorbericht gemeinsam mit mir unterschreiben.«

»Und Sie haben mir nicht mal 'nen Kaffee mitgebracht!«

Er lächelte grimmig. »Kaffee? Mann, ich könnte 'nen Drink vertragen.« Nach kurzer Pause fügte er hinzu: »Für Sie könnte sich das dienstgradmäßig auswirken.«

»Wenn Sie eine Degradierung meinen, haben Sie vermutlich recht. Denn eine Beförderung ist bei mir nicht mehr drin.«

»Sorry. Hatte ich vergessen. Dummes System.«

»Sollten Sie 'nen Stern bekommen?« fragte ich ihn.

»Schon möglich.« Er machte ein trauriges Gesicht, als sei der glitzernde Generalsstern, den er in seinen Träumen gesehen hatte, soeben erloschen.

»Haben Sie die hiesige CID schon alarmiert?« fragte ich.

»Nein.«

»Um Himmels willen, warum nicht?«

»Nun, für die Ermittlungen ist unser CID ohnehin nicht mehr zuständig. Ich meine, immerhin ist sie die Tochter des Standortkommandanten, und Major Bowes, unser CID-Kommandeur, hat sie gekannt, praktisch alle haben sie gekannt, daher sollten wir dem General zeigen, daß wir einen Topmann aus Falls Church geholt haben.«

»Das Wort, das Sie suchen, heißt ›Sündenbock‹. Gut, okay, ich sage meinem Boß in Falls Church, daß hier ein Spezialermittler gebraucht wird, aber ich weiß nicht, ob ich der Mann bin, der sich das antun will.«

»Kommen Sie, wir sehen uns die Leiche an. Dann können Sie sich immer noch entscheiden.«

Auf dem Weg zu seinem Wagen hörten wir den Schußknall der Kanone von Fort Hadley – in Wirklichkeit eine Tonbandaufnahme eines längst verrotteten Geschützes –, blieben stehen, machten Front und nahmen Haltung an. Aus den Lautsprechern auf den verlassenen Baracken ertönte das Hornsignal zur Flaggenparade, und wir salutierten: zwei im Morgengrauen stehende einsame Männer, die auf lebenslängliche Konditionierung und jahrhundertealte militärische Traditionen reagierten.

Als der letzte Ton verklungen war, gingen Kent und ich zu seinem Wagen weiter. »In Fort Hadley beginnt ein neuer Tag«, stellte er fest, »aber einer unserer Soldaten wird ihn nicht mehr sehen.«

KAPITEL DREI

Wir fuhren in Kents Dienstwagen über den Standortübungsplatz nach Süden.

Unterwegs berichtete Colonel Kent: »Captain Ann Campbell und Sergeant Harold St. John haben im Stabsgebäude Dienst gehabt – sie als Offizier, er als Sergeant vom Dienst.«

»Haben die beiden sich gekannt?«

Kent zuckte mit den Schultern. »Möglicherweise vom Sehen. Er ist Kraftfahrzeugmeister bei der Fahrbereitschaft. Sie ist Ausbilderin in der Special Operations School. Die beiden sind zufällig miteinander auf den Dienstplan geraten.«

»Was unterrichtet sie?«

»Psychologische Kriegführung. Sie ist – sie war Magister der Psychologie.«

»Das ist sie noch immer.« Bei kürzlich Verstorbenen gerät

man leicht mit den Zeiten durcheinander. »Werden Ausbilder im allgemeinen zu solchen Diensten eingeteilt?«

»Nein, gewöhnlich nicht. Aber Ann Campbell hat ihren Namen auf sämtliche Listen gesetzt.« Kent fügte hinzu: »Sie wollte ein gutes Beispiel geben. Generalstochter.«

»Verstehe.« Die Army führt Dienstlisten für Offiziere, Unteroffiziere und Mannschaften. Diese nach dem Zufallsprinzip erstellten Listen sollen garantieren, daß jeder irgendwann mit einem unangenehmen Dienst dran ist. Soldatinnen kamen früher beispielsweise nicht auf die Wachliste, aber die Zeiten haben sich geändert. Ich fragte weiter: »Und sie ist bewaffnet gewesen?«

»Klar. Hatte ihre Pistole.«

»Bitte weiter.«

»Gegen ein Uhr sagt Campbell zu St. John, daß sie mit dem Jeep losfahren und die Wachposten kontrollieren will.«

»Wozu? Ist das nicht die Aufgabe des Wachhabenden oder seines Sergeanten? Der Offizier vom Dienst sollte bei den Telefonen bleiben.«

»Von St. John weiß ich, daß der Wachhabende irgendein junger Lieutenant frisch aus West Point gewesen ist«, antwortete Kent. »Und Campbell ist, wie ich schon angedeutet habe, ein bißchen übereifrig und will selbst rausfahren und nachsehen. Sie kennt die für letzte Nacht gültigen Parolen und fährt also los.« Er bog auf die Rifle Range Road ab. »Gegen drei Uhr hat St. John angefangen, sich Sorgen zu machen.«

»Weshalb?«

»Keine Ahnung. Okay, vielleicht weil sie 'ne Frau war und – na ja, vielleicht hat er sich geärgert, weil er vermutet hat, sie amüsiere sich irgendwo. Oder vielleicht hat er auf die Toilette müssen und sich nicht getraut, von den Telefonen wegzugehen.«

»Wie alt ist der Kerl?« fragte ich.

»Etwas über fünfzig. Verheiratet. Tadellose Führung.«

»Und wo ist er jetzt?«

»Bei uns im MP-Gebäude. Er schläft ein bißchen. Ich hab' ihm gesagt, daß er vorerst dort bleiben soll.«

Wir fuhren an den rechts der Straße liegenden Schießbahnen eins bis vier vorbei: weite offene Flächen, die bis zu einem durchgehenden Erdwall reichten, der als Kugelfang diente. Obwohl ich seit über zwanzig Jahren nicht mehr hier draußen gewesen war, erkannte ich sie sofort wieder.

Kent berichtete weiter: »St. John ruft also im Wachgebäude an, aber Captain Campbell ist nicht dort. Er läßt den Sergeanten die einzelnen Posten anrufen und fragen, ob Campbell bei ihnen vorbeigekommen ist. Nach einiger Zeit ruft der Sergeant zurück und meldet Fehlanzeige. Daraufhin fordert St. John von der Wache einen zuverlässigen Mann an, der im Stabsgebäude den Telefondienst übernehmen soll. Sobald er da ist, setzt St. John sich in sein Privatfahrzeug und fährt los. Er kontrolliert nacheinander alle Wachposten – NCO Club, Officers' Club und so weiter –, aber keine der Wachen hat Captain Campbell gesehen. Also fährt er gegen vier Uhr zum letzten Posten draußen beim Munitionsbunker. Unterwegs sieht er bei Schießbahn sechs ihren Jeep stehen – da ist er schon!«

In einiger Entfernung war rechts neben der schmalen Straße der Jeep abgestellt, mit dem Ann Campbell zu ihrem Rendezvous mit dem Tod gefahren war, wenn man so wollte. Daneben parkte ein Privatfahrzeug – ein roter Mustang. Ich fragte Kent: »Wo ist der nächste Wachposten?«

»Der Munitionsbunker liegt an der nächsten Abzweigung. Der Posten, ein PFC Robbins, hat nichts gehört, aber Autoscheinwerfer gesehen.«

»Haben Sie ihn befragt?«

»Sie. Mary Robbins.« Kent lächelte zum erstenmal. »PFC ist geschlechtsneutral, Paul.«

»Danke. Wo ist PFC Robbins jetzt?«

»Auf einem Feldbett im MP-Gebäude.«

»Wird allmählich voll dort. Aber gut mitgedacht.«

Kent hielt neben dem Jeep und dem roten Mustang. Unterdessen war es fast hell, so daß ich die sechs Militärpolizisten – vier Männer und zwei Frauen – erkennen konnte, die den Tatort absperrten. Bei allen Schießbahnen waren links der Straße niedrige Tribünen angeordnet, auf denen die Soldaten ihre Anweisungen erhielten, bevor sie zum Schießen abdrückten. Auf der Tribüne links von uns saß eine Frau in Jeans und Windjacke, die sich Notizen machte. Kent erklärte mir: »Das ist Ms. Sunhill.«

Das wußte ich. »Warum ist sie hier?«

»Ich habe sie verständigt.«

»Warum?«

»Sie berät Opfer von Sexualstraftätern.«

»Dieses Opfer braucht keine Beratung mehr.«

»Richtig«, gab Kent zu, »aber Ms. Sunhill ermittelt auch bei Sexualdelikten.«

»Tatsächlich? Was tut sie in Hadley?«

»Sie kennen den Fall Neely? Die Sache mit der überfallenen Krankenschwester?«

»Bloß aus der Zeitung. Halten Sie eine Verbindung zwischen diesen beiden Fällen für möglich?«

»Nein. Der Täter ist gestern verhaftet worden.«

»Wann gestern?«

»Gegen sechzehn Uhr. Ms. Sunhill hat ihn festgenommen, und um siebzehn Uhr haben wir sein Geständnis gehabt.«

Ich nickte. Und gegen achtzehn Uhr saß Ms. Sunhill im O

Club, um ihren Erfolg still bei einem Drink zu feiern, und Ann Campbell lebte noch und aß dort zu Abend, wie sich später zeigte, und ich stand an der Bar, beobachtete Cynthia und versuchte, den Mut aufzubringen, sie anzusprechen oder einen strategischen Rückzug anzutreten.

»Sunhill hätte heute abreisen sollen«, fügte Kent hinzu. »Aber sie will wegen dieser Sache bleiben.«

»So ein Glück!«

»Ja, in solchen Fällen ist es gut, eine Frau im Team zu haben. Und sie ist gut. Ich hab' sie bei der Arbeit erlebt.«

»Um so besser.« Ich stellte fest, daß der rote Mustang – vermutlich Cynthias Wagen – wie mein Blazer in Virginia zugelassen war, was darauf schließen ließ, daß sie wie ich von Falls Church aus arbeitete. Aber der Zufall hatte uns nicht im CID-Hauptquartier, sondern erst hier unter diesen Umständen zusammengeführt. Das war ohnehin unvermeidlich gewesen.

Ich sah die in leichtem Morgennebel liegende Schießbahn sechs entlang. Vor dem Erdwall waren in unterschiedlichen Entfernungen Klappscheiben aufgebaut: Dutzende von böse aussehenden Glasfasermännern mit Gewehren. Auf einigen dieser Gestalten hatten sich Vögel niedergelassen, was den Effekt ziemlich beeinträchtigte – zumindest bis der erste Infanteriezug heute zum Schießen anrückte.

Zu meiner Zeit waren Schießbahnen völlig kahl und steril gewesen, aber heutzutage waren viele wie diese hier verschiedenartig bepflanzt, um das Schußfeld realistisch einzuengen. Ungefähr fünfzig Meter von der Straße entfernt ragte eine teilweise von hohem Gras und immergrünen Büschen verdeckte Klappsilhouette auf. In der Nähe dieses Ziels standen zwei MPs – ein Mann und eine Frau. Am Fuß der Klappscheibe war irgend etwas zu sehen, das nicht dorthin gehörte.

»Der Bursche muß echt pervers sein«, stellte Colonel Kent fest. Als ob ich begriffsstutzig wäre, fügte er hinzu: »Ich meine, er hat's ihr dort draußen angetan, wo dieser Klappmann ihnen gewissermaßen zugesehen hat.«

Hätte der Klappmann nur reden können! Ich sah mich weiter um. In einiger Entfernung hinter den Tribünen und den Feuerleittürmen stand eine Baumreihe, unter der Toilettengebäude zu erkennen waren. Ich fragte Colonel Kent: »Haben Sie die Umgebung nach möglichen weiteren Opfern absuchen lassen?«

»Nein, äh, wir wollten keine Spuren vernichten.«

»Aber möglicherweise liegt irgendwo noch ein Toter – oder ein Lebender, der Hilfe braucht. Hilfsmaßnahmen sind wichtiger als Beweissicherung. So steht's im Handbuch.«

»Natürlich.« Kent sah sich um und rief zu einem MP-Sergeanten hinüber: »Rufen Sie an, damit Lieutenant Fulhams Zug mit den Hunden kommt.«

Bevor der Sergeant antworten konnte, sagte eine Stimme von der Tribüne herab: »Das hab' ich schon veranlaßt.«

Ich sah zu Ms. Sunhill auf. »Danke.«

»Keine Ursache.«

Ich hätte sie am liebsten ignoriert, aber das würde nicht durchzuhalten sein. Ich wandte mich ab und betrat die Schießbahn. Kent folgte mir.

Unterwegs wurden Kents Schritte kürzer, er blieb unmerklich zurück. Die beiden MPs standen mit auf den Rücken gelegten Händen da und blickten angelegentlich über die Stelle hinweg, wo Captain Ann Campbell auf der Erde lag.

Ich blieb zwei Meter vor der auf dem Rücken liegenden Toten stehen. Wie Kent angedeutet hatte, war sie bis auf eine Sportuhr am linken Handgelenk nackt. Dicht neben ihr lag ein ziviles Kleidungsstück: ihr Büstenhalter. Wie Kent ebenfalls gesagt hatte, war ihre Uniform nirgends zu sehen. Außerdem fehlten Stiefel, Socken, Helm, Koppel, Halfter und Pistole. Bedeutsamer war vielleicht, daß Ann Campbell mit gespreizten Armen und Beinen auf dem Rücken lag und an Fuß- und Handgelenken mit Zeltschnur an tief eingeschlagene Zeltpflöcke gefesselt war. Die Heringe bestanden aus grünem Kunststoff, die Kordel aus grünem Nylon – beide in Militärausführung.

Ann Campbell war ungefähr dreißig und gut gebaut – wie eine Gymnastiklehrerin mit ausgeprägter Arm- und Beinmuskulatur und ohne ein Gramm überflüssiges Fett am Leib. Trotz ihres gegenwärtigen Zustands erkannte ich ihr Gesicht von Werbeplakaten der U.S. Army. Sie war recht attraktiv und trug ihr blondes Haar schulterlang, vielleicht ein bißchen länger als vorschriftsmäßig. Aber das war im Augenblick ihr geringstes Problem.

Um ihren Hals hatte sie ein langes Stück der Nylonschnur, mit der sie auch an Händen und Füßen gefesselt war. Unter dieser Schnur befand sich ihr Slip, der ihr so über den Kopf gezogen worden war, daß die Schnur nicht direkt in den Hals einschnitt, sondern durch den Slip abgepolstert wurde. Ich wußte, was das bedeutete, aber den anderen sagte das vermutlich nichts.

Cynthia kam heran und blieb schweigend neben mir stehen.

Ich kniete neben der Leiche nieder und stellte fest, daß die Haut wächsern und durchscheinend blaß war, was ihr Make-up auffällig hervortreten ließ. Ihre farblos lackierten Zehen- und Fingernägel waren nicht mehr rosa. Weder Gesicht noch Körper schienen irgendwelche Verletzungen aufzuweisen. Abgesehen von der Position ihres Körpers deutete nichts auf eine Vergewaltigung hin: keine Spermaspuren, keine Anzeichen eines Kampfes in unmittelbarer Nähe, keine Gras- oder Erdflecken auf ihrer Haut, kein Blut, keine Hautfetzen und kein Schmutz unter ihren Fingernägeln – und auch ihre Frisur war ziemlich ordentlich.

Ich beugte mich über sie und berührte Gesicht und Nacken, wo die Totenstarre im allgemeinen zuerst einsetzt. Aber sie war noch nicht zu spüren, und die Unterarme fühlten sich noch warm an. Das Gesäß und die Unterseite der Oberschenkel waren bläulich, fast purpurfarben verfärbt, was auf Tod durch Ersticken hinwies, wozu wiederum der Strick um den Hals paßte. Als ich mit einem Finger auf die purpurfarbene Haut drückte, wurde sie an dieser Stelle blaß, um sich dann wieder zu verfärben, als ich den Finger wegnahm. Das ließ darauf schließen, daß der Tod innerhalb der letzten vier Stunden eingetreten sein mußte.

Aus Erfahrung wußte ich natürlich, daß man Zeugenaussagen nie für reine Wahrheit nehmen durfte. Aber Sergeant St. John schien den zeitlichen Ablauf ziemlich korrekt geschildert zu haben.

Ich beugte mich noch weiter nach vorn und blickte in Ann Campbells große blaue Augen, die reglos gen Himmel starrten. Ihre Hornhäute waren noch nicht getrübt, was ebenfalls darauf schließen ließ, daß der Tod erst vor kurzem eingetreten war. Ich zog ein Lid herunter und entdeckte ums Auge herum kleine punktförmige Blutungen, die ebenfalls auf Tod durch Ersticken hinwiesen. Was Kent mir erzählt hatte und wie der Tatort sich darstellte, schien mit dem übereinzustimmen, was ich hier entdeckte.

Ich lockerte die Zeltschnur um Ann Campbells Hals und begutachtete den Slip, der weder zerrissen noch befleckt war. Darunter fand sich keine Erkennungsmarke, die also ebenfalls fehlte. Wo die Kordel den Hals umgeben hatte, zeichnete sich nur eine schwache, auf den ersten Blick kaum wahrnehmbare Verfärbung ab.

Ich stand auf, machte einen Rundgang um die Tote und sah

dabei, daß sie Gras- und Erdflecken an den Füßen hatte. Sie mußte wenigstens einige Schritte weit barfuß gegangen sein. Als ich mich erneut über sie beugte, entdeckte ich in der Kerbe unter dem großen Zeh einen Teer- oder Asphaltfleck, als sei sie schon auf der Straße barfuß gewesen. Das legte den Schluß nahe, sie habe sich in der Nähe ihres Jeeps ausgezogen – zumindest Stiefel und Socken – und sei gezwungen worden, diese fünfzig Meter weit zu gehen: barfuß oder nackt, obwohl Slip und Büstenhalter hier waren. Ich untersuchte den Büstenhalter und stellte fest, daß der Frontverschluß nicht beschädigt oder verbogen und das Material weder gedehnt noch beschmutzt war.

Die ganze Zeit über sagte niemand ein Wort, und man konnte die Vögel in den Bäumen zwitschern hören. Die Morgensonne war über den Weißtannen hinter dem Erdwall aufgegangen und warf lange Schatten über die Schießbahn.

Ich wandte mich an Colonel Kent. »Wer von Ihren Leuten ist als erster am Tatort gewesen?«

Kent rief die in der Nähe postierte Militärpolizistin zu uns herüber und wies sie an: »Berichten Sie Mr. Brenner, was sich ereignet hat.«

Die junge MP, auf deren Namensschild Casey stand, sah mich an und berichtete: »Um vier Uhr zweiundfünfzig ist über Funk gemeldet worden, auf Schießbahn sechs sei etwa fünfzig Meter westlich von einem an der Straße geparkten Jeep eine weibliche Leiche entdeckt worden. Da ich in der Nähe war, bin ich sofort hingefahren, habe den Jeep gesehen und bin um fünf Uhr eins am Tatort eingetroffen. Nachdem ich mein Fahrzeug abgestellt hatte, habe ich mein M-16 mitgenommen und bin zur Schießbahn gegangen. Dort habe ich die Leiche gefunden. Da weder Puls noch Atmung festzustellen waren, habe ich mit meiner Taschenlampe in die Augen des Opfers geleuchtet, die aber nicht auf Licht reagiert haben. Daraus habe ich geschlossen, die Aufgefundene sei tot.«

»Was haben Sie daraufhin getan?« fragte ich.

»Ich bin zu meinem Fahrzeug zurückgegangen und habe Hilfe angefordert.«

»Sie haben beide Male denselben Weg benützt?«

»Ja, Sir.«

»Haben Sie außer der Toten irgend etwas berührt? Die Kordeln, die Zeltheringe, die Unterwäsche?«

»Nein, Sir.«

»Haben Sie das Fahrzeug der Toten angefaßt?«

»Nein, Sir. Ich habe nichts angefaßt, außer um mich davon zu überzeugen, daß das Opfer tot war.«

»Sonst noch irgendwas?«

»Nein, Sir.«

»Danke.«

PFC Casey grüßte, machte kehrt und ging zurück auf ihren Posten.

Kent, Cynthia und ich sahen uns an, als versuchten wir zu erraten, was die anderen dachten oder fühlten. Augenblicke wie dieser sind wahrhaft belastend und prägen sich einem für immer ein. Ich habe noch keines der Mordopfer vergessen, die ich in meinem Leben gesehen habe, und will sie auch gar nicht aus meiner Erinnerung verdrängen.

Ich starrte Ann Campbell gut eine Minute lang ins Gesicht, denn ich wußte, daß ich sie nicht wiedersehen würde. Das war mir wichtig, denn es stellte eine Verbindung zwischen Lebenden und Toten, zwischen Ermittler und Mordopfer her. Irgendwie war das nützlich – nicht für sie, aber für mich.

Wir kehrten zur Straße zurück, machten langsam einen Rundgang um den Jeep, den Ann Campbell gefahren hatte, und sahen durchs offene Fahrerfenster ins Wageninnere. Auf dem Beifahrersitz lag eine schwarze Lederhandtasche. »Ich hätte sie am liebsten gleich durchsucht«, erklärte Cynthia mir, »aber ich wollte's nicht ohne Erlaubnis tun.«

»So ist's recht! Okay, her mit der Tasche.«

Sie öffnete die Tür mit einem Taschentuch, griff nach der Handtasche, ging damit zur Tribüne hinüber und begann, den Inhalt auszubreiten.

Ich kroch halb unter den Jeep, ohne auf dem Asphalt etwas Ungewöhnliches zu entdecken. Die Auspuffanlage fühlte sich an einigen Stellen noch handwarm an.

»Irgendwelche Ideen?« fragte Colonel Kent, als ich wieder stand.

»Einige mögliche Abläufe drängen sich förmlich auf. Aber darüber möchte ich nicht spekulieren, bevor die Spurensicherung dagewesen ist. Sie haben sie bereits angefordert, nehme ich an.«

»Natürlich. Sie sind von Gillem hierher unterwegs.«

»Gut.« Fort Gillem liegt bei Atlanta, knapp 350 Kilometer nördlich von Hadley, und das dortige CID-Labor ist eine hochmoderne Einrichtung, die für ganz Nordamerika zuständig ist. Die dort arbeitenden Fachleute reisen wie ich immer dorthin, wo sie gerade gebraucht werden. In diesem Fall würden sie vermutlich mit einem Hubschrauber aufkreuzen und ihr Wohnmobil nachkommen lassen. »Sagen Sie ihnen, daß mich der schwarze Fleck auf ihrer rechten Fußsohle sehr interessiert«, forderte ich Kent auf. »Ich möchte wissen, woraus er besteht.«

Der Colonel nickte, obwohl er vermutlich dachte: *Typischer CID-Scheiß.* Und er hatte vielleicht sogar recht.

»Außerdem möchte ich, daß die nähere Umgebung des Tatorts nach Planquadraten abgesucht wird. Sagen wir im Bereich zwischen fünfzig und zweihundert Metern um die Tote herum.« Dabei würden etwa vorhandene Fußabdrücke zerstört werden, aber auf dieser Schießbahn waren ohnehin Hunderte von Stiefelabdrücken zu finden, und mich interessierten nur Spuren in unmittelbarer Umgebung der Toten. »Ihre Leute sollen alles aufsammeln, was sie finden – Zigarettenkippen, Knöpfe, Papier, Flaschen und so weiter –, und in die Planquadrate eintragen. Okay?«

»Kein Problem«, bestätigte Kent. »Aber der Täter hat vermutlich keine Spuren hinterlassen. Wahrscheinlich ist er wie sein Opfer mit dem Auto gekommen.«

»Vermutlich haben Sie recht, aber wir müssen systematisch vorgehen.«

»Um uns selbst abzusichern.«

»Stimmt. Wir halten uns an die Vorschriften.« Was gefahrlos und manchmal sogar effektiv war. Trotzdem ahnte ich bereits, daß dieser Fall viel Phantasie erfordern und verdammt viele Leute gegen mich aufbringen würde. Aber schließlich machte die Arbeit dann erst richtig Spaß.

»Ich brauche Captain Campbells Personal- und Krankenakte bis spätestens Mittag versiegelt in Ihrer Dienststelle«, erklärte ich Kent.

»Okay.«

»Und ich brauche ein Büro bei Ihnen – mit einer Schreibkraft.«

»Ein oder zwei Schreibtische?«

Ich sah zu Cynthia hinüber. »Zwei, schätze ich. Aber das heißt noch nicht, daß ich diesen Fall übernehme.«

»Versuchen Sie nicht, mich einzunebeln, Paul. Machen Sie mit oder nicht?«

»Mal sehen, was Falls Church dazu sagt. Okay, den Presseoffizier informieren Sie am besten erst gegen zehn Uhr. Vorher lassen Sie zwei Ihrer Leute Captain Campbells Dienstzimmer ausräumen und alles von den Möbeln bis zu ihrem persönlichen Eigentum in Ihre Asservatenkammer schaffen. Sergeant St. John und PFC Robbins bleiben im MP-Gebäude, bis ich Zeit finde, mit ihnen zu reden. Und auf Sie wartet die unangenehme Aufgabe, Colonel, den General und Mrs. Campbell zu Hause aufzusuchen. Fahren Sie unangemeldet hin und nehmen Sie einen Militärgeistlichen und einen Arzt für den Fall mit, daß jemand ein Beruhigungsmittel oder dergleichen braucht. Aber die Eltern dürfen ihre Tochter nicht am Tatort sehen. Okay?«

Kent nickte und atmete langsam aus. »Mein Gott...«

»Amen. Sorgen Sie dafür, daß Ihre Leute nicht darüber reden, was sie hier gesehen haben. Die Spurensicherer brauchen PFC Caseys Fingerabdrücke, um sie aussondern zu können, und die Fußabdrücke aller jetzt hier Anwesenden – natürlich auch Ihre, Kent.«

»Wird gemacht.«

»Lassen Sie auch die Toiletten absperren und bewachen. Die Spurensicherer dürfen dort erst hinein, wenn ich Gelegenheit gehabt habe, sie mir anzusehen.«

Ich ging zu Cynthia hinüber, die jetzt alle Gegenstände, die sie nur mit dem Taschentuch anfaßte, wieder in die Handtasche zurücklegte. »Irgendwas Interessantes?«

»Nichts Besonderes. Geldbörse, Geld, Schlüssel – anscheinend alles in Ordnung. Und hier ist ein Kassenbon aus dem O Club. Sie hat gestern abend dort gegessen. Salat, Brathähnchen, Weißwein, Kaffee.« Cynthia machte eine Pause. »Wahrscheinlich war sie im Speisesaal gewesen, während wir mit unseren Drinks in der Bar gesessen haben.«

»Sie haben bei einem Drink zusammengesessen?« fragte

Kent, der inzwischen herangekommen war. »Sie kennen sich also?«

»Zusammengesessen haben wir dabei nicht gerade«, antwortete ich. »Wir kennen uns aus Falls Church.« Cynthia fragte ich: »Campbells Adresse?«

»Leider außerhalb. Victory Gardens, Victory Drive in Midland. Nummer 45.« Sie fügte hinzu: »Soviel ich weiß, ist das eine Wohnanlage mit Stadthäusern.«

»Ich rufe Chief Yardley an – das ist der Polizeichef von Midland –, damit er sich einen Durchsuchungsbefehl ausstellen läßt«, schlug Kent vor. »Dann können wir uns dort mit ihm treffen.«

»Nein. Diese Sache muß in der Familie bleiben, Bill.«

»Aber Sie dürfen ihr Haus in Midland nicht ohne richterlichen Durchsuchungsbefehl...«

Cynthia gab mir den Schlüsselbund aus Ann Campbells Handtasche und sagte: »Okay, ich fahre.«

»Außerhalb des Standorts haben Sie keinerlei Befugnisse!« protestierte Kent.

Ich machte Ann Campbells Autoschlüssel los und übergab ihn Kent mitsamt ihrer Handtasche. »Lassen Sie ihren Wagen suchen und sicherstellen.«

Auf dem Weg zu Cynthias Mustang sagte ich zu Kent: »Am besten bleiben Sie als Aufsicht hier. In Ihrem Bericht können Sie schreiben, ich hätte die Absicht gehabt, in Midland zur Polizei zu gehen. Die Verantwortung für meinen späteren Sinneswandel übernehme ich.«

»Yardley ist ein grober, rauhbeiniger Hundesohn«, warnte Kent mich. »Dafür dreht er Ihnen den Hals um, Paul.«

»Da muß er sich anstellen, bis er an der Reihe ist.« Um ihn zu beruhigen, damit er keine Dummheiten machte, fügte ich hinzu:

»Hören Sie, Bill, ich muß mich erst mal selbst bei Ann Campbell umsehen. Ich muß alles beseitigen, was sie, ihre Angehörigen, die Army, ihre Freunde oder Kameraden kompromittieren könnte. Danach kann Chief Yardley sich das Haus vornehmen. Okay?«

Das schien ihm einzuleuchten.

Cynthia setzte sich ans Steuer des Mustang, und ich sank in den Beifahrersitz. Zu Kent sagte ich noch: »Vielleicht rufe ich Sie von dort aus an.«

Cynthia ließ den Fünflitermotor an, wendete und gab Vollgas. Auf der einsamen Rifle Range Road beschleunigte ihr Mustang in ungefähr sechs Sekunden von null auf hundert.

Eine Zeitlang schwiegen wir beide, bis Cynthia plötzlich sagte: »Mir ist richtig übel.«

»Scheußliche Sache«, bestätigte ich.

»Widerwärtig.« Sie sah zu mir hinüber. »Gewöhnt man sich an so was?«

»Großer Gott, nein. So viele Morde bekomme ich auch wieder nicht zu sehen – vor allem nicht solche.«

Cynthia nickte. Dann holte sie tief Luft. »Ich könnte dir bei den Ermittlungen helfen. Aber ich möchte nicht, daß das schwierig wird.«

»Kein Problem«, sagte ich. »Aber Brüssel kann uns keiner mehr nehmen.«

»Wo?«

»Belgien. Die Hauptstadt.« *Biest.*

Wir fuhren schweigend weiter, bis Cynthia fragte: »Warum?«

»Warum ist Brüssel die Hauptstadt? Oder warum kann's uns keiner nehmen?«

»Nein, Paul, warum ist sie *ermordet* worden?«

»Oh, nun, mögliche Mordmotive sind Gewinnsucht, Rache,

Eifersucht, der Versuch, eine Straftat zu vertuschen, das Bestreben, Demütigung oder Erniedrigung zu entgehen, oder Geistesgestörtheit. So steht's im Handbuch.«

»Und was glaubst du?«

»Geht einem Mord eine Vergewaltigung voran, läuft die Sache meistens auf Rache oder Eifersucht hinaus – oder auf den Versuch, die Identität des Täters zu verschleiern. Sie kann ihn gekannt haben. Oder sie hätte ihn vielleicht identifizieren können, falls er unmaskiert gewesen ist.« Ich fügte hinzu: »Andererseits sieht das Ganze nach dem Lustmord eines Täters aus, der seine Befriedigung im Morden findet, ohne sie vielleicht wirklich vergewaltigt zu haben. Aber das ist nur eine Theorie.«

Cynthia nickte, ohne sich dazu zu äußern.

»Was hältst *du* davon?« fragte ich sie.

Sie ließ ein paar Sekunden verstreichen, bevor sie antwortete: »Die Tat ist offenbar sorgfältig geplant gewesen. Der Täter hat alles mitgebracht – die Zeltheringe, die Zeltschnur und vermutlich auch etwas, mit dem er die Heringe einschlagen konnte. Der Täter muß bewaffnet gewesen sein, um den Widerstand seines Opfers brechen zu können.«

»Und weiter?«

»Nun, der Täter hat sie überfallen, ihr die Waffe abgenommen, sie dazu gezwungen, sich auszuziehen, und sie vor sich her auf die Schießbahn getrieben.«

»Okay. Ich versuche bloß, mir vorzustellen, wie er's geschafft hat, sie an den Zeltheringen festzubinden. Ich kann nicht glauben, daß sie das willenlos mit sich hätte geschehen lassen.«

»Ich auch nicht«, gab Cynthia zu. »Aber vielleicht waren es zwei Täter. Und vor Abschluß der Laboruntersuchungen sollten wir nicht automatisch annehmen, daß nur Täter, nicht aber Täterinnen in Frage kommen.«

»Ganz recht.« An diesem Morgen hatte ich offenbar Schwierigkeiten mit Personalpronomen. »Warum deutet nichts auf Gegenwehr von ihrer Seite oder Gewaltanwendung durch den Täter hin?«

Sie schüttelte den Kopf. »Keine Ahnung. Meistens wird Gewalt angewendet, und der Strick um den Hals ist nicht gerade eine freundschaftliche Geste.«

»Nein«, antwortete ich, »aber der Kerl hat sie nicht gehaßt.«

»Sehr gemocht kann er sie auch nicht haben.«

»Oder vielleicht doch. Hör zu, Cynthia, du hast beruflich viel mit solchen Sachen zu tun. Erinnert dieser Fall dich an irgendeine andere Vergewaltigung, die du gesehen oder von der du gehört hast?«

Sie dachte darüber nach und sagte dann: »Sie enthält Elemente einer geplanten Vergewaltigung. Der Täter hat sorgfältige Vorbereitungen getroffen. Aber ich weiß nicht, ob er sie gekannt hat oder ob sie ihm nur zufällig über den Weg gelaufen ist.«

»Der Täter könnte Uniform getragen haben«, schlug ich vor. »Vielleicht ist sie deshalb nicht mißtrauisch gewesen.«

»Schon möglich.«

Ich sah aus dem offenen Fenster, roch Morgentau und Tannenduft und fühlte die Sonne auf meinem Gesicht. Ich kurbelte mein Fenster hoch, lehnte mich zurück und versuchte, mir die Ereignisse am Tatort wie in einem rückwärts ablaufenden Film vorzustellen: Captain Ann Campbell an die Zeltpflöcke gefesselt, dann nackt dastehend, dann von ihrem Jeep aus über die Schießbahn gehend und so weiter. Es wollte alles nicht recht zusammenpassen.

Cynthia unterbrach meine Überlegungen. »Paul, auf dem Namensschild ihrer Uniform und auf der Erkennungsmarke hat ihr

Name gestanden, und ich nehme an, daß auch Helm und Stiefel damit gekennzeichnet gewesen sind. Was haben die verschwundenen Sachen also gemeinsam? Ihren Namen, stimmt's?«

»Richtig.« Frauen haben für manche Dinge einen besonderen Blick.

»Dieser Kerl sammelt also, ja was denn? Trophäen? Beweise? Souvenirs und Erinnerungsstücke? Das entspräche dem Persönlichkeitsprofil eines planmäßig vorgehenden Sexualstraftäters.«

»Aber er hat ihre Unterwäsche und ihre Handtasche zurückgelassen.« Ich fügte hinzu: »Tatsächlich haben die fehlenden Sachen gemeinsam, daß sie militärische Ausrüstungsgegenstände sind – auch Koppel und Pistole, die nicht mit ihrem Namen gekennzeichnet sein dürften. Er hat ihre *Zivilsachen* zurückgelassen, darunter auch ihre Uhr und die Handtasche mit allen möglichen Dingen, die ihren Namen tragen. Richtig?«

»Ist das hier ein Wettbewerb?«

»Nein, Cynthia. Wir ermitteln wegen eines Mordes. Wir diskutieren über verschiedene Theorien.«

»Okay. Entschuldige. Partner sollten das natürlich tun.«

»Genau.« *Partner?*

Cynthia machte eine nachdenkliche Pause. »Also, warum hat er nur die Militärsachen mitgenommen?«

»Im Altertum war es üblich, tote Feinde ihrer Rüstung und ihrer Waffen zu berauben.«

»Und deshalb soll er ihre Uniform und alles andere mitgenommen haben?«

»Schon möglich. Bloß 'ne Idee. Vielleicht sollte uns das auf eine falsche Fährte bringen. Vielleicht leidet er unter einer geistigen Verwirrung, mit der ich nicht vertraut bin.«

Sie warf mir einen fragenden Blick zu.

»Möglicherweise hat er sie gar nicht vergewaltigt«, fuhr ich fort. »Aber er hat sie auf diese Weise gefesselt, um auf den sexuellen Hintergrund seiner Tat aufmerksam zu machen – oder um ihren Körper zu entehren, um ihre Nacktheit vor aller Augen bloßzustellen.«

»Weshalb?«

»Weiß ich noch nicht.«

»Oder vielleicht doch.«

»Darüber muß ich erst nachdenken. Ich könnte mir vorstellen, daß er sie gekannt hat.« Tatsächlich *wußte* ich, daß er sie gekannt hatte. Wir fuhren eine Zeitlang schweigend weiter, bevor ich sagte: »Ich weiß nicht, *warum* es passiert ist, aber könnte es nicht folgendermaßen gewesen sein? Ann Campbell verläßt das Stabsgebäude, fährt direkt zur Schießbahn sechs und hält ziemlich weit vom nächsten Posten entfernt an. Sie hat ein Rendezvous mit ihrem Geliebten – vermutlich nicht das erste Mal. Er spielt den bewaffneten Banditen, überfällt sie und zwingt sie mit vorgehaltener Waffe dazu, sich auszuziehen und von ihm fesseln zu lassen.« Ich sah zu Cynthia hinüber. »Du weißt, was ich meine?«

»Von sexuellen Perversionen verstehe ich nichts«, wehrte sie ab. »Dafür bist du zuständig.«

»Gut gesagt.«

»Deine Geschichte klingt wie eine typisch männliche Phantasie«, fuhr Cynthia fort. »Ich meine, welche Frau würde soviel Aufwand treiben, um sich auf kaltem Erdboden anpflocken zu lassen, und das als Vergnügen zu bezeichnen?«

Ich ahnte, daß dies ein langer Tag werden würde – und dabei hatte ich noch nicht mal gefrühstückt. »Weißt du, warum ihr Slip unter der Kordel um ihren Hals lag?«

»Nein, warum?«

»Schlag im Handbuch für Mordfälle unter sexuelle Asphyxie nach.«

»Okay.«

»Ist dir außerdem aufgefallen, daß sie an der rechten Fußsohle einen schwarzen Asphaltfleck gehabt hat?«

»Nein.«

»Nehmen wir mal an, der Fleck käme von der Straße – warum ist sie dort barfuß gewesen?«

»Er hat sie gezwungen, sich im Jeep oder ganz in der Nähe auszuziehen.«

»Warum ist ihre Unterwäsche dann auf der Schießbahn?«

Cynthia überlegte kurz. »Nachdem sie sich hatte ausziehen müssen, hat sie – oder der Täter – ihre Sachen zu der Stelle mitgenommen, wo sie gefesselt worden ist.«

»Weshalb?«

»Weil's im Drehbuch gestanden hat, Paul. Sexualstraftäter haben oft ungeheuer komplizierte Wunschvorstellungen, die nur sie erregend finden. Vielleicht hat der Täter sich damit seinen eigenen Traum verwirklicht.«

»Du verstehst also doch was davon?«

»Ich verstehe was von pathologischem Verhalten und strafbaren Verirrungen. Über sexuelle Perversionen unter Erwachsenen, die in gegenseitigem Einverständnis handeln, weiß ich nicht viel.«

»Die Grenze zwischen beidem ist fließend und nicht immer klar definiert«, wandte ich ein.

»Ich glaube nicht, daß Ann Campbell freiwillig mitgemacht hat. Jedenfalls wäre sie nicht damit einverstanden gewesen, erdrosselt zu werden.«

»Möglichkeiten gibt's viele«, sagte ich nachdenklich, »und wir tun gut daran, uns auf keine festzulegen.«

»Wir brauchen die Spurensicherer, wir brauchen die Autopsie, und wir müssen Leute vernehmen.«

Wir? Ich starrte aus dem Fenster und rief mir ins Gedächtnis zurück, was ich über Cynthia wußte. Sie stammte irgendwo aus dem tiefsten Iowa, hatte an der dortigen State University studiert und ihr Studium mit dem Magisterdiplom in Kriminologie abgeschlossen. Wie vielen Frauen bot das Militär ihr mehr Geld, Prestige und Aufstiegsmöglichkeiten, als sie daheim auf der Farm zu erwarten gehabt hätte. Cynthias Einstellung der Army gegenüber war daher recht positiv – Auslandsreisen, Abwechslung, soziale Sicherheit, Anerkennung und so weiter. Nicht schlecht für ein Farmgirl.

Und neben ihr auf dem Beifahrersitz Paul Brenner: ein Arbeitersohn aus South Boston, irisch-katholisch, High-School-Absolvent. Ich war nicht zur Army gegangen, um aus South Boston rauszukommen; die Army hatte mich geholt, weil sie sich in Asien in einen Landkrieg hatte verwickeln lassen und aus langer Erfahrung wußte, daß Arbeitersöhne gute Infanteristen abgeben.

Nun, ich muß ein guter Infanterist gewesen sein, denn ich hatte ein Jahr dort drüben überlebt. Danach hatte ich Collegekurse, Kurse in Kriminologie und Fortbildungskurse belegt – alles auf Kosten der Army. Ich hatte mich genügend verändert, um mich daheim in South Boston nicht mehr wohl zu fühlen; andererseits fühlte ich mich auch heute noch immer nicht wohl, wenn ich beim Colonel eingeladen war, aufpassen mußte, daß ich nicht zuviel trank, und Konversation mit Offiziersfrauen machte, die entweder so häßlich waren, daß es keinen Spaß machte, mit ihnen zu reden, oder so hübsch, daß es schwerfiel, nicht mit ihnen zu flirten.

Ein seltsames Paar: Cynthia Sunhill und Paul Brenner, die aus verschiedenen Welten kamen, in Brüssel ein Liebespaar gewesen waren und sich nun tief im amerikanischen Süden wiederfanden, wo sie eben miteinander die nackte Leiche einer Generalstochter begutachtet hatten. Konnten Liebe und Freundschaft unter diesen Umständen gedeihen? Ich hätte nicht darauf gewettet.

»Ich bin gestern ein bißchen verwirrt gewesen, als du so plötzlich dagestanden hast«, sagte sie. »Tut mir leid, wenn ich unhöflich gewesen bin.«

»Das bist du allerdings gewesen.«

»Okay, dann entschuldige ich mich in aller Form. Aber ich mag dich trotzdem nicht.«

Ich grinste. »Aber du möchtest diesen Fall bearbeiten.«

»Ja, deshalb will ich nett zu dir sein.«

»Nett mußt du schon deshalb sein, weil ich dein Vorgesetzter bin. Bist du's nicht, schicke ich dich nach Falls Church zurück.«

»Hör auf mit diesem Macho-Getue, Paul. Du schickst mich nirgends hin, und ich denke nicht daran, freiwillig das Feld zu räumen.« Sie fügte hinzu: »Wir haben einen Fall zu lösen und eine persönliche Beziehung zu klären.«

»In dieser Reihenfolge?«

»Ja, in dieser Reihenfolge.«

KAPITEL VIER

Von Fort Hadley aus erreichten wir in viertelstündiger Fahrt die Victory Gardens und parkten den Mustang vor Nummer 45.

Victory Gardens war eine hübsche Wohnanlage mit etwa fünf Dutzend Stadthäusern, die um einen hübsch angelegten Innenhof mit reichlich Parkplätzen gruppiert waren. Es standen zwar nirgends Schilder *Nur für Offiziere,* aber die Mieten waren vermutlich erst vom Captain aufwärts erschwinglich. Abgesehen davon gibt es ungeschriebene Regeln, wo Offiziere außerhalb der Kaserne wohnen sollten, und als Tochter eines Generals und gute Soldatin hatte Ann Campbell die richtige Wahl getroffen. Daß sie nicht in der Villa ihrer Eltern auf dem Kasernengelände wohnte, ließ darauf schließen, daß sie ein eigenes Leben führte. Und ich war dicht davor, etwas mehr über dieses Leben zu erfahren.

Cynthia und ich sahen uns um. Trotz des frühen Dienstbeginns bei der Army standen noch einige Autos vor den Häusern. Die meisten waren durch blaue Plaketten als Offiziersfahrzeuge ausgewiesen; an einigen klebten die grünen Plaketten von Zivilangestellten. Aber ansonsten wirkte die Wohnanlage beinahe verlassen.

Ich trug noch immer den Kampfanzug, den ich in der Waffenmeisterei angehabt hatte, und Cynthia trug wie gesagt Jeans und eine Windjacke. Auf dem Weg zur Nummer 45 in der langen Reihe roter Klinkerfassaden fragte ich sie: »Bist du bewaffnet?«

Sie nickte wortlos.

»Okay, du wartest hier. Ich gehe von hinten rein. Sollte jemand vorn rauskommen, hältst du ihn auf.«

»Wird gemacht.«

Ich ging um die letzten Häuser herum. Hinter der Wohnanlage erstreckte sich eine gemeinsame Rasenfläche, aber jedes Haus hatte eine eigene Veranda, dazwischen markierten Holzzäune die Grundstücksgrenzen. Auf Ann Campbells Veranda standen die üblichen Gartenmöbel, ein Grill und ein Liegestuhl, auf dem eine Flasche Sonnenöl und ein Reisemagazin lagen.

Durch die Glasschiebetür der Veranda und die nun halb geschlossenen Lamellen der Jalousie konnte ich die Eßnische und einen Teil des Wohnzimmers sehen. Anscheinend war niemand zu Hause. Ich konnte mir nicht vorstellen, daß eine Generalstochter mit einem Liebhaber zusammenlebte. Andererseits weiß man nie, wer sich in einem Haus aufhält, und wenn's um Mord geht, ist man lieber vorsichtig.

In der Ecke zwischen Veranda und Hauswand befand sich der Lichtschacht eines Kellerfensters, der mit einer verschraubten Plexiglaskuppel abgedeckt war. Dort konnte also niemand hinaus.

Rechts neben der Schiebetür befand sich der in die Küche führende Hintereingang. Ich drückte auf die Klingel. Nach kurzer Pause klingelte ich nochmals und rüttelte dann am Türknopf, was immer eine gute Idee ist, bevor man gewaltsam in ein Haus eindringt.

Natürlich hätte ich geradewegs zur hiesigen Polizei gehen sollen, wie Colonel Kent vorgeschlagen hatte, und die Polizei wäre gern bereit gewesen, sich einen Durchsuchungsbefehl ausstellen zu lassen und uns bei der Durchsuchung des Hauses behilflich zu sein. Da ich sie nicht damit belästigen wollte, suchte ich aus Ann Campbells Schlüsselbund den passenden Schlüssel aus und sperrte auf. Ich betrat die Küche, machte die Tür hinter mir zu und schloß wieder ab.

Die massige Tür in der Wand gegenüber führte vermutlich in den Keller. Ich schob ihren Riegel zu, so daß niemand mehr aus dem Keller ins Haus heraufkommen konnte.

Nachdem ich mir so Rückendeckung verschafft oder unter Umständen selbst den Rückzug abgeschnitten hatte, bewegte ich mich vorsichtig und unbewaffnet weiter, öffnete die Haustür von innen und ließ Cynthia herein. Wir blieben in der kühlen, klimatisierten Diele stehen, sahen uns um und horchten. Ich machte Cynthia ein Zeichen, sie solle ihre Pistole ziehen – eine Smith & Wesson Kaliber 38. Dann rief ich laut: »Polizei! Bleiben Sie stehen und melden Sie sich!« Cynthia wies ich an: »Du bleibst hier und schießt notfalls.«

»Wozu hab' ich das Scheißding sonst dabei?«

»Gutes Argument.« *Biest.* Ich trat als erstes an den Garderobenschrank und riß die Tür auf, aber dahinter stand niemand mit einem Zelthering in der Hand. Ich ging im Erdgeschoß von Raum zu Raum, kam mir ein bißchen lächerlich vor, weil ich zu neunundneunzig Prozent wußte, daß das Haus leer war, und erinnerte mich an einen Fall, in dem ich in ähnlicher Situation eine unangenehme Überraschung erlebt hatte.

Eine Treppe führte in den ersten Stock hinauf – und Treppen sind wie gesagt gefährlich, vor allem, wenn sie knarren. Cynthia ging unten in Stellung, und ich hetzte nach oben, wobei ich immer drei Stufen auf einmal nahm, und blieb oben an die Wand gepreßt stehen. Vor mir hatte ich drei Türen, von denen zwei geschlossen waren. Ich wiederholte meine Warnung – wieder blieb alles still.

Cynthia rief meinen Namen. Sie war halb die Treppe heraufgekommen und warf mir jetzt die Smith & Wesson zu. Ich fing die Waffe auf, machte Cynthia ein Zeichen, nicht weiter heraufzukommen und stieß die erste Tür auf. Ich hielt die Pistole mit ausgestreckten Armen schußbereit und brüllte: »Halt, keine Bewegung!« Aber meine Aggressivität verpuffte im Nichts. Vor mir lag nur ein spärlich möblierter halbdunkler Raum, offenbar eine Art Gästezimmer. Ich wiederholte meinen Auftritt an der nächsten Tür, hinter der sich ein großer Wäscheschrank befand.

Selbstverständlich war ich mir darüber im klaren, daß ich längst tot gewesen wäre, wenn mir hier oben jemand mit einer Waffe in der Hand aufgelauert hätte. Aber ich mußte mich an die Vorschriften halten. Deshalb schob ich mich an die Wand gepreßt vor, bis ich einen Blick durch die offene Tür werfen konnte. Ich sah ein großes Schlafzimmer, aus dem eine offenstehende Tür ins Bad führte. Ich winkte Cynthia zu mir herauf und drückte ihr die Smith & Wesson in die Hand.

»Gib mir Feuerschutz«, sagte ich, betrat das Schlafzimmer und behielt dabei die Schiebetüren des Einbaukleiderschranks und die offene Badezimmertür im Auge. Ich nahm einen Parfümflakon vom Toilettentisch und warf ihn ins Bad, wo er zerschellte. Aufklärung durch Schießen, wie wir bei der Infanterie zu sagen pflegten, aber auch diesmal blieb eine Reaktion aus.

Nachdem ich mich rasch in beiden Räumen umgesehen hatte, ging ich wieder zu Cynthia hinaus, die mit schußbereiter Pistole alle Türen überwachte. Ich hoffte noch immer, daß wir hier auf jemanden stoßen würden, den – oder die – ich festnehmen konnte, damit dieser verdammte Fall gelöst war und ich nach Virginia zurückkonnte. Aber das sollte nicht sein.

Cynthia warf einen Blick ins Schlafzimmer und kommentierte: »Sie hat ihr Bett gemacht.«

»Nun, du weißt ja, wie diese West Pointer sind.«

»Ich find's bloß traurig. Sie ist so penibel und ordentlich gewesen. Jetzt ist sie tot, und alles wird in den Dreck gezogen.«

Ich nickte ihr zu. »Komm, wir fangen mit der Küche an.«

KAPITEL FÜNF

Das Eindringen ins Haus eines Toten hat wirklich etwas Trauriges, etwas Unheimliches an sich. Man geht durch Räume, die er nie wieder betreten wird, öffnet seine Schränke, Schreibtische und Schubladen, liest seine Post und hört sogar seinen Anrufbeantworter ab. Kleidungsstücke, Bücher, Videobänder, Lebensmittel, Getränke, Toilettenartikel, Medikamente, Rechnungen – ein ganzes Haus voll der Dinge, die ein Leben erhalten, definieren und hoffentlich erklären können. Von einem Zimmer zum anderen ohne jemanden, der einen auf ein Lieblingsbild an der Wand aufmerksam machen, einem Erläuterungen zum Fotoalbum geben, einen Drink anbieten oder erklären könnte, weshalb die Zimmerpflanzen austrocknen und verwelken.

Als Cynthia in der Küche die verriegelte Tür auffiel, erklärte ich ihr: »Die führt in den Keller. Dort sehen wir uns später um.«

Sie nickte wortlos.

Die Küche gab nicht viel her. Sie bestätigte nur, daß Ann Campbell pedantisch ordentlich gewesen war und sich von gesunden Sachen wie Joghurt, Bohnensprossen und Kleiebrötchen ernährt hatte, bei denen sich mir der Magen umdreht. Im Kühlschrank und in der Speisekammer fanden wir viele Flaschen guter Weine und teurer Biere.

Ein ganzes Regal stand voller Cognac-, Bourbon- und Whiskeyflaschen bester Marken, die sogar zu PX-Preisen teuer gewesen wären. Wie die Preisschilder an einigen Flaschen zeigten, kamen sie jedoch keineswegs aus der Post Exchange. »Warum hat sie das Zeug ganz normal im Laden gekauft?« fragte ich verständnislos.

»Wahrscheinlich wollte sie nicht gesehen werden, wie sie in der PX Schnaps einkauft. Du weißt schon: alleinstehende Frau, die Tochter eines Generals. Männer haben damit weniger Probleme.«

»Das kann ich ihr nachfühlen«, bestätigte ich. »Mich haben sie mal mit 'ner Milchtüte und drei Bechern Joghurt erwischt. Danach bin ich drei Wochen lang nicht mehr in den O Club gegangen.«

Cynthia verdrehte nur die Augen. Offenbar ging ich ihr auf die Nerven.

Ein Juniorpartner wäre nie so respektlos gewesen. Eine neue Partnerin übrigens auch nicht. Diese Vertraulichkeit hing offenbar damit zusammen, daß wir einst miteinander geschlafen hatten. Darüber mußte ich bei Gelegenheit nachdenken.

»Komm, wir sehen uns weiter um«, schlug Cynthia vor. Sie hatte ganz recht: Wir mußten uns beeilen. Die Midland Police konnte jederzeit aufkreuzen.

Nach einem kurzen Blick in die Toilette im Erdgeschoß gingen wir ins Wohnzimmer hinüber. Auch dieser Raum und die Eßecke waren mustergültig sauber und ordentlich. Die Einrichtung war funktional modern, aber wie bei vielen Berufssoldaten standen Andenken aus aller Welt herum: japanische Lackarbeiten, bayerisches Zinn, italienisches Muranoglas und so weiter. An den Wänden hingen großformatige Gemälde mit geometrischen Formen in Primärfarben. Sie waren absolut nichtssagend, was vermutlich beabsichtigt war.

Irgendwie wollte es mir einfach nicht gelingen, Zugang zu Ann Campbell zu bekommen. Dabei konnte ich mich an einen Fall erinnern, bei dem ich das Apartment eines Mörders durchsucht und den Kerl nach zehn Minuten im Griff gehabt hatte. Manchmal waren es Kleinigkeiten wie eine Plattensammlung,

Katzenbilder an den Wänden oder schmutzige Unterwäsche auf dem Boden. Auch Bücher, das Fehlen von Büchern, ein Fotoalbum oder gar ein Tagebuch konnten überaus aufschlußreich sein. Aber hier kam ich mir bisher vor, als sei ich aus Versehen ins Musterhaus einer zum Verkauf stehenden Wohnanlage geraten.

Der letzte Raum im Erdgeschoß, das Arbeitszimmer, war mit Schreibtisch, Sofa, zwei Sesseln und wandhohen Bücherregalen ausgestattet. Ein Fernseher mit eingebautem Videorecorder und eine teure Stereoanlage ergänzten die Einrichtung. Unter dem Telefon auf dem Schreibtisch stand ein Anrufbeantworter, dessen Blinklicht leuchtete. Aber damit konnten wir uns später befassen.

Wir durchsuchten das Arbeitszimmer gründlich, schüttelten einzelne Bücher aus, zogen sämtliche Schubladen auf und interessierten uns zuletzt für die Bücher- und CD-Titel. In den Regalen standen militärische Fachbücher, ein paar Kochbücher und Sachbücher über Sport und Gesundheit, aber kein einziger Roman, nichts Literarisches. Auffällig waren Friedrich Nietzsches Gesamtwerk und Unmengen psychologischer Fachwerke, die mich daran erinnerten, daß wir es nicht nur mit einer Psychologin, sondern mit einer Spezialistin auf dem Gebiet der Psychologischen Kriegführung zu tun hatten. Das konnte in diesem Fall eine wichtige Rolle spielen – oder sich als gänzlich unwichtig erweisen.

Cynthia, die sich für die CDs interessiert hatte, erklärte mir: »Unterhaltungsmusik, ein paar Golden Oldies, Beatles-Alben und Klassik, hauptsächlich aus Wien.«

»Sigmund Freud spielt Strauß auf der Oboe?«

»So ähnlich.«

Ich schaltete den Fernseher ein und erwartete eigentlich, ein

Nachrichten- oder Fitneßprogramm zu sehen. Statt dessen war der VCR-Kanal angewählt. Ich begutachtete die VHF-Kassetten: ein paar Klassiker in Schwarzweiß, mehrere Fitneßkurse und einige Kassetten mit dem handgeschriebenen Titel *Psy Ops, Vorträge.*

Cynthia drehte sich um, und wir sahen beide zu, wie Captain Ann Campbell im Kampfanzug an einem Rednerpult stehend den Bildschirm füllte. Sie war wirklich eine sehr attraktive Erscheinung, aber darüber hinaus hatte sie klare, hellwache Augen, mit denen sie sekundenlang in die Kamera blickte, bevor sie lächelnd begann:

»Guten Morgen, Gentlemen. Heute wollen wir verschiedene Möglichkeiten diskutieren, wie Sie als Infanteriekommandeure im Einsatz die Kampfmoral und den Kampfwert des Gegners durch Psychologische Kriegführung mindern können. Ihr Auftrag – den Gegner stellen und vernichten – ist schwierig, und Sie werden dabei durch andere Waffengattungen wie Artillerie, Heeresflieger, Panzer und Nachrichtendienst unterstützt. Darüber hinaus steht Ihnen jedoch auch ein bisher wenig bekanntes und zuwenig eingesetztes Kampfmittel zur Verfügung: die Psychologische Kriegführung.

Die Kampfbereitschaft des Gegners ist vermutlich das wichtigste Einzelelement, das Sie in Ihre taktische Planung einbeziehen müssen. Seine Bewaffnung, seine Panzer, seine Artillerie, seine Ausbildung und sogar seine zahlenmäßige Stärke treten hinter seiner grundsätzlichen Bereitschaft zurück, sich dem Kampf zu stellen.« Sie machte eine kurze Pause. »Kein Mann will sterben. Aber viele Männer lassen sich dazu motivieren, ihr Leben einzusetzen, um ihr Land, ihre Familie oder auch nur eine Idee zu verteidigen. Demokratie, Glaube, Rassenstolz, persönliche Ehre, Kameradschaft, Aussicht auf Kriegsbeute oder Frauen

– das alles gehört zu den historischen Motivationen der kämpfenden Truppe.«

Während sie sprach, erschienen auf einer Projektionsleinwand neben ihr historische Schlachtszenen nach alten Stichen und Gemälden. Ich erkannte den *Raub der Sabinerinnen* von Giovanni Bologna: eines der wenigen klassischen Gemälde, dessen Titel ich kenne. Manchmal staune ich über mich selbst.

Captain Campbell sprach weiter: »Psychologische Kriegführung verfolgt das Ziel, diese Motivationen zu schwächen, ohne sie jedoch völlig auszuschalten, denn sie sind oft zu stark und sitzen zu tief, um durch Propaganda oder Psychologische Kriegführung beeinflußbar zu sein. Wir können bestenfalls hoffen, gewisse Zweifel zu säen. Aber das allein schwächt keine Kampfmoral und führt noch nicht dazu, daß der Gegner massenhaft desertiert und sich ergibt. Es bildet nur die Grundlage für Stufe zwei der Psychologischen Kriegführung, die letztlich den Zweck hat, beim Gegner Angst und Panik zu verbreiten.

Angst und Panik, Gentlemen«, wiederholte sie. »Angst vor dem Tod, Angst vor grausigen Wunden, Angst vor der Angst. Panik – ein rätselhafter, bisher kaum erforschter Zustand der menschlichen Psyche. Panik – eine tiefsitzende Angst, die oft keine logische oder rationale Ursache hat. Unsere Vorfahren haben Trommeln, Lärminstrumente aller Art, Pfeifen, Gebrüll, Schmähungen oder sogar Urschreie eingesetzt, um das feindliche Lager in Panik zu versetzen.«

Auf der Projektionsleinwand neben ihr erschien jetzt eine von blutrünstig aussehenden Barbaren verfolgte römische Legion in wilder Flucht.

Sie fuhr fort: »Als Technikfreaks auf der Suche nach High-Tech-Lösungen für alle Probleme auf dem Gefechtsfeld haben wir den Urschrei vergessen.« Ann Campbell drückte auf einen

Knopf am Rednerpult. Im nächsten Augenblick hallte ein markerschütternd lauter Schrei durch den Saal. »Nicht übel, was?« fragte sie lächelnd. Die Zuhörer lachten, und im Hintergrund sagte irgend jemand: »Klingt wie meine Frau, wenn sie kommt.« Erneutes Gelächter, in das sogar Captain Campbell einstimmte. Obwohl dieses laute, fast lüsterne Lachen überhaupt nicht zu ihr paßte. Sie warf einen Blick in ihre Notizen. Als sie wieder den Kopf hob, wirkte ihre Miene geschäftsmäßig, und das Gelächter erstarb.

Ich hatte den Eindruck, sie gehe auf ihre Zuhörer ein und versuche, sie durch gelegentliche zweideutige oder persönliche Bemerkungen für sich einzunehmen, wie es Militärausbilder häufig taten. Sie hatte ihr Männerpublikum erreicht, einen Augenblick sexueller Komplizenschaft zugelassen und enthüllt, was unter dem Kampfanzug steckte. Aber nur wenige Sekunden lang. Ich stellte den Videorecorder ab. »Interessanter Vortrag«, meinte ich.

»Wer könnte diese Frau ermorden wollen?« fragte Cynthia. »Ich meine, sie ist so *lebendig* gewesen. So vital, so selbstbewußt.«

Vielleicht war sie genau deshalb ermordet worden. Cynthia und ich blieben einen Augenblick schweigend stehen, als sei die Erinnerung an Ann Campbell in diesem Raum noch lebendig. Tatsächlich hatte sie mich schon völlig gefangengenommen. Ann Campbell gehörte zu den Frauen, die man nicht übersieht und die man sein Leben lang nicht wieder vergißt. Nicht nur, weil sie attraktiv war, sondern auch durch ihre Haltung, ihr ganzes Auftreten. Und sie hatte eine gute Kommandostimme: tief und deutlich, aber trotzdem feminin und sexy. Insgesamt eine Frau, die von Männern Aufmerksamkeit und Respekt erwarten oder sie zum Wahnsinn treiben konnte.

Wie hatten Frauen auf sie reagiert? Cynthia schien ebenso beeindruckt zu sein wie ich, aber ich hatte den Verdacht, daß andere Frauen sie für bedrohlich gehalten hatten – vor allem, wenn ihre Freunde oder Ehemänner beruflich mit ihr zu tun gehabt hatten. Wie Ann Campbell zu anderen Frauen gestanden hatte, war vorerst noch ein Rätsel.

Wir setzten die Durchsuchung des Arbeitszimmers fort und blätterten gemeinsam in einem Fotoalbum aus ihrem Schreibtisch. Nichts als Familienbilder: General Campbell und Frau, ein junger Mann, der vermutlich ihr Sohn war, Daddy & Ann in Uniform, Onkel und Tanten, West Point, Picknicks, Familienfeiern, Weihnachten, Thanksgiving. Ich hatte den Verdacht, Mrs. Campbell habe dieses Album für ihre Tochter zusammengestellt. Es dokumentierte eindeutig, daß die Campbells die intakteste, ausgeglichenste, glücklichste Familie waren, die man sich vorstellen konnte. »Schotter«, sagte ich. »Aber es zeigt wenigstens *etwas,* stimmt's?«

»Was?« fragte Cynthia.

»Wahrscheinlich hassen sie sich alle.«

»Du bist zynisch«, warf sie mir vor. »Und eifersüchtig«, fügte sie hinzu, »weil wir beide nicht aus solchen Familien kommen.«

Ich klappte das Album zu. »Keine Angst, wir kriegen bald raus, was hinter ihrem Lächeln steckt.«

Plötzlich schien Cynthia zu begreifen, worauf wir uns da einließen. »Paul, wir – wir müssen General Campbell befragen und Mrs. Campbell.«

»Mord ist schlimm genug«, antwortete ich. »Kommen Vergewaltigung und Mord zusammen, wobei der Vater der Ermordeten ein Nationalheld ist, sollten die Idioten, die das Leben des Opfers unter die Lupe nehmen, wenigstens wissen, worauf sie sich einlassen. Kapiert?«

Sie überlegte kurz. »Trotzdem will ich diesen Fall«, erklärte sie mir dann. »Ich fühle mich ihr irgendwie verbunden, weißt du. Ich hab' sie nicht gekannt, aber ich weiß, daß sie's bei dieser Männerarmee nicht leicht gehabt hat.«

»Nicht schon wieder, Cynthia.«

»Unsinn, Paul, was verstehst *du* schon davon?«

»Versuch mal, heutzutage ein Weißer zu sein.«

»Laß den Blödsinn.«

»Jetzt weiß ich wieder, worüber wir uns immer gestritten haben.«

»Schluß jetzt!«

Wir setzten die Durchsuchung fort. Ich betrachtete die Urkunden an den Wänden: Ann Campbells West-Point-Diplom, ihr Offizierspatent, Ausbildungsnachweise und Anerkennungsurkunden vom Heeresministerium und Verteidigungsministerium – darunter eine für ihre Mitwirkung beim Unternehmen Desert Storm, in der aber nicht stand, wofür sie belobigt worden war. Ich räusperte mich und fragte Cynthia: »Schon mal vom Unternehmen Bonkers während des Golfkrieges gehört?«

»Nicht daß ich wüßte«, antwortete sie.

»Irgend jemand in der Abteilung Psychologische Kriegführung hat die clevere Idee gehabt, über den irakischen Stellungen Pornofotos abzuwerfen. Die meisten dieser armen Kerle hatten sei Monaten oder Jahren keine Frau mehr gesehen – deshalb will dieser Sadist sie unter geilen Fotos begraben, damit sie ausflippen. Die Sache geht bis zum Vereinten Oberkommando und wird überall befürwortet, bis die Saudis davon hören und aufgebracht dagegen protestieren. Also ist nichts daraus geworden, aber wie man hört, war diese Idee brillant und hätte den Bodenkrieg von vier Tagen auf eine Viertelstunde verkürzen können.« Ich grinste erwartungsvoll.

»Widerlich«, sagte Cynthia eisig.

»Okay, theoretisch hast du recht. Aber wenn sie ein einziges Leben hätte retten können, wäre sie vielleicht zu rechtfertigen gewesen.«

»Nicht jeder Zweck heiligt jedes Mittel. Worauf willst du hinaus?«

»Okay, was wäre, wenn die Idee mit dem Porno-Bombardement von keinem männlichen Chauvinistenschwein, sondern von einer Frau gekommen wäre?«

»Du meinst von Captain Campbell?«

»Jedenfalls ist die Idee aus der hiesigen Special Operations School gekommen. Damit müssen wir uns noch befassen.«

Cynthia warf mir einen nachdenklichen Blick zu. »Hast *du* sie gekannt?«

»Nicht persönlich.«

»Was hast du von ihr gewußt?«

»Was praktisch alle gewußt haben, Cynthia. Sie ist in jeder Beziehung vollkommen gewesen: *made in the USA,* vom Public Information Office pasteurisiert und homogenisiert, frisch vor die Haustür geliefert, sahnig weiß und gesund für dich.«

»Und das glaubst du nicht?«

»Allerdings nicht! Sollte ich mich getäuscht haben, habe ich den Beruf verfehlt und nehme meinen Abschied.«

»Das mußt du vielleicht ohnehin.«

»Schon möglich.« Ich fügte hinzu: »Überleg dir bitte, wie sie gestorben ist, wie bizarr die Umstände waren und wie unwahrscheinlich es ist, daß ein Unbekannter eine Soldatin überwältigen konnte, die wachsam, intelligent, bewaffnet und schußbereit war.«

Sie nickte langsam. »Was du andeutest, habe ich mir auch schon überlegt«, gab sie zu. »Weibliche Offiziere führen oft ein

Doppelleben: öffentlich vorbildlich, privat – was auch immer. Aber ich habe beruflich auch ledige und verheiratete Frauen kennengelernt, die ein vorbildliches Privatleben geführt haben und rein zufällig vergewaltigt worden sind. Und andere Frauen mit sehr lockerem Lebenswandel, deren Vergewaltigung nichts mit ihrer Promiskuität oder den verrückten Typen zu tun hatte, mit denen sie sich abgegeben haben. Wieder reiner Zufall!«

»Auch das ist denkbar, und ich schließe diese Möglichkeit keineswegs aus.«

»Und spiel nicht den Moralapostel, Paul.«

»Das tue ich nicht. Ich bin kein Heiliger. Wie steht's mit dir?«

»Überflüssige Frage.« Cynthia trat auf mich zu und legte mir eine Hand auf die Schulter, was ein bißchen überraschend kam. »Schaffen wir's, Paul?« fragte sie. »Ich meine als Team? Oder machen wir zuletzt doch bloß Scheiß?«

»Nein. Wir lösen diesen Fall.«

Cynthia stieß mir ihren Zeigefinger in den Bauch, als habe mein Satz ein Ausrufezeichen nötig, und ging an Ann Campbells Schreibtisch zurück.

Ich befaßte mich weiter mit den gerahmten Urkunden an den Wänden. Das amerikanische Rote Kreuz dankte ihr für ihre Unterstützung einer Blutspendekampagne, ein hiesiges Krankenhaus für die Betreuung schwerkranker Kinder, eine Organisation für Erwachsenenbildung für ihre Tätigkeit als Englischlehrerin. Wie hatte Ann Campbell es geschafft, das alles zu bewältigen und dabei noch ein Privatleben zu haben? Oder war es denkbar, daß diese äußerst attraktive Frau überhaupt *kein* Privatleben gehabt hatte? Sollte ich mich so in ihr getäuscht haben?

»Hier ist ihr Adreßbuch«, teilte Cynthia mir mit.

»Ah, da fällt mir was ein! Hast du meine Weihnachtskarte gekriegt? Wo lebst du momentan eigentlich?«

»Hör zu, Paul, ich wette, daß deine Freunde in der Personalabteilung meine Akte durchforstet und dich im vergangenen Jahr über mich auf dem laufenden gehalten haben.«

»Das täte ich nie. Das wäre unfair und unprofessionell.«

Sie warf mir einen prüfenden Blick zu. »Sorry.« Sie steckte das Adreßbuch in ihre Handtasche, trat an den Anrufbeantworter und drückte auf den Wiedergabeknopf.

Eine Stimme sagte: »Ann, hier spricht Colonel Fowler. Sie sollten heute morgen nach Dienstschluß beim General vorbeikommen.« Seine Stimme klang ziemlich barsch. »Mrs. Campbell hatte ein Frühstück für Sie vorbereitet. Nun, im Augenblick schlafen Sie vermutlich. Bitte rufen Sie gleich nach dem Aufstehen den General oder Mrs. Campbell an.« Der Anrufer legte auf.

»Vielleicht hat sie Selbstmord verübt«, sagte ich. »Ich hätt's getan.«

»Als Tochter eines Generals kann sie kein leichtes Leben gehabt haben«, meinte Cynthia. »Wer ist Colonel Fowler?«

»General Campbells Stellvertreter als Standortkommandant.« Ich fragte Cynthia: »Was hältst du von dieser Nachricht?«

»Amtlich. Sein Tonfall verrät gewisse Vertrautheit, aber keine besondere Wärme. Als tue er bloß seine Pflicht, indem er die vergeßliche Tochter eines Vorgesetzten anruft, die im Dienstgrad unter ihm steht, aber eben doch die Tochter seines Chefs ist. Welchen Eindruck hast du davon?«

Ich überlegte kurz, bevor ich antwortete: »Mir kommt die Nachricht erfunden vor.«

»Oh, wie zur Tarnung?«

Ich drückte nochmals auf den Wiedergabeknopf, und wir hörten aufmerksam zu. »Vielleicht fange ich an, mir Dinge einzubilden«, sagte ich.

»Vielleicht auch nicht.«

Ich nahm den Hörer ab und wählte die Nummer der Militärpolizei in Fort Hadley, und ich ließ mich mit Colonel Kent verbinden. »Wir sind noch im Haus der Verstorbenen«, teilte ich ihm mit. »Haben Sie schon mit dem General gesprochen?«

»Nein, bisher nicht. Ich, ich warte noch auf den Militärgeistlichen.«

»Bill, in ein paar Stunden weiß der ganze Standort davon. Sie *müssen* die Angehörigen informieren! Persönlich, nicht etwa schriftlich oder telegrafisch.«

»Hören Sie, Paul, ich weiß vor lauter Arbeit kaum mehr, wo mir der Kopf steht. Ich habe unseren Militärpfarrer verständigt, und er ist auf dem Weg hierher.«

»Okay. Haben Sie ihr Büro ausräumen lassen?«

»Ja. Ich habe alles in einen leerstehenden Hangar auf Jordan Field schaffen lassen.«

»Gut. Als nächstes schicken Sie ein halbes Dutzend Lastwagen mit einem Zug Militärpolizisten her, die arbeiten und den Mund halten können, und lassen ihr Haus ausräumen. Ihre Leute sollen *alles* mitnehmen, Colonel – die gesamte Einrichtung bis hin zu Glühbirnen, Klobrillen, Kühlschrank und Lebensmitteln. Sie sollen dabei Fotos machen und alles im Hangar ungefähr so aufbauen, wie's hier gestanden hat. Okay?«

»Sind Sie übergeschnappt?«

»Erraten. Und sorgen Sie dafür, daß die Männer Handschuhe tragen, und lassen Sie die Spurensicherer alles auf Fingerabdrücke untersuchen.«

»Wozu wollen Sie den ganzen Haushalt abtransportieren lassen?«

»Bill, ihr Haus liegt außerhalb unseres Zuständigkeitsbereichs, und ich traue der hiesigen Polizei nicht. Wenn die Midland Police dann hier aufkreuzt, kann sie bestenfalls noch die Tapeten beschlagnahmen. Haben Sie Vertrauen zu mir, Bill. Der Tatort liegt auf Militärgelände, deshalb ist alles völlig legal.«

»Nein, das ist es nicht!«

»Es wird getan, was ich für notwendig halte, sonst steige ich aus, Colonel.«

Nach längerer Pause kam ein Grunzen zurück, das ich als Zustimmung deutete.

»Und schicken Sie einen Offizier zur Bell Telephone Company in Midland, damit Ann Cambpells Anschluß auf eine Nummer in Fort Hadley umgeschaltet wird. Am besten gleich auf eine Nummer im Hangar. Installieren Sie ihren Anrufbeantworter und legen Sie eine neue Kassette ein. Die alte Kassette enthält eine Nachricht und wird als Beweismaterial sichergestellt.«

»Wer sollte denn noch anrufen, wenn der Fall erst mal Schlagzeilen gemacht hat?«

»Das weiß man nie. Sind die Spurensicherer schon da?«

»Ja. Sie sind am Tatort. Die Leiche auch.«

»Und Sergeant St. John und PFC Robbins?«

»Die schlafen noch. Ich hab' sie in Einzelzellen gesteckt. Unversperrte. Soll ich sie über ihre Rechte belehren?«

»Nein, sie werden nicht verdächtigt. Aber Sie können sie als wichtige Zeugen dabehalten, bis ich Zeit habe, mit ihnen zu reden.«

»Soldaten haben *gewisse* Rechte«, erklärte Kent mir. »St. John ist verheiratet, und Robbins' Kompaniechef glaubt wahrscheinlich an unerlaubte Entfernung von der Truppe.«

»Dann führen Sie ein paar Telefongespräche für die beiden. Aber sie selbst dürfen mit niemandem sprechen. Was ist mit Captain Campbells Personal- und Krankenakte?«

»Liegt bei mir auf dem Schreibtisch.«

»Was haben wir vergessen, Bill?«

»Die Verfassung.«

»Solche Kleinigkeiten müssen Sie ignorieren.«

»Wissen Sie, Paul, ich muß mit Chief Yardley zusammenarbeiten. Leute wie Sie geben hier nur ein Gastspiel. Yardley und ich kommen gut miteinander aus, wenn man bedenkt, was für Schwierigkeiten...«

»Ich hab' gesagt, daß ich die Verantwortung übernehme.«

»Das will ich hoffen!« Er erkundigte sich: »Haben Sie dort schon was Interessantes entdeckt?«

»Noch nicht. Und Sie?«

»Bei der Suche nach Planquadraten sind nur Abfälle gefunden worden.«

»Haben die Hunde irgendwas aufgespürt?«

»Keine weiteren Opfer.« Er fügte hinzu: »Die Hundeführer haben sie im Jeep rumschnüffeln lassen, und sie sind geradewegs zur Leiche gelaufen. Von dort aus zurück zum Jeep, über die Straße, an der Tribüne vorbei und zu den Toilettenschuppen unter den Bäumen. Dort haben sie die Fährte verloren und sind zum Jeep zurückgelaufen.« Er fuhr fort: »Wir wissen natürlich nicht, ob die Hunde die Witterung des Täters oder bloß ihre Witterung aufgenommen haben. Aber irgend jemand – vielleicht Täter und Opfer gemeinsam oder einer von beiden – ist drüben bei den Toiletten gewesen.«

Kent zögerte, bevor er hinzufügte: »Ich habe das Gefühl, daß der Täter mit dem eigenen Fahrzeug gekommen ist, und da nirgends Reifenspuren zu finden sind, muß er auf der Straße geblieben sein. Wahrscheinlich hat der Kerl schon dagestanden, als sie angehalten hat. Die beiden steigen aus, und er überwältigt sie, treibt sie vor sich her auf die Schießbahn und tut ihr Gewalt an. Dann geht er zur Straße zurück...«

»Wobei er ihre Sachen mitnimmt.«

»Richtig. Er wirft sie in seinen Wagen und...«

»Er geht auf die Toilette, wäscht sich, kämmt sich, kehrt zu seinem Wagen zurück und fährt davon.«

»So könnte's gewesen sein«, sagte Kent. »Aber das ist natürlich bloß 'ne Theorie.«

»Meiner Theorie nach werden wir einen weiteren Hangar für die vielen Theorien brauchen. Okay, ein halbes Dutzend Lastwagen dürfte reichen. Und sorgen Sie dafür, daß eine einfühlsame Offizierin den Abtransport überwacht. Und schicken Sie jemand von Community Affairs mit, um die Nachbarn zu beruhigen, während Ihre Leute das Haus ausräumen. Bis später!« Ich legte auf.

»Du hast einen beweglichen, scharfen Verstand, Paul«, erklärte Cynthia mir.

»Oh, vielen Dank.«

»Mit ein bißchen Mitgefühl und Herz wärst du ein besserer Mensch.«

»Ich will aber kein besserer Mensch sein.« Ich fügte hinzu: »Hey, bin ich in Brüssel etwa nicht nett zu dir gewesen? Hab' ich dir keine belgischen Pralinen gekauft?«

Cynthia antwortete nicht gleich. »Doch, das hast du«, gab sie dann zu. »Okay, gehen wir in den ersten Stock rauf, bevor er nach Jordan Field abtransportiert wird?«

»Gute Idee.«

KAPITEL SECHS

Das Schlafzimmer war wie alles andere sehr sauber und ordentlich – bis auf den im Bad zerschellten Parfümflakon, nach dem jetzt alles durchdringend roch. Die Einrichtung im skandinavischen Stil war funktionell modern ohne Hinweis darauf, daß dies das Boudoir einer Dame war. Auffällig waren nur die zwei Dutzend Parfüms auf dem Toilettentisch – nach Cynthias Auskunft lauter sündteure Marken – und ein von teuren Modellkleidern fast überquellender Einbauschrank. In einem zweiten Schrank hingen Ann Campbells Uniformen vom Kampfanzug bis zur Paradeuniform, aber viel interessanter war ein Gewehr M-16, das mit vollem Magazin geladen und gesichert in einer Ecke lehnte. »Das ist die Militärausführung«, sagte ich. »Vollautomatisch.«

»Außerhalb der Kaserne verboten«, stellte Cynthia fest.

»Großer Gott.« Wir suchten eine Zeitlang weiter, und ich wühlte zwischen Ann Campbells Unterwäsche herum, als Cynthia sagte: »Dort hast du schon nachgesehen, Paul. Werd nicht komisch, ja?«

»Ich suche ihren West-Point-Ring«, antwortete ich leicht verärgert. »Am Finger hat sie ihn nicht gehabt, und in ihrer Schmuckschatulle ist er nicht.«

»Jemand hat ihn ihr abgezogen. Ich hab' die weiße Linie am Ringfinger gesehen.«

Ich knallte die Schublade zu. »Halt mich auf dem laufenden«, sagte ich.

»Du mich auch«, fauchte sie.

Das Bad glänzte makellos sauber. Wir öffneten den Spiegelschrank, der nur Toilettenartikel, kosmetische Produkte und ähnliches enthielt. Keine verschreibungspflichtigen Medikamente, kein Rasierzeug eines Mannes, nur eine Zahnbürste und nichts Stärkeres als Aspirin. »Was«, fragte ich meine Partnerin, »schließt du daraus?«

»Sie ist keine Hypochonderin gewesen, hat weder trockene noch fette Haut gehabt, hat sich die Haare nicht gefärbt und bewahrt ihr Empfängnisverhütungsmittel woanders auf.«

»Vielleicht hat sie darauf bestanden, daß ihre Männer ein Kondom benützen.« Ich fügte hinzu: »Wie du vielleicht gehört hast, sind Kondome wegen der Ansteckungsgefahr wieder groß im Kommen. Heutzutage muß man die Leute auskochen, bevor man mit ihnen schläft.«

Cynthia ignorierte meinen Kommentar und sagte: »Oder sie ist keusch gewesen.«

»Daran hätte ich nie gedacht. Ist das überhaupt möglich?«

»Auszuschließen ist es jedenfalls nicht, Paul.«

»Oder könnte sie, wie sagt man heutzutage? Könnte sie schwul gewesen sein? Eine Lesbierin? Wie heißt der politisch korrekte Ausdruck?«

»Interessiert dich das wirklich?«

»Für meinen Bericht. Ich meine, ich will keine Schwierigkeiten mit der feministischen Gedankenpolizei.«

»Laß es gut sein, Paul.«

Als wir das Bad verließen, schlug Cynthia vor: »Komm, wir sehen uns das andere Schlafzimmer an.«

Wir gingen in den kleineren Raum hinüber. Obwohl hier bestimmt niemand lauerte, zog Cynthia ihre Pistole und gab mir Feuerschutz, während ich in den leeren Einbaukleiderschrank und unters Doppelbett sah. Dieses Bett, eine Kommode und die Nachttische waren die einzigen Einrichtungsgegenstände. Eine offene Tür führte in ein kleines Bad, das anscheinend nie benutzt wurde.

Cynthia schlug die Tagesdecke des Doppelbetts zurück. Die Matratze darunter war nicht bezogen. »Hier schläft niemand«, stellte sie fest.

»Offenbar nicht.« Ich zog die Schubladen der Kommode auf. Alle leer.

Wir verließen das Gästezimmer. Auf dem Weg die Treppe hinunter sagte ich zu Cynthia: »Bevor ich zur CID gekommen bin, hätte ich kein Indiz erkannt, selbst wenn es mich in den Hintern gebissen hätte.«

»Und jetzt?«

»Und jetzt sehe ich alles als Indiz. Das Fehlen von Indizien ist ein Indiz.«

»Tatsächlich? Auf diesem Stand bin ich noch nicht. Klingt nach Zen, finde ich.«

»Das ist die Sherlock-Holmes-Methode. Du weißt schon: der Hund, der nachts *nicht* gebellt hat.« Wir betraten die Küche. »Warum hat der Hund nicht gebellt?«

»Weil er tot war.«

Es fällt schwer, sich an einen neuen Partner zu gewöhnen. Ich habe nichts für junge Speichellecker übrig, die wie gebannt an meinen Lippen hängen. Aber die Klugscheißer kann ich ebensowenig leiden.

Cynthia und ich betrachteten nachdenklich die verriegelte Kellertür. Ich sprach nicht von der Tür, sondern vom Leben, als ich sagte: »Meine Exfrau hat überall Hinweise verstreut.«

Kein Kommentar.

»Aber ich hab' sie nie gesehen.«

»Du hast sie aber wahrgenommen.«

»Okay, vielleicht aus heutiger Sicht. Aber als junger Mensch ist man ziemlich begriffsstutzig. Man ist zu sehr mit sich selbst beschäftigt, besitzt wenig Menschenkenntnis und ist noch nicht oft genug belogen und betrogen worden. Und vor allem fehlen einem das Mißtrauen und der Zynismus, die einen guten Ermittler ausmachen.«

»Ein guter Ermittler, Paul, muß Beruf und Privatleben auseinanderhalten können. Ich würde keinen Mann wollen, der mich bespitzelt.«

»Bei deinem Vorleben natürlich nicht.«

»Fuck off!«

Eins zu null für Paul. Ich zog den Riegel zurück. »Diesmal bist du dran.«

»Okay. Ich wollte, du hättest deine Pistole mitgenommen.« Sie gab mir die Smith & Wesson und öffnete die Kellertür.

»Soll ich raufgehen und das Sturmgewehr holen?« schlug ich vor.

»Verlaß dich nie auf eine Waffe, die du erst gefunden und nie ausprobiert hast. So steht's im Handbuch. Ruf jetzt runter und gib mir Feuerschutz.«

Ich brüllte die Treppe hinunter: »Polizei! Hände hoch und rauskommen!« Als niemand zum Fuß der Treppe kam, mußte Cynthia selbst hinunter. »Laß das Licht aus«, forderte sie mich halblaut auf. »Ich verschwinde nach rechts. Du wartest fünf Sekunden lang.«

»Augenblick!« Ich suchte etwas, das ich die Treppe hinunterwerfen konnte, und wollte nach dem Toaster greifen. Aber Cynthia lief bereits leichtfüßig die Kellertreppe hinunter. Ich sah sie nach rechts verschwinden, folgte ihr wenige Sekunden später, und hielt mich am Fuß der Kellertreppe links. Der schwache Lichtschein von oben blendete eher, als daß er Einzelheiten um mich herum erkennen ließ.

Ich hätte länger gewartet, aber Cynthia, die mich vermutlich für übervorsichtig hielt, lief nach zehn Sekunden wieder die Treppe hinauf und machte Licht. Überall in dem offenen Kellerraum begannen Leuchtstoffröhren zu flackern, bevor sie sich zu dem grellweißen Licht vereinten, das ich nur mit unangenehmen Orten in Verbindung bringe.

Cynthia kam wieder die Treppe herunter, und wir sahen uns im Keller um. Vor uns hatten wir die übliche Einteilung mit Waschmaschine, Trockner, Werkbank, Lagerraum, Heizung, Klimaanlage und so weiter. Der Boden war gefliest, die weißgestrichenen Wände waren nackter Beton, und unter der Decke hingen Kabel, Leitungen und Rohre.

Wir begutachteten die Werkbank und blickten in die hintersten Winkel des Kellers, ohne mehr feststellen zu können, als daß Ann Campbell massenhaft Sportartikel besaß. Links neben der Werkbank war die ganze Wand mit Lochplatten verkleidet, an denen in stabilen Drahthalterungen unterschiedlicher Form und Größe mehrere Paar Skier, Tennisschläger, Squashrackets, ein Baseballschläger, eine Taucherausrüstung und dergleichen hingen. Alles sehr aufgeräumt und ordentlich.

Ebenfalls an diesen Lochplatten war ein gerahmtes Werbeposter der U.S. Army festgeschraubt, das Captain Ann Campbell in Lebensgröße zeigte – im Kampfanzug, mit einem Sturmgewehr M-16 unter dem rechten Arm, den Handapparat eines Funkgeräts ans Ohr geklemmt, während sie eine Karte mit eingezeichneten Markierungen in beiden Händen hielt und gleichzeitig auf ihre Armbanduhr sah. Ihr Gesicht war mit Tarnfarbe geschwärzt, aber nur ein Eunuch hätte die subtile Sexualität dieser Aufnahme übersehen können. Der ganze Text bestand aus zwei Zeilen oben und unten: *Zeit für ein neues Leben?* und *Als Berufssoldat zur Army!*

Ich nickte zu dem Poster hinüber und fragte Cynthia: »Was hältst du davon?«

Sie zuckte mit den Schultern. »Gutes Poster.«

»Siehst du die unterschwellige sexuelle Botschaft?«

»Nein. Zeig sie mir.«

»Nun, sie ist unterschwellig. Wie soll ich sie dir zeigen können?«

»Dann beschreib sie mir.«

Ich hatte das Gefühl, provoziert zu werden, deshalb sagte ich: »Eine Frau mit einem Gewehr. Das Gewehr ist Penisobjekt, Penisersatz. Karte und Uhr versinnbildlichen einen unbewußten Wunsch nach Sex, aber zu ihren Bedingungen, was Ort und Zeit betrifft. Sie spricht über Funk mit einem Mann, gibt ihm ihre Position in Koordinaten durch und sagt ihm, daß er eine Viertelstunde Zeit hat, sie zu finden.«

Cynthia sah auf ihre eigene Armbanduhr. »Ich glaube, wir müssen jetzt gehen, Paul.«

»Richtig.«

Als wir schon wieder die Treppe hinaufgehen wollten, sah ich mich um und stellte fest: »Der Keller ist nicht groß genug.«

Wie auf ein Stichwort hin machten wir beide kehrt und hasteten zur Lochplattenwand hinter der Werkbank, die als einzige nicht aus Sichtbeton bestand. Ich klopfte an die großformatigen Platten, die jedoch auf ein stabiles Lattengerüst genagelt waren, das durch die Löcher sichtbar war. Auf der Werkbank fand ich eine lange Ahle, die ich in eines der Löcher steckte. Nach drei Zentimetern traf die Spitze auf Widerstand, und als ich den Druck verstärkte, drang sie in etwas ein, das kein Betonfundament war. Ich sagte zu Cynthia: »Dahinter liegt keine Kellermauer, sondern eine Gipskartonwand.«

Als keine Antwort kam, sah ich nach links, wo Cynthia vor

dem gerahmten Werbeposter stand. Als sie die Holzleiste zwischen Daumen und Fingerspitzen nahm und kräftig daran ruckte, schwang der ganze Rahmen nach außen und gab eine dunkle Öffnung frei. Wir standen vor einer Geheimtür.

Nach einigen Sekunden, in denen wir wider Erwarten nicht von Kugeln durchlöchert wurden, konnte ich einige möbelähnliche Gegenstände ausmachen. Auch die Leuchtziffern einer Digitaluhr waren jetzt zu erkennen. Meiner Schätzung nach war der Raum etwa fünf Meter breit und zwölf bis fünfzehn Meter lang, was wohl der Gesamtlänge des Hauses entsprach.

Ich gab Cynthia die Smith & Wesson zurück, tastete an der Wand nach einem Lichtschalter und meinte dabei: »Hier halten die Campbells vermutlich ihren geistesgestörten Onkel gefangen.« Als ich den Schalter fand und betätigte, flammte eine Tischlampe auf und zeigte uns ein vollständig eingerichtetes Schlafzimmer. Ich trat vorsichtig über die Schwelle und beobachtete aus den Augenwinkeln heraus, wie Cynthia ihre Pistole schußbereit hielt.

Ich kniete nieder, sah unters Bett, stand wieder auf, öffnete den Einbauschrank und sah zuletzt ins Bad, während Cynthia mir Feuerschutz gab.

Dann standen wir uns gegenüber, und ich sagte: »Da haben wir wohl doch etwas entdeckt.«

Das hatten wir in der Tat. Die Einrichtung bestand aus einem großen alten Bett mit vier massiven Pfosten, einem Nachttisch mit einer Lampe, einer Kommode, einem langen Tisch, auf dem eine Stereoanlage und ein Fernseher mit eingebautem Recorder standen, und einer Videokamera auf einem Stativ. Der Raum war ausgelegt mit einem hochflorigen weißen Teppich, der bei weitem nicht so makellos sauber war wie die oben im Haus, und die Wände waren geschmackvoll mit hellem Holz getäfelt.

In der linken hinteren Ecke stand ein weißlackierter fahrbarer Untersuchungstisch für Massagen oder was auch immer. An der Zimmerdecke über dem Bett war ein Spiegel angebracht, und der Kleiderschrank hing voller Reizwäsche, die eine Verkäuferin in *Victoria's Secret* hätte erröten lassen. Außerdem entdeckte ich darin eine frischgestärkte Schwesterntracht, schwarze Ledersachen, ein nuttiges rotes Paillettenkleid und interessanterweise einen Kampfanzug in der Ausführung, die sie in der letzten Nacht ihres Lebens getragen haben mußte.

Cynthia sah sich langsam um und wirkte etwas unglücklich, als habe Ann Campbell sie posthum enttäuscht. »Ach, du meine Güte…«

»Es scheint tatsächlich einen Zusammenhang zwischen ihrem Leben und ihrem Tod zu geben«, sagte ich. »Aber wir wollen keine voreiligen Schlüsse ziehen.«

Auch das Bad war längst nicht so sauber wie die beiden anderen, und der Spiegelschrank enthielt mehrere Pessare, Antibabypillen, Kondome, Spiralen, spermizide Gelees und dergleichen mehr – genügend empfängnisverhütende Mittel, um auf dem indischen Subkontinent einen Bevölkerungsrückgang zu bewirken. Ich erkundigte mich: »Benützt man im allgemeinen nicht nur eine Methode?«

»Hängt von der Stimmung ab«, antwortete Cynthia.

»Aha.« Darüber hinaus enthielt der Spiegelschrank Mundwasser, verschiedenfarbene Zahnbürsten, Zahncreme und Irrigatoren in verschiedenen Größen. Ich konnte mir nicht vorstellen, daß jemand, der Bohnensprossen aß, an Verstopfung leiden konnte. »Du liebe Güte«, sagte ich und griff nach einem Duschbad in Klarsichtpackung. Erdbeere, nicht gerade mein Lieblingsgeschmack.

Cynthia verließ das Bad, und ich warf einen Blick in die

Duschkabine. Auch die Dusche blitzte nicht gerade vor Sauberkeit, und der Waschlappen war noch feucht. Interessant.

Ich ging wieder zu Cynthia hinaus, die gerade den Inhalt der Nachttischschublade begutachtete: Gleitcreme, Vaseline, ein Stellungsbuch, ein Vibrator in Normalgröße (inkl. Batterien) und ein Gummiglied mit heroischen Abmessungen.

Von der Decke hingen Ketten mit ledernen Handfesseln; darunter auf dem Teppichboden lagen eine Lederpeitsche, Birkenruten und seltsamerweise – oder auch nicht – eine lange Straußenfeder. »Hmmm«, meinte ich nachdenklich, »wofür das alles wohl gut ist?«

Cynthia äußerte sich nicht dazu, obgleich die Fesseln sie sehr zu interessieren schienen.

Ich schlug die Bettdecke zurück und stellte fest, daß das Laken reichlich benutzt aussah. Auch Cynthia starrte darauf, und ich fragte mich, was sie wohl dabei dachte. Ich widerstand der Versuchung, »Siehst du, ich hab's gewußt!« auszurufen, denn irgendwo hatte ich sogar gehofft, wir würden nichts entdecken, weil ich wie gesagt eine kleine Schwäche für Ann Campbell hatte. »Weißt du«, sagte ich, »ich bin direkt froh, daß sie nicht das androgyne, geschlechtslose Postergirl gewesen ist, als das die Army sie hingestellt hat.«

Cynthia sah zu mir hinüber und nickte kaum merklich.

»Ein Psychiater hätte seine Freude an dieser offenbar gespaltenen Persönlichkeit gehabt«, meinte ich. »Andererseits führt jeder von uns zwei oder mehr Leben.« Aber normalerweise richten wir keinen ganzen Raum für unser anderes Ich ein. Ich fügte hinzu: »Eigentlich hätte sie sich auch selbst analysieren können.«

Dann interessierten wir uns für den Fernseher. Ich griff wahllos nach irgendeiner Kassette, schob sie in den Recorder und schaltete ein.

Der Bildschirm wurde hell und zeigte uns Ann Campbell in ihrem roten Glitzerkleid und hochhackigen Pumps. Irgendwo im Hintergrund erklang »The Stripper«, und sie legte dazu einen gekonnten Striptease hin. Eine Männerstimme, vermutlich die des Kameramanns, fragte lachend: »Führst du den auch vor, wenn der General Gäste eingeladen hat?«

Ann Campbell lächelte und ließ ihre Hüften vor der Kamera kreisen. Sie trug inzwischen nur noch ihren Slip und einen sehr hübschen Spitzen-BH, dessen Verschluß sie zu öffnen begann, als ich das Gerät ausschaltete und mir dabei sehr tugendhaft vorkam.

Ich sah mir die übrigen Kassetten an und stellte fest, daß sie handschriftliche Titel wie »Fick mit J.«, »Leibesvisitation durch B.«, »Gynäkologische Untersuchung – R.« und »Anal mit J. S.« trugen, die an Deutlichkeit nichts zu wünschen ließen.

»Fürs erste reicht's, find' ich«, sagte Cynthia.

»Beinahe.« Ich zog die oberste Kommodenschublade auf, sah darin mehrere Stapel Polaroidaufnahmen, griff nach einem und blätterte ihn durch, weil ich hoffte, die Bilder würden ihre Liebhaber zeigen. Aber auf allen Fotos war nur Ann Campbell in verschiedensten Posen zu sehen, die von künstlerisch-erotisch bis zu schlichtweg obszön reichten. »Wo sind die Kerle?«

»Hinter der Kamera.«

»Aber es muß doch...« In einem anderen Bilderstapel fand ich ein Foto, das einen gutgebauten nackten Mann zeigte, der eine Peitsche in der Hand hielt und eine schwarze Lederkopfhaube trug. Dann eine Aufnahme von einem Kerl auf ihr – vermutlich mit einem Selbstauslöser oder von einem Dritten gemacht – und ein Foto, auf dem ein nackter Mann mit dem Rükken zur Kamera an die Wand gekettet war. Auffällig war, daß alle Männer – auf den ersten Blick mindestens ein Dutzend –

sich von der Kamera abwandten oder die schwarze Lederkopfhaube trugen. Sie hatten kein Bild zurücklassen wollen, auf dem sie zu erkennen waren, und ich vermutete, daß auch keiner von ihnen ein Foto besaß, das Ann Campbells Gesicht zeigte.

Cynthia betrachtete die Bilder, aber sie faßte sie so vorsichtig an, als seien sie mit einer Geschlechtskrankheit infiziert. Weitere Fotos zeigten männliche Geschlechtsteile, die von »Viel Lärm um nichts« über »Wie's euch gefällt« bis zu »Der Widerspenstigen Zähmung« reichten. Ich faßte zusammen: »Ausschließlich Weiße, die meisten braun- oder schwarzhaarig, nur zwei blond. Können wir diese Fotos für eine Gegenüberstellung verwenden?«

»Das wäre interessant«, gab Cynthia zu. Sie warf die Fotos in die Schublade zurück. »Vielleicht wär's besser, wenn Kents Leute diesen Raum nicht zu sehen bekämen.«

»Allerdings! Hoffentlich finden sie ihn nicht.«

»Können wir endlich gehen?«

»Augenblick noch.« Ich zog die anderen drei Schubladen auf und fand darin weitere Spielsachen für Erwachsene, raffinierte Slips, Strapsgürtel, Hand- und Fußfesseln, bizarre Gummi- und Ledermoden und sonstiges SM-Zubehör. Ich gebe zu, daß es mir etwas peinlich war, vor Ms. Sunhill darin herumzuwühlen, und auch sie schien sich allmählich über mich zu wundern, denn sie fragte spitz: »Was suchst du eigentlich noch?«

»Schnur.«

»Schnur? Oh…«

Im nächsten Augenblick fand ich in der untersten Schublade eine zusammengerollte lange Nylonkordel. Ich nahm sie heraus.

»Die gleiche Schnur?« fragte Cynthia.

»Schon möglich. Sie sieht gleich aus, aber von dieser grünen

Zeltschur gibt's bei der Army ein paar Millionen Meter. Trotzdem gibt das natürlich zu denken.«

Ich starrte die für Fesselspiele geeigneten vier Bettpfosten nachdenklich an. Mein Wissen über sexuelle Verirrungen stammte hauptsächlich aus dem CID-Handbuch, aber ich wußte, daß Fesselspiele gefährlich sein konnten. Eine durchtrainierte, sportliche Frau wie Ann Campbell konnte sich vermutlich zur Wehr setzen, wenn ihr etwas mißfiel. Aber wer an Händen und Füßen gefesselt auf dem Bett oder der Erde liegt, muß den Kerl, dem sie sich ausliefert, schon gut kennen, sonst kann leicht irgendwas schiefgehen. Und diesmal war etwas schiefgegangen. Ich steckte die Kordel in eine der großen Taschen meines Kampfanzugs. »Komm!«

Ich machte das Licht aus, und wir verließen den Raum. Während Cynthia die Geheimtür zudrückte, trieb ich mit einem Akkuschrauber ein halbes Dutzend Holzschrauben durch die Lochplatte in den Türrahmen. Dann trat ich einen Schritt zurück, um mein Werk zu betrachten. »Sieht gut aus. Wie clever sind Militärpolizisten?«

»Dabei kommt's mehr auf das räumliche Vorstellungsvermögen an. Und wenn sie diesen Raum nicht entdecken, findet ihn vermutlich die Midland Police.« Sie fügte hinzu: »Ich denke, daß wir auch das Zeug hier unten wegschaffen lassen oder mit der Polizei zusammenarbeiten müssen, bevor sie das Haus versiegelt.«

»Ich bin dafür, keines von beiden zu tun. Dieser Raum ist unser Geheimnis. Okay?«

Sie nickte wortlos.

Wir stiegen die Treppe hinauf, machten das Licht im Keller aus und schlossen die Tür.

In der Diele fragte Cynthia: »Du hast's geahnt, stimmt's?«

»Na ja, ich habe gehofft, wir würden mit etwas Glück ein Tagebuch und ein paar heiße Liebesbriefe finden. Aber ich habe nicht erwartet, ein geheimes Sexkabinett zu entdecken, das der Marquis de Sade für Madame Bovary eingerichtet haben könnte.« Ich fügte hinzu: »Wahrscheinlich braucht jeder einen gewissen Freiraum. Die Welt sähe besser aus, wenn wir alle mehr Gelegenheit hätten, unsere Phantasien auszuleben.«

»Kommt aufs Drehbuch an, Paul.«

»In der Tat.«

Wir verließen Ann Campbells Haus und fuhren nach Fort Hadley zurück. Etwa auf halber Strecke kam uns ein Konvoi von Militärlastwagen entgegen.

KAPITEL SIEBEN

Unterwegs konzentrierte Cynthia sich halb auf die Straße, halb auf Ann Campbells Adreßbuch – meistens auf Kosten der Straße. »Gib mal her«, sagte ich.

Sie warf es mir mit einer Bewegung, die eindeutig aggressiv gemeint war, auf den Schoß.

Ich blätterte in dem Adreßbuch, einem dicken, ziemlich abgegriffenen Lederband mit Eintragungen in sauberer, gut lesbarer Schrift. Es enthielt Unmengen von Namen und Adressen, von denen viele ausgestrichen und mit neuer Anschrift wiederholt waren, weil sich Standorte, Länder, Einheiten, Wohnorte oder Ehepartner geändert hatten. Neben zwei durchgestrichenen Eintragungen stand sogar der Vermerk *gefallen.* Dies war das viele Jahre und die ganze Welt umspannende Adreßbuch einer Berufssoldatin, und obwohl ich wußte, daß es vermutlich für den Schreibtisch bestimmt und nicht das kleine schwarze Buch war, das ich noch nicht gefunden hatte, war ich mir ziemlich sicher, daß irgend jemand in diesem Verzeichnis etwas wußte.

Hätte ich mindestens zwei Jahre Zeit gehabt, hätte ich alle diese Leute befragen können. So mußte ich das Adreßbuch an die Zentrale in Falls Church weitergeben, wo Colonel Karl Gustav Hellmann, mein direkter Vorgesetzter, es dann aufteilen und in alle Welt verschicken würde, um einen Stapel von Vernehmungsprotokollen zu produzieren, der zuletzt größer war als dieser teutonische Widerling. Vielleicht würde er auch beschließen, sie alle selbst zu lesen, so daß ich in Ruhe weiterermitteln konnte.

Ein Wort über meinen Boß. Karl Hellmann war nach dem Krieg als kleiner Junge in der Nähe einer amerikanischen Militäreinrichtung bei Frankfurt aufgewachsen, zu einer Art Maskottchen für die Soldaten geworden und später zur U.S. Army gegangen, um seine Angehörigen zu ernähren. Vor Jahren gab es beim amerikanischen Militär eine ganze Anzahl dieser »galvanisierten deutschen Yankees«, von denen viele Offiziere wurden, die teilweise noch heute Dienst tun. Im allgemeinen waren sie ausgezeichnete Offiziere, mit denen die Army einen guten Griff getan hatte. Weniger Glück haben die Leute, die für sie arbeiten müssen. Aber Schluß mit dem Gejammere. Karl ist tüchtig, pflichtbewußt und in jeder Beziehung unbedingt korrekt. Daß auch er nicht unfehlbar ist, habe ich nur ein einziges Mal feststellen können – als er irgendwie zu dem Schluß gekommen ist, er sei mir sympathisch. Irrtum, Karl. Trotzdem habe ich Respekt vor ihm und würde ihm mein Leben anvertrauen. Ich hab's sogar schon getan.

Dieser Fall brauchte offenbar einen Durchbruch, eine Abkürzung, die uns half, die Ermittlungen rasch abzuschließen, bevor Karrieren und Reputationen den Bach hinuntergingen.

Bestenfalls war in dieser Sache zu erhoffen, daß der Täter sich als irgendein schleimiger Zivilist mit ellenlangem Vorstrafenregister entpuppen würde. Schlimmstenfalls war zu befürchten – nun, bisher wies alles darauf hin, was immer es sein mochte.

»Sie hat viele Freunde und Bekannte gehabt«, stellte Cynthia fest.

»Du etwa nicht?«

»Nicht in diesem Beruf.«

»Stimmt.« In der Tat führen wir eine Art Schattendasein am Rande des Militärlebens und haben deshalb nur wenige Kollegen und gute Kameraden. Cops neigen an sich zur Cliquenbildung, und wer so wie wir überall nur zeitweilig Dienst tut, bleibt dabei meistens außen vor. Auch Beziehungen zum anderen Geschlecht sind meistens kurz und streßreich – gewissermaßen auch nur auf Zeit angelegt.

Offiziell ist Midland zehn Kilometer von Fort Hadley entfernt, aber tatsächlich hat die Stadt sich mittlerweile so weit nach Süden ausgedehnt, daß die Hauptwache Ähnlichkeit mit einer Grenzstation hat, die chaotisches Privatunternehmertum von spartanischer Sterilität trennt. Die herumliegenden Bierdosen hören am Haupttor auf.

Cynthias Mustang, der eine Parkplakette für Besucher trug, wurde am Tor von einem Militärpolizisten durchgewinkt. Wenige Minuten später waren wir mitten in Fort Hadley, wo Verkehr und Parkmöglichkeiten kaum besser als im Zentrum von Midland waren.

Sie hielt vor dem MP-Hauptquartier, einem älteren Klinkerbau, der zu den ersten festen Gebäuden gehört hatte, die damals im Ersten Weltkrieg in Camp Hadley errichtet worden waren. Standorte entstehen wie Städte aus einem Daseinszweck; danach folgen Wohnmöglichkeiten, ein Gefängnis, ein Lazarett und eine Kirche – nicht unbedingt in dieser Reihenfolge.

Wir hatten damit gerechnet, daß man uns erwartete, aber es dauerte einige Zeit, bis wir in unserer Aufmachung – ein Sergeant und eine Zivilistin – zu Seiner Majestät vorgelassen wurden. Ich war nicht sonderlich zufrieden mit Kents bisherigen Leistungen und seinem Mangel an Voraussicht. In seinem Dienstzimmer fragte ich Kent: »Glauben Sie, daß Sie diesen Fall im Griff haben, Colonel?«

»Ehrlich gesagt, nein.«

Auch Kent ist ein Mann der alten Schule, was ich respektiere. »Warum nicht?« fragte ich weiter.

»Weil Sie die Ermittlungen auf Ihre Weise führen und ich nur Unterstützung und Logistik zur Verfügung stelle.«

»Dann führen Sie sich doch selbst.«

»Versuchen Sie nicht, mich einzuschüchtern, Paul!«

Und so führten wir ein, zwei Minuten lang die kleinliche, aber klassische Auseinandersetzung zwischen einem uniformierten ehrlichen Cop und einem gerissenen verdeckten Ermittler vor.

Cynthia hörte geduldig zu, bevor sie sagte: »Colonel Kent, Mr. Brenner, draußen auf der Schießbahn liegt eine Tote. Sie ist ermordet und möglicherweise vergewaltigt worden. Ihr Mörder ist noch nicht gefaßt.«

Damit war eigentlich alles gesagt, und Kent und ich ließen sinngemäß die Köpfe hängen und gaben uns die Hand. Tatsächlich brummelten wir nur.

Kent teilte mir mit: »In etwa fünf Minuten fahre ich mit dem Militärgeistlichen und einem Stabsarzt zu General Campbells Dienststelle hinüber. Die Privatnummer der Ermordeten wird nach Jordan Field umgeschaltet, und die Spurensicherer arbeiten noch am Tatort. Hier sind Captain Campbells Personalakte und ihre Krankenakte. Die zahnärztlichen Befunde hat der Coroner, der auch ihre Krankenakte haben will. Ich brauche sie also wieder.«

»Fotokopieren Sie die Sachen«, schlug ich vor. »Meine Genehmigung dazu haben Sie.«

Wir wären uns fast wieder in die Haare geraten, aber Ms. Sunhill, stets die Friedensstifterin, warf ein: »Ich kopiere die Scheißakte.«

Das brachte uns wieder auf den Boden der Tatsachen zurück. Kent führte uns in den Vernehmungsraum – in Neusprech als Interviewraum bezeichnet – und erkundigte sich: »Mit wem wollen Sie zuerst reden?«

»Mit Sergeant St. John«, antwortete ich. Jeder Dienstgrad hat seine Privilegien.

Sgt. Harold St. John wurde hereingeführt. Ich deutete auf einen Stuhl vor dem kleinen Tisch, an dem Cynthia und ich saßen, und sagte: »Das hier ist Ms. Sunhill, mein Name ist Brenner.«

Er warf einen Blick auf mein Namensschild, auf dem White stand, und meine Streifen, die mich als Staff Sergeant auswiesen, verstand nicht gleich, was das bedeutete, kapierte es endlich und sagte: »Oh, CID.«

»Was auch immer. Da Sie in diesem Fall nicht verdächtigt werden, belehre ich Sie jetzt nicht über Ihre Rechte und Paragraph einunddreißig des Militärgesetzbuchs. Sie sind jedoch verpflichtet, unsere Fragen vollständig und wahrheitsgemäß zu beantworten. Sollten Sie während dieser Vernehmung etwas sagen, das Sie nach meiner oder Ms. Sunhills Auffassung verdächtig macht, belehren wir Sie über Ihre Rechte, und Sie können danach die Aussage verweigern. Haben Sie verstanden?«

»Ja, Sir.«

»Gut.« Wir unterhielten uns ein paar Minuten lang über belanglose Dinge, während ich ihn einzuschätzen versuchte. St. John war ein Mittfünfziger mit Stirnglatze und braunem Teint, den ich auf Koffein, Nikotin und Bourbon zurückführte. Sein Leben und seine Laufbahn im Instandsetzungsdienst brachten ihn vermutlich dazu, die Welt als immerwährendes Wartungsproblem zu sehen, dessen Lösung irgendwo im Betriebshandbuch zu finden war. Vermutlich wäre er gar nicht auf die Idee gekommen, manche Leute könnten mehr als einen Ölwechsel und neue Zündkerzen brauchen, um wieder zu funktionieren.

Während St. John und ich uns unterhielten, machte Cynthia sich einige Notizen. Aber bevor ich mit der eigentlichen Befragung beginnen konnte, platzte er heraus: »Hören Sie, Sir, ich weiß, daß ich sie als letzter lebend gesehen hab', und ich weiß auch, was das bedeuten könnte, aber wenn ich sie umgebracht hätte, wär' ich nicht hingegangen und hätte den Leichenfund gemeldet, stimmt's?«

Das klang durchaus logisch, war aber trotzdem falsch. Ich sagte zu ihm: »Zuletzt lebend hat sie der Täter gesehen. Und der Mörder hat sie auch als erster tot gesehen. Sie haben sie als zweiter tot gesehen. Richtig?«

»Yeah, ja, Sir, ich wollte nur...«

»Sergeant, ich wäre Ihnen wirklich dankbar, wenn Sie keine Fragen vorwegnehmen würden. Okay?«

»Ja, Sir.«

Ms. Mitgefühl warf ein: »Sergeant, ich weiß, daß das eine schlimme Erfahrung für Sie gewesen ist. Was Sie entdeckt haben, muß selbst für einen Veteranen traumatisch gewesen sein. Sind Sie jemals auf einem Kriegsschauplatz im Einsatz gewesen?«

»Ja, Ma'am. Vietnam. Hab' haufenweise Tote gesehen – aber nie so was wie dort draußen.«

»Und als Sie die Leiche entdeckt haben, wollten Sie Ihren Augen nicht trauen. Richtig?«

Der Sergeant nickte nachdrücklich. »Ich hab' meinen Augen nicht trauen wollen. Ich hab' nicht mal gedacht, daß sie's sein könnte. Ich hab' sie zuerst nicht erkannt, wissen Sie, weil – weil ich sie noch nie so gesehen hatte. Jesus, ich hab' noch keine Frau so gesehen! Der Mond ist ziemlich hell gewesen, wissen Sie, und ich seh' den Jeep, und ich steig' aus meinem Wagen und seh' in einiger Entfernung diese Gestalt auf der Schießbahn liegen, und ich geh' ein bißchen näher ran und noch näher, und dann weiß ich, was das ist, und geh' zu ihr, um nachzusehen, ob sie tot oder lebendig ist.«

»Sind Sie neben der Leiche niedergekniet?«

»Um Himmels willen, nein, Ma'am. Ich bin schleunigst abgehauen, hab' mich ins Auto gesetzt und bin sofort zur Militärpolizei gefahren.«

»Woher haben Sie gewußt, daß sie tot war?«

»Wenn ich 'nen Toten sehe, weiß ich, daß er tot ist.«

»Wann haben Sie das Stabsgebäude verlassen?«

»Ziemlich genau um vier Uhr.«

»Wann haben Sie die Leiche gefunden?«

»Nun, das war zwanzig, fünfundzwanzig Minuten später.«

»Und Sie sind bei den anderen Posten vorbeigefahren?«

»Bei einigen. Kein Mensch hatte sie gesehen. Dann ist mir eingefallen, sie könnte mit dem letzten Posten angefangen haben. Darum hab' ich ein paar ausgelassen und bin gleich rausgefahren.«

»Haben Sie jemals den Verdacht gehabt, sie könnte sich irgendwo herumtreiben?«

»Nein.«

»Denken Sie noch mal nach, Sergeant.«

»Nun, dafür war sie nicht der Typ. Aber ich hab' vielleicht mal daran gedacht. Ich weiß noch, daß ich mir überlegt hab', ob sie sich draußen verfahren haben könnte. Nachts kann einem das leicht passieren.«

»Haben Sie befürchtet, sie könnte einen Unfall gehabt haben?«

»Daran hab' ich auch gedacht, Ma'am.«

»So daß Sie nicht völlig überrascht gewesen sind, als Sie sie aufgefunden haben?«

»Vielleicht nicht.« Er angelte nach seinen Zigaretten und fragte: »Okay, wenn ich rauche?«

»Klar. Solange Sie nicht ausatmen.«

Er grinste, zündete sich eine Zigarette an, paffte genüßlich und entschuldigte sich bei Ms. Sunhill dafür, daß er die Luft verpestete.

Ich wartete, bis der Fix wirkte, und fragte dann: »Ist Ihnen das Wort Vergewaltigung eingefallen, während Sie auf der Suche nach ihr rumgefahren sind?«

Er nickte wortlos.

»Ich hab' sie nicht gekannt«, sagte ich. »Hat sie gut ausgesehen?«

Er sah zu Cynthia und danach wieder zu mir hinüber. »Echt gut.«

»Provozierend hübsch?«

Der Sergeant schüttelte den Kopf. »Provoziert hat sie nie. Sie ist echt cool gewesen. Bei der ist keiner auf dumme Gedanken gekommen. Ich hab' immer nur gehört, daß sie 'ne vorbildliche Frau war. Tochter des Generals.«

In den kommenden Tagen und Wochen würde Harry etwas

anderes hören, aber interessant war doch, daß Ann Campbell allgemein als Lady galt.

St. John fügte gratis hinzu: »Manche dieser Frauen – zum Beispiel die Krankenschwestern – sollten ein bißchen zurückhaltender sein, verstehen Sie?«

Ich spürte, wie Cynthia neben mir zu kochen begann. Hätte ich wirklich Mut gehabt, hätte ich ihm gesagt, daß CID-Frauen noch schlimmer waren. Aber ich hatte Vietnam überlebt und wollte mein Glück nicht überstrapazieren. Statt dessen fragte ich ihn: »Warum sind Sie nach dem Leichenfund nicht zum nächsten Posten gefahren und haben bei PFC Robbins telefoniert?«

»Daran hab' ich nie gedacht.«

»Und Sie haben nie daran gedacht, Robbins den Tatort bewachen zu lassen?«

»Nein, Sir. Ich bin völlig durcheinander gewesen.«

»Warum haben Sie sich überhaupt auf die Suche nach Captain Campbell gemacht?«

»Sie ist lange fort gewesen, und ich hab' nicht gewußt, wo sie war.«

»Gehört es zu Ihren Gewohnheiten, Vorgesetzte zu kontrollieren?«

»Nein, Sir. Aber ich hatte das Gefühl, daß da irgendwas nicht in Ordnung war.«

»Aha! Weshalb?«

»Nun, sie war den ganzen Abend irgendwie nervös gewesen.«

Jetzt war Cynthia dran. »Schildern Sie mir bitte ihr Verhalten.«

»Yeah, na ja, wie ich gesagt hab', irgendwie nervös. Geistesabwesend. Vielleicht besorgt.«

»Haben Sie sie schon früher gekannt?«

»Yeah, nicht wirklich gut – aber wie sie jeder gekannt hat. Tochter des Generals. Und sie hat diesen Fernsehspot für die Army gemacht.«

Ich fragte ihn: »Hatten Sie früher schon mal mit ihr gesprochen?«

»Nein, Sir.«

»Haben Sie manchmal dienstlich mit ihr zu tun gehabt?«

»Nein, Sir.«

»Außerdienstlich?«

»Nein, Sir.«

»So daß Sie ihr normales Verhalten also nicht wirklich mit ihrem Verhalten in dieser Nacht vergleichen können?«

»Nein, Sir, aber ich weiß, wie's aussieht, wenn jemand besorgt ist.« Mit für ihn erstaunlicher Beobachtungsgabe fügte er hinzu: »Ich hab' gemerkt, daß sie ganz cool und gelassen wirken wollte, aber zwischendurch ist sie oft ganz still gewesen – und dann hab' ich gemerkt, daß irgendwas sie bedrückt hat.«

»Haben Sie sich dazu geäußert?«

»Um Himmels willen! Sie hätt' mir meinen Scheißkopf abgerissen.« Er grinste verlegen zu Cynthia hinüber und wies dabei das Ergebnis langjähriger Bemühungen von Militärzahnärzten vor. »Entschuldigung, Ma'am.«

»Reden Sie ganz ungeniert«, sagte Ms. Sunhill mit gewinnendem Lächeln, das auf gute Zahnpflege und zivile Zahnärzte schließen ließ. Sie fragte weiter: »Hat sie in dieser Nacht telefoniert oder selbst Anrufe bekommen?«

Eine gute Frage, aber ich kannte die Antwort schon, bevor der Sergeant sagte: »Solange ich im Dienstzimmer gewesen bin, hat sie niemanden angerufen. Aber vielleicht, wenn ich draußen gewesen bin. Sie hat allerdings 'nen Anruf bekommen und mich gebeten, kurz rauszugehen.«

»Wann war das?«

»Oh, ungefähr – ungefähr zehn Minuten, bevor sie losgefahren ist, um die Posten zu kontrollieren.«

»Haben Sie gelauscht?« wollte ich wissen.

Er schüttelte nachdrücklich den Kopf. »Nein, Sir!«

»Okay, Sergeant, wie nahe sind Sie an die Leiche herangegangen?«

»Nun, bis auf drei, vier Schritte.«

»Ich verstehe nicht, wie Sie feststellen konnten, daß sie tot war.«

»Nun, ich hab' einfach angenommen, sie sei tot. Ihre Augen waren offen, ich hab' ihren Namen gerufen.«

»Waren Sie bewaffnet?«

»Nein, Sir.«

»Sollten Sie im Dienst nicht bewaffnet sein?«

»Ich muß vergessen haben, die Pistole mitzunehmen.«

»Sie haben Captain Campbell also für tot gehalten und sind schleunigst abgehauen?«

»Ja, Sir. Wahrscheinlich hätt' ich besser hinsehen sollen.«

»Sergeant, vor Ihnen liegt eine nackte Frau, noch dazu eine Vorgesetzte, die Sie kennen mußten, und Sie haben es nicht mal für nötig gehalten, sich über sie zu beugen, um festzustellen, ob sie vielleicht noch lebte?«

Cynthia stieß mich unter dem Tisch an.

Nachdem ich jetzt den bösen Cop gespielt hatte, wurde es Zeit, daß ich verschwand und den Zeugen dem freundlichen Cop überließ. Ich stand auf und sagte: »Ihr zwei könnt weitermachen. Ich komme vielleicht später noch mal vorbei.« Ich verließ den Raum und ging zu der Einzelzelle, in der PFC Robbins – im Kampfanzug, aber barfuß – auf dem Feldbett lag. Sie las die Standortzeitung, ein vom Public Information Office in erster Linie zur Verbreitung guter Nachrichten herausgegebenes Wochenblättchen. Ich fragte mich, wie es wohl die Vergewaltigung und Ermordung der Tochter des Standortkommandanten verharmlosen würde: *Auf Schießbahn aufgefundene Unbekannte nicht ansprechbar...*

Ich öffnete die unversperrte Zellentür und trat ein. PFC Robbins musterte mich kurz, legte die Zeitung weg und setzte sich an die Wand gelehnt auf.

»Guten Morgen«, sagte ich. »Ich bin Mr. Brenner vom CID. Ich möchte Ihnen ein paar Fragen wegen heute nacht stellen.«

»Auf Ihrem Namensschild steht aber White«, teilte sie mir mit.

»Die Uniform meiner Tante.« Ich setzte mich auf den Plastikstuhl. »Sie werden in diesem Fall nicht verdächtigt, deshalb...« Ich betete meine Litanei herunter. Sie schien wenig beeindruckt zu sein.

Ich fing eine belanglose Unterhaltung mit ihr an und erhielt nur knappe Antworten. Dabei begutachtete ich PFC Robbins. Sie war ungefähr zwanzig, hatte kurze blonde Haare, sah gepflegt aus, wirkte nach der langen Nacht erstaunlich munter und war insgesamt ganz hübsch. Ihrem Dialekt nach stammte sie aus dem tiefsten Süden.

Ich stellte ihr die erste wichtige Frage: »Haben Sie Captain Campbell gestern abend gesehen?«

»Sie ist kurz vor zweiundzwanzig Uhr ins Wachlokal gekommen. Hat mit dem Wachhabenden gesprochen.«

»Sie haben sie als Captain Campbell erkannt?«

»Jeder kennt Captain Campbell.«

»Haben Sie sie irgendwann danach wiedergesehen?«

»Nein.«

»Sie ist nicht zu Ihrem Posten gekommen?«

»Nein.«

»Wann haben Sie Ihren Wachdienst am Munitionsbunker begonnen?«

»Um ein Uhr. Um fünf Uhr dreißig sollte ich abgelöst werden.«

»Ist zwischen ein Uhr und dem Zeitpunkt, als die MPs Sie abgeholt haben, jemand an Ihrem Posten vorbeigekommen?«

»Nein.«

»Haben Sie etwas Ungewöhnliches gehört?«

»Ja.«

»Was?«

»Eine Schleiereule. Die sind hier selten.«

»Aha.« Schon gut, Cynthia. Nicht ungeduldig werden. »Haben Sie etwas Ungewöhnliches gesehen?«

»Ja, die Scheinwerfer.«

»Welche Scheinwerfer?«

»Wahrscheinlich die des Jeeps, mit dem sie gekommen ist.«

»Um welche Zeit?«

»Genau zwei Uhr siebzehn.«

»Beschreiben Sie, was Sie gesehen haben.«

»Ich hab' die Scheinwerfer gesehen. Sie haben ungefähr einen Kilometer entfernt gehalten, sind ausgegangen.«

»Sind sie gleich nach dem Anhalten ausgegangen oder erst später?«

»Sofort danach. Sie sind auf und ab getanzt, haben angehalten, sind ausgegangen.«

»Was haben Sie sich dabei gedacht?«

»Ich hab' gedacht, jemand wär' zu mir unterwegs.«

»Aber dann hat das Fahrzeug gehalten.«

»Genau. Hab' nicht gewußt, was ich davon halten sollte.«

»Haben Sie daran gedacht, Meldung zu machen?«

»Klar doch. Hab' den Hörer genommen und meine Beobachtung gemeldet.«

»Wen haben Sie angerufen?«

»Sergeant Hayes, den wachhabenden Sergeanten.«

»Was hat er gesagt?«

»Daß es dort außer im Munitionsbunker, wo ich war, nichts zu stehlen gibt. Ich sollte auf meinem Posten bleiben.«

»Und Sie haben geantwortet?«

»Daß mir die Sache irgendwie verdächtig vorkommt.«

»Und er hat gesagt?«

»Daß ungefähr dort Toiletten sind, die jemand benutzt haben könnte. Daß ein Offizier rumschnüffeln könnte und ich wachsam sein soll.« Nach kurzem Zögern fügte sie hinzu: »Er hat gesagt, daß Leute in schönen Sommernächten dort rausfahren, um zu ficken. Genau so hat er's ausgedrückt.«

»Versteht sich von selbst.«

»Ich mag solche Ausdrücke nicht.«

»Ich auch nicht.« Ich betrachtete die junge Frau einen Augenblick lang. Sie war zumindest naiv und ehrlich; kam wie bei ihr noch angeborene oder anerzogene Beobachtungsgabe hinzu, war dies der ideale Typ einer Zeugin. Aber ich paßte offenbar nicht in ihr enges Begriffsraster, deshalb war sie nicht bereit, freiwillig Auskunft zu geben. Ich fragte: »Wissen Sie, was Captain Campbell zugestoßen ist?«

Sie nickte wortlos.

»Ich habe den Auftrag, ihren Mörder aufzuspüren.«

»Hab' gehört, daß er sie auch vergewaltigt hat.«

»Möglich. Deshalb müssen Sie mit mir reden, mir Dinge erzählen, nach denen ich nicht gefragt habe. Schildern Sie mir Ihre Gefühle, Ihre Eindrücke.«

Ihr bisher fast ausdrucksloses Gesicht zeigte erste Regungen;

sie biß sich auf die Unterlippe und hatte auf einmal Tränen in den Augen. »Ich hätte hingehen und nachsehen sollen«, sagte sie leise. »Ich hätte sie retten können. Dieser blöde Sergeant Hayes.« Sie weinte still vor sich hin, während ich meine Stiefelspitzen betrachtete. Schließlich sagte ich: »Als Wache hatten Sie Befehl, bis zur Ablösung auf Ihrem Posten zu bleiben. Sie haben diesen Befehl ausgeführt.«

Sie riß sich zusammen und sagte: »Yeah, aber jeder mit etwas gesundem Menschenverstand und 'nem Gewehr wär' rübergegangen, um nachzusehen. Und als die Scheinwerfer nicht wieder angingen, stand ich wie 'ne Idiotin da und hab' nicht den Mut gehabt, noch mal anzurufen. Dann sind die anderen Scheinwerfer gekommen, haben kurz angehalten und gleich darauf schnell gewendet. Und als dieser andere Wagen davongerast ist, als wär' der Teufel hinter ihm her, hab' ich gewußt, daß was Schlimmes passiert war.«

»Wann ist das gewesen?«

»Um vier Uhr fünfundzwanzig.«

Das stimmte mit St. Johns Zeitangabe für den Leichenfund überein. »Und zwischen zwei Uhr siebzehn und vier Uhr fünfundzwanzig haben Sie keine weiteren Scheinwerfer gesehen?«

»Nein, aber später. Gegen fünf Uhr. Das war die Militärpolizistin, die sie gefunden hat. Ungefähr 'ne Viertelstunde später ist ein Militärpolizist vorbeigekommen und hat mir erzählt, was passiert war.«

»Konnten Sie eines der Fahrzeuge aus dieser Entfernung hören?«

»Nein.«

»Haben Sie die Autotüren knallen gehört?«

»Die hätt' ich hören können, aber der Wind ist von hinten gekommen.«

Ich stand auf. »Danke, Sie haben mir sehr viel geholfen.«

»Das glaub' ich nicht.«

»Ich schon.« An der Zellentür blieb ich stehen. »Geben Sie mir Ihr Wort, mit keinem Menschen über diese Sache zu reden, wenn ich Sie zu Ihrer Einheit zurücklasse?«

»Wem geb' ich mein Wort?«

»Einem Offizier der United States Army.«

»Sie tragen Sergeantenstreifen, und ich kenn' Ihren wahren Namen nicht.«

»Wo sind Sie zu Hause?«

»Lee County, Alabama.«

»Sie haben eine Woche Sonderurlaub. Geben Sie Ihrem Kompaniechef eine Telefonnummer, unter der Sie erreichbar sind.«

Ich ging in den Interviewraum zurück, in dem Cynthia, die St. John weggeschickt hatte, über ihren Notizen brütete.

Wir verglichen die Ergebnisse unserer Befragungen und kamen zu dem Schluß, daß die Tat irgendwann zwischen zwei Uhr siebzehn und vier Uhr fünfundzwanzig verübt worden sein mußte. Der Mörder – möglicherweise mehr als nur einer – mußte in Ann Campbells Jeep mitgefahren oder bereits am Tatort gewesen sein. Falls der Täter seinen eigenen Wagen benutzt hatte, war er ohne Licht gefahren oder hatte ziemlich weit von PFC Robbins entfernt geparkt.

Obwohl ich zu der Theorie neigte, Ann Campbell habe ihren späteren Mörder zum Tatort mitgenommen, schloß ich auch die Möglichkeit eines vereinbarten Treffens auf Schießbahn sechs nicht aus. Ein zufälliges Treffen erschien mir weniger wahrscheinlich, denn bei einem Überfall hätte ein längerer Zeitraum zwischen dem Halten ihres Jeeps und dem Erlöschen der Scheinwerfer gelegen. Cynthia fragte: »Wozu ist sie überhaupt mit Licht gefahren, falls sie zu einem heimlichen Rendezvous wollte?«

»Wahrscheinlich wollte sie nicht unnötig auf sich aufmerksam machen. Sie war berechtigt, dort unterwegs zu sein, aber wenn eine MP-Streife sie ohne Licht fahren gesehen hätte, wäre sie angehalten und kontrolliert worden.«

»Richtig. Aber ihre Scheinwerfer haben PFC Robbins alarmiert. Warum ist Campbell also nicht erst zu ihr hingefahren, hat sie beruhigt und ist dann zu ihrem Rendezvous zurückgefahren?«

»Gute Frage.«

»Und warum mußte dieses Rendezvous ausgerechnet weniger als einen Kilometer vom nächsten Wachposten entfernt stattfinden? Da draußen liegen schließlich über vierzigtausend Hektar Militärgelände.«

»Richtig, aber dort gibt's die Toiletten mit fließendem Wasser, und von Robbins, die's von ihrem Sergeanten hatte, weiß ich, daß Leute dort rausfahren, um zu bumsen. Vielleicht wollten sie sich hinterher frisch machen.«

»Okay, aber trotzdem kann sie von einem Psychopathen überfallen worden sein, der gar nicht gewußt hat, wo der nächste Wachposten war.«

»Möglich, aber die Beweise legen eine andere Schlußfolgerung nahe.«

»Und warum hätte sie's in einer Nacht tun sollen, in der sie Dienst hatte?« fragte Cynthia weiter.

»Das hat alles spannender gemacht. Ann Campbell hat Abenteuer gesucht.«

»Aber sie hat ihren Dienst immer tadellos versehen. Diese anderen Sachen waren Teil ihres Privatlebens.«

Ich nickte zustimmend. »Gutes Argument.« Ich fragte sie: »Glaubst du, daß St. John irgendwas verschweigt?«

»Seine persönlichen Ansichten jedenfalls nicht. Aber im Prinzip hat er uns alles erzählt, was er wußte. Wie steht's mit Robbins?«

»Sie hat mir mehr erzählt, als sie vielleicht ahnt. Sieht übrigens recht nett aus. Ein schlichtes Mädchen vom Lande aus Alabama.«

»Wahrscheinlich jung genug, um deine Urenkelin zu sein.«

»Vermutlich noch Jungfrau.«

Cynthia winkte ab. »Dann kann sie schneller laufen als ihre Onkel und Brüder.«

»Oh, heute sind wir aber gutgelaunt!«

Sie rieb sich die Schläfen. »Entschuldige, aber du gehst mir auf die Nerven.«

»Dann schlage ich vor, daß du jetzt zum Essen gehst, und ich rufe Karl Gustav an, bevor er von anderer Seite über diesen Fall informiert wird und mich an die Wand stellen läßt.«

»Okay.« Sie stand auf. »Laß mich dabei bleiben, Paul.«

»Das entscheidet Herr Hellmann.«

Cynthia stieß mir wieder ihren Zeigefinger in den Bauch. »Das entscheidest *du*«, stellte sie fest. »Du sagst ihm, daß du mich haben willst.«

»Und wenn ich's nicht will?«

»Ich weiß, daß du mich willst.«

Ich begleitete sie zum Auto. Als sie einstieg, sagte ich: »Die sechs Stunden und zweiundzwanzig Minuten unserer Zusammenarbeit haben mir Spaß gemacht.«

Sie lächelte schwach. »Danke. Mir haben ungefähr vierzehn Minuten davon Spaß gemacht. Wo und wann treffen wir uns wieder?«

»Um vierzehn Uhr hier.«

Sie fuhr aus der Parklücke, und ich beobachtete, wie der rote Mustang im Mittagsverkehr verschwand.

Ich ging ins Gebäude zurück und ließ mir unser Dienstzimmer zeigen. Kent hatte uns in einem fensterlosen Raum untergebracht, der zwei Schreibtische, zwei Stühle, einen Aktenschrank und noch genügend Platz für zwei Papierkörbe enthielt.

Ich setzte mich an einen der Schreibtische, blätterte in dem Lederadreßbuch, klappte es dann zu und dachte über verschiedene Dinge nach – nicht über den Fall, sondern über mögliche Komplikationen, persönliche Beziehungen und meine Chancen, auch diesmal heil davonzukommen. Danach wandte ich mich wieder dem Fall zu.

Bevor ich Hellmann anrief, mußte ich mir über die Tatsachen klarwerden und meine Theorien vorerst für mich behalten. Karl hat kaum Sinn für Politik, und die unterschwelligen Probleme dieses Falls würden ihn keineswegs beeindrucken. Was Personalführung betrifft, ist er der Meinung, gute Zusammenarbeit lasse sich einfach anordnen.

Letztes Jahr in Brüssel hatte ich ihn gebeten, mir keinen Fall oder Kontinent zuzuweisen, an oder auf dem Ms. Cynthia Sunhill arbeitete. Ich hatte ihm erklärt, zwischen uns gebe es persönliche Differenzen. Er verstand nicht, was ich damit meinte, versicherte mir aber nachdrücklich, er werde möglicherweise in Erwägung ziehen, darüber nachzudenken.

Und so griff ich nach dem Telefonhörer und rief in Falls Church an, um Karl hoffentlich den Tag zu verderben.

KAPITEL ACHT

Der Oberführer war in seinem Büro, und seine Sekretärin Diane stellte mich zu ihm durch. »Hallo, Karl.«

»Hallo, Paul«, antwortete er mit kaum wahrnehmbarem deutschen Akzent.

Nach diesem Austausch von Höflichkeiten meldete ich ihm: »Hier hat's einen Mord gegeben.«

»Ja?«

»Captain Ann Campbell, General Campbells Tochter.«

Schweigen.

Ich berichtete weiter: »Möglicherweise vergewaltigt, jedenfalls sexuell mißbraucht.«

»Auf Militärgelände?«

»Ja. Auf einer der Schießbahnen.«

»Wann?«

»Heute morgen zwischen zwei Uhr siebzehn und vier Uhr fünfundzwanzig«, sagte ich, womit die Fragen Wer, Was, Wo und Wann beantwortet waren.

Er fragte nach dem Warum. »Motiv?«

»Unbekannt.«

»Verdächtige?«

»Keine.«

»Hergang?«

»Sie ist als Offizier vom Dienst unterwegs gewesen, um die Wachposten zu kontrollieren.« Ich schilderte die näheren Einzelheiten und berichtete, wie ich von Colonel Kent hinzugezogen worden, mit Cynthia Sunhill zusammengetroffen und gemeinsam mit ihr am Tatort und im Haus der Ermordeten in Midland gewesen war. Den Hobbyraum im Keller ließ ich unerwähnt, weil ich wußte, daß dieses Gespräch wahrscheinlich auf Tonband aufgezeichnet wurde. Wozu Karl in eine unangenehme Lage bringen?

Nach kurzer Pause sagte er: »Ich möchte, daß Sie zum Tatort zurückfahren, sobald die Leiche abtransportiert ist, und Ms. Sunhill mit denselben Zeltheringen anpflocken.«

»Wie bitte?«

»Ich sehe keinen Grund, warum eine gesunde Frau sie nicht hätte herausreißen können.«

»Ich schon, Karl. Die Heringe waren schräg eingeschlagen, und vermutlich hat irgend jemand den um ihren Hals gelegten Strick in der Hand gehabt, und ich glaube – ich vermute, daß die ganze Sache als Spiel angefangen hat.«

»Vielleicht, vielleicht auch nicht. Aber irgendwann hat sie gewußt, daß das kein Spiel mehr war. Wir wissen, was für Kräfte ein Mensch in Lebensgefahr entwickeln kann. Möglicherweise ist sie betäubt worden. Sorgen Sie dafür, daß die Toxikologen auf Beruhigungsmittel achten. Aber als erstes versuchen Sie und Ms. Sunhill, die Tat von Anfang bis Ende nachzustellen.«

»Sie sprechen von einer Simulation, hoffe ich.«

»Natürlich. Sie sollen sie nicht vergewaltigen oder erdrosseln.«

»Sie verlieren Ihren Biß, Karl. Gut, ich gebe Ihre Anregung weiter.«

»Das ist keine Anregung. Das ist ein Befehl. Erzählen Sie mir ausführlicher, was Sie in Captain Campbells Haus gefunden haben.«

Ich berichtete, und Karl äußerte sich nicht zu der Tatsache, daß ich die Midland Police nicht benachrichtigt hatte. Deshalb fragte ich: »Nur fürs Protokoll: Sehen Sie irgendein Problem darin, daß ich das Haus betreten und den Abtransport der Einrichtung veranlaßt habe?«

»Nur fürs Protokoll: Sie haben die Hinterbliebenen benachrichtigt, die mit Ihrer Maßnahme einverstanden waren oder sie sogar vorgeschlagen haben. Sie müssen lernen, sich selbst abzusichern, Paul. Ich bin nicht immer verfügbar, um Ihnen aus der Patsche zu helfen. So, jetzt gebe ich Ihnen fünf Sekunden Zeit, in Mordphantasien zu schwelgen.«

Ich stellte mir genüßlich vor, wie meine Hände sich in einem Würgegriff um seinen Hals schlossen, wie er röchelnd die Zunge herausstreckte, wie seine Augen aus ihren Höhlen quollen...

»Sind Sie wieder da?«

»Augenblick!« ... wie er blau anlief und zuletzt ... »So, ich bin wieder da.«

»Gut. Wollen Sie Unterstützung durchs FBI?«

»Nein.«

»Wollen Sie einen weiteren Ermittler von hier aus oder aus unserer Abteilung in Hadley?«

»Fangen wir lieber noch mal von vorn an. Ich will diesen Fall überhaupt nicht.«

»Warum nicht?«

»Ich arbeite hier bereits an einem noch nicht abgeschlossenen Fall.«

»Dann schließen Sie ihn ab.«

»Karl, dieser Mord ist eine sehr heikle Sache, ein äußerst...«

»Haben Sie persönliche Beziehungen zu der Ermordeten gehabt?«

»Nein.«

»Faxen Sie mir bis heute siebzehn Uhr einen Vorbericht. Diane teilt dem Fall eine Nummer zu. Sonst noch was?«

»Ja. Zum Beispiel die Medien, Presseerklärungen des Heeresministeriums, des Chefs des Heeresjustizwesens, des Justizministeriums, persönliche Erklärungen des Generals und seiner Frau, die Frage, ob der General hier weiter Dienst tun soll, das...«

»Klären Sie einfach den Mord auf.«

»Das wollte ich hören.«

»Jetzt haben Sie's gehört. Noch etwas?«

»Ja. Ich möche, daß Ms. Sunhill diesen Fall nicht weiter bearbeitet.«

»Ich habe ihr den Fall nicht zugeteilt. Weshalb bearbeitet sie ihn?«

»Aus demselben Grund wie ich: Wir sind hier. Kent hat uns gebeten, ihm behilflich zu sein, bis Sie offiziell ein Team einteilen.«

»Sie sind offiziell dafür eingeteilt. Weshalb wollen Sie nicht mit ihr zusammenarbeiten?«

»Wir können uns nicht leiden.«

»Sie haben noch nie zusammengearbeitet. Worauf basiert Ihre Abneigung also?«

»Auf persönlichen Differenzen. Ich kenne ihre beruflichen Fähigkeiten nicht.«

»Sie ist recht kompetent.«

»Sie versteht nichts von Mordfällen.«

»Und Sie nicht viel von Vergewaltigungen. Hier geht's um Vergewaltigung und Mord, deshalb sind Sie das ideale Zweierteam.«

»Karl, ich dachte, darüber hätten wir schon mal geredet. Sie haben mir versprochen, uns nicht gleichzeitig denselben Dienstort zuzuteilen. Warum ist sie dann hier gewesen?«

»So etwas habe ich nie versprochen. Die Interessen der Army gehen vor.«

»Meinetwegen. Denen wäre am besten gedient, wenn Sie ihr noch heute einen neuen Auftrag erteilen würden. Ihr hiesiger Fall ist abgeschlossen.«

»Ich weiß, Ihr Bericht liegt mir vor. Moment, bleiben Sie dran, Paul.«

Er ließ mich warten. Seine extrem dickfellige und schwierige Art sollte mir nur beweisen, daß er volles Vertrauen zu mir hatte, was die Lösung dieses komplizierten Falls betraf. Trotzdem wäre es nett gewesen, ein Wort des Bedauerns von ihm zu hören. *Ja, Paul, dieser Fall ist äußerst sensibel, äußerst schwierig und womöglich karriereschädigend – aber ich stehe hundertprozentig hinter Ihnen.* Vielleicht sogar eine Bemerkung über die Ermordete und ihre Angehörigen. *Tragisch, wirklich tragisch. Diese junge, schöne und intelligente Frau. Wie schrecklich für ihre Eltern.* Etwas Menschlichkeit, Karl!

»Paul?«

»Ja.«

»Das war gerade Ms. Sunhill am Telefon.«

Das hatte ich mir fast gedacht. »Sie hat kein Recht, über meinen Kopf hinweg.«

»Ich habe sie natürlich zurechtgewiesen.«

»Gut. Jetzt wissen Sie, warum.«

»Ich habe ihr gesagt, daß Sie nicht mit ihr zusammenarbeiten wollen, und sie behauptet, Sie diskriminierten sie wegen ihres Geschlechts, ihres Alters und ihrer Religion.«

»*Was?* Ich *weiß* nicht mal, welcher Kirche sie angehört!«

»Das steht auf ihrer Erkennungsmarke.«

»Karl, wollen Sie mich verarschen?«

»Das ist ein ernstzunehmender Vorwurf gegen Sie.«

»Die Sache ist *persönlich,* sage ich Ihnen. Wir kommen nur nicht miteinander aus.«

»Soviel ich weiß, sind Sie in Brüssel recht gut miteinander ausgekommen.«

Fuck you, Karl. »Hören Sie, muß ich Ihnen die Sache wirklich erst auseinandersetzen?«

»Nein, ich habe alles schon vor einem Jahr aus Brüssel und vor einer Minute von Ms. Sunhill gehört. Ich vertraue darauf, daß meine Offiziere sich im Privatleben anständig benehmen. Und obwohl ich nicht erwarte, daß sie wie Mönche und Nonnen leben, erwarte ich, daß sie diskret sind und weder sich noch die Army oder ihren Auftrag kompromittieren.«

»Das habe ich nie getan.«

»Aber hätte Ms. Sunhills Verlobter Ihnen eine Kugel durch den Kopf gejagt, hätte *ich* die Bescherung gehabt.«

»Das wäre mein letzter Gedanke vor dem Ableben gewesen.«

»Gut. Sie sind also ein Profi und verhalten sich Ms. Sunhill gegenüber gefälligst als solcher. Ende der Diskussion.«

»Ja, Sir.« Ich fragte ihn: »Ist sie verheiratet?«

»Was kümmert Sie das?«

»Nun, es gibt private Überlegungen...«

»Keiner von Ihnen hat ein Privatleben, bis der Fall abgeschlossen ist. Noch Fragen?«

»Haben Sie Ms. Sunhill von Ihrem etwas merkwürdigen Experiment erzählt?«

»Das ist Ihre Aufgabe.« Karl Gustav legte auf. Ich blieb noch einen Augenblick sitzen und überlegte, welche Möglichkeiten mir offenstanden. Eigentlich nur zwei: aufhören oder weitermachen.

Zum Glück hatte ich meine zwanzig Dienstjahre schon beisammen; ich konnte jederzeit meine Papiere einreichen, mich mit halben Bezügen pensionieren lassen und endlich das Leben genießen.

Aber ich wußte, daß dieser Fall mich bis ans Ende meiner Tage verfolgen würde, wenn ich jetzt ausstieg. Der Haken saß so tief, daß ich nicht wußte, was ich gesagt oder getan hätte, wenn Karl versucht hätte, mir den Fall wegzunehmen. Aber man muß diesen sturen, widerborstigen Kerl nur zu nehmen wissen. Ich hatte mich gegen Cynthia gewehrt und sie gekriegt. Karl war doch nicht so clever, wie er glaubte.

Auf dem Schreibtisch in meinem neuen Dienstzimmer lagen Captain Ann Campbells Personalakte und ihre Krankenakte. Diese Akten enthalten die gesamte Laufbahn eines Soldaten und können aufschlußreich und interessant sein. Als erstes blätterte ich in ihrer Personalakte.

Ann Campbell war vor zwölf Jahren in West Point eingetreten, hatte zu den besten zehn Prozent ihres Jahrgangs gehört und war dann auf eigenen Wunsch zur Nachrichtendienstschule in Fort Huachuca, Arizona, abkommandiert worden. Danach hatte sie an der Georgetown University Psychologie studiert und ihr Studium mit dem Master of Arts abgeschlossen. Die nächsten Stufen waren die John F. Kennedy Special Warfare School in Fort Bragg und dann die dortige 4th Psychological Operations Group gewesen. Danach war sie in Deutschland und nochmals in Fort Bragg gewesen. Dann am Golf, im Pentagon, zuletzt in Fort Hadley.

Ihre Beurteilungen schienen auf den ersten Blick außergewöhnlich gut zu sein, aber ich hatte auch nichts anderes erwartet. Die Einstellungstests zeigten, daß sie den I.Q. eines Genies hatte und damit zu den obersten zwei Prozent der amerikanischen Bevölkerung gehörte. Beruflich hatte ich die Erfahrung gemacht, daß überproportional viele dieser Zweiprozentigen irgendwann als Verdächtige vor meinem Schreibtisch sitzen –

meistens in Mordfällen. Genies scheinen nicht viel Geduld mit Leuten zu haben, die sie ärgern oder behindern, sie scheinen sich oft einzubilden, über die für gewöhnliche Menschen geltenden Gesetze erhaben zu sein.

Hier ging es jedoch nicht um eine Verdächtige, sondern um ein Tatopfer, das zu diesen zwei Prozent gehörte – was möglicherweise belanglos war. Aber mein Instinkt sagte mir, daß Ann Campbell etwas Bestimmtes getan hatte, bevor sie das Opfer dieser Tat geworden war.

Ich schlug die Krankenakte auf und blätterte gleich hinten nach, wo psychologische Informationen zu finden sein würden. Dort fand ich den für die Aufnahme in West Point erforderlichen Psycho-Test, zu dem der Psychiater angemerkt hatte: *Die Kadettin ist hochmotiviert, intelligent und ausgeglichen. Unser zweistündiges Gespräch und die beigefügten Testergebnisse lassen weder autoritäre Charakterzüge noch Angstzustände, Persönlichkeitsstörungen oder sonstige psychische Defekte erkennen.*

Weiter hieß es in dem Bericht, der Test habe keine offenkundigen psychologischen Probleme aufgezeigt, die sie daran hindern könnten, ihren Aufgaben und Pflichten an der United States Military Academy nachzukommen. Ann Campbell war eine normale achtzehnjährige Amerikanerin, was immer das gegen Ende des 20. Jahrhunderts bedeuten mochte.

Aber hinten in ihrer Krankenakte war auch ein kurzer Bericht eingeheftet, der aus dem Herbstsemester ihres dritten Jahres in West Point stammen mußte. Ann Campbell war angewiesen worden – von wem und warum, wurde nicht erwähnt –, einen Militärpsychiater aufzusuchen.

Der Psychiater, ein Dr. Wells, hatte geschrieben: *Kadettin Campbell hat sich auf dienstliche Anordnung zur Begutachtung und/oder Therapie vorgestellt. Kadettin Campbell behauptet: »Mir fehlt nichts.« Sie ist unkooperativ, aber nicht so sehr, daß ich sie wegen Vernachlässigung ihrer Dienstpflichten ihrem Vorgesetzten melden könnte. In vier Gesprächen von jeweils etwa zwei Stunden Dauer hat sie wiederholt beteuert, sie sei nur sehr müde, von den körperlichen und geistigen Anforderungen erschöpft, in bezug auf ihre Leistungen und ihr Abschneiden besorgt und allgemein überarbeitet.*

Während Kadetten im ersten und zweiten Jahr häufig unter Überforderung leiden, habe ich soviel geistigen und körperlichen Streß bei Kadetten im dritten Jahr nur höchst selten erlebt. Ich habe sie daher gefragt, ob Streß und Angstgefühle in ihrem Fall nicht andere Ursachen haben könnten – zum Beispiel Liebeskummer oder Probleme zu Hause. Sie versicherte mir jedoch, sie sei nicht verliebt und zu Hause sei alles in bester Ordnung.

Vor mir hatte ich eine junge Frau, die eindeutig untergewichtig, offensichtlich bedrückt und – ganz allgemein gesagt – bekümmert und deprimiert war. Bei unseren Gesprächen weinte sie mehrmals, fing sich aber jeweils wieder und entschuldigte sich für ihre Tränen. Einige Male schien sie dicht davor zu sein, mehr als nur die gewöhnlichen Kümmernisse der meisten Kadetten zu bekennen, aber dann schreckte sie doch wieder davor zurück. Einmal behauptete sie allerdings: »Ob ich den Unterricht besuche oder nicht, was ich hier tue, spielt keine Rolle. Mein Abschlußzeugnis geben sie mir ohnehin.« Als ich sie fragte, ob sie das erwarte, weil sie General Campbells Tochter sei, antwortete sie spontan: »Nein, das Abschlußzeugnis geben sie mir, weil ich ihnen einen Gefallen getan habe.«

Als ich fragte, was sie damit meine und wer »sie« seien, erwiderte sie: »Die Old Boys.« Weitere Fragen zu diesem Thema blieben unbeantwortet.

Ich vermute, daß wir kurz vor einem Durchbruch gestanden haben, aber die ursprünglich von ihrem Vorgesetzten angeordneten weiteren Termine bei mir wurden von höherer Stelle, deren Namen ich nie erfahren habe, ohne ein Wort der Erklärung gestrichen.

Meiner Überzeugung nach braucht Kadettin Campbell weitere fachliche Beratung und Therapie – notfalls auch gegen ihren Willen. Andernfalls empfehle ich, sie von einer Kommission aus Psychiatern daraufhin untersuchen zu lassen, ob eine Entfernung von der Akademie ratsam wäre. Darüber hinaus empfehle ich, sie stationär einzuweisen und ihren Gesundheitszustand gründlich zu untersuchen.

Ich las diesen Kurzbericht zweimal und fragte mich natürlich, wodurch eine ausgeglichene Achtzehnjährige sich in eine deprimierte Zwanzigjährige verwandelt haben mochte. Eine mögliche Erklärung wäre die strenge Ausbildung in West Point gewesen, aber Dr. Wells war offenbar nicht davon überzeugt – und ich auch nicht.

Ich blätterte in der Akte, die ich bei erster Gelegenheit von Anfang bis Ende durchlesen würde. Als ich den Ordner zuklappen wollte, fiel mir ein zwischen den Seiten steckender handgeschriebener Zettel auf:

Wer mit Ungeheuern kämpft, mag zusehen,
daß er nicht dabei zum Ungeheuer wird.
Und wenn du lange in einen Abgrund blickst,
blickt der Abgrund auch in dich hinein.

Was hatte dieses Zitat hier zu suchen? – Aber irgendwie paßte es in die Akte einer Spezialistin für Psychologische Kriegführung und hätte auch in die eines CID-Mannes gepaßt.

KAPITEL NEUN

Ich mußte und wollte nicht mehr Sergeant Franklin White sein – vor allem deshalb nicht, weil Sgt. White jeden rotznasigen Lieutenant grüßen mußte, dem er begegnete. Daher machte ich einen Spaziergang zur Infantry Training Brigade, holte meinen Pickup ab und fuhr nach Whispering Pines hinaus, um Zivil anzuziehen.

Ich kam an der Waffenmeisterei vorbei, ohne dort Sergeant Elkins' Privatfahrzeug stehen zu sehen. Das weckte in mir die beunruhigende Vorstellung, Elkins sei dabei, den Handel ohne mich abzuschließen, mit unbekanntem Ziel zu verschwinden und mir die undankbare Aufgabe zu überlassen, den zuständigen Stellen zu erklären, warum ich nicht verhindert hatte, daß einige hundert M-16 und Gewehrgranaten in die Hände kolumbianischer Banditos gelangten.

Aber immer eins nach dem anderen. Die Fahrt nach Whispering Pines dauerte ungefähr zwanzig Minuten, die ich nutzte, um die Ereignisse dieses Morgens seit Kents Anruf zu rekonstruieren, denn schließlich legt mein Brötchengeber, die United States Army, großen Wert auf Chronologie und Tatsachen. Aber bei Ermittlungen in Mordfällen sind eigene Beobachtungen und der jeweilige Zeitpunkt längst nicht alles, denn es liegt im Wesen dieser Tat, daß die entscheidenden Dinge passiert sind, bevor man selbst am Tatort eintrifft.

Außerdem wollte Karl einen schriftlichen Bericht, deshalb entwarf ich in Gedanken einen: *»Im Nachgang zu unserem Telefongespräch teile ich mit: Die Tochter des Generals war eine Nutte – aber was für eine herrliche Nutte! Sie geht mir nicht* *mehr aus dem Sinn. Hätte ich sie rasend geliebt und erfahren, daß sie's mit allen treibt, hätte ich sie selbst umgebracht. Trotzdem spüre ich den Schweinehund auf, der's getan hat, und bringe ihn vor ein Erschießungskommando. Besten Dank für den Auftrag. (gez.) Brenner.*

Vielleicht sollte ich diese Version noch etwas überarbeiten. Aber ich halte es für wichtig, sich einzugestehen, wie man selbst über einen Fall denkt. Alle anderen schauspielern, schwindeln und lügen ohnehin genug.

In diesem Zusammenhang mußte ich wieder an Cynthia denken. Die Frau ging mir wirklich nicht mehr aus dem Sinn. Ich sah überall ihr Gesicht vor mir, glaubte, ihre Stimme zu hören, und sehnte mich selbst in diesem Augenblick nach ihr. Dies alles deutete auf starke emotionale Bindung, vielleicht auch sexuelle Besessenheit und – Gott behüte! – sogar Liebe hin. Das machte mir Sorgen, denn ich zögerte nicht nur, mich auf dergleichen einzulassen, sondern wußte nicht einmal, wie sie darüber dachte. Und ich hatte diesen Mordfall zu bearbeiten.

Auf so einen Auftrag muß man sich hundertprozentig konzentrieren und sogar psychische Energien einsetzen, die man sich lieber für andere Dinge aufgespart hätte. Irgendwann sind diese Energien natürlich erschöpft, und Menschen wie Cynthia – jung, begeisterungsfähig und pflichtbewußt – werfen einem kalt vor, hartgesotten und zynisch zu sein. Das weise ich dann zurück, denn ich weiß nur zu gut, daß ich Gefühle, Liebe und Wärme empfinden kann. So mußte es vergangenes Jahr in Brüssel gewesen sein, aber davon hatte ich jetzt nichts mehr. Jedenfalls verdient ein Mord, daß man sich ganz auf ihn konzentriert.

Kurz bevor ich den Whispering Pines Trailer Park erreichte, sah ich auf einer abzweigenden Straße einen Bautrupp die Asphaltdecke reparieren. Das erinnerte mich an einen Tag vor zweieinhalb Jahrzehnten, an dem ich in Georgia zum erstenmal einen Trupp aneinandergeketteter Häftlinge beim Straßenbau gesehen hatte. Ich glaube nicht, daß solche Trupps heute noch zum Straßenbau eingesetzt werden, und hoffe sehr, daß diese Art der Zwangsarbeit inzwischen abgeschafft ist. Aber die Szene ist mir noch lebhaft im Gedächtnis: die schmutzigen, ausgemergelten Gestalten der an den Knöcheln aneinandergeketteten Häftlinge und die mit Gewehren und Schrotflinten bewaffneten Aufseher in durchgeschwitzten Khakiuniformen.

Damals vor einem Vierteljahrhundert hatte ich meinen Augen nicht trauen wollen. Paul Brenner, vor kurzem aus South Boston zugereist, hatte einfach nicht begreifen können, daß hier in Amerika Männer aneinandergekettet und scharf bewacht unter glühend heißer Sonne als Sklaven schuften mußten. Meine Bauchmuskeln hatten sich bei diesem Anblick so verkrampft, als habe mir jemand einen Schlag in den Magen verpaßt.

Aber dieser Paul Brenner existierte nicht mehr. Die Welt war sanfter geworden – und ich härter. Irgendwo entlang einer Zeitlinie waren die Welt und ich ein bis zwei Jahre lang in Übereinstimmung gewesen, um dann wieder getrennte Wege zu gehen. Vielleicht lag das Problem darin, daß meine Welten sich zu rasch änderten: heute Georgia, letztes Jahr Brüssel, nächste Woche Pago Pago. Ich mußte irgendwo für einige Zeit zur Ruhe kommen; ich hatte das starke Bedürfnis nach einer Beziehung zu einer Frau, die länger als nur eine Nacht, eine Woche oder einen Monat hielt.

Ich fuhr unter einem handbemalten Schild hindurch, auf dem früher *Whispering Pines* gestanden hatte. Ich parkte den Pickup in der Nähe des Mobilheims des Platzbesitzers und marschierte zu Fuß zu meiner Aluminiumhütte weiter. Irgendwie hatte mir die ländliche Armut hier im Süden besser gefallen, als sie sich noch in Holzhütten mit einem Schaukelstuhl und einem Whiskeykrug auf der Veranda abgespielt hatte.

Bei einem Rundgang um den Wohnwagen achtete ich auf offene Fenster, Fußabdrücke und andere Hinweise auf unerwünschte Besucher. Als nächstes kontrollierte ich den durchsichtigen Klebstreifen unten an der Tür. Das alles tat ich nicht etwa,weil ich zu viele Filme gesehen hatte, in denen ein Kriminalbeamter seine Wohnung betritt und niedergeschlagen wird. Ich habe beruflich lange genug mit Drogenschmugglern, Waffenhändlern und gewöhnlichen Mördern zu tun gehabt; ich weiß, warum ich noch lebe – und ich weiß, was ich zu tun habe, um weiter zu überleben.

Dann betrat ich den Wohnwagen und ließ die Tür offen, während ich mich davon überzeugte, daß ich keinen unerwünschten Besuch hatte. Das war anscheinend der Fall, und im Inneren meiner bescheidenen Unterkunft schien sich nichts verändert zu haben.

Ich ging nach hinten in den zweiten Schlafraum, in dem ich meine Pistolen, meine Aufzeichnungen und Berichte, meine Codebücher und weitere Unterlagen aufbewahrte. Diese Tür hatte ich mit einem Vorhängeschloß gesichert, so daß niemand, auch der Platzbesitzer nicht, dort hineinkonnte. Als weitere Vorsichtsmaßnahme hatte ich die Laufschiene des einzigen Schiebefensters mit Kunstharz ausgegossen. Ich sperrte das Schloß auf und betrat den kleinen Raum, der mir als Büro diente.

Auf dem Schreibtisch, den ich mir aus Fort Hadley geholt hatte, blinkte die Anzeige meines Anrufbeantworters. Als ich auf die Abfragetaste drückte, kündigte eine Frauenstimme an: »Es folgt eine Mitteilung für Sie.« Dann sagte eine Männerstimme: »Mr. Brenner, hier ist Colonel Fowler, der Stellvertreter des Standortkommandanten. General Campbell möchte Sie sprechen. Melden Sie sich so bald wie möglich bei ihm zu Hause. Guten Tag.«

Ziemlich kurz angebunden. Ich schloß daraus, daß Colonel Kent es endlich geschafft hatte, die Angehörigen zu benachrichtigen, und dabei erwähnt hatte, daß dieser Brenner aus Falls Church die Ermittlungen führte. Danke, Kent.

Da ich im Augenblick keine Zeit für den General oder Mrs. Campbell hatte, löschte ich die Nachricht vom Band und aus meinem Gedächtnis.

Ich trat an die Kommode, nahm meine Glock – eine 9-mm-Pistole – mit Schulterhalfter heraus und verriegelte das Büro wieder mit dem Vorhängeschloß.

Im Schlafraum zog ich einen leichten blauen Anzug in Tropenqualität an, rückte mein Schulterhalfter zurecht, ging in die Küche, um mir ein kaltes Bier zu holen, und verließ dann meine Behausung. Ich ließ den Pickup stehen und setzte mich in den Blazer. So verwandelt war ich äußerlich bereit, Vergewaltigung und Mord aufzuklären, obwohl ich zwischendurch wohl mal wieder schlafen sollte.

Unterwegs trank ich mein Bier. Diesmal fuhr ich einen Umweg über Indian Springs, einen deprimierenden Vorort mit sogenannten Ranchhäusern. Dort gab es keine Indianer, aber anscheinend reichlich Cowboys, wenn man nach den vielen getunten Wagen vor den Häusern ging. Ich hielt in der Einfahrt eines bescheidenen Hauses und drückte ein paarmal auf die Hupe. Das ersparte einem die Mühe auszusteigen und zu klingeln und war durchaus ortsüblich.

Eine dicke Frau erschien an der Tür, erkannte mich, winkte mir zu und verschwand wieder. Kurze Zeit später kam Sergeant Dalbert Elkins aus dem Haus geschlendert. Nachtdienst hat den

Vorteil, daß man den nächsten Tag frei hat, und Elkins genoß ihn offensichtlich. Er trug Sandalen, Shorts und ein T-Shirt und hatte in jeder Hand eine Dose Bier. »Steig ein«, forderte ich ihn auf. »Wir müssen zu 'nem Kerl in der Kaserne.«

»Ach, Scheiße.«

»Los, komm schon! Ich bring' dich so schnell wie möglich wieder zurück.«

»Ich muß weg!« rief er ins Haus. Dann stieg er ein und gab mir eine der Bierdosen.

Ich nahm das Bier, setzte rückwärts auf die Straße hinaus und fuhr davon. Sgt. Elkins wollte von mir vier Fragen beantwortet haben: Wo hast du den Blazer her? Wo hast du den Anzug her? Wie war's mit der Kleinen? Zu wem müssen wir?

Ich antwortete, der Blazer sei ausgeliehen, der Anzug sei aus Hongkong, mit der Kleinen sei es super gewesen, und wir müßten einen Kerl im Gefängnis besuchen.

»Im *Gefängnis*?«

»'n guter Freund von mir. Er sitzt im MP-Gebäude ein. Wir müssen ihn besuchen, bevor er ins Militärgefängnis verlegt wird.«

»Warum? Wozu?«

»Sie haben ihn wegen Trunkenheit am Steuer geschnappt. Ich muß seinen Wagen zu ihm nach Hause fahren. Seine Alte ist im neunten Monat schwanger und braucht die Kiste. Sie wohnt bei euch in der Nähe. Du fährst mit dem Blazer hinterher.«

Sgt. Elkins nickte, als mache er so was jeden Tag. Wir unterhielten uns und tranken zwischendurch einen Schluck Bier. An der Hauptwache hielten wir die Dosen etwas tiefer, als wir an den Militärpolizisten vorbeifuhren, und verstauten sie danach unter den Sitzen. Ich parkte vor dem MP-Gebäude, wir stiegen aus und gingen hinein.

Der Wachhabende stand auf, als wir hereinkamen. Ich zeigte meine CID-Plakette vor und ging weiter, ohne daß Sergeant Elkins etwas merkte. Wir folgten dem Korridor zu den Haftzellen. Ich fand eine leere, deren Tür offen war, und schob Elkins hinein. Er war leicht verwirrt und besorgt, als er mich fragte: »Und wo ist dein Kumpel?«

»Mein Kumpel sind *Sie.*« Ich ließ die Zellentür einschnappen und sprach durch die Gitterstäbe mit meinem Kumpel. »Sie sind verhaftet.« Ich hielt meine CID-Plakette hoch. »Wegen versuchten Verkaufs militärischen Eigentums der Vereinigten Staaten und versuchter Unterschlagung zu Lasten der Vereinigten Staaten.« Ich fügte hinzu: »Außerdem hatten Sie Ihren Sicherheitsgurt nicht angelegt.«

»Mein Gott, mein Gott...«

Der Gesichtsausdruck eines Mannes, dem man seine Festnahme eröffnet, ist sehr aufschlußreich, und man muß weitere Ankündigungen von seiner Reaktion abhängig machen. Elkins sah wie jemand aus, dem der heilige Petrus gerade das Himmelstor vor der Nase zugeschlagen hat. Er schien dicht davor zu sein, in Tränen auszubrechen.

»Ich bin bereit, Ihnen eine Chance zu geben, Dalbert«, erklärte ich ihm. »Sie unterschreiben ein handschriftlich verfaßtes Geständnis und helfen uns, die Kerle einzulochen, mit denen Sie verhandelt haben. Tun Sie das, garantiere ich Ihnen, daß Sie nicht auch sitzen müssen. Allerdings werden Sie unehrenhaft entlassen und verlieren sämtliche Pensionsansprüche. Die Alternative wäre lebenslänglich in Leavenworth, Kumpel. Abgemacht?«

Elkins begann zu weinen. Ich wiederholte meine Frage. »Abgemacht?«

Er nickte wortlos.

»Kluge Entscheidung, Dalbert.« Ich angelte eine Karte mit der Belehrung über seine Rechte aus meiner Jacke. »Hier. Lesen und unterschreiben.« Ich reichte ihm die Karte und einen Kugelschreiber durchs Gitter. Er wischte sich die Tränen aus den Augen und begann, seine Rechte als Beschuldigter zu studieren. Ich verlangte: »Unterschreiben Sie die verdammte Karte, Dalbert.«

Er unterschrieb und gab mir Karte und Kugelschreiber zurück. Karl Hellmann würde vor Wut schäumen, wenn er hörte, daß ich Elkins die Chance gegeben hatte, als Kronzeuge aufzutreten. Okay, aber ich mußte diesen Fall abkürzen, um den anderen bearbeiten zu können, der mir wirklich schaden konnte. Karl hatte verlangt, ich solle den Fall Elkins abschließen. Nun war er abgeschlossen.

Ein Lieutenant der Militärpolizei kam auf mich zu, um einen Ausweis und eine Erklärung zu verlangen. Ich zeigte meine CID-Plakette vor und sagte: »Geben Sie diesem Mann Papier und Kugelschreiber, damit er sein Geständnis schreiben kann. Dann bringen Sie ihn zum CID, dort wird er weiter vernommen.«

Ich verließ den Zellenkorridor und ging in das mir zugewiesene Dienstzimmer. Ich blätterte in Ann Campbells Adreßbuch, das etwa hundert Namen hatte, aber leider nicht meinen enthielt. Sie hatte keine Herzen, Sterne oder dergleichen eingetragen, die auf romantische Interessen oder ein Bewertungssystem hätten schließen lassen, aber vermutlich gab es anderswo eine weitere Liste mit Namen und Telefonnummern. Möglicherweise in ihrem Hobbyraum im Keller oder irgendwo in ihrem PC versteckt.

Für Karl brachte ich einen ziemlich oberflächlichen, eher nichtssagenden Bericht zu Papier – nicht die Version, an die ich gedacht hatte, sondern eine, die auch vor Gericht standhalten würde. Als ich damit fertig war, drückte ich auf den Sprechknopf meines Telefons und sagte: »Schicken Sie mir einen Schreiber.«

Beim Militär sind Schreiber – hauptsächlich Männer, aber heutzutage immer mehr Frauen – für Sekretariatsarbeiten zuständig. Wie bei ihren zivilen Kolleginnen hängt es oft von ihnen ab, ob der Laden funktioniert oder nicht. Die Schreiberin, die sich bei mir meldete, trug zum grünen Rock eine grüne Bluse – eine für heiße Dienstzimmer geeignete Uniform. Sie nahm Haltung an, grüßte zackig und meldete: »Specialist-four Baker, Sir.«

Ich stand auf, obwohl das nicht erforderlich gewesen wäre, und gab ihr die Hand. »Ich bin Warrant Officer Brenner vom CID. Ich bearbeite den Fall Campbell. Aber das wissen Sie vermutlich bereits?«

»Ja, Sir.«

Ich musterte Baker einen Augenblick lang. Sie war Anfang Zwanzig, aufgeweckt, keine Schönheit, aber lebhaft und hellwach. Eigentlich ganz niedlich. Ich fragte sie: »Möchten Sie an diesem Fall mitarbeiten?«

»Ich arbeite bei Captain Redding von der Verkehrsüberwachung.«

»Ja oder nein?«

»Ja, Sir.«

»Schön. Sie sind nur mir und Ms. Sunhill unterstellt, die diesen Fall mit mir bearbeitet, und sprechen mit keinem Außenstehenden darüber. Was Sie hier sehen und hören, ist alles streng vertraulich.«

»Ja, ich verstehe.«

»Gut. Tippen Sie diesen Bericht ab, fotokopieren Sie dieses Adreßbuch, faxen Sie die Kopien an diese Nummer in Falls Church und lassen Sie die Originale auf meinem Schreibtisch.«

»Ja, Sir.«

»An der Tür bringen Sie ein Schild *Kein Zutritt für Unbefugte* an. Sie, Ms. Sunhill und ich sind die einzigen Befugten.«

»Ja, Sir.«

Beim Militär, wo Ehre, Ehrlichkeit und Gehorsam weiterhin hoch im Kurs stehen, braucht man theoretisch keine Türschlösser, obwohl in letzter Zeit mehr zu sehen sind. Als Mann der alten Schule ließ ich keines anbringen. Aber ich wies Baker an: »Sie leeren jeden Abend die Papierkörbe aus und stecken den Inhalt in einen Reißwolf.«

»Ja, Sir.«

»Noch Fragen?«

»Wer spricht mit Captain Redding?«

»Ich sorge dafür, daß Colonel Kent mit ihm spricht. Weitere Fragen?«

»Nein, Sir.«

»Abtreten!«

Baker nahm das Adreßbuch und meinen handschriftlichen Bericht mit, grüßte, machte kehrt und trat ab.

Inzwischen war es nach vierzehn Uhr. Da Warrant Officer Sunhill noch nicht wieder aufgekreuzt war, verließ ich das MP-Gebäude und ging zu meinem Blazer. Dabei entdeckte ich meine Partnerin schlafend in ihrem vor dem Gebäude geparkten Wagen. Der CD-Player spielte die Grateful Dead, was eigentlich gar nicht unpassend war.

Ich stieg ein, knallte die Tür zu und weckte sie dadurch auf. »Schläfst du?« fragte ich.

»Nein, ich ruh' bloß meine Augen aus.«

Das hatte sie in Brüssel immer gesagt, und wir mußten beide darüber lächeln. »Bitte zur Schießbahn sechs«, sagte ich.

KAPITEL ZEHN

Als wir das Kasernengelände verließen und die zu den Schießbahnen hinausführende schmale Straße erreichten, gab Cynthia richtig Gas. Mit einem Blick zu mir herüber sagte sie: »Klasse Anzug.«

»Danke.« Die Grateful Dead sangen »A Touch of Gray«. Ich stellte den CD-Player ab.

»Hast du was zu Mittag gegessen?«

»Nein.«

»Hast du was Nützliches gemacht?« erkundigte sie sich.

»Wahrscheinlich nicht.«

»Ärgert dich irgendwas?«

»Ja.«

»Karl kann einen verdammt wütend machen.«

»Solltest du ihn wegen dieser Sache noch mal anrufen, hänge ich dir ein Disziplinarverfahren an.«

»Ja, Sir.«

Wir fuhren eine Zeitlang schweigend weiter, bis sie sagte: »Ich brauche deine Privatnummer und -adresse.«

Nachdem ich ihr beides gegeben hatte, sagte Cynthia: »Ich wohne im Offiziersheim.« Und sie fügte hinzu: »Warum ziehst du nicht zu mir? Ins Offiziersheim, meine ich. Das wäre viel praktischer.«

»Mir gefällt der Whispering Pines Trailer Park.«

»Trailer Parks in Wäldern sind unheimlich.«

»Nicht für echte Männer.«

»Oh, lebst du mit einem zusammen?« Sie hielt das offenbar für komisch, denn sie lachte laut. Dann bedeckte sie mit theatralischer Geste ihren Mund mit der Hand und sagte: »Sorry, ich sollte wohl lieber versuchen, dich für mich einzunehmen.«

»Damit vergeudest du bloß deine Zeit«, wehrte ich ab.

Im Grunde ihres Wesens ist Cynthia unkompliziert und ehrlich, und wenn ihr ein Mann gefällt, sagt sie es ihm. Ich habe ihr schon mal geraten, etwas weniger aufrichtig zu sein, weil manche Männer so etwas als Aufforderung mißverstehen. Aber sie bleibt unbelehrbar – und das als Frau, die in Vergewaltigungsfällen ermittelt!

Ich teilte ihr mit: »Wir haben eine Schreibkraft bekommen – Spec-four Baker.«

»Männlich oder weiblich?«

»So was fällt mir nicht auf. Welcher Glaubensgemeinschaft gehörst du übrigens an?«

Sie lächelte, zog ihre Erkennungsmarke aus der Bluse und las die eingestanzten Buchstaben, während sie fuhr. »Mal sehen, AB. Amerikanische Baptistin? Nein, das ist meine Blutgruppe. Da haben wir's! Presbyterianerin.«

»Sehr witzig!«

»Tut mir leid, daß du so reagierst. Karl hat gemerkt, daß das ein Scherz sein sollte.«

»So was merkt Karl bloß, wenn die Leute um ihn herum lachen.« Ich wechselte das Thema und fragte: »Hast du dich über sexuelle Asphyxie informiert?«

»Natürlich. Echt unheimlich!«

»Sex ist an sich unheimlich, wenn man richtig darüber nachdenkt.«

»Vielleicht für dich.«

»Schon gut, was weißt du über sexuelle Asphyxie?«

»Hervorgerufen wird sie im Prinzip durch Abschnürung des Halses bei geschlechtlicher Erregung. Im allgemeinen tun das

Männer, während sie masturbieren. Autoerotisch. Aber es gibt auch Frauen, die autoerotische Asphyxie bei sich hervorrufen. Manchmal praktizieren heterosexuelle oder homosexuelle Partner sie beim Geschlechtsverkehr aneinander – meistens, aber nicht immer in gegenseitigem Einverständnis. Kommt es dabei versehentlich oder absichtlich zum Tod, wird daraus ein Fall für die Polizei.«

»Richtig«, bestätigte ich.

Cynthia schüttelte den Kopf. »Ich möchte bloß wissen, was die Leute daran finden. Im Handbuch steht darüber nichts.«

»Die Verringerung der Blut- und Sauerstoffzufuhr zum Gehirn steigert bestimmte Empfindungen, was mit der Beeinträchtigung des Steuerungsvermögens zusammenhängt. Vorübergehender Sauerstoffmangel ruft Benommenheit, Schwindel und sogar Euphorie hervor. Man ist high, ohne Drogen oder Alkohol zu brauchen. In diesem Zustand erleben viele Leute eine Steigerung ihrer Lustgefühle.« Ich fügte hinzu: »Ich habe gehört, daß man ganz weg ist – aber wenn man sich verschätzt, ist man *wirklich* weg.«

»Nicht gerade verlockend.«

»Nein. Außerdem liegt der Reiz nur teilweise im Körperlichen. Mindestens ebenso wichtig ist das Ritual, das meistens zu sexueller Asphyxie gehört: Nacktheit oder ungewöhnliche Kleidung, sexuelle Hilfsmittel aller Art, eine phantasievolle Inszenierung und letztlich die Gefahr.«

»Wer hat sie erfunden?«

»Bestimmt ist sie zufällig entdeckt worden. Wahrscheinlich gibt's in den ägyptischen Pyramiden Bilder davon. Der Mensch war schon immer unendlich erfinderisch, wenn es um die Befriedigung seiner Triebe geht.«

Cynthia fuhr eine Zeitlang schweigend weiter, sah dann zu

mir herüber und fragte schließlich: »Und du glaubst, daß Ann Campbell so was zugestoßen ist?«

»Na ja, ihr Slip ist unter die Kordel geschoben worden, weil keine verräterischen Male zurückbleiben sollten. Das ist an sich charakteristisch für sexuelle Asphyxie, die nicht zum Tod führen soll.« Ich fügte hinzu: »So ließe sich die Tatortsituation erklären, aber ich schlage vor, das Ermittlungsergebnis der Spurensicherer abzuwarten.«

»Wo sind ihre übrigen Kleidungsstücke?«

»Die kann sie irgendwo abgelegt haben.«

»Weshalb?«

»Das gehört zur Gefahr, die Bestandteil irgendeiner Phantasie ist. Wie du schon erwähnt hast, können wir nicht beurteilen, was sie sexuell erregt oder welche umständlichen Inszenierungen sie dafür erfunden hat. Dieser Persönlichkeitstyp findet seine Befriedigung letztlich nur über mit oder ohne Partner ausgelebte eigene Phantasien. Ich beginne allmählich zu glauben, daß wir auf Schießbahn sechs eine Inszenierung mit Ann Campbell als Drehbuchautorin, Regisseurin, Produzentin und Darstellerin in einer Person gesehen haben.«

Als Cynthia sich nicht dazu äußerte, fuhr ich fort: »Vieles deutet auf mit ihrem Einverständnis praktizierte sexuelle Asphyxie hin, bei der ihr Partner sie versehentlich oder in einem Wutanfall absichtlich erdrosselt hat. Ein Fremder, der auf Vergewaltigung und Mord aus war, hätte ihr nicht den Slip unter die Kordel geschoben, um keine Male entstehen zu lassen.«

»Richtig, aber warum sollte ihr Partner sie in einem Wutanfall erdrosselt haben? Vielleicht hat er *beabsichtigt,* sie zu töten, und sie hat *geglaubt,* das Ganze sei ein Spiel.«

»Auch das ist möglich.«

»Ich muß immer an diesen Kellerraum denken«, fuhr Cynthia

fort. »Es kann Männer gegeben haben, die aus Eifersucht oder Rache ihren Tod gewünscht haben. Oder sie kann irgend jemanden erpreßt haben.«

»Genau! Sie ist ein Mordopfer gewesen, das nur noch wirklich eines werden mußte. Aber wir brauchen erst weitere Informationen. Du nimmst alles in deine Notizen über den Fall auf. Okay?«

Sie nickte erneut, ohne etwas zu sagen. Nachdem sie bisher nur mit gewöhnlichen Vergewaltigungen zu tun gehabt hatte, waren diese neuen Einblicke in menschliche Verworfenheit und sexuelle Verirrungen fast ein bißchen zuviel für sie. Um sie wieder zum Reden zu bringen, fragte ich sie: »Wer war eigentlich der Täter im Fall Neely?«

»Oh, ein junger Soldat aus der Infantry School. Er hat sich in die Krankenschwester verliebt und hat ihr abends auf dem Parkplatz aufgelauert, als sie vom Dienst gekommen ist. Er hat gestanden und will sich entschuldigen; danach bekennt er sich schuldig und kriegt fünf bis zehn Jahre.«

Ich zuckte mit den Schultern. Das entsprach nicht militärischen Formen, aber es wurde immer üblicher, daß der geständige oder verurteilte Straftäter sich bei dem Opfer oder seinen Angehörigen entschuldigte. Eine Ironie des Schicksals wollte es, daß General Campbell dieses Verfahren hier in Fort Hadley eingeführt hatte. »Großer Gott«, sagte ich, »ich möchte nicht vor den General hintreten und mich für die Vergewaltigung und Ermordung seiner Tochter entschuldigen müssen.«

»Selbst dir würde es schwerfallen, die rechten Worte zu finden«, bestätigte Cynthia. Dann fragte sie: »Sind wir jetzt wieder bei Vergewaltigung und Mord?«

»Schon möglich. Vielleicht auch Mord und Vergewaltigung. Möchtest du über Nekrophilie diskutieren?«

»Danke, mir reicht's.«

»Amen.« Vor uns sah ich die Umrisse eines riesigen grünen Zelts mit offenen Seiten, das für eine Gartenparty geeignet gewesen wäre. Die Spurensicherer hatten es am Tatort aufgestellt, um das Beweismaterial vor Wettereinflüssen zu schützen.

Cynthia sprach weiter: »Ich wollte dir noch für dein Vertrauen zu mir danken, das du Karl gegenüber zum Ausdruck gebracht hast.«

Ich konnte mich zwar nicht daran erinnern, dergleichen zu Karl gesagt zu haben, aber ich ließ es dabei bewenden und teilte ihr mit: »Karl will, daß wir das Verbrechen rekonstruieren. Mit Heringen, Zeltschnur und so weiter. Du sollst Ann Campbell spielen.«

Sie überlegte kurz. »Meinetwegen«, sagte sie dann. »So was hab' ich schon öfter gemacht.«

»Gut. Ich freu' mich schon darauf.«

Dann erreichten wir den Tatort, und Cynthia hielt hinter dem Laborwagen der Spurensicherer. »Bekommen wir die Leiche noch mal zu sehen?«

»Nein.« Unterdessen würde die schon angeschwollene Leiche schwach zu riechen beginnen, und so irrational und unprofessionell das klingen mochte, wollte ich Ann Campbell in Erinnerung behalten, wie sie gewesen war.

KAPITEL ELF

Entlang der schmalen Straße waren etwa ein Dutzend Fahrzeuge der CID-Leute aus Fort Gillem und der hiesigen Militärpolizei abgestellt. Cynthia und ich folgten dem mit grünen Planen ausgelegten Weg zum Zelt.

Selbst nach dem Mordfall waren die militärischen Aktivitäten nicht eingestellt worden, und die benachbarten Schießbahnen wurden trotz der laufenden Untersuchungen benutzt. Ich konnte das scharfe Stakkato von Feuerstößen aus M-16 hören, das wie immer unangenehme Erinnerungen wachrief. Aber diese Erinnerungen rückten die Dinge in die richtige Perspektive. Dieser Fall mochte unangenehm sein, aber der Dschungelkrieg war weit scheußlicher gewesen. Alles hätte viel schlimmer kommen können. Ich lebte, und keine fünfzig Meter von mir entfernt lag eine junge Frau, die tot war.

Unter dem Zeltdach und in der näheren Umgebung waren mindestens dreißig Männer und Frauen mit der Spurensicherung beschäftigt. Als wir uns dem Zelt näherten, löste sich ein stämmiger Mann im Arbeitsanzug aus der Gruppe, die um die Tote versammelt war, und kam auf uns zu. Ich erkannte Chief Warrant Officer Cal Seiver, der offenbar die Ermittlungen leitete. Seiver ist ein Profi mit fast unheimlichem Gespür dafür, welcher Faden oder welches Stäubchen wichtig sein könnte. Wie viele Techniker kennt er nur seine Berichte und sieht oft den Wald vor lauter Bäumen nicht. Aber das ist gut, denn für den Wald bin ich zuständig. Ich kann's nicht leiden, wenn Spurensicherer Detektiv spielen.

Wie immer, wenn er eine Leiche gesehen hatte, war Cal ein

bißchen blaß. Wir schüttelten uns die Hand, und ich stellte ihm Cynthia vor, aber die beiden kannten sich bereits. Seine Miene war sorgenvoll, als er sagte: »Die ganze verdammte Welt ist um die Leiche rumgetrampelt, Paul.«

Darüber beklagte er sich jedesmal. »Noch können die Menschen nicht schweben«, antwortete ich jedesmal.

»Yeah, aber ihr habt alles zertrampelt.«

»Irgendwelche nichtmilitärischen Schuhabdrücke?«

»Yeah, Sportschuhe.« Sein Blick fiel auf Cynthias Schuhe. »Sind Sie…?«

»Ja«, antwortete sie. »Meine Abdrücke gebe ich Ihnen nachher. Sonstige Abdrücke, die nicht von Stiefeln stammen?«

»Yeah. Ich habe den Teilabdruck eines nackten Fußes entdeckt, der von der Toten stammen dürfte, und sonst nur Stiefel, Stiefel, Stiefel. Wir brauchen die Abdrücke aller Leute, die hier dienstlich zu tun gehabt haben, aber in der näheren Umgebung des Tatorts sind wahrscheinlich schon Dutzende von Abdrükken vorhanden gewesen. Außerdem ist dieser Schießplatz mit Gras und Buschwerk bewachsen.«

»Das sehe ich.«

»Tatorte unter freiem Himmel kann ich nicht ausstehen.« Er zog ein Taschentuch heraus, nahm seine Mütze ab und wischte sich den Schweiß von der Glatze.

Ich zuckte mit den Schultern. »Wie kommt ihr mit euren Untersuchungen voran, Cal?«

»Haben Sie an der Leiche Spermaspuren gefunden?« ergänzte Cynthia.

»Ich habe die Tote mit einer Ultraviolettlampe abgeleuchtet, ohne Spermaspuren feststellen zu können. Wir haben Vaginal-, Oral- und Analabstriche gemacht, deren Ergebnis in ungefähr einer halben Stunde vorliegen müßte.« Er fügte hinzu: »Unsere

Fingerabdruckleute sind mit der Leiche, dem Jeep, der Handtasche, den Heringen und der Zeltschnur fertig. Auch die Fotografen sind so gut wie fertig, und die Serologen untersuchen inzwischen Blut, Speichel und so weiter. Die Chemiker gehen jetzt mit einem Staubsauger über die Leiche, aber davon verspreche ich mir nicht viel. Auch die Untersuchung der Heringe und der Zeltschnur – beide gebraucht und aus Militärbeständen – hat keine Hinweise geliefert.«

Cal hat einen Hang zum Pessimismus. Später erzählt er einem dann, nach stundenlanger harter, brillanter Laborarbeit habe er nun doch etwas gefunden. Einen sagenhaften Ruf verschafft man sich am besten dadurch, daß man den Job schwerer darstellt, als er in Wirklichkeit ist. Das tue ich manchmal selbst. Cynthia ist noch nicht auf diesen Trick gekommen. Ich fragte Cal: »Habt ihr die Zeltheringe rausgezogen?«

»Nur den einen neben dem linken Knöchel, um die Tote auf die Seite drehen und feststellen zu können, ob an dem Hering noch Spuren von anderer Erde haften. Aber alles scheint rote Tonerde aus Georgia zu sein.«

»Mich interessiert, ob das Opfer die Zeltheringe an ihren Handgelenken selbst hätte rausziehen können, wenn sie gewollt hätte. Außerdem möchte ich, daß du feststellst, ob die Knoten an den Handgelenken Slipknoten sind – und ob sie das Ende der um ihren Hals gelegten Kordel hätte erreichen können.«

»Gleich jetzt?«

»Bitte.«

Er machte kehrt und ging davon.

Cynthia zog die Augenbrauen hoch. »Sollten diese Möglichkeiten nicht zutreffen, können wir einen autoerotischen Unglücksfall ausschließen. Richtig?«

»Richtig.«

»Dann suchen wir einen Täter.«

»Einen Täter oder einen Komplizen. Vorläufig sieht's noch so aus, als habe alles als Spaß angefangen.« Ich fügte hinzu: »Aber diese Theorie muß unter uns bleiben.«

»Natürlich.« Cynthia machte eine kurze Pause. »Ich möchte mir die Leiche noch mal ansehen. Ich weiß jetzt, worum es uns geht.« Sie folgte dem mit grünen Planen ausgelegten Weg zum Zelt und verschwand in der Menge, als sie neben der Leiche niederkniete.

Ich wandte mich ab, ging zur Straße zurück und blieb neben Ann Campbells Jeep stehen. Von hier aus war der etwa einen Kilometer entfernte Munitionsbunker, an dem PFC Robbins Wache gehalten hatte, nicht zu sehen. Hätte ein Fahrzeug bei Schießbahn fünf gehalten, hätte Robbins es vermutlich überhaupt nicht wahrgenommen. Denkbar war immerhin, daß die ersten Scheinwerfer, die Robbins beobachtet hatte, nicht zu Ann Campbells Jeep gehörten. Wo hätte Ann Campbell, die das Stabsgebäude um ein Uhr verlassen hatte, sonst bis zwei Uhr siebzehn – als Robbins die ersten Autoscheinwerfer gesehen hatte – gesteckt?

Cynthia und Seiver kamen vom Zelt herüber, und Cal berichtete: »Die Zeltheringe stecken tief und fest in der Erde. Einer meiner Leute hat sich beim Herausziehen fast einen Bruch gehoben. Auch die Knoten sitzen bombenfest und sind nur sehr mühsam zu lösen. Die Enden der Kordel um ihren Hals reichen bis zu den Händen, aber ich glaube nicht, daß sie selbst daran hätte ziehen können. Du denkst an einen autoerotischen Unfall?«

»Nur so 'ne Idee. Unter uns gesagt.«

»Yeah. Ich glaube eher, daß sie letzte Nacht Gesellschaft hatte – obwohl wir noch keinen Beweis dafür entdeckt haben.«

»Wo habt ihr den Fußabdruck gefunden?«

»Etwa auf halber Strecke zwischen Straße und Tatort. Ungefähr dort…« Er zeigte auf eine Stelle, an der einer seiner Leute einen Abdruck mit Gips ausgoß.

Ich nickte. »Wie ist die Zeltschnur zerschnitten worden?«

»Kompressionsschnitt«, antwortete Cal. »Wie mit einer Axt oder einem Hackmesser auf Holz. Wahrscheinlich nicht hier – meine Leute haben die Tribünensitze nach Einschnitten abgesucht, aber nichts gefunden. Vermutlich sind die Stricke bereits zugeschnitten hergebracht worden.« Er fügte hinzu: »Als hätte der Täter eine Vergewaltigung geplant.«

Ich nickte wortlos. Was an das Handwerkszeug eines Triebtäters erinnerte, stammte wahrscheinlich eher aus dem reichhaltigen Fundus der Ermordeten. Aber es war besser, wenn alle an eine Vergewaltigung glaubten.

Cal sprach weiter: »Du hast dich für den schwarzen Fleck an ihrem rechten Fuß interessiert?«

»Ja.«

»Das ist mit neunundneunzigprozentiger Sicherheit Asphalt. In spätestens einer Stunde haben wir das Untersuchungsergebnis. Der Asphalt könnte hier von der Straße stammen, aber das läßt sich nicht bestimmt nachweisen.«

»Okay.«

Er fragte mich: »Wie bist du überhaupt an diesen Fall geraten?«

»Ich hab' mich darum beworben.«

Cal Seiver mußte lachen. »In deiner Haut möchte ich nicht stecken.«

»Ich auch nicht, wenn meine Fingerabdrücke in ihrem Jeep zu finden wären.«

Er grinste, und da er sich in meiner Gegenwart wohl zu fühlen schien, warnte ich ihn: »Falls du Scheiß baust, kannst du dir gleich überlegen, wo du mit ’nem halben Sold durchkommen könntest. Viele Kerle gehen dann nach Mexiko.«

»Hey, falls ich Scheiß baue, kann ich mich irgendwie rausreden. Falls du Scheiß baust, ist Colonel Hellmann hinter dir her.«

Was eine höchst unangenehme Wahrheit war. Ich teilte ihm mit: »Dienstzimmer, Einrichtung und persönliches Eigentum der Ermordeten sind in einem Hangar auf Jordan Field. Sobald ihr hier fertig seid, könnt ihr dort weitermachen.«

»Ja, ich weiß. Ich nehme an, daß wir hier bis Einbruch der Dunkelheit fertig sind. Dann arbeiten wir im Hangar die Nacht durch.«

»Ist Colonel Kent hier gewesen?«

»Nur für ein paar Minuten.«

»Was hat er gewollt?«

»Das gleiche wie du, bloß ohne dumme Bemerkungen.« Seiver fügte hinzu: »Er möchte, daß du den General besuchst. Hast du die Nachricht nicht bekommen?«

»Nein. Okay, Cal, ich bin im MP-Gebäude. Meldungen und Anfragen sind direkt an mich oder Cynthia zu richten – in verschlossenen, mit ›Vertraulich‹ gekennzeichneten Umschlägen. Oder du rufst an oder kommst selbst vorbei. Meine Schreiberin ist Specialist Baker. Du sprichst mit niemandem über diesen Fall, nicht mal mit Colonel Kent. Sollte er irgendwelche Fragen haben, verweist du ihn an mich oder Cynthia. Das gilt natürlich auch für deine Leute. Okay?«

Cal nickte, aber dann fragte er doch: »Nicht mal mit Colonel Kent?«

»Nicht mal mit dem General.«

Er zuckte mit den Schultern. »Okay.«

»Sehen wir uns die Latrinen an, damit deine Leute sie sich vornehmen können.«

»Okay.«

Unterwegs wollte Cynthia von Cal wissen: »Wann können Sie die Leiche freigeben, damit der Coroner die Autopsie vornehmen kann?«

Seiver kratzte sich seine Glatze. »Hmmm… in drei Stunden, schätze ich.«

»Wie wär's, wenn Sie den Coroner anrufen, damit er kommt und die Leiche an Ort und Stelle untersucht?« schlug Cynthia vor. »Dann sagen Sie ihm, daß wir die Autopsie so schnell wie möglich brauchen, selbst wenn er deswegen Überstunden machen muß, und den vorläufigen Bericht irgendwann heute nacht erwarten. Sagen Sie ihm, daß der General ihm ebenfalls zu Dank verpflichtet wäre, weil seine Frau und er dann die Vorbereitungen für die Bestattung ihrer Tochter treffen könnten.«

Cal nickte erneut. »Okay.«

Cynthia schien sich zu einer sehr brauchbaren Mitarbeiterin zu entwickeln. Sie dachte praktisch und war bereit, von mir zu lernen.

Wir drei gingen an den Tribünen vorbei, überquerten eine gemähte Wiese, auf der keine Abdrücke zu finden sein würden, und erreichten die Baumreihe, unter der die beiden Latrinenschuppen standen. Kent hatte sie weiträumig absperren lassen. Wir stiegen über das gelbe Absperrband hinweg und betraten den für Männer bestimmten älteren Schuppen. Ich machte Licht, indem ich den Schalter mit meinem über die Finger gelegten Taschentuch betätigte.

Der Fußboden war aus Beton, die Wände waren aus Holz, und vor den Lüftungsöffnungen waren Fliegengitter angebracht. Wir sahen drei Waschbecken, drei Urinale und drei WC-Kabinen – alle ziemlich sauber. Falls die Bahn sechs am Vortag benutzt worden war, hatte die übende Einheit spätestens um siebzehn Uhr ein Reinigungskommando abgestellt. Tatsächlich waren die Abfallkörbe geleert, in den Kloschüsseln schwamm nichts, alle Klositze waren hochgeklappt.

Cynthia machte mich auf eines der Waschbecken aufmerksam. Zwischen Wasserflecken lag dort ein kurzes Haar. Zu Cal sagte ich: »Hier ist was.«

Er kam zu uns und beugte sich übers Becken. »Mensch, Weißer, Kopf.« Cal begutachtete es näher. »Ausgefallen oder abgeschnitten, nicht ausgerissen. Sonst wäre die Wurzel dran. Nicht gerade viel, aber Blutgruppe und Geschlecht müßten zu ermitteln sein. Ohne Wurzel ist leider keine genetische Untersuchung möglich.«

»Wie wär's mit dem Namen des Betreffenden?«

Cal fand das überhaupt nicht komisch. Er sah sich in dem Toilettengebäude um und sagte: »Sobald wir draußen fertig sind, setze ich meine Leute hier an.«

»Sie sollen auch die Siphone aufschrauben.«

»Meinst du wirklich, du mußt mir das extra sagen?«

»Vermutlich nicht.«

Dann gingen wir in die Frauentoilette hinüber, die so sauber wie die andere war. Hier gab es sechs WC-Kabinen, in denen die Klositze ebenfalls vorschriftsmäßig hochgestellt waren. Cal erklärte ich: »Mich interessiert in erster Linie, ob Captain Campbell diese Toilette benutzt hat.«

»Vielleicht finden wir Spuren von Schweiß und Körperfett auf einem der Sitze oder Hautzellen im Siphon. Wir tun unser Bestes.«

»Und vergeßt die Fingerabdrücke am oder um den Lichtschalter nicht.«

»Vergißt du zu atmen?«

»Gelegentlich.«

»Ich vergesse nie etwas.«

»Gut.« Wir sahen uns um, ohne jedoch einen Hinweis auf die Ermordete, den Tatort oder den Täter zu entdecken. Aber wenn man an die Transferenz- und Austauschtheorie glaubte, mußte es hier von Spuren wimmeln.

Wir traten wieder ins Freie und gingen zur Straße zurück. Unterwegs sagte ich zu Cal: »Nimm's mir nicht übel, aber ich möchte dich daran erinnern, daß alles Beweismaterial so sorgfältig katalogisiert und dokumentiert werden muß, als müßtest du damit rechnen, von einem gerissenen Strafverteidiger, der nur für einen Freispruch bezahlt wird, ins Kreuzverhör genommen zu werden. Okay?«

»Klar doch, Paul. Sieh lieber zu, daß du einen Verdächtigen ranschaffst, dem wir Haut-, Blut- und Spermaproben entnehmen können.«

»Hoffentlich findet ihr hier etwas, das ihr zum Vergleich heranziehen könnt.«

»Irgendwas findet sich immer. Wo sind übrigens ihre Kleidungsstücke?«

»Verschwunden. Sie hat einen Kampfanzug getragen.«

»Wie alle anderen auch. Entdecken wir also Fasern von einem Kampfanzug, hat das nichts zu sagen.«

»Richtig.«

»Spurensicherung ist nicht leicht, wenn alle die gleichen Klamotten und Stiefel tragen.«

»Leider nicht zu ändern. Habt ihr die Stiefelabdrücke aller Militärpolizisten, die am Tatort gewesen sind?«

»Yeah.«

»Auch von Colonel Kent?«

»Natürlich.«

Auf der Straße blieben wir stehen. Cynthia wandte sich an

Seiver. »Denken Sie daran, Cal, Druck wegen dieser Sache machen nur wir. Alle anderen zählen nicht.«

»Ja, ich verstehe.« Er sah sich nach dem Zelt mit der Toten um und fügte hinzu: »Sie ist verdammt hübsch gewesen. Wir haben eines ihrer Werbeplakate bei uns im Labor hängen.« Cal nickte Cynthia und mir zu, während er sagte: »Hey, alles Gute – und viel Erfolg!«

»Ihnen auch«, antwortete Cynthia.

Cal Seiver machte kehrt und marschierte in Richtung Zelt davon.

Cynthia und ich stiegen in ihren Mustang, und sie fragte: »Wohin?«

»Jordan Field.«

KAPITEL ZWÖLF

Tempo, Tempo, Tempo. Je älter der Fall, desto kälter die Fährte. Je kälter die Fährte, desto schwieriger der Fall.

Transferenz und Austausch. Offiziell bezieht sich das auf sichergestelltes Beweismaterial, aber für den Ermittler, der einen Mord aufzuklären hat, kann es etwas fast Metaphysisches bedeuten. Durch Auswertung von Täterprofilen und Analyse von Gewaltverbrechen beginnt man den Mörder zu kennen, ohne ihn auch nur gesehen zu haben. Und durch Opferanalyse und psychologische Autopsie erfährt man letztlich mehr über das Opfer, als die Leute einem erzählen.

Das alles ermöglicht Rückschlüsse auf eine in den meisten

Fällen vorliegende Beziehung zwischen Täter und Opfer. Aufgrund der Theorie, daß zwischen diesen beiden ein emotionaler und psychologischer Transfer und Austausch stattgefunden haben muß, kann man allmählich anfangen, den Kreis der Verdächtigen einzugrenzen. Andererseits hätte ich von Cal Seiver gern eine DNA-Analyse und einen möglichst guten Fingerabdruck geliefert bekommen.

Wir fuhren nach Norden in Richtung Kaserne, bogen dann aber an einem Wegweiser mit der Aufschrift *Jordan Field* nach Westen ab. Unterwegs erklärte ich Cynthia: »Da Cal festgestellt hat, daß Ann Campbell sich nicht hätte befreien können, müssen wir dich wohl nicht mehr anpflocken.«

»Karl ist ein typischer Schreibtischdetektiv«, antwortete sie.

»Richtig.« Zu Karls ärgerlichen Eigenschaften gehört seine schlechte Angewohnheit, tolle Ideen zu haben. Er sitzt in Falls Church, liest Laborberichte und Zeugenaussagen, sieht sich Fotos an, formuliert Theorien und entscheidet dann, in welche Richtung die Ermittlungen vorangetrieben werden sollen. Das lieben die Männer und Frauen im Einsatz. Karl sieht sich als eine Art europäischen Weisen, und die Tatsache, daß seine Vorschläge nie etwas taugen, scheint ihn nicht zu stören.

Aber Karl ist ein guter Kommandeur. Er hat seinen Laden im Griff, ist kein Arschkriecher und stellt sich vor seine Leute. Wegen des Falls Campbell würde Colonel Karl Gustav Hellmann zur Berichterstattung ins Pentagon befohlen werden. Ich stellte mir vor, wie er im Dienstzimmer des Generalstabschefs dem Heeresminister, dem FBI-Direktor, dem Chef des Heeresjustizwesens, sonstigen hohen Militärs und etlichen Mitarbeitern des Präsidenten erklärte: »Mein bester Mann, Chief Warrant Officer Paul Brenner, bearbeitet diesen Fall. Er meldet mir, daß er keine Unterstützung durch andere Stellen braucht, und versichert mir, die Ermittlungen schon in wenigen Tagen erfolgreich abschließen zu können. Eine Verhaftung steht unmittelbar bevor.« Richtig, Karl – wahrscheinlich meine.

Cynthia sah zu mir herüber. »Du bist ein bißchen blaß.«

»Nur müde.«

Wir erreichten Jordan Field, den zu Fort Hadley gehörenden Heeresflugplatz. Große Teile des Standorts sind frei zugänglich, aber Jordan Field gehört zu den von der Militärpolizei bewachten Sicherheitsbereichen, so daß wir dort am Tor halten mußten. Der Posten warf einen Blick auf Cynthias Dienstausweis und fragte dann: »Ermitteln Sie wegen des Mordes, Ma'am?«

»Ja«, antwortete sie. »Das hier ist mein Vater.«

Der Uniformierte lächelte. »Hangar drei, Ma'am.«

Cynthia gab wieder Gas, und wir fuhren zu Halle drei weiter. Jordan Field wurde in den dreißiger Jahren für das seither aufgelöste Army Air Corps angelegt und könnte jetzt als Kulisse für einen im Zweiten Weltkrieg spielenden Film dienen. Der Platz war zu klein, um nach dem Krieg von der neuen Air Force übernommen zu werden; andererseits ist er für die eingeschränkten Bedürfnisse der heutigen Heeresflieger viel zu groß und als Bereitstellungsraum für nach Übersee bestimmte Truppen veraltet und überflüssig. Gehörte dieser ganze Militärkomplex mit Hadley und Jordan dem Autoriesen General Motors, würde er vermutlich zur Hälfte nach Mexiko verlegt und zur Hälfte geschlossen. Aber die Army veröffentlicht keine Gewinn- und Verlustrechnungen, und ihr Produkt – nationale Sicherheit – ist etwa so abstrakt wie Seelenruhe und deshalb nicht in Zahlen auszudrükken. Tatsächlich sind Hadley und Jordan nichts weiter als Arbeitsbeschaffungsmaßnahmen für die hiesige Wirtschaft. Zeiten des Kriegsbooms haben sie hervorgebracht; die Friedensdividende muß sie erhalten.

Auf dem großen Vorfeld standen zwei Hubschrauber UH-1N und drei Beobachtungsflugzeuge Cessna O-2B. Wir fuhren zu Hangar drei, vor dem Kents Dienstwagen und ein ziviler Streifenwagen parkten. Auf den vorderen Türen des blau-weißen Fords prangte ein Wappen mit der Umschrift *Midland Police Chief.*

»Chief Yardley ist offenbar da«, sagte Cynthia. »Ich hab' schon mal mit ihm zusammengearbeitet. Du auch?«

»Nein, und ich hab' nicht vor, jetzt damit anzufangen.«

Wir betraten die riesige Halle, in der mir als erstes ein BMW 325 – ein weißes Kabriolett – auffiel. Das mußte Ann Campbells Wagen sein. Im Hintergrund des Hangars war ihr gesamtes Mobiliar Raum für Raum auf den herausgerissenen Teppichböden des Stadthauses aufgestellt. Als wir näher herankamen, sah ich auch die Einrichtung ihres Dienstzimmers. Und als wir noch näher herankamen, sah ich einen langen Tisch mit Polaroidaufnahmen der Räume, aus denen die Möbel stammten. In der Nähe des Tischs stand Colonel Kent und ein Mann mit Cowboyhut, Polizeichef Yardley vermutlich. Der Mann war groß, drohte seinen beigen Popelineanzug zu sprengen und war so rot im Gesicht, daß ich mich fragte, ob er einen Sonnenbrand hatte, unter hohem Blutdruck litt oder stinksauer war.

Kent und Yardley sprachen miteinander und sahen Cynthia und mir entgegen, als wir näher kamen. Dann kam der Polizeichef auf mich zu und begrüßte mich mit den Worten: »Sie haben mir verdammt viel zu erklären, mein Sohn.«

Ich war anderer Meinung und erklärte ihm: »Sollten Sie irgendwas angefaßt oder sonstwie berührt haben, brauche ich Ihre Fingerabdrücke und Gewebeproben Ihrer Kleidung.«

Yardley baute sich dicht vor mir auf, starrte mich durchdringend an und lachte dann plötzlich. »Verfluchter Kerl!« Er drehte sich nach Kent um. »Haben Sie das gehört?«

Kent rang sich ein Lächeln ab, aber man merkte ihm an, wie unwohl ihm dabei war.

Ich fuhr fort: »Denken Sie bitte daran, daß Sie sich auf Militärgelände befinden und ich die alleinige Verantwortung für diesen Fall trage.«

Jetzt warf Kent etwas verspätet ein: »Chief Yardley, darf ich Sie mit Mr. Brenner und Ms. Sunhill bekannt machen?«

»Sie dürfen«, antwortete Yardley, »aber ich bin nicht gerade begeistert.«

Wie man sich denken kann, sprach Yardley den breiten Südstaatendialekt, der mir schon unter besten Umständen auf die Nerven geht. Ich konnte mir nur vorstellen, wie mein South-Boston-Akzent auf ihn wirkte.

Yardley wandte sich an Cynthia, spielte jetzt den charmanten Südstaatler und tippte an die Krempe seines Cowboyhuts. »Wir kennen uns, glaub' ich, Ma'am.«

Hatte uns etwa das Besetzungsbüro diesen Kerl geschickt? Ich fragte ihn: »Können Sie mir sagen, was Sie hier dienstlich zu tun haben?«

Er lachte wieder. Ich schien ihn zu amüsieren. »Nun, ich bin hier, um Sie zu fragen, wie dieses ganze Zeug hergekommen ist.«

Mir fiel Karls halbwegs intelligenter Rat ein, und um den Kerl abzuwimmeln, antwortete ich: »Die Angehörigen der Verstorbenen haben mich gebeten, diese Sachen abholen und hier lagern zu lassen.«

Yardley dachte kurz darüber nach. »Gute Begründung, mein Sohn«, sagte er dann. »Sie haben mich reingelegt.«

»Danke.« Irgendwie mochte ich den Kerl. Ich hab' was für Arschlöcher übrig.

Der Polizeichef sprach weiter: »Also passen Sie auf – Sie lassen mich und unser Labor an diese Sachen ran, dann sind wir wieder quitt.«

»Ich werd's mir überlegen, wenn das CID-Labor damit fertig ist.«

»Legen Sie sich nicht mit mir an, mein Sohn!«

»Das würde mir nicht im Traum einfallen.«

»Gut. Hey, ich hab' 'nen Vorschlag – Sie beteiligen uns an den Ermittlungen und bekommen dafür Zutritt zu dem Haus, das jetzt versiegelt ist und unter Bewachung steht.«

»Das Haus ist mir egal.« Bis auf den Keller. Yardley verfügte über einen Trumpf, von dem er nichts wußte.

»Okay, bei uns gibt's Polizeiakten über die Verstorbene.«

Der Handel wurde interessanter, aber ich sagte: »Die Herausgabe Ihrer Akten kann ich durch Gerichtsbeschluß erzwingen lassen.«

Yardley wandte sich an Kent. »Der Bursche ist ein Pferdehändler.« Zu mir sagte er: »Hier oben steckt einiges...« Er tippte sich an seinen Kopf, der hohl klang. »...das niemand durch Gerichtsbeschluß rausholen kann.«

»Sie haben die Verstorbene gekannt?«

»Yeah, klar. Und wie steht's mit Ihnen, mein Sohn?«

»Ich hab' leider nicht das Vergnügen gehabt.« Eine mehrdeutige Antwort.

»Ich kenn' auch ihren Alten. Hey, passen Sie auf«, schlug Chief Yardley vor, »Sie kommen zu mir ins Büro, und wir bereden die Sache in aller Ruhe.«

Ich dachte daran, wie ich den armen Dalbert Elkins in die Zelle gelockt hatte, und schüttelte den Kopf. »Wenn wir irgendwo reden, dann nur beim Provost Marshal.«

Bei der Nennung seines Titels schien Kent aufzuwachen, und er sagte: »Wir arbeiten natürlich alle zusammen und tauschen

Protokolle, Untersuchungsergebnisse und gerichtsmedizinische Befunde aus.«

Cynthia ergriff erstmals das Wort. »Chief, ich verstehe, daß Sie das Gefühl haben, wir hätten uns nicht korrekt verhalten, aber Sie dürfen das nicht persönlich nehmen oder als professionelle Kränkung sehen. Wäre das Opfer irgend jemand anders gewesen, hätten wir Sie gebeten, sich mit uns im Haus der Verstorbenen zu treffen, um unser weiteres Vorgehen mit Ihnen abzustimmen.«

Yardley schob die Lippen vor, als denke er über diese Erklärung nach – oder über eine grobe Antwort darauf.

Cynthia fuhr fort: »Wir sind ebenso aufgebracht, wenn ein Soldat in der Stadt wegen irgendeiner Kleinigkeit festgenommen wird, mit der ein Einheimischer davonkäme.«

Außer der Einheimische wäre ein Schwarzer. Halt den Mund, Brenner.

»Deshalb«, schlug Cynthia lächelnd vor, »sollten wir uns morgen zu einem allen genehmen Zeitpunkt zusammensetzen, um in aller Ruhe die Voraussetzungen für eine gedeihliche Zusammenarbeit zu erörtern.« Und so weiter und so fort.

Chief Yardley nickte, aber er schien in Gedanken anderswo zu sein. »Klingt vernünftig«, meinte er schließlich. Dann wandte er sich an mich und schlug mir auf die Schulter. »Sie haben mich reingelegt, Sohn. Dafür bin ich Ihnen was schuldig.« Er marschierte quer durch den Hangar davon – nicht wie ein Verlierer, sondern wie ein Mann, der zurückkommen würde.

Nachdem er durch die kleine Tür im großen Schiebetor verschwunden war, sagte Kent: »Sehen Sie, ich hab' Sie gewarnt, daß er stinksauer sein würde.«

»Besitz gibt einem zu neun Zehntel recht«, antwortete ich gelassen. »Wir sind im Besitz dieser Sachen.«

Kent schüttelte den Kopf. »Ich will mich nicht mit diesem Kerl anlegen. Außerdem kann er sich als sehr nützlich erweisen. Die Hälfte der hier stationierten Soldaten wohnt in Midland, und von unseren Zivilangestellten leben sogar neunzig Prozent in der Stadt. Sobald wir eine Liste von Verdächtigen aufgestellt haben, sind wir auf Yardleys Hilfe angewiesen.«

»Schon möglich. Aber ich glaube, daß jeder Verdächtige irgendwann staatlichen Boden betreten wird. Sonst entführen wir sie einfach.«

Kent schüttelte den Kopf. Dabei schien ihm etwas einzufallen, denn er fragte: »Hey, sind Sie schon beim General gewesen?«

»Nein. Soll ich denn zu ihm?«

»Er möchte Sie so rasch wie möglich sprechen. Er ist zu Hause.«

»Meinetwegen.« Trauernden Hinterbliebenen geht viel durch den Kopf, aber ein Gespräch mit dem Ermittler gehört im allgemeinen nicht zu ihren Prioritäten. Andererseits reagieren Generale vermutlich anders, und General Campbell hatte wahrscheinlich das Bedürfnis, sich und anderen zu beweisen, daß er nach wie vor der Kommandeur war. Ich sagte zu Kent: »Vorhin bin ich bei Cal Seiver gewesen, der das CID-Team leitet. Sie haben auch schon mit ihm gesprochen?«

»Ja«, antwortete Kent. »Er scheint die Sache dort draußen unter Kontrolle zu haben. Hat er schon was entdeckt?«

»Noch nicht.«

»Und Sie?«

»Ich habe eine vorläufige Liste möglicher Verdächtiger.«

Kent war sichtlich verblüfft. »Schon? Wer?«

»Nun, zum Beispiel Sie.«

»Was? Verdammt noch mal, was soll das heißen, Brenner?«

»Verdächtig sind erst einmal alle, die am Tatort und/oder im Stadthaus der Ermordeten gewesen sind. Seivers Leute werden Schuh- und Fingerabdrücke und weitere Spuren dieser Leute sicherstellen, aber niemand kann sagen, ob sie vor, während oder nach der Tat hinterlassen worden sind.« Ich fügte hinzu: »Verdächtig sind vorläufig Sergeant St. John, PFC Casey, die auf seine Meldung hin rausgefahren ist, Sie, alle übrigen Militärpolizisten am Tatort, Cynthia und ich. Keiner dieser Leute ist wirklich verdächtig, aber ich kann die Ergebnisse der Spurensicherung nicht einfach ignorieren.«

Der Colonel nickte. »Das bedeutet, daß wir alle ein Alibi beibringen müssen.«

»Okay. Welches haben Sie?«

»Hmmm... Als mein Sergeant vom Dienst angerufen hat, habe ich zu Hause im Bett gelegen.«

»Sie wohnen in Fort Hadley, stimmt's?«

»Richtig.«

»Wann sind Sie nach Hause gekommen?«

»Ungefähr um Mitternacht. Ich habe in der Stadt gegessen, bin noch mal in die Dienststelle gefahren, habe ziemlich lange gearbeitet und bin dann nach Hause gefahren.«

»Ihre Frau kann das bestätigen?«

»Äh... nein, sie besucht gerade ihre Eltern in Ohio.«

»Aha.«

»Verdammt noch mal, was soll der Scheiß, Paul?«

»Hey, immer mit der Ruhe, Colonel.«

»Sie halten sich wahrscheinlich für witzig, aber über Verdächtige in Mordfällen reißt man keine Witze!«

Ich musterte ihn und stellte fest, daß er wirklich aufgebracht war.

Kent fuhr fort: »Von diesem Scheiß wird's in nächster Zeit

noch genug geben. Gerüchte, Geflüster und Verdächtigungen jeder Art. Und jetzt hauen Sie in die gleiche Kerbe!«

»Okay«, sagte ich, »tut mir leid. Aber ich habe angenommen, wir drei könnten offen miteinander reden. Was hier gesagt wird, bleibt unter uns, Bill, und wenn wir Vermutungen anstellen oder sogar ein paar idiotische Bemerkungen machen, versteht es sich von selbst, daß kein anderer davon erfährt. Einverstanden?«

Aber er war alles andere als besänftigt, sondern knurrte mich an: »Wo sind *Sie* letzte Nacht gewesen?«

»Bis etwa vier Uhr dreißig allein zu Hause in meinem Wohnwagen. Ab fünf Uhr in der Waffenmeisterei. Keine Zeugen.«

»Eine höchst sonderbare Story«, schnaubte Kent, der sich sehr darüber zu freuen schien, daß ich kein Alibi hatte. Er wandte sich an Cynthia. »Und Sie?«

»Ich war etwa ab neunzehn Uhr im Offiziersheim, habe bis Mitternacht meinen Bericht im Fall Neely geschrieben und bin dann allein ins Bett gegangen. Kurz vor fünf Uhr dreißig bin ich aufgewacht, als ein Militärpolizist an die Tür geklopft hat.«

Ich schüttelte den Kopf. »Schwächere Alibis habe ich in meinem Leben noch nicht gehört! Okay, das reicht fürs erste. Der springende Punkt ist, daß dieser Standort einer Kleinstadt gleicht – und die Familie, Freunde und Bekannten der Ermordeten zum hiesigen Establishment gehören.« Zu Kent sagte ich: »Sie wollten einen Ermittler, der von außerhalb kommt, stimmt's?«

»Richtig. Aber das dürfen Sie nicht überbewerten, Paul.«

»Weshalb haben Sie Ms. Sunhill von einem Ihrer Leute holen lassen?«

»Aus demselben Grund. Fachkräfte von außerhalb.«

Mir fiel auf, daß Kent ebensogut hätte sagen können: »Wir wollen zwei Ermittler, die keine Ahnung von den Skandalen haben, über die hier alle Welt spricht.« Ich fragte ihn: »Wie gut haben Sie Ann Campbell gekannt?«

Nach kurzem Zögern sagte er vorsichtig: »Ziemlich gut.«

»Würden Sie das bitte erläutern?«

Colonel Kent, der im Dienstgrad über mir stand und selbst ein Cop war, gefiel diese Befragung offensichtlich nicht. Als Profi wußte er jedoch, daß er antworten mußte. Er fragte gezwungen lächelnd: »Sollen wir uns gegenseitig über unsere Rechte belehren?«

Ich erwiderte sein Lächeln. Diese Situation war peinlich, aber unvermeidlich.

Kent räusperte sich: »Ann Campbell ist vor etwa zwei Jahren hierher versetzt worden. Ihr Vater und ich waren damals bereits hier. Die Campbells hatten einige Offiziere eingeladen, die ihre Tochter kennenlernen sollten. Zwischen unseren Fachgebieten hat kein direkter Zusammenhang bestanden, aber als Psychologin hat sie sich für das Verhalten von Straftätern interessiert – und ich für die Beweggründe von Kriminellen. Gemeinsame berufliche Interessen dieser Art sind nicht ungewöhnlich.«

»Sie sind also Freunde geworden?«

»Sozusagen.«

»Mittagessen?«

»Gelegentlich.«

»Abendessen? Drinks?«

»Manchmal.«

»Allein?«

»Zwei-, dreimal.«

»Trotzdem haben Sie den Eindruck erweckt, nicht zu wissen, wo sie wohnt.«

»Ich habe gewußt, daß sie irgendwo in Midland wohnt. Aber ich bin nie in ihrem Haus gewesen.«

»Aber sie in Ihrem?«

»Ja. Mehrmals. Bei gesellschaftlichen Anlässen.«

»Hat Ihre Frau sie gemocht?«

»Nein.«

»Warum nicht?«

»Dreimal dürfen Sie raten, Brenner.«

»Okay. Ich weiß, was Sie meinen.« Ich wandte mich an Cynthia, die sich bei dieser Befragung klugerweise zurückgehalten hatte. »Noch Fragen an Colonel Kent?«

»Nur die auf der Hand liegende.« Sie warf Kent einen fragenden Blick zu.

»Ich bin niemals mit ihr intim gewesen«, erklärte er ihr. »Das hätte ich gleich zu Beginn der Ermittlungen gemeldet.«

»Das hofft man«, sagte ich. Kent fragte ich: »Hat sie einen festen Freund gehabt?«

»Nicht daß ich wüßte.«

»Hat sie Ihres Wissens Feinde gehabt?«

Er überlegte kurz. »Manche Frauen haben sie nicht gemocht. Sie haben sich bedroht gefühlt, glaube ich. Es gab auch Männer, die sie nicht mochten. Sie haben sich...«

»Unzulänglich gefühlt?« warf Cynthia ein.

»Ja. Irgendwas in dieser Art. Einige der jüngeren, ledigen Offiziere, die scharf auf sie gewesen sind, hat sie ziemlich kühl abgefertigt. Aber von wirklichen Feinden weiß ich nichts.«

»Wie steht's mit ihrem Privatleben?« erkundigte ich mich. »Ist sie oft ausgegangen? Ist sie sexuell aktiv gewesen?«

»Ob sie sexuell aktiv war, kann ich nicht beurteilen. Ich weiß nur von einem ledigen Offizier, mit dem sie ab und zu ausgegangen ist: Lieutenant Elby, der Adjutant des Generals. Aber sie hat nie mit mir über ihr Privatleben gesprochen. Sie hat offensichtlich getan, was ich an ihrer Stelle auch gemacht hätte. Sie hat ihr

Berufsleben hier und ihr Privatleben in Midland bewußt auseinandergehalten.«

»Was für Akten besitzt Yardley über sie?«

»Hmmm, vermutlich meint er damit ihre Festnahme vor ungefähr einem Jahr in Midland. Bevor sie offiziell in Haft genommen wurde, hat Yardley mich angerufen, und ich habe sie in Midland abgeholt.«

»Sie haben also doch beruflich mit ihr zu tun gehabt?«

»Nein, die Sache ist inoffiziell geregelt worden. Yardley hat mir versichert, es werde keine Akte, keine Meldung über die Festnahme geben.«

»Offenbar hat er gelogen. Warum wurde sie festgenommen?«

»Wegen Ruhestörung, hat Yardley gesagt.«

»Wodurch hat Ann Campbell die Ruhe der Bürger von Midland gestört?«

»Sie hat auf offener Straße Krach mit irgendeinem Mann gehabt.«

»Nähere Einzelheiten?«

»Nein. Darüber hat Yardley sich ausgeschwiegen. Ich sollte sie nur nach Hause bringen.«

»Also haben Sie sie nach Hause gebracht.«

»Nein. Ich habe Ihnen doch gesagt, daß ich nicht weiß, wo sie gewohnt hat, Brenner. Diesen Scheiß können Sie sich bei mir sparen! Tatsächlich habe ich sie gegen dreiundzwanzig Uhr nach Fort Hadley mitgenommen. Sie war übrigens stocknüchtern. Ich habe sie zu einem Drink im O Club eingeladen. Sie hat mir nicht erzählt, was vorgefallen war, und ich habe nicht danach gefragt. Später habe ich ihr ein Taxi bestellt, und sie ist gegen Mitternacht weggefahren.«

»Sie wissen nicht, wer dieser Mann gewesen ist – oder welcher Polizeibeamte sie festgenommen hat?«

»Nein. Aber Chief Yardley weiß es bestimmt. Sie können ihn ja fragen«, fügte Kent grinsend hinzu, »nachdem er jetzt bereit ist, mit Ihnen zusammenzuarbeiten. Sonst noch Fragen?«

Cynthia wollte wissen: »Was haben Sie empfunden, als Ihnen ihr Tod gemeldet worden ist?«

»Ich war wie vor den Kopf geschlagen.«

»Traurig?«

»Natürlich. Der General und Mrs. Campbell haben mir leid getan. Und ich war wütend, weil die Sache in meinem Revier passiert ist. Ich habe Ann Campbell gemocht, aber wir sind nicht so gute Freunde gewesen, daß mich ihr Tod erschüttert hätte.«

»Ich weiß Ihre Aufrichtigkeit zu schätzen«, warf ich ein.

»Sie wird Ihnen noch angenehmer auffallen, wenn Sie mitkriegen, welchen Scheiß die meisten anderen erzählen.«

»Schon möglich. Irgendwelche Fragen an mich?«

Colonel Kent lächelte. »Wie lange braucht man von Whispering Pines zur Kaserne?«

»Eine halbe Stunde. Früh am Morgen natürlich weniger.«

Er nickte und sah dann zu den abtransportierten Möbeln und dem im Hangar verteilten Hausrat hinüber. »Zufrieden?« erkundigte er sich.

»Ja. Gute Arbeit. Aber lassen Sie noch Trennwände errichten, die Bilder an die Wände hängen und statt ihrer Schränke Kleiderständer aufstellen.« Ich fragte ihn: »Ist der Keller auch ausgeräumt?« Dabei sah ich zu Cynthia hinüber.

»Ja«, antwortete Kent. »Die Sachen stehen dort in den Kartons. Ich lasse ein paar Tische und Regale holen, um den Kellerraum zu simulieren.« Er machte eine nachdenkliche Pause. »Ich hätte gedacht, daß dort mehr zu finden wäre. Ist Ihnen beispielsweise aufgefallen, daß keine... persönlichen Gebrauchsgegenstände vorhanden sind?«

»Sie meinen empfängnisverhütende Mittel? Briefe von Männern, Aufnahmen von Liebhabern, sexuelle Hilfsmittel und Erotika?«

»Nun, ich weiß nicht, ob ledige Frauen sexuelle Hilfsmittel im Haus haben, und habe nicht gründlich nach Briefen und dergleichen gesucht. Ich habe Antibabypillen oder dergleichen gemeint, vermute ich.«

»Haben Sie irgendwas angefaßt, Bill?«

»Nein.« Er zog dünne Gummihandschuhe aus der Hosentasche. »Aber vielleicht habe ich irgendwas mit bloßen Händen angefaßt, während ich das Entladen beaufsichtigt habe. Auch Yardley hat versehentlich ein paar Sachen angefaßt.«

»Oder absichtlich.«

Kent nickte. »Oder absichtlich. Also können Sie einen weiteren Verdächtigen auf Ihre Liste setzen.«

»Das habe ich bereits getan.« Ich ging zu den Möbeln aus Ann Campbells Dienstzimmer hinüber. Lauter spartanische Sachen, wie die Army sie kauft, während sie andererseits im Kongreß für die Anschaffung von Panzern zum Stückpreis von drei Millionen Dollar wirbt.

Die Einrichtung bestand aus einem Stahlschreibtisch, einem Drehsessel, zwei Klappstühlen, einem Bücherregal, zwei Karteischränken und einem Personalcomputer. Das Regal enthielt Standardwerke über Psychologie, militärische Fachbücher über Psychologische Kriegführung, Studien über das Verhalten von Kriegsgefangenen und weitere Bücher über damit zusammenhängende Themen.

Ich zog ein Schubfach eines Karteischranks auf und las die Reiter der Hängeordner, die offenbar Vortragsunterlagen enthielten. Das nächste Schubfach war mit *Vertraulich!* gekennzeichnet, deshalb öffnete ich es erst recht und stellte fest, daß die

Ordner hier lediglich Nummern trugen. Ich zog einen heraus und blätterte ihn durch. Er enthielt das Wortprotokoll der Befragung eines Mannes, der nur durch die Anfangsbuchstaben R. J. bezeichnet war. An sich nichts Ungewöhnliches, wenn auf dem Deckblatt nicht vermerkt gewesen wäre, der Befragte sei ein verurteilter Sexualstraftäter. Gefragt wurde nach Details wie »Nach welchen Gesichtspunkten haben Sie Ihr Opfer ausgewählt?« oder »Was hat sie gesagt, als Sie von ihr verlangt haben, Sie mit dem Mund zu befriedigen?«.

Ich klappte den Ordner zu. Auf einem Polizeirevier oder im Büro eines Gefängnispsychologen wäre dieses Protokoll nicht aufgefallen, aber ich verstand nicht recht, was es mit Psychologischer Kriegführung zu tun haben sollte. Offenbar hatte Ann Campbell sich für solche Fälle privat interessiert.

Ich schloß das Schubfach und ging zu ihrem Computer hinüber. Ich weiß nicht mal, wie man diese Dinger einschaltet, aber ich sagte zu Kent: »In Falls Church haben wir eine Kollegin – Grace Dixon –, die jedem PC seine Geheimnisse entlocken kann. Ich rufe sie an und lasse sie herkommen. Bis dahin bleibt er ausgeschaltet, okay?«

»Verstanden«, antwortete Kent.

Cynthia, die in Ann Campbells Arbeitszimmer gegangen war, stand dort vor dem Anrufbeantworter. »Hier ist ein Anruf gespeichert.«

»Er ist gegen Mittag gekommen«, bestätigte Kent. »Die Telefongesellschaft hatte den Anschluß gerade erst auf diesen Apparat umgestellt.«

Als Cynthia die Wiedergabetaste drückte, sagte eine Männerstimme: »Ann, hier ist Charles. Ich wollte dich schon früher anrufen, aber dein Telefon war gestört. Ich weiß, daß du heute dienstfrei hast, aber du solltest wissen, daß ein Trupp Militärpolizisten dein Dienstzimmer ausgeräumt und alles abtransportiert hat. Den Grund dafür wollten sie nicht nennen. Ruf mich bitte an oder komm gleich zum Mittagessen in den O Club. Diese Sache ist höchst eigenartig. Ich hätte die Polizei geholt, aber das waren Polizisten.« Sein Lachen klang gezwungen. »Hoffentlich gibt's dafür eine harmlose Erklärung. Ruf mich an.«

Ich fragte Kent: »Wer ist das?«

»Colonel Charles Moore. Ann Campbells Boß in der Schule.«

»Was wissen Sie über ihn?«

»Na ja, er ist natürlich auch Psychiater. Eher ein Gelehrtentyp. Und ein komischer Kauz. Die ganze Schule ist irgendwie komisch. Manchmal denke ich, es wäre besser, sie einzuzäunen und mit Wachtürmen zu sichern.«

Cynthia fragte ihn: »Waren die beiden Freunde?«

Kent nickte. »Sogar gute Freunde, glaube ich. Er ist gewissermaßen ihr Mentor gewesen, was ein bezeichnendes Licht auf ihr Urteilsvermögen wirft. Entschuldigung.«

Ich erklärte ihm: »Ermittler in einem Mordfall sind nicht verpflichtet, über Tote nur Gutes zu sagen.«

»Ja, aber das war nicht gerade taktvoll.« Kent rieb sich die Augen. »Ich bin bloß ein bißchen abgespannt.«

»Sie haben einen anstrengenden Tag hinter sich«, stellte Cynthia fest. »Bestimmt war es unangenehm, den Campbells die Nachricht vom Tod ihrer Tochter überbringen zu müssen.«

»Ich habe bei ihnen angerufen, und als Mrs. Campbell sich gemeldet hat, habe ich den General verlangt und ihn gebeten, mich bei sich zu empfangen.« Er fügte hinzu: »Sie hat gewußt, daß etwas passiert war. Ich bin mit Major Eames, unserem Militärpfarrer, und Stabsarzt Swick bei ihnen aufgekreuzt. Als die Campbells uns gesehen haben…« Kent zuckte mit den Schultern. »Ist jemand im Einsatz gefallen, weiß man genau, was man zu sagen hat. Aber bei Mord gibt's nicht viel zu sagen…«

»Wie haben sie die Nachricht aufgenommen?«

»Sehr tapfer. Wie man's von einem Berufsoffizier und seiner Frau erwartet. Ich habe mich nach ein paar Minuten verabschiedet und Major Eames bei ihnen zurückgelassen.«

Ich fragte Kent: »Haben Sie irgendwelche Einzelheiten geschildert?«

»Nein. Ich habe ihnen nur mitgeteilt, Ann sei auf Schießbahn sechs tot aufgefunden worden – offenbar ermordet.«

»Und wie hat er sich dazu geäußert?«

»Er hat gesagt: ›Sie ist in Ausübung ihrer Pflicht gestorben.‹« Nach einer kurzen Pause fügte Kent hinzu: »Vielleicht war das ein tröstlicher Gedanke.«

»Sie haben nicht erwähnt, daß sie angepflockt war und möglicherweise vergewaltigt worden ist?«

»Nein. Er hat gefragt, wie sie gestorben sei, und ich habe geantwortet, sie sei anscheinend erdrosselt worden.«

»Und was hat er dazu gesagt?«

»Nichts.«

»Und dann haben Sie ihm meinen Namen und meine Telefonnummer gegeben?«

»Ja. Er hat gefragt, ob das CID alles unternehme, um den Täter zu fassen. Ich habe ihm erklärt, ich sei in der glücklichen Lage gewesen, auf Sie und Ms. Sunhill zurückgreifen zu können, und ihm mitgeteilt, daß ich gebeten habe, Sie mit den Ermittlungen zu beauftragen.«

»Und was hat er dazu gesagt?«

»Er sagte, er ziehe es vor, Major Bowes, den hiesigen CID-Kommandeur, mit den Ermittlungen zu beauftragen, und Sie und Ms. Sunhill seien von Ihrem Auftrag entbunden.«

»Und was haben Sie geantwortet?«

»Ich hab' mich auf keine Diskussion einlassen wollen, aber er weiß jetzt, daß dies eine Sache ist, auf die er selbst als Standortkommandant keinen Einfluß hat.«

»Allerdings nicht!«

Cynthia fragte Kent: »Wie hat Mrs. Campbell die Nachricht aufgenommen?«

»Äußerlich gefaßt, aber dem Zusammenbruch nahe«, antwortete Kent. »Generale und ihre Frauen legen großen Wert auf Selbstbeherrschung und korrektes Benehmen, und die Campbells stammen noch aus der alten Schule.«

»Okay, Bill. Seivers Leute kommen gegen Abend hierher und arbeiten die Nacht durch. Sagen Sie Ihren Männern, daß außer uns niemand Zutritt hat.«

»Wird gemacht.« Er fügte hinzu: »Vergessen Sie nicht, daß der General Sie so bald wie möglich bei sich zu Hause sprechen möchte.«

»Weshalb?«

»Vermutlich, um Einzelheiten über den Tod seiner Tochter zu erfahren, um Sie aufzufordern, Major Bowes über den Stand der Dinge zu unterrichten, und um von Ihnen zu verlangen, die Ermittlungen an Bowes abzugeben.«

»Klingt nicht schlecht. Aber das läßt sich am Telefon erledigen.«

»Tatsächlich habe ich inzwischen einen Anruf aus dem Pentagon bekommen. Der Chef des Heeresjustizwesens ist gleichfalls der Meinung, daß Sie und Ms. Sunhill als Außenstehende und mit Ihrer Erfahrung am besten geeignet sind, die Ermittlungen zu führen. Das ist das letzte Wort in dieser Sache. Das können Sie General Campbell mitteilen, wenn Sie ihn aufsuchen. Und ich schlage vor, daß Sie gleich zu ihm fahren.«

»Ich würde lieber erst mit Charles Moore sprechen.«

»Machen Sie mal 'ne Ausnahme, Paul. Kümmern Sie sich erst um die Politik.«

Ich sah zu Cynthia hinüber, die mir zunickte. »Okay, besuchen wir den General und Mrs. Campbell.«

Kent begleitete uns quer durch den Hangar. »Eigentlich eine Ironie des Schicksals«, sagte er nachdenklich. »Ann Campbell hatte einen Lieblingsausdruck, eine Art Lebensmotto – einen Ausspruch des Philosophen Nietzsche: ›Was uns nicht umbringt, macht uns stärker.‹« Er fügte hinzu: »Und jetzt ist sie umgebracht worden.«

KAPITEL DREIZEHN

Wir fuhren zur Dienstvilla des Generals in Fort Hadley. Unterwegs meinte Cynthia: »Ich beginne, das Bild einer gequälten, unglücklichen jungen Frau zu sehen.«

»Stell deinen Rückspiegel nach.«

»Laß den Unsinn, Paul!«

»Entschuldigung.«

Ich muß eingenickt sein, denn als nächstes stieß Cynthia mich an. »Hast du gehört, was ich gesagt habe?«

»Ja. Ich soll den Unsinn lassen.«

»Ich habe gesagt, daß Colonel Kent vermutlich mehr weiß, als er bisher erzählt hat.«

Ich setzte mich gähnend auf. »Dieser Eindruck drängt sich auf. Können wir nicht irgendwo 'ne Tasse Kaffee trinken?«

»Nein. Sag mal, gehört Kent tatsächlich zu den Verdächtigen?«

»Nun, zumindest theoretisch. Mir hat's nicht gefallen, daß er kein Alibi hat, weil seine Frau verreist ist. So früh am Morgen sind die meisten Ehemänner bei ihrer Frau im Bett. Ist die Ehefrau jedoch verreist, wenn so was passiert, fragt man sich, ob das Pech war oder etwas anderes.«

»Und Chief Yardley?«

»Der ist nicht so dumm, wie er wirkt, stimmt's?«

»Richtig«, bestätigte Cynthia, »das ist er nicht. Vor ungefähr einem Jahr habe ich in einem Vergewaltigungsfall mit ihm zusammengearbeitet. Der Verdächtige war ein Soldat, aber das Opfer war eine junge Frau aus Midland – deshalb habe ich das Vergnügen gehabt, Chief Yardley kennenzulernen.«

»Er versteht sein Geschäft?«

»Er ist ein alter Hase. Er ist seit dreißig Jahren Cop in Midland und kennt sein Revier wie kein anderer. Yardley kann sehr charmant sein, wenn er's darauf anlegt, und ist verdammt gerissen.«

»Und er hinterläßt seine Fingerabdrücke an Stellen, wo sie bereits zu finden sein könnten.«

»Genau wie Kent. Oder wie wir.«

»Stimmt. Aber ich weiß, daß ich Ann Campbell nicht ermordet habe. Wie steht's mit dir?«

»Ich hab' geschlafen«, wehrte Cynthia kühl ab.

»Leider allein. Du hättest mich auf dein Zimmer mitnehmen sollen. Dann hätten wir beide ein Alibi.«

»Lieber wegen Mordes verdächtigt werden!«

Ich zuckte mit den Schultern und meinte: »Ich habe immer das Gefühl gehabt, unser Verhältnis sei nie eindeutig geklärt worden.«

Cynthia antwortete: »Ich habe immer das Gefühl gehabt, du

seist der Konfrontation mit meinem... meinem Verlobten ausgewichen und hättest dich aus dem Staub gemacht.« Sie fügte hinzu: »Ich bin eben nicht der Mühe wert gewesen.«

»Das ist doch lächerlich! Der Mann hat gedroht, mich zu erschießen. Diskretion ist besser als falsche Tapferkeit.«

»Schon möglich. Aber manchmal muß man kämpfen, um etwas zu bekommen. Falls man es wirklich will.«

Es ärgerte mich etwas, daß meine Couragiertheit angezweifelt wurde. »Ich bin mit dem Bronzestern für Tapferkeit ausgezeichnet worden, Ms. Sunhill, weil ich einen beschissenen Hügel erobert habe, den wir wenig später wieder aufgegeben haben. Aber ich denke nicht daran, deinetwegen eine Show abzuziehen!« Ich fügte hinzu: »Außerdem kann ich mich nicht daran erinnern, von dir ermutigt worden zu sein.«

»Ich hab' nicht gewußt, wer mir von euch lieber war«, behauptete sie, »darum wollte ich einfach den Überlebenden nehmen.«

Ich blickte zu ihr hinüber, stellte fest, daß sie lächelte, und sagte: »Sehr witzig, Cynthia.«

»Entschuldigung.« Sie tätschelte mein Knie. »Es macht nur Spaß, dich ein bißchen in Fahrt zu bringen.«

Ich gab keine Antwort, und wir fuhren schweigend weiter.

In den Außenbezirken von Fort Hadley sah ich eine Gruppe alter Betonbauten, vor denen ein Schild verkündete: *U.S. Army Training School – Psychologische Kriegführung.*

»Sehen wir uns dort um, nachdem wir beim General gewesen sind?« schlug Cynthia vor.

Ich sah auf meine Armbanduhr. »Gut, wir versuchen's.« Tempo, Tempo. Nicht nur wurde die Fährte kalt, sondern je mehr Bedenkzeit alle in Fort Hadley und Washington hatten, desto bestimmter würden sie mir Knüppel zwischen die Beine werfen. Binnen zweiundsiebzig Stunden würde es hier von CID-Bonzen und FBI-Agenten wimmeln, die Punkte zu machen versuchten – und von Vertretern der Medien, die vermutlich schon jetzt in Atlanta waren und rauszukriegen versuchten, wie man am schnellsten nach Fort Hadley kam.

Cynthia fragte mich: »Was machen wir mit den Sachen in ihrem Keller?«

»Weiß ich noch nicht. Vielleicht brauchen wir sie nicht. Darauf zähle ich eigentlich. Wir lassen sie vorerst, wo sie sind.«

»Was ist, wenn Yardley den Raum entdeckt?«

»Dann muß er entscheiden, was er mit diesem Wissen anfangen will. Wir haben genug gesehen, um eine Vorstellung davon zu haben.«

»Aber vielleicht enthält der Raum einen Hinweis auf ihren Mörder.«

Ich starrte aus dem Seitenfenster und sah die Kasernengebäude vorbeiziehen. Nach einer Minute sagte ich: »Weißt du, was der Raum enthält? Genug Belastungsmaterial, um Karrieren und Leben, auch das ihrer Eltern, zu vernichten, vom Andenken der Verstorbenen ganz zu schweigen. Ich glaube nicht, daß wir noch etwas aus diesem Raum brauchen werden.«

»Spricht da Paul Brenner?«

»Ja – Paul Brenner, Berufsoffizier in der U.S. Army. Nicht Paul Brenner, der Cop.«

»Okay, das verstehe ich. Das ist in Ordnung.«

»Klar.« Ich fügte hinzu: »Das würde ich auch für dich tun.«

»Danke. Aber ich habe nichts zu verbergen.«

»Bist du verheiratet?«

»Das geht dich nichts an.«

»Stimmt.«

Wir erreichten Beaumont House, einst das Herrenhaus eines

Plantagenbesitzers, das jetzt die Dienstvilla General Campbells war: ein riesiger Klinkerbau aus der Zeit vor dem Bürgerkrieg mit weißer Säulenfront. Der Bau steht in einem Park am Ostrand von Fort Hadley – eine Oase mit Magnolien, stattlichen Eichen, Blumenbeeten und so weiter inmitten einer Wüste aus militärischer Kargheit.

Als wir ausstiegen, sagte Cynthia: »Ich habe richtig weiche Knie.«

»Du kannst einen Spaziergang im Park machen. Ich komme allein zurecht.«

»Nein, ich möchte trotzdem mitkommen.«

Wir stiegen drei Stufen unter einem von Säulen getragenen Vordach hinauf, und ich klingelte. Ein gutaussehender junger Lieutenant in Uniform öffnete uns die Haustür. Auf seinem Namensschild stand Elby. Ich stellte uns vor: »Warrant Officers Brenner und Sunhill. Der General und seine Frau wollten uns sehen.«

»Ah, richtig.« Nach einem Blick auf Cynthias Freizeitkleidung trat Elby beiseite, damit wir eintreten konnten. Dabei sagte er: »Ich bin der Adjutant des Generals. Colonel Fowler, sein Stellvertreter, möchte Sie sprechen.«

»Ich bin auf Wunsch des Generals hier, um mit dem General zu sprechen.«

»Ich weiß, Mr. Brenner. Bitte sprechen Sie erst mit Colonel Fowler.«

Cynthia und ich folgten ihm in die mit Antiquitäten möblierte Eingangshalle. Ich hatte allerdings den Verdacht, daß diese Stücke nicht von den Beaumonts stammten, sondern seit dem Jahre 1916, als die Army ihre Baumwollplantage übernommen hatte, nach und nach zusammengekauft waren. Lieutenant Elby führte uns in einen kleinen Salon – eine Art Wartezimmer für dienstliche Besucher. Hier gab es reichlich Sitzgelegenheiten, aber ansonsten war die Einrichtung eher spartanisch.

Der Lieutenant verließ den Raum. Cynthia und ich blieben stehen. »Das ist der junge Mann, von dem Colonel Kent uns erzählt hat«, stellte sie fest. »Mit dem Ann Campbell manchmal ausgegangen ist. Er sieht wirklich gut aus.«

»Er sieht aus wie ein Schlappschwanz und Bettnässer.«

Um das Thema zu wechseln, fragte sie: »Hast du dir jemals gewünscht, General zu sein?«

»Ich versuche bloß, weiterhin ein kleiner Warrant Officer zu bleiben.«

Cynthia versuchte zu lächeln, aber sie war sichtlich nervös. Auch ich war nicht gerade die Ruhe selbst. Um die Spannung abzubauen, zitierte ich eine alte Redensart aus der Army: »Denk daran, ein General zieht seine Hose ein Bein nach dem anderen an – genau wie du.«

»Ich setze mich aufs Bett und ziehe beide Beine gleichzeitig hoch.«

»Okay, du weißt, was ich meine.«

»Vielleicht genügt's, wenn wir mit seinem Stellvertreter reden.«

»Der General ist bestimmt sehr liebenswürdig. Das sind sie alle.«

»Wirklich nervös macht mich der Gedanke, mit seiner Frau reden zu müssen. Vielleicht hätte ich mich doch umziehen sollen.«

Frauen! Wozu versuche ich überhaupt, aus ihnen schlau zu werden?

»Diese Sache schadet seiner Karriere, nicht wahr?« fragte Cynthia.

»Hängt davon ab, wie sie ausgeht. Wird der Mörder nie geschnappt, Anns Hobbykeller nie entdeckt und nicht allzuviel Schmutz aufgewirbelt, passiert ihm nichts. Im Gegenteil: Alle werden Mitleid mit ihm haben. Sollte es aber sensationelle Enthüllungen geben, muß er abtreten.«

»Und das würde das Ende seiner politischen Ambitionen bedeuten.«

»Hat er denn welche?«

»So steht's in den Zeitungen.«

»Das ist nicht mein Problem.« Es konnte jedoch meines werden. General Joseph Ian Campbell war als Vizepräsident, als Senator seines Heimatstaats Michigan und als Gouverneur dieses Staats vorgeschlagen worden. Außerdem war er als Nachfolger des jetzigen Generalstabschefs der Army genannt worden – was einen vierten Stern bedeutet hätte – und als oberster Militärberater des Präsidenten im Gespräch gewesen.

All diese verlockenden Aussichten waren eine direkte Folge von General Campbells Einsatz im Golfkrieg, vor dem kein Mensch seinen Namen gekannt hatte. Wie die Erinnerung an den Krieg verblaßte, so verblaßte jedoch sein Name im Gedächtnis der Öffentlichkeit. Das war ein cleverer Schachzug Campbells – oder er machte sich wirklich nichts aus diesem ganzen Unsinn.

Wie und warum »Fighting Joe« Campbell in diese abgelegene Garnison, die bei der Army »Fort Hades« und bei den GIs »Fort Hardly« hieß, abgeschoben worden war, gehörte zu den Rätseln des Pentagons, die nur Eingeweihte erklären konnten. Aber ich hatte plötzlich den Verdacht, die Gewaltigen im Pentagon hätten vielleicht gewußt, daß auf General Campbell eine schwere Hypothek namens Ann Campbell lastete.

Ein hochgewachsener Mann betrat den Raum. Er trug eine grüne Ausgehuniform mit den Adlern eines Colonels, das Ärmelabzeichen des Heeresverwaltungsamts und ein Namensschild, auf dem Fowler stand. Er stellte sich uns als General Campbells Stellvertreter vor.

Wir schüttelten uns die Hände, und Colonel Fowler sagte: »Eigentlich möchte der General Sie sprechen, aber ich wollte zuerst mit Ihnen reden. Nehmen Sie bitte Platz!«

Wir setzten uns, und ich begutachtete Colonel Fowler. Er war ein Schwarzer, und ich konnte mir vorstellen, wie Generationen von Sklavenbesitzern, die früher hier gelebt hatten, in ihren Gräbern rotierten. Er schien der ideale Stellvertreter zu sein, der als eine Kombination aus Personaloffizier, Chefberater und Übermittler von Befehlen des Generals zu fungieren hatte. Im Gegensatz zum Vizepräsidenten der Vereinigten Staaten, der keinen wirklichen Job hat, gab es für ihn reichlich Arbeit.

Jedenfalls war Fowler vom Scheitel bis zur Sohle ein Offizier und Gentleman. Im Gegensatz zu weißen Offizieren, die wie ich manchmal ein bißchen nachlässig werden, scheinen schwarze Offiziere – wie auch weibliche Offiziere – etwas beweisen zu müssen. Interessanterweise orientieren sie sich dabei an einem Idealbild des weißen Offiziers, das es nie gegeben hat. Aber zumindest fördert es den Diensteifer. Die Army besteht ohnehin zur Hälfte aus Illusion.

Colonel Fowler sagte: »Sie dürfen rauchen, wenn Sie wollen. Einen Drink?«

»Nein, danke«, sagte ich.

Fowlers Fingerspitzen trommelten auf die Sessellehne, bevor er begann. »Für den General und Mrs. Campbell ist diese Sache natürlich eine Tragödie. Wir wollen nicht, daß sie auch für die Army eine wird.«

»Ja, Sir.« Am besten sagte ich möglichst wenig. Schließlich wollte *er* mit uns reden.

Er fuhr fort: »Captain Campbells Tod auf Militärgelände, dessen Kommandant ihr Vater ist, und noch dazu auf diese ungewöhnliche Weise, wird natürlich als Sensation ausgeschlachtet werden.«

»Ja, Sir.«

»Ich brauche Sie sicher nicht daran zu erinnern, daß Sie nicht mit Reportern sprechen dürfen.«

»Natürlich nicht.«

Fowler sah zu Cynthia hinüber. »Wie ich gehört habe, haben Sie diesen anderen Vergewaltigungsfall mit einer Festnahme abgeschlossen. Halten Sie einen Zusammenhang für denkbar? Könnte es zwei Täter gegeben haben? Oder könnten Sie den Falschen verhaftet haben?«

»In allen Punkten nein, Colonel.«

»Aber das *wäre* möglich. Befassen Sie sich damit?«

»Nein, Colonel. Zwischen diesen Fällen gibt es keinen Zusammenhang.«

Der Stab des Generals hatte sich offenbar zusammengesetzt, und irgendeinem cleveren Jungen war diese Möglichkeit eingefallen, die nun als amtliche Version verbreitet werden sollte: Bande von Rekruten überfällt und vergewaltigt ahnungslose weibliche Offiziere. »Damit kommen wir nicht durch«, sagte ich zu Colonel Fowler.

Er zuckte kaum wahrnehmbar mit den Schultern und konzentrierte sich wieder auf mich. »Nun, haben Sie schon Verdächtige?«

»Nein, Sir.«

»Irgendeine Spur?«

»Vorerst noch nicht.«

»Aber Sie müssen doch ein, zwei Theorien haben, Mr. Brenner.«

»Die habe ich, Colonel. Aber das sind vorerst noch Theorien, die Sie alle beunruhigen würden.«

Er beugte sich irritiert vor. »Mich beunruhigt nur, daß ein weiblicher Offizier vergewaltigt und ermordet worden ist und der Täter sich noch auf freiem Fuß befindet. Ich kann mir nichts vorstellen, was mich sonst an diesem Fall beunruhigen sollte.«

Woll'n wir wetten? Ich sagte ausweichend: »Wie ich höre, möchte der General mich und Ms. Sunhill als Ermittler ablösen lassen.«

»Soviel ich weiß, ist das seine anfängliche Reaktion gewesen. Aber er hat mit ein paar Leuten in Washington gesprochen und ist dabei, seinen Entschluß zu überdenken. Deshalb möchte er Sie beide sprechen.«

»Aha. Sozusagen eine Art Einstellungsgespräch.«

»Gewissermaßen.« Er fügte hinzu: »Es sei denn, Sie wollten den Fall von sich aus abgeben. Das würde sich nicht negativ auf Ihre weitere Laufbahn auswirken. Tatsächlich käme eine Belobigung für Ihre anfänglichen Ermittlungen in dieser Sache zu Ihren Personalakten. Und Sie hätten beide ab sofort Anspruch auf vier Wochen Sonderurlaub.« Er sah zu Cynthia und danach wieder zu mir hinüber. »Dann hätten Sie keinen Grund, mit dem General zu sprechen, und könnten beide gleich wieder gehen.«

Kein schlechtes Angebot, wenn man darüber nachdachte. Aber man durfte gar nicht darüber nachdenken. Deshalb antwortete ich: »Colonel Hellmann, mein unmittelbarer Vorgesetzter, hat mir und Ms. Sunhill diesen Fall übertragen, und wir haben den Auftrag angenommen. Dabei muß es bleiben, Colonel.«

Er nickte schweigend. Irgendwie wurde ich aus Fowler nicht recht schlau. Hinter seiner glatten Fassade war er ein sehr geschickter Manipulator. Das mußte er auch sein, um auf diesem bei Offizieren allgemein unbeliebten Posten zu überleben. Aber man konnte kein General werden, ohne sich im Stab eines Generals bewährt zu haben, und Colonel Fowler stand offenbar dicht vor seinem ersten silbernen Stern.

Fowler schien in Gedanken versunken zu sein. Nachdem ich gesagt hatte, was ich zu sagen hatte, mußte ich jetzt seine Antwort abwarten. Höhere Offiziere hatten die beunruhigende Angewohnheit, manchmal lange zu schweigen, was unkluge Untergebene zu weiteren Ausführungen bewog, die ihnen dann nur einen eisigen Blick und einen Tadel einbrachten. Der Mann stellte mich offenbar auf die Probe, um zu sehen, ob er es mit einem übereifrigen Arschloch oder einem gerissenen Kerl wie er selbst zu tun hatte. Auch Cynthia hielt beharrlich den Mund.

Schließlich sagte er zu mir: »Ich weiß, weshalb Ms. Sunhill hier in Fort Hadley ist. Aber was führt einen CID-Sonderermittler in unsere kleine Garnison?«

»Verdeckte Ermittlungen. Ein Sergeant aus der Waffenmeisterei hat versucht, sich selbständig zu machen. Sie sollten die Kontrollen verschärfen – und sich darüber im klaren sein, daß ich Ihnen einige Peinlichkeiten erspart habe. Ich bin sicher, daß der Provost Marshal Sie über mich informiert hat.«

»Richtig. Vor ein paar Wochen, als Sie angekommen sind.«

»Dann haben Sie also gewußt, daß ich hier war.«

»Ja, aber nicht, *warum* Sie hier waren.«

»Weshalb hat Colonel Kent mich Ihrer Meinung nach gebeten, diesen Fall zu übernehmen, obwohl offensichtlich sonst niemand will, daß ich die Ermittlungen führe?«

Er überlegte kurz. »Colonel Kent ist, ehrlich gesagt, kein Freund von Major Bowes, dem hiesigen Kommandeur des CID. Außerdem hätten Ihre Leute in Falls Church Sie ohnehin sofort auf diesen Fall angesetzt. Colonel Kent hat getan, was er für das Beste für alle Beteiligten hielt.«

»Ihn selbst eingeschlossen. Welche Probleme gibt's zwischen Colonel Kent und Major Bowes?«

Fowler zuckte mit den Schultern. »Wahrscheinlich nur berufliche. Kompetenzschwierigkeiten.«

»Nichts Persönliches?«

»Keine Ahnung. Da müssen Sie die beiden selbst fragen.«

»Das werde ich.« Vorerst fragte ich Colonel Fowler: »Haben Sie Captain Campbell persönlich gekannt?«

Er musterte mich prüfend, bevor er antwortete: »Ja. Der General hat mich sogar gebeten, bei ihrer Beerdigung einen Nachruf zu sprechen.«

»Aha. Gehören Sie schon länger zu General Campbells Stab, Colonel?«

»Ja, seit damals, als General Campbell in Deutschland eine Panzerdivision befehligte. Dann gemeinsam im Golfkrieg, jetzt hier.«

»Hat er sich um diesen Posten beworben?«

»Ich glaube nicht, daß das relevant ist.«

»Sie haben Ann Campbell vermutlich schon vor ihrer Versetzung nach Fort Hadley gekannt?«

»Ja.«

»Könnten Sie mir einen Begriff von Ihrem Verhältnis zu ihr geben?« War das nicht elegant gefragt?

Fowler beugte sich in seinem Sessel nach vorn. »Entschuldigung, Mr. Brenner, soll das eine Vernehmung sein?«

»Ja, Sir.«

»Da soll mich doch der Teufel holen!«

»Hoffentlich nicht, Colonel.«

Er stand lachend auf. »Gut, kommen Sie morgen zu mir, dann können Sie beide fragen, soviel Sie wollen. Lassen Sie sich einen Termin geben. Kommen Sie jetzt bitte mit?«

Colonel Fowler führte uns durch die Eingangshalle in den hinteren Teil des Hauses und gab uns letzte Anweisungen: »Sie sparen sich die Grüßerei, drücken rasch Ihr Beileid aus und nehmen nach Aufforderung Platz. Mrs. Campbell ist nicht anwesend. Der Arzt hat ihr ein Beruhigungsmittel gegeben. Fassen Sie sich bitte kurz. Höchstens fünf Minuten.« Er klopfte an, öffnete die Tür, trat ein und kündigte uns als Warrant Officers Brenner und Sunhill vom CID an. Das klang wie aus einer Fernsehserie.

Cynthia und ich folgten ihm in ein Arbeitszimmer, in dem poliertes Holz, Leder und Messing dominierten. Alle Vorhänge waren zugezogen, und die einzige Lichtquelle war eine Schreibtischlampe mit grünem Schirm. Hinter dem Schreibtisch stand General Joseph Campbell in grüner Ausgehuniform mit breiter Ordensspange. Er war groß und grobknochig wie seine schottischen Vorfahren – dabei fiel mir auf, daß ein unverkennbarer Geruch nach Scotch in diesem Raum hing.

General Campbell begrüßte zuerst Cynthia, die seine Hand ergriff und sagte: »Mein aufrichtiges Beileid, Sir.«

»Danke.«

Ich drückte gleichfalls seine Pranke, murmelte mein Beileid und fügte hinzu: »Ich bedaure sehr, Sie ausgerechnet jetzt belästigen zu müssen«, als ob die Initiative zu diesem Gespräch von mir gekommen sei.

»Ich danke Ihnen, daß Sie gekommen sind.« Er setzte sich und forderte uns auf: »Nehmen Sie bitte Platz.«

Wir saßen in den Besuchersesseln vor seinem Schreibtisch. Ich betrachtete Campbell im Lampenlicht. Grau-blondes Haar, klare blaue Augen, markante Nase, männliche Züge und ein energisches Kinn. Ein gutaussehender Mann, aber Ann Campbell mußte ihre Schönheit – bis auf die Augen – von ihrer Mutter geerbt haben.

In Gegenwart eines Generals spricht man nur, wenn man angesprochen wird, aber Campbell sagte nichts. Er starrte zwischen Cynthia und mir hindurch. Dann nickte er, und wir hörten, wie Colonel Fowler den Raum verließ und dezent die Tür hinter sich schloß.

Jetzt konzentrierte General Campbell sich auf Cynthia und mich und fragte mit leiser Stimme, die ganz anders als seine Rundfunk- und Fernsehstimme klang: »Gehe ich richtig in der Annahme, daß Sie beide diesen Fall weiterbearbeiten wollen?«

Wir nickten gemeinsam und antworteten wie aus einem Mund: »Ja, Sir.«

Er nahm mich ins Visier. »Kann ich Sie davon überzeugen, daß allen Beteiligten damit gedient wäre, wenn Sie den Fall Major Bowes hier in Fort Hadley übergeben würden?«

»Tut mir leid, General«, antwortete ich, »aber diese Sache geht über Fort Hadley und Ihren persönlichen Schmerz hinaus. Daran kann niemand von uns etwas ändern.«

General Campbell nickte. »Dann verspreche ich Ihnen, daß ich und alle anderen hier Sie rückhaltlos unterstützen werden.«

»Danke, Sir.«

»Haben Sie schon irgendeinen Verdacht, wer der Täter sein könnte?«

»Nein, Sir.« *Haben Sie einen?*

»Kann ich mich darauf verlassen, daß Sie rasch ermitteln, mit uns zusammenarbeiten, um die sensationellen Aspekte dieses Vorfalls geringzuhalten, und hier keinen unnötigen Schaden anrichten werden?«

»Ich versichere Ihnen«, erwiderte ich, »daß unser einziges Ziel eine möglichst schnelle Verhaftung ist.«

Cynthia fügte hinzu: »Wir haben von Anfang an Schritte unternommen, Sir, um eine Beteiligung Außenstehender möglichst gering zu halten. Wir haben die gesamte Einrichtung von Captain Campbells Haus nach Jordan Field transportieren lassen. Polizeichef Yardley hat das mißfallen, und ich vermute, daß er sich wegen dieser Sache an Sie wenden wird. Wir wären Ihnen sehr dankbar, wenn Sie ihm erklären würden, daß der Abtransport mit Ihrem Einverständnis erfolgt ist.«

General Campbell starrte sie lange an. Bestimmt fiel es ihm schwer, eine junge, attraktive Frau ihres Alters anzusehen, ohne an seine Tochter zu denken. *Was* er über seine Tochter dachte, wußte ich allerdings nichts. Zuletzt sagte er: »Sie können sich auf mich verlassen.«

»Danke, General.«

Ich wandte mich an ihn: »Soviel ich weiß, Sir, sollte Ihre Tochter heute morgen nach Dienst zu Ihnen kommen.«

»Ja… wir wollten miteinander frühstücken«, antwortete er. »Als sie nicht kam, habe ich Colonel Fowler im Stabsgebäude angerufen, aber dort war sie nicht. Er hat versucht, sie daheim anzurufen, glaube ich.«

»Um welche Zeit ist das etwa gewesen, Sir?«

»Das weiß ich nicht bestimmt. Sie sollte um sieben Uhr kommen. Ich nehme an, daß ich Fowler gegen sieben Uhr dreißig im Stabsgebäude angerufen habe.«

Ich hakte nicht weiter nach, sondern sagte: »General, wir danken Ihnen für die angebotene Zusammenarbeit und werden sicher darauf zurückkommen. Ich möchte die nächste Gelegenheit zu einem ausführlicheren Gespräch mit Ihnen und Mrs. Campbell nutzen. Vielleicht schon morgen?«

»Tut mir leid, aber morgen müssen wir Vorbereitungen für die Beerdigung treffen und weitere persönliche Angelegenheiten regeln. Ich schlage den Tag nach der Beisetzung vor.«

»Danke.« Ich fügte hinzu: »Die Angehörigen besitzen manchmal Informationen, von denen sie nicht ahnen, wie entscheidend sie für die Lösung eines Falls sein können.«

»Ja, ich verstehe.« Er dachte kurz nach, bevor er fragte: »Glauben Sie... halten Sie es für möglich, daß der Täter aus ihrem Bekanntenkreis stammt?«

»Das ist durchaus möglich«, antwortete ich, während unsere Blicke sich begegneten.

Ohne meinem Blick auszuweichen, bestätigte er: »Dieses Gefühl habe ich auch.«

Ich fragte ihn: »Hat außer Colonel Kent irgend jemand mit Ihnen über die näheren Umstände des Todes Ihrer Tochter gesprochen?«

»Nein. Doch, Colonel Fowler. Er hat mich informiert.«

»Über die mögliche Vergewaltigung und wie sie aufgefunden worden ist?«

»Richtig.«

Danach herrschte wieder Schweigen, aber ich wußte aus Erfahrung im Umgang mit Generalen, daß dies keine Aufforderung zum Weiterreden war, sondern das Ende unseres Gesprächs signalisierte. Ich erkundigte mich: »Können wir vorläufig irgend etwas für Sie tun?«

»Nein... Fassen Sie den Schweinehund so schnell wie möglich!« Er stand auf, drückte auf einen Klingelknopf und sagte dabei: »Danke, daß Sie gekommen sind.«

Cynthia und ich standen ebenfalls auf. Campbell ergriff Cynthias Hand, und ich bildete mir ein, daß er sie ungewöhnlich lange in seiner hielt, während er ihr in die Augen sah. Dann sagte er: »Ich weiß, daß Sie Ihr Bestes tun werden. Meine Tochter hätte Sie gemocht. Sie hat selbstbewußte Frauen gemocht.«

Die Tür hinter uns wurde geöffnet, und Colonel Fowler erschien, um uns zum Ausgang zu geleiten. Zu mir sagte er: »Soviel ich weiß, besitzen Sie spezielle Vollmachten, was Festnahmen betrifft. Trotzdem möchte ich Sie bitten, mich zu benachrichtigen, bevor Sie jemanden verhaften.«

»Weshalb?«

»Weil«, erwiderte er ziemlich scharf, »wir's nicht mögen, wenn unsere Leute ohne unser Wissen von Außenstehenden festgenommen werden.«

»Das passiert öfter«, teilte ich ihm mit. »Wie Sie vermutlich wissen, habe ich vor ein paar Stunden den Sergeanten aus der Waffenmeisterei eingelocht. Aber wenn Sie darauf bestehen, benachrichtige ich Sie gern.«

»Danke, Mr. Brenner.« Er fügte hinzu: »Auch in diesem Fall gibt's drei Methoden, etwas zu tun: die richtige Methode, die falsche Methode und die Army-Methode. Ich habe den Eindruck, daß Sie die richtige Methode bevorzugen, die aber die falsche ist, Mr. Brenner.«

»Das weiß ich, Colonel.«

Fowler wandte sich an Cynthia. »Sollten Sie doch vier Wochen Sonderurlaub wollen, melden Sie sich bei mir. Ansonsten halten Sie mich bitte auf dem laufenden. Mr. Brenner scheint der Typ zu sein, der sich so in seine Arbeit vergräbt, daß er gewisse elementare Spielregeln vergißt.«

»Ja, Sir«, antwortete Cynthia. »Versuchen Sie bitte, für uns einen frühen Termin mit dem General und Mrs. Campbell zu vereinbaren. Wir brauchen mindestens eine Stunde. Und rufen Sie uns bitte an, falls Ihnen noch etwas Wichtiges einfällt.«

Fowler öffnete die Haustür, und wir traten ins Freie. Bevor er die Tür schließen konnte, sagte ich zu ihm: »Übrigens haben wir die Nachricht gehört, die Sie auf Captain Campbells Anrufbeantworter gesprochen haben.«

»Ah, ganz recht. Nachträglich fast unsinnig, stimmt's?«

»Wann haben Sie sie angerufen, Colonel?«

»Gegen acht Uhr. Der General und Mrs. Campbell hatten ihre Tochter um sieben Uhr erwartet.«

»Von wo aus haben Sie telefoniert, Sir?«

»Aus dem Dienst, aus dem Stabsgebäude.«

»Haben Sie sich dort umgesehen, ob Captain Campbell etwa dienstlich verhindert war?«

»Nein, ich habe einfach angenommen, sie habe den Termin vergessen und sei heimgefahren.« Er fügte hinzu: »Das wäre nicht das erste Mal gewesen.«

»Aha. Haben Sie nachgesehen, ob ihr Auto vor dem Stabsgebäude geparkt war?«

»Nein. Das hätte ich wohl tun sollen.«

Ich fragte ihn: »Von wem haben Sie Einzelheiten über Captain Campbells Tod erfahren?«

»Ich habe mit dem Provost Marshal gesprochen.«

»Und Colonel Kent hat Ihnen mitgeteilt, wie sie aufgefunden worden ist?«

»Richtig.«

»Sie und General Campbell wissen also, daß sie gefesselt, vergewaltigt und erdrosselt worden ist?«

»Ja. Gibt's sonst noch etwas, das wir wissen sollten?«

»Nein, Sir.« Ich fragte ihn: »Wo kann ich Sie nach Dienst erreichen?«

»Ich wohne in der Offizierssiedlung Bethany Hill. Wissen Sie, wo die liegt?«

»Ja, Sir. Südlich von hier, auf dem Weg zu den Schießbahnen.«

»Richtig. Meine Telefonnummer steht im hiesigen Verzeichnis.«

»Danke, Colonel.«

»Guten Tag, Mr. Brenner, Ms. Sunhill.«

Er schloß die Haustür, und Cynthia und ich gingen zu ihrem Mustang. Sie fragte mich: »Na, was hältst du von Colonel Fowler?«

»Weniger, als Colonel Fowler von sich selbst hält.«

»Mir hat sein Auftreten echt imponiert. Wie alle Stabsoffiziere ist er leicht arrogant, aber ich vermute, daß er so cool, überlegen und tüchtig ist, wie er wirkt.«

»Davon haben wir nichts. Seine Loyalität gehört dem General – nur dem General. Ihre Schicksale sind miteinander verwoben, und sein Silberstern geht nur auf, wenn die Karriere des Generals auf Kurs bleibt.«

»Mit anderen Worten: Fowler würde lügen, um den General zu schützen.«

»Bedenkenlos. Was seinen Anruf bei Ann Campbell betrifft, hat er übrigens schon gelogen. Als wir vor acht Uhr in ihrem Haus gewesen sind, war die Nachricht bereits auf ihrem Anrufbeantworter.«

Cynthia nickte. »Ja, ich weiß. Dieser Anruf ist irgendwie seltsam.«

»Wieder ein Verdächtiger mehr«, sagte ich.

KAPITEL VIERZEHN

Cynthia erkundigte sich: »Zur Psy-Ops School?«

Auf meiner Armbanduhr war es 17.55 Uhr, kurz vor Beginn der heutigen Happy Hour. »Nein, setz mich vor dem O Club ab.«

Wir fuhren zum Officer's Club, der auf einem Hügel liegt: abseits des Dienstbetriebs, aber nahe genug, um gut erreichbar zu sein.

»Wie kommen wir bisher voran?« fragte Cynthia.

»Meinst du persönlich oder professionell?«

»Beides.«

»Nun, professionell leiste ich verdammt gute Arbeit. Wie steht's mit dir?

»Das frage ich *dich*.«

»So weit, so gut. Du bist ein Profi. Ich bin angenehm beeindruckt.«

»Danke. Und persönlich?«

»Persönlich bin ich gern mit dir zusammen.«

»Und ich mit dir.«

Nach sekundenlangem bedeutungsvollen Schweigen wechselte sie das Thema: »Was hältst du von General Campbell?«

Ich überlegte kurz. Es ist wichtig, die Reaktion von Angehörigen, Freunden und Mitarbeitern auf die Todesnachricht möglichst bald zu beobachten. Ich habe schon mehr als einen Mord dadurch aufgeklärt, daß ich mich auf einen ungewöhnlich reagierenden Verdächtigen konzentriert habe. Zu Cynthia sagte ich: »Er hat nicht so bestürzt und traurig gewirkt, wie man's von einem Vater in seiner Situation erwarten würde. Andercrseits ist er, was er ist.«

»Aber *was* ist er?«

»Ein Soldat, ein Kriegsheld, ein Führer. Je höher man die Karriereleiter erklimmt, desto stärker wird das Individuum in den Hintergrund gedrängt.«

»Schon möglich.« Sie schwieg einen Augenblick, bevor sie hinzufügte: »Bedenkt man, wie Ann Campbell gestorben ist – ich meine, wie sie aufgefunden worden ist –, kommt ihr Vater bestimmt nicht als Mörder in Frage.«

»Wir wissen nicht, ob sie dort gestorben und ob sie angezogen oder unbekleidet gestorben ist. Nicht alles ist immer so, wie es scheint. Ist der Täter clever, sieht man nur, was man sehen soll.«

»Trotzdem kann ich nicht glauben, Paul, daß er seine eigene Tochter erdrosseln würde.«

»Das kommt nicht häufig vor, aber es kommt vor. Wäre sie meine Tochter gewesen und ich hätte von ihren sexuellen Eskapaden erfahren, wäre ich verdammt wütend gewesen.«

»Aber nicht so wütend, daß du deine eigene Tochter umgebracht hättest!«

»Nein, das nicht. Aber man weiß nie. Mir geht's nur darum, Tatmotive aufzuspüren.«

Wir hielten vor dem Officer's Club. Ich öffnete die Beifahrertür und sagte zu Cynthia: »Schade, daß du nicht für den Club angezogen bist, sonst würde ich dich zum Essen einladen.«

»Nun ... wenn du willst, ziehe ich mich um. Außer du möchtest lieber allein essen.«

»Wir treffen uns im Grillrestaurant.« Ich stieg aus, und sie fuhr davon.

Als ich den Club betrat, hallte das Signal zur Flaggenparade aus den Lautsprechern. Ich ging ins Büro des Sekretärs, wies meine CID-Plakette vor, ließ mir das Telefonverzeichnis geben und setzte mich ans Telefon. Colonel Moore wohnte offenbar außerhalb, deshalb rief ich die Psy-Ops School an. Mittlerweile war es kurz nach achtzehn Uhr, aber das Schöne an der Army ist, daß überall irgend jemand Dienst hat. Wir schlafen niemals. Der Unteroffizier vom Dienst meldete sich und verband mich mit Colonel Charles Moore. »Psy-Ops, Colonel Moore.«

»Colonel Moore, hier ist Warrant Officer Brenner. Ich komme von der *Army Times.*«

»Oh...«

»Es geht um Captain Campbells Tod.«

»Ja... großer Gott, wie schrecklich... eine Tragödie.«

»Ja, Sir. Dürfte ich Sie um ein kurzes Interview bitten?«

»Natürlich. Nun... ich bin Captain Campbells Vorgesetzter gewesen...«

»Ja, Sir, das weiß ich. Colonel, könnten wir uns jetzt im O Club treffen? Ich halte Sie nicht länger als zehn Minuten auf.« *Außer Sie interessieren mich, Colonel.*

»Nun...«

»Mein Artikel muß in spätestens zwei Stunden fertig sein, und ich möchte wenigstens kurz mit ihrem Vorgesetzten sprechen.«

»Natürlich. Wo...«

»Wir treffen uns im Grillrestaurant. Ich trage einen blauen Anzug. Vielen Dank, Colonel.« Ich legte auf. Die meisten Amerikaner wissen, daß sie der Polizei gegenüber die Aussage verweigern dürfen, aber sie scheinen irgendwie zu glauben, der Presse gegenüber auskunftspflichtig zu sein. Nachdem ich den größten Teil des Tages als Paul Brenner von CID verbracht hatte, war das Bedürfnis, mit gezinkten Karten zu spielen, geradezu übermächtig.

Im Telefonbuch für Midland fand ich einen Charles Moore in der Wohnanlage am Victory Drive, in der Ann Campbell gelebt hatte. Eigentlich keine Adresse für einen Colonel. Aber vielleicht hatte Moore Schulden oder störte sich als Psychiater nicht daran, wenn ihm auf dem Parkplatz Lieutenants und Captains über den Weg liefen. Oder vielleicht hatte er Ann Campbells Nähe gesucht.

Ich notierte mir seine Adresse und Telefonnummer, rief im Offiziersheim an und erreichte Cynthia, die eben in ihr Zimmer kam. »Colonel Moore trifft sich mit uns. Wir kommen von der *Army Times*. Außerdem könntest du versuchen, mir dort ein Zimmer zu besorgen. Ich kann nicht nach Whispering Pines zurück, solange Chief Yardley hinter mir her ist. Fahr beim PX vorbei und kauf mir Zahnbürste, Rasierapparat und so weiter. Außerdem Unterhosen, Socken und Hemden in den bekannten Größen. Und vergiß nicht, deine Tennisschuhe und eine Taschenlampe mitzunehmen, damit wir später zur Schießbahn rausfahren können. Okay?... Cynthia?... Hallo?«

Die Verbindung war plötzlich weg. Ich legte auf und ging nach unten in den Grillroom, in dem es weniger steif zugeht als im Speisesaal. Dort trank ich ein Bier an der Bar, knabberte Erdnüsse und Kartoffelchips und hörte mir die Gespräche um mich herum an. Sie drehten sich natürlich um Ann Campbell, aber sie blieben vorsichtig und zurückhaltend. Schließlich war dies der Officer's Club. In den Bars in Midland würde das gleiche Thema an diesem Abend weit offener diskutiert werden.

Ein Mann mittleren Alters in grüner Ausgehuniform mit den Adlern eines Colonels am Kragen betrat den Grillroom und sah sich in dem großen Kellerraum um. Ich beobachtete ihn eine Minute lang und stellte fest, daß niemand ihm zunickte oder ihn begrüßte. Colonel Moore war offenbar nicht sehr bekannt – oder vielleicht nicht sehr beliebt. Ich stand von meinem Barhocker auf und ging ihm entgegen. Als er mich kommen sah, lächelte er zögernd. »Mr. Brenner?«

»Ja, Sir.« Wir gaben uns die Hand. Colonel Moores verknitterte Uniform saß schlecht – ein untrügliches Kennzeichen für Offiziere in spezialisierten Laufbahnen. »Vielen Dank, daß Sie gekommen sind«, sagte ich. Colonel Moore war Anfang Fünfzig, hatte lockiges schwarzes Haar, das er etwas zu lang trug, und wirkte wie ein am Vortag zum Militärdienst einberufener ziviler Psychiater. Rechtsanwälte, Ärzte, Psychiater und Zahnärzte in der Army sind mir immer ein Rätsel. Ich weiß nie, ob sie auf der Flucht vor einem Verfahren wegen Untreue beziehungsweise Kunstfehlern oder einfach nur überzeugte Patrioten sind. Ich führte ihn zu einem Tisch in der hintersten Ecke, und wir nahmen Platz. »Drink?«

»Ja.«

Ich winkte eine Serviererin heran, und Colonel Moore bestellte ein Glas Cream Sherry. Nicht gerade ein verheißungsvoller Auftakt.

Moore starrte mich an, als versuche er zu erraten, unter welchen psychischen Störungen ich litt. Da ich ihn nicht enttäuschen wollte, behauptete ich: »Sieht so aus, als wäre sie von einem Psychopathen ermordet worden. Vielleicht von einem Serienmörder.«

Auf für Psychiater typische Weise kehrte er meine Aussage gegen mich um und fragte: »Wie kommen Sie darauf?«

»Bloß so 'ne Vermutung.«

Er teilte mir mit: »Hier bei uns hat's keine vergleichbaren Vergewaltigungen und Morde gegeben.«

»Womit vergleichbar?«

»Mit dem, was Captain Campbell zugestoßen ist.«

Was Captain Campbell genau zugestoßen war, hätte zu diesem Zeitpunkt nicht allgemein bekannt sein dürfen, aber die Army lebt eben von Latrinenparolen. Was Colonel Moore, Colonel Fowler und General Campbell wußten, seit wann sie's wußten und wie sie's erfahren hatten, ließ sich zu diesem Zeitpunkt nur vermuten. Ich fragte ihn: »Und was *ist* ihr zugestoßen?«

»Sie ist vergewaltigt und ermordet worden«, antwortete er. »Auf einer der Schießbahnen.«

Ich zog mein Notizbuch heraus und trank einen Schluck von meinem Bier. »Ich bin gerade erst aus Washington angekommen und weiß noch nicht viel. Wie ich gehört habe, ist sie nackt und gefesselt aufgefunden worden.«

Er überlegte kurz und antwortete dann: »Danach sollten Sie sich bei der Militärpolizei erkundigen.«

»Okay. Wie lange sind Sie ihr Vorgesetzter gewesen?«

»Seit sie vor ungefähr zwei Jahren nach Fort Hadley kam.«

»Sie haben sie also verhältnismäßig gut gekannt?«

»Ja. Die Schule ist ziemlich klein. Das Stammpersonal besteht nur aus etwa zwanzig Offizieren und dreißig Unteroffiziers- und Mannschaftsdienstgraden.«

»Aha. Wie war Ihnen zumute, als Sie von ihrem Tod hörten?«

Moore erklärte mir: »Ich habe den Schock noch immer nicht überwunden. Ich kann noch immer nicht glauben, was passiert ist.« Und so weiter und so fort. Tatsächlich machte er trotz des angeblichen Schocks einen erstaunlich gefaßten Eindruck. Andererseits wirkte er irgendwie geistesabwesend und starrte mich mehrmals durchdringend an, als versuche er, meinen Gesichtsausdruck zu deuten oder meine Gedanken zu lesen. Dieser Kerl war mir unheimlich – und das heißt schon einiges.

Ich fragte ihn: »Haben Sie Captain Campbell schon vor ihrer Versetzung hierher gekannt?«

»Ja. Ich habe sie kennengelernt, als sie vor sechs Jahren an einem Lehrgang in Fort Bragg teilgenommen hat. Ich war ihr Ausbilder.«

»Sie hatte gerade ihr Psychologiestudium an der Georgetown University abgeschlossen.«

Moore sah mich an, wie einen Leute ansehen, wenn man etwas sagt, das sie einem nicht zugetraut haben, und bestätigte: »Ja, das dürfte stimmen.«

»Und Sie waren in Bragg mit ihr bei der Psy-Ops Group?«

»Ich war an der Schule; sie hat bei der 4th Psy-Ops Dienst getan.«

»Und danach?«

»Deutschland. Wir sind etwa zur gleichen Zeit dort stationiert gewesen. Danach sind wir an die JFK School in Bragg zurückgegangen, wo wir beide unterrichtet haben, waren anschließend im Golfkrieg, dann für kurze Zeit ins Pentagon abkommandiert und sind dann hierher nach Fort Hadley gekommen. Aber ich glaube nicht, daß das von allgemeinem Interesse ist.«

»Was tun Sie in Fort Hadley, Colonel?«

»Das ist vertraulich.«

»Aha.« Ich nickte, während ich kritzelte. So lange gemeinsame Dienstzeiten sind selbst bei Speziallaufbahnen wie für Psychologische Kriegführung nicht die Regel. Ich kenne Ehepaare beim Militär, die dieses Glück nicht gehabt haben. Nehmen wir zum Beispiel die arme Cynthia, die damals zwar nicht verheiratet, aber mit diesem Kerl bei den Special Forces verlobt war – sie in Brüssel, er in der Kanalzone. Colonel Moore fragte ich: »Ihr berufliches Verhältnis war gut?«

»Ja. Captain Campbell ist sehr motiviert, intelligent, redegewandt und zuverlässig gewesen.«

Das klang wie eine seiner halbjährlichen Beurteilungen für ihre Personalakte. Die beiden waren eindeutig ein Team gewesen. Ich fragte weiter: »Könnte man sie gewissermaßen als Ihren Schützling bezeichnen?«

Er starrte mich an, als traue er mir zu, das Wort »Schützling« durch »Geliebte« zu ersetzen, und belehrte mich: »Sie ist meine Untergebene gewesen.«

»Gewiß.« Hielt er mich wirklich für so dämlich? Ich merkte, daß ich mich darüber ärgerte, daß dieser Trottel so viele Jahre lang in aller Welt mit Ann Campbell zusammengewesen war. Verrückt, was? Am liebsten hätte ich ihm erklärt: »Hören Sie, Moore, Sie hätten nicht mal auf demselben Planeten mit dieser Göttin sein dürfen. *Ich* bin der Mann, der sie glücklich gemacht hätte! Sie sind ein mieser kleiner Pinscher.« Statt dessen fragte ich ihn: »Sie kennen wohl auch ihren Vater?«

»Ja, aber nicht gut.«

»Schon von früher? Aus der Zeit vor Ihrer Versetzung nach Fort Hadley?«

»Ja. Wir sind ihm im Golfkrieg ein paarmal begegnet.«

»Wir?«

»Ann und ich.«

»Aha.« Das notierte ich mir.

Ich stellte ihm noch einige Fragen, ohne viel Interessantes zu erfahren. Mir ging es darum, einen Eindruck von Moore zu bekommen, bevor er wußte, mit wem er sprach. Sobald die Leute wissen, daß sie's mit einem Cop zu tun haben, geht die Schauspielerei los. Andererseits kann ein Reporter der *Army Times* nicht Fragen wie »Haben Sie ein intimes Verhältnis mit ihr gehabt?« stellen. Aber Cops dürfen das, daher fragte ich ihn: »Haben Sie ein intimes Verhältnis mit ihr gehabt?«

Colonel Moore stand ruckartig auf. »Ich verbitte mir solche Fragen! Ich werde mich über Sie beschweren!«

Ich hielt meine Plakette hoch. »CID, Colonel. Nehmen Sie Platz.«

Er starrte erst die Plakette und dann mich an, und seine Augen schossen rote Todesstrahlen auf mich ab – wie in einem schlechten Horrorfilm.

Ich wiederholte: »Nehmen Sie Platz, Colonel.«

Moore sah sich in dem halbleeren Raum um, als fürchte er, eingekreist oder umzingelt zu sein. Dann setzte er sich wieder.

»Ich ermittle wegen des Mordes an Captain Campbell«, erklärte ich Moore. »Da Sie nicht als Täter verdächtigt werden, belehre ich Sie nicht über Ihre Rechte. Trotzdem sind Sie verpflichtet, meine Fragen vollständig und wahrheitsgemäß zu beantworten. Okay?«

»Sie haben kein Recht, sich als...«

»Überlassen Sie's mir, mit meiner Persönlichkeitsspaltung zurechtzukommen. Okay? Erste Frage: Wann...«

»Ich weigere mich, ohne Anwalt mit Ihnen zu sprechen.«

»Sie haben zu viele Kriminalfilme gesehen, glaube ich. Solange Sie nicht verdächtigt werden, haben Sie kein Recht auf einen Anwalt und kein Recht, die Aussage zu verweigern. Weigern Sie sich, meine Fragen zu beantworten, betrachte ich Sie als Verdächtigen, belehre Sie über Ihre Rechte, bringe Sie zum Provost Marshal und erkläre, daß ich einen Verdächtigen festgenommen habe, der einen Anwalt verlangt. Was ist Ihnen also lieber?«

Moore überlegte einen Augenblick und sagte: »Ich habe absolut nichts zu verbergen und verwahre mich ausdrücklich dagegen, von Ihnen in eine Defensivposition gedrängt zu werden.«

»In Ordnung. Erste Frage: Wann haben Sie Captain Campbell zuletzt gesehen?«

Er räusperte sich, setzte sich aufrecht hin und antwortete: »Gestern gegen sechzehn Uhr dreißig in meinem Dienstzimmer. Sie hat gesagt, sie fahre in den Club, um etwas zu essen, und melde sich dann zum Dienst.«

»Warum hat sie letzte Nacht freiwillig den Posten des Offiziers vom Dienst übernommen?«

»Keine Ahnung.«

»Hat sie Sie im Laufe des Abends vom Stabsgebäude aus angerufen – oder haben Sie sie angerufen?«

»Nun... lassen Sie mich nachdenken...«

»Die Rufnummern aller Anrufe innerhalb der Kaserne werden gespeichert und stehen außerdem in der Kladde des Offiziers vom Dienst.« Tatsächlich wurden interne Rufnummern nicht gespeichert, und Captain Campbell hätte kein Privatgespräch in ihre Kladde eingetragen.

Moore antwortete: »Ja, ich habe sie angerufen...«

»Um welche Zeit?«

»Gegen dreiundzwanzig Uhr.«

»Warum so spät?«

»Nun, wir hatten etwas für den nächsten Tag zu besprechen, und ich wußte, daß sie dann weniger zu tun haben würde.«

»Von wo aus haben Sie angerufen?«

»Von zu Hause.«

»Wo ist das?«

»Außerhalb. Victory Drive.«

»Hat dort nicht auch die Verstorbene gewohnt?«

»Ja.«

»Sind Sie jemals in ihrem Haus gewesen?«

»Natürlich. Sogar oft.«

Ich versuchte mir vorzustellen, wie dieser Kerl nackt mit dem Rücken zur Kamera oder mit einer schwarzen Lederkopfmaske aussehen mochte. Dann fragte ich weiter: »Haben Sie jemals sexuelle Beziehungen zu ihr gehabt?«

»Nein. Aber Sie werden bestimmt entsprechende Gerüchte hören. Gerüchte haben uns verfolgt, wo immer wir...«

»Sind Sie verheiratet?«

»Gewesen. Seit sieben Jahren geschieden.«

»Gehen Sie mit Frauen aus?«

»Manchmal.«

»Haben Sie Ann Campbell für attraktiv gehalten?«

»Nun… ich habe ihren Intellekt bewundert.«

»Ihr Körper ist Ihnen nie aufgefallen?«

»Hören Sie, diese Ausfragerei gefällt mir nicht!«

»Mir auch nicht. Ist sie Ihnen sexuell attraktiv erschienen?«

»Ich bin ihr Vorgesetzter, ich bin fast zwanzig Jahre älter als sie, und Ann war die Tochter eines Generals. Genügt Ihnen das?«

»Warum hat's dann Gerüchte gegeben?«

»Weil viele Leute eine Schmutzphantasie haben.« Moore lächelte. »Selbst Offiziere wie Sie.«

Daraufhin bestellte ich zwei weitere Drinks: einen Sherry für Moore, damit er lockerer wurde, und ein Bier für mich, bevor ich mich vergaß und ihm einen Kinnhaken verpaßte.

Cynthia erschien in schwarzer Hose und weißer Bluse. Ich machte sie mit Colonel Moore bekannt und fügte erklärend hinzu: »Wir sind nicht mehr bei der *Army Times*, sondern wieder beim CID. Ich habe Colonel Moore gefragt, ob er sexuelle Beziehungen zu der Verstorbenen gehabt habe, und er versichert mir, keine gehabt zu haben. Im Augenblick sind wir etwas auf Kollisionskurs.«

Cynthia lächelte und sagte zu Moore: »Mr. Brenner ist abgespannt und überarbeitet.« Sie setzte sich, und wir unterhielten uns ein paar Minuten lang zu dritt, während ich Cynthia über den Stand der Dinge informierte. Sie bestellte einen Bourbon mit Coke und ein Club-Sandwich für sich und einen Cheeseburger für mich. Sie weiß, wie gern ich Cheeseburger mag. Colonel Moore behauptete, noch keinen Bissen herunterbringen zu können. Cynthia fragte ihn: »Kennen Sie als ihr Freund irgend jemanden, mit dem sie was gehabt haben könnte?«

»Sexuell, meinen Sie?«

»Davon reden wir gerade, glaube ich«, antwortete sie.

»Nun... lassen Sie mich nachdenken... Sie ist mit einem jungen Mann befreundet gewesen... mit einem Zivilisten. Mit Soldaten ist sie selten ausgegangen.«

»Wer ist dieser Zivilist gewesen?« fragte Cynthia.

»Ein Kerl namens Wes Yardley.«

»Yardley. Polizeichef Yardley?«

»Nein, nein! Wes Yardley, Yardleys Sohn.«

Cynthia sah zu mir hinüber, bevor sie Moore fragte: »Wie lange sind die beiden befreundet gewesen?«

»Mit gelegentlichen Pausen seit ihrer Versetzung hierher. Eine recht stürmische Beziehung. Ich will Yardley keineswegs denunzieren, aber mit ihm sollten Sie unbedingt sprechen.«

»Weshalb?«

»*Weshalb?* Nun, das liegt auf der Hand. Sie haben was miteinander *gehabt*. Und sie haben sich oft gestritten.«

»Weswegen?«

»Wegen – nun, sie hat mir einmal erzählt, er behandle sie schlecht.«

Das überraschte mich einigermaßen. Ich fragte Moore: »*Er* hat *sie* schlecht behandelt?«

»Genau. Er hat nicht angerufen, er ist mit anderen Frauen ausgegangen, er hat sich nur blicken lassen, wenn es ihm paßte.«

Unbegreiflich! Wie konnte es einen Mann geben, der nicht vor Ann Campbell auf den Knien gelegen hatte? Ich fragte weiter: »Warum hat sie sich das gefallen lassen? Ich meine, sie war doch – attraktiv, begehrenswert...« Und schön und sexy – mit einem Körper, für den man sterben konnte. Oder morden konnte.

Moore lächelte – beinahe wissend, fand ich. Der Kerl wurde mir langsam wirklich unheimlich. »Es gibt einen Persönlichkeitstyp, der – laienhaft ausgedrückt hat Ann Campbell eine Vorliebe für böse Buben gehabt. Männer, die sich auch nur im geringsten um sie bemüht haben, hat sie für schwach und verächtlich gehalten. Gefallen haben ihr Männer, die sie schlecht, sogar sehr schlecht behandelt haben. Wes Yardley verkörpert diesen Typ. Er ist wie sein Vater bei der Polizei in Midland, gilt dort als Playboy, hat viele Freundinnen, sieht wohl ganz gut aus, kann den charmanten Gentleman aus dem alten Süden spielen und ist ansonsten ein typischer Südstaaten-Macho.«

Ich war noch immer wie vor den Kopf geschlagen. »Und Ann Campbell ist zwei Jahre lang mit ihm befreundet gewesen?«

»Ab und an.«

Cynthia fragte: »Das alles hat sie mit Ihnen besprochen?«

»Ja.«

»Beruflich?«

Moore nickte anerkennend, als bewundere er ihren Scharfsinn. »Ja, ich war ihr Therapeut.«

Ich war weniger scharfsinnig, aber das mochte an dem Aufruhr liegen, in dem meine Gefühle sich befanden. Ich war zutiefst von Ann Campbell enttäuscht. Ihr Hobbykeller und die Fotos hatten mich nicht weiter gestört, weil ich ahnte, daß sie diese Männer nur als Lustobjekt benutzt hatte. Aber die Vorstellung, sie habe einen Freund, einen Liebhaber gehabt, der sie schlecht behandelt hatte – und noch dazu Burt Yardleys Sohn! – machte mich echt sauer.

Cynthia sagte zu Moore: »Sie wissen so ziemlich alles, was es über sie zu wissen gibt.«

»Vermutlich.«

»Dann werden wir Sie bitten, uns bei der psychologischen Autopsie zu helfen.«

»Ihnen *helfen*? Sie könnten nicht einmal an der Oberfläche kratzen, Ms. Sunhill.«

Ich riß mich zusammen und erklärte ihm: »Wir brauchen alle Ihre Aufzeichnungen über die Gespräche mit ihr.«

»Ich habe keinerlei Aufzeichnungen gemacht. Das hatten wir vereinbart.«

Cynthia fragte ihn: »Aber Sie werden uns *unterstützen*?«

»Wozu? Sie ist tot.«

»Manchmal ermöglicht eine psychologische Autopsie die Erstellung eines psychologischen Profils des Mörders«, antwortete Cynthia. »Das ist Ihnen sicher bekannt.«

»Davon habe ich gehört. Von Kriminalpsychologie verstehe ich sehr wenig. Ich halte sie ohnehin für Unsinn. Wir sind alle kriminell geistesgestört, aber bei den meisten von uns funktionieren die internen und externen Kontrollmechanismen. Versagen sie, wird der Mensch zum Killer. In Vietnam habe ich gesehen, wie scheinbar normale Männer kleine Kinder ermordet haben.«

Es entstand eine Pause, in der wir alle unseren eigenen Gedanken nachhingen.

Schließlich sagte Cynthia: »Aber wir erwarten, daß Sie als ihr Vertrauter uns alles sagen, was Sie über sie, ihre Freunde, ihre Feinde, ihre Gedankenwelt wissen.«

»Mir bleibt wohl nichts anderes übrig.«

»Richtig«, versicherte sie ihm, »aber wir möchten, daß Sie freiwillig – wenn auch nicht begeistert – mit uns zusammenarbeiten. Sie wollen doch auch, daß ihr Mörder seiner gerechten Strafe nicht entgeht?«

»Ich möchte, daß er gefaßt wird, weil mich interessiert, wer er sein könnte. Was Gerechtigkeit anbelangt, bin ich mir ziemlich sicher, daß der Täter in dem Glauben gehandelt hat, Gerechtigkeit zu üben.«

»Wie meinen Sie das?« fragte Cynthia.

»Hören Sie, wenn eine Frau wie Ann Campbell praktisch vor der Nase ihres Vaters vergewaltigt und ermordet wird, können Sie Gift darauf nehmen, daß jemand sie, ihren Vater oder beide gehaßt hat – und das vermutlich aus gutem Grund. Jedenfalls seiner Überzeugung nach.« Moore stand auf. »Diese Sache hat mich sehr mitgenommen. Ich habe eine gute Freundin verloren, die mir sehr fehlen wird. Wenn Sie mich also entschuldigen wollen…«

Cynthia und ich standen ebenfalls auf. Schließlich war er ein Colonel. Ich sagte noch: »Morgen möchte ich noch mal mit Ihnen sprechen. Bitte vereinbaren Sie keine festen Termine, Colonel. Sie interessieren mich.«

Moore ging, und wir setzten uns wieder.

Das Essen kam, und ich pickte unlustig an meinem Cheeseburger herum, bis Cynthia mich fragte: »Was ist los, Paul?«

»Nichts.«

»Ich glaube, daß die Liebhaber, die Ann Campbell sich gesucht hat, dich irritieren. Du bist fast ausgeflippt, als er das gesagt hat.«

Ich erwiderte ihren Blick. »Man sollte sich nie emotional mit Zeugen, Verdächtigen oder Opfern einlassen. Aber in manchen Fällen ist man dagegen machtlos.«

»Mit Vergewaltigungsopfern lasse ich mich immer emotional ein. Aber die leben und sind verletzt. Ann Campbell ist tot.«

Ich äußerte mich nicht dazu.

Cynthia fuhr fort: »Ich sag's nicht gern, aber ich kenne diesen Frauentyp. Sie hat wahrscheinlich sadistischen Genuß dabei empfunden, alle Männer, deren Blicke und Gedanken von ihrer Schönheit gefesselt waren, geistig zu quälen. Gleichzeitig hat sie sich masochistisch einem Kerl hingegeben, von dem sie genau wußte, daß er sie wie ein Stück Dreck behandeln würde.

Wes Yardley dürfte seine Rolle instinktiv erkannt und gut gespielt haben. Sie ist vermutlich auf seine anderen Frauen sexuell eifersüchtig gewesen, während er über ihre Drohungen, sich einen anderen Freund zu suchen, vermutlich nur gelacht hat. In ihrer selbstgeschaffenen verrückten Welt haben diese beiden eine gute Beziehung gehabt. Wes Yardley kommt vermutlich am wenigsten als Täter in Frage.«

»Woher weißt du das alles?«

»Nun... nicht aus eigener Erfahrung, aber aus Gesprächen mit Frauen, die ähnliches erlebt haben. Mit solchen habe ich viel zu oft zu tun.«

»Tatsächlich?«

»Tatsächlich. Und du kennst die dazugehörigen Männer.«

»Schon möglich.«

»Du läßt klassische Ermüdungserscheinungen erkennen – du wirst dumpf und träge. Schlaf ein, zwei Stunden. Ich wecke dich später.«

»Mir fehlt nichts. Hast du mir ein Zimmer besorgt?«

»Ja.« Sie machte ihre Handtasche auf. »Hier – der Schlüssel. Die Sachen, die ich dir besorgen sollte, liegen im Kofferraum, der offen ist.«

»Danke. Was bin ich dir schuldig?«

»Das rechne ich auf Spesen ab. Die Männerunterhosen werden Karl amüsieren.« Sie fügte hinzu: »Das Offiziersheim ist zu Fuß erreichbar, aber du kannst auch meinen Wagen nehmen.«

»Keines von beiden. Komm, wir fahren zum Provost Marshal.« Ich stand auf.

»Du solltest dich ein bißchen erfrischen, Paul.«
»Ich stinke, meinst du?«
»Selbst ein cooler Typ wie du schwitzt in Georgia im August.«
»Okay. Laß alles auf meine Rechnung schreiben.«
»Danke.«
»Weckst du mich um einundzwanzig Uhr?«
»Klar.«

Ich ging einige Schritte vom Tisch weg, kam wieder zurück und fragte: »Wenn sie nichts mit den hiesigen Offizieren gehabt hat und in diesen Cop aus Midland verknallt gewesen ist – wer sind dann die Kerle auf den Fotos?«

Cynthia sah von ihrem Sandwich auf. »Geh schlafen, Paul.«

KAPITEL FÜNFZEHN

Das Telefon auf meinem Nachttisch klingelte um einundzwanzig Uhr und weckte mich aus unruhigem Schlaf. Die Stimme sagte: »Ich bin dann unten.«

»In zehn Minuten.« Ich legte auf, ging ins Bad und wusch mir das Gesicht. Das Offiziersheim in Fort Hadley, das vage an ein Motel erinnert, ist in Ordnung: Die Zimmer sind geräumig und sauber, aber es gibt – typisch Army! – keine Klimaanlage und für je zwei Zimmer ein gemeinsames Bad. Benutzer sollen die Tür zum nächsten Zimmer verriegeln – und nach Gebrauch wieder entriegeln. Aber in der Praxis funktioniert das selten richtig.

Nachdem ich mir die Zähne geputzt hatte, packte ich eines der neuen Hemden aus und fragte mich, wie ich zu meinen Sachen aus Whispering Pines kommen sollte, ohne von der hiesigen Polizei geschnappt zu werden. Dies war nicht das erste Mal, daß ich in einer Stadt Persona non grata war – und es würde nicht das letzte Mal sein. Im allgemeinen gelingt es mir, die Gemüter soweit zu beruhigen, daß ich nach Abschluß meiner Ermittlungen mit dem Auto wegfahren kann. Aber aus Fort Bliss, Texas, war ich mit einem Hubschrauber ausgeflogen worden und hatte meinen Wagen wochenlang nicht mehr gesehen, bis jemand abgestellt wurde, um ihn nach Falls Church zu überführen. Ich beantragte die üblichen neunzehn Cent pro Meile, aber Karl lehnte den Antrag wegen eines Formfehlers ab.

Die neuen Unterhosen hatten Größe S, nicht M. Frauen können boshaft sein. Ich zog mich an, steckte die 9-mm-Pistole ins Schulterhalfter und trat in den Flur hinaus, wo ich Cynthia aus dem Zimmer nebenan kommen sah. Ich fragte sie: »Ist das etwa dein Zimmer?«

»Nein, ich mache dort nur sauber.«

»Hättest du mir kein anderes Zimmer besorgen können?«

»Das Haus ist voller Reserveoffiziere, die ihre zweiwöchige Wehrübung ableisten. Ich hab' meine CID-Plakette vorweisen müssen, um dir *irgendein* Zimmer zu besorgen.« Sie fügte hinzu: »Mir macht's nichts aus, ein Bad mit dir zu teilen.«

Wir verließen das Gebäude und stiegen in ihren Mustang. »Schießbahn sechs?« erkundigte sie sich.

»Richtig.« Zu ihrer schwarzen Hose und weißen Bluse trug Cynthia jetzt Tennisschuhe und einen weißen Pullover. Die Taschenlampe, die sie hatte mitbringen sollen, lag im Fach der Mittelkonsole. Ich fragte sie: »Bist du bewaffnet?«

»Ja. Warum? Erwartest du Probleme?«

»Der Täter kehrt stets an den Tatort zurück.«

»Unsinn.«

Inzwischen ging der Vollmond auf, und ich hoffte, daß die Verhältnisse draußen auf der Schießbahn denen in den frühen Morgenstunden so ähnlich sein würden, daß sie mir Einsichten in den Tathergang und vielleicht sogar eine Eingebung brachten.

Wir fuhren am Kino vorbei, das die Besucher der Abendvorstellung in die Nacht entließ, und passierten den NCO Club, in dem die Drinks besser, das Essen billiger und die Frauen freundlicher sind als im Officers' Club.

Unterwegs berichtete Cynthia: »Ich bin zum MP-Gebäude gefahren und habe mit Colonel Kent gesprochen.«

»Gute Initiative. Irgendwas Neues?«

»Ein paar Sachen. Er möchte, daß du etwas freundlicher zu Colonel Moore bist. Moore hat sich anscheinend über dein aggressives Verhalten beschwert.«

»Bei wem Kent sich wohl beschwert?«

»Jetzt geht's weiter mit den guten Nachrichten. Karl wollte dich sprechen, und ich habe mir erlaubt, ihn zu Hause anzurufen. Er ist stinksauer, weil du aus einem Verbrecher, einem gewissen Dalbert Elkins, einen Kronzeugen mit zugesicherter Immunität gemacht hast.«

»Hoffentlich tut er mir eines Tages auch mal diesen Gefallen. Sonst noch was?«

»Ja. Karl, die zweite. Er ist für morgen ins Pentagon bestellt und braucht dazu einen ausführlicheren Bericht als den, den du ihm heute nachmittag geschickt hast.«

»Den soll er sich selber schreiben. Ich bin beschäftigt.«

»Ich hab' einen längeren Bericht getippt und ihm nach Hause gefaxt.«

»Danke. Und was steht drin?«

»Das Original liegt auf deinem Schreibtisch. Traust du mir eigentlich nicht?«

»Doch, doch. Aber falls die Sache schiefgeht, ist's vielleicht besser, wenn dein Name nirgends steht.«

»Genau. Ich hab' vorsichtshalber deinen Namen druntergesetzt.«

»*Was?*«

»Nur ein Scherz. Laß meine Karriere meine Sorge sein.«

»Okay. Irgendwas von der Spurensicherung?«

»Ja. Das Lazarett hat das vorläufige Protokoll geschickt. Danach ist der Tod zwischen Mitternacht und vier Uhr morgens eingetreten.«

»Das weiß ich.« Der aus unerklärlichen Gründen als Protokoll bezeichnete Obduktionsbefund schloß im allgemeinen dort an, wo die Arbeit von Cal Seivers Team aufhörte. Überlappten die jeweiligen Befunde sich wie in diesem Fall, war das für meine Ermittlungen um so besser.

»Ihr Tod ist eindeutig durch Erdrosseln eingetreten«, berichtete Cynthia weiter. »An Hals und Kehle sind interne Traumata festgestellt worden, und sie hat sich in die Zunge gebissen. Lauter Anzeichen für einen Tod durch Erdrosseln.«

»Was noch?« fragte ich.

»Die Blutansammlungen im Körper und die Leichenstarre waren mit der Position der Leiche vereinbar. Ihr Tod scheint also dort eingetreten zu sein, wo sie aufgefunden wurde; ein Transport der Leiche an den vermutlichen Tatort ist deshalb wenig wahrscheinlich. Außer den Erdrosselungsspuren am Hals weist die Tote keine feststellbaren äußerlichen Verletzungen auf.«

Ich nickte, ohne mich dazu zu äußern. »Was noch?«

Cynthia berichtete über Mageninhalt, Blasen- und Darminhalt, Zustand der inneren Organe und so weiter. Ich war froh, daß ich den Cheeseburger nicht aufgegessen hatte, denn mein

Magen rebellierte allmählich. Abschließend sagte sie: »Auffällig waren Vernarbungen am Gebärmutterhals, die durch eine Abtreibung, eine frühere Erkrankung oder die Einführung großer Gegenstände hervorgerufen worden sein können.«

»Okay… das war's wohl?«

»Zumindest vorläufig. Im Auftrag des Coroners werden noch mikroskopische Gewebeuntersuchungen und toxologische Untersuchungen vorgenommen.« Cynthia fügte hinzu: »Sie hat keine Geheimnisse für sich behalten, stimmt's?«

»Nur eines.«

»Richtig. Auch von Cal Seiver ist ein Vorbericht gekommen. Bei den serologischen Untersuchungen sind weder Drogen noch Gifte im Blut gefunden worden – nur sehr geringe Alkoholmengen. An den Mundwinkeln waren nach unten verlaufende Speichelspuren festzustellen, was mit der Position der Leiche übereinstimmt. Weiterhin sind Schweißabsonderungen und an den Augenwinkeln nach unten verlaufende Tränenspuren gefunden worden. Alle drei Flüssigkeiten stammen aus dem Körper der Ermordeten.«

»Tränen?«

»Ja«, sagte Cynthia, »viele Tränen. Sie hatte geweint.«

»Das hab' ich übersehen…«

»Macht nichts. Hauptsache, sie sind festgestellt worden.«

»Richtig. Aber Tränen passen nicht zum Fehlen von Verletzungen – und nicht unbedingt zum Tod durch Erdrosseln.«

»Stimmt«, bestätigte Cynthia, »aber sie könnten dazu passen, daß man von einem Verrückten gefesselt und mit dem Tod bedroht wird.« Sie fügte hinzu: »Unvereinbar damit ist deine Theorie, sie habe freiwillig mitgemacht. Vielleicht mußt du dir eine andere Theorie zurechtlegen.«

»Ich bin gerade dabei, meine Theorie zu verfeinern.« Ich

dachte kurz nach und sagte dann: »Du bist eine Frau. Was hat sie zum Weinen gebracht?«

»Keine Ahnung, Paul. Ich bin nicht dabeigewesen.«

»Aber wir müssen uns in ihre Lage versetzen! Ann Campbell hat nicht leicht geweint. Und sie hat nicht um ihr Leben gefleht.«

Cynthia nickte langsam. »Da bin ich deiner Meinung. Vermutlich haben ihre Tränen emotionale Gründe gehabt.«

»Richtig! Irgend jemand hat sie zum Weinen gebracht, ohne sie auch nur anzurühren.«

»Schon möglich. Aber sie könnte von selbst geweint haben. Darüber wissen wir vorerst nichts.«

»Stimmt.« Die Ergebnisse der gerichtsmedizinischen Untersuchung waren objektiv, d. h. getrocknete Tränen waren in großen Mengen gefunden worden. Die Tränen stammten von der Ermordeten. Sie waren aus den Augenwinkeln zu den Ohren gelaufen, was darauf hindeutete, daß Ann Campbell auf dem Rükken gelegen hatte. Ende des Untersuchungsberichts.

Abgang Cal Seiver, Auftritt Paul Brenner. Tränen bedeuteten, daß die Liegende *geweint* hatte. *Wer* hatte sie also zum Weinen gebracht? *Was* hatte sie zum Weinen gebracht? *Weshalb* hatte sie geweint? *Wann* hatte sie geweint? Ist das tatsächlich wichtig? Irgendwie kam es mir wichtig vor.

Cynthia berichtete weiter: »Alle Faserspuren stammen von ihrer eigenen Unterwäsche und von einem Kampfanzug, der ihr eigener, aber auch ein anderer gewesen sein kann. Sonstige Fasern sind nicht gefunden worden. Auch keine fremden Haare an ihrem Körper oder in der näheren Umgebung.«

»Was ist mit dem schwarzen Haar aus dem Waschbecken in der Latrine?«

»Das ist nicht von ihr. Es ist ungefärbt, stammt vom Kopf eines oder einer Weißen mit Blutgruppe 0 und ist nicht abgeschnitten oder ausgerissen worden, sondern vermutlich ausgefallen. Da die Wurzel fehlt, läßt das Geschlecht sich nicht eindeutig bestimmen, aber weil das Haar verhältnismäßig kurz ist und weder Tönungsmittel noch Festiger enthält, tippt Cal auf einen Mann. Sein Bericht charakterisiert es als lockig – nicht glatt oder gewellt.«

»Ich habe erst vorhin einen Mann mit solchem Haar kennengelernt.«

»Ja. Wir sollten uns ein Haar von Colonel Moore besorgen, um es unter dem Mikroskop vergleichen zu lassen.«

»Richtig. Was noch?«

»Weder auf ihrer Haut noch in ihrem Körper sind Spermaspuren entdeckt worden. Auch keine Spuren irgendeines Gleitmittels, das auf die Verwendung eines feucht beschichteten Kondoms schließen ließe.«

Ich nickte. »Also hat kein Geschlechtsverkehr stattgefunden«, behauptete ich.

»Zu dieser Auffassung neige ich eigentlich auch. Aber wir können nicht ausschließen, daß es zu einer Stimulierung der Genitalien gekommen ist. Falls der Strick um ihren Hals sexuelle Asphyxie hervorrufen sollte, hätte eine Stimulierung dazugehört.«

»Das wäre nur logisch. Aber ich hab's aufgegeben, diesen Fall logisch lösen zu wollen. Okay, wie steht's mit Fingerabdrükken?«

»Keine an ihrem Körper. Die an der Zeltschnur waren alle undeutlich oder unvollständig. Aber an den Heringen sind ein paar brauchbare Abdrücke gefunden worden.«

»Brauchbar genug, um vom FBI überprüft werden zu können?«

»Nein, aber gut genug, um mit bekannten Abdrücken verglichen zu werden. Einige stammen sogar von Ann Campbell. Andere scheinen nicht von ihr zu stammen.«

»Hoffentlich nicht!«

»Sie hat also die Zeltheringe angefaßt«, stellte Cynthia fest, »was bedeutet, daß der Täter sie dazu gezwungen hat – oder daß sie ihm freiwillig geholfen hat, um eine gemeinsame sexuelle Phantasie oder dergleichen zu verwirklichen.«

»Ich tippe auf letzteres.«

»Ich eigentlich auch, aber was hätte sie dann zum Weinen gebracht?«

»Freude. Glück. Ekstase«, antwortete ich. »Weinen ist ein empirisch beobachtbares Ereignis. Aber die Ursache läßt sich verschieden interpretieren.« Ich fügte hinzu: »Manche Frauen weinen, wenn sie einen Orgasmus gehabt haben.«

»Das hab' ich auch schon gehört. Schön, wir wissen jetzt weit mehr als bei Sonnenaufgang – aber auf manchen Gebieten wissen wir weit weniger. Irgendwie paßt das alles nicht zusammen.«

»Allerdings nicht! Wir steht's mit Fingerabdrücken aus ihrem Jeep?«

»Jede Menge. Das Fahrzeug und die Latrinen werden noch untersucht. Cal hat den Jeep und die unteren Tribünensitze in den Hangar schaffen lassen. Seine Leute haben sich jetzt dort eingerichtet.«

»Gut.« Nach kurzer Pause sagte ich: »Mir ist es erst zweimal passiert, daß einwandfrei geklärte Mordfälle nicht zu einer Verurteilung geführt haben. Und beide Male waren die Täter clevere Burschen, die darauf geachtet haben, keine Spuren zu hinterlassen. Ich möchte nicht, daß dies der dritte Fall wird.«

»Schon vor der Einführung wissenschaftlicher Methoden hat es Geständnisse gegeben, Paul. Oft hat der Täter das Bedürfnis, sein Gewissen zu erleichtern, und wartet nur darauf, daß wir ihn auffordern, alles zu gestehen.«

»Das haben sie bei Inquisitionsprozessen, den Hexenprozessen in Salem und den Moskauer Schauprozessen auch behauptet. Handfeste Beweise wären mir lieber.«

Wir fuhren weiter durch die Außenbezirke von Fort Hadley, ohne viel zu reden. Ich kurbelte mein Fenster herunter und ließ kühle Nachtluft herein. »Gefällt's dir in Georgia?«

Sie sah zu mir hinüber. »Ich bin nie hier stationiert gewesen. Immer nur für kurze Zeit. Aber mir gefällt's hier. Und dir?«

»Erinnert mich an alte Zeiten.«

Die letzten Gebäude blieben hinter uns zurück, und Cynthia fand ohne viel Mühe die Rifle Range Road. Der Mond stand noch hinter den Bäumen, so daß der Scheinwerferkegel des Mustang die einzige Lichtquelle war. Man konnte Grillen, Baumfrösche, Heuschrecken und alle möglichen anderen Nachttiere hören, und der starke Tannenduft erinnerte mich an Whispering Pines vor vielen Jahren: Wir saßen nachts in Liegestühlen auf dem Rasen, tranken Bier mit anderen jungen Soldaten und ihren Frauen, hörten Jimi Hendrix, Janis Joplin und andere und warteten auf unseren hektografierten Marschbefehl, der mit den Worten begann: *Sie werden hiermit angewiesen, sich am…*

»Was hältst du von Colonel Moore?« wollte Cynthia wissen.

»Wahrscheinlich das gleiche wie du. Ein komischer Kauz.«

»Ja, aber ich vermute, daß er weiß, *warum* Ann Campbell ermordet worden ist.«

»Leicht möglich.« Ich fragte sie: »Hältst du ihn für einen Verdächtigen?«

»Offiziell nicht. Wir müssen dafür sorgen, daß er weiterredet. Aber unter uns gesagt, so abwegig finde ich den Gedanken nicht.«

»Vor allem, falls das Haar aus dem Waschbecken von seinem Kopf stammt«, stellte ich fest.

»Welches Tatmotiv könnte er gehabt haben?« fragte Cynthia.

»Nun, klassische sexuelle Eifersucht scheint's nicht gewesen zu sein.«

»Glaubst du ihm, daß er nie mit ihr geschlafen oder auch nur einen Annäherungsversuch gewagt hat?«

»Ja. Das beweist, was für ein Spinner er ist.«

»Eine interessante Aussage! Je länger ich mit Männern umgehe, desto mehr lerne ich dazu.«

»Wie schön für dich. Welches Tatmotiv traust *du* ihm zu?«

»Hmmm, ich glaube auch, daß Colonel Moore etwas asexuell ist. Aber sie kann ihm gedroht haben, ihre platonische oder therapeutische Beziehung abzubrechen – und das hat er nicht ertragen.«

»Warum hat er sie dann auf diese Weise umgebracht?«

»Woher soll ich das wissen? Schließlich haben wir's hier mit zwei Psychiatern zu tun.«

»Stimmt. Aber ich wette, daß Moore zumindest weiß, warum sie ermordet worden ist. Und er weiß, warum sie dort angepflockt war – auch wenn er sie nicht selbst umgebracht hat. Vielleicht hat er ihr erzählt, es sei eine gute Therapie, sich im Freien Unbekannten hinzugeben. So was gibt's tatsächlich!«

Cynthia nickte. »Du bist irgendwas auf der Spur.«

»Bloß einer weiteren Theorie, um sie im Hangar lagern zu können.«

Nach einer kurzen Pause fragte ich Cynthia aus einer Eingebung heraus: »Hast du Major Wie-heißt-er-gleich-wieder mit der Pistole geheiratet?«

Ihre Antwort klang nicht gerade begeistert: »Ja, ich habe ihn geheiratet.«

»Herzlichen Glückwunsch, Cynthia! Ich bin sehr glücklich für dich und wünsche dir für euren gemeinsamen Lebensweg nur das Allerbeste!«

»Ich habe die Scheidung eingereicht.«

»Gut.«

Wir fuhren eine Zeitlang schweigend weiter, bevor sie sagte: »Nach Brüssel habe ich ziemliche Schuldgefühle gehabt – deshalb habe ich seinen Antrag angenommen. Schließlich waren wir verlobt, also haben wir geheiratet. Aber er hat mich nie vergessen lassen, daß er kein Vertrauen mehr zu mir hat. Auch dein Name ist ein paarmal erwähnt worden.«

»Soll *ich* deswegen ein schlechtes Gewissen haben? Ich hab' keines.«

»In Ordnung. Er hat sich ohnehin als herrschsüchtiger Manipulator erwiesen.«

»Das hast du nicht schon vorher gemerkt?«

»Nein. Das Beste an Beziehungen über weite Entfernung hinweg ist die weite Entfernung. Alles sehr romantisch. Der Eheall-tag sieht dann anders aus.«

»Dabei hast du bestimmt versucht, ihm jeden Wunsch von den Augen abzulesen.«

»Falls das sarkastisch gemeint war, täuschst du dich gewaltig. Ich habe mir wirklich große Mühe gegeben. Aber wenn ich dienstlich verreisen mußte, ist er jedesmal stinksauer gewesen, und nach der Rückkehr hat er mich jedesmal verhört. Ich lasse mich nicht gern verhören.«

»Das mag niemand.«

»Dabei hab' ich ihn nie betrogen.«

»Na ja, einmal.«

»Du weißt, was ich meine. Jedenfalls ist er irgendwann auf die Idee gekommen, Dienst und Eheleben seien nicht miteinander vereinbar. Er wollte, daß ich den Dienst quittiere. Ich habe nein gesagt. Daraufhin ist er so gewalttätig geworden, daß ich ihn mit der Waffe in der Hand abwehren mußte.«

»Mein Gott! Ein Glück, daß er die Pistole, mit der er mich bedroht hat, nicht griffbereit hatte.«

»Nun, er hat sie gezogen, aber ich hatte den Schlagbolzen schon vor Monaten ausgebaut.« Cynthia machte eine kurze Pause. »Hör zu, es ist mir peinlich, darüber zu reden, aber ich finde, du solltest wenigstens soviel über mein Leben zwischen Brüssel und jetzt erfahren.«

»Danke. Ist der Schlagbolzen wieder eingesetzt?«

Cynthia mußte lachen. »Keine Angst, er hat sich mit unserer Scheidung abgefunden. Er hatte es satt, unter seiner Eifersucht zu leiden. Er denkt jetzt wieder an seine Karriere und hat seit einiger Zeit eine Freundin.«

»Wo ist dieser glückliche Psychopath stationiert?«

»Er ist Ausbilder in der Ranger School in Benning.«

»Also ganz in der Nähe!«

»Er weiß nicht mal, wo ich jetzt bin. Machst du dir etwa Sorgen?«

»Nein. Ich muß nur wissen, womit ich zu rechnen habe. Information ist alles.«

»Womit rechnest du?«

»Mit Vergangenheit, Gegenwart und Zukunft. Daran hat sich nichts geändert.«

»Können wir Freunde werden, ohne ein Liebespaar zu sein?«

»Klar doch. Ich frage Colonel Moore, wo er sich hat entmannen lassen.«

»Du bist immer so direkt.« Sie überlegte und sagte dann: »Ich will nie wieder einen eifersüchtigen Spinner.«

»Darüber können wir morgen reden – oder nächste Woche.«

»Einverstanden.«

Ich ließ ein, zwei Minuten verstreichen, bevor ich fragte: »Hast du im Augenblick einen Freund?«

»Ist jetzt schon nächste Woche?«

»Ich will bloß keine Schwierigkeiten, verstehst du?«

»Nein, ich habe keinen Freund.«

»Gut. Ich will nämlich nicht erschossen werden.«

»Halt die Klappe, Paul, sonst erschieße *ich* dich«, fauchte sie. »Gott, wie du mich aufregst!«

»Bitte nicht schießen.«

Cynthia mußte lachen. »Schon gut, Paul.«

Wir fuhren schweigend weiter, bis ich sagte: »Wir halten hier. Bitte Motor abstellen, Scheinwerfer aus.«

Der Himmel war mondhell und wolkenlos klar. Die Temperatur war zurückgegangen, aber trotz der hohen Luftfeuchtigkeit noch angenehm. Ein herrlicher Abend – wie geschaffen für Liebesabenteuer unter Gottes freiem Himmel. Ich horchte auf die Nachtvögel und das leise Rauschen der Tannen. »Ich habe nicht nur an dich gedacht«, sagte ich, »du hast mir gefehlt.«

»Ja, ich weiß. Du mir auch.«

Ich nickte. »Was ist also schiefgelaufen? Warum sind wir auseinander gegangen?«

Sie zuckte mit den Schultern. »Vielleicht haben wir einfach Pech gehabt.« Sie fügte hinzu: »Ich habe mir gewünscht, du würdest – aber das interessiert jetzt nicht mehr.«

»Was hätte ich tun sollen?«

»Ich habe mir gewünscht, du würdest meinen Entschluß, mich von dir zu trennen, nicht einfach hinnehmen. Ich habe mir gewünscht, du würdest um mich kämpfen.«

»Das ist nicht meine Art, Cynthia. Du hattest eine Entscheidung getroffen. Ich habe sie respektiert.«

»Mein Gott, Paul, du bist ein verdammt scharfsinniger Detektiv, nicht wahr? Du erkennst einen Mörder aus hundert Metern Entfernung und entlarvst jeden Lügner in Sekundenschnelle. Aber du kannst deine eigenen Gefühle nicht deuten – und verstehst vor allem nichts von Frauen.«

Ich saß wie ein Idiot da, wußte nur allzu gut, daß Cynthia recht hatte, und suchte vergebens nach Worten. Was mein Herz empfand, war völlig klar, aber ich war nicht imstande – oder nicht willens –, meine Gefühle auszudrücken. Am liebsten hätte ich gesagt: »Cynthia, ich liebe dich, ich habe dich immer geliebt. Ich werde dich immer lieben. Komm, wir brennen miteinander durch.« Aber ich brachte es nicht über mich und sagte nur: »Ich weiß, was du meinst. Du hast recht, und ich arbeite schon an mir. Irgendwann wird's bestimmt besser.«

Sie griff nach meiner Hand und hielt sie fest, während sie sagte: »Armer Paul. Mache ich dich nervös?«

»Ja.«

»Das gefällt dir nicht, was?«

»Nein.«

Sie drückte meine Hand. »Aber im Vergleich zu Brüssel sehe ich gewisse Verbesserungen.«

»Ich gebe mir Mühe.«

»Und strapazierst dabei meine Geduld.«

»Die Sache kommt schon wieder in Ordnung.«

»Gut.« Cynthia beugte sich zu mir hinüber und küßte mich flüchtig. Dann ließ sie meine Hand los. »Und jetzt...«

»Jetzt machen wir uns an die Arbeit.«

»Das ist aber nicht Schießbahn sechs«, wandte sie ein.

»Richtig, das ist Nummer fünf.«

»Warum steigen wir dann hier aus?«

»Nimm die Taschenlampe mit.« Ich stieg aus.

KAPITEL SECHZEHN

Wie wir in der Ausbildung gelernt hatten, blieben wir etwa eine Minute stehen, um uns an die Dunkelheit und die Schattierungen der Nacht zu gewöhnen.

»Ich werde den Verdacht nicht los«, begann ich, »daß PFC Robbins um zwei Uhr siebzehn gar nicht die Scheinwerfer von Ann Campbells Jeep gesehen hat. Daß sie, wie du vermutet hast, ohne Scheinwerfer zur Schießbahn sechs gefahren ist. Sie hat natürlich gewußt, wo der Posten stand, und ist ungefähr ab hier ohne Scheinwerfer weitergefahren, um nicht gesehen zu werden. Sie ist direkt aus dem Stabsgebäude hergekommen, um sich mit jemandem – wahrscheinlich mit einem Mann – zu treffen. Daher hat keiner der Posten sie gesehen. Logisch?«

»Bisher schon – wenn du annimmst, daß es sich um ein vereinbartes Rendezvous gehandelt hat.«

»Nehmen wir das mal an. Sie könnte also schon um ein Uhr fünfzehn hier gewesen sein.«

»Möglich.«

»Okay«, sagte ich nachdenklich, »dieser Mann, mit dem sie verabredet war, dürfte vor ihr dagewesen sein.«

»Weshalb?«

»Weil sie's von ihm verlangt hat. Sie hat gewußt, daß sie im Stabsgebäude aufgehalten werden könnte. Daher hat sie ihn von dort angerufen und gesagt: ›Seien Sie spätestens um halb eins draußen. Warten Sie auf mich.‹«

»Okay.«

»Dieser Mann, mit dem sie verabredet war, hat wahrscheinlich keinen Grund gehabt, nachts dort draußen herumzufahren, und ist vielleicht mit seinem Privatwagen unterwegs gewesen. Um nicht von dem Posten gesehen zu werden, fährt er hierher zur Schießbahn fünf und biegt nach links ab.« Wir verließen die Straße und erreichten einen mit grobem Kies aufgeschütteten Parkplatz.

Dort erklärte ich Cynthia: »Dies ist der Parkplatz für die Schießbahnen vier bis sechs. Hier setzen LKWs die übenden Soldaten ab, die dann zu ihren jeweiligen Bahnen weitermarschieren. Das weiß ich aus meiner Zeit in Fort Hadley.«

»Bloß daß jetzt nicht mehr mit Musketen geschossen wird.«

»Richtig. Der Mann, mit dem sie verabredet ist, weiß also, daß er hier abbiegen muß, um keine Reifenspuren zu hinterlassen. Komm!« Wir überquerten die von Reifen zerfurchte Kiesfläche, auf der es keine verwertbaren Spuren gab. Aber wo der Kies hinter der Tribüne von Schießbahn fünf aufhörte, waren im Schein der Taschenlampe Reifenspuren zu erkennen, die zu einem Tannendickicht führten und dort aufhörten. Ich sagte: »Ein Auto, das hier parkte, konnte von der Straße aus nicht gesehen werden – aber es hat Spuren hinterlassen.«

»Paul, das ist ja unglaublich! Das könnten die Reifenspuren des Täters sein!«

»Das sind vermutlich die Reifenspuren des Mannes, mit dem sie hier verabredet war. Er wollte verhindern, daß sein Wagen von einer vorbeikommenden MP-Streife oder der Besatzung des Wachfahrzeugs, das PFC Robbins gegen ein Uhr als Ablösung zum Munitionsbunker gebracht hat, gesehen wurde. Dieser Mann ist frühzeitig hergekommen, hat hier geparkt, ist zur Schießbahn sechs hinübergegangen und hat dort in der Toilette gewartet. Dabei hat er die Toilette benutzt und sich Gesicht und Hände gewaschen – daher die Wasserflecken und das einzelne Haar im Waschbecken. Soweit alles logisch?«

»Bis hierher schon.«

»Okay, jetzt geht's weiter.«

Der Weg begann als Knüppeldamm, auf dem keine Schuhabdrücke festzustellen sein würden. Wir folgten ihm etwa hundert Meter weit durchs Unterholz, bis er hinter den Toiletten der Schießbahn sechs aufhörte.

»Unser Mann wartet also hier oder in der Toilette. Als erstes sieht er das Wachfahrzeug, das zum Munitionsbunker fährt, Robbins absetzt und mit dem abgelösten Posten zurückkommt. Aber der Wagen fährt nicht direkt zurück, wobei er Ann Campbell hätte begegnen müssen, sondern biegt nach Jordan Field ab, wo die dortigen Posten abgelöst werden, was seine Zeit dauert. Inzwischen erreicht Ann Campbell ohne Licht die Schießbahn und parkt ihren Jeep drüben an der Straße. Okay?«

»Bisher. Aber das sind alles nur Spekulationen.«

»Klar, aber das sind Rekonstruktionen immer. Du sollst mir nicht sagen, daß ich Vermutungen anstelle, sondern auf logische Fehler achten.«

»Okay. Bitte weiter.«

»Der hier Wartende sieht ihren Jeep an der Straße halten und geht darauf zu.« Ich setzte mich in Bewegung, und Cynthia folgte mir. »Er trifft mit Ann Campbell zusammen und berichtet ihr, daß das Fahrzeug mit dem abgelösten Wachposten schon vorbeigefahren ist. Die beiden können also damit rechnen, hier nicht gestört zu werden, falls nicht zufällig eine MP-Streife vorbeikommt. Aber das ist unwahrscheinlich, weil die Rifle Range Road als Sackgasse keinen Durchgangsverkehr aufweist. Auf einer Kontrollfahrt vorbeikommen könnte nur der Offizier vom Dienst – und der ist in dieser Nacht Ann Campbell. Einverstanden?«

»Bis zu einem gewissen Punkt. Wozu sollte sie ihren Jeep hier abstellen? Warum hat sie ihn nicht von der Straße weggefahren, wenn sie sich mit einem Liebhaber treffen wollte? Und was hat sie auf der Schießbahn so dicht an der Straße zu suchen gehabt?«

»Das ist mir noch nicht klar. Aber ich weiß, daß sie bei allem, was sie tat, immer ihren Kopf durchgesetzt hat. Nichts ist zufällig gewesen – auch nicht, daß sie sich für eine Vollmondnacht als Offizier vom Dienst gemeldet hat. Deshalb muß sie einen Grund gehabt haben, ihren Jeep hier abzustellen und den kaum fünfzig Meter von der Straße entfernten Platz auszuwählen.«

»Okay, lassen wir's vorläufig dabei.«

»Ich habe keine Ahnung, was zwischen ihr und dem Unbekannten vorgegangen ist, aber irgendwann hat sie sich hier auf der Straße bis auf Slip und BH ausgezogen. Daher stammt der Asphaltfleck an ihrem Fuß. Dann ist sie mit dem Mann dem Fußweg zwischen den Schießbahnen gefolgt. Ihre Uniform und die Pistole sind wahrscheinlich im Jeep geblieben.

Sie oder der Unbekannte trägt Zeltheringe, schon zurechtgeschnittene Kordelstücke und einen Zelthammer. Sie entscheiden sich für die Stelle vor dem Klappziel dort drüben.« Wir sahen beide auf die Schießbahn hinaus. Das Zelt mit den offenen Seiten stand noch; der Fußweg dorthin war noch immer durch Planen abgedeckt. Ich fragte Cynthia: »Was sagst du zu diesem Ablauf?«

»Er besitzt eine gewisse innere Logik. Aber ich verstehe sie nicht.«

»Ich auch nicht. Trotzdem muß die Sache ungefähr so abgelaufen sein.« Ich schlug vor: »Komm, wir gehen mal rüber.« Wir folgten dem mit Planen ausgelegten Weg bis unters Zeltdach. Cynthia richtete den Strahl ihrer Taschenlampe auf die Stelle, wo Ann Campbell gelegen hatte. Die Umrisse des angepflockten Körpers waren mit weißem Kalkpulver markiert. Aus den Löchern, in denen die Zeltheringe gesteckt hatten, ragten als Markierungen gelbe Fähnchen.

»Sollte hier nicht Militärpolizei Wache halten?« erkundigte Cynthia sich.

»Natürlich. Das hätte Kent veranlassen müssen.« Ich blickte auf die im Mondschein vor uns liegende Schießbahn hinaus, auf der ungefähr fünfzig lebensechte Klappziele den Eindruck erweckten, als rücke ein Zug Infanterie im Gelände vor. »Für Ann Campbell scheint diese Szenerie einen bestimmten Symbolgehalt gehabt zu haben: bewaffnete Männer, die herankommen, um sie gemeinsam zu vergewaltigen oder sie anzustarren, während sie nackt angepflockt ist. Wer weiß, was sie damit ausdrükken oder inszenieren wollte?«

»Okay, sie stehen also hier«, sagte Cynthia. »Ann Campbell in Slip und BH, dieser Mann mit den Sachen, die er für diese Inszenierung mitgebracht hat. Auch er ist unbewaffnet, denn sie macht freiwillig mit.«

»Richtig. Die beiden verknoten je ein Stück Zeltschnur um ihre Knöchel und Handgelenke. Dann zieht sie Slip und BH aus und legt den Slip als Schutz um ihren Hals, denn Seivers Leute haben daran keine Spuren von Erde gefunden.«

»Wozu hat sie den Büstenhalter getragen?«

»Schwer zu sagen, aber ich tippe darauf, daß sie ihn aus Versehen anbehalten und dann irritiert zu Boden geworfen hat. Dic beiden haben diese Inszenierung geplant, aber sie sind verständlicherweise etwas nervös. Okay?«

»Okay. Mich macht schon die Rederei darüber nervös.«

»Sie entscheiden sich also für diese Stelle vor einem der Klappziele. Ann Campbell legt sich mit gespreizten Armen und Beinen hin, und er schlägt die vier Zeltheringe ein.«

»Macht das keinen Lärm?«

»Die Heringe sind aus Kunststoff, und er kann sie zur Geräuschdämpfung mit einem Taschentuch umwickelt haben. Außerdem weht der Wind vom Munitionsbunker her, so daß PFC Robbins nicht mal das Zuschlagen einer Autotür gehört hat.«

»Okay«, sagte Cynthia. »Die Zeltheringe sind eingeschlagen, und er bindet ihre Knöchel und Handgelenke daran fest.«

»Richtig. Danach legt er die längere Zeltschnur über dem Slip um ihren Hals.«

»Nun liegt sie also da, wie wir sie vorgefunden haben.«

»Ja«, sagte ich, »sie liegt nun da, wie wir sie vorgefunden haben – aber zu diesem Zeitpunkt hat sie noch gelebt.«

Cynthia starrte gedankenverloren den Lichtkreis ihrer Taschenlampe an. Dann sagte sie: »Er kniet neben ihr, zieht die Schlinge um ihren Hals zu und ruft dadurch sexuelle Asphyxie hervor. Möglicherweise reizt er sie dabei mit seinen Fingern oder einem Gegenstand. Sie hat einen Orgasmus, während er sich irgendwann selbst befriedigt.« Sie machte eine kurze Pause. »Okay, sie ist fertig, er ist fertig, sie will losgebunden werden. Dann dreht er aus irgendeinem Grund durch und erdrosselt sie. Oder er hat das von Anfang an vorgehabt – oder ihr Tod ist tatsächlich nur ein Versehen gewesen.« Cynthia sah zu mir auf. »So ähnlich müßte's abgelaufen sein, nicht wahr?«

»Richtig.«

»Aber damit ist noch nicht alles erklärt«, wandte Cynthia ein. »Pistole, Uniform, Erkennungsmarke und West-Point-Ring sind verschwunden.«

»Ja, ich weiß. Das ist ein Problem«, gab ich zu. »Nun erhebt sich die Frage nach Souvenirs.«

»Richtig, viele Täter nehmen sich Andenken mit. Aber wenn ich gerade absichtlich oder versehentlich die Tochter eines Generals umgebracht hätte, würde ich bestimmt nicht ihre Sachen in mein Auto packen und mit Belastungsmaterial herumfahren, das mich vor ein Erschießungskommando bringen könnte.«

»Unwahrscheinlich, nicht wahr? Bloß ihre Armbanduhr hatte sie noch. Weshalb?«

»Keine Ahnung«, antwortete Cynthia. »Aber vielleicht hat das nichts zu bedeuten.«

»Möglich. Komm, wir gehen.« Wir gingen über die ausgelegten Planen zur Straße zurück und erreichten die Stelle, wo Ann Campbells Jeep gestanden hatte. »Okay«, sagte ich, »er ist wieder an ihrem Fahrzeug. Er nimmt Kampfanzug, Helm, Erkennungsmarke, Socken, Stiefel und alles andere mit – aber er läßt ihre Handtasche auf dem Beifahrersitz liegen.«

»Die Handtasche könnte er vergessen haben. Männer tun das oft. Das habe ich schon mehrmals erlebt.«

Ich drehte mich zu den Toiletten um. »Mit ihren Sachen überquert er die Wiese, geht an der Tribüne vorbei, kommt an den Toiletten vorbei und stößt auf den Knüppeldamm. Auf der Straße ist er bestimmt nicht gegangen.«

»Richtig.«

»Okay, wenn alles etwa um ein Uhr fünfzehn angefangen hat, ist es jetzt ungefähr zwei Uhr fünfzehn. Später kann's nicht sein, weil PFC Robbins die Scheinwerfer um zwei Uhr siebzehn beobachtet hat.«

»Und du weißt sicher, daß das nicht Ann Campbells Scheinwerfer gewesen sind?«

»Ich gehe jede Wette ein, daß sie früher gekommen und das letzte Stück ohne Licht gefahren ist. Dieses Fahrzeug kommt also vorbei. Der Fahrer – oder die Fahrerin – sieht den Jeep, hält an, schaltet die Scheinwerfer aus und steigt aus seinem oder ihrem Wagen. *Das* hat Robbins um zwei Uhr siebzehn beobachtet.«

»Und er oder sie kann Ann Campbell von der Straße aus sehen, stimmt's?«

»Sergeant St. John hat sie gesehen. Es war beinahe Vollmond. Wer auf den abgestellten Jeep aufmerksam geworden war, hat sich bestimmt umgesehen. Nur fünfzig Meter von der Straße entfernt sieht der oder die Unbekannte auf der Schießbahn etwas, das nur ein liegender nackter Mensch sein kann.«

»Okay. Und was passiert dann?«

»Der oder die Unbekannte nähert sich Ann Campbell, stellt fest, daß sie tot ist, rennt zum Fahrzeug zurück, wendet und rast mit Vollgas davon.«

»Ohne die Scheinwerfer wieder einzuschalten.«

»Offenbar. PFC Robbins, der diese Scheinwerfer verdächtig vorgekommen sind, hat sie danach nicht wieder aufleuchten gesehen. Die nächsten Scheinwerfer waren dann die von Sergeant St. John um vier Uhr fünfundzwanzig.«

»Warum sollte der Unbekannte ohne Licht davongefahren sein? Wozu hat er seine Scheinwerfer überhaupt abgeschaltet? Hier draußen ist's richtig unheimlich, Paul. Wenn ich aussteigen müßte, würde ich das Licht brennen lassen. Und wer ist dieser Unbekannte, den du eingeführt hast, und warum hat er den Leichenfund nicht gemeldet?«

»Als Antwort fällt mir nur ein, daß Ann Campbell sich soviel Mühe nicht nur wegen eines Mannes gemacht haben dürfte. Vielleicht hat sie von mehrfachen Vergewaltigungen geträumt und ist mit mehreren Männern verabredet gewesen.«

»Verrückt!« meinte Cynthia. »Aber möglich.«

»Komm, wir gehen den Weg zurück, den Ann Campbells Helfer oder Mörder benützt hat«, schlug ich vor. Wir erreichten den Knüppeldamm durchs Unterholz, bogen nach links ab und folgten ihm in Richtung Schießbahn fünf. »Hier in den Büschen dürfte irgendwo ein Plastikbeutel mit ihren Sachen liegen«, behauptete ich.

Cynthia starrte mich an. »Bist du etwa auch Hellseher?«

»Das Absuchen des Geländes mit Spürhunden ist ergebnislos geblieben, deshalb stecken die Sachen bestimmt in einem geruchsdicht verschlossenen Beutel – wahrscheinlich einem Müllsack – und liegen außerhalb des Bereichs, der abgesucht worden ist. Mit deiner Taschenlampe können wir jetzt nur die unmittelbare Umgebung des Weges absuchen. Vermutlich müssen wir morgen zurückkommen und…«

Cynthia blieb stehen. »Augenblick!«

»Was?«

»Die beiden Toiletten.«

»Verdammt! Du hast recht.«

Also gingen wir zu den Toiletten zurück. Zwischen den beiden Gebäuden stand eine Reihe stabiler Abfallbehälter. Ich drehte einen davon um, stieg hinauf und konnte von dort aus auf das Dach des Toilettengebäudes klettern. Auf dem leicht geneigten Dach lag nichts, aber als ich mich aufrichtete, sah ich auf dem Dach nebenan einen grauen Müllsack im Mondschein glänzen. Ich nahm Anlauf, sprang hinüber, beförderte den Müllsack mit einem Tritt vom Dach und folgte ihm über die Dachkante. Irgendwo in der Luft erinnerte ich mich an meine Springerausbildung, rollte mich über die linke Schulter ab und kam mit Schwung auf die Beine.

»Alles in Ordnung?« fragte Cynthia.

»Mir fehlt nichts. Hast du ein Taschentuch?«

Sie zog eines heraus, kniete sich vor den Sack, löste den Draht, mit dem er verschlossen war, zog die Öffnung auseinander und leuchtete mit ihrer Taschenlampe hinein. Wir sahen Uniformteile, ein Paar Stiefel und eine weiße Socke. Cynthia umwickelte ihre Hand mit dem Taschentuch, griff in den Müllsack, legte ein Koppel mit Halfter und Pistole frei und fand zuletzt eine Erkennungsmarke, von der sie den Namen *Campbell, Ann Louise* vorlas. Sie sah zum Latrinendach hinauf. »Ein uralter Trick. Aber warum hat der Kerl sich die Mühe gemacht, ihre Sachen zu verstecken?«

Ich überlegte kurz. »Anscheinend sollten sie später abgeholt werden.«

»Von wem, Paul? Vom Täter? Von einem Dritten?«

»Keine Ahnung. Aber ich tippe eher auf einen Dritten.«

Ein Scheinwerferpaar erhellte die Straße; dann hörte ich den Motor eines Autos und sah das Fahrzeug: einen olivgrünen Dienstwagen, der jetzt hielt. Der Motor lief weiter, und die Scheinwerfer blieben eingeschaltet. Ich tastete nach meiner Pistole und sah, daß auch Cynthia nach ihrer griff.

Die Fahrertür wurde geöffnet. Im Licht der Innenbeleuchtung erkannten wir Bill Kent, der beim Aussteigen seine Pistole zog und zu unserer Taschenlampe hinübersah. Er knallte seine Tür zu und rief laut: »Wer sind Sie?«

»Brenner und Sunhill, Colonel!« antwortete ich mit ebenso lauter Stimme. Ein bißchen förmlich, aber wer von einem Bewaffneten angerufen wird, sollte auf Mätzchen verzichten.

Wir rührten uns nicht, bis er entschied: »Ich komme jetzt zu Ihnen.«

»Verstanden.« Wir blieben stehen, bis er näher herankam, seine Pistole wegsteckte und »Erkannt!« sagte.

Das alles klang irgendwie komisch, aber ich kannte Fälle, in denen Leute eine Kugel verpaßt bekommen hatten, weil sie auf einen Anruf falsch reagiert hatten. Kent erkundigte sich: »Was macht ihr beiden hier?«

»Dies ist der Tatort, Bill«, antwortete ich, »und Kriminalbeamte und Verbrecher kehren stets an ihn zurück. Was machen *Sie* hier?«

»Die Anspielungen können Sie sich sparen, Schlaukopf. Ich bin aus demselben Grund hier wie Sie: um ein Gefühl für den Tatort bei Nacht zu bekommen.«

»Überlassen Sie die Rolle des Detektivs mir, Colonel. Ich hatte damit gerechnet, daß hier ein paar Militärpolizisten Wache halten würden.«

»Okay, ich hätte ein paar abstellen sollen. Aber unsere Streifen kommen regelmäßig vorbei.«

»Davon habe ich noch nichts gemerkt. Können Sie ein paar Leute abordnen?«

»Wird gemacht.« Er fragte Cynthia: »Warum steht Ihr Wagen ganz dort hinten?«

»Wir wollten einen Mondscheinspaziergang machen«, behauptete sie.

Kent schien nach dem Grund dafür fragen zu wollen, aber dann fiel sein Blick auf den Müllsack. »Was ist das?«

»Das sind die fehlenden Sachen«, erklärte sie ihm.

»Was für Sachen?«

»Ihre Kleidung.«

Ich beobachtete, wie Kent diese Mitteilung aufnahm. Eher gleichgültig, fand ich. »Wo haben Sie die gefunden?« wollte er wissen.

»Auf dem Dach der Frauentoilette. Dort scheinen Ihre Leute nicht nachgesehen zu haben.«

»Offenbar nicht.« Er fragte weiter: »Warum haben sie wohl dort oben gelegen?«

»Wer weiß?«

»Sind Sie hier fertig?«

»Für heute abend.«

»Und wie geht's weiter?«

»Wir treffen uns in etwa einer Stunde auf Jordan Field«, antwortete ich.

»Okay.« Er fügte hinzu: »Colonel Moore hat sich sehr über Sie aufgeregt.«

»Dann soll er sich offiziell beschweren, anstatt sich an Ihrer Schulter auszuweinen. Kennen Sie ihn näher?«

»Nur durch Ann.« Er sah auf seine Uhr. »In einer Stunde?«

»Richtig.«

Dann trennten wir uns. Kent ging zu seinem Wagen auf der Straße zurück, und wir folgten dem Knüppeldamm, wobei ich den Müllsack trug.

Cynthia fragte mich: »Du traust ihm nicht, stimmt's?«

»Früher schon – ich kenne Bill Kent seit über zehn Jahren. Aber jetzt...« Ich zuckte mit den Schultern. »Ich glaube nicht, daß er zu den Verdächtigen gehört, aber ich möchte wetten, daß er wie fast alle hier irgend etwas vor uns verbirgt.«

»Ja, ich weiß. Ich habe das Gefühl, als seien wir in einer Kleinstadt angekommen, in der jeder die schlimmen Geheimnisse des anderen kennt. Wir wissen, daß alle etwas verbergen, aber wir können die Verstecke nicht finden.«

»So ungefähr sieht's aus.«

Wir erreichten den Mustang, und ich legte den Plastiksack in den Kofferraum.

Cynthia und ich stiegen ein. Nachdem sie den Motor angelassen hatte, wischte sie etwas von meiner linken Schulter. »Irgendwas gebrochen, Soldat? Soll ich dich ins Lazarett fahren?«

»Nein, aber ich muß mich auf Zurechnungsfähigkeit untersuchen lassen. Psychological Operations School.«

KAPITEL SIEBZEHN

Wir erreichten die Psy-Ops School gegen dreiundzwanzig Uhr, und Cynthia parkte in der Nähe des Stabsgebäudes. Die Schule bestand aus einer Ansammlung von etwa dreißig Stahlbetonbauten, die in einzigartig bedrückendem Schiefergrau – einer klassischen Selbstmörderfarbe – gestrichen waren.

Dazwischen gab es nur wenige Bäume und kaum Rasenflächen, und die kümmerliche Außenbeleuchtung wäre in ziviler Umgebung unmöglich gewesen, aber in der Army waren Raubüberfälle und Schadenersatzklagen noch kein Problem.

Bis auf zwei Gebäude – anscheinend Unterkünfte – waren die meisten dunkel, und im Stabsgebäude brannte hinter einem einzigen Fenster Licht.

Auf dem Weg dorthin fragte Cynthia: »Was machen die hier eigentlich genau?«

»Dies ist eine Außenstelle der JFK Special Warfare School in Bragg. Aber in Wirklichkeit dient der Schulbetrieb nur zur Tarnung.«

»Die Schule ist eine Forschungsstätte. Hier wird weniger gelehrt als geforscht.«

»Und was wird hier geforscht?«

»Ich glaube, sie befassen sich damit, wie wir Menschen funktionieren, um sie dann am Funktionieren zu hindern, ohne auf sie zu schießen.« Ich fügte hinzu: »Die meisten Methoden befinden sich noch im Versuchsstadium.«

»Klingt unheimlich.«

»Allerdings! Kugeln und Sprengstoff wirken immer. Zum Teufel mit Angst und Panik.«

Ein Jeep bog um die Ecke und rollte auf uns zu. Dann hielt er an, und ein Militärpolizist stieg aus, während der Fahrer im Wagen blieb und die Scheinwerfer auf uns gerichtet hielt. Der Uniformierte – ein Corporal Stroud – grüßte, bevor er uns fragte: »Haben Sie hier dienstlich zu tun?«

»Ja«, antwortete ich. »CID.« Ich wies meine Plakette vor, die er im Licht seiner Taschenlampe studierte. Nachdem auch Cynthia ihre vorgezeigt hatte, knipste er seine Taschenlampe aus. »Zu wem wollen Sie, Sir?«

»Zum Unteroffizier vom Dienst. Wollen Sie nicht mitkommen, Corporal?«

»Ja, Sir.« Er begleitete uns zum Stabsgebäude. Unterwegs fragte er: »Wegen des Mordfalls Campbell?«

»Ja, leider.«

»Schreckliche Sache.«

»Haben Sie sie gekannt?« fragte Cynthia.

»Ja, Ma'am. Nicht gut, aber ich hab' sie manchmal nachts gesehen. Hier wird viel nachts gearbeitet.« Er fügte hinzu: »Sie war echt nett. Haben Sie schon eine Spur?«

»Noch nicht«, antwortete ich.

Wir betraten zu dritt das Stabsgebäude, in dem ein Staff Sergeant in einem kleinen Dienstzimmer rechts neben dem Eingang saß. Ich wies mich aus und erklärte dem Unteroffizier vom Dienst, der Corman hieß: »Sergeant, ich möchte Colonel Moores Dienstzimmer sehen.«

Sergeant Corman kratzte sich hinter dem Ohr, sah zu Corporal Stroud hinüber und antwortete: »Das geht leider nicht, Sir.«

»Klar geht das. Los, kommen Sie!«

Er ließ sich nicht einschüchtern. »Ohne entsprechende Erlaubnis darf ich Sie nirgends reinlassen. Die Schule ist ein für Unbefugte gesperrter Sicherheitsbereich.«

Ich fragte ihn: »Hat Colonel Moore in seinem Dienstzimmer einen Privatspind?«

Der Sergeant zögerte, bevor er antwortete: »Ja, Sir.«

»Gut. Holen Sie mir seinen Kamm oder seine Haarbürste.«

»Sir?«

»Er muß sich mit irgendwas kämmen. Wir bleiben inzwischen hier und passen auf Ihr Telefon auf.«

»Sir, dies ist ein Sicherheitsbereich. Ich muß Sie bitten, das Gebäude zu verlassen.«

»Darf ich mal telefonieren?« fragte ich.

»Ja, Sir.«

»Privat.«

»Ich darf meinen Posten nicht verlassen.«

»Corporal Stroud vertritt Sie. Danke.«

Nach kurzem Zögern verließ Corman den Raum. Stroud erklärte ich: »Was Sie jetzt hören, ist streng vertraulich.«

»Ja, Sir.«

Ich schlug die Telefonnummer von Colonel Fowler in Bethany Hill nach. Fowler meldete sich nach dem dritten Klingeln. »Colonel, hier ist Warrant Officer Brenner«, sagte ich. »Tut mir leid, daß ich Sie so spät belästigen muß.« Das war gelogen. »Aber ich brauche Ihre Genehmigung, um etwas aus Colonel Moores Dienstzimmer mitnehmen zu können.«

»Verdammt noch mal, wo sind Sie, Brenner?« Offenbar hatte er schon geschlafen.

»In der Psy-Ops School, Colonel«, antwortete ich.

»Um diese Zeit?«

»Ich hab' nicht mehr auf die Zeit geachtet.«

»Und was wollen Sie aus Moores Zimmer mitnehmen?«

»Tatsächlich möchte ich das ganze Dienstzimmer nach Jordan Field abtransportieren lassen.«

»Das kann ich nicht genehmigen«, wehrte er ab. »Die Schule untersteht Fort Bragg und ist ein Sicherheitsgebiet. Colonel Moores Dienstzimmer ist voller Geheimsachen. Aber ich telefoniere morgen früh mit Bragg und sehe zu, was sich machen läßt.«

Ich erzählte ihm nicht, daß ich Ann Campbells Dienstzimmer schon auf Jordan Field hatte. So geht's einem, wenn man versucht, sich in der Army irgend etwas genehmigen zu lassen. Die Antwort lautet immer erst nein – und dann wird verhandelt. Ich sagte zu Fowler: »Colonel, gestatten Sie mir wenigstens, das Dienstzimmer zu versiegeln.«

»Sein Dienstzimmer versiegeln? Zum Teufel, was geht hier vor?«

»Ermittlungen wegen eines Mordes.«

»Werden Sie nicht frech, Mr. Brenner!«

»Ja, Sir.«

»Ich telefoniere morgen mit Bragg. Mehr kann ich nicht für Sie tun.«

»Das genügt nicht, Colonel.«

»Hören Sie, Mr. Brenner, ich erkenne an, daß Sie ein unermüdlicher Fahnder sind, aber Sie dürfen sich nicht wie ein Elefant im Porzellanladen aufführen. Hier geht's nur um *einen* Mörder, und Sie sollten etwas mehr Rücksicht auf die Gefühle der Menschen nehmen, mit denen Sie's zu tun haben. Und es könnte nicht schaden, dabei auch auf militärische Umgangsformen zu achten. Verstehen wir uns, Mr. Brenner?«

»Ja, Sir. Im Augenblick brauche ich ein Haar Colonel Moores, das wir mit einem am Tatort gefundenen vergleichen wollen. Ich könnte Colonel Moore zu Hause anrufen, Sir, und ihn anweisen, sich auf Jordan Field bei den Gerichtsmedizinern zu melden, um ein Haar abzugeben. Oder wir könnten es hier von seinem

Kamm oder seiner Haarbürste bekommen, was mir lieber wäre, weil die Zeit drängt. Außerdem sollte Colonel Moore vorerst noch nicht erfahren, daß er zum Kreis der Verdächtigen gehört.« Ich sah, wie Corporal Stroud die Augen aufriß.

Nach längerer Pause sagte Colonel Fowler: »Gut, Sie dürfen den Kamm oder die Haarbürste mitnehmen, aber wenn sonst etwas in seinem Dienstzimmer angefaßt wird, hänge ich Ihnen ein Disziplinarverfahren an.«

»Ja, Sir. Weisen Sie den Unteroffizier vom Dienst entsprechend an?«

»Geben Sie ihn mir.«

»Ja, Sir.« Ich nickte Stroud zu, der hinausging und Sergeant Corman hereinholte. Zu Corman sagte ich: »Colonel Fowler, der Stellvertreter des Generals, möchte Sie sprechen.«

Er griff widerstrebend nach dem Hörer, und sein Teil des Gesprächs bestand aus »Ja, Sir. Ja, Sir. Ja, Sir. Ja, Sir« und so weiter. Dann legte er auf und sagte zu mir: »Wenn Sie inzwischen am Telefon bleiben, sehe ich nach, ob ich seinen Kamm oder seine Haarbürste finde.«

»Okay. Wickeln Sie sie in ein Taschentuch.«

Er nahm einen Schlüsselbund mit und verließ den Raum. Ich hörte, wie seine Schritte sich den Korridor hinunter entfernten.

»Wir gehen solange nach draußen«, erklärte ich dem Corporal. »Sie warten hier und bringen das Beweismittel mit.«

»Ja, Sir.«

Corporal Stroud schien froh zu sein, uns bei den Ermittlungen behilflich sein zu können. Cynthia und ich verließen das Gebäude und blieben im Scheinwerferlicht des MP-Jeeps stehen.

»Ganz schön strenge Sicherheitsvorkehrungen«, meinte Cynthia.

»Wer Versuche mit Gehirnwäsche, Verhörmethoden und Untergrabung der Kampfmoral des Gegners macht, will natürlich verhindern, daß Neugierige hier herumschnüffeln.«

»Damit hatte sie auch zu tun, nicht wahr?«

»Vermutlich.« Ich fügte hinzu: »Hier gibt's Zellenblöcke, in denen Versuche mit Freiwilligen vorgenommen werden – und irgendwo draußen im Gelände haben sie ein richtiges Kriegsgefangenenlager aufgebaut.«

»Woher weißt du das alles?«

»Ich habe letztes Jahr bei einem Fall mit einem Psychologen zusammengearbeitet, der hier stationiert war. Er hat sich versetzen lassen.«

»Die Arbeit hier ist sicher nichts für zartbesaitete Naturen.«

»Sicher nicht. In Ann Campbells Personalakte habe ich übrigens einen Zettel mit einem weiteren Nietzsche-Zitat gefunden:

Wer mit Ungeheuern kämpft, mag zusehen,
daß er nicht dabei zum Ungeheuer wird.
Und wenn du lange in einen Abgrund blickst,
blickt der Abgrund auch in dich hinein.«

»Wie ist der da bloß reingekommen?«

»Keine Ahnung, aber ich glaube zu verstehen, was das Zitat bedeutet.«

»Ja, das wissen wir wohl beide.« Nach einer Pause sagte sie: »Manchmal würde ich am liebsten den Job schmeißen. Ich hab's satt, mit Vaginalabstrichen und DNA-Tests von Sperma zu arbeiten und die Aussagen von Vergewaltigern und ihren Opfern zu protokollieren.«

»Richtig. Zehn Jahre sind die Obergrenze, glaube ich. Und ich bin schon fast zwanzig Jahre dabei. Dies ist mein letzter Fall.«

»Sagst du das jedesmal?«

»Ja.«

Corporal Stroud kam mit einem Gegenstand in der Hand aus dem Stabsgebäude. Als er näher kam, sahen wir, daß er grinste. »Gefunden!« rief er uns entgegen.

Er übergab mir eine in ein olivgrünes Taschentuch gewickelte Haarbürste.

Ich sagte zu ihm: »Sie kennen die Vorschriften für die Sicherstellung von Beweismitteln. Ich brauche Ihre schriftliche Aussage, in der Sie schildern, wann, wo und von wem Sie diese Bürste erhalten haben.«

»Ja, Sir.«

»Unterschrieben, beglaubigt, mit dem Vermerk *Brenner* versehen und vor sechs Uhr im MP-Gebäude abgeliefert.«

»Ja, Sir.«

Cynthia fragte ihn: »Wissen Sie zufällig, was für einen Wagen Colonel Moore fährt?«

Er überlegte kurz. »Mal sehen, ’ne alte Kiste, ziemlich ramponiert, graue Limousine, aber die Marke? Richtig, ein Ford Fairlane, mindestens fünf, sechs Jahre alt.«

»Damit haben Sie uns sehr geholfen.« Sie fügte hinzu: »Natürlich ist das alles streng vertraulich.«

Corporal Stroud nickte: »Wenn Sie sonst noch was über Colonel Moore wissen wollen, brauchen Sie mich nur zu fragen. Was ich nicht weiß, kann ich für Sie rauskriegen.«

»Danke«, sagte ich. Hier gab es offenbar Leute, die Colonel Moore am liebsten in einer Todeszelle in Leavenworth gesehen hätten.

Wir verabschiedeten uns und gingen zu unseren Fahrzeugen zurück.

Cynthia ließ den Motor an. »Jordan Field?«

»Richtig.«

Wir verließen die Kaserne und fuhren wieder im Mondschein über den Truppenübungsplatz mit seinen rund vierhundert Quadratkilometern Fläche, die größtenteils unbewohnt waren. Einheimische Wilderer – Jäger und Fallensteller – waren dort häufig unterwegs. Aus der Zeit vor Camp Hadley gab es Geisterstädte, alte Friedhöfe, zerfallene Kirchen, aufgegebene Steinbrüche und die Überreste von Gebäuden der Beaumont Plantation. Hier scheint die Zeit stillzustehen, seit der Staat dieses Gelände enteignet hat, um Soldaten für den Krieg auszubilden, der alle Kriege beenden sollte.

Nachdem ich minutenlang geschwiegen hatte, fragte Cynthia: »Löst du gerade den Fall?«

»Nein, ich habe in Erinnerungen geschwelgt. Ich bin hier ausgebildet worden.«

»Im Zweiten Weltkrieg oder im Koreakrieg?«

»Was sollen diese Anspielungen auf mein Alter? Laß das gefälligst!«

»Ja, Sir.«

Ich fragte Cynthia: »Bist du schon mal richtig hier in der Wildnis gewesen?«

»Nein. Weiter als bis zur Schießbahn sechs bin ich nie gekommen.«

»Dann hast du so gut wie nichts gesehen. Diese Straße dort vorn links – die General Pershing Road – führt zum eigentlichen Übungsplatz. Mit Schießbahnen für Artillerie und Granatwerfer und Geländen, auf denen so schöne Dinge wie ›Angriff einer Schützenkompanie‹, ›Zusammenwirken von Panzern und Infanterie‹ und so weiter geübt werden.«

»Keine Picknickplätze?«

»Nicht daß ich wüßte. Außerdem gibt's dort ein altes Ranger-Lager, eine nachgebaute europäische Kleinstadt für Häuserkampfübungen und ein vietnamesisches Dorf, in dem ich ungefähr ein halbes dutzendmal umgekommen bin.«

»Offenbar hast du deine Lektion gelernt.«

»Richtig. Dort liegt auch das nachgebaute Kriegsgefangenenlager, das von der Psy-Ops School betrieben wird. Gewöhnliche Soldaten bekommen es nie zu sehen, denn es liegt in einem Sperrgebiet.«

»Aha.« Cynthia machte eine nachdenkliche Pause. »Platz ist dort also reichlich vorhanden«, stellte sie dann fest. »Warum hat Ann Campbell sich trotzdem eine Stelle kaum fünfzig Meter von der Straße entfernt ausgesucht?«

»Das hab' ich mir auch schon überlegt. Mir sind drei mögliche Erklärungen eingefallen. Erstens: Sie ist tatsächlich nur dienstlich unterwegs gewesen und dabei überfallen worden. Nicht *sie* hat diese Stelle ausgesucht, sondern *er* hat's getan. Das glauben hier alle – nur wir nicht.«

»Allerdings nicht! Okay, falls *sie* diese Stelle ausgesucht hat, muß sie eine gewählt haben, die ihr Partner leicht finden konnte, denn irgendwo im Wald hätte er sie leicht verfehlen können.«

»Richtig. Das ist mein zweiter Gedanke gewesen. Der Kerl hat sich nachts im Wald nicht wohl gefühlt oder ausgekannt.« Ich deutete nach vorn: »Dort müssen wir nach Jordan Field abbiegen.«

»Ja, ich weiß. Und dein dritter Gedanke?«

»Nun, Ann Campbell könnte einen fast öffentlichen Ort gewählt haben, *weil* damit eine gewisse Gefahr verbunden war. Vielleicht hat das den Reiz erhöht – oder vielleicht wollte sie sehen, wieviel sie sich auf Daddys Terrain leisten konnte.« Ich sah zu Cynthia hinüber, die langsam nickte.

»Das könnte es gewesen sein, Paul«, sagte sie. »Ein Aufbegehren gegen Daddy.«

»Aber das würde bedeuten, daß Ann und Daddy sich nicht unbedingt geliebt haben«, stellte ich fest.

»Das hast du schon mal angedeutet, als wir ihr Haus durchsucht haben.«

»Stimmt. Aber ich weiß nicht, wie ich darauf gekommen bin. Ich habe mir nur überlegt, daß es sicher nicht einfach war, die Tochter eines dominierenden Vaters zu sein. Das ist ein häufig auftretendes Syndrom.«

»Ja, aber warum glaube ich, daß es so *war*, obwohl ich nicht den geringsten Beweis für diese Theorie habe?«

»Weil das, was nicht gesagt wird, mindestens ebenso aufschlußreich sein kann wie das Gesagte. Hat irgend jemand *gesagt*, der General und seine Tochter seien liebevoll miteinander umgegangen und unzertrennlich oder auch nur gute Freunde gewesen?«

»Nun, der General hat gesagt, seine Tochter hätte mich gemocht.«

»Was der *General* gesagt hat, ist mir gleichgültig. Von keinem der anderen haben wir etwas in dieser Art gehört – weder von Kent noch von Fowler, von Moore oder von Yardley, eigentlich auch nicht von General Campbell. Daher sollten wir wohl als nächstes das Verhältnis vom General und Captain Campbell mal unter die Lupe nehmen.«

Cynthia nickte erfreut. »Ich habe das Gefühl, daß es nicht mehr viele neue Hinweise geben wird. Wir sollten anfangen, dieses Puzzle zusammenzusetzen, bevor wir einen Tritt in den Hintern kriegen oder vom FBI beiseite gedrängt werden.«

»Genau! Ich gebe diesem Fall noch zwei bis drei Tage. Danach ziehen wir uns schnellstens in gut ausgebaute Auffangstellungen zurück. Wie im Handbuch für Panzerkommandanten steht, haben wir anfangs alle Vorteile auf unserer Seite: Schock,

Beweglichkeit und Feuerkraft. Bevor sie sich zur Verteidigung einrichten können, müssen wir zuschlagen, wo sie am verwundbarsten sind.«

Wir hielten am Wachgebäude von Jordan Field, zeigten unsere CID-Plaketten vor und wurden durchgewinkt.

Cynthia parkte ihren Mustang zwischen den Fahrzeugen von Seivers Leuten. Ich wickelte mir ein Taschentuch um die Hand, bevor ich den Müllsack aus dem Kofferraum holte, und Cynthia nahm Moores Haarbürste mit. »Wenn sie sich selbst ausgezogen hat, dürfte er den Sack aufgehalten haben«, sagte sie. »Dann sind an ihren Sachen wahrscheinlich keine fremden Fingerabdrücke zu finden. Außer vielleicht am Sack selbst.«

»Das wird sich bald zeigen.«

Auf dem Weg zum Hangar sagte Cynthia: »Du bist ein cleverer Bursche, Brenner. Ich fange an, dich zu bewundern.«

»Aber magst du mich auch?«

»Nein.«

»Liebst du mich?«

»Weiß ich nicht.«

»In Brüssel hast du's behauptet.«

»In Brüssel war es auch so. Darüber reden wir nächste Woche oder vielleicht noch heute nacht.«

KAPITEL ACHTZEHN

Im strahlend hell beleuchteten Hangar drei waren die aus Fort Gillem entsandten Teams bei der Arbeit. Colonel Kent war noch nicht da, was uns vorläufig auch nicht störte.

Den grauen Müllsack und die Haarbürste übergab ich Cal Seiver, der dazu keine Erklärung brauchte. Er rief einen der Spurensicherer und wies ihn an, Sack und Bürste als Beweismittel sicherzustellen, sobald sie auf Fingerabdrücke untersucht worden waren.

Mit dem Sack voller Kleidungsstücke enthielt Hangar drei jetzt das gesamte bekannte Eigentum Captain Ann Campbells – zwar nicht die sterblichen Überreste der Verstorbenen, aber ihr Auto, ihr Haus und ihr Dienstzimmer. Außerdem hatten wir sogar den Jeep, den sie in der Tatnacht gefahren hatte. Im Hintergrund des Hangars sah ich Großaufnahmen des Tatorts, genaue Lagepläne, einen ganzen Stapel Laborbefunde, den Autopsiebefund mit Farbfotos der Leiche, die ich mir nicht ansah, Gipsabgüsse von Schuhabdrücken, Zellophanbeutel mit Beweisstükken, Laborgeräte und ungefähr dreißig Techniker und Technikerinnen.

In einer Ecke standen etwa zwei Dutzend Feldbetten, in einer anderen war eine Kaffeebar in Betrieb. Die Army kennt natürlich keine Personalprobleme und braucht sich wegen der Bezahlung von Überstunden keine Sorgen zu machen. Hier zeigte sie sich hocheffizient und von ihrer besten Seite. Ihre schlimmste Seite kommt allerdings zum Vorschein, wenn Politiker versuchen, Soldat zu spielen, und Soldaten anfangen, sich als Politiker zu gebärden. Da dieser Fall jederzeit eintreten konnte, war ich mir darüber im klaren, daß meine Handlungsfreiheit vermutlich schon sehr bald empfindlich eingeschränkt werden würde.

Cal Seiver zeigte mir eine Ausgabe der hiesigen Tageszeitung *Midland Dispatch* mit der Schlagzeile GENERALSTOCHTER IN FORT HADLEY TOT AUFGEFUNDEN.

Cynthia und ich lasen den Bericht, in dem gemeldet wurde, Captain Ann Campbell sei auf einer der Schießbahnen unbekleidet, gefesselt, erwürgt und möglicherweise vergewaltigt aufgefunden worden. Die Story war ungefähr zur Hälfte richtig, und das einzige indirekte Zitat aus Fort Hadley stammte von Captain Hillary Barnes, einem weiblichen Presseoffizier, die erklärt hatte, sie könne im Augenblick lediglich mitteilen, der mutmaßliche Mordfall werde von der Criminal Investigation Division der U. S. Army untersucht.

Wörtlich zitiert wurde jedoch Burt Yardley, der Polizeichef von Midland, der gesagt hatte: »Ich habe Colonel Kent, dem Provost Marshal in Fort Hadley, meine Unterstützung angeboten, und wir halten engen Kontakt.«

Cal fragte Cynthia: »Sind das die Schuhe, die Sie am Tatort getragen haben?«

»Ja. Brauchen Sie nur die Schuhe oder soll ich mitkommen, damit Abdrücke gemacht werden können?«

»Nur die Schuhe, bitte.«

Cynthia setzte sich auf einen Klappstuhl, zog ihre Tennisschuhe aus und gab sie ihm. Er wandte sich an mich: »Wo sind die Stiefel, die *du* am Tatort getragen hast?«

»In meiner Unterkunft außerhalb von Fort Hadley. Ich hab' vergessen, sie mitzubringen.«

»Kann ich sie irgendwann haben?«

»Klar. Aber ich sitze vorläufig in Fort Hadley fest.«

»Schon wieder? Meine Güte, Brenner, mußt du die örtliche Polizei immer gegen dich aufbringen?«

»Nicht immer. Okay, Cal, ich möchte, daß du ein Team zur Schießbahn fünf schickst, um Abdrücke von Reifenspuren nehmen zu lassen.« Ich erklärte ihm, wo sie zu finden waren, und als er gehen wollte, fügte ich rasch hinzu: »Danach sollen deine Leute zur Wohnanlage Victory Gardens am Victory Drive fahren und Vergleichsabdrücke von einem Ford Fairlane – vermutlich grau, fünf bis sechs Jahre alt, Offiziersplakette – nehmen. Kennzeichen unbekannt, aber der Wagen müßte in der Nähe von Haus 39 stehen.«

Cal zog die Augenbrauen hoch. »Gehört der Wagen einem Offizier, können wir warten, bis er wieder mal in der Kaserne aufkreuzt.«

»Ich will die Abdrücke noch heute nacht.«

»Hör zu, Brenner, du weißt genau, daß wir außerhalb militärischer Gelände nur mit Genehmigung der örtlichen Polizei arbeiten dürfen – und das hast du uns schon vermasselt.«

»Stimmt. Nehmt also keinen Dienstwagen. Haus 45, in dem die Ermordete gewohnt hat, dürfte unter polizeilicher Bewachung stehen, aber der diensthabende Cop hält sich bestimmt im Haus auf. Sag deinen Leuten, daß sie vorsichtig und schnell arbeiten sollen.«

»Das hat Zeit, bis der Wagen mal wieder hier aufkreuzt.«

»Klar.« Ich legte ihm eine Hand auf die Schulter. »Du hast recht, Cal. Ich hoffe bloß, daß die Reifen heute nacht nicht verschwinden. Oder daß morgen früh etwa der ganze Wagen verschwunden ist. Aber das wäre nicht weiter schlimm. Wartet ruhig bis morgen früh.«

»Okay, Victory Gardens. Aber das ist ’ne riskante Sache!« Er ging zu einer Gruppe von Leuten hinüber, die Gipsabdrücke numerierten und die Nummern in eine Geländeskizze eintrugen. Cal gab ihnen Cynthias Schuhe und erläuterte ihnen offenbar ihren mitternächtlichen Auftrag, denn während er mehrmals mit dem Daumen in meine Richtung zeigte, starrten seine Techniker mich aufgebracht an.

Ich holte uns zwei Becher Kaffee und gab einen Cynthia, die in Laborbefunden blätterte. Sie nickte dankend und sagte: »Sieh dir das an.« Sie zeigte mir einen Bericht der Spurensicherer. »Sie haben den Abdruck einer glatten Sohle gefunden – Größe siebenunddreißig, vermutlich ein Damenschuh. Auf Schießbahnen nicht gerade üblich, stimmt's?«

»Allerdings nicht.«

»Was schließt du daraus?«

Ich überflog den Bericht, in dem vermutet wurde, der Abdruck sei ziemlich frisch gewesen. »Interessant«, sagte ich, »aber er könnte auch ein paar Tage alt sein. Hier hat's seit über einer Woche nicht mehr geregnet.«

»Stimmt. Aber merkwürdig ist es trotzdem.«

Wir blätterten eine gute Viertelstunde lang in Berichten der einzelnen Teams. Dann rief Cal uns zu einem der provisorischen Laborbereiche hinüber, und wir traten an einen Tisch, an dem eine Technikerin vor ihrem Mikroskop saß. »Die Haarbürste scheint ein Treffer gewesen zu sein«, sagte Cal. »Von wem stammt sie?«

Ich tätschelte seine Glatze. »Nicht von dir.«

Die Technikerin lachte, während sie sich über ihr Mikroskop beugte.

Cal fand das überhaupt nicht lustig und sagte zu Cynthia: »Wollen Sie nicht ins Mikroskop sehen, nachdem Sie in diesem Team die einzige mit Köpfchen sind?«

Specialist Lubbick, die Technikerin, stand auf, und Cynthia

setzte sich an den Tisch. Die Technikerin erklärte ihr: »Das rechte Haar stammt aus dem Waschbecken der Männertoilette von Schießbahn sechs. Das linke stammt von der Haarbürste, die Sie mitgebracht haben.«

Während Cynthia ins Mikroskop sah, fuhr Specialist Lubbick fort: »Um sicherzugehen, daß alle Haare an der Bürste von demselben Menschen stammen, habe ich bisher zwanzig untersucht. Meiner Überzeugung nach ist das der Fall. Obwohl logischerweise und statistisch gesehen keine fremden Haare an der Bürste zu finden sein sollten, werde ich auch die übrigen Haare noch untersuchen.«

»Zur Sache!« hätte ich am liebsten gedrängt, aber Techniker muß man ausreden lassen, sonst werden sie mürrisch.

Specialist Lubbick fuhr fort: »Die Eigenschaften von Haaren lassen sich in sogenannte Klassen einteilen. Das bedeutet, daß die Übereinstimmung mit einem Vergleichsmuster sich nie hundertprozentig feststellen läßt. Durch Haaruntersuchungen können Verdächtige entlastet, nicht aber überführt werden – es sei denn, die Haarwurzeln wären vorhanden, was eine Geschlechtsbestimmung und den DNA-Test ermöglichen würde.«

»Das wissen die beiden, glaub' ich«, warf Cal ein.

»Ja, Sir. Das Haar aus dem Waschbecken hat keine Wurzel, aber ich habe feststellen können, daß der Mensch, von dem es stammt, ebenso Blutgruppe 0 hat wie der oder die Besitzerin der Haarbürste. Die Haare stammen von einem oder einer Weißen und sind sich in Farbe, Struktur, Gesundheitszustand und Naturbelassenheit optisch sehr ähnlich.«

Cynthia blickte vom Mikroskop auf. »Ja, sie sehen gleich aus.«

Specialist Lubbick fuhr fort: »Meiner Ansicht nach stammen sie von demselben Menschen, obwohl dieses eine Haar aus dem Waschbecken leider für eine Spektralanalyse, die weitere Ähnlichkeiten zeigen könnte, zu klein ist. Weitere Untersuchungen würden das einzelne Haar verändern oder zerstören.« Sie fügte hinzu: »Einige der Haare von der Bürste *haben* Wurzeln, und in etwa einer Stunde kann ich Ihnen sagen, ob sie von einem Mann oder einer Frau stammen. Bis dahin liegt auch das Ergebnis des DNA-Tests vor.«

Ich nickte wortlos.

Cynthia stand auf und sagte zu Lubbick: »Legen Sie dieses Präparat bitte zu Ihrem Bericht.«

»Ja, Ma'am.«

»Danke.«

Seiver fragte mich: »Genügt das für 'ne Verhaftung?«

»Nein, aber es ist Grund genug, sich diesen Kerl genauer anzusehen.«

»Welchen Kerl?«

Ich nahm ihn beiseite, damit die Techniker nicht mithören konnten, und antwortete: »Colonel Charles Moore, dessen Reifenspuren ihr vergleichen sollt. Er war der Boß der Ermordeten und hat sein Dienstzimmer auch in der Psy-Ops School. Ich will erreichen, daß es versiegelt wird, bis wir die Genehmigung erhalten, es ebenfalls herzubringen.«

Cynthia gesellte sich zu uns und sagte: »Lassen Sie bitte prüfen, Cal, ob die Fingerabdrücke auf Colonel Moores Haarbürste mit irgendwelchen Abdrücken am Jeep, am Müllsack oder an seinem Inhalt übereinstimmen.«

»Okay.« Seiver überlegte kurz und wandte dann ein: »Aber wenn dieser Colonel Moore und die Ermordete sich gekannt haben, beweist eine Übereinstimmung nicht, daß Moore am Tatort gewesen sein muß. Er könnte glaubwürdig erklären, wie seine Fingerabdrücke beispielsweise an den Jeep oder ihre Pistole gekommen sind.«

»Ja, ich weiß«, antwortete ich, »aber seine Fingerabdrücke am Müllsack oder die Reifenspuren seines Autos auf Schießbahn fünf wären schwieriger zu erklären.«

Cal nickte zustimmend. »Trotzdem mußt du beweisen, daß er zur Tatzeit dort draußen gewesen ist.«

»Richtig. Deshalb möchte ich, daß ihr die Fingerabdrücke an der Haarbürste mit den Teilabdrücken an den Zeltheringen vergleicht. Haben wir erst mal die Reifenspuren und genügend übereinstimmende Fingerabdrücke, wird die Schlinge um *seinen* gottverdammten Hals viel enger. Okay?«

»Okay«, bestätigte Cal nickend. »Du bist der Kriminalist. Ich würde mit schuldig stimmen, aber heutzutage gibt's verblüffende Freisprüche.« Er wandte sich ab und ging zu einem der Laborbereiche hinüber.

Cynthia sagte zu mir: »Wenn wir Moore verhören und ihn mit den Beweisen konfrontieren, halte ich es für durchaus möglich, daß er ein Geständnis ablegt.«

»Klar – oder er behauptet, unschuldig zu sein. Dann endet die Sache vor einem Militärgericht, und wir halten alle den Atem an, während die Richter entscheiden, ob ein Colonel der United States Army General Campbells Tochter erdrosselt hat oder ob die Warrant Officers Brenner und Sunhill den falschen Kerl erwischt, den richtigen Kerl verfehlt, sich und die Army völlig entehrt und den größten Mist des Jahrhunderts gebaut haben.«

Cynthia überlegte kurz, bevor sie sagte: »Nehmen wir mal an, wir hätten Beweise, die Moore schwer belasten – hättest *du* dann noch begründete Zweifel an seiner Schuld?«

»Wie steht's mit dir?«

»Ja, ich hätte welche. Ich kann mir einfach nicht vorstellen, daß Ann Campbell sich dort draußen mit diesem Kerl eingelassen haben soll, und ich traue ihm nicht zu, daß er sie erdrosselt hat. Er macht den Eindruck eines Psychopathen, der einem den Kaffee vergiftet, aber er ist kein Mörder, der mit bloßen Händen tötet.«

»Das Gefühl habe ich auch. Aber wer weiß – sie kann ihn dazu aufgefordert haben, ihn gebeten haben, sie umzubringen. Das habe ich schon mal erlebt. Und vielleicht hat Moore unter dem Einfluß irgendwelcher Drogen gestanden. Die kann er aus der Schule mitgenommen haben.«

»Schon möglich.«

Ich blickte über Cynthias Schulter. »Da kommt unser Freund Kent!«

Colonel Kent hatte einen langen Weg quer durch den Hangar vor sich, und wir gingen ihm ein Stück entgegen. »Was gibt's Neues?« erkundigte er sich.

»Wir haben einen Verdächtigen, Bill«, antwortete ich. »Ich warte auf Fingerabdrücke und Reifenspuren.«

Er zog die Augenbrauen hoch. »Tatsächlich? Wer?«

»Colonel Moore.«

Kent schien darüber nachzudenken; dann nickte er. »Ja, das könnte passen.«

»In welcher Beziehung, Bill?«

»Nun, die beiden hatten eine relativ enge Beziehung, er hätte Gelegenheit zur Tat gehabt, und ich traue sie ihm auch zu. Er ist ein komischer Kauz. Mir ist bloß nicht klar, welches Motiv er gehabt haben könnte.«

»Mir auch nicht.« Ich forderte Kent auf: »Erzählen Sie mir von Captain Ann und General Campbell.«

»Was wollen Sie über die beiden wissen?«

»Haben sie sich nahegestanden?«

Kent erwiderte meinen Blick und sagte: »Nein, das nicht.«

»Bitte weiter.«

»Vielleicht können wir darüber ein andermal sprechen.«

»Zum Beispiel in Falls Church.«

»Hey, drohen Sie mir nicht!«

»Hören Sie, Colonel, ich leite die Ermittlungen in einem Mordfall. Sie glauben möglicherweise, unter beruflichen und gesellschaftlichen Beschränkungen zu stehen, aber das stimmt nicht. Sie sind verpflichtet, meine Fragen wahrheitsgemäß zu beantworten.«

Kent machte ein unglückliches Gesicht, aber zugleich wirkte er irgendwie erleichtert darüber, nachdrücklich auf seine Aussagepflicht hingewiesen worden zu sein. »Also gut«, sagte er, »General Campbell war nicht einverstanden mit dem von seiner Tochter gewählten militärischen Fachgebiet, ihren Männerbekanntschaften, ihrer Entscheidung, außerhalb der Kaserne zu wohnen, ihrem vertrauten Umgang mit Leuten wie Charles Moore und wahrscheinlich einem halben Dutzend weiterer Dinge, von denen ich nichts weiß.«

»Ist er denn nicht stolz auf sie gewesen?« fragte Cynthia.

»Das glaube ich nicht.«

»Aber die Army ist stolz auf sie gewesen«, stellte Cynthia fest.

Kent zuckte mit den Schultern. »In diesem Punkt hatten die Army und General Campbell praktisch keine andere Wahl. Ann Campbell hat mit ihnen so ziemlich gemacht, was sie wollte, um es deutlich zu sagen.«

Cynthia fragte ihn: »Was heißt das?«

»Das heißt, daß sie sich als Frau, als Tochter eines Generals, als West-Point-Absolventin und als bekannte Persönlichkeit verdammt viel hat leisten können. Nachdem sie's irgendwie geschafft hatte, als Postergirl für die U. S. Army zu werben, war sie plötzlich prominent, ist in Rundfunk und Fernsehen aufgetreten und hat an Colleges und vor Frauengruppen gesprochen, um dafür zu plädieren, daß mehr Frauen zur Army gehen. Alle haben sie geliebt. Aber die Army ist ihr scheißegal gewesen. Sie wollte nur unangreifbar werden.«

»Weshalb?« fragte Cynthia.

»Nun, der General ist mit einigem, was sie getan hat, nicht einverstanden gewesen, aber sie hat ihn noch zehnmal mehr gehaßt. Sie hat sich alle Mühe gegeben, ihn persönlich in peinliche Situationen zu bringen, und er hat nicht viel gegen sie unternehmen können, ohne seiner eigenen Karriere zu schaden.«

»Interessant!« sagte ich. »Sie müssen ganz vergessen haben, das zu erwähnen, als wir uns den Kopf darüber zerbrochen haben, wie wir dem General die traurige Nachricht überbringen könnten.«

Kent sah sich um, bevor er halblaut antwortete: »Das sage ich nur unter uns. Offiziell haben die beiden sich geliebt.« Er zögerte kurz, bevor er fortfuhr: »Um ehrlich zu sein: General Campbell ist natürlich mit vielem nicht einverstanden gewesen, aber er hat sie nicht gehaßt.« Er fügte hinzu: »Hören Sie, das sind alles nur Gerüchte, aber ich gebe sie vertraulich weiter, damit Sie wissen, was hier gespielt wurde. Von mir haben Sie nichts erfahren, aber Sie können entsprechend nachfassen.«

»Danke, Bill«, sagte ich nickend. »Sonst noch was?«

»Nein.«

Natürlich gab es noch etwas. »Wer«, fragte ich, »waren die Männer außer Colonel Moore, mit denen der General nicht einverstanden gewesen ist?«

»Das weiß ich nicht.«

»Gehörte Wes Yardley zu ihnen?«

Kent nickte zögernd. »Das nehme ich an.«

»Ist Wes Yardley der Mann gewesen, mit dem sie in Midland eine Auseinandersetzung auf offener Straße gehabt hat?«

»Schon möglich.«

»Warum hat sie sich so bemüht, ihren Vater in peinliche Situationen zu bringen?«

»Keine Ahnung.«

»Warum hat sie ihn so gehaßt?«

»Das wüßte ich auch gern«, antwortete Kent. »Aber sie muß einen verdammt triftigen Grund dafür gehabt haben.«

»Wie ist ihre Beziehung zu ihrer Mutter gewesen?«

»Schwierig«, sagte Kent. »Mrs. Campbell ist einerseits die Dame an der Seite eines Generals und andererseits die Mutter einer sehr selbständigen jungen Frau gewesen.«

»Mit anderen Worten«, ergänzte ich, »ist Mrs. Campbell ein Fußabstreifer, und Ann Campbell hat versucht, ihr Selbstbewußtsein zu heben.«

»Oder so ähnlich. Aber der Fall war wohl etwas komplexer.«

»Wie das?«

»Darüber sollten Sie mit Mrs. Campbell reden.«

»Das habe ich vor.« Ich forderte ihn auf: »Sagen Sie mir noch einmal, daß Sie nie in Ann Campbells Haus gewesen sind, damit ich in meinem Bericht erklären kann, warum Ihre Fingerabdrücke auf einer Flasche aus ihrer Hausbar gefunden worden sind.«

»Ich habe Ihnen doch gesagt, Brenner, daß ich ein paar Sachen angefaßt habe.«

»Die Flaschen sind von Ihren Leuten in Kisten verpackt angeliefert worden«, behauptete ich. »Und die Kisten sind erst vor ungefähr einer Stunde aufgemacht worden.«

»Diese Tricks können Sie sich bei mir sparen, Paul. Ich bin selbst ein Cop. Wenn Sie Beweise haben, will ich mit Seiver reden und sie mir zeigen lassen.«

»Okay, Bill, wir wollen reinen Tisch machen, damit wir Zeit

für Wichtigeres – zum Beispiel für Colonel Moore – haben. Ich stelle Ihnen jetzt eine Frage, die Sie wahrheitsgemäß beantworten müssen – und bedenken Sie dabei, daß ich die Wahrheit früher oder später selbst rauskriegen werde. Okay? Dann also die große Frage: Haben Sie mit ihr geschlafen?«

»Ja.«

Danach entstand eine längere Pause, und ich stellte fest, daß Kent dieses verspätete Eingeständnis nicht sonderlich zu bedrücken schien. Ich erinnerte ihn auch nicht an seine Behauptung, das hätte er mir gleich in der ersten Minute gesagt. Irgendwie war es besser, wenn wir alle so taten, als sei dies die erste Minute und frühere Aussagen hätte es nicht gegeben.

Schließlich sagte Cynthia: »Gehörte das auch zu den Dingen, mit denen Ann Campbell ihren Vater in eine peinliche Lage bringen wollte?«

Bill Kent nickte. »Yeah, davon bin ich immer ausgegangen. Der General wußte über uns Bescheid – dafür hat sie gesorgt. Aber meine Frau ahnt natürlich nichts. Deswegen habe ich nichts davon gesagt.«

Mein Gott, dachte ich, was die Leute einem um Mitternacht so alles erzählen. Wenn sie im Streß sind, wenn sie ihr Leben ordnen wollen, weil ein anderes gerade zu Ende gegangen ist, und sich bemühen, wenigstens etwas von ihrer Ehe und Karriere zu retten. Colonel William Kent brauchte offenbar unsere Hilfe. Ich erklärte ihm: »Wir werden versuchen, das in unserem Bericht unerwähnt zu lassen.«

Kent nickte trübselig. »Danke. Aber nachdem Ann jetzt tot ist, kann der General alte Rechnungen begleichen. Ich werde Gelegenheit bekommen, im Interesse der Army vorzeitig in den Ruhestand zu treten. Aber vielleicht kann ich meine Ehe retten.«

»Wir tun, was wir können«, versprach Cynthia ihm.

»Besten Dank.«

Ich fragte ihn: »Welche anderen Rechnungen wird der General noch begleichen wollen?«

Kent lächelte grimmig: »Mann, sie hat's mit allen im Stab des Generals getrieben.«

»Was?«

»Mit allen. Na, jedenfalls mit den meisten. Von Lieutenant Elby, seinem Adjutanten, bis hinauf zu hohen Stabsoffizieren, dem Militärrichter in Campbells Stab und Männern in Schlüsselposition wie mir.«

»Weshalb?«

»Weil sie ihren Vater gehaßt hat.«

»Schon möglich«, sagte Cynthia, »aber von sich selbst kann sie auch keine allzu hohe Meinung gehabt haben.«

»Nein, die hat sie wohl nicht gehabt. Und wenn mein Fall typisch ist, haben die Männer, die mit ihr geschlafen haben, sich danach auch nicht gerade toll gefühlt.« Kent fügte hinzu: »Es wäre nicht leicht gewesen, dieses Angebot auszuschlagen.« Er sah zu mir hinüber und versuchte zu lächeln. »Können Sie sich das vorstellen, Mr. Brenner?«

Seine Frage war mir unangenehm, aber ich beantwortete sie wahrheitsgemäß: »Ja, ich habe Verständnis dafür. Aber ich bin ledig und arbeite nicht in General Campbells Stab.«

Sein Lächeln wurde zu einem Grinsen: »Dann wären Sie nicht in Frage gekommen – und daher nie auf die Probe gestellt worden.«

»Nun...«

»Keine Power, keine Pussy«, fügte er hinzu.

Cynthia warf ein: »Und sie hat Ihnen... sie hat allen erzählt, mit wem sie sonst noch ins Bett gegangen ist?«

»Ich nehme an, daß sie's getan hat. Ich denke, daß es zu ihrem

Plan gehörte, Angst, Korruption, Mißtrauen und dergleichen zu verbreiten. Aber ich vermute, daß sie in manchen Fällen in bezug auf ihre Erfolge gelogen hat.«

»Sie wissen also nicht bestimmt«, fragte ich, »ob sie beispielsweise mit Major Eames, dem Militärpfarrer, oder Colonel Fowler, dem Stellvertreter des Generals, geschlafen hat?«

»Nicht hundertprozentig. Sie hat zwar behauptet, auch die beiden verführt zu haben, aber ich glaube, daß zumindest Colonel Fowler dankend abgelehnt hat. Fowler hat mir einmal erklärt, er kenne ihre Geschichten und wisse, daß ich Teil des Problems sei. Vermutlich sollte das heißen, daß er nichts mit der Sache zu tun hatte. Der General hat nur ihm bedingungslos vertraut – wahrscheinlich aus genau diesem Grund.«

Ich nickte wortlos. Ich glaubte zu hören, wie Fowler Ann Campbell sinngemäß erklärte: »Lassen Sie mich damit in Ruhe, junge Dame. Ich brauche Sie nicht.«

»Das ist bizarr, einfach verrückt!« sagte Cynthia zu Kent.

Er zuckte mit den Schultern. »Ann hat mir einmal erklärt, dies sei ein Feldversuch in Psychologischer Kriegführung – und der Feind sei Daddy.« Kent lachte humorlos. »Sie hat ihn von ganzem Herzen *gehaßt*. Vernichten konnte sie ihn nicht, aber sie hat alles getan, um ihn zu verletzen.«

Danach folgte wieder eine Pause, bis Cynthia murmelte, als spreche sie mit sich selbst: »Aber *warum…?*«

»Das hat sie mir nie gesagt«, antwortete Kent. »Ich glaube nicht, daß sie es irgendeinem Außenstehenden verraten hat. Sie hat's gewußt, er hat's gewußt, vielleicht hat's auch Mrs. Campbell gewußt. Die Campbells sind nicht gerade eine glückliche Familie gewesen.«

»Charles Moore hat's wahrscheinlich auch gewußt«, stellte ich fest.

»Bestimmt! Aber *wir* werden's vielleicht nie erfahren. Wissen Sie, was ich glaube? Moore ist die treibende Kraft hinter diesem Rachefeldzug gewesen. Er hat ihr geraten, sich auf diese Weise für irgend etwas zu rächen, das ihr Vater ihr angetan hatte.«

Das mochte stimmen, aber es lieferte noch längst kein Tatmotiv. Ganz im Gegenteil. Ann Campbell war sein Schützling, sein Schutzschild gegen den Zorn des Generals, sein erfolgreichstes Experiment. Dieser Schweinehund hatte den Tod verdient, aber er sollte aus dem richtigen Grund sterben. Kent fragte ich: »Und wo haben Ihre Schäferstündchen stattgefunden?«

»Hier und dort«, antwortete er. »Meistens in Motels, aber sie hat's auch hier in Hadley gemacht. In ihrem Dienstzimmer, in meinem Dienstzimmer.«

»Auch in ihrem Haus?«

»Gelegentlich. In dieser Beziehung hab' ich nicht ganz die Wahrheit gesagt. Aber in ihr Haus hat sie nur selten Männer mitgenommen.«

Entweder wußte er nichts von dem Hobbyraum im Keller oder ahnte nicht, daß ich davon wußte. Falls er einer der nackten Männer auf den Fotos war, würde er das auch bestimmt nicht freiwillig zugeben.

Kent sprach weiter: »Falls Moore der Täter ist, haben Sie den Fall gelöst, ohne der Army oder den Leuten hier in Hadley allzu sehr zu schaden. Ist er's jedoch *nicht*, müssen Sie auf der Suche nach neuen Verdächtigen eine Menge Leute vernehmen, Paul. Ich habe reinen Tisch gemacht, und Sie sollten darauf bestehen, daß die anderen das auch tun. Wie Sie ganz richtig festgestellt haben, geht's hier um einen Mord – und zum Teufel mit Karrieren, Reputationen, Manneszucht und Disziplin!«

Er schüttelte sorgenvoll den Kopf. »Jesus, können Sie sich die Schlagzeilen vorstellen? Eine sensationelle Story! Der gesamte

Stab eines Generals und die meisten höheren Offiziere eines Standorts von einem weiblichen Offizier korrumpiert und kompromittiert. Das wirft die Army um Jahrzehnte zurück.« Kent fügte hinzu: »Ich kann bloß hoffen, daß Moore der Täter ist, damit der Schaden begrenzt bleibt.«

Ich antwortete scharf: »Falls Sie damit etwa andeuten wollen, daß Colonel Moore ein guter Sündenbock wäre, auch wenn er vielleicht nicht der Schuldige ist, muß ich Sie an Ihren Diensteid erinnern.«

»Ich wollte Ihnen nur nahelegen, nicht an Orten zu graben, wo Sie nicht graben müssen. Und falls Moore der Täter ist, dürfen Sie nicht zulassen, daß er alle anderen mit ins Verderben reißt. Falls er gemordet hat, sind die Ehebrüche und das unehrenhafte Verhalten anderer Offiziere nicht relevant und bedeuten auch keine mildernden Umstände für einen Angeklagten. Am besten wird ein Verfahren nach dem anderen abgewickelt.«

Kent erwies sich als cleverer, als ich ihn in Erinnerung hatte. Erstaunlich, welche Geisteskräfte ein Mann entwickeln kann, der Schande und Entehrung, seine Scheidung und womöglich ein Disziplinarverfahren vor sich sieht. In der Army ist Ehebruch noch immer ein Dienstvergehen, und Colonel Kent war eindeutig schuldig. Ich staune manchmal darüber, was Männer alles für eine Stunde zwischen zwei Schenkeln bereitwillig aufs Spiel setzen: ihre Ehre, ihr Vermögen, sogar ihr Leben. Hätten diese Schenkel andererseits Ann Campbell gehört... Aber das war eine müßige Frage.

Zu Kent sagte ich: »Ihre Aufrichtigkeit ehrt Sie, Colonel. Tritt ein Mann vor und sagt die Wahrheit, folgen andere seinem Beispiel.«

»Schon möglich«, antwortete er, »aber ich wäre Ihnen dankbar, wenn Sie meinen Namen raushalten würden.«

»Ich werd's versuchen, aber auf die Dauer dürfte das keine Rolle spielen.«

»Richtig. Ich bin erledigt.« Er zuckte mit den Schultern. »Das habe ich schon vor zwei Jahren gewußt, als ich mich mit ihr eingelassen habe.« Dann fügte er fast nonchalant hinzu: »Sie muß eine Art Terminliste geführt haben, denn sobald ich mir beinahe einreden konnte, nie mit ihr geschlafen zu haben, ist sie im Dienst vorbeigekommen und hat mich zu Drinks eingeladen.«

»Haben Sie nie daran gedacht, nein zu sagen?« erkundigte Cynthia sich.

Er fragte lächelnd zurück: »Haben Sie schon mal erlebt, daß ein Mann nein gesagt hat, wenn Sie ihn aufgefordert haben, mit Ihnen ins Bett zu gehen?«

»Ich lade keine Männer ein«, antwortete Cynthia sichtlich irritiert.

»Dann versuchen Sie's mal«, empfahl Kent ihr. »Laden Sie irgendeinen verheirateten Mann ein, mit Ihnen ins Bett zu gehen.«

»Hier geht's nicht um mich, Colonel«, wehrte Cynthia kühl ab.

»Okay, entschuldigen Sie. Aber um Ihre Frage zu beantworten: Ann Campbell hätte sich nicht abwimmeln lassen. Ich behaupte nicht, sie habe irgend jemanden erpreßt. Das hat sie nie getan, aber manchmal ist doch ein gewisser Zwang spürbar gewesen. Außerdem hat sie teure Geschenke erwartet: Parfüm, Kleider, Reisen und dergleichen. Und das Komische dabei war, daß sie sich eigentlich nichts aus diesen Geschenken machte. Sie wollte nur, daß ich – und vermutlich auch die anderen – mal etwas mehr als nur ein bißchen Zeit opfern mußte. Irgendwie hat sie einen damit unter Kontrolle behalten.«

Kent machte eine nachdenkliche Pause. »Ich weiß noch, wie sie mich einmal aufgefordert hat, ihr irgendein teures Parfüm mitzubringen. An die Marke kann ich mich nicht erinnern, aber es hat mich ungefähr vierhundert Dollar gekostet. Damit meine Frau nichts merkte, mußte ich das Geld bei der Credit Union aufnehmen und einen Monat lang zum Mittagessen in die verdammte Kantine gehen.« Er lachte beim Gedanken daran und sagte: »Mein Gott, bin ich froh, daß alles vorbei ist!«

»Aber das ist es nicht«, erinnerte ich ihn.

»Für mich schon.«

»Hoffen wir's, Bill.« Ich fragte ihn: »Hat sie jemals von Ihnen verlangt, gegen Ihre Dienstpflichten zu verstoßen?«

»Ach, das waren immer nur Kleinigkeiten. Strafzettel von Freunden, einmal eine Verwarnung wegen Schnellfahrens, die sie bekommen hatte. Nichts von Bedeutung.«

»Da bin ich anderer Meinung, Colonel.«

Er nickte. »Ich weiß, daß es für mein Verhalten keine Entschuldigung gibt.«

Genau das würde er vor dem Ermittlungsausschuß sagen; er konnte nichts Besseres sagen. Ich fragte mich, welche Gefälligkeiten sie von anderen Männern verlangt haben mochte. In meinen zwanzig Dienstjahren, darunter über fünfzehn beim CID, hatte ich noch keinen derart weitgestreuten Fall von Korruption in einem Standort erlebt oder auch nur davon gehört.

Cynthia fragte Kent: »Und General Campbell hat sie weder zur Vernunft bringen noch abschieben können?«

»Nicht ohne sich selbst als untauglichen und nachlässigen Kommandeur bloßzustellen. Als er mitgekriegt hat, daß seine Tochter – der Stolz der U. S. Army – seinen gesamten Stab verführt und kompromittiert hatte, war es für Disziplinarmaßnahmen längst zu spät. Er hätte nur das Pentagon informieren, die Entlassung aller Betroffenen verlangen und danach seinen Rücktritt einreichen können.« Kent fügte hinzu: »Oder der General hätte sich einfach erschießen können.«

»Oder sie umbringen«, schlug Cynthia vor.

Kent zuckte mit den Schultern. »Schon möglich. Aber nicht auf diese Weise.«

»Hätten wir nicht schon einen Hauptverdächtigen«, erklärte ich ihm, »wären Sie einer von vielen, Colonel.«

»Ja, ich weiß. Aber mich hat's nicht so schlimm erwischt wie einige der anderen. Manche sind wirklich in sie verliebt, von ihr besessen und vielleicht mörderisch eifersüchtig gewesen. Beispielsweise der junge Elby, der wochenlang Trübsal geblasen hat, wenn sie ihn links liegenließ. Vernehmen Sie Moore, und fragen Sie ihn, wen *er* verdächtigt. Der Dreckskerl weiß alles über sie, und wenn er behauptet, das falle unter die Schweigepflicht, bringe ich ihn mit Gewalt zum Reden!«

»Meine Methoden sind da etwas subtiler«, sagte ich. »Ich bemühe mich gerade, Moores Dienstzimmer versiegeln zu lassen, bis der Abtransport hierher genehmigt wird.«

»Sie sollten ihm einfach Handschellen anlegen.« Kent machte eine Pause. »Okay, jetzt wissen Sie auch, warum ich nicht wollte, daß Ihre hiesigen CID-Kollegen den Fall bearbeiten.«

»Ich kann's mir vorstellen. Hat jemand von ihnen was mit ihr gehabt?«

Nach kurzer Pause antwortete Kent: »Major Bowes, der CID-Kommandeur.«

»Wissen Sie das bestimmt?«

»Fragen Sie ihn doch selbst. Er gehört zu Ihren Leuten.«

»Wie ist Ihr Verhältnis zu Bowes?«

»Nicht besonders.«

»Woraus besteht das Problem?«

»Kompetenzgerangel. Wieso interessiert Sie das?«

»Bezieht sich das Kompetenzgerangel auf dienstliche oder anderweitige Aktivitäten?«

Kent antwortete nicht sofort. »Nun... Major Bowes hat geglaubt, Besitzansprüche anmelden zu können.«

»Er wollte nicht teilen?«

Kent nickte zustimmend. »Ein paar ihrer Freunde haben ähnlich reagiert. Daraufhin hat sie ihnen den Laufpaß gegeben.« Er fügte hinzu: »Verheiratete Männer sind wirklich Schweine.« Nach kurzer Pause sagte er: »Hier in Hadley dürfen Sie keinem trauen, Paul.«

»Auch Ihnen nicht?«

»Auch mir nicht.« Kent sah auf seine Uhr. »Sind wir fertig? Oder wollten Sie mich wegen einer bestimmten Sache sprechen?«

»Nein, eigentlich nicht.«

»Okay, dann fahre ich nach Hause. Sie erreichen mich dort bis sieben Uhr, danach wieder im Dienst. Wo sind Sie zu erreichen, falls sich irgendwas ergibt?«

»Wir sind beide im Offiziersheim untergebracht«, antwortete Cynthia.

»Danke. Meine Frau hat bestimmt schon versucht, mich aus Ohio anzurufen. Wahrscheinlich glaubt sie langsam, ich hätte eine Affäre. Gute Nacht.« Er wandte sich ab und ging den langen Weg mit weit weniger elastischen Schritten zurück als bei seinem Kommen.

»Ich kann's einfach nicht *glauben*«, stellte Cynthia fest. »Hat er uns gerade erzählt, daß Ann Campbell es mit den meisten höheren Offizieren dieses Standorts getrieben hat?«

»Ja, das hat er. Das sind also die Männer auf den Fotos.«

Cynthia nickte. »Und jetzt wissen wir, warum uns die ganze Atmosphäre hier so eigenartig vorgekommen ist.«

»Richtig. Die Verdächtigenliste ist mit einem Schlag verdammt lang geworden.«

Ich dachte über Colonel William Kent nach. Dieser Saubermann, dieser Vorkämpfer für Recht und Ordnung, dieser spröde, eher biedere Mann besaß einen Sexualtrieb, der ihn geradewegs ins Verderben geführt hatte. Ich fragte Cynthia: »Würde Bill Kent morden, um seinen guten Ruf zu schützen?«

»Das wäre denkbar«, antwortete sie. »Aber er hat angedeutet, sein Geheimnis sei allgemein bekannt gewesen und er habe damit rechnen müssen, daß General Campbell seine Karriere bei erster Gelegenheit beenden würde.«

Ich nickte zustimmend. »Gut, wenn er's nicht getan hat, um wie im Handbuch aufgeführt ›Schande und Demütigung‹ zu vermeiden – wie wär's dann mit Eifersucht?«

Cynthia überlegte und sagte dann: »Kent hat auch angedeutet, sein Verhältnis mit Ann Campbell sei für ihn nur Sport gewesen. Gelegentlich etwas Lust, aber keine emotionale Bindung.« Als sie merkte, daß mir das nicht genügte, fuhr sie fort: »Andererseits braucht das Major Bowes zugeschriebene Motiv – Besitzdenken und davon abgeleitet Eifersucht – nicht wahr zu sein und könnte dem entsprechen, was Bill Kent selbst empfunden hat. Als Cop weiß er, was in unserem Handbuch steht – und was wir denken.«

»Richtig. Trotzdem habe ich Mühe, mir diesen Kerl als leidenschaftlich, eifersüchtig oder zu emotionalen Bindungen fähig vorzustellen.«

»Ja, ich weiß. Aber ich kenne diesen Typ, Paul. Autoritär, konservativ, auf Vorschriften und Bestimmungen fixiert. Für solche wie ihn ist das ein Schutzmechanismus, weil sie sich vor ihren eigenen Leidenschaften fürchten und nur allzu gut wissen, was sich unter ihrem biederen Äußeren verbirgt. In Wirklichkeit fehlt's ihnen an Selbstbeherrschung; sie geraten leicht außer Kontrolle und sind dann praktisch zu allem imstande.«

Ich nickte zweifelnd. »Das klingt etwas zu sehr nach Psychologengeschwätz, finde ich.«

Sie zuckte mit den Schultern. »Schon möglich. Aber trotzdem sollten wir Colonel Kent im Auge behalten. Er hat andere Prioritäten als wir.«

KAPITEL NEUNZEHN

Cal Seiver sagte, er sei mit Ann Campbells Arbeitszimmer fertig, deshalb setzte ich mich auf ihr Sofa, um mir eine weitere Videoaufnahme aus ihrer Vortragsserie über Psychologische Kriegführung anzusehen. Um mich herum waren Männer und Frauen aus Fort Gillem damit beschäftigt, die mikroskopisch kleinen Partikel einer menschlichen Existenz zu untersuchen – hauptsächlich Dinge, die andere Leute als Schmutz bezeichnet hätten: Haare, Fasern, Staub, Fingerabdrücke, Kleckse und Flekken.

Für sich allein waren Haare, Fasern, Abdrücke und so weiter nicht belastend, aber falls beispielsweise an einer Flasche aus Ann Campbells Hausbar Fingerabdrücke gefunden wurden, die beispielsweise Colonel Fowler gehörten, gab es zwei Möglichkeiten: Er hatte ihr die Flasche gegeben, und sie hatte sie mit heimgenommen – oder er war in ihrem Haus gewesen. Wären seine Abdrücke jedoch an ihrem Badezimmerspiegel entdeckt worden, hätte das bewiesen, daß er tatsächlich in ihrem Haus gewesen war. Die Spezialisten, die mit Vergleichsabdrücken arbeiteten, hatten bisher nur Fingerabdrücke gefunden, die von mir, Cynthia, Ann Campbell und Colonel Kent stammten – und sich auf zweifache Weise erklären ließen.

Irgendwann würden sie auch Chief Yardleys Fingerabdrücke finden, die sich dadurch erklären ließen, daß Yardley Beweisstücke angefaßt hatte. Auch Moores Abdrücke würden gefunden werden, was aber nichts besagte, weil er ihr Boß und Nachbar gewesen war. Und da wir nicht mehr an Dinge wie Ann Campbells Spiegel oder Duschkabine herankamen, würden solche verräterischen Abdrücke nicht von uns, sondern von Chief Yardleys Leuten gefunden werden. Und unliebsame Fingerabdrücke – zum Beispiel die seines Sohnes – würden einfach verschwinden.

Erkenntnisse darüber, wer in ihrem Haus gewesen war, konnten uns in herkömmlicher, zäher Ermittlungsarbeit irgendwann zu ihrem Mörder führen. Und Erkenntnisse darüber, wer in ihrem Hobbyraum im Keller gewesen war, würden mir eine Liste von Männern verschaffen, die plötzlich sehr viel zu verlieren hatten, wenn sie nicht vorbehaltlos mit mir zusammenarbeiteten. Aber der Raum blieb vorerst unzugänglich, und dieser zweifellos reizvolle Weg konnte sich rasch als Irrweg erweisen.

Nützlicher waren Erkenntnisse darüber, wer am Tatort gewesen war, und wir standen dicht davor, den Nachweis zu führen, daß Colonel Charles Moore sich dort aufgehalten hatte, obwohl noch geklärt werden mußte, wann und warum er dort gewesen war.

Colonel William Kent. Ein Mann, der plötzlich ein Karriereproblem hatte – ganz zu schweigen von der unangenehmen Unterredung, die ihm mit Mrs. Kent bevorstand. Ich dankte Gott, daß ich bisher von solchen Problemen verschont geblieben bin.

Kent hatte uns vorhin praktisch Ehebruch, Verletzung seiner Dienstpflichten und eines Offiziers unwürdiges Verhalten gestanden, um nur drei Punkte der Anklage zu nennen, die der Chef des Heeresjustizwesens gegen ihn erheben würde. Das tun Leute bei Ermittlungen wegen Mordes häufig: Sie bringen ein kleines Opfer auf dem Altar der Justitia, wobei sie hoffen, die Göttin werde es annehmen und sich anderswo ein Menschenopfer suchen.

Wie Cynthia Kent einschätzte, war interessant, weil buchstäblich niemand sich William Kent als leidenschaftlichen oder eifersüchtigen Mann vorstellen konnte. Aber sie erkannte oder spürte instinktiv etwas, das ich nie wahrgenommen hätte. Wir wußten jetzt, daß Kent ein Verhältnis mit der Ermordeten gehabt hatte. Und für mich war er nicht unbedingt ein Mann, der aus Sport mit Frauen ins Bett ging. Folglich hatte er Ann Campbell geliebt und sie aus Eifersucht ermordet. Aber diese Schlußfolgerung stützte sich auf allzu viele unbewiesene Annahmen…

Ich konzentrierte mich wieder auf die schöne Ann Campbell auf dem Fernsehschirm. Sie stand vor mir und sprach mich direkt an, so daß wir guten Blickkontakt hatten. Sie trug eine hellgrüne Sommeruniform mit Rock und kurzärmliger Bluse und wirkte in Gestik, Körpersprache und Gesichtsausdruck selbstsicher und gelassen. Obwohl sie häufig als kühl geschildert wurde, wirkte sie keineswegs unzugänglich, während sie redete. Sie lächelte häufig, ging bereitwillig auf Zwischenfragen ein, machte selbst Scherze und lachte über amüsante Kommentare aus dem etwa hundert Männer zählenden Publikum. Ausgesprochen sexy war ihre Angewohnheit, den Kopf nach hinten zu werfen und sich ihr langes blondes Haar aus dem Gesicht zu streichen, wenn sie lachte.

Dies war kein vorprogrammierter Androide, der seinen Vortrag wie so viele Leute bei der Army – bestimmt auch Colonel Moore – herunterleierte. Dies war eine intelligente Frau, die gut reden, aber auch zuhören konnte, und sich für ihr etwas exotisches Fachgebiet ehrlich begeisterte. Wenn die Kamera gelegentlich das Publikum zeigte, waren die Gesichter aufmerksam zuhörender Männer zu sehen, denen offenbar nicht nur der Vortrag, sondern ganz besonders auch die Vortragende gefiel. Auch ich fand sie so attraktiv, daß ich kaum mitbekam, was sie sagte.

Cynthia, die zwei Becher Kaffee und einen Teller Krapfen mitbrachte, setzte sich neben mich. »Guter Film?« erkundigte sie sich.

»Ja.«

»Hast du nicht schon genug gesehen?«

»Nein.«

»Paul, willst du nicht endlich ins Bett gehen…?«

»Still!«

Sie stand ruckartig auf und stelzte beleidigt davon. Ich ließ den Videofilm weiterlaufen, während ich über Ann Campbell nachdachte. Nach Kents Darstellung hatte sie einen sorgfältig geplanten Rachefeldzug gegen ihren Feind – ihren Vater – geführt. Aber was war, wenn er nichts anderes verdient hatte? Was hatte Moore über den Täter gesagt? Daß er überzeugt gewesen sein müsse, recht zu handeln. Vielleicht hatte auch Ann Campbell geglaubt, im Recht zu sein. Folglich mußte ihr Vater ihr irgend etwas angetan haben, das sie zu diesem Rachefeldzug und letztlich zur Selbstvernichtung getrieben hatte. Ein denkbares Motiv für ihr Verhalten drängte sich geradezu auf: sexueller Mißbrauch der Tochter durch den Vater.

Das wäre die Deutung der Psychologen gewesen, wenn ich sie gefragt hätte, und es paßte zu allen psychologischen Fallgeschichten, die ich kannte. Sollte es zutreffen, war die einzige mögliche Belastungszeugin jetzt tot. Der General hätte es bestätigen *können*, aber nicht mal ich hatte Lust, mir daran die Finger zu verbrennen. Aber ich würde diskrete Nachforschungen anstellen, und möglicherweise ergab sich eine Gelegenheit, Mrs. Campbell sehr behutsam nach dem Verhältnis zwischen Vater und Tochter auszuhorchen.

Oder sollte Kent womöglich doch recht haben? Wozu Schlamm aufwühlen, der nichts mit dem Mord zu tun hatte? Aber wer konnte im voraus sagen, welcher Schlamm gebraucht wurde und welcher nicht?

Hatte der General also seine Tochter ermordet, um endlich seine Ruhe zu haben oder sie zum Schweigen zu bringen? Oder war Mrs. Campbell aus diesen Motiven zur Mörderin geworden? Und welche Rolle hatte Colonel Moore dabei gespielt? Je mehr Schlamm ich aufwühlte, desto mehr Schmutzflecken verteilten sich auf die Ladies und Gentlemen von Fort Hadley.

Cynthia kam heran und stopfte mir ein Stück Krapfen in den Mund. Wir standen offenbar vor etwas Intimerem, als uns nur Auto, Bad und Krapfen zu teilen. Aber in meinem Alter war es um zwei Uhr morgens eher unwahrscheinlich, daß Private Woody strammstehen würde.

»Vielleicht kannst du die Videofilme behalten, wenn der Fall abgeschlossen ist«, sagte Cynthia boshaft.

»Vielleicht wären mir die aus ihrem Keller lieber.«

»Sei nicht widerlich, Paul.« Trotzdem blieb Cynthia beim Thema. »Das ist ungesund, weißt du.«

Ich hielt lieber den Mund.

»Als junges Mädchen war ich in James Dean verknallt. Ich hab' mir seine Filme spätnachts im Fernsehen reingezogen und mich danach in den Schlaf geweint.«

»Welch ein erstaunlicher Fall von Nekrophilie! Und worauf willst du damit hinaus?«

»Okay, vergiß es. Jetzt die gute Nachricht. Die Reifenspuren auf Schießbahn fünf stammen von Colonel Moores Auto. Die Fingerabdrücke auf seiner Haarbürste, die von ihm stammen dürften, stimmen mit zwei Abdrücken auf den Zeltheringen, mit mindestens sechs an dem Jeep und einem in der Männertoilette überein. Außerdem hat sich im Siphon des dortigen Waschbekkens ein weiteres Haar gefunden, das von ihm stammen dürfte. Und sämtliche Fingerabdrücke auf dem Müllsack und seinem Inhalt stammen von Ann Campbell und Colonel Moore, was darauf hindeutet, daß beide diese Sachen angefaßt haben. Das alles scheint deine Rekonstruktion des Tathergangs zu untermauern. Meinen Glückwunsch!«

»Danke.«

»Wann kommt der Kerl also an den Galgen?«

»Soviel ich weiß, werden Offiziere durch Erschießen hingerichtet. Ich frage lieber nach, bevor ich mit Colonel Moore spreche.«

»Ist der Fall damit abgeschlossen?«

»Darüber muß ich erst mit Colonel Moore reden.«

»Reicht das Beweismaterial für eine Anklageerhebung, auch wenn er leugnet?«

»Schwer zu sagen. Die Indizienkette ist noch nicht lückenlos.«

»Richtig«, bestätigte Cynthia. »Da wäre zum Beispiel deine Theorie mit den nicht übereinstimmenden Zeiten, zu denen die Autoscheinwerfer gesehen worden sind. Wir können Moore nachweisen, daß er am Tatort gewesen ist – aber noch nicht, daß er Ann Campbell erdrosselt hat. Und wir haben kein Tatmotiv.«

»Genau. Und ohne Tatmotiv sind Geschworene schwer zu überzeugen. Außerdem kann's ein Unfall gewesen sein.«

»Klar, das wird er behaupten, falls er überhaupt den Mund aufmacht.«

»Richtig. Er wird ein Dutzend anderer Psychiater aufmarschieren lassen, die dem Gericht genau erklären, was sexuelle Asphyxie bedeutet, daß zwei erwachsene Partner in gegenseitigem Einverständnis gehandelt haben und daß er ihren Zustand falsch eingeschätzt hat, als sie einen Orgasmus hatte, während er sie stimulierte. Das Gericht wird fasziniert sein und ihn bestimmt nicht wegen Mordes und Vergewaltigung, nicht mal wegen Totschlags verknacken. Das Urteil dürfte auf fahrlässige Körperverletzung lauten, falls er nicht sogar freigesprochen wird.«

»Also?« fragte Cynthia. »Verhaften wir ihn?«

Ich schüttelte den Kopf.

»Das ist im Augenblick wohl die richtige Entscheidung«, bestätigte Cynthia.

Ich griff nach dem Telefonhörer und wählte Colonel Fowlers Nummer. Eine verschlafene Frauenstimme meldete sich. Ich gab meinen Namen an, und Fowler ließ sich den Hörer geben. »Ja, Mr. Brenner?« Das klang ziemlich aufgebracht.

»Colonel, ich möchte vorerst doch darauf verzichten, Colonel Moores Dienstzimmer versiegeln oder seine Einrichtung beschlagnahmen zu lassen«, sagte ich. »Das wollte ich Ihnen nur mitteilen.«

»Besten Dank.«

»Sie haben mich gebeten, Sie in bezug auf Festnahmen auf dem laufenden zu halten, und ich habe mir die Sache mit seiner Verhaftung doch wieder überlegt.«

»Ich habe nicht gewußt, daß Sie ihn verhaften wollten, Mr. Brenner. Aber rufen Sie mich bitte später an, falls Sie sich die Sache wieder anders überlegen, damit ich auf dem laufenden bleibe?«

»Natürlich, Sir.« Das machte Spaß. Sein trockener Humor gefiel mir. Ich erklärte ihm: »Ich habe angerufen, um Sie zu bitten, mit niemandem über diese Sache zu sprechen. Das könnte unsere Ermittlungen gefährden.«

»Ja, ich verstehe. Aber ich werde dem General Meldung machen.«

»Das müssen Sie wohl.«

»Ganz recht.« Er räusperte sich. »Haben Sie noch weitere Verdächtige?«

»Im Augenblick nicht. Aber ich habe einige gute Hinweise.«

»Das ist ermutigend. Sonst noch was?«

»Wie sich zeigt, scheint Captain Campbell ein – wie soll ich sagen – ein recht aktives Privatleben geführt zu haben.«

Eisiges Schweigen.

Deshalb fuhr ich fort: »Daß das rauskommen würde, war unvermeidlich. Ich weiß nicht, ob diese Sache bei ihrer Ermordung eine Rolle gespielt hat, aber ich werde mein Bestes tun, um den Schaden für Fort Hadley und die Army so gering wie möglich zu halten, und so weiter.«

»Wollen wir uns nicht morgen zum Kaffee bei mir treffen? Sagen wir um sieben Uhr?«

»Ich möchte Sie nicht schon so früh stören, Sir.«

»Mr. Brenner, Ihr an Ungehorsam grenzendes Verhalten macht mich allmählich stinksauer. Ich erwarte Sie pünktlich um sieben Uhr.«

»Ja, Sir.« Am anderen Ende wurde aufgelegt. Ich sagte zu Cynthia: »Ich muß mal mit den Fernmeldern wegen der Störungen im hiesigen Telefonnetz reden.«

»Was hat er gesagt?«

»Colonel Fowler möchte, daß wir um sieben Uhr zum Kaffee zu ihm kommen.«

Sie sah auf ihre Armbanduhr. »Schön, dann kriegen wir wenigstens noch ein bißchen Schlaf. Gehen wir?«

Ich sah mich um. Der größte Teil des Hangars war abgedunkelt, und auf den meisten Feldbetten lagen schlafende Gestalten, obwohl einige Unentwegte noch immer arbeiteten. »Okay, Schluß für heute.«

Auf dem Weg durch den Hangar fragte ich Cynthia: »Ist eigentlich ihr West-Point-Ring in dem Kleidersack gefunden worden?«

»Nein.«

»Und er war auch nicht zwischen ihrem Hausrat?«

»Nein. Ich habe Cal danach gefragt.«

»Merkwürdig.«

»Vielleicht hat sie ihn verloren«, meinte Cynthia. »Vielleicht liegt er zur Reparatur bei einem Juwelier.«

»Vielleicht.«

Cynthia fragte mich: »Paul, was würdest du zu ihr sagen, wenn sie draußen auf der Schießbahn lebend aufgefunden worden wäre und jetzt neben uns stünde?«

»Was würdest *du* zu ihr sagen? Für solche Fälle bist zu zuständig.«

»Ich frage aber *dich*.«

»Okay. Ich würde ihr raten, die Vergangenheit auf gesunde, nicht auf destruktive Weise zu bewältigen. Ich würde ihr erklären, sie brauche einen besseren Ratgeber als bisher, müsse versuchen, ihren Schmerz geistig zu überwinden, und solle sich bemühen, dem oder den Menschen zu verzeihen, von denen sie schlecht behandelt und ausgenützt worden sei. Ich würde ihr sagen, sie sei ein wertvoller Mensch, der noch viel vom Leben zu erwarten habe – und daß ihr die Achtung der anderen sicher sei, sobald sie ihre Selbstachtung zurückgewinne. Das würde ich zu ihr sagen.«

Cynthia nickte. »Ja, das hätte jemand zu ihr sagen sollen. Vielleicht hat's jemand getan. Aber sie hat etwas Schreckliches erlebt, und was wir sehen und hören, ist ihre Reaktion darauf. Solches Verhalten bei intelligenten, attraktiven und beruflich erfolgreichen Frauen ist häufig eine Folge irgendeines Traumas aus der Vergangenheit.«

»Zum Beispiel?«

Wir verließen den Hangar und traten in die angenehm kühle Nacht hinaus. Der Mond war schon untergegangen, und am klaren Himmel über Georgia schienen Millionen Sterne zu leuchten. Ich blickte über Jordan Field hinweg, dachte daran, wie hell beleuchtet der Platz Nacht für Nacht gewesen war, und erinnerte mich an eine bestimmte Maschine, die zwei- bis dreimal pro Woche irgendwann nach Mitternacht gelandet war. Zu Cynthia sagte ich: »Damals hab' ich hier Gefallene aus Vietnam ausgeladen.«

Sie gab keine Antwort.

Ich sprach weiter: »Falls sie nicht in Midland beigesetzt wird, versammeln sich alle hier, um von ihr Abschied zu nehmen. Morgen oder übermorgen, schätze ich.«

»Kommen wir auch?«

»Ich hab's vor.«

Auf dem Weg zu ihrem Wagen sagte Cynthia: »Um deine Frage von vorhin zu beantworten: Ich glaube, daß der Schlüssel für ihr Verhalten bei ihrem Vater zu suchen ist. Du weißt schon – eine dominierende Vatergestalt hat sie gedrängt, Offizier zu werden, hat versucht, ihr Leben zu kontrollieren, eine schwache Mutter, lange Abwesenheiten, häufige Umzüge, völlige Abhängigkeit und Unterordnung unter seine Karriere. Dagegen rebelliert sie auf die einzige Weise, die ihr offenzustehen scheint. Ein geradezu klassischer Fall.«

Wir stiegen ein, und ich sagte: »Okay, aber es gibt Hunderttausende von ganz normalen jungen Frauen aus vergleichbaren Verhältnissen.«

»Ja, ich weiß. Es kommt eben darauf an, wie man damit umgeht.«

»Ich denke eher an eine anomale Beziehung zu ihrem Vater, die ihren Haß erklären könnte.«

Cynthia fuhr an und sagte: »Ich weiß, was du meinst, und habe auch schon daran gedacht. Aber wenn du denkst, Mord und Vergewaltigung seien schwer zu beweisen, kannst du's mal mit Inzest versuchen. Davon würde ich an deiner Stelle die Finger lassen, Paul. Du riskierst, sie dir kräftig zu verbrennen.«

»Richtig. Bei meinem ersten Fall als CID Officer ging es um Kameradendiebstahl. Sieh dir bloß an, wie weit ich seit damals gekommen bin! Nur noch ein Schritt bis zum Abgrund.«

KAPITEL ZWANZIG

Cynthia parkte vor dem Offiziersheim, und wir nahmen die Außentreppe, um zu unseren Zimmern im ersten Stock zu gelangen. »Na dann«, sagte sie, »gute Nacht.«

»Hör zu «, antwortete ich, »ich berste vor Energie, bin zu aufgedreht, um schlafen zu können, und so weiter. Was hältst du von einem Drink vor dem Fernseher?«

»Nein, lieber nicht.«

»Am besten schlafen wir überhaupt nicht. Ein paar Stunden Schlaf sind schlechter als gar keiner. Wir entspannen uns, duschen, ziehen uns um und fahren zu Colonel Fowler.«

»Nun, ich weiß nicht...«

»Komm rein.« Ich öffnete die Tür, und Cynthia folgte mir ins Zimmer. Sie griff nach dem Telefonhörer, rief den Unteroffizier vom Dienst an und bestellte einen Weckruf für fünf Uhr dreißig. Zu mir sagte sie: »Bloß für den Fall, daß wir doch einschlafen.«

»Gute Idee«, stimmte ich zu. »Leider kann ich dir keinen Drink anbieten, und ich sehe hier keinen Fernseher. Wie wär's mit Pfänderspielen?«

»Paul...«

»Ja?«

»Ich kann nicht.«

»Okay, dann Schere, Stein, Papier? Weißt du, wie das gespielt wird? Paß auf, ich erklär's dir...«

»Ich kann nicht hierbleiben. Dieser Tag hat mich ziemlich mitgenommen. Es wäre nicht richtig. Und wir hätten bestimmt nichts davon.« Und so weiter und so fort.

»Gut, ich verstehe«, sagte ich. »Geh lieber ins Bett. Ich klopfe an die Tür, wenn ich geweckt worden bin.«

»Okay. Tut mir leid, Paul. Ich lasse die Türen zum Bad offen.«

»Danke. Wir sehen uns in ein paar Stunden.«

»Gute Nacht.« Sie ging in Richtung Bad, kam wieder zurück, küßte mich leicht auf die Lippen, begann zu weinen und verschwand im Bad. Ich hörte Wasser laufen, dann wurde die Tür zu ihrem Zimmer geöffnet, danach herrschte Stille.

Ich zog mich aus, hängte meine Sachen auf und kroch unter die Bettdecke. Sekunden später war ich weg, denn als nächstes hörte ich das Telefon klingeln. Ich meldete mich und erwartete, den bestellten Weckruf oder Cynthias Stimme zu hören, die mich einlud, zu ihr hinüberzukommen. Aber statt dessen hörte ich Colonel Fowlers Baß. »Brenner?«

»Ja, Sir.«

»Schlafen Sie noch?«

»Nein, Sir.«

»Gut. Nehmen Sie Milch?«

»Wie bitte?«

»Ich habe weder Milch noch Sahne im Haus, Brenner.«

»Schon gut…«

»Das wollte ich Ihnen nur mitteilen.«

»Danke, Colonel.«

Ich glaubte, ihn lachen zu hören, bevor er auflegte. Meine Armbanduhr zeigte fünf Uhr zwanzig, deshalb stand ich auf, torkelte ins Bad und stellte mich unter die Dusche. Ein scheußlicher Morgen! Ich hatte das Gefühl, auf nur zwei Zylindern zu laufen – und das bei fast leerem Tank. Aber ich mußte dieses Tempo noch etwa achtundvierzig Stunden lang durchhalten, bevor ich Fort Hadley als strahlender Sieger verlassen konnte – oder bevor ich hier abstürzte und in Flammen aufging.

Durch Dampfschwaden und das Milchglas der Duschkabine sah ich eine Gestalt an der Tür zu Cynthias Zimmer stehen. »Darf ich reinkommen?«

»Klar.«

Sie trug etwas Weißes, vermutlich ein Nachthemd, und verschwand in der WC-Kabine. Dann kam sie wieder zum Vorschein, trat ans Waschbecken und blieb mit dem Rücken zu mir stehen. Sie wusch sich das Gesicht und fragte laut, um das Rauschen der Dusche zu übertönen: »Wie fühlst du dich?«

»Geht so. Und du?«

»Nicht schlecht. Hat dein Telefon geklingelt?«

»Ja. Colonel Fowler. Er wollte mich bloß ärgern.«

Cynthia lachte. »Geschieht dir recht!«

Mein Telefon klingelte erneut. »Das ist der Weckruf«, sagte ich. »Gehst du mal ran?«

Cynthia legte die Zahnbürste weg und spülte sich den Mund aus. »Klar.« Sie verschwand nach nebenan und kam sofort zurück. »Es ist halb sechs.« Sie trat wieder ans Waschbecken, gurgelte und fragte dann: »Wird das wieder eine Marathonduscherei?«

»Ja. Willst du Zeit sparen?«

Keine Antwort. Vielleicht war das nicht deutlich genug gewesen. »Cynthia?«

Sie trat vom Waschbecken zurück, und ich hörte, wie sie zu sich selbst sagte: »Warum eigentlich nicht?«

Cynthia zog ihr Nachthemd über den Kopf, öffnete die Tür der Duschkabine und kam herein. »Wasch mir den Rücken«, forderte sie mich auf.

Ich wusch ihr den Rücken. Dann beschäftigte ich mich mit der Vorderseite. Wir umarmten und küßten uns, und das Wasser lief über uns, und unsere Körper drängten sich gegeneinander. Das brachte schöne Erinnerungen zurück, und ich hatte beinahe das Gefühl, wieder in Brüssel zu sein. Auch in Woody wurden alte Erinnerungen wach, und er stand fröhlich auf – wie ein alter Jagdhund, wenn sein Herr nach einjähriger Abwesenheit wieder hereinkommt.

»Paul… nicht aufhören… weiter!«

»Keine Angst, ich höre nicht auf. Hier oder im Bett?«

»Hier. Gleich jetzt!«

Ausgerechnet in dem Moment klingelte mein Telefon, und Cynthia sagte: »Geh lieber ran.«

»Verdammt!« Wir trennten uns, und sie hängte den Waschlappen an meinen Haken und lachte.

Ich wischte ihn weg, trat aus der Dusche, griff mir unterwegs ein Badetuch, nahm den Hörer ab und meldete mich: »Brenner.«

»Sie sind verdammt schwer zu finden, muß ich sagen.«

»Wer sind Sie?«

»Nicht Ihre Mama, mein Sohn.«

»Oh…«

Chief Yardley erklärte mir: »Bill Kent hat mir gerade erzählt, daß Sie beschlossen haben, in Fort Hadley zu bleiben. Warum kommen Sie nicht heim in Ihren Wohnwagen?«

»Was?«

»Ich hab' den ganzen verdammten Tag gebraucht, um rauszukriegen, wo Sie hausen – und dann komme ich hierher, und Sie sind nicht da! Kommen Sie heim, Junge.«

»Scheiße – sind Sie in meinem Trailer?«

»Klar doch, Paul. Bloß Sie sind nicht da.«

»Hey, Chief, Sie geben sich mit diesem komischen Dialekt wohl extra Mühe?«

»Erraten!« Yardley lachte. »Wissen Sie, was ich gerade mache? Ich räume Ihren Wohnwagen für Sie aus. Wozu wollen Sie hier Miete zahlen, wenn Sie doch nie wieder zurückkommen?«

»Sie haben kein Recht, dort…«

»Sparen Sie sich den Gedanken 'ne Weile auf, mein Sohn. Vielleicht kommen wir später darauf zurück. In der Zwischenzeit können Sie bei mir vorbeikommen und sich Ihre Sachen abholen.«

»Chief, ich bewahre dort dienstliche Unterlagen auf…«

»Yeah, ich weiß. Hab' das Schloß aufbrechen müssen. Eine Pistole, verschiedene amtliche Schriftstücke, ein ganzes Buch mit Codes oder dergleichen… und was noch? Ein Paar Handschellen, mehrere Uniformen und ein Dienstausweis, der einem gewissen White gehört. Sie leben hier wohl mit 'nem schwulen Freund zusammen?«

»Hören Sie…« Cynthia kam in ein Badetuch gewickelt herein

und setzte sich aufs Bett. Ich sagte zu Yardley: »Schön, diesmal haben Sie gewonnen.«

»Es geht noch weiter. Schachtel Kondome, hautenge Minislips – gehören die Ihnen oder Ihrem Freund?«

»Chief…«

»Passen Sie auf, mein Sohn, Sie kommen zu uns aufs Revier und holen sich Ihre Sachen ab. Ich erwarte Sie dort.«

»Nein, *Sie* bringen mir meine dienstlichen Unterlagen hierher ins MP-Gebäude. Wir treffen uns dort um zwölf Uhr.«

»Lassen Sie mich 'ne Weile darüber nachdenken.«

»Tun Sie das. Und bringen Sie Wes mit. Ich möchte mit ihm reden.«

Yardley antwortete nicht gleich. »Das können Sie hier auf dem Revier«, sagte er dann.

»Ich warte einfach, bis er zum Trauergottesdienst kommt. Er nimmt doch daran teil?«

»Vermutlich schon. Aber bei uns erledigt man auf Beerdigungen keine Dienstgeschäfte.«

»Das sollten Sie aber. Bei dieser Gelegenheit kommen nach einem Mord alle zusammen.«

»Okay, ich lass' Sie mit ihm reden, weil ich will, daß der Schweinehund, der sie ermordet hat, hinter Gitter kommt. Aber ich sag' Ihnen, mein Junge hat in der fraglichen Nacht Streifendienst gehabt, sein Partner kann das bestätigen und daß wir Tonbandaufnahmen vom Funksprechverkehr der beiden haben.«

»Davon bin ich überzeugt. Übrigens haben Sie und Ihre Leute ab sofort Zutritt zum Hangar. Ich möchte, daß unser Laborteam sich Captain Campbells Haus vornimmt.«

»Yeah? Wozu? Sie haben die verdammte Bude gründlich ausräumen lassen. Meine Jungs haben ihr eigenes Klopapier mitbringen müssen.«

»Ich erwarte Sie und Wes um zwölf Uhr. Bringen Sie meine Sachen und die dienstlichen Unterlagen mit.«

»Verlassen Sie sich lieber nicht drauf, mein Sohn.«

Er legte auf. Ich knallte den Hörer auf die Gabel und wickelte mich enger in mein Badetuch. »Burt Yardley?« erkundigte Cynthia sich.

»Allerdings!«

»Was wollte er?«

»Mich aufs Kreuz legen. Der Schweinehund hat meinen Wohnwagen ausgeräumt.« Ich lachte. »Der Kerl gefällt mir. Heutzutage gibt's zu viele Schlappschwänze. Yardley ist ein hartgesottener alter Knacker.«

»Das bist du nächstes Jahr auch.«

»Hoffentlich.« Ich sah auf meine Armbanduhr auf dem Nachttisch. »Zehn vor sechs. Haben wir noch Zeit?«

Sie stand auf. »Ich muß meine Haare fönen, mich anziehen, mich zurechtmachen...«

»In Ordnung. Verschieben wir's?«

»Klar.« Nach einigen Schritten in Richtung Bad blieb Cynthia stehen, drehte sich um und fragte mich: »Bist du im Augenblick mit jemandem zusammen?«

»Ja – mit dir.«

»Okay, ich hatte vergessen, daß du diesen Ausdruck nicht magst. Unterhältst du romantische Beziehungen zu irgendeiner Frau?«

»Nein, im Augenblick lebe ich gewissermaßen in einem beziehungslosen Vakuum. Nach dir hat's keine andere mehr gegeben.«

»Gut. Das macht die Sache einfacher.«

»Richtig – bis auf Major Wie-heißt-er-gleich-wieder? Dein Ehemann?«

»In diesem Punkt gibt's für mich keine Zweifel mehr.«

»Wie ermutigend! Wir wollen keine Wiederholung von Brüssel, stimmt's?«

Cynthia lachte. »Entschuldigung. Warum finde ich das komisch?«

»Weil du nicht in die Pistolenmündung geblickt hast.«

»Nein, aber dafür hast *du* dir nicht ein Jahr lang sein Gelaber anhören müssen.« Sie machte eine Pause. »Okay, Paul, dafür bin ich dir was schuldig. Heute nacht begleiche ich meine Schulden, und dann sehen wir zu, wie's mit uns beiden weitergeht.«

»Ich freu' mich schon drauf.«

»Ich auch.« Sie zögerte, bevor sie fortfuhr: »Du bist von diesem Fall geradezu besessen. Du brauchst mal wieder etwas Entspannung.«

»Du bist eine sensible und aufbauende Partnerin.«

Sie verschwand im Bad, und ich begann nachdenklich, mich anzuziehen. Cynthia hatte recht. Was wir heute nacht vorhatten, konnte für unsere gemeinsame Zukunft entscheidend sein. Vielleicht hatte diese verfahrene Situation dann wenigstens für uns etwas Gutes.

KAPITEL EINUNDZWANZIG

Die Offizierssiedlung Bethany Hill in Fort Hadley besteht aus etwa dreißig Villen im Kolonialstil auf einem mindestens fünfundzwanzig Hektar großen, parkartig angelegten Grundstück. Diese Häuser stammen alle aus den zwanziger und dreißiger

Jahren, als die Offiziere noch Gentlemen waren, von denen erwartet wurde, daß sie innerhalb des Kasernengeländes wohnten – und als es weit weniger Offiziere gab als heutzutage.

Aber die Zeiten ändern sich, und die Army kann nicht mehr jedem Offizier ein Haus, ein Pferd und einen Burschen stellen. Trotzdem bleiben die Villen auf dem Hügel für die höchsten Offiziere des Standorts reserviert, und Colonel Fowler hielt es vermutlich für angebracht, dort zu wohnen. Wahrscheinlich lebte auch Mrs. Fowler lieber dort. Natürlich werden Schwarze in Midland – schon wegen des jahrzehntelangen Einflusses des Forts – nicht mehr diskriminiert. Aber das gesellschaftliche Klima in Bethany Hill war sicher bekömmlicher als in einem der besseren Wohnviertel der Stadt.

Der einzige Nachteil dieser Siedlung war ihre Nähe zu den Schießbahnen, von denen die erste keine fünf Kilometer südlich des Hügels lag. Wenn dort draußen nachts geschossen wurde und dazu noch Südwind war, mußte das Gewehrfeuer auch in Bethany Hill zu hören sein. Aber für manche dieser alten Infanteristen war das vermutlich einschläfernd wie ein Wiegenlied.

Cynthia trug zu einem beigen Rock eine grüne Seidenbluse, und ich sagte zu ihr: »Du siehst hübsch aus heute morgen.«

»Danke. Wie lange muß ich diesen blauen Anzug noch sehen?«

»Das ist diese Woche mein Dienstanzug.« Ich fügte hinzu: »Leider verdeckt dein Make-up nicht die dunklen Schatten unter deinen Augen, die außerdem und geschwollen sind.«

»Um wieder fit zu sein, brauche ich mich bloß richtig auszuschlafen. Du allerdings bräuchtest einen Geburtstag neueren Datums.«

»Sind wir heute morgen ein bißchen mürrisch?«

»Entschuldige, bitte.« Sie legte ihre Hand auf mein Knie. »Unser Versuch, unsere Freundschaft zu erneuern, findet nicht gerade unter idealen Voraussetzungen statt.«

»Richtig. Aber wir kommen doch gut voran.«

Wir fanden Colonel Fowlers Haus: eine hübsche Villa im Kolonialstil mit grüner Haustür, grünen Fensterrahmen und grünen Fensterläden. In der Einfahrt standen ein Ford-Kombi und ein Chrysler Cherokee. Amerikanische Autos sind bei hohen Offizieren nicht gerade in Mode, aber auch das war eigentlich eine gute Idee.

Wir parkten auf der Straße, stiegen aus Cynthias Mustang und folgten dem Plattenweg zur Haustür. Kurz vor sieben Uhr war es auf Bethany Hill noch kühl, aber die Morgensonne am wolkenlosen Himmel ließ ahnen, daß auch dies ein heißer Sommertag werden würde.

Ich sagte zu Cynthia: »Colonels mit genügend Dienstjahren, um General werden zu können – zum Beispiel Fowler und Kent –, reagieren sehr empfindlich auf Probleme, die ihre Karriere beeinträchtigen könnten.«

»Jedes Problem ist auch eine Chance«, behauptete Cynthia.

»Manchmal ist jedes Problem ein Problem«, antwortete ich. »Kent ist beispielsweise erledigt.« Um Punkt sieben Uhr klingelte ich an der grünen Haustür.

Eine attraktive Schwarze in einem leichten Baumwollkleid öffnete und rang sich ein Lächeln ab. Bevor ich unsere Namen nennen konnte, sagte sie schon: »Oh, Ms. Sunhill und Mr. Brenner, nicht wahr?«

»Ja, Ma'am«, sagte ich.

Danach folgte eine unbehagliche Pause, bis sie uns hereinbat und durch die Diele nach hinten führte.

Cynthia sagte lobend: »Schön haben Sie's hier.«

»Danke«, antwortete Mrs. Fowler.

»Haben Sie Captain Campbell gut gekannt?« erkundigte Cynthia sich.

»Oh, nein, nicht besonders gut.«

Eine merkwürdige Antwort! Ich meine, wie konnte die Frau des Stellvertreters von General Campbell die Tochter des Generals nicht gut kennen? Mrs. Fowler wirkte geistesabwesend; sie vergaß, auf Kleinigkeiten zu achten, die für die Frau eines Colonels selbstverständlich hätten sein müssen. Ich fragte sie: »Haben Sie seit der Tragödie schon mit Mrs. Campbell gesprochen?«

»Mrs. Campbell? Nein, ich – ich bin zu durcheinander gewesen…«

Nicht so durcheinander wie die Mutter der Ermordeten, und dieser Beileidsbesuch hätte längst erfolgen müssen.

Bevor ich weiterfragen konnte, erreichten wir unser Ziel: die Veranda hinter dem Haus, auf der Colonel Fowler eben telefonierte. Er trug schon seine grüne Sommeruniform mit Krawatte, aber die Jacke hing noch über einem Stuhl. Er bot uns mit einer Handbewegung zwei Rattansessel hinter einem niedrigen Tischchen an, und wir nahmen Platz.

Mrs. Fowler entschuldigte sich und verschwand. Der Colonel hörte weiter am Telefon zu und sagte dann: »Ich verstehe, Sir. Ich sag's ihnen.« Er legte auf und sah zu uns hinüber. »Guten Morgen.«

»Guten Morgen, Colonel.«

»Kaffee?«

»Bitte.«

Fowler schenkte zwei Tassen ein und deutete auf den Zucker. Er begann ohne Vorrede: »Ich habe in der Army sehr wenig Diskriminierung erlebt und kann auch für andere Minderheiten sprechen, wenn ich sage, daß in der Army, in der Rasse und Religion so gut wie keine Rolle spielen, weitgehende Chancengleichheit herrscht. Bei den Mannschaftsdienstgraden mögen Rassenprobleme auftreten, aber es gibt keine systematische Diskriminierung aus rassistischen Gründen.«

Da ich nicht wußte, worauf er hinauswollte, nahm ich mir erst mal Zucker.

Fowler wandte sich an Cynthia. »Sind Sie jemals wegen Ihres Geschlechts diskriminiert worden?«

Nach kurzem Zögern antwortete sie: »Vielleicht – ja, einige Male.«

»Sind Sie jemals sexuell belästigt worden?«

»Ja.«

»Sind Sie das Opfer von Gerüchten, Andeutungen oder Lügen geworden?«

»Vermutlich...«

Colonel Fowler nickte. »Womit bewiesen wäre, daß ich als schwarzer Mann weniger Probleme gehabt habe als Sie als weiße Frau.«

Cynthia antwortete: »Ich weiß, daß Frauen in der Army gegenüber Männern benachteiligt sind. Aber das ist auf der ganzen Welt so. Worauf wollen Sie hinaus, Colonel?«

»Darauf, Ms. Sunhill, daß Captain Ann Campbell es hier in Hadley verdammt schwer gehabt hat. Wäre sie zum Beispiel der Sohn des Generals gewesen und hätte am Golf, in Panama oder auf Grenada gekämpft, wäre sie wie viele Söhne großer Krieger in allen Zeitaltern von der Truppe geradezu verehrt worden. Statt dessen ist ihr nachgesagt worden, sie habe für jeden, der es nur wollte, die Beine breitgemacht. Entschuldigen Sie meine Ausdrucksweise.«

Ich warf ein: »Und hätte Captain Campbell es als ruhmreich heimgekehrter Sohn eines Generals mit sämtlichen Soldatinnen des Standorts getrieben, hätte er im O Club nie wieder selbst einen Drink bezahlen müssen.«

Colonel Fowler sah zu mir hinüber. »Genau! Bei Männern und Frauen gilt diese eigenartige Doppelmoral, die wir nicht tolerieren würden, wenn sie rassisch bedingt wäre. Sollten Sie Tatsachen über Captain Campbells Sexualleben erfahren haben, möchte ich sie hören, obwohl mir der Wahrheitsgehalt solcher Behauptungen an sich gleichgültig ist.«

»Tut mir leid, aber ich darf meine Quellen vorerst nicht preisgeben«, antwortete ich. »Captain Campbells Sexualleben interessiert mich nur, falls oder sofern es im Zusammenhang mit ihrer Ermordung steht. Es interessiert mich nicht als unterhaltsame Begleiterscheinung ihrer Vergewaltigung und Ermordung draußen auf der Schießbahn.« In Wirklichkeit war sie nicht ermordet worden, aber ich hatte nicht die Absicht, aus dem Autopsiebericht zu zitieren.

Colonel Fowler sagte: »Davon bin ich überzeugt, Mr. Brenner. Ich wollte Ihr Berufsethos keineswegs anzweifeln. Aber ich rate Ihnen dringend, diesen Zusammenhang im Auge zu behalten, damit aus Ihren Ermittlungen keine Hexenjagd wird.«

»Hören Sie, Colonel, ich verstehe Ihre Besorgnis und die der Hinterbliebenen. Aber wir reden hier nicht von Andeutungen und Gerüchten, sondern wir reden von beweisbaren Tatsachen. Ann Campbell hat nicht nur ein aktives Sexualleben geführt, was in ihrer Position in dieser Männerarmee nicht allein ihre Sache gewesen ist; sie hat auch ein potentiell gefährliches Sexualleben geführt. Über Doppelmoral könnten wir den ganzen Vormittag weiterdiskutieren, aber wenn ich höre, daß die Tochter eines Generals mit der Hälfte aller verheirateten höheren Offiziere eines Standorts geschlafen hat, denke ich nicht an Schlagzeilen, sondern an mögliche Täter. Als Ermittler fallen mir keine

Wörter wie ›Nutte‹ oder ›Nymphomanin‹ ein. Aber ich denke an ›Erpressung‹ und ›Tatmotiv‹. Habe ich mich klar genug ausgedrückt, Sir?«

Colonel Fowler nickte knapp. »Habe ich Ihre Zusicherung, daß Ihr Bericht nur das absolut notwendige Minimum an Tatsachen enthält, falls es zu einer Verhaftung kommt?«

Ich hatte gute Lust, ihm Ann Campbells Hobbyraum im Keller zu schildern und ihm zu erzählen, was ich getan hatte, um den Schaden möglichst zu begrenzen. Statt dessen sagte ich: »Eigentlich hätte auch Chief Yardley Anspruch auf das Beweismaterial in Captain Campbells Haus gehabt. Aber Ms. Sunhill und ich haben dafür gesorgt, daß ihr gesamtes Eigentum, das ihre Angehörigen oder die Army in Verlegenheit hätte bringen können, jetzt nicht öffentlicher Belustigung dienen kann. Taten sprechen lauter als Worte, finde ich.«

Fowler nickte erneut und sagte dann ganz unerwartet: »Ich bin sehr mit Ihnen beiden zufrieden. Ich habe mich nach Ihnen erkundigt, und Sie sind überall gelobt worden. Wir wissen es sehr zu schätzen, daß Sie diesen Fall bearbeiten.«

Obwohl ich ihm das nicht abnahm, antwortete ich: »Besten Dank, Sir. Freut mich, das zu hören.«

Er schenkte uns Kaffee nach und sagte dann: »Sie haben also einen Verdächtigen. Colonel Moore.«

»Richtig«, bestätigte ich.

»Warum ist er verdächtig?«

»Weil«, antwortete ich, »die Spurensicherung ergeben hat, daß er am Tatort gewesen ist.«

»Aha... Aber es gibt keinen Beweis dafür, daß er sie ermordet hat?«

»Nein. Er könnte vor oder nach dem Mord am Tatort gewesen sein.«

»Aber Sie haben keinen Beweis dafür, daß *sonst jemand* am Tatort gewesen ist?«

»Keinen schlüssigen Beweis.«

»Ist er dann nicht der Hauptverdächtige?«

»Bisher schon.«

»Lassen Sie Anklage gegen ihn erheben, falls er nicht gesteht?«

»In Fällen dieser Art spreche ich nur eine Empfehlung aus. Die endgültige Entscheidung wird erst von Washington getroffen.«

»Aber Ihr Bericht und Ihre Empfehlung sind doch bestimmt die entscheidenden Faktoren?«

»Vermutlich die einzigen, da keiner weiß, was tatsächlich passiert ist.« Ich fügte hinzu: »Ich muß Ihnen jetzt sagen, Sir, daß diese Gerüchte, die Ann Campbell mit verschiedenen Offizieren in Verbindung bringen, auch den Militärrichter im Stab des Generals und weitere Offiziere betreffen können, die dann vielleicht nicht so objektiv handeln, wie sie sollten. Ich hasse es, Mißtrauen zu säen, aber ich teile Ihnen lediglich mit, was ich gehört habe.«

»Von wem gehört?«

»Das darf ich nicht sagen. Aber ich schätze meine Quelle als zuverlässig ein und vermute, daß Sie wissen, wie umfangreich das Problem ist. Ich glaube nicht, daß Sie hier aus eigener Kraft Ordnung schaffen können, Colonel. Aber vielleicht sind Ms. Sunhill und ich dazu imstande.«

Fowler nickte. »Was das betrifft, habe ich vorhin mit General Campbell telefoniert, als Sie gekommen sind. Inzwischen hat sich etwas Neues ergeben.«

Das konnte nichts Gutes bedeuten. »Ja?«

»Bei einer Besprechung mit Colonel Hellmann, Ihrem Vorgesetzten, dem Chef des Heeresjustizwesens und weiteren Beteiligten hat das Justizministerium sich dafür entschieden, die Ermittlungen dem FBI zu übertragen.«

Scheiße! »Das bedeutet natürlich, daß ich nichts mehr zur Schadensbegrenzung tun kann«, erklärte ich Colonel Fowler. »Darüber sollten Sie und jeder, der eine grüne Uniform trägt, sich im klaren sein.«

»Richtig. Einige Leute sind ziemlich aufgebracht. Da nicht alle im Pentagon wissen, wieviel Schadensbegrenzung erforderlich ist, haben sie diesen Vorschlag ohne echte Gegenwehr akzeptiert. Immerhin ist's ihnen gelungen, einen Kompromiß auszuhandeln.«

Wir machten uns nicht die Mühe, danach zu fragen, aber Colonel Fowler teilte uns mit: »Sie beide führen die Ermittlungen bis morgen mittag weiter. Haben Sie bis dahin keine Verhaftung vorgenommen und keine Anklageerhebung empfohlen, werden Sie als Ermittler abgelöst. Allerdings stehen Sie dem FBI auch danach beratend zur Seite.«

»Ich verstehe.«

»In Atlanta wird gegenwärtig ein Ermittlungsteam aus FBI-Agenten, Mitarbeitern des Chefs des Heeresjustizwesens, Angehörigen des Justizministeriums und hohen CID-Offizieren aus Falls Church zusammengestellt.«

»Na, hoffentlich müssen die alle im Offiziersheim wohnen!«

Colonel Fowler rang sich ein Lächeln ab. »Uns ist das natürlich nicht recht, und Ihnen geht's bestimmt ähnlich. Aber im Grunde genommen ist diese Entwicklung unvermeidlich gewesen.«

Cynthia protestierte: »Colonel, Offiziere werden nicht jeden Tag ermordet, aber das sieht sehr nach Overkill aus. Das ist mehr eine PR-Maßnahme als solide Polizeiarbeit.«

»Dieser Einwand ist auch vorgebracht worden. Tatsache ist jedoch, daß sie eine Frau war, daß sie vergewaltigt worden ist und daß sie General Campbells Tochter war.« Er fügte hinzu: »Gleiches Recht für alle – aber manche Leute bekommen etwas mehr davon.«

»Ich bin mir darüber im klaren, daß Sie nichts mit dieser Entscheidung zu tun gehabt haben, Colonel«, sagte ich. »Aber Sie sollten mit General Campbell darüber sprechen und zu erreichen versuchen, daß sie gekippt oder wenigstens abgemildert wird.«

»Das habe ich bereits getan. So ist der Kompromiß erzielt worden. Sie und Ms. Sunhill sollten schon um Mitternacht abgelöst werden. General Campbell und Colonel Hellmann haben Ihnen diese Frist verschafft, weil sie glauben, daß Sie kurz vor einer Verhaftung stehen. Falls die Beweise gegen Colonel Moore für eine Verhaftung ausreichen, sollten Sie vielleicht jetzt zugreifen. Unsere Erlaubnis dazu haben Sie.«

Ich dachte kurz nach. Alle schienen Colonel Moore für einen idealen Sündenbock zu halten. Und warum eigentlich nicht? Moore war nicht nur am Tatort gewesen, sondern auch ein Spinner, der an unheimlichen Geheimprojekten arbeitete, schlechtsitzende Uniformen trug, General Campbell wegen seiner Beziehung zu Ann Campbell gegen sich aufgebracht hatte, keine nennenswerten Auszeichnungen besaß und in Offizierskreisen nicht gerade beliebt war. Zu Colonel Fowler sagte ich: »Da mir noch ungefähr dreißig Stunden bleiben, möchte ich sie ausnützen.«

Fowler wirkte leicht enttäuscht. Er erkundigte sich: »Was hindert Sie daran, aufgrund der vorliegenden Beweise tätig zu werden?«

»Die Beweise sind zu dünn, Colonel.«

»Sie scheinen aber auszureichen.«

»Hat Colonel Kent Ihnen das gesagt?«

»Ja, und Sie haben selbst angedeutet, daß Colonel Moores Anwesenheit am Tatort sich beweisen läßt.«

»Richtig – aber es geht noch um Zeiten, das Tatmotiv und letztlich die Tatausführung selbst. Für mich steht fest, daß Colonel Moore irgend etwas mit den Ereignissen dort draußen zu tun gehabt hat, aber die Beweise reichen nicht aus, um ihn wegen Mordes anzuklagen. Ich halte es für meine Pflicht, ihm die Tat nachzuweisen, anstatt ihn bloß festzunehmen und diesen Nachweis dem Gericht zu überlassen.«

»Glauben Sie, daß er gestehen würde?«

»Das weiß man erst, wenn man fragt.«

»Wann wollen Sie ihn fragen?«

»Im allgemeinen frage ich, wenn der Verdächtige und ich zu einem Gespräch dieser Art bereit sind. In diesem Fall werde ich unter Umständen warten, bis meine Zeit fast abgelaufen ist.«

»Gut, wie Sie wollen. Brauchen Sie Unterstützung vom hiesigen CID?«

»Auch Major Bowes soll zu den Liebhabern der Verstorbenen gehört haben.«

»Das ist ein unbewiesenes Gerücht!«

»Ganz recht. Aber wenn ich – nein, Colonel, wenn *Sie* ihn bei seiner Ehre als Offizier fragen, sagt er Ihnen vermutlich die Wahrheit. Allein der Verdacht, er könnte beteiligt gewesen sein, disqualifiziert ihn als Ermittler. Auch mit seinen Leuten möchte ich nichts zu tun haben.«

»Ich verstehe, was Sie meinen, Mr. Brenner, aber eine vage Anschuldigung – selbst das Eingeständnis sexueller Beziehungen zu der Ermordeten – disqualifiziert Major Bowes nicht automatisch als Ermittler.«

»Da bin ich anderer Auffassung. Für mich gehört er sogar zu den in zweiter Linie Verdächtigen, bis er ein Alibi beibringen kann. Und da wir schon mal beim Thema sind, Colonel, können wir jetzt mit Ihrer Befragung anfangen?«

Colonel Fowler schenkte sich mit ruhiger Hand Kaffee nach und fragte dabei: »Darf ich Sie zum Frühstück einladen?«

»Nein, vielen Dank, Colonel.«

Er nickte mir zu. »Gut, legen Sie los!«

Ich legte los. »Haben Sie intime Beziehungen zu Ann Campbell gehabt?«

»Nein.«

»Kennen Sie jemanden, der welche zu ihr gehabt hat?«

»Colonel Kent hat Ihnen gestanden, ein Verhältnis mit ihr gehabt zu haben. Weitere Namen möchte ich nicht nennen, weil das die Betreffenden auf Ihre Liste mit Verdächtigen zu bringen scheint.«

»Okay, bleiben wir bei dieser Liste. Kennen Sie jemanden, der ein Motiv gehabt haben könnte, sie zu ermorden?«

»Nein.«

»Haben Sie gewußt, daß Lieutenant Elby, der Adjutant des Generals, in sie verliebt gewesen ist?«

»Ja, das habe ich gewußt. Daß er sich um die Tochter seines Vorgesetzten bemüht hat, war weder ungewöhnlich noch unklug. Beide waren ledig, attraktiv und Offiziere. So was kann mit Heirat enden.« Der Colonel fügte hinzu: »Ich gestehe dem jungen Mann zu, daß er Mut bewiesen hat.«

»Amen. Aber hat sie seine Aufmerksamkeiten erwidert?«

Colonel Fowler überlegte kurz, bevor er antwortete: »Das hat sie bei keinem Mann getan. Sie hat Aufmerksamkeit provoziert und dann Schluß gemacht, wenn es ihr paßte.«

»Aus Ihrem Mund ist das eine erstaunliche Aussage.«

»Bitte, Mr. Brenner, das wissen Sie doch längst! Ich versuche keineswegs, Ann Campbell reinzuwaschen. Diese Frau war – Gott, wenn mir bloß das richtige Wort einfiel – mehr als eine Verführerin, keine gewöhnliche Nutte...« Er blickte zu Cynthia hinüber. »Helfen Sie mir, das richtige Wort zu finden.«

»Das ist schwierig«, antwortete Cynthia, »aber vielleicht versuchen Sie's mal mit Rächerin.«

»Rächerin?«

»Sie ist nicht das Opfer bösartiger Gerüchte gewesen, wie Sie anzudeuten versucht haben, und auch keine Nymphomanin im klinischen Sinn. Statt dessen hat sie ihren Charme und ihren Körper für einen Rachefeldzug benützt, Colonel, und das wissen Sie so gut wie wir.«

Diese Feststellung schien Colonel Fowler nicht zu gefallen. Ich vermutete, daß Colonel Kent ihm weniger als uns erzählt und dabei verschwiegen hatte, daß Ann Campbell mit ihrem Verhalten einen bestimmten Zweck verfolgt hatte – Daddy als Idioten hinzustellen. Fowler sagte zu Cynthia: »Sie hat die Army gehaßt.«

»Sie hat ihren Vater gehaßt«, stellte Cynthia richtig.

Colonel Fowler wirkte erstmals verunsichert. »Der General hat seine Tochter aufrichtig geliebt«, sagte er. »Das müssen Sie mir bitte glauben. Aber sie hat sich in irrationalen Haß gegen ihren Vater hineingesteigert. Ich habe darüber mit einem Psychologen gesprochen, der als Außenstehender zwar kein fundiertes Urteil abgeben konnte, aber trotzdem vermutet hat, die Tochter bewege sich dicht an der Grenze zu einer Persönlichkeitsstörung.«

»Aus meiner Sicht muß die Grenze längst überschritten gewesen sein«, warf Cynthia ein.

»Wer weiß schon, was diese Leute wirklich meinen? Ich habe

nicht alles verstanden, aber es ist darauf hinausgelaufen, daß Kinder starker Männer, die ihrem Vater nachzueifern versuchen, häufig frustriert sind, aber trotzdem in seiner Welt bleiben, um ihm zu schaden. Sie sind ihm unterlegen, sie können oder wollen nicht selbständig werden, deshalb bleiben sie in der Nähe des Verhaßten und führen mit Mitteln, die von Nadelstichen bis zur Sabotage reichen, eine Art Guerillakrieg gegen ihn.«

Fowler machte eine Pause, bevor er fortfuhr: »Das tun sie, weil sie sich nur so für vermeintliche Ungerechtigkeiten rächen können. Dafür ist Captain Campbell in einzigartig guter Position gewesen. Ihr Vater konnte sie nicht entlassen, und sie hatte sich eine Machtbasis geschaffen. Nach Darstellung dieses Psychologen verhalten Söhne und Töchter, die gegen einen starken Vater rebellieren, sich oft bewußt antisozial, um ihn in peinliche Situationen zu bringen. Captain Campbell ist einen Schritt weitergegangen und hat es offenbar darauf angelegt, die Männer in der Umgebung ihres Vaters zu verführen.«

Colonel Fowler beugte sich über den Tisch und sprach eindringlich weiter: »Sie verstehen hoffentlich, daß Anns Verhalten irrational gewesen ist und nichts mit dem ihres Vaters ihr gegenüber zu tun gehabt hat. Sie war eine verstörte junge Frau, die Hilfe gebraucht hätte, aber keine bekommen hat. Statt dessen hat dieser Dreckskerl Moore ihren Zorn aus irgendwelchen persönlichen Gründen noch angestachelt. Ich vermute, daß er ausprobieren wollte, wie weit die Dynamik dieser Situation sich von ihm kontrollieren ließ.«

Danach herrschte längeres Schweigen, bis Cynthia sich erkundigte: »Warum hat der General keine drastischen Maßnahmen ergriffen? Wir reden doch von einem Mann, der mit Panzern bis zum Euphrat vorgestoßen ist?«

»*Das* war leicht«, antwortete Colonel Fowler. »Mit Ann Campbell umzugehen, war weit schwieriger. Tatsächlich hat der General vor etwa einem Jahr mit dem Gedanken gespielt, endlich ein Machtwort zu sprechen. Aber der Psychologe, dessen Rat ich damals eingeholt habe, hat vor einer möglichen Verschlimmerung der Situation gewarnt, sobald der General beispielsweise eine Versetzung Colonel Moores veranlaßt oder Ann befohlen hätte, sich einer Therapie zu unterziehen. Der General hat auf diesen Rat gehört und den Dingen ihren Lauf gelassen.«

»Außerdem hätte es seine Karriere nicht gerade gefördert«, warf ich ein, »mit Disziplinarmaßnahmen gegen die beiden vorzugehen und so die Existenz eines Problems einzugestehen.«

»Eine komplizierte Situation«, bestätigte Colonel Fowler. »Mrs. Campbell – Anns Mutter hat geglaubt, es sei besser, Ann Gelegenheit zu geben, ihren irrationalen Zorn abzureagieren. So ist eine Pattsituation entstanden. Dann hat der General sich letzte Woche zu handeln entschlossen. Aber da – nun, da war es schon zu spät.«

»In welcher Form hatte General Campbell beschlossen zu handeln?« fragte ich.

Colonel Fowler zögerte. »Ich weiß nicht, ob das für Ihre Ermittlungen relevant ist.«

»Erzählen Sie's mir, damit ich es beurteilen kann.«

»Der General hat seiner Tochter vor einigen Tagen ein Ultimatum gestellt und ihr die Wahl zwischen drei Möglichkeiten gelassen. Erstens: Sie sollte ihr Offizierspatent zurückgeben und aus der Army ausscheiden. Zweitens: Sie sollte die Psy-Ops School verlassen und sich einer ambulanten oder stationären Therapie unterziehen. Drittens: Wenn sie beides ablehnte, würde er gegen sie ermitteln lassen und ein Militärstrafverfahren einleiten.«

Ich nickte. Falls es dieses Ultimatum tatsächlich gegeben hatte, mußte es die Ereignisse auf der Schießbahn sechs ausgelöst haben. Ich fragte Colonel Fowler: »Wie hat sie darauf reagiert?«

»Sie hat ihrem Vater erklärt, sie werde sich binnen zwei Tagen entscheiden. Aber dazu ist es nicht mehr gekommen.«

»Vielleicht war das ihre Antwort«, sagte ich.

Fowler starrte mich an. »Was meinen Sie damit?«

»Denken Sie darüber nach, Colonel.«

»Soll das heißen, Colonel Moore könnte ihr bei einem bizarren Selbstmord behiflich gewesen sein?«

»Möglicherweise.« Ich fragte ihn: »Sie wissen von keinem Vorfall aus der Vergangenheit, der Captain Campbells Wut auf ihren Vater erklären könnte?«

»Zum Beispiel?«

»Zum Beispiel... Rivalität zwischen Mutter und Tochter, irgendwas in dieser Art.«

Colonel Fowler starrte mich durchdringend an und antwortete dann kühl: »Ich weiß nicht, worauf Sie hinauswollen, Mr. Brenner, und rate Ihnen dringend von weiteren Erklärungsversuchen ab.«

»Ja, Sir.«

»Sind Sie fertig?«

»Leider nicht. Jetzt wird's noch schlammiger, Colonel. Sie behaupten, nicht mit der Verstorbenen intim gewesen zu sein. Warum nicht?«

»Wie meinen Sie das?«

»Hat sie nicht versucht, Sie zu verführen, oder haben Sie ihr Angebot dankend abgelehnt?«

Fowler sah sich unwillkürlich um, als wolle er sichergehen, daß seine Frau nicht zuhörte. »Bei mir hat sie's nie versucht.«

»Aha. Weil Sie ein Schwarzer sind – oder weil sie gewußt hat, daß der Versuch zwecklos sein würde?«

»Ich – ich vermute, daß – sie ist auch mit schwarzen Offizieren befreundet gewesen, nicht hier in Hadley, aber schon früher. Das kann's also nicht gewesen sein. Ich nehme an…« Fowler lächelte plötzlich. »Ich nehme an, sie wußte einfach, daß der Versuch bei mir zwecklos sein würde.« Er fügte noch immer lächelnd hinzu: »Oder sie hat mich für häßlich gehalten.«

»Aber das sind Sie nicht, Colonel«, widersprach Cynthia, »und das hätte Ann Campbell auch nicht gestört. Ich vermute, daß sie Ihnen ein Angebot gemacht hat, das Sie aus Treue zu Ihrer Frau, Loyalität gegenüber Ihrem Vorgesetzten oder wegen eigener Moralbegriffe abgelehnt haben. Dadurch sind Sie Ann Campbells zweitschlimmster Feind geworden.«

Jetzt hatte Fowler endgültig genug. »Ich muß Ihnen sagen, daß ich noch nie im Leben ein so abstruses Gespräch geführt habe.«

»Vermutlich haben Sie noch nie mit Ermittlungen wegen Mordes zu tun gehabt«, antwortete ich gelassen.

»Allerdings nicht! Und wenn Sie die Verhaftung vornehmen würden, wären diese Ermittlungen endlich abgeschlossen.«

»Tatsächlich würden sie bis zur Eröffnung eines Gerichtsverfahrens weitergehen. Ich mache nicht oft Fehler, Colonel, aber wenn ich fürchte, einen gemacht zu haben, gebe ich mir alle Mühe, ihn selbst aufzudecken.«

»Das ist lobenswert, Mr. Brenner. Aber vielleicht ist Colonel Moore in der Lage, Ihre Zweifel zu beseitigen.«

»Er kann's versuchen, aber ich vermute, daß er seine eigene Version der Ereignisse haben wird. Ich möchte alle Versionen hören, um besser beurteilen zu können, wer gelogen hat.«

»Ganz wie Sie wünschen.«

Cynthia fragte ihn: »Hat Captain Campbell eigentlich Geschwister?«

»Ja – einen Bruder.«

»Was können Sie uns über ihn erzählen?«

»Er lebt an der Westküste – in einem Nest mit spanischem Namen, der mir gerade nicht einfällt.«

»Er ist nicht beim Militär?«

»Nein. Er ist – er hat sich in vielen Berufen versucht.«

»Aha. Kennen Sie ihn persönlich?«

»Ja. An Feiertagen kommt er meistens nach Hause.«

»Leidet er Ihrer Einschätzung nach unter demselben Problem wie seine Schwester?«

»In gewissem Maß, ja. Aber er hat es vorgezogen, sich von der Familie zu distanzieren. Das ist seine Weise, damit umzugehen.«

Cynthia erkundigte sich: »Könnte man sagen, er sei seinen Eltern entfremdet?«

»Entfremdet? Nein, nur distanziert. Wenn er kommt, freuen sich alle, ihn zu sehen, und sind traurig, wenn er abreist.«

»Wie würden Sie das Verhältnis zwischen den Geschwistern beschreiben?«

»Aus meiner Sicht recht gut. Ann Campbell ist ihm gegenüber sehr tolerant gewesen.«

»In welcher Beziehung? In bezug auf seinen Lebensstil?«

»Richtig. John Campbell – so heißt er – ist schwul.«

»Aha. Und hat der General das akzeptiert?«

Fowler überlegte kurz. »Ich glaube schon«, antwortete er dann. »John Campbell ist immer diskret gewesen: Er hat sich ziemlich normal gekleidet, keine Liebhaber mit nach Hause gebracht und so weiter. Hätte der General nicht den Kopf voller Sorgen wegen seiner Tochter und ihrer Eskapaden gehabt, wäre seine Enttäuschung über seinen Sohn wahrscheinlich größer gewesen. Aber im Vergleich zu Ann ist John fast ein Normalbürger.«

»Ja, ich verstehe«, sagte Cynthia. »Glauben Sie, daß General Campbell seine Tochter in eine traditionell männliche Rolle – damit meine ich West Point und die Army – gedrängt hat, um das fehlende Interesse seines Sohnes für diese Laufbahn auszugleichen?«

»Das vermuten viele, aber so einfach ist das Leben nicht. Ann ist gern nach West Point gegangen. Sie *wollte* hin, hat zu den Jahrgangsbesten gehört und ist nach Ablauf ihrer vierjährigen Verpflichtungszeit in der Army geblieben. Ich bezweifle, daß ihr Vater sie dazu gedrängt oder ihr mit Liebesentzug gedroht hat, falls sie nicht nach West Point ginge. Das hat der Psychologe vermutet, aber das Gegenteil ist richtig gewesen. Ann hat schon in der High School davon gesprochen, sie wolle die Tradition ihres Großvaters – der ebenfalls Berufsoffizier war – weiterführen.«

Cynthia wandte ein: »Sie haben gesagt, sie habe die Army gehaßt.«

»Gewiß, aber wie sie ganz richtig festgestellt haben, hat sie ihren Vater gehaßt.«

»Ihre Aussage war also unzutreffend?«

»Nun...«

Es ist immer nützlich, bei einer Vernehmung kleine Lügen hervorzuheben. Das drängt den Verdächtigen oder Zeugen in die Defensive.

Colonel Fowler versuchte, seine ursprüngliche Behauptung zu korrigieren. »Zu Anfang hat es ihr in der Army gefallen. Wie sie in letzter Zeit darüber gedacht hat, kann ich nicht beurteilen. Sie scheint aus privaten Motiven weiter dabeigeblieben zu sein.«

»Das dürfte inzwischen klar sein«, meinte Cynthia. »Können Sie uns kurz das Verhältnis zwischen Ann Campbell und ihrer Mutter schildern?«

Colonel Fowler nickte. »Das Verhältnis zwischen den beiden ist in Ordnung gewesen, glaube ich. Im Gegenteil zu dem, was einige Leute denken, ist Mrs. Campbell eine starke Frau, die sich jedoch dafür entschieden hat, ihre privaten Interessen der Karriere ihres Mannes unterzuordnen. Sie ist eine Offiziersfrau der alten Schule, die in der Ehe bleibt, für die sie sich entschieden hat – oder sie verläßt, wenn sich ihre Überzeugung ändert. Sie jammert nicht, sie klagt nicht, sie meckert nicht, wie man's heutzutage so oft hört.«

Er sah zu Cynthia hinüber, bevor er fortfuhr: »Sie bringt ihren Mann nicht durch peinliche Auftritte in Verlegenheit, kennt ihren Wert als Ehepartnerin und versucht nicht krampfhaft, ihre Unabhängigkeit zu beweisen, indem sie anfängt, in der Stadt bei einem Immobilienmakler zu arbeiten. Obwohl sie nicht die Sterne des Generals trägt, weiß sie recht gut, daß er sie auch ihrer loyalen Unterstützung über viele Jahre hinweg verdankt. Sie haben mich nach Anns Verhältnis zu ihrer Mutter gefragt, und ich habe Ihnen Mrs. Campbells Verhältnis zu ihrem Mann geschildert – aber daraus ergibt sich die Antwort auf Ihre Frage, finde ich.«

»Richtig«, bestätigte ich. »Und hat Ann versucht, das Verhalten ihrer Mutter zu beeinflussen?«

»Ich glaube, daß sie's zu Anfang versucht hat, aber Mrs. Campbell hat ihr wohl gesagt, sie solle sich um ihren eigenen Kram kümmern und die Finger von ihrer Ehe lassen.«

»Ein guter Rat«, meinte Cynthia. »Hat ihr Verhältnis darunter gelitten?«

»Ich verstehe nicht viel von Mutter-Tochter-Beziehungen,

aber ich weiß, daß die beiden nie zusammen eingekauft, Tennis gespielt oder Parties geplant haben. Andererseits haben sie sich manchmal unter vier Augen zum Abendessen getroffen. Genügt Ihnen das?«

Cynthia nickte. »Hat Ihre Frau Ann Campbell gut gekannt?«

»Ziemlich gut«, antwortete Colonel Fowler. »Allein wegen meiner dienstlichen Stellung.«

»Und da sie natürlich auch Mrs. Campbell gut kennt, könnte ich vielleicht sie nach der Mutter-Tochter-Beziehung fragen.«

Fowler zögerte sekundenlang, bevor er sagte: »Meine Frau ist sehr angegriffen, wie Sie gemerkt haben dürften. Wenn's Ihnen recht ist, sollten Sie mit dieser Befragung ein paar Tage warten.«

»Steht Ihre Frau uns weiterhin zur Verfügung?« erkundigte Cynthia sich. »Oder ist sie so angegriffen, daß sie verreisen muß, um sich zu erholen?«

Colonel Fowler runzelte unwillig die Stirn. »Als Zivilistin kann sie kommen und gehen, wie's ihr beliebt, wenn ich Ihre Frage richtig deute.«

»Ganz recht, Colonel. Ich möchte Ihre Frau nicht gerichtlich vorladen müssen. Am liebsten würde ich noch heute mit ihr reden. Leider bleiben mir keine paar Tage mehr.«

Colonel Fowler holte tief Luft. Er war es offenbar nicht gewöhnt, von Untergebenen unter Druck gesetzt zu werden. Schließlich antwortete er mühsam beherrscht: »Gut, vielleicht heute nachmittag.«

»Danke«, sagte Cynthia. »Wahrscheinlich wär's besser, mit uns zu sprechen, anstatt dem FBI Rede und Antwort stehen zu müssen.«

Fowler verstand, was sie meinte, und nickte wortlos.

Ich fragte ihn: »Colonel, können Sie mir der Vollständigkeit halber sagen, wo Sie in der Tatnacht gewesen sind?«

»Ich dachte, das sei die erste Frage, die Sie jedem stellen«, antwortete er lächelnd. »Okay, wo bin ich gewesen? Ich habe bis neunzehn Uhr gearbeitet und bin dann zu einer Abschiedsparty in den O Club gegangen. Dort habe ich mich früh verabschiedet und bin etwa um zweiundzwanzig Uhr heimgekommen. Ich habe noch etwas gelesen und einige Telefongespräche geführt, bevor wir gegen dreiundzwanzig Uhr ins Bett gegangen sind.«

Da es unsinnig gewesen wäre, ihn zu fragen, ob Mrs. Fowler das bestätigen könne, fragte ich lieber: »Und nachts ist nichts Ungewöhnliches passiert?«

»Nein.«

»Wann sind Sie also aufgewacht?«

»Um sechs Uhr.«

»Und danach?«

»Danach habe ich geduscht und mich angezogen und bin gegen sieben Uhr dreißig im Dienst gewesen.« Er fügte hinzu: »Wo ich übrigens jetzt sein sollte.«

»Und Sie haben gegen acht Uhr Captain Campbells Privatnummer angerufen und auf ihrem Anrufbeantworter eine Nachricht hinterlassen?«

»Richtig. General Campbell hat mich von daheim angerufen und darum gebeten.«

»Er wollte sie nicht selbst anrufen?«

»Er war ziemlich verärgert und wußte, daß seine Frau enttäuscht war. Deshalb hat er mich gebeten, für ihn zu telefonieren.«

»Ja, ich verstehe. Aber wir sind zufällig vor acht Uhr in Captain Campbells Haus gewesen – und da war die Nachricht bereits auf ihrem Anrufbeantworter.«

Danach entstand kurzes Schweigen, während Colonel Fowler sekundenschnell abwägen mußte, ob ich bluffte, was nicht der

Fall war, oder ob er eine bessere Story hatte. Er erwiderte meinen Blick und sagte: »Dann habe ich mich in der Zeit geirrt. Anscheinend habe ich früher angerufen. Wann sind Sie in ihrem Haus gewesen?«

»Das steht irgendwo in meinen Notizen. Vermute ich richtig, daß Sie nicht vor sieben Uhr angerufen haben, um sie daran zu erinnern, daß sie versäumt habe, um sieben Uhr zum Frühstück zu kommen?«

»Das wäre eine logische Annahme, Mr. Brenner, obwohl ich sie oft vor solchen Terminen angerufen habe, um sie nochmals daran zu erinnern.«

»Aber bei dieser Gelegenheit haben Sie gesagt: ›Ann, Sie sollten heute morgen beim General vorbeikommen.‹ Danach haben Sie die Einladung zum Frühstück erwähnt und zuletzt gesagt: ›Im Augenblick schlafen Sie vermutlich.‹ Nehmen wir mal an, sie hätte bis sieben Uhr Dienst gehabt und Sie hätten gegen sieben Uhr dreißig angerufen – dann wäre Ann eben erst heimgekommen und hätte unmöglich schon schlafen können.«

»Ja, das stimmt. Ich muß irgendwie nicht ganz bei der Sache gewesen sein. Vermutlich hatte ich vergessen, daß sie Dienst hatte, und habe gemeint, sie sei noch nicht wach.«

»Aber Sie haben ihren Dienst im Gegenteil eigens erwähnt. Vollständig lautet der Satz nämlich: ›Ann, Sie sollten heute morgen nach Dienstschluß beim General vorbeikommen.‹«

»Habe ich das gesagt?«

»Ja.«

»Schön, dann muß ich mich wirklich in der Zeit geirrt haben. Vielleicht habe ich doch schon gegen sieben Uhr dreißig angerufen. Ich weiß, daß ich gleich telefoniert habe, nachdem der General mich angerufen hatte. Captain Campbell war offenbar für sieben Uhr mit ihren Eltern verabredet. An sich wäre sie erst um diese Zeit abgelöst worden, aber sie hätte sich von ihrem Sergeanten vertreten lassen und früher gehen können.« Fowler zog die Augenbrauen hoch. »Ist das ein Problem für Sie, Mr. Brenner?«

»Kein Problem.« Nicht für mich – aber für dich! Ich fragte ihn: »Warum wollten Captain Campbell und ihr Vater trotz ihres gespannten Verhältnisses miteinander frühstücken?«

»Nun, die Familie ist gelegentlich zusammengekommen. Wie ich erwähnt habe, hat Ann ihre Mutter häufig besucht.«

»Wäre es denkbar, daß Ann Campbell bei diesem gemeinsamen Frühstück ihre Antwort auf das Ultimatum des Generals überbringen sollte?«

Nach kurzer Pause antwortete Fowler: »Ja, so könnte es gewesen sein.«

»Finden Sie es merkwürdig, daß sie nur wenige Stunden, bevor sie auf das Ultimatum antworten sollte, tot aufgefunden worden ist? Glauben Sie, daß zwischen diesen beiden Tatsachen ein Zusammenhang besteht?«

»Nein, ich glaube, das war ein Zufall.«

»Und ich glaube nicht an Zufälle. Noch eine Frage, Colonel: Hat der General im Rahmen dieses Ultimatums vielleicht noch weitere Forderungen an seine Tochter gestellt?«

»Beispielsweise?«

»Ich denke vor allem an Namen. Die Namen der hiesigen Offiziere, mit denen sie geschlafen hatte. Wollte General Campbell reinen Tisch machen?«

Colonel Fowler nickte. »Das ist durchaus möglich. Andererseits hat Ann Campbell nie versucht, ihre Affären geheimzuhalten, und hätte sich ein Vergnügen daraus gemacht, ihm diese Namen zu nennen.«

»Aber für die auf Geheimhaltung angewiesenen verheirateten

Offiziere, mit denen sie geschlafen hat, wäre das alles andere als ein Vergnügen gewesen.«

»Ganz recht«, bestätigte Fowler. »Aber die meisten, wahrscheinlich sogar alle, haben genau gewußt, daß sie sich nicht auf ihre Diskretion verlassen konnten.« Er fügte hinzu: »Wie Sie wissen, Mr. Brenner, wecken außereheliche Abenteuer bei den meisten verheirateten Männern ambivalente Gefühle. Einerseits haben sie schreckliche Angst, ihre Ehefrauen, Angehörigen oder Vorgesetzten könnten davon erfahren. Andererseits sind sie stolz auf ihre Eroberungen und geben sogar damit an. Handelt es sich noch dazu um die schöne Tochter ihres Bosses, können sie sich kaum mehr beherrschen und fangen sogar an, im O Club damit zu prahlen. Das wissen wir alle aus eigener Erfahrung.«

Ich lächelte zustimmend. »Ganz recht, Colonel. Aber Prahlerei an der Bar ist etwas völlig anderes als Fotos, Namenslisten und eidesstattliche Aussagen. Ich vermute, daß einige ihrer Liebhaber irgendwie, vielleicht sogar von Ann Campbell, erfahren haben, daß der General die Nase voll hatte und von seiner Tochter einen vollständigen Bericht über ihre Affären verlangt hat. Irgend jemand könnte beschlossen haben, es sei Zeit, die Beweise zu vernichten. Und Ann Campbell zum Schweigen zu bringen.«

Colonel Fowler nickte. »Daran habe ich auch schon gedacht. Ich habe ohnehin nie geglaubt, daß sie von einem Außenstehenden ermordet worden ist. Aber können Sie mir erklären, warum jemand, der sie zum Schweigen bringen wollte, sie auf eine Weise ermordet hat, die auf das sexuelle Motiv der Tat aufmerksam machen mußte?«

Eine gute Frage. »Möglicherweise sollte damit das sexuelle Motiv *verschleiert* werden«, sagte ich. »Der Täter mußte sie ermorden, aber er hat sie auch vergewaltigt, um die Ermittler irrezuführen. Ich habe zwei Fälle erlebt, in denen Ehemänner ihre Frauen auf diese Weise ermordet haben, um den Eindruck zu erwecken, ein Unbekannter habe die Tat verübt.«

»Das ist Ihr Fachgebiet, nicht meines«, stellte er fest. »Ich weiß, was Sie meinen, aber wie viele Männer würden eine Frau ermorden, nur um sie zum Schweigen zu bringen? Ein Verfahren wegen unehrenhaften Verhaltens als Offizier ist doch weit harmloser als eine Anklage wegen Mordes!«

»Richtig, Colonel, aber Sie und ich sind rational denkende Männer, in der irrationalen Welt ist eines der häufigsten Mordmotive das Bemühen, Schande und Demütigung zu entgehen. So steht's im Handbuch.«

»Na ja, das ist wie gesagt Ihr Fachgebiet, nicht meines.«

»Aber denken Sie bitte darüber nach, welcher von Ann Campbells Liebhabern an Mord gedacht haben könnte, um Demütigung, Scheidung, Strafverfahren und Entlassung aus der Army zu vermeiden.«

»Mr. Brenner, meines Wissens hat Colonel Moore, Ihr Hauptverdächtiger, nicht zu ihren Liebhabern gehört. Folglich hatte er keinen offensichtlichen Grund, sie zum Schweigen zu bringen. Aber er kann sie aus vielen *anderen* Gründen vergewaltigt und ermordet haben. Daher sollten Sie sich auf *seine* Motive konzentrieren, wenn das alles ist, was Sie davon abhält, ihn zu verhaften.«

»Ich ermittle natürlich auch in dieser Richtung, Colonel. In Mordfällen wende ich gern eine bewährte Infanterietaktik an: Gefechtsaufklärung, Parallelvorstöße, Scheinangriff, zusammengefaßter Hauptangriff, Durchbruch und Einkreisung.«

Fowler lächelte ironisch. »Dabei verzettelt man sich leicht und verliert die Initiative. Gehen Sie lieber direkt aufs Ziel los, Mr. Brenner, und überlassen Sie taktische Finessen den Fachleuten.«

»Wahrscheinlich haben Sie recht, Colonel.« Ich fragte ihn: »Haben Sie zufällig den Sergeanten vom Dienst – Sergeant St. John – gesehen, als Sie an dem bewußten Morgen zum Dienst gekommen sind?«

»Nein. Wie ich später erfahren habe, hat ein Corporal der Wache sozusagen die Stellung gehalten, bis der erste Offizier gekommen ist, was natürlich Stunk gegeben hat. Der Corporal sagte, der Sergeant vom Dienst sei vor Stunden fortgefahren und nicht wiedergekommen, und er habe keine Ahnung, wo der Offizier vom Dienst sei.

Aber davon habe ich nichts gewußt, weil es mir nicht gemeldet worden ist. Major Sanders, einer der Stabsoffiziere, hat die Militärpolizei angerufen und die Auskunft bekommen, Sergeant St. John werde dort festgehalten – allerdings ohne Angabe von Gründen. Ich habe erst gegen neun Uhr davon erfahren und die Sache General Campbell gemeldet, der mich angewiesen hat, weitere Nachforschungen anzustellen.«

»Und niemand hat daran gedacht, sich zu erkundigen, wohin Captain Campbell verschwunden war?«

»Nein. Nachträglich gesehen paßt natürlich alles zusammen. Aber an diesem Morgen hatte ich den Eindruck, Captain Campbell sei vorzeitig nach Hause gefahren und habe den Sergeanten vom Dienst als Wachhabenden zurückgelassen, der seinerseits den Corporal als Wachhabenden zurückgelassen hatte, um irgendwohin zu fahren – möglicherweise nach Hause, um seiner Frau nachzuspionieren. Das kommt häufig vor: Ehemänner bilden sich ein, ihre Frau betrüge sie, und verlassen ihren Posten, um daheim nach dem Rechten zu sehen. Das gehört zu den Problemen des Militärlebens.«

»Ja, solche Fälle kenne ich«, bestätigte ich.

»Ich wußte natürlich, daß St. John von der Militärpolizei festgenommen worden und daher nicht ins Stabsgebäude zurückgekommen war. Aber ich habe nicht weiter nachgeforscht, weil festzustehen schien, daß Captain Campbells vorzeitige Heimfahrt, die sich aufklären würde, der Auslöser für St. Johns Pflichtverletzung gewesen war. Zu diesem Zeitpunkt wäre kein Mensch auf die Idee gekommen, St. Johns scheinbare Festnahme könnte im Zusammenhang mit Ereignissen stehen, wie sie später entdeckt wurden.«

Das klang plausibel. Trotzdem gab es ein paar weiche Stellen. Ich fragte ihn: »Haben Sie nicht gesagt, Sie hätten am Abend zuvor noch spät im Stabsgebäude gearbeitet?«

»Ja.«

»Haben Sie Captain Campbell gesehen, als sie abends ihren Dienst angetreten hat?«

»Nein. Mein Dienstzimmer liegt im Erdgeschoß – neben dem des Generals. Der Offizier vom Dienst und sein Sergeant benutzen das zentrale Schreibzimmer im ersten Stock. Sie holen ihr Diensttagebuch von der Hauptwache ab, suchen sich irgendwelche Schreibtische und richten sich für die Nacht ein. Die Offiziere vom Dienst bekomme ich normalerweise nicht zu sehen.« Er fragte mich: »Ist Ihre Frage damit zufriedenstellend beantwortet, Mr. Brenner?«

»Zumindest glaubhaft, Sir. Ob Ihre Antwort zufriedenstellung war, weiß ich erst, wenn ich weitere Zeugen befragt habe. Das ist meine Pflicht, Colonel, die ich tun muß.«

»Sie haben doch sicher einen gewissen Ermessensspielraum, Mr. Brenner.«

»Der ist sehr gering. Höchstens ein paar Zentimeter links und rechts. Sonst stürze ich in freiem Fall in den Rachen Colonel Hellmanns, der gern Warrant Officers frißt, die Angst davor haben, ranghöheren Offizieren Fragen zu stellen.«

»Tatsächlich?«

»Ja, Sir.«

»Gut, ich werde ihm sagen, daß Sie hervorragend gearbeitet und keinerlei Angst gezeigt haben.«

»Danke, Colonel.«

»Macht Ihnen das Spaß?«

»Sonst schon. Aber heute nicht. Gestern auch nicht.«

»Dann haben wir etwas gemeinsam.«

»Das hoffe ich.«

Wir saßen eine Minute lang schweigend da. Mein Kaffee war kalt, aber das störte mich nicht. Zuletzt fragte ich: »Colonel, würden Sie einen Termin für uns vereinbaren, damit wir heute mit Mrs. Campbell sprechen können?«

»Gut, ich tue mein Bestes.«

Ich erklärte ihm: »Ich bin sicher, daß Mrs. Campbell verstehen wird, daß dieses Gespräch notwendig ist.« Dann fügte ich hinzu: »Und wir möchten heute auch mit General Campbell sprechen.«

»Ich vereinbare einen Termin für Sie. Wo sind Sie tagsüber zu erreichen?«

»Heute sind wir bestimmt ziemlich viel unterwegs. Am besten hinterlassen Sie eine Nachricht im MP-Gebäude. Wo kann ich Sie erreichen?«

»Tagsüber im Stabsgebäude.«

»Die Vorbereitungen für die Beisetzung sind wohl schon abgeschlossen?«

»Ja. Die Tote wird heute abend in der Standortkirche aufgebahrt, die auch morgen früh für alle geöffnet bleibt, die ihr die letzte Ehre erweisen wollen. Morgen um elf Uhr findet ein Trauergottesdienst statt; dann wird die Leiche nach Jordan Field überführt, wo eine militärische Abschiedsfeier abgehalten wird, bevor man die Tote nach Michigan fliegt, um sie im Familiengrab der Campbells beizusetzen.«

»Aha.« Berufsoffiziere hinterlegen im allgemeinen ein Testament, das oft auch Anweisungen für ihre Beisetzung enthält, deshalb fragte ich Colonel Fowler: »Ist das der Wunsch der Verstorbenen gewesen?«

»Was hat diese Frage mit Ihren Ermittlungen zu tun?«

»Das Datum des Testaments und der Anweisungen für die Beisetzung könnten wichtig sein.«

»Das Testament mit den Anweisungen für die Beisetzung ist eine Woche vor Captain Campbells Einsatz am Golf ergänzt worden, was nicht ungewöhnlich ist. Zu Ihrer Information: Sie wollte im Familiengrab beigesetzt werden, und der Alleinerbe ist ihr Bruder John.«

»Danke.« Ich fügte hinzu: »Sie sind sehr kooperativ gewesen, Colonel, und wir sind Ihnen dafür dankbar.« Obwohl Sie versucht haben, ein paar Nebelkerzen zu werfen.

Da ranghöhere Offiziere als erste Platz nehmen und als erste aufstehen, erwartete ich, daß er jetzt aufstehen würde, aber statt dessen fragte er: »Haben Sie in ihrem Haus irgend etwas gefunden, das ihr oder sonst jemandem schaden könnte?«

Diesmal stellte ich mich ahnungslos und fragte ihn: »Beispielsweise?«

»Na ja, Fotos, Briefe, eine Liste ihrer Eroberungen. Sie wissen, was ich meine.«

»Meine Tante, die eine alte Jungfer ist, hätte eine Woche lang allein in Captain Campbells Haus verbringen können, ohne etwas zu finden, das ihr mißfallen hätte – nicht mal die Musik.« Das stimmte sogar, denn obwohl Tante Jean eine unverbesserliche Schnüfflerin war, besaß sie kein gutes räumliches Vorstellungsvermögen.

Colonel Fowler erhob sich, und wir standen ebenfalls auf. Er teilte mir mit: »Dann haben Sie irgendwas übersehen. Ann Campbell hat alles dokumentiert. Ihre Ausbildung als Psychologin und bestimmt auch ihr Ehrgeiz als Verführerin haben sie mit Sicherheit dazu gebracht, sich in bezug auf ihre Schäferstündchen in Motels oder nach Dienstschluß in irgend jemands Dienstzimmer nicht nur auf ihr Erinnerungsvermögen zu verlassen. Sie sollten gründlicher suchen!«

»Ja, Sir.« Ich muß gestehen, daß mir die Bemerkungen von Kent und Fowler über Ann Campbell mißfielen. Offensichtlich bedeutete Ann Campbell für mich mehr als nur irgendein Mordopfer. Ihren Mörder konnte ich vermutlich aufspüren, aber das genügte nicht: Irgend jemand mußte herausbekommen, warum sie so gehandelt hatte, und es Leuten wie Kent, Fowler und allen anderen erklären. Ann Campbells Leben brauchte keine Entschuldigung, kein Mitleid; es brauchte eine rationale Erklärung – und vielleicht eine Rechtfertigung.

Fowler begleitete uns zur Haustür und wünschte sich dabei wahrscheinlich, er hätte vorhin nicht telefoniert, sondern uns selbst eingelassen. Während wir uns die Hand schüttelten, sagte ich zu ihm: »Übrigens haben wir Captain Campbells West-Point-Ring bisher nicht gefunden. Hat sie ihn normalerweise getragen?«

Er runzelte die Stirn. »Darauf habe ich nie geachtet.«

»An ihrem Ringfinger ist mir ein heller Streifen aufgefallen.«

»Dann muß sie ihn wohl getragen haben.«

Ich sagte zu ihm: »Wissen Sie, Colonel, wenn ich General wäre, würde ich Sie mir als Stellvertreter wünschen.«

»Wenn Sie General wären, Mr. Brenner, würden Sie mich als Stellvertreter *brauchen.* Guten Tag.« Die grüne Haustür schloß sich hinter uns, und wir folgten dem Plattenweg zur Straße.

Unterwegs meinte Cynthia: »Immer wenn wir dicht ans große Geheimnis von Ann und Daddy rankommen, stehen wir vor einer Mauer des Schweigens.«

»Richtig. Aber wir wissen, daß ein Geheimnis *existiert* – und daß die Sache mit eingebildeten Ungerechtigkeiten und irrationalem Zorn auf ihren Vater keine Erklärung für ihr Verhalten ist. Jedenfalls nicht in meinen Augen.«

Cynthia öffnete die Fahrertür. »In meinen auch nicht.«

Ich rutschte auf den Beifahrersitz und sagte: »Mrs. Fowler hat diesen gewissen Blitz gehabt. Du weißt, welchen ich meine?«

»Natürlich.«

»Und Colonel Fowler braucht eine bessere Uhr.«

»Allerdings!«

KAPITEL ZWEIUNDZWANZIG

»Frühstück oder Psy-Ops School?« fragte Cynthia.

»Zur Psy-Ops School. Zum Frühstück verschlingen wir Colonel Moore.«

Vor jedem Haus auf Bethany Hill war neben der Einfahrt an einem niedrigen Pfosten ein weißes Namensschild mit schwarzer Schrift angebracht. Vier, fünf Häuser von Fowlers Villa entfernt sah ich ein Schild mit der Aufschrift *Colonel & Mrs. Kent.* Ich machte Cynthia darauf aufmerksam und meinte dabei: »Wo Bill Kent wohl nächsten Monat leben wird?«

»Hoffentlich nicht in Leavenworth, Kansas. Irgendwie tut er mir leid.«

»Jeder ist seines Unglücks Schmied.«

»Sei ein bißchen mitleidiger, Paul.«

»Okay. Die ganze Korruption hier dürfte dazu führen, daß ein Schwung Offiziere aus der Army ausscheidet, vorzeitig in den Ruhestand tritt oder versetzt wird. Vielleicht gibt's auch ein paar Scheidungen, aber mit etwas Glück kein Verfahren wegen unehrenhaften Verhaltens.« Ich fuhr fort: »Für Ann Campbells Liebhaber würden sie im Zuchthaus Leavenworth einen ganzen Zellenblock brauchen. Kannst du dir das vorstellen? Ungefähr zwei Dutzend Exoffiziere, die in ihren Zellen hocken und...«

»Du bist schon wieder vom Mitleidspfad abgekommen, glaube ich.«

»Richtig. Entschuldige.«

Wir verließen Bethany Hill und reihten uns in den Morgenverkehr von Fort Hadley ein: Privatfahrzeuge und MTWs, Schulbusse und Lieferfahrzeuge, Jeeps und Dienstwagen sowie marschierende oder im Laufschritt vorbeitrabende Soldaten. Tausende von Männern und Frauen in Bewegung – wie in jeder amerikanischen Kleinstadt um acht Uhr morgens, aber eben doch ganz anders...

Unterwegs meinte Cynthia: »Manche Leute haben wenig Zeitgefühl. Ich hätte den Ablauf, wie Colonel Fowler ihn geschildert hat, beinahe geglaubt, obwohl er zeitmäßig etwas knapp war.«

»Ich denke, daß er viel früher bei ihr angerufen hat.«

»Weißt du überhaupt, was du da sagst, Paul?«

»Ich sage, daß er schon früher von ihrem Tod gewußt hat, aber trotzdem anrufen mußte, um den Nachweis zu führen, daß sie sich seiner Meinung nach nur verspätet hatte. Er konnte natürlich nicht ahnen, daß wir so früh im Haus der Verstorbenen aufkreuzen würden.«

»Das wäre eine Erklärung – aber woher hat er gewußt, daß sie tot war?«

»Da gibt's nur drei Möglichkeiten: Jemand hat's ihm mitgeteilt, oder er hat die Leiche irgendwie entdeckt, oder er hat sie selbst umgebracht.«

»Das hat er bestimmt nicht getan«, widersprach Cynthia.

Ich sah zu ihr hinüber. »Du magst den Kerl.«

»Richtig. Außerdem ist er kein Mörder.«

»Jeder ist ein Mörder, Cynthia.«

»Das stimmt nicht!«

»Okay, aber du siehst sein Motiv.«

»Ja. Er könnte versucht haben, sich schützend vor den General zu stellen und die Ursache der Korruption zu beseitigen.«

Ich nickte zustimmend. »Das wäre ein typisch uneigennütziges Motiv, das einen Mann wie Colonel Fowler zum Mörder machen könnte. Aber er kann auch ein persönlicheres Motiv gehabt haben.«

»Schon möglich.« Cynthia bog auf die Zufahrt zur Psy-Ops School ab.

Ich stellte fest: »Hätte Colonel Moore sich nicht so verdächtig gemacht, würde ich Colonel Fowler allein wegen dieses Anrufs ganz oben auf die Verdächtigenliste setzen. Ganz zu schweigen von Mrs. Fowlers Gesichtsausdruck.«

»Vielleicht hast du recht.« Cynthia erkundigte sich: »Wie weit gehen wir mit Moore?«

»Bis zur Grenze des Vertretbaren.«

»Findest du nicht, daß wir mit ihm über seine Haare, Fingerabdrücke und Reifenspuren reden sollten?«

»Nicht unbedingt. Das hat uns viel Arbeit gekostet – und er braucht nicht schon alles zu erfahren. Ich will ihm Gelegenheit geben, sich um Kopf und Kragen zu reden.«

Wir fuhren an einem Schild mit der Aufschrift *Zutritt nur für Berechtigte* vorbei. An der Einfahrt hielt kein Militärpolizist Wache, aber ich sah einen MP-Jeep, der zwischen den Schulgebäuden Streife fuhr.

Wir stellten Cynthias Wagen vor dem Stabsgebäude der Psy-Ops School ab. Unter einem Schild *Parkplätze für Stammpersonal* sah ich den grauen Ford Fairlane stehen, der offenbar Colonel Moore gehörte.

Wir betraten das Gebäude, in dessen ansonsten leerer Eingangshalle ein Sergeant an einem Schreibtisch saß. Er stand auf und fragte: »Was kann ich für Sie tun?«

Ich wies mich aus und verlangte: »Führen Sie uns bitte zu Colonel Moores Dienstzimmer.«

»Ich rufe ihn an, Chief«, antwortete er und benützte dabei die vertrauliche Form der Anrede für einen Warrant Officer. Ich mag dieses »Chief« nicht, deshalb sagte ich: »Sie haben anscheinend nicht zugehört, Sarge. Führen Sie uns zu seinem Dienstzimmer.«

»Ja, Sir. Kommen Sie bitte mit.«

Wir folgten einem langen Korridor, dessen Wände in einer Art schleimigem Modergrün gehalten waren. Der Boden war nicht einmal gefliest, sondern bestand aus graugestrichenem Betonestrich. Massive Stahltüren, die alle offenstanden, führten in kleine Räume, in denen Lieutenants und Captains, vermutlich lauter Psychologen, an grauen Stahlschreibtischen arbeiteten. Ich sagte zu Cynthia: »Nietzsche kannst du vergessen. Hier sind wir bei Kafka.«

Der Sergeant musterte mich aus dem Augenwinkel heraus, ohne etwas zu sagen.

Ich fragte ihn: »Wie lange ist der Colonel schon da?«

»Erst ungefähr zehn Minuten.«

»Ist der graue Ford Fairlane dort draußen sein Wagen?«

»Ja, Sir. Sind Sie wegen des Falls Campbell hier?«

»Jedenfalls nicht wegen Falschparkens.«

»Ja, Sir.«

»Wo ist Captain Campbells Dienstzimmer?«

»Gleich rechts neben Colonel Moore.« Er fügte hinzu: »Es ist leer.«

Am Ende des Korridors standen wir vor einer geschlossenen Tür mit dem Namensschild *Colonel Moore.*

Der Sergeant fragte uns: »Soll ich Sie anmelden?«

»Nein. Danke, Sie können gehen, Sergeant.«

Er zögerte noch. »Ich...«

»Ja?«

»Ich drücke Ihnen die Daumen, damit Sie den Kerl fassen, der sie umgebracht hat!« Er machte kehrt und marschierte den Korridor entlang davon.

Die letzte Tür rechts war ebenfalls geschlossen und trug das Namensschild *Captain Campbell.* Cynthia öffnete die Tür, und wir betraten den Raum.

Die Einrichtung fehlte, aber auf dem Fußboden lag ein Rosenstrauß ohne Karte.

Wir verließen den Raum und gingen die wenigen Schritte zu Colonel Moores Tür. Als ich anklopfte, rief seine ungeduldige Stimme: »Herein, herein!«

Cynthia und ich traten ein. Colonel Moore, der über seinen Schreibtisch gebeugt hockte, sah nicht auf. Sein Dienstzimmer war größer, aber ebenso farblos wie die Räume, an denen wir vorbeigekommen waren. Die rechte Wand war mit Aktenschränken vollgestellt, links in der Ecke am Fenster standen ein Konferenztisch und ein offener Stahlspind, in den Moore seine Uniformjacke gehängt hatte. Ein Standventilator bewegte die

Luft und ließ die an eine Pinnwand gehefteten Notizen rascheln. Neben Moores Schreibtisch stand das höchste Statussymbol aller Beamten: ein Reißwolf.

Colonel Moore hob den Kopf. »Was gibt's? Oh…« Er blickte sich unwillkürlich um, als frage er sich, wo wir hergekommen sein mochten.

»Tut mir leid, daß wir so hereinplatzen, Colonel«, sagte ich, »aber wir waren zufällig in der Nähe. Dürfen wir uns setzen?«

»Gut, meinetwegen.« Er deutete auf die beiden Stühle vor seinem Schreibtisch. »Ich wäre Ihnen wirklich dankbar, wenn Sie nächstes Mal einen Termin mit mir vereinbaren würden.«

»Ja, Sir. Nächstes Mal bitten wir Sie dann, uns im MP-Gebäude aufzusuchen.«

»Sie brauchen mich bloß anzurufen.«

Wie viele Wissenschaftler schien Colonel Moore nur wenig Ahnung von den Feinheiten der organisierten Welt um ihn herum zu haben. Ich hatte den Verdacht, daß er auch dann nichts verstanden hätte, wenn ich gesagt hätte: »Nächstes Mal sprechen wir uns im Polizeipräsidium.«

»Was kann ich für Sie tun?«

»Sie könnten mir nochmals versichern, daß Sie in der Tatnacht bei sich zu Haus gewesen sind.«

»Gut, wie Sie wollen. Ich bin ab etwa neunzehn Uhr daheim gewesen, bis ich gegen sieben Uhr dreißig zum Dienst gefahren bin.«

Das war ungefähr der Zeitpunkt, an dem Cynthia und ich in Victory Gardens eingetroffen waren. Ich fragte ihn: »Sie leben allein?«

»Ganz recht.«

»Kann irgend jemand bestätigen, daß Sie die ganze Nacht zu Hause gewesen sind?«

»Nein.«

»Sie haben um dreiundzwanzig Uhr im Stabsgebäude angerufen und mit Captain Campbell gesprochen. Richtig?«

»Richtig.«

»Bei dem Gespräch ging es um Dienstliches?«

»Stimmt.«

»Gegen Mittag haben Sie sie nochmals daheim angerufen und eine Nachricht auf ihrem Anrufbeantworter hinterlassen.«

»Ja.«

»Sie hatten schon früher versucht, sie anzurufen, aber ihr Telefon war gestört.«

»Richtig.«

»Was wollten Sie mit ihr besprechen?«

»Was ich ihr schon vorher mitgeteilt hatte – daß Militärpolizisten ihr Dienstzimmer ausgeräumt hatten. Ich habe dagegen protestiert, weil sie Geheimsachen in ihren Akten hatte, aber die Männer haben mir nicht mal zugehört.« Er fügte hinzu: »Die Army ist der reinste Polizeistaat. Ist Ihnen eigentlich klar, daß sie dafür nicht mal einen Durchsuchungsbefehl gebraucht haben?«

»Colonel, wenn dies die IBM-Zentrale wäre, würde der Sicherheitsdienst auf entsprechende Anweisung genauso handeln. Alles und alle gehören hier Onkel Sam. Selbstverständlich haben Sie von der Verfassung geschützte Rechte, aber ich rate Ihnen dringend, nicht auf ihnen zu bestehen, solange ich Sie nicht in Handschellen ins Gefängnis abtransportiere. Danach passen alle – auch ich – auf, daß Ihre Rechte gewahrt bleiben. Sind Sie heute morgen also in kooperativer Stimmung, Colonel?«

»Nein. Aber ich arbeite unter Zwang und Protest mit Ihnen zusammen.«

»Gut.« Ich sah mich noch einmal um. Auf der oberen Ablage

des offenen Stahlspinds stand ein Toilettenbeutel, aus dem vermutlich die Haarbürste stammte. Ob Moore schon gemerkt hatte, daß sie fehlte?

Ich warf einen Blick in den Behälter seines Reißwolfs und stellte fest, daß er leer war. Das war gut. Moore war nicht dumm und eigentlich auch nicht der Typ des freundlichen, zerstreuten Gelehrten; äußerlich wirkte er eher bedrohlich und gerissen. Aber er hatte eine gewisse arrogante Sorglosigkeit an sich, so daß es mich nicht sehr gewundert hätte, Zeltheringe und einen Vorschlaghammer auf seinem Schreibtisch liegen zu sehen.

»Mr. Brenner? Ich bin heute morgen sehr beschäftigt.«

»Entschuldigung. Sie haben Ihre Bereitschaft erklärt, uns bestimmte psychologische Aspekte von Captain Campbells Persönlichkeit zu erläutern.«

»Was möchten Sie denn wissen?«

»Nun, als erstes interessiert uns, warum sie ihren Vater gehaßt hat.«

Colonel Moore warf mir einen nachdenklichen Blick zu, bevor er sagte: »Wie ich sehe, haben Sie seit unserem letzten Gespräch einiges erfahren.«

»Ja, Sir. Ms. Sunhill und ich laufen rum und reden mit Leuten, und jeder erzählt uns irgendeine Kleinigkeit, und danach ziehen wir wieder los, um die Leute nochmals zu befragen, und nach ein paar Tagen wissen wir, wen wir fragen und wonach wir fragen müssen, können allmählich die Guten von den Bösen unterscheiden und verhaften zuletzt die Bösen. Im Vergleich zu Psychologischer Kriegführung ist das ziemlich einfach.«

»Sie sind zu bescheiden.«

»Warum hat sie ihren Vater gehaßt?«

Er holte tief Luft, lehnte sich zurück und sagte: »Lassen Sie mich vorausschicken, daß General Campbell meiner Ansicht nach unter einer zwanghaften Persönlichkeitsstörung leidet. Er ist egozentrisch, herrschsüchtig, kann keine Kritik vertragen, ist ein Perfektionist und gehört zu den Männern, denen es schwerfällt, Zuneigung zu zeigen. Trotzdem ist er völlig kompetent und hundertprozentig imstande, seinen Dienstpflichten nachzukommen.«

»Damit haben Sie neunzig Prozent aller Generale der Army beschrieben. Und?«

»Ann Campbell war ihrem Vater in vieler Beziehung ähnlich, was nicht weiter verwunderlich ist, denn schließlich war sie seine Tochter. So haben zwei recht ähnliche Persönlichkeiten im selben Haus gewohnt: ein älterer Mann, der Vater, und eine jüngere Frau, die Tochter. Das Potential für Probleme war also da.«

»Das Problem läßt sich demnach auf ihre unglückliche Kindheit zurückführen?«

»Nein, anfangs scheint alles in bester Ordnung gewesen zu sein. Ann hat sich in ihrem Vater gesehen und ist damit zufrieden gewesen, und er hat sich in seiner Tochter wiedererkannt, was ihn ebenso befriedigt hat. Tatsächlich hat Ann mir eine glückliche Kindheit mit enger Vater-Tochter-Bindung geschildert.«

»Aber damit war dann irgendwann Schluß?«

»Ja, das mußte so kommen. Solange das Kind klein ist, hat es den Wunsch, die Anerkennung des Vaters zu erringen. Dieser sieht darin keine Bedrohung seiner Vorherrschaft, sondern stellt zufrieden fest, daß sein Sohn oder seine Tochter ›ganz der Vater‹ ist, wie man so sagt. Wächst das Kind dann zu einem jungen Erwachsenen heran, beginnen beide im jeweils anderen Charakterzüge zu sehen, die ihnen nicht gefallen.

Wie es die Ironie des Schicksals will, sind das ihre eigenen schlechtesten Eigenschaften – aber kein Mensch kann sich selbst objektiv beurteilen. Zugleich fangen sie an, sich um die Vorherrschaft zu streiten und den jeweils anderen zu kritisieren. Da keiner der beiden Kritik vertragen kann und beide tatsächlich kompetent und ehrgeizig sind, fliegen natürlich bald die Fetzen.«

»Sprechen wir ganz allgemein von irgendeinem Fall«, fragte ich, »oder speziell von General und Captain Campbell, Vater und Tochter?«

Moore zögerte einen Augenblick. Offenbar sträubte er sich aus alter Gewohnheit dagegen, Dinge preiszugeben, die er als Therapeut erfahren hatte. »Ich halte meine Ausführungen lieber allgemein«, antwortete er dann, »aber Sie sollten daraus Ihre eigenen Schlüsse ziehen.«

»Hören Sie, Colonel«, sagte ich, »wenn Ms. Sunhill und ich auf unsere gezielten Fragen nur allgemeine Antworten bekommen, können wir leicht irregeführt werden. Wir sind etwas begriffsstutzig.«

»Das nehme ich Ihnen nicht ab.«

»Schön, wieder zur Sache«, forderte ich ihn auf. »Ann hatte also das Gefühl, in Konkurrenz zu ihrem Vater zu stehen, hat gemerkt, daß sie nicht mit ihm konkurrieren konnte, ist aber nicht ausgestiegen, sondern hat statt dessen ihren Sabotagefeldzug gegen ihn begonnen.«

»Wer hat Ihnen das erzählt?«

»Das habe ich von jemandem, der es sich von einem Psychologen hat erzählen lassen.«

»Da hat Ihr Psychologe Unsinn behauptet. Wer unter zwanghaften Persönlichkeitsstörungen leidet, glaubt immer, konkurrieren zu *können* und sucht geradezu die Konfrontation mit dominierenden Persönlichkeiten.«

»Das war also nicht der wahre Grund für Ann Campbells Haß

auf ihren Vater? Gelegentliche Konfrontationen haben den beiden eher Spaß gemacht?«

»Richtig. Der wirkliche Grund für ihren abgrundtiefen Haß auf ihren Vater war ein Verrat.«

»Verrat?«

»Ja. Ann Campbells irrationaler Haß auf ihren Vater wäre nicht aus Rivalität, Eifersucht oder dem Gefühl eigener Unzulänglichkeit entstanden. Trotz ihrer Konkurrenzsituation, die nicht notwendigerweise schlecht war, hat sie ihren Vater geliebt – bis zu dem Tag, an dem er sie verraten hat. Und dieser Verrat war so schlimm, so vollständig und so traumatisch, daß sie daran beinahe zerbrochen wäre. Der geliebte, bewunderte Mann, dem sie mehr als jedem anderen Menschen vertraute, hat sie verraten und ihr das Herz gebrochen.« Moore fügte hinzu: »Ist Ihnen das spezifisch genug?«

Nach kurzem Schweigen beugte Cynthia sich auf ihrem Stuhl nach vorn und fragte: »*Wodurch* hat er sie verraten?«

Colonel Moore gab keine Antwort.

»Hat er sie vergewaltigt?« drängte Cynthia.

Moore schüttelte den Kopf.

»Was hat er sonst getan?«

»*Was* damals genau passiert ist, spielt keine Rolle«, wehrte er ab. »Für Ann Campbell war nur wichtig, daß der Verrat total und unverzeihlich war.«

Ich sagte scharf: »Diesen Scheiß können Sie sich bei uns sparen, Colonel! Was hat er ihr angetan?«

Moore zuckte sichtlich zusammen, fing sich aber rasch wieder und antwortete: »Das weiß ich nicht.«

Cynthia stellte fest: »Aber Sie wissen, daß es nicht Blutschande oder Vergewaltigung war.«

»Ja. Das weiß ich, weil sie's selbst gesagt hat. In unseren Gesprächen hat sie diesen Vorfall immer nur als den Verrat bezeichnet.«

»Na ja«, meinte ich sarkastisch, »vielleicht hat er bloß mal vergessen, ihr ein Geburtstagsgeschenk zu kaufen.«

Colonel Moore war sichtlich irritiert, was ich durch meinen Sarkasmus hatte erreichen wollen. »Nein, Mr. Brenner, so triviale Gründe scheiden aus«, stellte er richtig. »Wird man von einem geliebten Menschen, dem man bedingungslos vertraut hat, in einer entscheidend wichtigen Sache vorsätzlich verraten – nicht etwa durch Vergeßlichkeit oder Gedankenlosigkeit, wie Sie angedeutet haben, sondern auf höchst egoistische Weise, die dem anderen Vorteile bringt –, kann man diesem Menschen nie mehr verzeihen.« Er fügte hinzu: »Ein klassisches Beispiel ist die liebende Ehefrau, die ihren Mann vergöttert und dann entdeckt, daß er eine leidenschaftliche Affäre mit einer anderen Frau hat.«

Der geschilderte Sachverhalt regte Cynthia und mich zu eigenen Gedanken an, so daß wir beide schwiegen.

Zuletzt sagte Moore: »Relevanter wäre vielleicht folgender Fall: Eine junge Frau liebt ihren Vater und betet ihn an – bis sie eines Tages zufällig mitbekommt, wie er am Telefon einem Freund erzählt: ›Jane macht mir echt Sorgen. Sie hockt ständig zu Hause, sucht immer nur meine Nähe und träumt von Männern, die sie nie kriegen wird, weil sie linkisch und häßlich ist. Ich wollte, sie ginge mal aus oder würde sich endlich 'ne eigene Wohnung suchen.‹« Er starrte uns an. »Würde das eine junge Frau, die ihren Vater vergöttert, schwer treffen? Würde ihr dabei das Herz brechen?«

Zweifellos. Seine Geschichte brach schon mir das Herz, obwohl ich nicht mal besonders sensibel bin. Ich fragte ihn: »Könnte es so was gewesen sein?«

»Schon möglich.«

»Aber Sie wissen nicht, was es gewesen ist. Warum hat sie Ihnen das nicht gesagt?«

»Die Betroffene kann es häufig nicht ertragen, darüber zu sprechen, weil das eine aus ihrer Sicht unerwünschte Bewertung durch den Therapeuten auslösen könnte. Oft weiß die Betroffene, daß ein objektiver Zuhörer den Verrat als weniger total einschätzen würde. Allerdings *ist* er nach herkömmlichen Begriffen manchmal ungeheuerlich – zum Beispiel bei Inzest. Der scheidet hier aus, aber ich glaube, daß der Verrat, unter dem sie gelitten hat, nach allen Maßstäben empörend gewesen sein muß.«

Ich nickte, als könnte ich ihm folgen, was nicht mal gelogen war. Trotzdem blieb die Kernfrage unbeantwortet, deshalb stellte ich sie: »Können Sie wenigstens zu erraten versuchen, worum es sich gehandelt hat?«

»Nein, und ich brauche auch nicht zu wissen, was ihr Vater ihr angetan hat. Mir genügt die Tatsache seines Verrats, der wahrhaft traumatisch gewesen ist. Ein schrecklicher Vertrauensbruch, der das Verhältnis der beiden unheilbar zerrüttet hat.«

Ich versuchte, mit dieser Aussage klarzukommen, aber das gelang mir nicht. In meinem Job *mußte* ich wer, was, wo, wann, wie und warum rauskriegen. Vielleicht wußte Moore wenigstens, wann das gewesen war, deshalb fragte ich ihn: »Wann? Wann ist das passiert?«

»Vor ungefähr zehn Jahren«, antwortete er.

»Vor ungefähr zehn Jahren war sie in West Point.«

»Richtig. Sie war damals im zweiten Jahr in West Point.«

Cynthia warf ein: »Und wann hat sie ihren Rachefeldzug begonnen? Doch nicht sofort?«

»Nein, nicht sofort. Sie hat die in solchen Fällen üblichen Stadien durchgemacht: Schock, Verweigerung, Depressionen und zuletzt Wut. Erst vor etwa sechs Jahren hat sie beschlossen, sich zu rächen, anstatt weiter zu versuchen, ihre Enttäuschung zu verarbeiten. Tatsächlich war sie zuletzt geradezu von ihrer Idee besessen, Rache sei die einzig mögliche Form der Wiedergutmachung.«

»Und wer hat sie auf diesen Weg gebracht?« erkundigte ich mich. »Sie oder Friedrich Nietzsche?«

»Ich weigere mich, irgendeine Verantwortung für ihren Rachefeldzug gegen ihren Vater zu übernehmen, Mr. Brenner. Als Fachmann habe ich meine Aufgabe erfüllt, indem ich ihr zugehört habe.«

Cynthia stellte fest: »Dann hätte sie auch mit 'nem Kanarienvogel reden können. Haben Sie ihr das Destruktive ihres Verhaltens vor Augen geführt?«

»Natürlich habe ich sie gewarnt! Aus klinischer Sicht hat sie das Falsche getan, und das habe ich ihr gesagt. Aber ich habe ihr Verhalten nie gefördert, wie Mr. Brenner gerade angedeutet hat.«

»Hätte ihr Rachefeldzug sich gegen *Sie* gerichtet, hätten Sie ihn wahrscheinlich weniger nüchtern klinisch betrachtet«, meinte ich.

Colonel Moore starrte mich an. »Sie müssen bitte verstehen, daß Betroffene sich manchmal nicht auf eine Therapie einlassen, sondern sich die Rachegefühle bewahren und die Rechnung auf ihre Weise begleichen wollen. ›Du hast mich betrogen, dafür betrüge ich dich‹, heißt es dann häufig. ›Du hast meine Frau verführt, also verführe ich deine.‹ Im allgemeinen ist es unrealistisch oder kaum möglich, sich auf gleiche Weise zu rächen, aber manchmal geht es doch. Die konventionelle Psychologie behauptet, das sei ungesund, aber jeder Laie weiß, daß Rache reinigend und therapeutisch wirken kann. Das Problem dabei ist, daß Rache ihren eigenen mentalen Tribut fordert – und daß der Rächer zum Peiniger wird.«

Ich erklärte ihm: »Ich verstehe, was Sie meinen, Colonel Moore, aber ich frage mich, warum Sie darauf bestehen, sich so allgemein auszudrücken. Wollen Sie sich dadurch von dieser Tragödie distanzieren? Weisen Sie dadurch jegliche persönliche Verantwortung zurück?«

Das gefiel ihm nicht, und er antwortete steif: »Ich verwahre mich nachdrücklich gegen die Unterstellung, ich hätte ihr nicht geholfen oder sie in ihrem Verhalten bestärkt.«

»Trotzdem«, teilte ich ihm mit, »scheinen gewisse Kreise Ihnen genau das vorzuwerfen.«

»Was erwarten Sie von…« Moore zuckte mit den Schultern. »Weder ich noch meine Arbeit, weder diese Schule noch meine Beziehung zu Ann Campbell ist hier in Fort Hadley auf Billigung oder Verständnis gestoßen.«

»Das glaube ich Ihnen. Wissen Sie, ich habe mir ein paar von Captain Campbells Vorträgen auf Video angesehen und glaube, daß hier wichtige Arbeit geleistet wird. Aber vielleicht haben Sie sich auf Gebiete vorgewagt, die gewöhnliche Leute nervös machen.«

»Wir tun hier nichts, was nicht von höherer Stelle genehmigt wäre.«

»Freut mich, das zu hören. Aber ich glaube, daß Ann Campbell einiges davon auf ihrem ganz privaten Schlachtfeld erprobt hat.«

Moore äußerte sich nicht dazu.

Ich fragte ihn: »Wissen Sie, warum Ann Campbell Wortprotokolle von Therapiegesprächen mit Kriminellen gesammelt hat? Mit Sexualverbrechern?«

»Davon weiß ich nichts«, antwortete Moore prompt. »Falls

sie welche gehabt hat, ist das ein privates Projekt gewesen. Fast jeder Psychologe hat irgendwelche besonderen Interessen – meistens im Zusammenhang mit einer geplanten Promotion.«

»Klingt vernünftig.«

Cynthia erkundigte sich: »Was haben Sie von ihren intimen Beziehungen mit wechselnden Partnern gehalten?«

»Na ja, ich – Wer hat Ihnen das erzählt?«

»Alle – nur Sie nicht«, sagte Cynthia.

»Sie haben nie danach gefragt.«

»Ich frage Sie jetzt. Was haben Sie persönlich dabei empfunden, daß sie mit Männern geschlafen hat, die ihr an sich gleichgültig waren, nur um ihrem Vater eins auszuwischen?«

Er hüstelte verlegen. »Nun, ich hielt es für unklug – vor allem bei dem Grund, aus dem sie's getan hat.«

»Waren Sie eifersüchtig?«

»Bestimmt nicht. Ich...«

Cynthia unterbrach ihn erneut. »Oder haben Sie sich verraten gefühlt?«

»Natürlich nicht. Unsere Beziehung ist platonisch, intellektuell und vertrauensvoll gewesen.«

Ich hätte ihn am liebsten gefragt, ob dazu auch gehörte, daß er sie nackt auf dem Erdboden anpflockte, aber ich mußte rauskriegen, *warum* er's getan hatte. Tatsächlich konnte ich mir den Grund dafür bereits vorstellen. Und was Moore bisher über Verrat gesagt hatte, zeigte mir, daß wir hinter dieses Geheimnis von Ann Campbells unglücklicher Existenz kommen mußten, das der Schlüssel zu allem war.

Ich wagte einen Schuß ins Dunkel und sagte: »Sie sind mit Captain Campbell im Golfkrieg gewesen, nicht wahr? Soviel ich gehört habe, sollen Sie dort ein Unternehmen Bonkers vorgeschlagen haben.«

»Tut mir leid, darüber darf ich nicht sprechen«, behauptete Moore.

»Captain Campbell hatte großes Vertrauen in die Methode, Sex als Mittel zur Durchsetzung scheinbar höchst unterschiedlicher Ziele einzusetzen. Richtig?«

»Ich – ja, das stimmt.«

»Ich habe wie gesagt einige ihrer Vorträge auf Video gesehen und weiß, welche Auffassung sie vertreten hat. Ich bestreite nicht, daß Sex größten Einfluß haben kann, aber ich sehe ihn als Kraft, die Gutes bewirkt, als Ausdruck von Liebe und Fürsorge. Irgendwie hat Ann Campbell das nicht mitbekommen. Würden Sie mir da zustimmen?«

Moore wollte sich nicht festlegen. »Sex an sich ist weder gut noch böse«, stellte er fest. »Aber es stimmt, daß manche Menschen – vor allem Frauen – ihn als Mittel, als Waffe zur Erreichung ihrer Ziele einsetzen.«

Ich wandte mich an Cynthia. »Stimmt das?«

Sie wirkte etwas verärgert, obwohl mir nicht ganz klar war, gegen wen sich ihr Ärger richtete. »Ich gebe zu, daß Sex von manchen Frauen gelegentlich als Waffe benützt wird, aber dieses Verhalten gilt allgemein als unakzeptabel. Ann Campbell hat Sex möglicherweise als ihre *einzige* Waffe gegen irgendeine Ungerechtigkeit oder ihr Gefühl der Machtlosigkeit gesehen. Colonel Moore, falls Sie davon gewußt haben, wäre es Ihre moralische Pflicht – von Ihrer dienstlichen Pflicht als ihr Vorgesetzter ganz zu schweigen – gewesen, wenigstens zu versuchen, sie daran zu hindern.«

Moore starrte Cynthia mit seinen schwarzen Knopfaugen an und behauptete: »Ich habe keine Möglichkeit gesehen, irgend etwas zu verhindern.«

»Warum nicht?« fragte sie scharf. »Sind Sie ein Offizier oder ein Hotelpage? Sind Sie ihr Freund gewesen oder nicht? Und da Sie ihrem Charme nicht erlegen sind, hätten Sie doch um so besser auf sie einwirken können. Oder haben diese sexuellen Experimente Sie aus rein klinischer Sicht interessiert? Oder hat es Sie etwa angetörnt, daß sie Verkehr mit häufig wechselnden Partnern hatte?«

Colonel Moore sah zu mir hinüber und sagte: »Ich weigere mich, darauf zu antworten oder noch länger mit dieser Frau zu sprechen.«

Ich erklärte ihm: »Auf den fünften Verfassungszusatz können Sie sich erst berufen, wenn ich Sie über Ihre Rechte als Beschuldigter belehrt habe, was ich im Augenblick nicht beabsichtige. Ich weiß, daß das frustrierend ist. Aber wir übergehen diese Frage vorerst, und ich verspreche Ihnen, daß Ms. Sunhill versuchen wird, ihre weiteren Fragen so zu formulieren, daß Sie keinen Grund haben werden, dahinter Insubordination zu vermuten.«

Colonel Moore schien einzusehen, daß es zwecklos war, den moralisch Empörten zu spielen. Er nickte und lehnte sich in seinen Stuhl zurück. Seine Körpersprache sagte: »Wozu soll ich mich über Leute wie euch aufregen? Fragt meinetwegen weiter.«

Cynthia fand ihre Selbstbeherrschung wieder und erkundigte sich in neutralem Tonfall: »Wann wäre die Rechnung aus Ann Campbells Sicht beglichen gewesen?«

Moore sah weder sie noch mich an, während er ausdruckslos antwortete: »Leider hat das außer ihr keiner gewußt. Anscheinend ist sie mit dem, was sie ihm angetan hat, nicht zufrieden gewesen. Das lag allerdings auch an General Campbell.« Er lächelte sarkastisch. »Dieser General würde niemals zugeben, daß er besiegt ist, und die weiße Flagge hissen. Soweit ich informiert bin, hat er niemals um einen Waffenstillstand gebeten oder Friedensverhandlungen vorgeschlagen. Offenbar hat er geglaubt, was er ihr angetan hatte, sei durch ihr späteres Verhalten mehr als wettgemacht.«

»Mit anderen Worten«, warf Cynthia ein, »sind alle beide zu stur gewesen, um zu verhandeln. Er hat sich nie für seinen ursprünglichen Verrat entschuldigt.«

»Na ja, gewissermaßen schon – aber Sie können sich denken, was für eine Entschuldigung Sie von einem Mann wie ihm zu erwarten hätten.«

Cynthia wechselte das Thema und fragte Moore: »Ist Ihnen am Morgen des bewußten Tages aufgefallen, daß Ann Campbells Wagen nicht vor ihrem Haus stand?«

Er überlegte kurz. »Möglicherweise, zumindest unbewußt.«

»Haben Sie diese Tatsache im allgemeinen nicht wahrgenommen?«

»Nein.«

»Sie haben also nie gewußt, ob Ihre Untergebene, Nachbarin und Freundin noch daheim oder schon zum Dienst unterwegs war?«

»Gut, meistens habe ich wohl darauf geachtet.«

»Sind Sie jemals gemeinsam gefahren?«

»Manchmal.«

»Haben Sie gewußt, daß Captain Campbell an diesem Morgen mit ihren Eltern frühstücken wollte?«

»Nein – doch, jetzt fällt's mir wieder ein. Das hat sie mir erzählt.«

»Welchen Zweck hat dieses Treffen zum Frühstück gehabt?«

»Zweck?«

»Sind die Campbells häufig wie eine normale Familie zusammengekommen?«

»Das wohl nicht.«

»Colonel«, fuhr Cynthia fort, »meines Wissens hat General Campbell seiner Tochter ein Ultimatum in bezug auf ihr Verhalten gestellt, auf das Ann Campbell beim Frühstück antworten sollte. Richtig?«

Jetzt wirkte Moore zum erstenmal leicht besorgt, als frage er sich, wieviel wir wohl wußten – und von wem.

»Richtig?«

»Ich… Sie hat mir erzählt, ihr Vater sei entschlossen, dieses Problem zu lösen.«

Cynthia geriet wieder in Fahrt und sagte scharf: »Colonel, sie hat Ihnen entweder davon erzählt oder nicht. Sie hat von Ultimatum, Militärstrafverfahren, angeordneter Therapie und Ausscheiden aus der Army gesprochen oder nicht. Hat sie sich Ihnen anvertraut oder nicht, und hat sie Ihren Rat eingeholt oder nicht?«

Moore ärgerte sich sichtlich über Cynthias Tonfall, aber darüber hinaus schien auch diese Frage einen wunden Punkt berührt zu haben. Da er offenbar glaubte, wir könnten unmöglich genug wissen, um ihn festzunageln, antwortete er: »Ich habe Ihnen alles gesagt, was ich weiß. Sie hat mir nie erzählt, was er wollte, und mich nie um Rat gebeten. Als ihr Therapeut habe ich vor allem zugehört, möglichst wenig gefragt und niemals unerwünschte Ratschläge erteilt.«

»Ich kann mir einfach nicht vorstellen, daß ein Mann einer Frau gegenüber, die er seit sechs Jahren kennt, zu solcher Selbstbeherrschung imstande sein soll«, meinte Cynthia ungläubig.

»Dann verstehen Sie nichts von Therapie, Ms. Sunhill. Natürlich habe ich ihr Ratschläge in bezug auf ihre Tätigkeit, ihre Laufbahn und sogar auf persönliche Dinge wie Wohnen, Urlaub und so weiter gegeben. Aber über Familienprobleme haben wir nur in Therapiegesprächen diskutiert, die strikt von Beruf und Freizeit getrennt waren. Das hatten wir von Anfang an so vereinbart; daran haben wir uns beide gehalten.«

»Danke für diese Informationen, Colonel«, antwortete Cynthia. »Wie ich sehe, sind Sie ein Mann mit Prinzipien. Darf ich daraus schließen, daß die Verstorbene keine Gelegenheit gefunden hat, einen offiziellen Termin mit Ihnen zu vereinbaren, um mit Ihnen über dieses Ultimatum zu sprechen?«

»Ganz recht.«

»Als nach langen Jahren all diese Leiden, dieser Schmerz und diese Wut einem Höhepunkt zustrebten, waren Sie oder beide zu beschäftigt, um darüber zu reden?«

»Ann hat es vorgezogen, mich nicht ins Vertrauen zu ziehen. Wir wollten uns allerdings treffen, sobald sie mit ihrem Vater gesprochen hatte. Tatsächlich wollten wir gestern nachmittag zusammenkommen.«

»Das nehme ich Ihnen nicht ab, Colonel«, widersprach Cynthia. »Ich glaube, daß ein Zusammenhang zwischen dem Ultimatum des Generals und Ann Campbells Tod besteht – und daß *Sie* diesen Zusammenhang kennen.«

Colonel Moore stand ruckartig auf. »Ich lasse mich nicht Lügner nennen!«

Cynthia stand ebenfalls auf, und die beiden funkelten sich an. »Wir wissen bereits, daß Sie ein Lügner sind«, erklärte sie ihm.

Das stimmte übrigens. Wir wußten, daß Moore mit Ann Campbell auf Schießbahn sechs gewesen war, und er schien jetzt zu begreifen, daß wir das wußten. Woher hätten wir sonst den Mut genommen, so mit einem Colonel umzuspringen? Aber man merkte ihm an, daß wir die Schmerzgrenze schon beinahe überschritten hatten. Daher stand ich ebenfalls auf.

»Danke für dieses Gespräch, Colonel. Sparen Sie sich die

Mühe, sich bei Colonel Kent über uns zu beschweren. Eine umfassende Beschwerde hält ungefähr eine Woche lang vor.« Ich fügte hinzu: »Ich postiere einen Militärpolizisten vor Ihrer Tür, Sir. Falls Sie versuchen, Unterlagen zu vernichten oder aus diesem Raum zu entfernen, werden Sie festgenommen und erhalten Hausarrest in der Kaserne.«

Moore zitterte jetzt, aber ich konnte nicht beurteilen, ob aus Angst oder Wut, und es war mir auch egal. »Ich werde mich über Sie beide beschweren!« drohte er uns.

»Das würde ich an Ihrer Stelle lieber nicht tun. Wir verkörpern Ihre einzige Hoffnung, dem Galgen zu entgehen – oder ist's das Erschießungskommando? Ich muß mal nachfragen. Hinrichtungen sind leider so selten geworden, daß ich die Methode vergessen habe. Hüten Sie sich jedenfalls davor, mich gegen Sie aufzubringen. Sie wissen, was ich meine. Guten Tag, Colonel.«

Wir ließen ihn stehen und über seine Möglichkeiten nachdenken, zu denen ganz bestimmt nicht gehörte, mich gegen sich aufzubringen.

KAPITEL DREIUNDZWANZIG

Cynthia parkte vor dem MP-Gebäude auf einem freien Platz neben meinem Blazer. Als wir zum Haupteingang unterwegs waren, sahen wir drei Übertragungswagen und eine Gruppe von Leuten, die nur Reporter sein konnten. Sie schienen eine Personenbeschreibung der zuständigen CID-Ermittler zu haben, denn sie fielen wie ein Heuschreckenschwarm über uns her. Fort

Hadley ist wie gesagt frei zugänglich, so daß man die Steuerzahler nicht fernhalten kann, was normalerweise auch niemand will – aber das hier war zuviel.

Der erste Reporter, ein Yuppie mit modischem Haarschnitt, hielt uns ein Mikrofon entgegen, und einige seiner schäbiger gekleideten Kollegen waren mit Block und Bleistift bewaffnet. Ich merkte, daß Kameras auf uns gerichtet waren. »Sind Sie Warrant Officer Brenner?« fragte der Yuppie mich und hielt mir das Mikrofon unter die Nase.

»Nein, Sir«, sagte ich, »ich bin hier, um den Coke-Automaten zu warten.« Wir gingen weiter, aber die Meute ließ sich nicht so leicht abschütteln.

Eine Reporterin fragte Cynthia: »Sind Sie Warrant Officer Sunhill?«

»Nein, Ma'am, ich gehöre zu dem Coke-Mann.«

Natürlich glaubten sie uns nicht und bedrängten uns weiter mit Fragen, bis wir den Eingang erreicht hatten, vor dem zwei Militärpolizisten mit M-16 Wache hielten. Ich stieg die Stufen hinauf, drehte mich nach der Menge um, die uns nicht mehr folgen konnte und sagte: »Guten Morgen.«

Das Stimmengewirr verstummte, und ich sah drei Fernsehkameras auf uns gerichtet, während etwa ein Dutzend Fotografen eifrig knipsten. Ich erklärte ihnen: »Die Ermittlungen wegen des Todes von Captain Ann Campbell gehen weiter. Wir verfolgen mehrere Spuren, haben aber noch keinen Verdächtigen. Unterdessen sind alle verfügbaren Kräfte aus Fort Hadley, der Criminal Investigation Division der Army und der Midland Police mobilisiert und arbeiten bei der Aufklärung des Falls eng zusammen. Wir werden schon bald eine Pressekonferenz einberufen.« Blödsinn.

Dann ging es los! Wir wurden mit Fragen überschüttet, von

denen ich nur einige verstand: »Ist sie nicht auch vergewaltigt worden?« – »Ist sie nackt und gefesselt aufgefunden worden?« – »Ist sie erdrosselt worden?« – »Wer könnte Ihrer Ansicht nach der Täter gewesen sein?« – »Ist das nicht die zweite Vergewaltigung in Hadley binnen einer Woche gewesen?« Und interessanterweise: »Haben Sie ihren Freund, den Sohn des Polizeichefs, schon verhört?«

Ich hob abwehrend die Hände. »Alle Ihre Fragen werden auf der Pressekonferenz beantwortet.«

Cynthia und ich betraten das Gebäude, wo wir Colonel Kent begegneten, der irritiert und unglücklich wirkte. »Ich kann sie einfach nicht dazu bringen, ihre Belagerung aufzugeben.«

»Nein, das können Sie nicht. Das ist es, was ich an diesem Land so liebe.«

»Sie dürfen sich nur auf dem Kasernengelände frei bewegen – aber dazu gehört Beaumont House, das ich von einem Dutzend meiner Leute bewachen lasse. Die Zufahrten zu den Schießbahnen und Jordan Field bleiben natürlich für sie gesperrt. Aber die verdammen Kerle schnüffeln überall herum!«

»Vielleicht haben sie mehr Glück als wir.«

»Dieser Rummel gefällt mir nicht.« Er fragte mich: »Gibt's was Neues?«

»Wir haben inzwischen mit Colonel Fowler und Colonel Moore gesprochen. Ich möchte, daß Sie zwei Ihrer Leute zu Colonel Moore schicken, die in seinem Dienstzimmer auf ihn aufpassen. Er darf keine Unterlagen mitnehmen oder vernichten.«

»Wird gemacht.« Kent erkundigte sich: »Haben Sie vor, Colonel Moore zu verhaften?«

»Wir versuchen noch immer, eine Art psychologischer Autopsie der Ermordeten von ihm zu bekommen.«

»Wen interessiert die schon?«

»Ms. Sunhill und mich«, antwortete ich lakonisch.

»Weshalb? Was hat die mit Colonel Moore zu tun?«

»Nun, je mehr ich erfahre, desto weniger Motivation finde ich für Colonel Moore, seine Untergebene zu ermorden. Andererseits sehe ich, daß andere Leute starke Motive gehabt haben könnten.«

Kent sagte irritiert: »Paul, ich habe bis zu einem gewissen Punkt Verständnis für das, was Sie tun, und anderen Leuten geht's ähnlich. Aber mittlerweile haben Sie diesen Punkt überschritten, und wenn Sie Moore jetzt nicht verhaften und er sich als der Mörder erweist und erst vom FBI geschnappt wird, stehen Sie wirklich dumm da.«

»Das weiß ich, Bill. Aber wenn ich Moore verhafte und er nicht der Mörder ist, stehe ich noch dümmer da.«

»Zeigen Sie endlich Mumm!«

»Fuck off!«

»Hey! Sie sprechen mit einem ranghöheren Offizier.«

»Fuck off, *Sir.*« Ich machte kehrt und marschierte den Korridor entlang davon. Cynthia folgte mir, während Kent zurückblieb.

»Das war nicht sehr clever«, meinte Cynthia, während sie die Tür unseres Dienstzimmers hinter sich schloß.

»Daß er mich aufgefordert hat, Mumm zu zeigen? Allerdings nicht.«

»Gut, das ist auch nicht gerade clever gewesen. Aber ich meine, daß du ihn aufgefordert hast, Zitat, fuck off, Zitat Ende.«

»Kein Problem.« Ich blätterte in dem Stapel Gesprächsnotizen neben dem Telefon.

Cynthia schwieg einen Augenblick, bevor sie sagte: »Er hat etwas Unrechtes getan, nicht wahr?«

»Genau! Und das weiß er auch.«

»Trotzdem solltest du's ihm nicht ständig unter die Nase reiben. Vergiß nicht, daß wir ihn vielleicht noch brauchen.«

Ich blickte von den Telefonnotizen auf. »Für einen Offizier, der seine Pflichten derart vernachlässigt hat, empfinde ich nicht allzu viel Mitleid.«

»Außer wenn er Ann Campbell heißt.«

Ich weigerte mich, darauf zu antworten.

»Schön, wie wär's mit Kaffee und Donuts zum Frühstück?«

»Gute Idee.«

Cynthia drückte auf den Rufknopf unserer Gegensprechanlage, um Specialist Baker kommen zu lassen.

Ich setzte mich und schlug Ann Campbells Krankenakte auf, die im Verhältnis zu ihrer Dienstzeit ungewöhnlich dünn war, was darauf schließen ließ, daß sie sich privat hatte behandeln lassen. Die Akte enthielt jedoch den Bericht über ihre Aufnahmeuntersuchung in West Point, in dem ein Arzt vermerkt hatte *H. imperforatus.* Ich zeigte die Eintragung Cynthia und fragte: »Bedeutet das ein intaktes Jungfernhäutchen?«

»Ja, intakt und ohne irgendeine Öffnung. Das ist kein absoluter Beweis für Jungfräulichkeit, aber höchstwahrscheinlich ist nichts sehr Großes bis dorthin gekommen.«

»Also können wir ausschließen, daß ihr Vater sie als Mädchen vergewaltigt hat.«

»Richtig. Aber das gilt nicht für andere Formen sexuellen Mißbrauchs. Ich glaube, daß Colonel Moore die Wahrheit gesagt hat. Was ihr Vater ihr angetan hat, muß in ihrem zweiten Jahr in West Point geschehen sein, und ich bezweifle, daß er imstande gewesen wäre, seine zwanzigjährige Tochter zu vergewaltigen. Trotzdem ist es interessant, daß sie offenbar als Jungfrau nach West Point gekommen ist. Enthält ihre Akte noch weitere gynäkologische Untersuchungsberichte?«

Ich blätterte darin, ohne welche zu finden. »Seltsamerweise nicht. Ich vermute, daß sie überwiegend in Privatbehandlung gewesen ist.«

»Das glaube ich auch. Keine vernünftige Frau würde jahrelang auf gynäkologische Untersuchungen verzichten.« Cynthia runzelte die Stirn. »Warum habe ich das dumpfe Gefühl, daß dieser ungeklärte Vorfall in West Point sexueller Art gewesen ist?«

»Weil das am besten zusammenpaßt. Du weißt schon: Auge um Auge, Zahn um Zahn.«

»Wir wissen, daß ihr Vater etwas damit zu tun gehabt hat. Vielleicht hat er sie einem seiner Vorgesetzten überlassen, vielleicht hat er sie für seine Karriere...«

»Richtig. Allmählich kommen wir der Sache auf den Grund. Aber solche Spekulationen müssen warten, bis wir mehr wissen.« Ich gab Cynthia die Krankenakte und riet ihr: »Lies den Bericht des Psychiaters ganz hinten.«

Specialist Baker kam herein. Ich stellte sie Cynthia vor, aber die beiden kannten sich bereits. Ich fragte Baker: »Na, was denken Sie?«

»Sir?«

»Wer ist der Mörder?«

Sie zuckte mit den Schultern.

Cynthia sah von Ann Campbells Krankenakte auf und fragte Baker: »Ein Freund oder ein Unbekannter?«

Nach kurzem Nachdenken antwortete sie: »Ein Freund.« Baker fügte hinzu: »Aber davon hatte sie viele.«

»Tatsächlich?« Ich fragte weiter: »Hat irgend jemand aus dieser Dienststelle oder sonst jemand Informationen über den Fall Campbell von Ihnen haben wollen?«

»Ja, Sir.«

»Wer?«

»Nun, ich habe gestern den ganzen Tag lang und heute morgen Anrufe für Sie entgegengenommen, und alle stellen irgendwelche Fragen. Colonel Moore, ihr Vorgesetzter, Colonel Fowler, der Stellvertreter General Campbells, Major Bowes, der CID-Kommandeur, Polizeichef Yardley aus Midland und ein Haufen anderer Leute, meistens Reporter. Ich hab' Ihnen von jedem Anruf eine Gesprächsnotiz hingelegt.«

»Und alle sind neugierig gewesen?«

»Ja, Sir. Aber ich habe alle an Sie oder Ms. Sunhill verwiesen.«

»Okay. Hat irgend jemand in der Dienststelle des Provost Marshals etwas zu Ihnen gesagt, das wir wissen sollten?«

Specialist Baker verstand meine Frage, überlegte kurz und sagte schließlich: »Hier wird natürlich viel geredet; man hört alle möglichen Andeutungen, Gerüchte und Behauptungen, die vielleicht wahr sind – oder auch nicht.«

»Das hab' ich mir schon gedacht, Baker. Was hier dienstlich besprochen wird, bleibt streng vertraulich, und ich garantiere Ihnen nicht nur Anonymität, sondern auch eine Versetzung an jeden anderen Standort, der Sie interessiert. Hawaii, Japan, Deutschland, Kalifornien. Sie haben freie Wahl. Okay?«

»Ja, Sir.«

»Fangen wir mit Colonel Kent an. Was wird über ihn geredet?«

Baker räusperte sich, bevor sie sagte: »Na ja, es hat immer geheißen, daß Colonel Kent und Captain Campbell miteinander...«

»Bumsen. Das wissen wir. Was noch?«

»Nun, das war's eigentlich schon.«

»Seit wann sind Sie hier stationiert?«

»Erst seit ein paar Monaten.«

»Glauben Sie, daß er sie geliebt hat?«

Baker zuckte mit den Schultern. »Das hat niemand behauptet. Ich meine, den beiden hat man nichts angemerkt, weil sie vor anderen echt cool miteinander umgegangen sind. Aber irgendwie hat man doch gespürt, daß zwischen ihnen was läuft.«

»Sie ist hierher in sein Dienstzimmer gekommen?«

»Gelegentlich, vor allem tagsüber. Nachts ist er dann zu ihr rübergefahren. Die MP-Streifen haben seinen Wagen auf der Fahrt zur Psy-Ops School gesehen und dann über Funk an alle gemeldet: ›Randy Six unterwegs zu Honey One.‹ Das war scherzhaft gemeint, aber Colonel Kent, dessen Funkgerät natürlich eingeschaltet war, hat bald rausgekriegt, wer mit diesen angeblichen Rufzeichen gemeint war – er und Captain Campbell. Aber die Funker haben niemals ihren Namen genannt und immer mit verstellter Stimme gesprochen, so daß er nichts dagegen machen konnte. Wahrscheinlich hätte er sowieso nichts unternommen, um die Gerüchte nicht noch schlimmer zu machen.« Sie fügte hinzu: »In so 'ner kleinen Garnison kann man sich nicht viel leisten, und die Militärpolizei kriegt 'ne Menge solcher Dinge mit, aber solange nicht gegen Gesetze oder Vorschriften verstoßen wird, läßt sie's durchgehen – ganz besonders bei höheren Offizieren.« Dann ergänzte sie: »Ganz besonders beim Boß.«

Nun, ich war froh, daß ich dieses Thema angeschnitten hatte, und fragte weiter: »Baker, wissen Sie, daß Captain Campbell in der Tatnacht Offizier vom Dienst gewesen ist?«

»Ja.«

»Hat Colonel Kent die Angewohnheit gehabt, bis spät in die Nacht hinein zu arbeiten, wenn Captain Campbell Nachtdienst hatte?«

»Nun, so hab' ich's gehört.«

»Wissen Sie, ob Colonel Kent in der Tatnacht hier gewesen ist?«

»Ja, er ist dagewesen. Ich hab' ihn nicht selbst gesehen, aber er soll die Dienststelle etwa um achtzehn Uhr verlassen haben, gegen einundzwanzig Uhr zurückgekommen sein, bis um Mitternacht gearbeitet haben und dann weggefahren sein. Die Kollegen von der Nachtschicht haben gesehen, wie sein Wagen nach Bethany Hill raufgefahren ist, wo er wohnt.«

»Aha. Und daß Mrs. Kent verreist ist, war vermutlich allgemein bekannt?«

»Ja, Sir, das haben alle gewußt.«

»Und Bethany Hill wird wahrscheinlich von mindestens einer MP-Streife pro Nacht kontrolliert?«

»Ja, Sir. Von mindestens einer pro Nacht.«

»Und was ist in dieser Nacht über Randy Six gemeldet worden?«

Baker unterdrückte ein Lächeln. »Nun, kein Besuch, und niemand hat seinen Dienstwagen nachts wegfahren gesehen. Aber er könnte unbemerkt mit seinem Privatwagen weggefahren sein.«

Oder mit dem Auto seiner Frau, obwohl ich in der Einfahrt keinen Wagen gesehen hatte, als wir morgens bei ihm vorbeigefahren waren. Aber hinter jedem dieser Häuser stand noch eine Garage. Zu Baker sagte ich: »Sie verstehen, was diese Fragen zu bedeuten haben?«

»O ja!«

»Was wir besprochen haben, darf nicht Bestandteil des hiesigen Büroklatsches werden.«

»Nein, Sir.«

»Okay, danke. Lassen Sie uns Kaffee und ein paar Donuts bringen.«

»Ja, Sir.« Sie machte kehrt und trat ab.

Cynthia und ich schwiegen einige Sekunden lang, bevor sie sagte: »Das war eine gute Idee.«

»Danke, aber auf Büroklatsch darf man nichts geben.«

»Aber wir sind hier im MP-Gebäude.«

»Stimmt.« Ich fügte hinzu: »Jetzt weißt du, warum ich auf Kent sauer bin. Der Idiot ist in seiner eigenen Dienststelle zur Lachnummer geworden!«

»Ja, ich weiß.«

»Mit Moral hat das überhaupt nichts zu tun. Aber man bumst einfach nicht, wo man arbeitet. Darüber *lachen* die Leute.«

»Ich wette, daß sie in Brüssel und Falls Church über uns gelacht haben.«

»Todsicher.«

»Wie peinlich!«

»Allerdings. Das ist dir hoffentlich eine Lehre gewesen.«

Sie lächelte nur. Dann zog sie die Augenbrauen hoch. »Was hast du durch Bakers Befragung feststellen wollen? Daß über Kent in seiner Dienststelle Witze gerissen werden?«

Ich zuckte mit den Schultern.

»Die Entfernung von Bethany Hill zur Schießbahn sechs beträgt acht bis zehn Kilometer«, stellte Cynthia fest. »Dafür braucht man keine zehn Minuten – selbst wenn man die letzten Kilometer bei Vollmondschein ohne Licht fährt.«

»Daran habe ich auch schon gedacht. Und vom Beaumont House aus ist die Schießbahn sechs in gut zehn Minuten zu erreichen, wenn man's eilig hat.«

Cynthia nickte zustimmend. »Tatsachen, die man im Hinterkopf behalten sollte.« Mit einem Blick auf die vor ihr liegende Krankenakte fragte sie: »Was schließt du aus diesem Bericht eines Psychiaters?«

»Ann Campbell hatte ein Trauma erlitten, über das sie mit keinem reden wollte. Was schließt *du* daraus?«

»Nichts anderes. Der Bericht ist nicht sonderlich informativ, aber ich vermute, daß das Problem nicht Streß oder Erschöpfung, sondern irgendein ganz bestimmtes Ereignis gewesen ist, das ihr einen Schock versetzt und bewirkt hat, daß sie sich von ihrem Vater verraten fühlte. Mit anderen Worten: Daddy war nicht für sie da, als seine Tochter ihn dringend gebraucht hätte. Paßt das alles zusammen?«

»An sich ganz gut.« Ich zögerte, bevor ich fortfuhr: »Ich werde den Verdacht nicht los, daß diese Sache sexuelle Gründe gehabt hat, daß sie mit einem Kerl zusammenhängt, der einen oder zwei Sterne mehr als Daddy hatte, und daß Daddy gekniffen und auch seine Tochter dazu überredet hat, nichts zu unternehmen.«

»Irgendwas in dieser Art.«

Ich fügte hinzu: »Wir müssen uns ihre West-Point-Akte kommen lassen, aber ich wäre sehr überrascht, wenn sie etwas von dem enthielte, was Colonel Moore angedeutet hat.«

Eine Ordonnanz brachte uns eine große Thermoskanne Kaffee und einen Plastikteller mit kalten, fettigen Donuts. Cynthia und ich griffen zu und unterhielten uns dabei weiter.

Das Telefon klingelte fast ständig, aber bisher hatte Specialist Baker für uns abgenommen. Aber diesmal meldete sie über die Gegensprechanlage: »Colonel Hellmann, Sir.«

»Okay, stellen Sie's durch.« Ich legte den Hörer auf den Verstärker, damit Cynthia mithören und selbst sprechen konnte, und meldete mich: »Brenner und Sunhill, Sir.«

»Ah, das Gesprächsthema Nummer eins in Falls Church.«

Karls Stimme klang an diesem Morgen fast heiter, was mich etwas verwirrte. »Tatsächlich?« fragte ich.

»In der Tat. Geht's Ihnen beiden gut?«

»Sehr gut, Colonel«, antwortete Cynthia.

»Gut. Bei mir sind etliche Beschwerden über Sie eingegangen.«

»Dann wissen Sie, daß wir gute Arbeit leisten«, antwortete ich.

»Ich weiß, daß Sie anfangen, Leute zu ärgern, was manchmal ein Zeichen für gute Arbeit sein kann. Aber ich rufe an, um zu fragen, ob Sie wissen, daß Ihnen dieser Fall entzogen wird.«

»Ja, Sir, das wissen wir.«

»Ich habe für weitere CID-Ermittlungen gekämpft, aber das FBI hat mehr Einfluß als ich.«

»Wahrscheinlich ist der Fall ohnehin bald gelöst«, versicherte ich ihm.

»Tatsächlich? Na, hoffentlich können Sie ihn binnen einer Viertelstunde lösen, denn das FBI ist vorgeprescht. Die Sonderkommission ist bereits in Fort Hadley.«

»Vereinbart ist, daß wir bis morgen zwölf Uhr ungehindert arbeiten dürfen.«

»Richtig, aber Sie werden ab jetzt über FBI-Agenten stolpern.«

»Ich habe den Eindruck, daß Sie froh sind, aus der Sache rauszukommen«, stellte ich fest.

»Was bringt Sie darauf, Mr. Brenner?«

»Ihr Tonfall, Sir. Ihre Stimme klingt zufrieden.«

Karl antwortete nicht gleich. »Sie sollten auch zufrieden sein«, sagte er dann. »Von dieser Sache hätten weder Sie noch die CID profitieren können.«

»Das ist kein Kriterium, nach dem ich meine Fälle auswähle.« In Wirklichkeit spielten manchmal auch solche Erwägungen eine Rolle. Meistens übernahm man einen Fall, weil man's für seine Pflicht hielt, persönliches Interesse daran hatte oder einfach nur derjenige sein wollte, der einen besonders miesen Schurken zur Strecke gebracht hatte. Ich teilte Karl mit: »Ich löse diesen Fall, so daß wir alle mit Ruhm und Ehre überhäuft werden.«

»Ich respektiere Ihre gute Absicht, Paul. Ehrlich. Andererseits ist das Potential für Schimpf und Schande ungleich größer.« Er fügte hinzu: »Das FBI hat uns einen Ausweg eröffnet. Diese Idioten *wollen* den Fall.«

»Die beiden Idioten hier auch.«

Karl wechselte das Thema und sagte: »Von Seiver höre ich, daß Sie einen Verdächtigen haben. Einen Colonel Moore.«

»Wir haben einen Mann, der am Tatort gewesen ist. Deshalb gehört er natürlich zu den Verdächtigen.«

»Aber Sie haben ihn nicht verhaftet.«

»Nein, Sir.«

»Das wollen sie aber.«

»Wer sind *sie*?«

»Das wissen Sie selbst. Schön, tun Sie, was Sie für richtig halten. Ich mische mich nie ein.«

»Fast nie.«

»Weitere Verdächtige außer Moore?«

»Leider nein, Sir.«

Nach kurzer Pause fuhr Karl fort: »Ms. Sunhill, Sie haben in Ihrem Bericht geschrieben, ihre scheinbare Vergewaltigung könnte in Wirklichkeit eine Art Spiel mit Einverständnis beider Partner gewesen sein.«

»Ja, Sir.«

»Das könnte doch bedeuten, daß der Täter ein Freund gewesen ist, nicht wahr?«

»Ja, Sir.«

»Aber nicht Colonel Moore, ihr Vorgesetzter, der offenbar am Tatort gewesen ist?«

Cynthia sah zu mir hinüber, und ich antwortete: »Der Fall ist ziemlich komplex geworden, Sir.« Sie fügte hinzu: »Captain Campbell hat viele Freunde gehabt.«

»Richtig, das habe ich gehört.« Mit für ihn seltener Einsicht fragte er: »Verdammt schwierige Sache, was?«

»Ja, Sir.«

Hellmann fuhr fort: »Paul, Sie haben sich noch nicht mit Major Bowes in Verbindung gesetzt.«

»Nein, Colonel. Major Bowes scheint ein Teil des hiesigen Problems zu sein. Das ist nur ein Gerücht, aber Sie könnten daran denken, ihn zu einem Gespräch nach Falls Church zurückzurufen.«

»Verstanden.« Nach kurzem Schweigen fügte er hinzu: »Dergleichen kann die CID nicht brauchen.«

»Natürlich nicht.«

»Sind Sie dabei, den Schaden zu begrenzen?«

»Nein«, antwortete ich, »das ist nicht mein Job.« Mit gewisser Befriedigung stellte ich fest: »Wie Sie sich erinnern werden, habe ich vorausgesagt, daß dies ein diffiziler Fall werden würde.«

»Mich interessiert nur der gute Ruf meiner Offiziere«, sagte Karl abwehrend.

»Dann muß Bowes von hier verschwinden.«

»Okay. Können Sie mir bis achtzehn Uhr einen Bericht faxen?«

»Nein, Colonel, Berichte gibt's keine mehr. Wir sind mit der Suche nach einem Mörder völlig ausgelastet. Unseren Bericht erstatten wir persönlich, sobald wir hier rausgeworfen werden.«

»Verstanden. Kann ich noch irgendwas für Sie tun?«

»Ja, Sir«, antwortete Cynthia. »Nach unseren Informationen hat Captain Campbell sich in ihrem zweiten Jahr in West Point mit ihrem Vater zerstritten. Was damals passiert ist, könnte sich auf diesen Fall ausgewirkt haben. Möglicherweise sind die näheren Umstände damals öffentlich bekannt geworden – zumindest an der Akademie oder im zivilen Umfeld von West Point.«

»Gut, ich setze sofort ein paar Leute darauf an. Unterlagen der Akademie, Lokalblätter, Lehrpersonal und Absolventen und das CID-Archiv in Baltimore. Richtig?«

»Ja, Sir. Und das so schnell wie möglich«, erinnerte Cynthia ihn.

Ich erklärte ihm: »Wir schleichen sozusagen noch um den heißen Brei herum, Karl, aber irgendwann müssen wir zum Kern des Problems kommen. Damit meine ich den General.«

»Verstanden. Tun Sie, was Sie für nötig halten. Ich stehe hinter Ihnen.«

»Klar doch. Möchten Sie sich nicht vor mich stellen?«

Wieder eine kurze Pause, dann sagte er: »Wenn Sie wollen, komme ich selbst runter.«

Cynthia und ich wechselten einen Blick, bevor ich antwortete: »Danke, Karl, aber wenn Sie uns die Jungs aus dem Pentagon vom Hals halten, ist uns schon geholfen.«

»Ich tue, was ich kann.«

Als nächstes erkundigte er sich: »Arbeitet ihr beiden gut zusammen?«

Wir reagierten nicht gleich, aber dann antwortete Cynthia: »Sehr gut.«

»Ausgezeichnet«, sagte er zufrieden, als sei das sein persönliches Verdienst. »Ich melde mich, sobald ich was aus West Point erfahre.«

»Wunderbar.«

»Übrigens bin ich mit Ihrem Vorgehen im Fall des versuchten Waffenhandels ganz und gar nicht einverstanden.«

»Dann übergeben Sie die Sache doch dem FBI.«

Nach kurzem Schweigen fuhr Karl fort: »Ihre Personalakte liegt vor mir, Paul. Sie haben über zwanzig Dienstjahre.«

»Mit vollen Bezügen komme ich knapp zurecht. Wie soll ich mit halben leben können?«

»Ich mache mir Sorgen um Sie. Ich verliere nicht gern gute Leute, aber ich spüre, daß Sie müde sind. Wollen Sie einen Bürojob hier in Falls Church?«

»Etwa im selben Gebäude mit Ihnen?«

»Sie haben die Wahl.« Er fügte hinzu: »Ich bin hier, wenn Sie mich bloß mal anrufen wollen. Alles Gute!« Er legte auf, und ich sagte zu Cynthia: »Diesmal hat er fast menschlich geklungen.«

»Er macht sich Sorgen, Paul.«

»Das sollte er auch!«

KAPITEL VIERUNDZWANZIG

Die nächste Stunde verbrachten wir damit, die eingegangenen Berichte durchzuarbeiten, viel zu telefonieren und zu versuchen, Colonel Fowler auf Gesprächstermine mit seiner Frau, Mrs. Campbell und General Campbell festzunageln.

Ich telefonierte mit Grace Dixon, unserer Computerspezialistin, die mit dem Flugzeug aus Falls Church gekommen war und jetzt auf Jordan Field versuchte, Ann Campbells PC seine Geheimnisse zu entlocken. »Wie kommst du voran, Grace?«

»Nicht schlecht, Paul. Einige der Dateien sind verschlüsselt gewesen. Aber wir haben eine Liste mit Paßwörtern entdeckt – in einem Kochbuch! –, und jetzt finde ich alle möglichen interessanten Dinge.«

Ich machte Cynthia ein Zeichen, den zweiten Hörer abzunehmen, und fragte Grace: »Was für Dinge?«

»Verschiedene Privatbriefe, eine Liste mit Namen und Telefonnummern, aber vor allem ein Tagebuch. Recht heißes Zeug, Paul. Namen, Daten, Ortc, scxuelle Praktiken und Vorlieben. Das hast du gesucht, stimmt's?«

»Richtig. Sag mir ein paar Namen, Grace.«

»Okay… Augenblick… Lieutenant Peter Elby… Colonel William Kent… Major Ted Bowes…« Sie las etwa zwei Dutzend Namen vor, von denen ich einige kannte – beispielsweise Colonel Michael Weems, Militärrichter im Stab des Generals, Captain Frank Swick, der hiesige Stabsarzt, und ausgerechnet Major Arnold Eames, der Standortgeistliche –, während ich von anderen Offizieren nur vermuten konnte, daß sie zum engeren oder weiteren Gefolge General Campbells gehörten. Aber dann las Grace weiter: »Wes Yardley, Burt Yardley…«

»Burt?«

»Richtig. Anscheinend war ihr die Familie sympathisch.«

Cynthia und ich wechselten einen Blick, bevor ich Grace fragte: »Aber auf den Namen Fowler bist du nicht gestoßen?«

»Bisher nicht.«

»Charles Moore?«

»Ja, aber taucht nur als ihr Gesprächspartner auf. Wahrscheinlich ein Psychiater. Dieses Tagebuch beginnt vor etwa zwei Jahren mit folgender Eintragung: ›Dienstantritt in Daddys Fort. Beginn des Unternehmens Trojanisches Pferd.‹« Sie fügte hinzu: »Es enthält wirklich verrücktes Zeug, Paul.«

»Lies mir was Verrücktes vor.«

»Hmmm, am besten die letzte Eintragung. Also, ich lese vom Bildschirm ab: ›14. August. Habe Colonel Sam Davis, Daddys neuen Operationsoffizier, zu einem Kennenlernen-Drink bei mir eingeladen. Sam ist Anfang Fünfzig, etwas übergewichtig, sieht nicht allzu schlecht aus, ist verheiratet und hat zwei erwachsene Kinder, von denen eines noch bei ihm auf Bethany Hill wohnt. Er scheint ein guter Familienvater zu sein, und seine Frau Sarah, die ich auf dem Begrüßungsempfang für neue Offiziere kennengelernt habe, ist recht attraktiv. Sam ist um neunzehn Uhr bei mir aufgekreuzt. Nach ein paar steifen Drinks im Wohnzimmer habe ich langsame Musik aufgelegt und ihn zum Tanzen aufgefordert. Er war ziemlich nervös, aber die Drinks haben ihm Mut gemacht. Er hatte seine grüne Sommeruniform an, aber ich habe ein leichtes weißes Baumwollkleid ohne BH darunter getragen und bin barfuß gewesen. Nach wenigen Minuten haben wir bereits geschmust, und der Kerl hatte... der Kerl hatte eine...‹«

»Grace?«

»Hatte eine Erektion.«

»Aha!« Grace Dixon ist eine matronenhafte Mittvierzigerin, eine Zivilangestellte mit glücklichem Familienleben, die vor allem fürs Betrugsdezernat der CID arbeitet und hauptsächlich mit Zahlen jongliert. Dies mußte ein wahrer Leckerbissen für sie sein. Oder vielleicht auch nicht. »Bitte weiter.«

»Okay... wo bin ich gewesen?«

»Erektion.«

»Ja... ›die ich natürlich wie zufällig berührt habe. Danach hat er endlich die Initiative ergriffen und die Schulterträger meines Kleides abgestreift, und ich habe es zu Boden fallen lassen und im Slip weitergetanzt. Sam war einerseits verzückt und andererseits vor Angst einer Ohnmacht nahe, aber ich habe seine Hand genommen und ihn in den Keller geführt. Mit den Drinks hat die ganze Verführung keine zwanzig Minuten gedauert. Ich habe ihm mein Spielzimmer im Keller gezeigt und als erstes meinen Slip ausgezogen...‹«

»Bist du noch da, Grace?«

»Ja, großer Gott, ist das wahr oder erfunden?«

»Für Sam Davis ist dort ein Traum wahr geworden«, antwortete ich.

»Sie führt diese Männer in ihren Keller, in dem sie einen Raum mit allen möglichen sexuellen Hilfsmitteln ausgestattet hat...«

»Tatsächlich? Bitte weiter.«

»Oh, mal sehen...« Sie las weiter vom Bildschirm vor: »›Nachdem ich Musik aufgelegt hatte, habe ich mich hingekniet und seinen Reißverschluß geöffnet. Der Kerl war so steinhart, daß ich Angst hatte, er würde kommen, wenn ich ihn nur anfaßte. Ich habe ihm versichert, er dürfe alles mit mir tun, und ihn aufgefordert, sich hier umzusehen, um festzustellen, was ihm gefalle. Er war so erregt, daß er bloß versucht hat, seine Hose abzustreifen, aber ich habe ihn aufgefordert, angezogen zu bleiben, mich zu seiner Sklavin zu machen, mir Befehle zu erteilen und vielleicht sogar auszupeitschen. Bei diesem ersten Mal ist er jedoch nicht sehr kooperativ auf meine Bedürfnisse eingegangen. Dann hat er mich einfach nach vorn aufs Bett gedrückt, um mit heruntergelassenen Hosen von hinten in mich einzudringen, und ist nach ungefähr zwei Sekunden gekommen.‹« Grace erkundigte sich: »Höre ich da jemanden schwer atmen?«

»Das ist Cynthia«, versicherte ich ihr. »War das die ganze Eintragung?«

»Nein, die geht weiter: ›Nachdem ich ihn ausgezogen hatte,

haben wir zusammen geduscht. Er hatte es plötzlich eilig und hat sich immer wieder dafür entschuldigt, so früh gekommen zu sein. Ich habe ihn dazu gebracht, sich nackt aufs Bett zu legen und eine komische Schweinemaske aufzusetzen; so habe ich zwei Polaroidbilder von ihm gemacht und ihm eines davon gegeben. Wir haben darüber gelacht, und er ist zu höflich gewesen, um die zweite Aufnahme zu verlangen, aber seine Nervosität war unübersehbar. Ich habe ihm erklärt, er müsse unbedingt wiederkommen, ihm versichert, dies bleibe unser kleines Geheimnis, und ihn danach – noch immer nackt – nach oben zur Haustür begleitet...

Er wirkte ängstlich, als fürchte er sich davor, auch nur ins Freie zu treten und beim Verlassen meines Hauses beobachtet zu werden, und ist bestimmt nicht gleich heimgefahren – nicht mit jagendem Puls und weichen Knien! Als er mir schließlich erklärte, er wolle mich nicht wiedersehen, und um das zweite Foto bat, bin ich gekonnt in Tränen ausgebrochen. Daraufhin hat er mich umarmt und geküßt, und ich habe ihm Lippenstift vom Gesicht wischen müssen. Dann ist er gegangen, und ich habe durchs Fenster beobachtet, wie er zu seinem Wagen gehastet ist und sich unterwegs mehrmals umgesehen hat. Nächstes Mal muß er mir eine Kiste Wein mitbringen, und ich bin gespannt, wie schnell er damit vom Auto zu meiner Haustür laufen kann.‹«

Nach kurzem Schweigen sagte Grace: »Das muß sie sich ausgedacht haben!«

»Grace, du erzählst keinem Menschen ein Sterbenswörtchen davon, druckst keine einzige Zeile aus und hütest die Paßwörter wie deinen Augapfel. Verstanden?«

»Verstanden.«

»Halt, einen Ausdruck brauche ich doch«, korrigierte ich

mich. »Du druckst ein paar Begegnungen mit Burt Yardley aus, steckst sie in einen Umschlag, den du zuklebst, und läßt sie mir so schnell wie möglich herbringen.«

»Wird gemacht.« Grace stellte verwundert fest: »In einem Zweijahreszeitraum sind hier über dreißig Männer verzeichnet. Schlafen ledige Frauen in vierundzwanzig Monaten mit dreißig verschiedenen Männern?«

»Woher soll *ich* das wissen?«

»Und wie sie diese Begegnungen schildert, großer Gott, sie hat wirklich Probleme mit Männern gehabt. Ich meine, sie bringt sie dazu, sie zu mißbrauchen, aber in Wirklichkeit beherrscht sie die Männer und hält sie für völlige Trottel.«

»Und das zu Recht«, meinte ich. »Sieh bitte mal nach, was sie in letzter Zeit über Colonel Weems und Major Bowes aufgeschrieben hat. Mich interessiert nur, ob das auch so heißes Zeug war.«

»Okay, Augenblick...« Dann meldete Grace sich wieder: »Weems ist am 31. Juli bei ihr gewesen. Ja, wirklich heißes Zeug. Soll ich's dir vorlesen?«

»Nein, mehr halte ich nicht aus. Wie steht's mit Bowes?«

»Augenblick, Besuch am 4. August – *wow!* Der Kerl ist echt pervers. Wer ist das?«

»Unser hiesiger CID-Kommandeur.«

»Nein!«

»Ja. Also eisern dichthalten. Bis später, Grace.« Ich legte auf.

Cynthia und ich schwiegen einen Augenblick, bis ich sagte: »Wäre ich ein verheirateter Colonel, der neue Operationsoffizier des Generals, und würde von der schönen Tochter des Generals zu einem Drink bei ihr eingeladen...«

»Ja?«

»Dann würde ich losrennen.«

»In welche Richtung?«

Ich mußte lächeln und fragte dann: »Hätte er nicht länger als zwanzig Minuten standhalten können?«

»Weißt du, Paul«, antwortete Cynthia, »ich erlebe bei Vergewaltigungsfällen immer wieder, daß es Männern schwerfällt, ihre Triebe zu beherrschen. Aber ihr solltet wirklich versuchen, mehr mit dem Kopf zu denken.«

»Ein beginnender Steifer hat kein Gewissen, Cynthia.« Ich fuhr fort: »Im Fall Sam Davis darfst du dem Opfer keine Vorwürfe machen.«

»Da hast du recht. Aber ich glaube, daß auch sie ein Opfer gewesen ist. Bei dieser Sache geht's nicht um Sex.«

»Nein, sondern um das Unternehmen Trojanisches Pferd.« Ich überlegte kurz, bevor ich sagte: »Jedenfalls ist zu vermuten, daß Burt Yardley weiß, wo ihr Hobbyraum liegt.«

»Wahrscheinlich«, bestätigte Cynthia. »Aber ich bezweifle, daß Wes Yardley ihn kennengelernt hat.«

»Richtig. Er ist ihr Liebhaber gewesen. Er hat wenig Einfluß und ist ledig, so daß er weder kompromittiert noch erpreßt werden konnte. Aber ich frage mich, ob er gewußt hat, daß sein Papa aus der gleichen Blüte Honig gesaugt hat.«

»Wie poetisch du dich ausdrückst, Paul!«

Specialist Baker trat ein und meldete: »Polizeichef Yardley und Officer Yardley möchten Sie sprechen.«

»Ich sage Ihnen, wann ich Zeit für sie habe«, antwortete ich.

»Ja, Sir.«

»Von Jordan Field kommt bald ein Kurier mit einem Umschlag für mich. Den bringen Sie mir dann bitte sofort.«

»Ja, Sir.« Baker verließ den Raum.

Zu Cynthia sagte ich: »Irgendwann müssen wir Burt und Wes voneinander trennen.«

»Richtig.«

Ich stand auf. »Ich muß 'nen Kumpel im Arrest besuchen.« Ich verließ unser Dienstzimmer und durchquerte ein Labyrinth aus Korridoren, um zu den Arrestzellen zu gelangen. Dalbert Elkins war noch immer in derselben Zelle. Er lag in Shorts, T-Shirt und Sandalen auf dem Feldbett und blätterte in einer Anglerzeitschrift. Ich sagte: »Hallo, Dalbert!«

Er hob den Kopf, setzte sich auf und stand sogar auf. »Oh, hallo.«

»Werden Sie anständig behandelt, Kumpel?«

»Yeah.«

»Ja, Sir, meinen Sie.«

»Ja, Sir.«

»Haben Sie ein gutes Geständnis geschrieben?«

Elkins nickte wortlos. Er wirkte weniger verängstigt, aber dafür mürrischer. Wie die meisten CID-Ermittler besuche ich Leute, die ich hinter Gitter gebracht habe, in der Zelle. Man überzeugt sich davon, daß sie gut behandelt werden, daß bei ihren Angehörigen alles in Ordnung ist, daß sie Taschengeld haben und mit Papier und Briefmarken versorgt sind. Und man hört ihnen freundlich zu. Auf meine Fragen versicherte Elkins mir, es gehe ihm gut und er habe alles, was er brauche. Ich fragte ihn: »Wollen Sie hier bleiben oder ins Militärgefängnis eingeliefert werden?«

»Hier.«

»Im Militärgefängnis können Sie Baseball spielen.«

»Hier.«

»Sagen Sie den CID-Leuten alles, was sie von Ihnen wissen wollen?«

»Ja, Sir.«

»Wollen Sie einen Anwalt?«

»Nun…«

»Sie haben das Recht, sich von einem Anwalt vertreten zu lassen. Sie haben Anspruch auf einen kostenlosen Pflichtverteidiger – oder Sie können sich auf Ihre Kosten einen zivilen Anwalt nehmen.«

»Hmmm, wie denken Sie darüber?«

»Ich denke, daß ich verdammt sauer wäre, wenn Sie auf einem Anwalt bestehen würden.«

»Ja, Sir.«

»Kommen Sie sich wie der größte Idiot aller Zeiten vor?«

»Ja, Sir.«

»Dann besteht vielleicht noch Hoffnung für Sie.«

»Ja, Sir.«

»Ich bin übrigens Warrant Officer Brenner. Die Geschichte mit Sergeant White war nur ein Bluff. Sollten Sie irgendwas brauchen, verlangen Sie einfach Brenner. Will Ihnen jemand ans Leder, sagen Sie ihm, daß Brenner auf Sie aufpaßt. Okay?«

»Ja, Sir. Danke.«

»Ich bin nicht mehr lange da, aber ich bitte einen Kollegen, auf Sie zu achten. Vielleicht kann ich erreichen, daß Sie bloß Stubenarrest haben, aber auf eines können Sie sich verlassen, Dalbert: Wenn Sie abhauen, finde ich Sie und bring Sie um! Verstanden?«

»Ja, Sir. Wenn Sie mich hier rausholen, bleib' ich eisern da. Versprochen.«

»Und tun Sie's nicht, bring' ich Sie um. Versprochen.«

»Ja, Sir.«

Ich ging in unser Dienstzimmer zurück, in dem Cynthia Ann Campbells Personalakte las, rief die hiesige CID-Dienststelle an und bekam einen Captain Anders an den Apparat. Wir besprachen den Fall Dalbert Elkins, und ich plädierte für Stubenarrest.

Damit war Anders nur einverstanden, wenn ich seine Freilassung schriftlich empfahl. Ich versprach ihm, meine Empfehlung vorbeizuschicken, und bat ihn, mich mit Major Bowes zu verbinden.

Während ich eine Empfehlung für die Entlassung meines Kumpels schrieb, meldete Bowes sich am Telefon. »Bowes.«

»Guten Morgen, Major.«

»Was gibt's, Brenner?«

Ich hatte den Kerl noch nie gesehen und kannte ihn praktisch nur als CID-Kommandeur von Fort Hadley – und als heißen Eintrag in Ann Campbells Tagebuch.

»Brenner?«

»Ja, Sir. Ich wollte nur Kontakt mit Ihnen aufnehmen.«

»Reichlich spät. Was kann ich für Sie tun?«

»Ich vermute, daß Sie sauer sind, weil ich verlangt habe, Sie von diesem Fall fernzuhalten.«

»Da vermuten Sie richtig, Mister.«

»Ja, Sir. Tatsächlich hat Colonel Kent entschieden, auswärtige Ermittler hinzuzuziehen.« Und das tat ihm wahrscheinlich längst leid.

»Für solche Entscheidungen ist Colonel Kent gar nicht zuständig. Und Sie hätten mich höflichkeitshalber mal anrufen können.«

»Ja, Sir. Ich bin leider sehr beschäftigt gewesen. Das Telefon funktioniert in beiden Richtungen.«

»Nehmen Sie sich in acht, Chief.«

»Wie geht's Ihrer Frau?«

»Was?«

»Sind Sie verheiratet, Major?«

Major Bowes antwortete nicht gleich. »Was für eine Frage soll das sein?«

»Eine offizielle Frage, die mit unseren Ermittlungen wegen Mordes zusammenhängt. Bitte beantworten Sie meine Frage, Major.«

Wieder kurzes Schweigen. »Ja, ich bin verheiratet.«

»Weiß Ihre Frau von Captain Campbell?«

»Verdammt noch mal, was...«

Cynthia sah von Ann Campbells Personalakte auf.

Ich erklärte Bowes: »Major, ich habe Beweise für Ihr Verhältnis mit Ann Campbell; ich kann beweisen, daß Sie sie in ihrem Haus besucht, in ihrem Schlafzimmer im Keller mit ihr verkehrt und dabei Dinge getan haben, die nach dem Militärstrafgesetzbuch und dem Strafgesetzbuch des Staates Georgia strafbar sind.« Tatsächlich hatte ich keine Ahnung, was hier in Georgia strafbar war, und wußte nicht einmal, was Bowes und Ann Campbell miteinander getrieben hatten. Aber wen kümmerte das schon? Irgendwas würde schon hängenbleiben.

Cynthia griff nach dem zweiten Hörer, aber Bowes schwieg vorerst noch.

Ich wartete geduldig, bis Bowes schließlich sagte: »Darüber sollten wir uns mal unterhalten.«

»Ich bin ziemlich ausgebucht, Major. Vermutlich bekommen Sie bald einen Anruf aus Falls Church. Packen Sie schon mal eine Reisetasche. Guten Tag.«

»Augenblick! Darüber müssen wir reden! Wer weiß bisher davon? Ich kann alles erklären...«

»Auch die Fotos, die ich in ihrem Keller gefunden habe?«

»Ich, ich bin auf keinem zu erkennen.«

»Gesichtsmasken verdecken weder Pimmel noch Ärsche, Major. Vielleicht lege ich diese Bilder Ihrer Frau zur Identifizierung vor.«

»Kommen Sie mir ja nicht mit Drohungen!«

»Sie sind doch ein Cop, verdammt noch mal! Und ein Offizier. Was ist eigentlich in Sie gefahren?«

Nach fünf Sekunden gab er kleinlaut zu: »Ich hab' Scheiß gebaut.«

»Allerdings!«

»Läßt sich die Sache irgendwie aus der Welt schaffen?«

»Ich schlage vor, daß Sie alles gestehen und an die Barmherzigkeit der Bosse in Falls Church appellieren. Notfalls können Sie ein bißchen bluffen, indem Sie drohen, an die Öffentlichkeit zu gehen. Schließen Sie einen Handel ab, nehmen Sie Ihr halbes Gehalt und verschwinden Sie.«

»Klar. Vielen Dank für den guten Rat.«

»Hey, ich hab' nicht mit der Generalstochter gebumst.«

»Sie hätten's auch getan.«

»Sex im Dienst ist immer ungesund, Major. Aber das wissen Sie inzwischen, nehme ich an.«

»Kommt darauf an, mit wem.«

»Hat sich das wirklich gelohnt?«

Bowes lachte. »Teufel noch mal, ja! Ich erzähl' Ihnen gelegentlich davon.«

»Ich kann's in ihrem Tagebuch nachlesen. Schönen Tag noch, Major.« Ich legte auf.

Cynthia ließ den zweiten Hörer sinken und fragte: »Warum behandelst du ihn so verächtlich? Diese Männer haben nichts wirklich Strafbares getan, Paul.«

»Nein, aber sie sind dumm. Ich hab's satt, mich mit lauter Dummköpfen herumschlagen zu müssen.«

»Du bist eifersüchtig, glaub' ich.«

»Behalt deine Meinung für dich.«

»Ja, Sir.«

Ich rieb mir die Schläfen. »Entschuldige. Ich bin müde.«

»Willst du jetzt mit den Yardleys reden?«

»Nein. Zum Teufel mit den beiden. Die sollen warten.« Ich griff wieder nach dem Hörer, wählte die Nummer der Dienststelle des Militärrichters und verlangte Colonel Weems. Als der Bürohengst in seinem Vorzimmer sich erkundigte, worum es gehe, verlangte ich: »Sagen Sie Colonel Weems, daß ich wegen des Mordes anrufe.«

»Ja, Sir.«

Cynthia griff nach dem zweiten Hörer. »Sei nett zu ihm«, ermahnte sie mich.

Colonel Weems meldete sich und fragte: »Sind Sie der Offizier, der die Ermittlungen leitet?«

»Ja, Sir.«

»Das trifft sich gut. Ich habe den Auftrag, eine Anklageschrift gegen Colonel Moore vorzubereiten, und brauche dazu einige Informationen.«

»Die wichtigste lautet folgendermaßen, Colonel: Keine Anklage gegen Colonel Moore, bevor ich's sage.«

»Entschuldigung, Mr. Brenner, aber mein Auftrag kommt direkt aus dem Pentagon.«

»Von mir aus können Sie ihn von Douglas MacArthurs Geist haben.« Juristen in der Army, sogar Colonels, kann man ein bißchen ducken, weil ihr Dienstgrad wie der von Ärzten, Psychologen und so weiter im Prinzip nur eine Gehaltsstufe ausdrückt. Eigentlich sollten sie alle Warrant Officers wie ich sein – damit wären sie und alle anderen viel glücklicher. Ich erklärte ihm: »Ihr Name ist im Zusammenhang mit der Ermordeten genannt worden.«

»Wie bitte?«

»Sind Sie verheiratet, Colonel?«

»Ja...«

»Möchten Sie verheiratet bleiben?«

»Was, zum Teufel, soll das heißen?«

»Meines Wissens haben Sie intime Beziehungen zu der Verstorbenen gehabt und gegen mehrere Bestimmungen des Militärstrafgesetzbuchs verstoßen, nämlich: Paragraph 125, widernatürliche Sexualpraktiken, Paragraph 133, eines Offiziers und Gentlemans unwürdiges Verhalten, und Paragraph 134, Vernachlässigung Ihrer Dienstpflichten zum Nachteil von Ordnung und Disziplin sowie Verhalten, das geeignet ist, die Streitkräfte in Mißkredit zu bringen.« Ich fragte ihn: »Na, was sagen Sie dazu, Counselor?«

»Das ist nicht wahr!«

»Wissen Sie, woran man merkt, daß ein Anwalt lügt? Nein? Seine Lippen bewegen sich.«

Weems konnte meinen Scherz nicht würdigen, sondern sagte: »Hoffentlich können Sie für Ihre Behauptungen verdammt gute Beweise beibringen.«

Typisch Anwalt! Ich fragte ihn: »Wissen Sie, was dreihundert Rechtsanwälte auf dem Meeresboden sind? Nein? Ein guter Anfang.«

»Mr. Brenner...«

»Verbringen Sie schlaflose Nächte, wenn Sie an das Spielzimmer im Keller denken? Ich habe ihn gefunden, und Sie sind auf einem Videofilm.« Vielleicht.

»Ich bin niemals – ich...«

»Polaroid-Fotos.«

»Ich...«

»Und in ihrem Tagebuch.«

»Oh...«

»Hören Sie, Colonel, was Sie getan haben, ist mir persönlich egal, aber dieser Fall ist wirklich nichts mehr für Sie. Machen Sie nicht alles noch schlimmer. Rufen Sie den Chef des Heeresjustizwesens an, oder fliegen Sie am besten gleich nach Washington und bitten um Ablösung von Ihrem Posten. Übertragen Sie den Fall jemandem, der seinen Pimmel in der Hose behalten hat. Nein, ich weiß eine noch bessere Lösung: Wer ist der höchste weibliche Offizier in Ihrem Stab?«

»Äh, Major Goodwin...«

»Gut, dann übernimmt sie den Fall Campbell.«

»Sie können mir keine Befehle erteilen...«

Ich unterbrach ihn: »Colonel, wenn Offiziere einfach degradiert werden könnten, würden Sie morgen als Private First Class aufwachen. Nächsten Monat sind Sie auf der Suche nach einem Job in einer kleinen Anwaltskanzlei – oder Sie können in Leavenworth Ihre Mithäftlinge juristisch beraten. Mauern sie lieber nicht. Schließen Sie einen Handel ab, solange Sie können. Möglicherweise werden Sie als Zeuge vorgeladen.«

»Als Zeuge wofür?«

»Mir fällt bestimmt was ein. Schönen Tag noch.« Ich legte auf.

Cynthia ließ den Hörer sinken und erkundigte sich: »Hast du für heute genügend Männer unglücklich gemacht?«

»Ich hab' ihnen einen schönen Tag gewünscht.«

»Paul, du übertreibst wirklich. Ich weiß, daß du die meisten Trümpfe in der Hand hältst, aber...«

»Die meisten? Alle!«

»Richtig. Trotzdem überschreitest du deine Befugnisse.«

»Aber nicht meine Möglichkeiten.«

»Schon gut, Paul. War nicht persönlich gemeint.«

»Okay, ich bin bloß wütend. Ich meine, wozu haben wir überhaupt einen Verhaltenskodex für Offiziere? Wir haben geschworen, unsere Pflicht zu tun, haben hohen moralischen Ansprüchen zu genügen und haben vereinbart, daß das Wort eines

Offiziers immer und überall gelten soll. Und nun stellt sich raus, daß ungefähr dreißig Kerle das alles in den Wind geschlagen haben – und wofür?«

»Pussy.«

Ich mußte unwillkürlich lachen. »Genau! Pussy. Aber eine aus der Hölle.«

»Wir sind selbst keine Unschuldslämmer.«

»Wir haben nie gegen unsere Dienstpflichten verstoßen.«

»Hier geht's um Mord, nicht um ethische Grundsätze. Immer eines nach dem anderen.«

»Stimmt. Laß die Clowns reinkommen.«

Cynthia wies Baker über die Gegensprechanlage an: »Schikken Sie die – die beiden Gentlemen herein.«

»Ja, Ma'am.«

»Nicht gleich wieder aufregen«, ermahnte Cynthia mich.

»Auf die beiden Hinterwäldler bin ich nicht wütend. Nicht auf Zivilisten.«

Dann wurde die Tür geöffnet, und Specialist Baker meldete: »Chief Yardley und Officer Yardley.«

Cynthia und ich standen auf, als die Yardleys – beide in Khakiuniform – hereinkamen. Burt Yardley sagte: »Nicht gerade höflich, uns warten zu lassen. Aber reden wir nicht mehr davon.« Er sah sich in dem kleinen Raum um und meinte: »Teufel noch mal, unsere Arrestzellen sind größer und besser eingerichtet.«

»Unsere auch«, erklärte ich ihm. »Ich kann Ihnen gern eine zeigen.«

Chief Yardley lachte. »Das hier ist mein Sohn Wes«, sagte er. »Wes, das sind Ms. Sunhill und Mr. Brenner.«

Wes Yardley war ein großer, übermäßig schlanker Mittzwanziger mit langer schwarzer Mähne, die außer der Midland Police wohl keine andere Polizei geduldet hätte. Wir verzichteten darauf, uns die Hand zu geben, aber er tippte mit zwei Fingern an seinen Stetson und nickte Cynthia zu.

In Gegenwart von Untergebenen oder Gleichgestellten behalten Südstaatler meistens auch in geschlossenen Räumen ihren Hut auf, denn buchstäblich mit dem Hut in der Hand einzutreten, würde das Eingeständnis gesellschaftlicher Unterlegenheit bedeuten. Dieser Brauch hängt noch mit Herrenhäusern, Gentlemen, Erntearbeitern, Sklaven, verarmten Weißen, guten Familien, schlechten Familien und so weiter zusammen. Ich verstehe ihn nicht so ganz, aber da die Army ebenfalls großen Wert auf Anzugordnung legt, respektiere ich lokale Bräuche dieser Art.

Da nicht genug Stühle da waren, blieben wir stehen. Burt Yardley sagte zu mir: »Hey, ich hab' Ihr ganzes Zeug sauber zusammengepackt in meinem Büro. Sie können jederzeit vorbeikommen und es sich abholen.«

»Danke, sehr nett von Ihnen.«

Wes grinste dabei so hämisch, daß ich ihm am liebsten einen Kinnhaken verpaßt hätte. Der ganze Kerl war in ständiger Bewegung und wirkte hyperaktiv, als sei er mit zwei Schilddrüsen auf die Welt gekommen.

Den Alten fragte ich: »Haben Sie das Staatseigentum mitgebracht?«

»Klar doch. Mit dem Staat will ich mich lieber nicht anlegen. Die Sachen hab' ich Ihrer Kleinen dort draußen gegeben. Das ist sozusagen ein Friedensangebot, Paul. Darf ich Paul zu Ihnen sagen?«

»Klar doch, Burt.«

»Gut. Und ich überlege mir, ob ich Sie ins Haus der Verstorbenen lassen soll.«

»Das freut mich echt, Burt.«

»Sie wollten mit meinem Sohn über den Fall sprechen?« Er nickte Wes zu und sagte: »Erzähl diesen Leuten alles, was du über dieses Mädchen weißt.«

Cynthia stellte richtig: »Sie ist eine Frau, ein Offizier der United States Army gewesen. Auch Specialist Baker ist eine Frau, eine Soldatin der United States Army.«

Burt machte eine kleine Verbeugung und tippte mit dem Zeigefinger an seinen Hut. »Entschuldigung, Ma'am.«

Mich juckte es, meine Glocke zu ziehen und den beiden Hinterwäldlern Manieren beizubringen, aber das hätte mich wertvolle Zeit gekostet.

Wes leierte also seinen eingeübten Text herunter: »Yeah, ich hab' mich ab und zu mit Ann getroffen, aber ich hab' nebenbei andere Freundinnen gehabt, und sie hat nebenbei andere Freunde gehabt, und keiner von uns beiden hat diese Sache echt persönlich genommen. In der Nacht, in der sie ermordet worden ist, bin ich von Mitternacht bis acht Uhr morgens im Streifenwagen durch North Midland gefahren und von mindestens einem Dutzend Leute gesehen worden – von meinem Partner, an der Tankstelle, im 7-Eleven und so weiter. Mehr hab' ich dazu nicht zu sagen.«

»Danke, Officer Yardley.«

Nach kurzer Pause erkundigte Cynthia sich: »Hat Ann Campbells Tod Sie sehr getroffen?«

Wes schien darüber nachzudenken. »Ja, Ma'am«, antwortete er dann.

Ich fragte ihn: »Soll ich Ihnen ein Beruhigungsmittel holen lassen?«

Burt lachte und sagte zu seinem Sohn: »Ich hab' vergessen, dich vor diesem Witzbold zu warnen.«

Ich wandte mich an Burt. »Kann ich Sie 'nen Augenblick allein sprechen?«

»Was Sie zu sagen haben, können Sie auch vor meinem Jungen sagen.«

»Nicht alles, Chief.«

Burt musterte mich mißtrauisch. »Gut, meinetwegen...« Zu seinem Sohn sagte er: »Ich lass' dich jetzt mit dieser jungen Dame allein, Wes, und du benimmst dich gefälligst.« Er lachte laut. »Sie weiß nicht, was für'n toller Bursche du bist. Wahrscheinlich glaubt sie, du wärst eben erst vom Traktor gefallen.«

Mit diesem Scherz verließen wir das Dienstzimmer, und ich fand einen leeren Vernehmungsraum. Sobald wir uns an dem langen Tisch gegenübersaßen, begann Burt: »Die verdammten Reporter dort draußen werden verdammt neugierig. Jetzt wollen sie schon wissen, was an Gerüchten dran ist, daß die Tochter des Generals 'ne Menge Freunde gehabt hat. Sie verstehen, was ich meine?«

Obwohl ich mich an keine einzige Frage dieser Art erinnern konnte, sagte ich: »Ermittler lassen sich vor Reportern auf keine Spekulationen ein.«

»Natürlich nicht! Der General und ich kommen gut miteinander aus, und ich möchte nicht, daß über seine Tochter nach ihrem Tod schlecht geredet wird.«

»Worauf wollen Sie hinaus, Chief? Spucken Sie's aus!«

»Na ja, mir kommt's so vor, als könnten die Leute denken, Sie hätten mich aufs Kreuz gelegt, und wenn Sie den Kerl allein schnappen, geht die Midland Police leer aus.«

Ich nickte ihm beruhigend zu. »Keine Angst, Chief, Ihr Anteil wird entsprechend gewürdigt.«

Er lachte. »Yeah, genau das fürchte ich, Sohn. Darum müssen wir an diesem Fall beteiligt werden.«

»Darüber müssen Sie mit dem FBI reden, das ab morgen die Ermittlungen führt.«

»Tatsächlich?«

»Klar doch.«

»Okay. Aber vorher schreiben Sie 'nen kleinen Bericht und bestätigen, wie die Midland Police Sie unterstützt hat.«

»Warum?«

»Warum? Weil Sie rumlaufen und davon reden, meine Unterlagen zu beschlagnahmen, weil die gottverdammten Reporter fragen, was mein Junge mit der Verstorbenen gehabt hat, weil ich durch Ihre Schuld wie ein Vollidiot dastehe, der von nichts weiß, und weil Sie mich verdammt brauchen.« Er fügte hinzu: »Darum müssen Sie die Sache wieder in Ordnung bringen.«

Der Mann war sichtlich aufgebracht, und ich verstand seine Erregung sogar. »Okay«, sagte ich besänftigend, »ich mache Sie mit dem Chef des FBI-Teams bekannt, sobald ich weiß, wer er ist, und lobe ihm gegenüber Ihre Hilfsbereitschaft und wertvolle Unterstützung.«

»Das ist echt anständig von Ihnen, Paul. Aber Sie müssen auch was aufschreiben. Bill Kent ist gerade dabei, einen Bericht zu verfassen. Was halten Sie davon, wenn wir uns wegen dieser Sache mit ihm zusammensetzen?«

»Tut mir leid, dafür fehlt mir die Zeit, Chief. Aber Sie werden an allen weiteren Ermittlungen so umfassend wie möglich beteiligt. Machen Sie sich deswegen keine Sorgen.«

»Warum denke ich, daß Sie mich verarschen, Paul?«

»Keine Ahnung.«

»Ich will's Ihnen sagen. Weil Sie glauben, daß ich nichts hab', was Sie wollen, und nichts für nichts rausrücken. Tatsächlich hab' ich aber was, das Sie wahrscheinlich brauchen, um diesen Fall lösen zu können.«

»Wirklich?«

»Allerdings! Ich hab' im Haus der Verstorbenen Beweismaterial gefunden, das Sie übersehen haben, Sohn. Damit werden wir allerdings einige Arbeit haben.«

»Stimmt. Sie meinen das Zeug aus dem Zimmer im Keller.«

Er machte große Augen und war sekundenlang sprachlos, was ich genoß, aber dann fragte er: »Warum haben Sie den ganzen Scheiß dort unten gelassen?«

»Ich habe geglaubt, Sie seien zu dumm, um es zu finden.«

Er lachte. »Wer ist jetzt der Dumme?«

»Aber ich habe nicht alles zurückgelassen. Wir haben jede Menge Fotos und Videokassetten mitgenommen.« Genau das hätten wir tun sollen.

Burt musterte mich prüfend, und ich merkte, daß ihm diese Möglichkeit ganz und gar nicht behagte. »Sie sind ganz schön clever, was?«

»Ja, das bin ich.«

»Wo ist das Zeug?«

»In meinem Wohnwagen. Sie haben's übersehen.«

»Reden Sie keinen Scheiß, Mann. Dort ist nichts mehr.«

»Warum wollen Sie wissen, wo das Zeug ist?«

»Weil dieses Beweismaterial mir gehört.«

»Irrtum.«

Er räusperte sich und sagte: »Jedenfalls gibt's 'ne Menge blöder Kerle, die verdammt viel zu erklären haben, wenn ich den Kellerraum auf Fingerabdrücke untersuchen lasse und anfange, die Fotos und Videoaufnahmen mit ihren nackten Körpern zu vergleichen.«

»Richtig. Sie übrigens auch.«

Burt starrte mich an, und ich hielt seinem Blick gelassen stand. Zuletzt sagte er: »Ich bin aber nicht leicht zu bluffen.«

»Sehen Sie, Chief, ich vermute, daß zwischen Wes und Ann mehr gelaufen ist, als Wes zugibt. Die beiden sind nicht gerade das glücklichste Paar der Welt gewesen, aber sie haben es zwei Jahre miteinander ausgehalten, und meinen Informationen nach muß ihre stürmische Beziehung ziemlich heiß gewesen sein. Daher meine Frage an Sie: Hat Ihr Sohn gewußt, daß Sie seine Freundin gevögelt haben?«

Chief Yardley schien zu überlegen, was er darauf antworten sollte, deshalb fragte ich weiter: »Und hat Ihre Frau gewußt, daß Sie die Tochter des Generals gevögelt haben? Hey, ich möchte heute daheim beim Abendessen nicht in Ihrer Haut stecken, Burt.«

Während der Polizeichef weiter überlegte, fuhr ich fort: »Sie haben den Kellerraum nicht zufällig entdeckt – aber das haben Sie Wes gegenüber behauptet. Wes mag gewußt haben, daß seine Freundin gelegentlich mit anderen Männern ausgegangen ist, aber wenn er sie gebumst hat, ist's in ihrem Schlafzimmer passiert, denn nach einem Blick in diesen Kellerraum hätte er sie grün und blau geschlagen und wie jeder anständige Gentleman aus dem Süden verlassen. Sie haben Ihrerseits alles über sie gewußt, aber Wes nichts davon erzählt, weil Ann Campbell Sie davor gewarnt hat. Ann hatte Wes gern. Mit Ihnen hat sie sich bloß abgegeben, weil Sie Einfluß auf Wes hatten und weil Sie ihr in Midland ab und zu einen Gefallen tun konnten. Sie waren sozusagen ihre Rückversicherung, und ich vermute, daß sie die durchaus gebraucht hat. Wes und Sie hatten also vieles gemeinsam, und durch Ann Campbell ist Ihr Leben aufregend und verdammt gefährlich geworden. Irgendwann hat sie Ihnen vermutlich gesagt, es habe keinen Zweck, bei ihr einzubrechen und das ganze Zeug mitzunehmen, denn sie habe alles Material kopiert und an einem sicheren Ort gelagert. Ihren fetten Arsch auf Bildern zu identifizieren, wäre nicht allzu schwierig gewesen. Darum haben Sie irgendwann an Ihre Frau, Ihren Sohn, Ihre anderen Söhne, Ihren guten Ruf in Midland, Ihren Pastor und den Kirchenvorstand, Ihre dreißig Dienstjahre auf dem Weg nach oben gedacht und eines Tages beschlossen, diese Zeitbombe zu beseitigen.« Ich musterte ihn prüfend und fragte: »Richtig?«

Yardleys rotes Gesicht war nicht blaß, sondern noch röter geworden. Zuletzt sagte er: »Ich bin nicht so dämlich gewesen, mich fotografieren zu lassen.«

»Wissen Sie das bestimmt? Wissen Sie bestimmt, daß es keine Tonbandaufnahme von Ihnen gibt?«

»Das würde nicht reichen.«

»Das würde reichen, um Sie bei Ihrem Bürgermeister unmöglich zu machen.«

Wir saßen uns eine Weile schweigend wie Schachspieler gegenüber, die drei Züge vorauszudenken versuchen. Dann nickte Burt Yardley und erwiderte meinen Blick. »Ich hab' ein paarmal daran gedacht, sie umzubringen.«

»Tatsächlich?«

»Aber ich hab's nicht über mich gebracht, eine Frau wegen 'ner Dummheit umzubringen, die allein meine Schuld war.«

»Wie ritterlich von Ihnen!«

»Yeah – übrigens bin ich in der Tatnacht dienstlich in Atlanta gewesen. Dafür gibt's massenhaft Zeugen.«

»Schön, dann werde ich mit ihnen reden.«

»Das können Sie meinetwegen, wenn Sie sich lächerlich machen wollen.«

»Ich gehöre nicht zu den Leuten, die ein Tatmotiv haben.« In Wirklichkeit hielt ich Burt Yardley nicht für den Mörder, aber die Leute werden nervös, wenn man ankündigt, ihr Alibi überprüfen zu müssen. Das ist peinlich und bringt sie in allerhand

Verlegenheiten. So revanchieren sich Cops bei Zeugen, die etwas zurückhalten oder sie sonstwie ärgern.

»Die angeblichen Motive sind mir scheißegal«, sagte Yardley grob. »Aber vielleicht interessiert mich, was Sie über mich und die Verstorbene haben.«

»Tatsächlich? Nun, vielleicht habe ich ein Foto, auf dem Sie in ihrem Bett schlafen.«

»Oder vielleicht auch nicht.«

»Wie hätte ich sonst Ihren fetten Arsch mit diesem Kellerraum in Verbindung bringen können?«

»Das ist eben die Frage, nicht wahr, mein Sohn?« Er schob seinen Stuhl zurück, als wolle er gehen, und sagte: »Sie haben überhaupt keinen handfesten Beweis. Mit diesem Unsinn vergeuden Sie bloß meine Zeit.«

Im nächsten Augenblick wurde angeklopft. Specialist Baker kam herein, legte mir einen zugeklebten braunen Umschlag hin und ging wieder. Ich riß den Umschlag auf, der etwa ein Dutzend Blatt Computerausdrucke enthielt. Ohne Vorrede, die den Schlag abgemildert hätte, zog ich willkürlich ein Blatt heraus und begann laut vorzulesen:

»›22. April: Burt Yardley ist gegen einundzwanzig Uhr vorbeigekommen. Ich hatte einen Bericht zu schreiben, aber er wollte in den Keller. Nur gut, daß er's nicht öfter als einmal im Monat braucht! Wir sind runtergegangen, und er hat mir befohlen, mich für eine Leibesvisitation auszuziehen. Wahrscheinlich macht er das bei jeder Festgenommenen, wenn es sich nur halbwegs begründen läßt. Ich habe mich also vor ihm ausgezogen, während er mit in die Hüften gestemmten Armen dastand und mir zusah. Dann mußte ich mich umdrehen, mich nach vorn beugen und mit beiden Händen die Gesäßbacken auseinanderziehen. Er hat seinen Zeigefinger in meinen After gesteckt und mir erklärt, er taste nach Gift, Drogen oder Kassibern. Danach mußte ich mich auf den Untersuchungstisch legen, damit er meine Scheide…«

»Okay, Mann.«

Ich sah von dem Blatt auf. »Kommt Ihnen das bekannt vor, Chief?«

»Äh, eigentlich nicht.« Burt fragte: »Wo haben Sie das her?«

»Aus ihrem Computer.«

»Soviel ich weiß, ist das kein zulässiges Beweismittel.«

»Elektronisch gespeicherte Informationen sind schon mehrmals als Beweismittel zugelassen worden.«

»Aber vielleicht sind das alles nur Phantasien. Wilde Geschichten, die sich 'ne Verrückte ausgedacht hat.«

»Schon möglich. Ich übergebe das Material dem zuständigen Staatsanwalt, damit es von Juristen und Psychiatern begutachtet werden kann. Vielleicht werden Sie von denen entlastet.«

»Wovon entlastet? Auch wenn jedes gottverdammte Wort wahr wäre, hätte ich nichts Strafbares getan!«

»Ich weiß nicht, ob Ehebruch in Georgia strafbar ist…«

»Kommen Sie mir nicht mit dem Scheiß, Sohn. Sie sind doch ein Mann. Benehmen Sie sich wie einer. Denken Sie wie einer. Oder sind Sie etwa schwul? Sind Sie verheiratet?«

Ich ignorierte ihn und blätterte in den Computerausdrucken. »Du liebe Güte, Burt. Sie haben ihr mit der Taschenlampe – und hier benützen Sie Ihren Gummiknüppel, sogar Ihre *Pistole*? Das ist wirklich kraß! Wie ich sehe, haben Sie eine Vorliebe für lange, harte Objekte. Aber hier steht nirgends was davon, daß Ihr eigenes Objekt lang oder hart geworden wäre…«

Burt Yardley stand auf. »Passen Sie gut auf Ihren Arsch auf, Sohn, denn er gehört mir, sobald ich Sie außerhalb der Kaserne erwische.« Er marschierte zur Tür, aber da ich wußte, daß er nicht wirklich gehen würde, achtete ich nicht weiter auf ihn. Tatsächlich kam er zurück, ließ sich wieder auf seinen Stuhl fallen und starrte mich mürrisch an.

Ich beugte mich über den Tisch und sagte: »Okay, Burt, ich will das gesamte Beweismaterial, das Sie aus dem Kellerraum abtransportiert haben.«

»Kommt nicht in Frage.«

»Dann schicke ich Kopien dieses Tagebuchs an alle, die in Midland im Telefonbuch stehen.«

»Dann bring' ich Sie um.«

So kamen wir nicht weiter, deshalb schlug ich vor: »Tauschen wir doch einfach unser Beweismaterial.«

»Wozu? Ich hab' genug in der Hand, um die meisten höheren Offiziere von Fort Hadley zu erledigen. Wollen Sie das riskieren?«

»Sie haben bloß Fotos von Maskierten. Ich habe das Tagebuch.«

»Und ich hab' die gottverdammten Fingerabdrücke dort unten. Die lassen wir vom FBI und der Army überprüfen.«

»Ist alles Zeug noch im Keller?«

»Meine Sache.«

»Okay, wie wär's mit 'nem Freudenfeuer? Am besten zünden wir's mit dieser Schilderung Ihrer Perversionen an. Vermutlich brauchen wir dann nicht mal Streichhölzer.«

Er überlegte mindestens eine Minute lang. »Kann ich Ihnen trauen?«

»Ich gebe Ihnen mein Wort als Offizier.«

»Yeah?«

»Kann ich *Ihnen* trauen?«

»Nein, aber ich will nicht, daß Sie meiner Frau und meinem Jungen irgendwelchen Scheiß erzählen.«

Ich stand auf, trat ans Fenster und starrte hinaus, während ich darüber nachdachte, worauf ich mich mit Chief Yardley einlassen wollte. Die Vernichtung von Beweismaterial konnte mir ein paar Jahre in Kansas einbringen. Andererseits gehörte die Vernichtung von Existenzen nicht zu meinen Aufgaben. Ich drehte mich um und trat auf Yardley zu. »Gut, schlagen Sie ein.«

Wir schüttelten uns die Hand, und ich sagte: »Sie werfen alles in einen Müllwagen – Möbel, Kleidung, Bettwäsche, Teppich, Videokassetten, Fotos, Ketten, Peitschen und den ganzen übrigen Krempel – und fahren es zur Müllverbrennungsanlage.«

»Wann?«

»Nachdem ich eine Verhaftung vorgenommen habe.«

»Wann ist das?«

»Bald.«

»Yeah? Kann man darüber mehr erfahren?«

»Nein.« Ich gab ihm die Computerausdrucke. »Wenn wir das Zeug verbrennen, wird das hier im Computer gelöscht. Sie können dabei zusehen.«

»Yeah. Jetzt versuchen Sie, mich einzuwickeln. Ich traue Ihnen, Mann, weil Sie ein Offizier und Gentleman sind. Aber wenn Sie mich reinlegen, bring' ich Sie um, so wahr mir Gott helfe!«

»Das weiß ich. Und dieses Versprechen gilt auch für Sie. Heute nacht können Sie endlich mal wieder ruhig schlafen. Es dauert nicht mehr lange.«

Wir traten auf den Gang hinaus. Auf dem Rückweg in unser Dienstzimmer sagte ich: »Mein persönliches Gepäck lassen Sie ins Offiziersheim bringen, okay, Burt?«

»Wird gemacht, mein Sohn.«

Cynthia und Wes saßen an den Schreibtischen und hörten zu reden auf, als wir hereinkamen.

»Hey, wir stören doch nicht etwa?« fragte Burt lachend.

Cynthia musterte ihn mit einem Blick, der »Idiot!« zu sagen schien.

Wes stand auf und schlenderte zur Tür. Er sah die Papiere in der Hand seines Vaters und fragte: »Was ist das?«

»Äh, bloß so'n Army-Scheiß, den ich lesen soll.« Burt nickte Cynthia zu und tippte an seinen Stetson. »War mir ein Vergnügen, Ma'am.« Zu mir sagte er: »Halten Sie mich auf dem laufenden.«

»Hat Baker dich gefunden?« fragte Cynthia.

»Ja.«

»Heißes Zeug?«

»Für Burt eher peinlich.« Ich erzählte ihr in großen Zügen, was wir besprochen hatten, und fügte hinzu: »Sämtliches Belastungsmaterial aus Ann Campbells Hobbyraum wird vernichtet, aber je weniger du darüber weißt, desto besser.«

»Spiel nicht den Beschützer, Paul. Das mag ich nicht.«

»Das würde ich auch für jeden anderen Offizier tun. Falls du eines Tages unter Eid aussagen mußt, brauchst du nicht zu lügen.«

»Darüber sprechen wir ein andermal. Wes Yardley ist übrigens nicht der große Macho, als der er sich ausgibt.«

»Das sind sie alle nicht.«

»Stimmt. Ann Campbells Tod hat ihn tief getroffen, und er hat schon ganz Midland auf den Kopf gestellt, um ihren Mörder zu finden.«

»Gut. Hast du den Eindruck, daß er Ann Campbell als sein persönliches Eigentum betrachtet hat?«

»Gewissermaßen. Ich habe ihn gefragt, ob er sie mit anderen Männern habe ausgehen lassen, und er hat geantwortet, er habe ihr nur erlaubt, zu offiziellen Anlässen in der Kaserne auszugehen. Da er nie Lust gehabt hat, sie dorthin zu begleiten, ist er so nett gewesen, ihr zu gestatten, mit den Arschlöchern von Offizieren zu tun, was sie tun mußte. Zitat, Zitatende.«

»Ein Mann nach meinem Herzen!«

»Genau. Aber Erwachsene kann man nicht ständig beaufsichtigen, und wo ein Wille ist, ist auch ein Weg.«

»Wes hat also nicht geahnt, daß sie ihre Karriere auf unorthodoxe Weise gefördert hat?«

»Das bezweifle ich sehr.«

»Und wenn er wüßte, daß sein Vater sein stiller Teilhaber gewesen ist, wäre er stinksauer.«

»Allerdings!« Sie wechselte das Thema. »Willst du 'n Sandwich?«

»Auf deine Kosten?«

»Klar.« Cynthia stand auf. »Ich brauche frische Luft. Ich mache einen Spaziergang zum O Club.«

»Cheeseburger, Fritten und ein Coke.«

»Du kannst inzwischen hier aufräumen«, sagte sie und ging.

Ich ließ Specialist Baker kommen und gab ihr meine handschriftliche Notiz zum Fall Dalbert Elkins, um sie abtippen zu lassen.

Sie fragte mich: »Würden Sie mir eine Empfehlung für die CID School schreiben?«

»Dieser Job macht weniger Spaß, als Sie denken, Baker.«

»Ich möchte wirklich Ermittlerin werden.«

»Weshalb?«

»Weil's aufregend ist.«

»Warum reden Sie darüber nicht mit Ms. Sunhill?«

»Das hab' ich schon gestern getan. Sie hat gesagt, daß man Spaß dabei hat, viel rumkommt und interessante Leute kennenlernt.«

»Richtig – und dann verhaftet man sie.«

»Sie hat gesagt, daß sie Sie in Brüssel kennengelernt hat. Das klingt romantisch.«

Ich äußerte mich nicht dazu.

»Sie hat gesagt, daß sie nach Panama versetzt wird, sobald dieser Fall abgeschlossen ist.«

»Bringen Sie mir noch einen Kaffee?«

»Ja, Sir.«

»Danke, Sie können gehen.«

Sie verschwand.

Panama.

KAPITEL FÜNFUNDZWANZIG

Als Colonel Fowler anrief, nahm ich das Gespräch entgegen und machte Cynthia ein Zeichen, sie solle mithören.

Colonel Fowler sagte: »Meine Frau steht Ihnen um siebzehn Uhr dreißig in unserem Haus zur Verfügung, Mrs. Campbell ist um achtzehn Uhr im Beaumont House zu sprechen, und der General erwartet Sie Punkt achtzehn Uhr dreißig in seinem Dienstzimmer im Stabsgebäude.«

Ich wandte ein: »Da bleibt nicht viel Zeit für Gespräche, Colonel.«

»Sogar sehr wenig«, bestätigte Fowler.

»Das wollte ich damit sagen.«

»Die drei Personen, die Sie sprechen wollen, stehen sehr unter Streß, Mr. Brenner.«

»Ich auch, aber ich danke Ihnen trotzdem.«

»Mr. Brenner, sind Sie schon mal auf die Idee gekommen, daß Sie andere Leute möglicherweise aufregen?«

»Durchaus, Sir.«

»Die Beisetzung findet wie gesagt morgen statt. Am besten informieren Sie und Ms. Sunhill das FBI-Team, nehmen an der Beisetzung teil, wenn Sie wollen, und reisen danach ab. Die Ermittlungen gehen auch ohne Sie weiter, und der Mörder wird rechtzeitig vor Gericht gebracht. Schließlich ist dies keine zeitlich begrenzte Übung.«

»Ursprünglich nicht, aber die Idioten in Washington haben eine daraus gemacht.«

»Mr. Brenner, Sie haben es von Anfang an vorgezogen, hier durchzubrechen, wie Grant Richmond erobert hat – ohne Rücksicht auf militärische Gepflogenheiten und anderer Leute Empfindlichkeiten.«

»So hat Grant Richmond erobert, Colonel.«

»Und deshalb ist Grant in Richmond noch immer verhaßt.«

»Stimmt. Colonel, ich habe von Anfang an gewußt, daß dieser Fall mir und der CID entzogen werden würde. Pentagon und Weißes Haus haben politisch korrekt gehandelt, und Gott segne den Primat der Politik. Aber da mir noch ungefähr zwanzig Stunden bleiben, möchte ich sie auf meine Art nutzen.«

»Wie Sie wünschen.«

»Bei mir können Sie sich darauf verlassen, daß ich diesen Fall löse, ohne der Army zu schaden. Bei FBI und Justizministerium haben Sie diese Garantie nicht.«

»Dazu will ich mich nicht äußern.«

»Tun Sie's lieber nicht.«

»Noch etwas, Mr. Brenner: Ihr Auftrag, Colonel Moores Akten beschlagnahmen zu dürfen, ist ans Pentagon weitergeleitet und dort aus Gründen der nationalen Sicherheit abgelehnt worden.«

»Einen besseren Grund gibt's nicht, Sir. Trotzdem wundert mich, daß Washington will, daß ich Colonel Moore verhafte – aber mir nicht erlaubt, seine Akten einzusehen.«

»Das kommt davon, wenn man fragt. Das wissen Sie doch.«

»Allerdings! Nächstes Mal pfeife ich auf den Dienstweg.«

»Das ist Ihre Sache. Nehmen Sie Colonel Moore jetzt fest, ist das Pentagon bereit, einen Bevollmächtigten zu entsenden, der Ihnen selektive Akteneinsicht gewährt. Aber daraus darf kein Fischzug werden. Sie müssen wissen, wonach Sie suchen.«

»Natürlich. Diesen Trick kenne ich. Wüßte ich, wonach ich suche, bräuchte ich den Scheiß vermutlich nicht.«

»Mehr war nicht zu erreichen.« Fowler räusperte sich. »Die Psy-Ops School schickt jetzt Leute nach Jordan Field, um die Einrichtung von Captain Campbells Dienstzimmer und sämtliche Akten in die Schule zurückholen zu lassen. Auf die Einleitung eines Disziplinarverfahrens gegen Sie und Colonel Kent wird verzichtet, aber in Ihre Personalakten ist ein schriftlicher Verweis eingetragen worden.« Er fügte hinzu: »Sie müssen sich an die Vorschriften halten wie wir alle.«

»Das tue ich im allgemeinen, wenn ich weiß, was sie besagen.«

»Man beschlagnahmt kein Geheimmaterial ohne entsprechende Genehmigung.«

»Irgendwer versucht, mich zu behindern, Colonel.«

»Irgend jemand versucht sogar, Sie zu erledigen. Warum?«

»Keine Ahnung.«

»Sie haben sich für Captain Campbells Zeit in West Point interessiert, nicht wahr?«

»Richtig. Habe ich die falsche Frage gestellt?«

»Offenbar.«

Ich sah zu Cynthia hinüber und fragte Fowler: »Können Sie mir darüber mehr erzählen, Colonel?«

»Ich weiß nur, daß sie mich fragen, warum Sie danach fragen.«

»Wer sind *sie*?«

»Das darf ich nicht sagen. Aber Sie haben einen Nerv getroffen, Mr. Brenner.«

»Das klingt ganz so, als wollten Sie mir helfen, Colonel.«

»Bei näherer Überlegung sind Sie und Ms. Sunhill vermutlich am besten für diesen Job geeignet. Aber da Sie Ihre Ermittlungen nicht rechtzeitig werden abschließen können, rate ich Ihnen, sich in acht zu nehmen.« Er fuhr fort: »Am besten tauchen Sie eine Zeitlang unter.«

»Ms. Sunhill und ich sind keine Verbrecher. Wir ermitteln gegen Verbrecher.«

»Der schriftliche Verweis ist ein Warnschuß gewesen. Der nächste Schuß zielt aufs Herz.«

»Richtig, aber ich bin derjenige, der ihn abgibt.«

»Sie sind ein verdammter Narr. Trotzdem bräuchten wir mehr Leute wie Sie.« Er fügte hinzu: »Sorgen Sie dafür, daß Ihre Partnerin versteht, worauf sie sich einläßt.«

»Ich weiß nicht mal, ob *ich* das verstehe.«

»Ich auch nicht, aber was West Point betrifft, haben Sie eindeutig die falsche Frage gestellt. Mehr gibt's dazu nicht zu sagen.« Fowler legte auf.

Ich sah zu Cynthia hinüber. »Na?«

Sie stellte fest: »Was West Point betrifft, haben wir eindeutig die richtige Frage gestellt.«

»Offensichtlich.« Ich rief Jordan Field an und ließ mich mit Grace Dixon verbinden. »Grace, ich habe gerade einen Tip bekommen, daß Leute von der Psy-Ops School zu euch unterwegs sind, um Captain Campbells Unterlagen zurückzuholen – und dazu gehört bestimmt auch ihr Computer.«

»Ja, ich weiß. Sie sind schon hier.«

»Scheiße!«

»Kein Problem. Nach unserem letzten Gespräch habe ich die bewußten Dateien auf eine Diskette kopiert.« Sie fügte hinzu: »Eben wird der Computer abstransportiert, aber ich bezweifle, daß irgend jemand imstande ist, die Paßwörter für die interessanten Dateien zu erraten.«

»Gut gemacht, Grace«, sagte ich anerkennend. »Wie heißen die Paßwörter?«

»Es gibt drei: eines für Privatbriefe, eines für die Liste mit den Namen, Adressen und Telefonnummern ihrer Liebhaber und eines für ihr Tagebuch.« Sie fuhr fort: »Das Paßwort für Privatbriefe heißt ›Schlimme Zeilen‹, für die Liste ihrer Liebhaber hat sie ›Daddys Freunde‹ verwendet, und das Paßwort für ihr Tagebuch heißt ›Trojanisches Pferd‹.«

»Okay, paß gut auf diese Diskette auf.«

»Sie ist meinem Herzen nahe.«

»Nimm sie heute nacht mit ins Bett. Ich melde mich später wieder.« Ich legte auf, rief Falls Church an, ließ mich mit Karl verbinden und sagte zu ihm: »Wie ich höre, hat meine Anfrage wegen West Point einige Leute aufgebracht, verärgert oder geängstigt.«

»Wer hat Ihnen das gesagt?«

»Die Frage ist: Was haben Sie rausgekriegt?«

»Nichts.«

»Die Sache ist aber wichtig«, betonte ich.

»Ich tue mein Bestes.«

»Erzählen Sie mir, was Sie bisher getan haben.«

»Mr. Brenner, ich bin Ihnen keine Rechenschaft schuldig.«

»Richtig. Aber ich habe Sie gebeten, Ihre Möglichkeiten zu nutzen, um mir bestimmte Informationen zu verschaffen.«

»Ich rufe Sie an, wenn ich etwas für Sie habe.«

Cynthia schob mir einen Zettel mit der Frage *Abgehört*? zu. Ich nickte wortlos. Karls Verhalten war irgendwie merkwürdig. Ich erkundigte mich: »Haben Sie einen Wink von oben bekommen, Karl?«

Er zögerte sekundenlang. »Alle Türen sind vor mir zugeschlagen worden. Ermitteln Sie ohne diese Informationen weiter. Mir ist versichert worden, daß Sie sie nicht brauchen.«

»Okay. Besten Dank für Ihre Bemühungen.«

»Ich erwarte Sie morgen oder spätestens übermorgen zur Berichterstattung.«

»Verstanden. Da Sie nicht mehr mit meiner Anfrage beschäftigt sind, könnten Sie Ms. Sunhill und mir dreißig Tage Sonderurlaub gewähren und mir einen bestätigten MAC-Flug zu einem Ziel meiner Wahl reservieren lassen.«

»Dem Pentagon wäre nichts lieber als das.«

»Und sorgen Sie dafür, daß dieser Scheißverweis aus meiner Personalakte verschwindet!« Ich legte auf.

Cynthia machte große Augen. »Was geht hier vor, verdammt noch mal?«

»Wir scheinen in ein Wespennest gestochert zu haben.«

»Das kannst du laut sagen!«

»Unterstützung bekommen wir keine mehr«, stellte ich fest. »Aber ich glaube, daß wir's allein schaffen können.«

»Versuchen müssen wir's. Aber mich interessiert trotzdem, was damals in West Point passiert ist.«

»Karl hat uns versichert, daß es für unsere Ermittlungen nicht relevant ist.«

Cynthia machte eine nachdenkliche Pause, bevor sie sagte: »Karl enttäuscht mich. Ich hätte nie geglaubt, daß er wichtige Ermittlungen so schnell aufgeben würde.«

»Ich auch nicht.«

Wir diskutierten einige Minuten lang darüber, was sich in bezug auf unsere Anfrage wegen West Point unternehmen ließe. Dann sah ich auf meine Armbanduhr. »Komm, wir müssen nach Bethany Hill.« Wir standen auf, um zu gehen, aber in diesem Augenblick wurde angeklopft, und Specialist Baker kam mit einem Blatt Papier herein. Sie setzte sich an meinen Schreibtisch und überflog das engbeschriebene Blatt.

Ich forderte sie sarkastisch auf: »Nehmen Sie doch Platz, Baker.«

Sie blickte zu uns auf und antwortete gelassen: »In Wirklichkeit bin ich Warrant Officer Kiefer, CID, seit etwa zwei Monaten hier und in Colonel Hellmanns Auftrag als verdeckte Ermittlerin tätig. Ich soll Unregelmäßigkeiten in der Abteilung Verkehrsüberwachung aufdecken... lauter Kleinigkeiten, die nichts mit Colonel Kent oder Captain Campbell zu tun haben. Colonel Hellmann hat mich angewiesen, dafür zu sorgen, daß ich Ihre Mitarbeiterin werde.« Sie zuckte mit den Schultern. »Also hab' ich dafür gesorgt, daß ich's werde.«

Cynthia fragte ungläubig: »Ist das Ihr Ernst? Sie haben uns für Colonel Hellmann bespitzelt?«

»Nicht bespitzelt, unterstützt. Das ist durchaus üblich.«

»Ja, ich weiß«, sagte ich, »aber ich bin trotzdem stinksauer.«

Specialist Baker alias Warrant Officer Kiefer antwortete: »Das verstehe ich, aber dieser Fall ist explosiv, und Colonel Hellmann hat sich Sorgen gemacht.«

»Colonel Hellmann hat uns gerade im Stich gelassen«, sagte ich.

Sie ging nicht darauf ein, sondern fuhr fort: »In diesen zwei Monaten, die ich jetzt hier bin, habe ich die Gerüchte über Colonel Kent und Captain Campbell gehört, von denen ich Ihnen erzählt habe. Alle sind wahr, aber ich habe keine Meldung über ihn geschrieben, weil ich so was nicht gern tue. Ich habe nicht erlebt, daß er seine Dienstpflichten verletzt hätte, und auf Büroklatsch sollte man nicht allzu viel geben. Aber jetzt sind die Gerüchte wohl doch relevant.«

Cynthia antwortete: »Sicher relevant, aber möglicherweise nur als Beweis für Dummheit.«

Ms. Kiefer zuckte mit den Schultern. Sie gab mir das Blatt Papier und sagte: »Vor ein paar Minuten habe ich einen Anruf aus Falls Church bekommen. Ich sollte mich Ihnen zu erkennen geben, aber erst neben dem Faxgerät auf eine Mitteilung warten. Das hier ist dann gekommen.«

Ich starrte das an *Brenner und Sunhill, über Kiefer, persönlich!* adressierte Fax an und las die Mitteilung vor: »›Wie am Telefon bereits angedeutet, sind alle West Point betreffenden Akten versiegelt oder unauffindbar, während mündliche Anfragen unbeantwortet bleiben. Aber ich habe mit einem pensionierten CID-Angehörigen telefoniert, der zum fraglichen Zeitpunkt in West Point stationiert gewesen ist. Nachdem ich ihm Anonymität zugesichert hatte, hat er mir folgendes mitgeteilt:

Im Sommer zwischen ihrem ersten und zweiten Jahr in West Point hat Cadet Campbell einige Wochen lang in einer Privatklinik gelegen. Offiziell hatte sie bei einer Nachtübung auf der Camp Bruckner Military Reservation einen Unfall gehabt. Mein Informant sagt, daß General Campbell schon am Tag nach dem ›Unfall‹ mit dem Flugzeug aus Deutschland herübergekommen ist. Aus Gerüchten, die mein Informant gehört hat, läßt sich folgender Handlungsablauf rekonstruieren:

Als die Kadetten in einer Augustnacht in Spähtrupps unterwegs waren, wurde Cadet Campbell zufällig oder absichtlich von einer größeren Gruppe getrennt und war mit fünf Männern allein – Kadetten oder Soldaten der 82nd Airborne Division, die an der Ausbildung teilnahmen. Alle hatten ihre Gesichter geschwärzt, es war finster und so weiter. Die Männer stürzten sich auf Cadet Campbell, rissen ihr die Uniform vom Leib, pflockten sie mit Zeltheringen an und vergewaltigten sie dann nacheinander. Was danach passierte, ist unklar, aber vermutlich drohten die Männer ihr für den Fall, daß sie die Vergewaltigung anzeigte, banden sie los und liefen weg.

Cadet Campbell galt als vermißt, bis sie bei Tagesanbruch in Tränen aufgelöst und hysterisch ins Lager getaumelt kam. Sie wurde zunächst ins Keller Army Hospital gebracht und wegen kleiner Schnittwunden und Prellungen, Erschöpfung und so weiter behandelt. Nach Mitteilung meines Informanten enthielt ihr Krankenblatt keinen Hinweis auf eine mögliche Vergewaltigung. Dann traf General Campbell ein, und seine Tochter wurde in eine Privatklinik verlegt.

Es gab keine Untersuchung, die Täter wurden nicht ermittelt, der Vorfall wurde verschwiegen, um der Akademie nicht zu schaden, und Cadet Campbell setzte im September ihre Ausbildung fort. Angeblich hat der General seine Tochter unter Druck gesetzt, diese Sache nicht weiter zu verfolgen – wahrscheinlich seinerseits auf Druck von oben... So, das war's vorläufig. Dieses Fax sofort vernichten. Viel Erfolg! (gez.) Hellmann.‹«

Ich gab das Fax an Cynthia weiter, die es aufmerksam las und dann sagte: »Jetzt ist alles klar, nicht wahr?«

Kiefer fragte uns: »Sie wissen, wer sie ermordet hat?«

»Nein«, antwortete ich, »aber wir glauben zu wissen, warum sie draußen auf der Schießbahn gewesen ist.«

Cynthia steckte Karls Nachricht in den Reißwolf und fragte Kiefer: »Sie wollten also Detektivin werden?«

Kiefer wirkte leicht verlegen, aber sie antwortete: »Specialist Baker wollte Detektivin werden.«

»Specialist Baker kann vorerst Schreiberin bleiben«, entschied Cynthia. »Wir brauchen keine weitere Detektivin.«

»Ja, Ma'am«, antwortete Kiefer, indem sie wieder in ihre Rolle schlüpfte. »Aber ich halte Augen und Ohren offen.«

»Tun Sie das.«

Ich sagte zu Baker: »Richten Sie Colonel Kent aus, daß Mr. Brenner möchte, daß Colonel Moore die Kaserne nicht verläßt und bis auf weiteres telefonisch nicht erreichbar ist.«

»Ja, Sir.«

Cynthia und ich verließen das MP-Gebäude durch den Hinterausgang und erreichten den Parkplatz, ohne von Reportern angehalten zu werden. »Diesmal fahre ich«, sagte ich, und wir stiegen in meinen Blazer.

Unterwegs nach Bethany Hill meinte ich: »Für 'nen Schweinehund ist Karl eigentlich ganz in Ordnung.«

Sie lächelte. »Auch wenn er uns reingelegt hat. Unglaublich, was?«

»Mir ist sie gleich irgendwie bekannt vorgekommen«, behauptete ich. »Irgendwas ist an ihr nicht richtig gewesen.«

»Ach, red keinen Scheiß, Paul! Du hast dich ebenso täuschen lassen wie ich. Gott, ich muß zusehen, daß ich aus diesem Job rauskomme!«

»Was ist mit Panama?« Ich sah zu ihr hinüber, und unsere Blicke begegneten sich.

»Ich habe meine Versetzung ins Ausland beantragt, um von meinem zukünftigen Exmann wegzukommen«, antwortete Cynthia.

»Sehr vernünftig.« Ich wechselte das Thema. »Diese West-Point-Sache ist also hochexplosiv.«

»Ja. Ich kann kaum glauben, daß ein Vater ein Täuschungsmanöver dieser Art mitmachen würde. Aber wenn man darüber nachdenkt – ich meine, in West Point gibt's große Spannungen, seit die Akademie auch Frauen aufnimmt. Unglaublich, was dort alles passiert! Außerdem mußte der General an seine eigene Karriere denken – und wahrscheinlich hat er auch an die Karriere und den guten Ruf seiner Tochter gedacht. Aber damit hat er ihr keinen Gefallen erwiesen.«

»Allerdings nicht.«

»Frauen, die das Trauma einer Vergewaltigung unterdrücken oder dazu veranlaßt werden, müssen meistens später dafür büßen.«

»Oder lassen andere dafür büßen«, warf ich ein.

»Richtig. Manchmal sogar beides.« Cynthia fuhr fort: »Auf Schießbahn sechs ist die Vergewaltigung in West Point nachgestellt worden, nicht wahr?«

»Das scheint leider zu stimmen.«

»Aber diesmal hat jemand sie umgebracht.«

»Richtig.«

»Ihr Vater?«

»Ich schlage vor, daß wir uns erst mal die letzten Informationen beschaffen, die wir brauchen, um die Tat von Anfang bis Ende zu rekonstruieren.«

Nach kurzer Pause fragte Cynthia: »Weißt du, wer sie ermordet hat?«

»Ich weiß, wer sie nicht ermordet hat.«

»Spiel nicht den Geheimnisvollen, Paul.«

»Hast du einen Verdächtigen?«

»Sogar mehrere.«

»Überleg dir, was gegen sie spricht, dann können wir ihnen heute abend im Offiziersheim den Prozeß machen.«

»Einverstanden. Hoffentlich wissen wir bis morgen, wer an den Galgen gehört.«

KAPITEL SECHSUNDZWANZIG

Wir erreichten Fowlers Dienstvilla auf Bethany Hill und klingelten an der Haustür.

Mrs. Fowler, die uns aufmachte, wirkte nicht weniger nervös als morgens. Sie führte uns ins Wohnzimmer und bot uns Kaffee oder andere Erfrischungen an, die wir höflich ablehnten. Sie nahm auf dem Sofa Platz, und wir saßen in Clubsesseln.

Unsere Marschroute für die Befragung sah vor, daß Cynthia anfangen würde. Sie plauderte mit Mrs. Fowler über den Alltag in Fort Hadley und sagte dann eindringlich: »Bitte glauben Sie uns, daß es uns nur um Gerechtigkeit geht. Wir sind nicht hier, um Leute um ihren guten Ruf zu bringen. Wir müssen einen Mörder fassen, aber auch dafür sorgen, daß niemand in falschen Verdacht gerät.«

Mrs. Fowler nickte.

Cynthia fuhr fort: »Wie Sie wissen, hat Ann Campbell mit vielen der hiesigen Offiziere intime Beziehungen gehabt. In diesem Zusammenhang kann ich Ihnen versichern, daß der Name Ihres Mannes bei unseren Ermittlungen nirgends in Verbindung mit Ann Campbell aufgetaucht ist.«

Sie nickte erneut – diesmal nachdrücklicher, fand ich.

Cynthia sprach weiter: »Wir haben Verständnis für Colonel Fowlers Position als enger Mitarbeiter und vermutlich alter Freund General Campbells. Wir erkennen seine Aufrichtigkeit und seine Bereitschaft, uns dieses Gespräch mit Ihnen zu ermöglichen, dankbar an. Ich bin überzeugt, daß er Sie gebeten hat, uns gegenüber ebenso aufrichtig zu sein, wie wir es Ihnen gegenüber sind.«

Ein zögerndes Nicken.

Cynthia fuhr fort, vermied es, direkte Fragen zu stellen, sagte positive Dinge, ließ Mitgefühl erkennen und bewies Einfühlungsvermögen. Bei Zivilzeugen, die jederzeit die Aussage verweigern könnten, ist diese behutsame Art unerläßlich, und Cynthia verstand sich weit besser darauf als ich.

Schließlich erkundigte Cynthia sich: »Sie sind am Abend vor der Tat zu Hause gewesen?«

»Ja, ich bin hier gewesen.«

»Ihr Mann ist gegen zweiundzwanzig Uhr aus dem O Club heimgekommen?«

»Ganz recht.«

»Sie sind etwa um dreiundzwanzig Uhr zu Bett gegangen?«

»Das könnte stimmen.«

»Und irgendwann zwischen zwei Uhr fünfundvierzig und drei Uhr sind Sie aufgewacht, weil jemand geklingelt hat.«

Keine Antwort.

»Ihr Mann ist hinuntergegangen, um aufzumachen. Dann ist er ins Schlafzimmer zurückgekommen und hat gesagt, der General sei da, und er müsse dringend fort. Ihr Mann hat sich angezogen und Sie gebeten, sich ebenfalls anzuziehen. Richtig?«

Keine Antwort.

»Und Sie sind mitgefahren.« Cynthia fügte hinzu: »Sie haben Schuhgröße achtunddreißig, glaube ich.«

Mrs. Fowler sagte: »Ja, wir haben uns beide angezogen und sind weggefahren.«

Daraufhin folgte eine Pause, bis Cynthia wiederholte: »Sie haben sich beide angezogen und sind weggefahren. Und General Campbell ist in Ihrem Haus geblieben?«

»Ja.«

»Gemeinsam mit seiner Frau?«

»Nein, er war allein.«

»General Campbell ist also dageblieben – und Sie sind mit Ihrem Mann zur Schießbahn sechs hinausgefahren. Richtig?«

»Ja. Mein Mann hat gesagt, der General habe ihm erzählt, Ann Campbell sei nackt, und mich deshalb gebeten, einen Bademantel für sie mitzunehmen. Und er hat gesagt, Ann sei gefesselt. Darum sollte ich sein Taschenmesser einstecken, um die Stricke durchschneiden zu können.«

»Okay, Sie sind also die Rifle Range Road entlanggefahren – auf dem letzten Kilometer ohne Licht.«

»Richtig. Mein Mann wollte vermeiden, daß der Wachposten am Munitionsbunker auf uns aufmerksam wurde.«

»Und Sie haben auf General Campbells Anweisung bei dem abgestellten Jeep gehalten. Wie spät war es inzwischen?«

»Ungefähr – etwa halb vier.«

»Etwa halb vier. Sie sind ausgestiegen und...«

»Ich konnte eine Gestalt auf der Schießbahn erkennen, und mein Mann hat mich gebeten, zu ihr zu gehen, sie loszuschneiden und dafür zu sorgen, daß sie den Bademantel anzog. Falls ich Hilfe brauchte, sollte ich ihn rufen.« Nach kurzer Pause fügte Mrs. Fowler hinzu: »Wenn sie sich weigerte, sollte ich sie ohrfeigen. Er ist sehr wütend gewesen.«

»Sie sind also über die Schießbahn gegangen.«

»Ja. Mein Mann ist mir mit ziemlichem Abstand gefolgt. Er

hat sich wohl Sorgen wegen Anns Reaktion gemacht. Ich denke, daß er befürchtet hat, sie könnte gewalttätig werden.«

»Und Sie sind auf Ann Campbell zugegangen. Haben Sie dabei etwas gesagt?«

»Ich habe ihren Namen gerufen, aber sie, sie hat nicht geantwortet. Dann habe ich sie erreicht und – ich bin neben ihr niedergekniet, und ihre Augen waren offen, aber – ich habe aufgeschrien – und mein Mann kam zu mir gerannt…« Mrs. Fowler schlug die Hände vors Gesicht und brach in Tränen aus. Cynthia schien darauf vorbereitet zu sein, denn sie sprang auf, setzte sich neben Mrs. Fowler und legte ihr einen Arm um die Schultern.

Nach etwa einer Minute sagte Cynthia: »Danke, das genügt, Mrs. Fowler. Wir finden selbst hinaus.«

Wir stiegen in meinen Blazer und fuhren davon. Unterwegs stellte ich fest: »Manchmal findet auch ein Schuß ins Dunkel sein Ziel.«

»Aber das war keiner«, widersprach Cynthia. »Ich meine, aufgrund der bekannten Tatsachen und nach allem, was wir über die Beteiligten wissen, war das die logische Schlußfolgerung.«

»Genau. Hat Colonel Fowler sie aufgefordert, die Wahrheit zu sagen – oder hat sie sich selbst dazu entschlossen?«

Cynthia überlegte nicht lange. »Colonel Fowler weiß natürlich, daß wir *a, b* und *c* kennen. Ich glaube, daß er seiner Frau geraten hat, eine Frage nach *x* wahrheitsgemäß zu beantworten und dann gleich zu *y* und *z* zu kommen, um ihr Gewissen zu erleichtern und endlich Ruhe zu haben.«

»Richtig. Und Mrs. Fowler kann als Zeugin bestätigen, daß Ann Campbell tot gewesen ist, als die beiden sie aufgefunden haben, und daß Colonel Fowler sie nicht ermordet hat.«

»Und ich glaube ihr«, sagte Cynthia, »und glaube andererseits nicht, daß er Ann Campbell ermordet hat.«

Wir fuhren schweigend und in Gedanken versunken in Richtung Beaumont House weiter.

Dort kamen wir etwas zu früh an, aber diesmal waren unsere Ermittlungen wichtiger als protokollarische Höflichkeit. Also gingen wir zur Haustür, wo ein Militärpolizist unsere Ausweise kontrollierte und dann für uns klingelte.

Wie es der Zufall wollte, machte der junge, gutaussehende Lieutenant Elby uns auf. Er stellte fest: »Sie kommen zehn Minuten zu früh.«

»Wir können gehen und pünktlich zurückkommen«, schlug ich vor, »oder uns ein paar Minuten mit Ihnen unterhalten.«

Lieutenant Elby, der ein umgänglicher junger Mann zu sein schien, führte uns in das Wartezimmer, das wir bereits kannten. Bevor er uns auffordern konnte, Platz zu nehmen, fragte ich Cynthia: »Wolltest du nicht auf die Toilette?«

»Was? Oh, ja, natürlich.«

Lieutenant Elby zeigte in die Eingangshalle hinaus. »Die Damentoilette finden Sie draußen links.«

»Danke.« Cynthia ließ uns allein.

Ich sagte zu Elby: »Lieutenant, wie ich gehört habe, sind Sie mit Captain Campbell befreundet gewesen.«

Elby musterte mich prüfend, bevor er antwortete: »Ja, das stimmt.«

»Haben Sie gewußt, daß sie auch mit Wes Yardley befreundet gewesen ist?«

Er nickte, und sein Gesichtsausdruck zeigte mir, daß die Erinnerung daran noch immer schmerzte. Das war nur verständlich: dieser anständige junge Offizier hatte sich die Tochter seines Chefs mit einem als Cop verkleideten Playboy von sehr zweifelhaftem Ruf teilen müssen. Ich fragte ihn: »Haben Sie sie geliebt?«

»Diese Frage beantworte ich nicht.«

»Das ist Antwort genug. Und sind Ihre Absichten ehrenwert gewesen?«

»Wozu stellen Sie mir diese Fragen? Sie sind hier, um mit Mrs. Campbell zu sprechen.«

»Erst in ein paar Minuten. Sie haben also von Wes Yardley gewußt. Haben Sie auch Gerüchte gehört, Ann Campbell sei mit verheirateten Offizieren aus Fort Hadley befreundet?«

»Was zum Teufel wollen Sie damit andeuten?«

Ich vermutete, daß er die Gerüchte nicht kannte. Und ich vermutete, daß er auch nichts von ihrem Hobbyraum im Keller wußte. Ich fragte ihn: »Ist der General mit Ihrer Beziehung zu seiner Tochter einverstanden gewesen?«

»Allerdings«, sagte er trotzig. »Muß ich diese Fragen beantworten?«

»Na ja, bis vor drei Tagen nicht – da hätten Sie mich noch zum Teufel schicken können. Und in ein paar Tagen könnten Sie wahrscheinlich wieder so reagieren. Aber hier und heute müssen Sie mir antworten. Nächste Frage: Ist Mrs. Campbell damit einverstanden gewesen?«

»Ja.«

»Haben Sie beide jemals von Heirat gesprochen?«

»Ja, das haben wir.«

»Erzählen Sie mir mehr, Lieutenant.«

»Nun, ich hab' gewußt, daß sie was mit diesem Yardley hatte, und bin – verärgert gewesen. Aber das ist nicht alles gewesen. Ich meine, Ann hat gesagt, sie – sie müsse sich vergewissern, daß ihre Eltern einverstanden seien, und wenn der General zugestimmt habe, würden wir unsere Verlobung bekanntgeben.«

»Aha. Und Sie haben von Mann zu Mann mit dem General darüber gesprochen?«

»Ja, vor ein paar Wochen. Er war anscheinend einverstanden, er hat mir aber trotzdem vier Wochen Bedenkzeit empfohlen. Er hat mir erklärt, seine Tochter sei eine sehr willensstarke junge Frau.«

»Gewiß. Und dann haben Sie vor kurzem einen Versetzungsbefehl in eine weit entfernte Weltgegend erhalten.«

Elby starrte mich überrascht an. »Ja, nach Guam.«

Ich hätte beinahe gelacht. Obwohl er über mir stand, hätte er mein Sohn sein können, deshalb legte ich ihm eine Hand auf die Schulter und sagte: »Lieutenant, wahrscheinlich hätte Ann Campbell keinen Besseren finden können als Sie, aber es hat nicht sollen sein. Sie sind in einen Machtkampf zwischen General und Captain Campbell geraten und als Schachfigur herumgeschoben worden. Im Unterbewußtsein sind Sie sich darüber auch im klaren. Konzentrieren Sie sich auf Ihr Leben und Ihre Karriere, Lieutenant, und falls Sie mal wieder heiratslustig sind, nehmen Sie zwei Aspirin, legen sich in einem abgedunkelten Raum hin und warten, bis das Gefühl abgeklungen ist.«

Leider kam Cynthia ausgerechnet jetzt zurück und warf mir einen bösen Blick zu.

Lieutenant Elby wirkte aufgebracht und verwirrt, aber in seinem Gehirn klickte etwas. Mit einem Blick auf seine Armbanduhr sagte er: »Mrs. Campbell erwartet Sie.«

Wir folgten ihm in die Eingangshalle hinaus, und er führte uns in den großen, viktorianisch eingerichteten Salon auf der Rückseite des Hauses.

Mrs. Campbell erhob sich aus ihrem Sessel, um uns zu begrüßen. Sie trug ein schlichtes schwarzes Kleid, und als ich näher kam, fiel mir die Ähnlichkeit mit ihrer Tochter auf. Als Mittfünfzigerin hatte Mrs. Campbell den Wechsel von schön zu attraktiv bereits hinter sich, aber es würde noch mindestens zehn Jahre dauern, bevor sie neutral und geschlechtslos als »eine gutaussehende Frau« charakterisiert werden würde.

Cynthia ergriff als erste ihre Hand und sprach Mrs. Campbell ihr Beileid aus. Dann war ich an der Reihe. »Wollen Sie nicht Platz nehmen?« fragte Mrs. Campbell und deutete auf ein zweisitziges Sofa am Fenster. Wir setzten uns, und sie nahm auf dem Sofa gegenüber Platz. Zwischen uns stand ein niedriger kleiner runder Tisch mit Gläsern und Karaffen. Mrs. Campbell trank Tee, aber sie fragte uns: »Möchten Sie Sherry oder Portwein?«

Ich lehnte dankend ab, aber Cynthia ließ sich einen Sherry geben und machte Konversation, bei der Mrs. Campbell, der sicher nicht danach zumute war, tapfer mithielt. Während ich wie auf heißen Kohlen saß, schien Cynthia es durchaus nicht eilig zu haben, den wahren Zweck dieses Besuchs anzusprechen. Aber dann sagte sie plötzlich: »Ich nehme an, daß Mrs. Fowler – oder vielleicht Colonel Fowler – Sie angerufen hat, bevor wir gekommen sind.«

Guter Schuß, Cynthia.

Mrs. Campbell stellte ihre Teetasse ab und antwortete im selben ruhigen Tonfall wie bisher: »Ja, Mrs. Fowler hat mich angerufen. Ich bin froh, daß sie Gelegenheit gehabt hat, mit Ihnen zu sprechen. Sie ist schrecklich durcheinander gewesen, aber jetzt fühlt sie sich viel besser.«

»Das ist oft so«, bestätigte Cynthia. »Aus dem, was Mrs. Fowler mir erzählt hat, und weiteren Informationen, die Mr. Brenner und ich aus anderen Quellen haben, scheint hervorzugehen, daß der General am frühen Morgen einen Anruf von Ann bekommen hat, die ihn aufgefordert hat, sich mit ihr auf der Schießbahn zu treffen, um irgend etwas zu besprechen. Stimmt das?«

Wieder ein Schuß ins Dunkel oder – um Cynthia die ihr gebührende Ehre zu geben – eine clevere Vermutung.

Mrs. Campbell antwortete: »Das rote Telefon auf dem Nachttisch hat gegen Viertel vor zwei geklingelt. Der General hat sich sofort gemeldet, und ich bin ebenfalls aufgewacht. Ich habe ihn beim Telefonieren beobachtet. Er hat kein Wort gesagt, sondern wortlos den Hörer aufgelegt und ist aufgestanden, um sich anzuziehen. Obwohl ich nie frage, was die Anrufe bedeuten, sagt er mir sonst immer, wohin er muß und wann er voraussichtlich zurückkommt. Aber diesmal hat er nur gesagt, er sei in etwa einer Stunde zurück. Er hat Zivil angezogen und das Haus verlassen. Als ich ihm nachgesehen habe, ist mir aufgefallen, daß er meinen Wagen genommen hat.«

»Was für ein Wagen ist das, Ma'am?«

»Ein Buick.«

Cynthia nickte und fuhr fort: »Zwischen vier und halb fünf Uhr ist der General dann zurückgekommen und hat Ihnen erzählt, was geschehen war.«

Sie starrte blicklos vor sich hin. Ich sah zum erstenmal das Gesicht einer erschöpften, leidenden Frau, die jahrelang eine schwere Last getragen hatte. Als Ehefrau und Mutter hätte sie nicht dulden dürfen, was ein Ehemann und Vater ihrer Tochter aus scheinbar übergeordneten Gründen zum Wohle eines größeren Ganzen angetan hatte. Aber irgendwie mußte sie sich doch damit abgefunden haben.

Cynthia wiederholte: »Ihr Mann ist gegen halb fünf zurückgekommen.«

»Ja. Ich habe auf ihn gewartet, hier im Salon. Als er hereingekommen ist, habe ich gewußt, daß meine Tochter tot war.« Mrs. Campbell stand auf. »Mehr weiß ich nicht. Da die Karriere meines Mannes jetzt zu Ende ist, bleibt uns nur die Hoffnung, daß Sie den Täter fassen. Dann können wir weiterleben und vielleicht Frieden finden.«

Wir standen ebenfalls auf, und Cynthia sagte: »Wir tun unser Bestes, Ma'am. Und wir danken Ihnen, daß Sie trotz Ihres Schmerzes Zeit für uns gehabt haben.«

Ich versicherte ihr, sie brauche uns nicht zur Tür zu begleiten, und verließ mit Cynthia den Salon.

Als wir draußen auf dem Weg zu meinem Blazer waren, sagte ich: »Die Karriere des Generals ist vor zehn Jahren im Keller Army Hospital in West Point zu Ende gewesen. Er hat nur jahrelang gebraucht, um das zu begreifen.«

»Ja, er hat nicht nur seine Tochter, sondern auch sich und seine Frau verraten.«

Wir stiegen ein und ließen Beaumont House hinter uns.

KAPITEL SIEBENUNDZWANZIG

»Worüber hast du mit Lieutenant Elby gesprochen?« fragte Cynthia unterwegs.

»Liebe und Ehe.«

»Ja, deinen guten Rat hab' ich mitbekommen.«

»Nun, weißt du, er ist noch zu jung, um solide zu werden. Er wollte Ann Campbell heiraten.«

»Eine Ehe mit Ann Campbell entspricht nicht gerade meiner Vorstellung von ›solide werden‹.«

»Sehr wahr.« Ich schilderte Cynthia mein kurzes Gespräch mit Elby und fuhr fort: »Jetzt wird der arme Kerl nach Guam verfrachtet. So was kommt vor – wie in der griechischen Tragödie, wenn ein gewöhnlicher Sterblicher sich mit einer Göttin einläßt. Er wird wahnsinnig, wird in ein Tier oder einen Gegenstand verwandelt oder wird nach Guam oder auf eine vergleichbare Ägäisinsel verbannt.«

»Sexistischer Unsinn.«

»Richtig. Jedenfalls vermute ich, daß die Beziehungen der Campbells zueinander so pathologisch gewesen sind, daß Liebe und Glück dort keine Chance hatten. Und gnade Gott allen, die zwischen die Mühlsteine ihres Elends geraten sind!«

Cynthia nickte zustimmend. »Glaubst du, daß ihr Familienleben in Ordnung gewesen ist, bevor sie in West Point vergewaltigt worden ist?«

»Colonel Moore hat's jedenfalls behauptet. Wahrscheinlich hat er ein zutreffendes Bild gezeichnet. Und weil wir gerade bei Bildern sind: Erinnerst du dich an das Fotoalbum, das wir in Anns Haus gefunden haben? Auch auf den Fotos vor und nach dem Sommer zwischen Anns erstem und zweitem Jahr in West Point ist ein Unterschied zu erkennen gewesen.«

»Ja. Auf diese Weise kann man fast jede Familientragödie lokalisieren, wenn man weiß, wonach man Ausschau halten muß.« Sie fügte hinzu: »Ihre Vergewaltiger haben sich ein bißchen amüsiert und danach wie zuvor weitergelebt, ohne auch nur einen Gedanken darauf zu verschwenden, was sie damit angerichtet hatten.«

»Ja, ich weiß. Diese Erfahrung haben wir beide schon oft gemacht. Aber im allgemeinen können wir für etwas Gerechtigkeit sorgen. Bloß hat damals niemand die Cops gerufen.«

»Nein, damals nicht. Aber jetzt sind wir hier.« Sie fragte mich: »Wie willst du mit General Campbell umgehen?«

»Am liebsten würde ich ihn hart anfassen. Aber ich glaube, daß er schwer genug für seinen großen Fehler gebüßt hat. Mal sehen, was sich ergibt. Schließlich ist er ein General.«

»Richtig.«

Auf dem Parkplatz des Stabsgeländes parkten nur noch wenige Fahrzeuge, darunter auch der olivgrüne Dienstwagen des Generals. Als Cynthia und ich dort standen, sagte ich: »Gegen ein Uhr hat sie das Gebäude durch diesen Ausgang verlassen, ist in einen der Jeeps gestiegen und ist losgefahren, um gegen Gespenster aus ihrer Vergangenheit anzutreten.«

»Und die Gespenster haben gesiegt.«

Wir gingen um das Gebäude herum zum Haupteingang. Der einstöckige Klinkerbau erinnerte vage an ein Schulgebäude aus den dreißiger Jahren, aber der Fußweg war mit verschlossenen Kartuschen von 155-mm-Haubitzen gesäumt, in denen jetzt Blumen wuchsen, was ungewollt komisch wirkte. Und auf dem Rasen standen alte Feldgeschütze verschiedener Epochen: eine grafische Darstellung der Entwicklung bis hin zu moderner Feuerkraft.

Als wir das Gebäude betraten, stand der junge PFC an der Information auf. Wir erklärten ihm, daß wir einen Termin bei General Campbell hatten. Er sah auf seiner Terminliste nach und schickte uns einen mit Linoleum ausgelegten Flur im Erdgeschoß entlang.

Unterwegs sagte ich zu Cynthia: »Ich habe noch nie einen General verhaftet. Wahrscheinlich bin ich nervöser als er.«

Sie sah zu mir hinüber und behauptete: »Er hat's nicht getan, Paul.«

»Woher weißt du das?«

»Ich kann's mir nicht vorstellen – und was ich mir nicht vorstellen kann, ist nicht passiert.«

»Das steht aber nicht im Handbuch.«

»Außerdem glaube ich nicht, daß du einen General verhaften dürftest. *Das* steht im Handbuch.«

Wir erreichten ein kleineres Foyer, das menschenleer war, und standen vor einer geschlossenen Tür, an der ein Messingschild verkündete: *Lt. General Joseph I. Campbell.*

Ich klopfte an die Tür. Ein weiblicher Captain mit dem Namen *Bollinger* auf der Uniform machte uns auf und sagte: »Guten Abend. Ich bin General Campbells Erste Adjutantin.«

Nach einer Runde Händeschütteln ließ sie uns in ihr kleines Dienstzimmer eintreten. Captain Bollinger war etwa Mitte Dreißig und mollig, lebhaft und freundlich. Ich sagte zu ihr: »Ich glaube, daß ich seit Ikes Freundin von keiner Adjutantin eines Generals mehr gehört habe.«

Sie antwortete lächelnd: »Es gibt ein paar. Aber der General hat auch einen Adjutanten – Lieutenant Elby.«

»Ja, den kennen wir.« Mir fiel auf, daß Captain Bollinger im Gegensatz zu Lieutenant Elby vermutlich keine Rolle in dem Machtkampf zwischen Vater und Tochter gespielt hatte. Sie war vor Anns Verführungskünsten sicher gewesen und wirkte außerdem so bieder, daß Mrs. Campbell nicht eifersüchtig zu sein brauchte. Auch hohe Tiere lebten nicht besser als unsereiner.

Captain Bollinger führte uns in ein leeres Vorzimmer und sagte: »Der General hat soviel Zeit für Sie eingeplant, wie Sie brauchen. Aber berücksichtigen Sie bitte, daß er – nun, er ist vor Schmerz und Trauer benommen.«

»Das verstehen wir«, antwortete Cynthia.

Ich verstand auch, warum dieses Gespräch nach Dienstschluß angesetzt worden war: Für den Fall, daß es unangenehm endete, war praktisch keiner mehr da, der das mitbekommen konnte.

Captain Bollinger klopfte an eine massive Eichentür, öffnete sie und meldete uns als Warrant Officers Brenner und Sunhill an. Dann machte sie Platz, und wir traten ein. Der General war von seinem Schreibtisch aufgestanden und kam uns entgegen, um uns mit einem Händedruck zu begrüßen.

General Campbell deutete mit einer Handbewegung auf eine Sitzgruppe, und wir nahmen alle drei in bequemen Clubsesseln Platz. Cynthia und ich wurden weit zuvorkommender behandelt, als unserem Dienstgrad entsprach. Das mochte damit zusammenhängen, daß zwei Ehefrauen uns erst vor kurzem Straftaten gestanden hatten, nämlich Mitwisserschaft sowie Verschleierung eines Verbrechens. Aber vielleicht fand der General uns einfach nur sympathisch.

Nachdem wir Platz genommen hatten, sah ich mich im Dienstzimmer des Generals um. Es war ganz in Eiche möbliert, und auf dem Parkett lag ein riesiger Orientteppich, den er wahrscheinlich aus dem Ausland mitgebracht hatte. Die sonst allgemein üblichen Souvenirs, gerahmten Urkunden und so weiter fehlten weitgehend, aber auf einem Ecktischchen waren auf einem blauen Cape ein in seiner Scheide steckender Säbel, eine alte Pistole mit langem Lauf, eine blaue Kavalleriemütze und weitere Kleinigkeiten drapiert.

Der General folgte meinem Blick und sagte: »Das sind die Sachen meines Vaters. Er ist in den zwanziger Jahren Kavallerieoffizier gewesen.«

»Und ich bin mit dem ersten Bataillon der Eighth Cavalry in Vietnam gewesen – aber ohne Pferde«, antwortete ich.

»Tatsächlich? Das ist das Regiment meines Vaters gewesen. Alte Indianerjäger, allerdings vor seiner Zeit.« Der General machte eine Pause. »Sie sind also nicht von Anfang an Kriminalbeamter gewesen?«

»Nein, Sir. Früher habe ich ehrlich gearbeitet.«

General Campbell lächelte. »Orden? Auszeichnungen?«

Ich erzählte es ihm, und er nickte zufrieden. Wahrscheinlich konnte er alles, was ich ihm antun mußte, besser ertragen, wenn ich ein Veteran war. Selbst wenn ich keiner gewesen wäre, hätte ich mich als einer ausgegeben. Als Ermittler darf ich lügen, und ein nicht vereidigter Zeuge darf auch lügen, während ein vereidigter Zeuge lieber nicht lügen sollte, und ein Verdächtiger kann sein Recht, sich nicht selbst belasten zu müssen, jederzeit in Anspruch nehmen. Oft macht die richtige Zuordnung jedoch Schwierigkeiten.

Damit Cynthia sich nicht ausgeschlossen fühlte, fragte General Campbell auch sie nach ihrer Herkunft, ihrem militärischen Werdegang und dergleichen. Generale, das ist mir schon immer aufgefallen, fragen im Rang weit unter ihnen stehende Offiziere stets, woher sie stammen, welche Schule sie besucht haben, wo sie stationiert gewesen sind und so weiter. Ob sie das wirklich interessiert, ob das nur irgendein aus Japan importierter Trick zur Mitarbeitermotivation ist oder was zum Teufel das sonst zu bedeuten hat, weiß ich nicht – aber man muß dieses Spiel sogar vor einer peinlichen Befragung zu möglichen Straftaten mitspielen.

Da wir beliebig viel Zeit hatten, schwatzten wir etwa eine Viertelstunde miteinander, bis General Campbell schließlich sagte: »Wie ich gehört habe, haben Sie mit Mrs. Fowler und meiner Frau gesprochen, so daß Sie bereits einiges über die Ereignisse dieser Nacht wissen.«

»Ja, Sir«, bestätigte ich, »aber ganz ehrlich gesagt hatten wir den Handlungsablauf schon vor unseren Gesprächen mit Mrs. Fowler und Ihrer Frau größtenteils rekonstruiert.«

»Tatsächlich? Das imponiert mir. Offenbar bilden wir unsere CID-Leute gut aus.«

»Ja, Sir, und wir besitzen viel praktische Erfahrung, obwohl dieser Fall uns vor völlig neuartige Probleme gestellt hat.«

»Das kann ich mir vorstellen. Wissen Sie, wer meine Tochter ermordet hat?«

»Nein, Sir.«

Er starrte mich prüfend an und fragte: »Also nicht Colonel Moore?«

»Er könnte es gewesen sein.«

»Ich sehe, Sie sind nicht hier, um Fragen zu beantworten.«

»Richtig, Sir, das sind wir nicht.«

»Wie soll dieses Gespräch dann ablaufen?«

»Am besten erzählen Sie uns einfach, Sir, was sich in der Tatnacht ereignet hat. Ab dem Anruf, den Sie um ein Uhr fünfundvierzig erhalten haben. Ich unterbreche Sie möglicherweise, falls Klarstellungen erforderlich sind.«

»Einverstanden«, sagte der General. »Ich bin durchs Klingeln des roten Telefons auf meinem Nachttisch geweckt worden. Als ich den Hörer abgenommen und mich gemeldet habe, ist zunächst keine Antwort gekommen. Dann habe ich ein Klicken und… und die Stimme meiner Tochter gehört, die offenbar aufgezeichnet war.«

Ich nickte langsam. Telefone gab es in den Feuerleittürmen der Schießbahnen, die aber nachts abgesperrt waren. Ann Campbell und Charles Moore mußten ein Mobiltelefon und einen Kassettenrecorder mitgenommen haben.

Er sprach weiter: »Die aufgezeichnete Mitteilung war ganz kurz: ›Dad, hier spricht Ann. Ich habe etwas sehr Dringendes mit dir zu besprechen. Du mußt dich bis spätestens zwei Uhr fünfzehn auf Schießbahn sechs mit mir treffen.‹« Campbell fügte hinzu: »Für den Fall, daß ich nicht käme, hat sie mit Selbstmord gedroht.«

Ich nickte erneut und fragte ihn: »Hat sie Sie aufgefordert, Ihre Frau mitzubringen?«

Der General sah zu mir und Cynthia hinüber, als frage er sich, ob wir etwa das Tonband gefunden hatten. »Ja, das hat sie verlangt«, gab er dann zu, »aber ich habe nicht die Absicht gehabt, darauf einzugehen.«

»Ja, Sir. Haben Sie eine Ahnung gehabt, was sie so dringend zu besprechen hatte, daß Sie mitten in der Nacht aufstehen und zur Schießbahn hinausfahren sollten?«

»Nein, ich – wie Sie bestimmt wissen, hat Ann unter starkem emotionalen Streß gestanden.«

»Ja, Sir. Aber ich habe irgendwo gehört, Sie hätten ihr ein Ultimatum gestellt. Sie sollte sich bis zum Frühstück an diesem Morgen entscheiden.«

»Ja, das stimmt. Ihr Verhalten war unerträglich geworden, und ich habe sie vor die Wahl gestellt, sich zu benehmen oder aus der Army auszuscheiden.«

»Als Sie nachts ihre Stimme gehört haben, ist Ihnen also klar gewesen, daß dies kein zufälliger emotionaler Ausbruch war, sondern mit Ihrem Ultimatum und Anns Antwort darauf zusammenhängen mußte.«

»Nun ja, das habe ich wohl geahnt.«

»Warum hat sie sich Ihrer Meinung nach mit einer Tonbandnachricht an Sie gewandt?«

»Ich vermute, daß sie mir keine Gelegenheit geben wollte, Einwände zu erheben. Einer Tonbandstimme konnte ich nicht widersprechen, aber ich habe getan, was jeder Vater getan hätte, und bin zum vorgeschlagenen Treffpunkt gefahren.«

»Ja, Sir. Und wie sich dann zeigte, war Ihre Tochter bereits auf dem Schießplatz und hatte Sie von dort aus mit einem Mobiltelefon angerufen. Tatsächlich hatte sie das Stabsgebäude bereits gegen ein Uhr verlassen. Haben Sie sich gefragt, was dieser eigenartig abgelegene Treffpunkt zu bedeuten haben könnte?

Warum ist sie nicht einfach zum Frühstück gekommen und hat auf Ihr Ultimatum geantwortet?«

Er schüttelte den Kopf. »Das weiß ich nicht.«

Nun, vielleicht hatte er's nicht gleich gewußt, aber sobald er sie vor sich sah, mußte er's erkannt haben. Ich spürte, daß er wirklich litt und Mühe hatte, Haltung zu bewahren. Aber er würde weiterhin nur zugeben, was durch Tatsachen und eindeutige Beweise ohnehin unwiderlegbar war. Er würde niemals eingestehen, *warum* seine Tochter sich ihm nackt und angepflockt präsentiert hatte.

Ich sprach weiter: »Für den Fall, daß Sie nicht kämen, hat Ann mit Selbstmord gedroht. Haben Sie befürchtet, sie könnte daran denken, *Sie* zu ermorden, wenn Sie kämen?«

Er gab keine Antwort.

Ich fragte ihn: »Haben Sie eine Waffe mitgenommen?«

Er nickte und sagte dann: »Ich hatte keine Ahnung, was ich dort draußen vorfinden würde.«

Nein, sicher nicht! Und deshalb hast du deine Frau daheimgelassen. Ich stellte fest: »Sie haben Zivil angezogen, eine Waffe eingesteckt und den Wagen Ihrer Frau genommen, um zur Schießbahn sechs hinauszufahren. Wann sind Sie dort angekommen?«

»Nun, gegen zwei Uhr fünfzehn. Zur angegebenen Zeit.«

»Ja. Sie haben Ihre Scheinwerfer ausgeschaltet und…«

General Campbell schwieg lange. Schließlich sagte er: »Ich bin ausgestiegen und nach vorn zu dem Jeep gegangen, aber sie war nicht da. Als ich besorgt ihren Namen rief, kam keine Antwort. Erst nach dem zweiten Mal hat sie mich gerufen, und ich habe mich umgedreht und – sie dort liegen gesehen. Oder vielmehr eine Gestalt, die ich für sie gehalten habe. Ich dachte, sie sei verletzt, und bin auf sie zugerannt. Sie war nackt, und ich –

ich war erschrocken, verwirrt, ich wußte nicht, was das bedeuten sollte, aber sie lebte – und nur das war wichtig. Dann war ich endlich bei ihr… Wissen Sie, es fällt mir verdammt schwer, darüber zu reden.«

General Campbell war dicht davor, die Fassung zu verlieren, und wir saßen einige Zeit verlegen da, während er tief durchatmete, bis er sich wieder gefangen hatte.

Nachdem er sich geräuspert hatte, sagte er: »Gut, dann habe ich versucht, sie loszubinden. Das war eine sehr peinliche Situation für uns beide, aber ich konnte die Knoten nicht lösen, und die Zeltheringe waren sehr tief eingeschlagen. Als ich sie nicht befreien konnte, habe ich ihr versprochen, gleich zurückzukommen. Ich bin zu den Fahrzeugen gelaufen, aber ich konnte kein Messer finden, deshalb bin ich zurückgegangen und habe ihr gesagt – habe ihr gesagt, ich würde nach Bethany Hill fahren und ein Messer von Colonel Fowler holen. Bethany Hill ist keine zehn Autominuten von Schießbahn sechs entfernt. Im nachhinein hätte ich – nun, ich weiß nicht, was ich hätte tun sollen.«

Ich nickte erneut und fragte: »Während Sie versucht haben, die Knoten zu lösen, haben Sie natürlich mit ihr gesprochen.«

»Bloß ein paar Worte.«

»Aber Sie haben sie doch bestimmt gefragt, wer ihr das angetan habe?«

»Nein…«

»General, Sie haben doch bestimmt irgendwas wie ›Ann, wer hat das getan?‹ gefragt?«

»Oh – ja, natürlich. Aber sie hat's nicht gewußt.«

»In Wirklichkeit«, teilte ich ihm mit, »wollte sie es nicht sagen.«

Der General erwiderte meinen Blick. »Stimmt. Sie wollte es nicht sagen. Vielleicht wissen Sie, wer's gewesen ist.«

»Sie sind also auf der Rifle Range Road nach Bethany Hill zurückgefahren?«

»Richtig. Und ich habe Colonel Fowler um Hilfe gebeten.«

»Haben Sie gewußt, daß an dem nur einen Kilometer in Gegenrichtung entfernten Munitionsbunker ein Wachposten gestanden hat?«

»Ich weiß nicht, wo jeder Posten von Fort Hadley steht.« Er fügte hinzu: »Wahrscheinlich wäre ich sowieso nicht hingefahren. Ich wollte natürlich nicht, daß irgendein junger Mann meine Tochter in diesem Zustand sieht.«

»Tatsächlich wäre es eine junge Frau gewesen. Aber das ist irrelevant. Ich frage mich, warum Sie ohne Licht gewendet haben, Sir, und einige hundert Meter ohne Scheinwerfer gefahren sind.«

Er schien sich zu fragen, woher ich das wußte, aber dann wurde ihm wohl klar, daß der Wachposten das ausgesagt haben mußte. Zuletzt antwortete er: »Ehrlich gesagt wollte ich zu diesem Zeitpunkt keine Aufmerksamkeit erregen.«

»Warum nicht?«

»Hätten Sie das gewollt, wenn Sie eben Ihre Tochter nackt auf dem Erdboden angepflockt zurückgelassen hätten? Mir war klar, daß ich Colonel Fowler und Mrs. Fowler um Hilfe bitten mußte. Natürlich wollte ich nicht, daß dieser Vorfall öffentlich bekannt wird.«

»Aber dieser Vorfall war ein Verbrechen, nicht wahr? Ich meine, haben Sie denn nicht vermutet, sie sei von einem oder mehreren Verrückten überfallen worden? Wozu wollten Sie das geheimhalten?«

»Ich muß den Wunsch gehabt haben, ihr diese Verlegenheit zu ersparen.«

Cynthia meldete sich zu Wort: »Eine Vergewaltigung sollte dem Opfer nicht peinlich sein müssen.«

General Campbell antwortete: »Sie ist's aber.«

Cynthia faßte nach: »Hat Ihre Tochter irgendwie erkennen lassen, daß es ihr recht war, dort zurückzubleiben, während Sie losgefahren sind, um die Fowlers zu holen?«

»Nein, aber ich dachte, das sei die beste Lösung.«

Cynthia fragte ihn: »Hat sie nicht schreckliche Angst gehabt, der oder die Vergewaltiger könnten zurückkommen, während Sie unterwegs waren?«

»Nein. Nun, ja, sie hat mich gebeten, rasch zurückzukommen. Hören Sie, Ms. Sunhill, Mr. Brenner, wenn Sie andeuten wollen, ich hätte nicht gerade klug gehandelt, haben Sie vermutlich recht. Vielleicht hätte ich mich mehr anstrengen sollen, sie zu befreien, ihr meine Pistole in die Hand drücken sollen, damit sie sich notfalls verteidigen konnte, einen Schuß abgeben sollen, um den nächsten Wachposten zu alarmieren, oder einfach bei ihr bleiben sollen, bis ein Fahrzeug vorbeigekommen wäre. Glauben Sie nicht, daß ich mir das inzwischen tausendmal überlegt habe? Mein Urteilsvermögen können Sie zu Recht anzweifeln, aber zweifeln Sie nicht an meiner Besorgtheit!«

»General, ich bezweifle keines von beiden. Ich frage mich nur, was dort draußen wirklich passiert ist.«

General Campbell schien etwas antworten zu wollen, schwieg dann aber doch.

Ich sagte zu ihm: »Sie sind also zu den Fowlers gefahren, um ihnen die Situation zu erklären, und die beiden sind zurückgefahren, um Captain Campbell zu helfen.«

»Ganz recht. Mrs. Fowler hat einen Bademantel mitgenommen – und ein Messer, um die Stricke durchschneiden zu können.«

»Und Sie haben die Uniform Ihrer Tochter nirgends in der Nähe des Tatorts gesehen?«

»Nein, nirgends.«

»Sind Sie nicht auf die Idee gekommen, sie mit Ihrem Hemd zu bedecken?«

»Nein… ich hatte wohl ziemlich den Kopf verloren.«

Das sagte ein Mann, der als Oberstleutnant an der Spitze eines Infanteriebataillons nach Quang Tri vorgestoßen war, um eine in der ehemaligen französischen Zitadelle eingeschlossene amerikanische Schützenkompanie zu entsetzen. Aber er war außerstande gewesen, seiner Tochter zu helfen. In Wirklichkeit hatte er ihr überhaupt nicht helfen wollen, sondern war stinksauer gewesen.

Ich fragte ihn: »Warum sind Sie nicht mit den Fowlers mitgefahren, General?«

»Weil ich offensichtlich nicht gebraucht wurde. Gebraucht wurde an sich nur Mrs. Fowler, aber Colonel Fowler ist natürlich mitgefahren – für den Fall, daß es Schwierigkeiten geben würde.«

»Was für Schwierigkeiten?«

»Nun, für den Fall, daß der Täter noch irgendwo in der Nähe war.«

»Aber warum hätten Sie Ihre Tochter nackt und hilflos allein zurückgelassen, wenn diese Gefahr Ihrer Meinung nach bestanden hätte?«

»Daran habe ich erst gedacht, als ich schon unterwegs war. Als ich schon fast bei den Fowlers war. Ich möchte übrigens darauf hinweisen, daß die Fahrt zu den Fowlers keine zehn Minuten gedauert hat.«

»Ja, Sir. Aber da die Fowlers erst geweckt werden und sich anziehen mußten, wären für die Hin- und Rückfahrt eher dreißig Minuten anzusetzen gewesen. Sowie die beiden verständigt waren, wäre es die natürliche Reaktion eines Vaters gewesen, zur

Schießbahn zurückzurasen und die Stellung zu halten, bis die alarmierte Kavallerie eintraf, um eine militärische Analogie zu benützen.«

»Zweifeln Sie an meinem Urteilsvermögen oder meinen Motiven, Mr. Brenner?«

»Nicht an Ihrem Urteilsvermögen, Sir. Hätten Ihre Motive jeden Zweifel ausgeschlossen, wäre Ihr Urteilsvermögen einwandfrei gewesen. Also zweifle ich wohl Ihre Motive an.«

Er nickte langsam. »Vermutlich wissen Sie beide mehr, als Sie zugeben. Sie sind sehr clever. Das habe ich von Anfang an gemerkt. Wollen Sie mir nicht erzählen, welches Motiv ich gehabt habe?«

Cynthia kam seiner Aufforderung nach und sagte: »Sie wollten Ann ein bißchen zappeln lassen.« Sie fuhr fort: »General, Sie haben gewußt, daß sie nicht das Opfer eines Sexualverbrechers gewesen ist, daß sie nicht überfallen worden war, während sie auf Sie gewartet hat. Tatsächlich haben Ann und ihr Komplize damit nur einen einzigen Zweck verfolgt: Sie und Ihre Frau sollten Ann in dieser Position auffinden. Das, Sir, ist die einzig logische Erklärung dafür, daß Sie Ann liegengelassen haben, zu den Fowlers gefahren sind, sie gebeten haben, sich um Ann zu kümmern, selbst im Haus zurückgeblieben sind und darauf gewartet haben, daß die Fowlers mit Ann und dem Jeep zurückkommen würden, und bis jetzt darüber geschwiegen haben. Wegen dieser Inszenierung sind Sie sehr wütend auf Ann gewesen.«

General Campbell saß tief in Gedanken versunken da. Vermutlich dachte er über sein Leben, seinen Fehler von neulich nacht und seinen Fehler vor zehn Jahren nach. Schließlich sagte er: »Meine Karriere ist zu Ende. Ich habe ein Rücktrittsgesuch geschrieben, das ich morgen nach Anns Beisetzung einreichen werde. Jetzt überlege ich, wieviel Sie wissen müssen, um den

Mörder fassen zu können, wieviel ich Ihnen überhaupt gestehen will und was es nützen würde, die Erinnerung an meine Tochter noch weiter zu entehren. Ich weiß, daß das selbstsüchtig klingt, aber ich muß an meine Frau und meinen Sohn denken – und auch an die Army.« Er fügte hinzu: »Da ich kein Privatmann bin, werden aus meinem Verhalten Rückschlüsse auf alle Offiziere gezogen, und meine Schande kann sich nur ungünstig auf die Moral des Offizierskorps auswirken.«

Ich hätte ihm am liebsten gesagt, die Moral der auf ihre Zwangspensionierung wartenden militärischen Führung von Fort Hadley sei ohnehin auf einem Tiefpunkt angelangt, statt dessen erklärte ich ihm: »Ich verstehe, warum Sie der Militärpolizei nicht gemeldet haben, daß Ihre Tochter nackt auf der Schießbahn angepflockt war. Tatsächlich ist das bis dahin Ihre Privatsache gewesen, General, und ich muß zugeben, ich hätte ebenso gehandelt. Ich verstehe auch, warum Sie die Fowlers hinzugezogen haben. Aber nachdem sie mit der Nachricht zurückgekommen waren, Ihre Tochter sei tot, hatten Sie kein Recht mehr, die beiden – und Ihre Frau – zu veranlassen, die wahren Hintergründe dieser Straftat zu verschleiern. Und kein Recht, Sir, Ms. Sunhill und mir die Arbeit zu erschweren, indem Sie uns auf falsche Fährten gesetzt haben.«

Der General nickte. »Sie haben völlig recht. Ich übernehme die volle Verantwortung dafür.«

Ich holte tief Luft und fuhr fort: »Ich muß Ihnen sagen, General, daß Sie sich nach mehreren Paragraphen des Militärstrafgesetzbuchs strafbar gemacht haben.«

Er nickte nochmals. »Ja, ich weiß.« Er sah erst mich, dann Cynthia an. »Ich möchte Sie um einen Gefallen bitten. Ich möchte Sie bitten, ihr Bestes zu tun, um die Fowlers aus dieser Sache rauszuhalten.«

Auf diese Bitte war ich vorbereitet; ich hatte mir schon längst eine Antwort zurechtgelegt. »Tut mir leid, Sir, aber ich darf mich nicht auch noch strafbar machen.« Durch meinen Kuhhandel mit Burt Yardley hatte ich das längst getan, aber dieser Fall lag anders. »Die Fowlers haben die Leiche aufgefunden, General«, sagte ich. »Sie haben ihren Fund nicht gemeldet.«

»Doch. Sie haben ihn mir gemeldet.«

Cynthia warf ein: »General, ich sehe die Sache etwas anders als Mr. Brenner und denke, daß wir das Ehepaar Fowler da raushalten können. Tatsächlich *hat* Colonel Fowler Ihnen seinen Fund gemeldet, und Sie haben ihm erklärt, Sie würden Colonel Kent verständigen. Wegen Ihrer begreiflich schlechten Verfassung ist die Tote jedoch aufgefunden worden, bevor Sie den Provost Marshal anrufen konnten. Die Einzelheiten müssen noch geklärt werden, aber ich glaube nicht, daß der Gerechtigkeit besser gedient wäre, wenn die Fowlers in diese Sache hineingezogen würden.«

General Campbell nickte dankend.

Ich war nicht glücklich damit, aber doch erleichtert. Immerhin war Colonel Fowler so ziemlich der einzige hiesige Offizier, der sich durchgehend anständig und ehrenhaft verhalten hatte. Trotzdem hat alles seinen Preis, deshalb fuhr Cynthia fort: »Aber wir möchten jetzt von Ihnen hören, Sir, was dort draußen wirklich geschehen ist – und warum es geschehen ist.«

General Campbell lehnte sich in seinen Sessel zurück und sagte: »Gut, ich will es Ihnen erzählen. In Wirklichkeit beginnt die Geschichte vor zehn Jahren – auf den Monat genau vor zehn Jahren in West Point.«

KAPITEL ACHTUNDZWANZIG

General Campbell schilderte uns, was in Camp Buckner, dem zu West Point gehörenden Truppenübungsplatz, geschehen war. Was die nächtliche Vergewaltigung betraf, wußte er nicht viel mehr als wir oder vermutlich die zuständigen Stellen. Als er seine Tochter im Keller Army Hospital besucht hatte, war Ann durch ihr traumatisches Erlebnis noch völlig aufgelöst. Er berichtete, sie habe sich weinend an ihn geklammert und ihn angefleht, sie mit nach Hause zu nehmen.

Campbell fügte hinzu, seine Tochter habe ihm erzählt, sie sei noch Jungfrau gewesen und deswegen von den Tätern ausgelacht worden. Sie schilderte ihm, wie die Männer ihr die Uniform vom Leib gerissen und sie mit Zeltheringen auf dem Erdboden angepflockt hatten. Einer der Kerle hatte eine Schlinge um ihren Hals zugezogen, während er sie vergewaltigte, und ihr gedroht, sie zu erdrosseln, wenn sie den Überfall melde.

Weder Cynthia noch ich hatten damit gerechnet, daß der General solche intimen Einzelheiten preisgeben würde. Auch er wußte recht gut, daß dieser Vorfall nur am Rande mit dem Mord zu tun hatte und keinen Hinweis auf den Mörder liefern würde. Aber er hatte das Bedürfnis, sich auszusprechen, und wir ließen ihn reden.

Obwohl Campbell diesen Punkt nicht direkt ansprach, hatte ich den Eindruck, seine Tochter habe erwartet, er werde dafür sorgen, daß ihre brutale Vergewaltigung gerächt werde, indem die Täter gefaßt, aus der Militärakademie ausgestoßen und vor Gericht gestellt wurden. Das war natürlich das verständliche Anliegen einer jungen Frau, die stets ihr Bestes gegeben hatte, um Daddys Erwartungen zu erfüllen, den in West Point üblichen harten Drill klaglos ertragen hatte und nun das Opfer eines gemeinen Überfalls geworden war.

Aber so einfach war die Sache nicht. Erstens stellte sich die Frage, was Cadet Campbell nachts allein mit fünf Männern im Wald gemacht hatte. Wie war sie von ihrer vierzigköpfigen Gruppe getrennt worden? Zufällig? Absichtlich? Zweitens konnte Cadet Campbell die Männer nicht identifizieren. Sie hatten nicht nur geschwärzte Gesichter gehabt, sondern auch Mückenschleier getragen. Es war so dunkel gewesen, daß sie nicht einmal die Uniformen erkannt hatte und nicht sagen konnte, ob die Männer Kadetten, Stammpersonal aus West Point oder Soldaten der 82nd Airborne Division gewesen waren. An der Nachtübung hatten fast tausend Männer und Frauen teilgenommen, so daß der Versuch, die Täter aufzuspüren, nahezu aussichtslos war, wie man General Campbell erklärt hatte.

Obwohl das nicht stimmte, denn, wie Cynthia und ich wußten, konnte man durch Elimination anfangen, das Feld einzuengen. Und sobald man den Tätern näher kam, lief es in der Regel darauf hinaus, daß einer von ihnen auspackte, um sich vor einer langen Haftstrafe zu retten. Außerdem gab es Sperma-, Speichel- und Haaruntersuchungen, Fingerabdrücke und sonstige Zaubertricks der Gerichtsmedizin. Tatsächlich waren Mehrfachvergewaltigungen leichter aufzuklären als solche von Einzeltätern, und ich hatte den starken Verdacht, daß auch General Campbell das wußte.

Das eigentliche Problem lag nicht in der Identifizierung der Täter, sondern darin, daß die Vergewaltiger Kadetten, Stammpersonal oder Soldaten waren. Und das hatte nichts mit Fahndungsmethoden, sondern mit Public Relations zu tun.

Die Aufklärung des Falls hätte die gesamte Existenz der United States Army Military Academy in West Point gefährden können. Eine Vergewaltigung war ein Gewaltakt, ein Verstoß gegen militärische Zucht und Ordnung, ein Affront gegen den Ehrenkodex von West Point und eine klare Neinstimme gegen Frauen an der Militärakademie, Frauen in der Army, weibliche Offiziere und die Auffassung, eine Koexistenz von Frauen und Männern sei in den dunklen Wäldern von Camp Buckner oder gar auf dem Gefechtsfeld möglich.

Darum hatten die Verantwortlichen in Washington, im Pentagon und an der Akademie General Joseph Campbell unter Druck gesetzt. Ihre Argumentation, wie er sie wiedergab, klang durchaus vernünftig. Lieber eine nicht gemeldete und straffrei gebliebene Vergewaltigung in Kauf nehmen, als die Grundlagen von West Point zu erschüttern, die Rolle von Frauen an der Akademie in Frage zu stellen und tausend Unschuldige, die in dieser Nacht keine Frau vergewaltigt hatten, in Verdacht zu bringen. Der General brauchte seine Tochter nur davon zu überzeugen, daß es für sie, West Point, die Army und die Sache der Gleichberechtigung am besten sei, wenn sie ihr unangenehmes Erlebnis einfach vergesse.

Ann Campbell erhielt eine Spritze, um eine Schwangerschaft zu verhindern, sie wurde mehrmals auf Geschlechtskrankheiten untersucht, ihre Mutter kam mit dem Flugzeug aus Deutschland und brachte ihre Lieblingspuppe mit, ihre Hautabschürfungen und Schnittwunden verheilten, und alle hielten den Atem an.

Daddy argumentierte überzeugend, Mommy war nicht so überzeugt. Ann vertraute Daddy. Auch mit zwanzig war sie noch immer Daddys Girl und bereit, alles für ihn zu tun, sogar zu vergessen, was ihr angetan worden war. Aber irgendwann hatte sie sich wieder daran erinnert – und deshalb saßen wir an diesem Abend im Dienstzimmer des Generals.

Eine traurige Geschichte, die der General leise, stockend und mit zuletzt immer heiserer Stimme erzählte. Ich hörte Cynthia ein paarmal schnüffeln, und selbst ich spürte einen wachsenden Kloß im Hals.

Der General stand auf, machte uns aber ein Zeichen, Platz zu behalten. »Entschuldigen Sie mich einen Augenblick«, murmelte er. Er verschwand durch eine Tür, und wir hörten Wasser laufen. So melodramatisch das im nachhinein klingen mag, ich wäre nicht überrascht gewesen, wenn ein Schuß gefallen wäre.

Cynthia behielt die Tür im Auge und sagte halblaut: »Ich verstehe zwar, warum er das getan hat, aber innerlich sträubt sich bei mir alles.«

»Nicht nur bei dir, Cynthia. Fünf Männer haben die Erinnerung an eine lustige Nacht, und wir stehen hier vor einem Scherbenhaufen. Falls sie damals Kadetten waren, haben sie inzwischen ihr Diplom gemacht und sind Offiziere und Gentlemen geworden. Indirekt, vielleicht sogar direkt sind sie an ihrem Tod schuld. Oder jedenfalls an ihrem Geisteszustand.«

Cynthia nickte bedrückt. »Und falls sie Soldaten waren, haben sie im Kameradenkreis damit angegeben, wie sie gemeinsam diese kleine West-Point-Kadettin gebumst haben.«

»Richtig. Und sie sind straffrei ausgegangen.«

General Campbell kam zurück, nahm wieder Platz und sagte: »Wie Sie sehen, habe ich bekommen, was ich verdient hatte – aber Ann hat für meinen Verrat bitter gebüßt. Innerhalb weniger Monate ist aus einem warmherzigen, offenen, freundlichen Mädchen eine mißtrauische, schweigsame, zurückhaltende Frau geworden. Sie hat in West Point ein sehr gutes Diplom geschafft und danach weiterstudiert. Aber zwischen uns war es nie mehr wie früher, und das hätte ich voraussehen müssen.« Er fügte hinzu: »Ich habe meine Tochter verloren, als sie ihr Vertrauen zu mir verloren hat.« Er holte tief Luft. »Wissen Sie, es tut mir gut, mich einmal aussprechen zu können.«

»Ja, Sir.«

»Sie wissen von ihrer Promiskuität, und ich habe mir von Fachleuten erklären lassen, was sie bedeutet hat. Ann wollte nicht nur meine Umgebung korrumpieren oder mich in Verlegenheit bringen, sondern hat mir durch ihr Verhalten gesagt: ›Du hast meine Keuschheit, meine Entscheidung, auf den richtigen Mann zu warten, als unwichtig abgetan. Offenbar ist dir das, was jetzt jeder von mir haben kann, völlig gleichgültig. Also bitte keine Ermahnungen!‹«

Ich nickte, ohne mich dazu äußern zu können oder zu wollen.

Der General fuhr fort: »Einige Jahre später ist sie nach Fort Hadley gekommen – nicht zufällig, sondern als Folge einer von mir getroffenen Entscheidung. Ein Mann im Pentagon, der schon mit dieser Sache in West Point zu tun gehabt hatte, hat mich nachdrücklich aufgefordert, mich zwischen zwei Möglichkeiten zu entscheiden. Erstens: Ich sollte den Dienst quittieren, damit Ann vielleicht auch gehen oder keinen Anlaß mehr haben würde, sich derart aufzuführen.

Zweitens: Ich sollte ein wenig begehrtes Kommando in Fort Hadley mit seiner angegliederten Psy-Ops School übernehmen. Auch Ann würde hierher versetzt werden, was ihre Karriere nur fördern konnte – und ich bekäme Gelegenheit, das Problem aus nächster Nähe zu lösen. Ich entschied mich für die zweite Möglichkeit, obwohl die Versetzung in den Ruhestand nach unserem Sieg am Golf und mit meinen Dienstjahren nicht ungewöhnlich gewesen wäre.«

Er sah sich in seinem Dienstzimmer um, als sehe er es zum ersten – oder zum letzten – Mal. »Ich habe mich entschlossen, herzukommen und eine Wiedergutmachung zu versuchen: für meine Fehler und die meiner Vorgesetzten, von denen die meisten inzwischen Prominente sind.« Nach einer Pause fügte er hinzu: »Ich werfe ihnen nicht vor, mich unter Druck gesetzt zu haben. Was sie getan haben, war falsch, aber es war schließlich meine Entscheidung, bei dem Täuschungsmanöver mitzumachen. Ich habe geglaubt, aus guten, wichtigen Gründen – für meine Tochter, für die Army – zu handeln, aber letzten Endes habe ich Ann verraten, um meine Karriere zu fördern.« Er fügte hinzu: »Knapp ein Jahr nach diesem Vorfall hatte ich meinen zweiten Stern.«

Ich stellte nüchtern fest: »General, Sie tragen die Verantwortung für alles, was Ihre Untergebenen tun oder lassen. Aber in diesem Fall haben Ihre Vorgesetzten Sie verraten. Das hätten sie nicht von Ihnen verlangen dürfen.«

»Ja, ich weiß. Und sie wissen's auch. So viel Talent, Intelligenz und Erfahrung – und dann sind wir nachts wie Gangster in einem Motelzimmer im Staat New York zusammengekommen, um eine dumme, völlig ehrlose Entscheidung zu treffen. Aber Menschen treffen manchmal auch falsche Entscheidungen. Wären wir allerdings wirklich ehrliche, integre Männer gewesen, hätten wir diese Entscheidung später ohne Rücksicht auf die Folgen revidiert.«

Dem konnte ich nur zustimmen, und da er das wußte, äußerte ich mich nicht dazu. Statt dessen sagte ich: »Sie und Ihre Tochter haben sich also zwei Jahre lang einen erbitterten Nahkampf geliefert.«

Er lächelte grimmig. »Ja, der vermeintliche Heilungsprozeß hat sich als Krieg erwiesen, auf den sie besser vorbereitet war als ich. Sie hatte das Recht auf ihrer Seite und war deshalb stärker; sie hat unablässig angegriffen, während ich ihr Friedensangebote gemacht habe. Ich habe gehofft, sie würde mir verzeihen, sobald sie gesiegt hatte. Als Vater hat es mir das Herz zerrissen, erleben zu müssen, was sie sich und ihrer Mutter angetan hat. Mich hat sie nicht mehr verletzen können, aber ich habe mir Sorgen um die Männer gemacht, die sie benutzt hat...« Er fügte hinzu: »Trotzdem bin ich seltsamerweise glücklich gewesen, sie überhaupt um mich zu haben. Sie hat mir gefehlt, und sie fehlt mir jetzt.«

Wir schwiegen eine Weile, bevor ich ihn aufforderte: »Erzählen Sie uns, was auf Schießbahn sechs geschehen ist, dann gehen wir, General.«

Er nickte. »Ja – nun, ich habe sie dort liegen gesehen, und – und ich – ich habe zunächst wirklich gedacht, sie sei überfallen worden. Aber dann hat sie mich gerufen. Sie sagte: ›Das ist die Antwort auf dein verdammtes Ultimatum!‹

Ich verstand erst nicht, was sie meinte, aber dann ist mir natürlich West Point eingefallen. Sie fragte nach ihrer Mutter, und ich gab zu, ihr nichts davon gesagt zu haben. Sie nannte mich einen verdammten Feigling und fragte dann: ›Siehst du, was sie mir angetan haben? *Siehst* du, was sie mir angetan haben?‹ Und ich – ich hab's gesehen... Ich meine, wenn sie wollte, daß ich *sehe*, hat sie ihren Zweck erreicht.«

»Und was haben Sie zu ihr gesagt, General?«

»Ich habe nur gerufen: ›Ann, das hättest du nicht tun sollen!‹ Aber sie hat – sie war außer sich vor Zorn, als habe sie den Verstand verloren. Sie hat immer wieder verlangt, ich solle näher kommen und mir ansehen, was sie erlitten habe. So ging es einige Zeit hin und her, bis sie plötzlich sagte, nun wolle sie mich zwischen mehreren Möglichkeiten wählen lassen...«

General Campbell machte eine kurze Pause.

»Sie sagte, sie habe einen Strick um den Hals. Damit könnte ich sie erdrosseln oder ich könnte alles wie schon damals vertuschen oder ich könnte sie losbinden und mitnehmen – nach Beaumont House zu ihrer Mutter. Oder ich könnte sie liegenlassen, damit sie von den Wachen, der Militärpolizei oder sonst jemand gefunden würde, dem sie dann alles erzählen würde. Zwischen diesen Möglichkeiten sollte ich mich entscheiden.«

Cynthia fragte ihn: »Sind Sie hingegangen und haben versucht, sie loszubinden, wie Sie vorhin ausgesagt haben?«

»Nein, das konnte ich nicht. Ich bin überhaupt nicht in ihre Nähe gekommen. Ich habe nicht versucht, sie loszubinden. Ich stand wie gelähmt neben dem Wagen, aber dann, dann habe ich durchgedreht. Meine in zehn Jahren angestaute Wut über unzählige vergebliche Aussöhnungsversuche ließ mich plötzlich rot sehen. Ich habe gebrüllt, was man ihr vor zehn Jahren angetan habe, sei mir scheißegal. Ich sagte ihr, ich würde sie so liegenlassen, damit die Wache oder eine MP-Streife oder der erste Zug, der zum Schießen komme, sie finden müsse, und es sei mir völlig egal, ob die ganze Welt sie nackt sehe.

Ich habe ihr gesagt, mich könne sie nicht mehr verletzen, und daraufhin hat sie mit diesem Nietzsche-Schrott angefangen – ›Gelobt sei, was hart macht‹, ›Was uns nicht umbringt, macht uns stärker‹ und so weiter. Ich habe ihr erklärt, sie habe mich nur wegen meines Dienstgrads und meiner Stellung in der Hand, aber damit sei es nun vorbei, weil ich in den Ruhestand treten würde. Und ich habe ihr vorgeworfen, alle meine Gefühle für sie zerstört und die Bilanz mehr als ausgeglichen zu haben.«

Der General schenkte sich aus einer Karaffe ein Glas Wasser ein, trank einen Schluck und sprach weiter: »Sie hat geantwortet, das sei auch gut so, das sei ganz in Ordnung. ›Laß andere mich finden – du hast mir doch nie geholfen.‹ Dann ist sie plötzlich in Tränen ausgebrochen. Sie konnte gar nicht mehr aufhören, aber ich habe mir eingebildet, sie habe – sie hat ›Daddy‹ gesagt…« Campbell stand ruckartig auf. »Bitte, ich kann nicht…«

Auch wir standen auf, und ich sagte: »Danke, General.« Wir waren zur Tür unterwegs, bevor er zu weinen begann, aber ich drehte mich nochmals um und sagte: »Ein weiterer Todesfall in der Familie würde nichts lösen. Das ist keine männliche Tat, sondern ein feiger Ausweg.« Aber er wandte uns den Rücken zu, und ich wußte nicht einmal, ob er mich gehört hatte.

KAPITEL NEUNUNDZWANZIG

Ich verließ den Parkplatz des Stabsgebäudes, fuhr einige hundert Meter weit und hielt am Straßenrand. Ich spürte, wie eine Art verzögerter Reaktion auf die Vernehmung einsetzte. Ich fühlte mich tatsächlich zittrig, als ich sagte: »Jetzt wissen wir, warum das Laborteam angetrocknete Tränen auf ihrem Gesicht gefunden hat.«

»Mir ist schlecht«, klagte Cynthia.

»Ich brauche einen Drink.«

Sie holte tief Luft. »Nein. Erst wenn wir fertig sind. Wo ist Moore?«

»Hoffentlich irgendwo auf dem Gelände, sonst hole ihn der Teufel!« Ich fuhr in Richtung Psy-Ops School weiter.

Unterwegs sagte Cynthia wie zu sich selbst: »Aber zuletzt hat der General seine Tochter doch nicht im Stich gelassen wie damals in West Point. Er ist nach seinem Wutanfall weggefahren, aber irgendwo auf der Straße muß ihm klar geworden sein, daß dies die letzte Chance für beide war.« Sie machte eine nachdenkliche Pause. »Wahrscheinlich hat er überlegt, ob er umkehren sollte, aber dann ist ihm eingefallen, was er alles brauchen würde – ein Messer für die Stricke, etwas zum Anziehen und die tröstende Gegenwart einer Frau. Darum ist er nach Bethany Hill zu dem einzigen Mann gefahren, dem er hier trauen konnte.« Sie fragte mich: »Ob die Fowlers an der Leiche geglaubt haben, der General habe sie erdrosselt?«

»Daran gedacht haben sie bestimmt«, antwortete ich. »Aber als sie zurückkamen und ihm die Todesnachricht überbrachten, da müssen sie den Schock und das Entsetzen auf seinem Gesicht gesehen haben.«

Cynthia nickte. »Hätten sie die Tote losschneiden und mitnehmen sollen?«

»Nein. Colonel Fowler hat gewußt, daß dadurch alles noch schlimmer geworden wäre. Und ich bin überzeugt, daß er als Soldat feststellen konnte, daß sie tot war. Was den Verdacht betrifft, er könnte sie ermordet haben, ist Fowler nachträglich bestimmt heilfroh, daß der General ihn gebeten hat, mit seiner Frau hinauszufahren.«

»Genau, denn wäre Colonel Fowler allein gewesen, wäre er jetzt der Hauptverdächtige.«

Nach kurzer Pause sagte ich: »Wir wissen also, daß außer Ann Campbell vier Menschen dort draußen gewesen sind: Colonel Moore, der General, Colonel Fowler und Mrs. Fowler. Und wir halten keinen von ihnen für den Mörder. Folglich müssen wir einen fünften Menschen finden, der in der entscheidenden halben Stunde am Tatort gewesen ist.« Ich fügte hinzu: »Dieser Fünfte ist natürlich unser Mörder.«

Cynthia nickte zustimmend. »Vielleicht hätten wir General Campbell fragen sollen, ob er einen Verdacht hat, wer in dieser halben Stunde dort draußen gewesen sein könnte.«

»Ich glaube, daß er Colonel Moore für den Täter hält. Hätte er einen anderen Verdacht, hätte er davon gesprochen. Ich glaube nicht, daß er weiß, daß Moore ihr Komplice, nicht der Mörder gewesen ist. Kurz gesagt: Mehr war aus ihm nicht rauszuholen.«

»Ja, ich weiß. Die Hinterbliebenen zu befragen, ist immer peinlich. Ich bin dann selbst ganz gerührt...«

»Du hast dich gut gehalten, Cynthia. Ich habe mich gut gehalten. Der General hat sich gut gehalten.«

Als wir vor der Psy-Ops School hielten, stand Moores Wagen nicht auf seinem reservierten Parkplatz. Ich fuhr in Richtung Kantine weiter, aber der graue Ford Fairlane war nirgends zu sehen. »Wenn dieser Hundesohn abgehauen ist, stecke ich seinen Arsch in den Fleischwolf!« knurrte ich.

Da hielt ein MP-Jeep mit Corporal Stroud, unserem alten Freund, auf dem Beifahrersitz neben mir. »Suchen Sie Colonel Moore, Chief?«

»Genau den.«

Corporal Stroud grinste. »Er ist beim Provost Marshal und versucht, seinen Kasernenarrest aufheben zu lassen.«

»Danke.« Ich wendete und fuhr in Richtung MP-Gebäude zurück. Zu Cynthia sagte ich: »Dafür nagle ich seinen Arsch an die Wand!«

»Was ist mit dem Fleischwolf?«

»In den kommt er anschließend.«

Da das MP-Gebäude noch immer von Reportern belagert wurde, parkte ich am Haupteingang. Cynthia und ich hasteten ins Gebäude und marschierten direkt zu Kents Dienstzimmer. Sein Schreiber sagte, er sei in einer Besprechung.

»Mit Colonel Moore?«

»Ja, Sir.«

Ich öffnete die Tür und sah Colonel Moore, Kent und einen

weiteren Uniformierten, einen Captain. Kent begrüßte uns mit den Worten: »Ich bin froh, daß ihr da seid.«

Der dritte Mann stand auf, und ich sah an seinen Kragenabzeichen, daß er aus dem Amt für Heeresjustizwesen kam – ein Anwalt. Dieser Mann, auf dessen Namensschild *Collins* stand, fragte mich: »Sind Sie Warrant Officer Brenner?«

»Hier stelle ich die Fragen, Captain.«

»Das stimmt wohl«, gab er zu. »Colonel Moore möchte sich anwaltlich vertreten lassen. Sollten Sie also Fragen an ihn haben…«

»Stelle ich sie ihm.« Zu Moore, der vor Kents Schreibtisch saß und bewußt nicht den Kopf hob, sagte ich: »Sie sind verhaftet. Kommen Sie bitte mit.«

Captain Collins machte seinem Mandanten ein Zeichen, Platz zu behalten, und fragte mich: »Mit welcher Begründung?«

»Wegen Verhaltens, das eines Offiziers und Gentlemans unwürdig ist.«

»Hören Sie, Mr. Brenner, das ist ein lächerlicher Gummiparagraph, der…«

»Außerdem nach Paragraph 134, Verletzung von Dienstpflichten und so weiter. Außerdem wegen Mitwisserschaft, Verschwörung und wissentlicher Falschaussage. Außerdem müssen Sie, Captain, damit rechnen, nach Paragraph 98 – Nichteinhaltung von Verfahrensregeln – festgenommen zu werden.«

»Das würden Sie nicht wagen!«

Ich fragte Kent: »Haben Sie zwei Paar Handschellen da?«

Colonel Kent machte ein sorgenvolles Gesicht. »Paul, wir sind eben dabei, ein paar juristische Fragen zu klären. Sie können nicht einfach – okay, Sie können, aber ich bin mitten im Gespräch mit einem Verdächtigen und seinem Rechtsbeistand…«

»Da Colonel Moore nicht als Mörder verdächtigt wird, gibt es keinen Grund für dieses Gespräch, und wenn es einen gäbe, würde ich das Gespräch führen – nicht Sie, Colonel.«

»Verdammt noch mal, Brenner, das geht zu weit…«

»Colonel, ich führe den Häftling jetzt ab.« Zu Moore sagte ich: »Aufstehen!«

Er stand auf, ohne zu seinem Anwalt hinüberzusehen.

»Mitkommen!«

Cynthia und ich verließen Kents Dienstzimmer mit dem armen Colonel Moore im Schlepp.

Wir führten ihn den Korridor entlang zu den Arrestzellen. Die meisten waren leer, und ich fand eine offene Tür gleich neben Dalbert Elkins. Ich gab Moore einen kleinen Schubs und knallte die Gittertür hinter ihm zu.

Elkins starrte erst Moore und dann mich an, bevor er verblüfft sagte: »Hey, Chief, das ist ein Colonel!«

Ich ignorierte Elkins und erklärte Moore: »Was Ihnen vorgeworfen wird, wissen Sie bereits. Sie haben das Recht, die Aussage zu verweigern, und das Recht, sich von einem Anwalt vertreten zu lassen.«

Moore beschwerte sich: »Ich *hatte* einen Anwalt. Sie haben gerade eben gedroht, ihn zu verhaften.«

»Richtig. Und alles, was Sie sagen, kann vor Gericht gegen Sie verwendet werden.«

»Ich weiß nicht, wer's gewesen ist.«

»Habe ich behauptet, Sie seien's gewesen?«

»Nein, aber…«

Dalbert Elkins, der alles gespannt verfolgte, sagte durch die Gitterstäbe zu Moore: »Colonel, Sie sollten sich keinen Anwalt nehmen. Das macht ihn bloß wütend.«

Moore sah kurz zu Elkins hinüber, bevor er sich wieder an mich wandte. »Colonel Kent hat mir mitgeteilt, ich dürfe die Kaserne nicht verlassen, deshalb mußte ich mir einen Anwalt nehmen, um…«

»Jetzt haben Sie nicht nur Kasernenarrest. Jetzt sind Sie verhaftet.«

Elkins warf ein: »Mich lassen sie morgen raus. Kasernenarrest. Danke, Chief.«

Ich ignorierte ihn und erklärte Moore: »Ich habe handfeste Beweise dafür, daß Sie am Tatort gewesen sind, Colonel. Was Ihnen vorgeworfen wird, reicht für zehn bis zwanzig Jahre hinter Gittern aus.«

Moore taumelte zurück, als hätte ich ihn geschlagen, und setzte sich schwer auf das Feldbett in der Zelle. »Nein, ich – ich habe nichts Unrechtes getan. Ich habe nur getan, was sie von mir verlangt hat…«

»*Sie* haben's ihr vorgeschlagen.«

»Nein! *Sie* hat's vorgeschlagen. Es ist *ihre* Idee gewesen.«

»Sie haben gewußt, was ihr Vater ihr in West Point angetan hat.«

»Aber erst seit ungefähr einer Woche – als er ihr das Ultimatum gestellt hatte.«

Elkins sah zu Cynthia hinüber und fragte sie: »Was hat er Ihnen angetan?«

»Maul halten, Elkins«, knurrte ich.

»Ja, Sir.«

Zu Moore sagte ich: »Ich will, daß Sie diese Army verlassen. Vielleicht gebe ich Ihnen die Chance, zum Besten der Army freiwillig auszuscheiden, je nachdem wie kooperativ Sie sind.«

»Ich bin bereit, mit Ihnen zusammenzuarbeiten…«

»Ob Sie dazu bereit sind, interessiert mich nicht, Colonel. Sie *werden* mit uns zusammenarbeiten. Und Sie *werden* Ihren Anwalt entlassen.«

Elkins wollte schon zustimmen, hielt dann doch lieber den Mund und setzte sich auf sein Feldbett.

Moore nickte schweigend.

»Was hatten Sie auf Schießbahn sechs an?«

»Meine Uniform. Wir dachten, das sei am besten, falls ich von einer MP-Streife angehalten würde.«

»Diese Schuhe?«

»Ja.«

»Ausziehen!«

Nach kurzem Zögern zog er sie aus.

»Geben Sie sie mir.«

Er gab sie mir durch die Gitterstäbe.

»Wir sprechen uns später, Colonel«, sagte ich. Dalbert Elkins fragte ich: »Na, wie geht's meinem Kumpel?«

Er stand auf. »Klasse, Sir. Morgen früh komme ich raus.«

»Gut. Aber wer abhaut, wird abgeknallt.«

»Ja, Sir.«

Ich ging, und Cynthia folgte mir und fragte: »Wer ist der andere Kerl?«

»Mein Kumpel. Seinetwegen bin ich in Hadley.« Ich erklärte ihr kurz die Zusammenhänge und betrat dann das Dienstzimmer des für die Arrestzellen zuständigen Sergeanten. Nachdem ich mich ausgewiesen hatte, sagte ich: »Ich habe einen Colonel Moore in einer Ihrer Zellen sitzen. Lassen Sie eine Leibesvisitation vornehmen, und geben Sie ihm heute abend nur Wasser. Vorerst kein Lesematerial.«

Der Sergeant machte große Augen. »Sie haben einen Offizier eingebuchtet? Einen *Colonel*?«

»Seinen Anwalt darf er frühestens morgen sprechen. Ich gebe Ihnen noch Bescheid.«

»Ja, Sir.«

Ich stellte Moores Schuhe auf seinen Schreibtisch. »Machen Sie einen Anhänger dran, und lassen Sie sie zu Hangar drei auf Jordan Field bringen.«

»Ja, Sir.«

Als wir dann zu unserem Dienstzimmer unterwegs waren, sagte Cynthia: »Ich hab' gar nicht gewußt, daß du ihn verhaften wolltest.«

»Ich auch nicht – bis ich den Anwalt gesehen habe. Aber schließlich wollten alle, daß ich ihn verhafte.«

»Richtig, aber wegen Mordes. Außerdem steckt man Offiziere nicht in gewöhnliche Arrestzellen.«

»Warum eigentlich nicht? Falls er nach Leavenworth kommt, dient das zur Eingewöhnung.« Ich fügte hinzu: »Außerdem werden die meisten Leute hinter Gittern gesprächiger.«

»Stimmt genau. Von Leibesvisitation und Essensentzug ganz zu schweigen. Den Vorschriften nach müßte er wenigstens Wasser und Brot kriegen.«

»Alle vierundzwanzig Stunden. Ich selbst hab' seit achtundvierzig Stunden nichts Anständiges mehr gegessen.«

»Wie du mit ihm umgegangen bist, kann dir einen dienstlichen Verweis einbringen.«

»Das ist im Augenblick meine geringste Sorge.«

Wir betraten das Dienstzimmer, und ich blätterte die Gesprächsnotizen durch. Die meisten Anrufe waren von Reportern gekommen. Ebenfalls angerufen hatten der sehr besorgte Major Bowes, der sehr besorgte Colonel Weems und der besorgte Colonel Hellmann. Ich rief Hellmann zu Hause in Falls Church an und störte ihn beim Abendessen, wie seine Frau mir versicherte. »Hallo, Karl.«

»Hallo, Paul«, antwortete er in seiner jovialen Art.

»Danke für das Fax«, sagte ich.

»Nicht der Rede wert. Reden Sie lieber *nie* davon.«

»Verstanden. Wir haben mit General Campbell, Mrs. Campbell und Mrs. Fowler gesprochen. Cynthia und ich können praktisch alles rekonstruieren, was zwischen dem Zeitpunkt, als Captain Campbell im O Club zu Abend gegessen hat, und der Auffindung der Toten passiert ist.«

»Sehr gut. Wer hat sie ermordet?«

»Nun, genau das wissen wir noch nicht.«

»Aha. Wissen Sie's bis morgen mittag?«

»So steht's im Programm.«

»Es wäre gut, wenn dieser Fall von der CID gelöst würde.«

»Ja, Sir. Ich rechne fest mit einer Beförderung und einer Gehaltserhöhung.«

»Machen Sie sich lieber keine Hoffnungen. Aber ich lasse den schriftlichen Verweis aus Ihrer Personalakte entfernen, worum Sie so höflich ersucht haben.«

»Großartig. Wirklich toll. Vielleicht wird er bald durch einen anderen ersetzt. Ich habe Colonel Moore verhaftet, in eine Arrestzelle gesteckt und eine Leibesvisitation und Essensentzug angeordnet.«

»Vielleicht hätte Kasernenarrest genügt, Mr. Brenner.«

»Damit hab' ich's versucht, aber er hat sich prompt einen Anwalt genommen.«

»Das ist sein gutes Recht.«

»Klar doch. Übrigens habe ich ihn in Gegenwart seines Anwalts verhaftet – und den Anwalt beinahe auch, weil er sich einmischen wollte.«

»Aha. Mit welcher Begründung, wenn nicht Mordverdacht?«

»Verdeckung einer Straftat, unwürdiges Verhalten, weil er ein Arschloch ist und so weiter. Wollen Sie das wirklich am Telefon besprechen?«

»Nein. Faxen Sie mir einen Bericht.«

»Keine Berichte mehr. Vielleicht kann Warrant Officer Kiefer Ihnen einen Bericht faxen.«

»Oh, natürlich. Ich hoffe, daß sie gut mit Ihnen zusammenarbeitet.«

»Wir haben nicht gewußt, daß wir einen dritten Partner haben.«

»Jetzt wissen Sie's. Tatsächlich wollte ich Sie sprechen, weil der dortige CID-Kommandeur in Falls Church angerufen und sich ziemlich aufgeregt hat.«

Ich äußerte mich nicht dazu.

»Major Bowes. Sie erinnern sich an ihn?«

»Wir haben uns nie persönlich kennengelernt.«

»Trotzdem spricht er alle möglichen Drohungen aus.«

»Karl, hier gibt's ungefähr dreißig Offiziere, fast alles verheiratete Männer, die intime Beziehungen zu der Verstorbenen gehabt haben. Alle werden bitten, drohen, jammern und...«

»Dreißig?«

»Mindestens. Aber wer hat schon mitgezählt?«

»Dreißig? Was zum Teufel geht dort vor?«

»Das muß am hiesigen Wasser liegen. Ich trinke vorsichtshalber keins.«

Cynthias Lachen war ein unterdrücktes Prusten, aber Karl fragte sofort: »Ms. Sunhill? Sind Sie da?«

»Ja, Sir. Ich habe eben abgehoben.«

»Woher wissen Sie, daß dreißig verheiratete Offiziere intime Beziehungen zu der Verstorbenen gehabt haben?«

»Wir haben ihr Tagebuch gefunden, Sir«, erklärte Cynthia ihm. »In Form einer Computerdatei. Grace hat sie im Computer der Verstorbenen entdeckt.« Sie fügte hinzu: »Zu den Offizieren gehört fast der gesamte Stab des Generals.«

Als Karl sich nicht dazu äußerte, sagte ich: »Der Schaden läßt sich begrenzen, falls das Pentagon das will. Ich schlage dreißig Versetzungen vor, denen zu unterschiedlichen Terminen Gesuche um Versetzung in den Ruhestand folgen müßten. So was würde nicht weiter auffallen. Aber das ist nicht mein Problem.«

Noch immer keine Reaktion.

Cynthia berichtete: »General Campbell will morgen nach der Beisetzung seiner Tochter seinen Rücktritt einreichen.«

»Ich komme noch heute abend mit dem Flugzeug«, entschied Karl.

»Wollen Sie nicht lieber bis morgen warten?« fragte ich. »Für heute sind starke Gewitter mit Hagel und Turbulenzen angekündigt, die...«

»Gut, dann morgen. Sonst noch was?«

»Nein, Sir.«

»Wir sprechen uns morgen.«

»Darauf freue ich mich schon. Und guten Appetit, Sir.«

Er legte auf, und wir folgten seinem Beispiel.

»Er mag dich, glaub' ich«, meinte Cynthia.

»Das fürchte ich auch. Okay, wie wär's mit einem Drink?«

»Noch nicht.« Cynthia drückte auf den Rufknopf der Gegensprechanlage und bat Ms. Kiefer herein.

Kiefer brachte ihren eigenen Stuhl mit, da wir jetzt alle gleichberechtigt waren, und nahm Platz. Sie erkundigte sich: »Wie kommt ihr voran, Jungs?«

»Gut«, antwortete Cynthia. »Danke, daß Sie inzwischen die Stellung gehalten haben.«

»Ich bin am liebsten dort, wo's Action gibt.«

»Klar. Ich möchte, daß Sie sämtliche Meldungen Ihrer MP-Streifen aus der Tatnacht überprüfen. Hören Sie die Tonbänder mit dem Funkverkehr ab, kontrollieren Sie das Diensttagebuch, sehen Sie nach, ob Strafzettel ausgestellt worden sind, und reden Sie mit den Männern, die Nachtdienst gehabt haben – aber sehr diskret, verstanden? Sie wissen, was wir suchen.«

Ms. Kiefer nickte. »Autos und Leute an Orten, an denen sie nach vierundzwanzig Uhr nichts zu suchen hatten. Gute Idee.«

»Tatsächlich haben Sie mich darauf gebracht, als Sie von Randy One erzählt haben. Solche Informationen könnten wichtig sein. Gut, dann bis später.«

Wir ließen Ms. Kiefer in unserem Dienstzimmer zurück. Auf dem Korridor sagte ich zu Cynthia: »Vielleicht hilft uns das weiter.«

»Hoffentlich! Das ist fast unser letzter Strohhalm.«

»Drink?«

»Ich finde, du solltest vorher mit Colonel Kent reden. Du bist sehr grob zu ihm gewesen. Ich warte draußen auf dich. Am besten lädst du ihn zu einem Drink mit uns ein. Okay, Paul?«

Ich musterte Cynthia erstaunt, und unsere Blicke begegneten sich. Ihr Tonfall suggerierte, daß es ihr nicht nur darum ging, Kents gute Laune wiederherzustellen. Ich nickte zustimmend. »Okay.« Ich ging zu seinem Dienstzimmer weiter, und Cynthia entfernte sich in Richtung Ausgang.

Auf dem Weg zu Kents Dienstzimmer arbeitete mein Verstand schneller als meine Beine. *Colonel William Kent:* Motiv, Gelegenheit, Tatkraft, vermutlich unschuldig, aber ein schwaches Alibi.

Die Position bestimmt die Perspektive. Oder einfacher gesagt: Was man sieht, hängt davon ab, wo man steht. Ich hatte am falschen Ort gestanden – zu dicht neben William Kent. Ich mußte einen Schritt zurücktreten und Kent aus einem anderen Blickwinkel betrachten.

Irgend etwas war mir seit zwei Tagen nicht aus dem Kopf gegangen, aber ich hatte es nicht geschafft, den Gedanken zu Ende zu denken oder gar auszusprechen. Kents Aufforderung, den Fall zu übernehmen, hatte von Anfang an meine Einstellung ihm gegenüber geprägt: Kent war mein einziger Verbündeter in Fort Hadley. Alle anderen waren Verdächtige, Zeugen, kompromittierte Offiziere oder selbst Opfer. Kent hatte erst gestanden, ebenfalls kompromittiert zu sein, als er befürchten mußte, seine Affäre mit Ann Campbell würde irgendwann auffliegen – und als er davon ausgehen mußte, daß Cynthia und ich den Kellerraum entdeckt hatten.

Bei näherer Überlegung drängte sich mir sogar der Verdacht auf, Burt Yardley habe Kent erzählt, daß irgend jemand die Tür des Kellerraums zugeschraubt habe. Gemeinsam mußten sie darauf gekommen sein, daß dafür nur ich in Frage kam. Als Yardley später den Raum betreten hatte, schien alles unverändert zu sein, aber weder er noch Kent wußte bestimmt, was ich alles entdeckt oder mitgenommen hatte.

Burt Yardley, dieser gerissene Kerl, hatte den Überraschten gespielt, als ich von dem Kellerraum wußte – aber da Ann Campbell die Tür nicht zugeschraubt hätte, mußte es Brenner gewesen sein. Diese Information hatte er an Kent weitergegeben, der daraufhin beschlossen hatte, seine außereheliche Beziehung zu gestehen, ohne jedoch den Hobbyraum zu erwähnen. Jetzt hatte Yardley das gesamte Belastungsmaterial, und obwohl mir nicht klar war, wie die beiden zueinander standen, wußte vermutlich keiner von ihnen, ob der andere Ann Campbell umgebracht hatte.

Ich erinnerte mich, wie Kent versucht hatte, mich davon abzuhalten, sofort zum Haus der Ermordeten zu fahren. An sich eine verständliche Reaktion, da ich etwas Illegales plante. Aber allmählich hatte ich den Verdacht, Kent habe Yardley anrufen und etwa folgendes sagen wollen: »Chief, Ann Campbell ist hier ermordet worden. Am besten erwirken Sie einen richterlichen Beschluß und durchsuchen schnellstens ihr Haus, um Beweismaterial sicherzustellen.« Burt Yardley hätte gewußt, welches Beweismaterial mitgenommen und schnellstens vernichtet werden mußte. Aber Yardley hatte sich nach eigener Aussage leider oder glücklicherweise in Atlanta aufgehalten – und so saß Kent vorerst in der Klemme.

Richtig. Ich war ihnen also zuvorgekommen, und Kent hatte Yardley in Atlanta anrufen müssen, um zu berichten, was passiert war. Danach hatten die beiden nur noch hoffen können, der Geheimraum werde weiterhin unentdeckt bleiben. Genau das hatten auch Cynthia und ich gehofft, ohne zu ahnen, daß der Polizeichef von Midland und der Provost Marshal von Fort Hadley diesen Raum als Gäste kannten.

Auch mit der Benachrichtigung General Campbells und seiner Frau hatte Kent auffällig lange gezögert. Das konnte eine verständliche menschliche Reaktion sein – wer überbringt schon gerne Hiobsbotschaften? –, die aber für Kent atypisch unprofessionell gewesen wäre. Wenn er jedoch die Tochter des Generals ermordet hätte, hätte er nicht so leicht den Mut gefunden, seine Pflicht zu tun.

Und Kent konnte Major Bowes nicht anrufen, denn er wußte, daß Bowes ebenfalls in diesem Kellerraum zu Gast gewesen war. Und Kent wollte nicht, daß der Major hinfuhr und Beweismaterial gegen ihn zusammentrug. Und Kent konnte nicht mehr selbst nach Midland fahren, denn falls er Ann Campbell ermordet hatte, mußte er verdammt schnell nach Hause, um darauf zu warten, daß seine Leute anriefen, um ihm den Leichenfund zu melden.

Ich konnte mir den Tathergang beinahe vorstellen, wenn auch

nicht in allen Einzelheiten. Aus irgendeinem noch unbekannten Grund war Kent draußen auf der Schießbahn sechs oder ganz in der Nähe gewesen. Ich wußte nicht, ob er geahnt hatte, was sich dort abspielen würde, aber ich konnte ihn mir vorstellen, nachdem General Campbell weggefahren war: Bill Kent, eine große, hagere Gestalt, vermutlich in Uniform, der die fünfzig Meter von der Straße aus auf die nackte und gefesselte Ann Campbell zugeht. Er bleibt stehen, sie starren sich an, und er erkennt die Gelegenheit, die sich ihm hier bietet. Sein Problem ist Ann Campbells Bereitschaft, alle mit sich in die Tiefe zu reißen. Die Lösung seines Problems könnte die Zeltschnur sein, die schon um ihren Hals liegt.

Vielleicht wußte Kent, was diese Inszenierung zu bedeuten hatte; vielleicht hatte er den Wortwechsel zwischen Vater und Tochter mitbekommen. Oder er glaubte irrigerweise an ein intimes Rendezvous mit einem anderen Mann und sah vor Eifersucht rot. Jedenfalls kam es bestimmt zu einem Wortwechsel, und Ann Campbell sagte vermutlich das Falsche zur falschen Zeit.

Oder vielleicht spielte es auch gar keine Rolle, was sie sagte – Kent hatte einfach genug. Er wußte, daß sich die Anwesenheit anderer Leute am Tatort nachweisen lassen würde; er wußte auch, daß er binnen weniger Stunden dienstlich an den Tatort zurückkehren würde, womit seine Spuren erklärt wären. Als erfahrener Cop konnte er sich das alles sehr schnell ausrechnen. Dies würde nicht nur das vollkommene Verbrechen, sondern ein notwendiges Verbrechen sein. Er brauchte sich nur hinzuknien und die Schlinge zuzuziehen. Aber brachte er die verbrecherische Energie dazu auf? Flehte Ann ihn nicht verzweifelt an? Konnte er so kalt und grausam sein? Oder war er rasend vor Wut und Eifersucht?

Was wußte ich über diesen Mann, dem ich in zehn Jahren etwa ein dutzendmal begegnet war? Ich überlegte, aber eigentlich fiel mir nur ein, daß ihm der Schein des Anstands immer wichtiger als der Anstand selbst gewesen war. Er legte größten Wert auf seinen Ruf als Mr. Saubermann. Er machte niemals zweideutige Witze oder Bemerkungen und war Untergebenen, die seine hohen Erwartungen in bezug auf Erscheinung und Auftreten nicht erfüllten, ein strenger Vorgesetzter. Andererseits hatte er sich von der Tochter des Generals verführen lassen. Er wußte – wie Ms. Kiefer berichtet hatte –, daß über ihn Witze gerissen wurden, daß er den Respekt seiner Leute verlor und daß man nicht General wird, indem man eine ihrer Töchter vögelt.

Aber konnte allein die Tatsache, daß diese Schlußfolgerungen logisch klangen und gut zur Beweislage paßten, Colonel William Kent, Provost Marshal von Fort Hadley, zu einem Verdächtigen im Fall Campbell machen? Warum von all den Männern oder Frauen, die vermutlich ebenfalls ein Tatmotiv hatten, ausgerechnet Kent? Und wie sollte ich ihm die Tat nachweisen, falls er tatsächlich der Mörder war? In den seltenen Fällen, in denen einer der Cops am Tatort der Täter sein könnte, steht man als Ermittler vor einem echten Problem.

Ich blieb noch einen Augenblick vor Kents Tür stehen, bevor ich anklopfte.

KAPITEL DREISSIG

Auf der Fahrt zum Officer's Club schwiegen wir zunächst beide, bis ich Cynthia fragte: »Warum verdächtigst du Kent?«

»Instinkt.«

»Instinkt hat Kent zwischen Ann Campbells Beine geführt. Warum hat er sie deiner Ansicht nach ermordet?«

»Ich kann nicht beweisen, daß er's getan hat, Paul. Aber die übrigen Verdächtigen haben wir eliminiert. Die Yardley-Boys haben gute Alibis, was Colonel Moore getan hat, wissen wir, die Fowlers können sich gegenseitig entlasten, und der General – Mrs. Campbell übrigens auch – ist aus meiner Sicht clean. Sergeant St. John und MP Casey, die sie tot aufgefunden haben, kommen als Verdächtige praktisch nicht in Frage. Und das gilt auch für alle anderen, mit denen wir gesprochen oder von denen wir gehört haben.«

»Aber Major Bowes, Colonel Weems, Lieutenant Elby, der Militärgeistliche, der Stabsarzt und noch zwei Dutzend Offiziere hätten ebenfalls ein Motiv gehabt. Möglicherweise auch deren Frauen. Die dürfen wir nicht außer acht lassen.«

»Richtig. Und es könnte weitere potentielle Täter geben, von denen wir noch nicht mal wissen. Aber es kommt darauf an, wer Gelegenheit und den Willen zur Tat gehabt hat.«

»Leider haben wir nicht genug Zeit, um alle Männer in Anns Tagebuch zu vernehmen. Und ich mag mir gar nicht vorstellen, wie das FBI das tun wird – mit jeweils zweihundert Seiten Verhörniederschrift. Kent ist ein möglicher Verdächtiger, aber er soll nicht der zweckdienliche Verdächtige werden, den er und einige andere aus Colonel Moore zu machen versucht haben.«

»Das verstehe ich. Mir ist nur irgendwann aufgefallen, daß Kent alle Voraussetzungen erfüllt.«

»Wann ist dir das aufgefallen?«

»Keine Ahnung. Unter der Dusche.«

»Dazu sage ich lieber nichts.«

»Glaubst du, daß er auf einen Drink vorbeikommt?«

»Er wollte sich nicht festlegen. Aber falls er der Mörder ist, kommt er bestimmt. Das funktioniert jedesmal. Sie wollen dranbleiben, um zu sehen, zu hören und zu versuchen, die Ermittlungen zu beeinflussen. Und die Schlauen lassen sich natürlich nichts anmerken. Ich will keineswegs behaupten, daß Kent der Täter ist, falls er nachher aufkreuzt. Kommt er jedoch nicht, würde ich wetten, daß er nicht der Mörder ist.«

»Ja, ich verstehe.«

In meinen Jahren in der CID war es mir gelungen, mich vor allen vom Heeresministerium vorgeschriebenen Lehrgängen für Personalmanagement und dergleichen zu drücken. Aber da ich viele Kurse für Führungskräfte besucht hatte, kannte ich die Voraussetzungen für gute Zusammenarbeit: Respektiere Untergebene; verlange nichts von anderen, was du nicht selbst tun würdest; verdiene dir Respekt, anstatt ihn zu fordern; geize nicht mit verdientem Lob. Deshalb erklärte ich Cynthia: »Du hast erstklassige Arbeit geleistet und Initiative, Urteilsvermögen und Belastbarkeit unter Streß bewiesen. Du bist sehr clever, sehr professionell und sehr fleißig. Die Zusammenarbeit mit dir ist ein Vergnügen.«

»War das eine Tonbandnachricht?«

»Nein, ich...«

»Ohne Gefühl, Paul. Völlig atonal. So was muß aus dem Herzen kommen, falls du eines hast.«

»Keine Beleidigungen! Ich wollte dich nur...«

»Ich liebe dich. Los, sag's!«

»Ich hab's letztes Jahr gesagt. Und nicht nur einmal.«

»Sag's schon!«

»Ich liebe dich.«

»Gut.« Sie sprang aus dem Blazer, knallte die Tür zu und ging über den Parkplatz davon. Ich folgte ihr und holte sie ein. Wir sprachen kein Wort mehr miteinander, bis wir in der Bar waren. Als wir uns an einen freien Ecktisch setzten, sah ich auf meine Armbanduhr: zwanzig Uhr fünfzehn. Der Speisesaal war voll, aber nach dem Ende der Happy Hour war die Bar halbleer. Eine Bedienung kam, und Cynthia bestellte ihren Bourbon mit Coke, ich nahm einen Scotch und ein Bier zum Nachtrinken. »Ich bin ganz ausgedörrt«, sagte ich. »Diese verdammte Hitze!«

»Du hast den ganzen Tag geschwitzt wie ein Schwein«, bestätigte Cynthia. Sie lächelte. »Du mußt unter die Dusche.«

»Haben wir soviel Zeit?«

»Vielleicht müssen wir uns die Dusche wieder teilen.«

»Ein anstrengender Job.«

Als die Drinks kamen, stießen wir miteinander an. Cynthia sagte: »Auf Ann Campbell! Wir tun unser Bestes für Sie, Captain.«

»Dieser Fall geht mir langsam an die Nieren«, sagte ich. »Liegt das am Fall oder daran, daß ich alt und müde bin?«

»Das liegt an diesem Fall, Paul. Weil du dich engagierst. Weil es kein gewöhnlicher Fall, sondern eine menschliche Tragödie ist.«

»Gibt's denn überhaupt andere Tragödien? Wir sind alle nur einen Herzschlag von einer Tragödie entfernt.«

»Richtig. Wenn wir den Mörder fassen, ist das kein Grund für eine Siegesfeier. Damit beginnt schon die nächste Tragödie. Der Täter ist jemand, der sie gekannt, vielleicht sogar geliebt hat.«

»Eben wie Kent«, sagte ich.

»Wenn man vom Teufel spricht…«

Als Colonel Kent die Bar betrat, zog er sofort alle Blicke auf sich. Der oberste Cop einer Garnison bleibt nie ganz unbeachtet, aber hier in Fort Hadley, wo ein spektakulärer Mord noch heiß diskutiert wurde, war Kent der Mann der Stunde. Er sah uns und kam an unseren Tisch.

Cynthia und ich standen wie üblich auf. Privat konnte ich ihm Grobheiten sagen, aber in der Öffentlichkeit zollte ich ihm den Respekt, den er angeblich verdiente.

Er nahm Platz, und wir setzten uns wieder. Als eine Bedienung kam, bestellte Kent Drinks für uns und einen Gin mit Tonic für sich. »Auf meine Rechnung«, sagte er.

Wir plauderten eine Weile miteinander und waren uns darüber einig, was für ein Streß alles gewesen sei, wie reizbar die Leute seien, schlaflose Nächte, heiße Tage und der ganze Scheiß. Obwohl Cynthia und ich uns ganz locker und geschwätzig gaben, war Kent ein Profi und witterte Unheil oder fühlte sich in die Enge getrieben.

Er fragte mich: »Bleiben Sie nach der Beisetzung noch da, um das FBI-Team einzuweisen?«

»Das wird von uns erwartet, nehme ich an«, antwortete ich. »Aber ich möchte spätestens morgen abend verschwunden sein.«

Kent nickte und lächelte uns dann zu. »Ihr kommt wohl gut miteinander aus? Oder ist das eine Suggestivfrage?«

Cynthia erwiderte sein Lächeln. »Wir erneuern gerade unsere Freundschaft.«

»Aha. Wo haben Sie sich kennengelernt?«

»In Brüssel.«

»Wundervolle Stadt.«

Und so weiter. Aber zwischendurch streute er ganz nonchalant Fragen ein. Beispielsweise: »Moore ist also hundertprozentig nicht der Mörder?«

»Nichts ist hundertprozentig«, antwortete Cynthia, »aber wir halten ihn nicht dafür. Mir graust es, wenn ich daran denke, wie nahe wir daran gewesen sind, den Falschen zu beschuldigen.«

»Wenn er wirklich der Falsche *ist*. Er hat sie also gefesselt und ist abgehauen?«

»Stimmt«, antwortete ich. »Den Grund dafür darf ich nicht sagen, aber wir wissen, warum.«

»Dann ist er ein Mittäter.«

»De jure nicht«, sagte ich. »Hier handelt's sich um etwas völlig anderes.«

»Merkwürdig. Hat Ihre Computer-Lady rausgekriegt, was Sie wissen wollten?«

»Ich denke schon. Ann Campbell hatte in ihrem Computer eine Art Sextagebuch gespeichert, was manche Leute noch bedauern werden.«

»Großer Gott, komme ich etwa auch darin vor?«

»Das nehme ich an, Bill.« Ich fügte hinzu: »Gemeinsam mit ungefähr dreißig weiteren Offizieren.«

»Jesus, ich hab' gewußt, daß sie viele – aber gleich so viele... Ich komme mir wie ein richtiger Idiot vor. Hey, können wir ihr Tagebuch nicht für geheim erklären lassen?«

Ich lächelte schwach. »Als streng geheim einstufen, meinen Sie? Wenn Sie sich was einfallen lassen, das mit nationaler Sicherheit zu tun hat, dann läßt sich da vielleicht was machen. Aber die Entscheidung liegt beim Chef des Heeresjustizwesens oder dem Justizminister – oder bei beiden. Aber ich glaube, daß Sie so viel Gesellschaft haben, daß Sie nicht befürchten müssen, allein an den Pranger gestellt zu werden.«

»Schon, aber ich bin ein Cop.«

»In diesem Tagebuch stehen Männer mit mehr Macht und Prestige als Sie, Bill.«

»Das ist gut. Was ist mit Fowler?«

»Kein Kommentar. Haben Sie übrigens gewußt, daß Burt Yardley einer ihrer Liebhaber gewesen ist?«

»Im Ernst? Mein Gott, dieser…«

»Sehen Sie, Sie haben mehr mit ihm gemeinsam, als Sie geahnt haben.« *Jetzt mal im Ernst, Bill.* »Kennen Sie ihn gut?«

»Nur beruflich. Wir nehmen an den monatlichen G-5-Besprechungen teil.«

Bei diesen Treffen wurde die Zusammenarbeit von militärischen und zivilen Dienststellen koordiniert. Hätte ich darüber nachgedacht, hätte ich erkennen müssen, daß die beiden als Polizeichef und Provost Marshal häufig genug zusammengekommen waren, um zu vereinbaren, sich gegenseitig den Rücken freizuhalten.

Kent fragte uns: »Sind Sie beide schon drüben in der Kapelle gewesen?«

»Nein, noch nicht«, antwortete Cynthia. »Aber wir wollen morgen zum Trauergottesdienst. Gehen Sie heute abend in die Kapelle?«

Er sah auf seine Uhr. »Ja, natürlich. Ich bin doch einer ihrer Liebhaber gewesen.«

»Wie groß ist diese Kapelle?« erkundigte ich mich.

Kent und ich mußten grinsen, aber das war eine geschmacklose Frage gewesen, die Cynthia mit einem bitterbösen Blick quittierte.

Ich fragte ihn: »Ist Ihre Frau noch immer in Ohio?«

»Ja.«

»Bis wann?«

»Oh, noch ein paar Tage.«

»Das ist eine lange Fahrt. Oder ist sie geflogen?«

»Geflogen«, antwortete Kent. Er rang sich ein Lächeln ab. »Auf ihrem Besen.«

Ich erwiderte das aufgesetzte Lächeln. »Darf ich fragen, ob ihre Abreise mit häßlichen Gerüchten über Sie und Captain Campbell zusammenhängt?«

»Nun, die haben eine gewisse Rolle gespielt, nehme ich an. Wir versuchen, uns wieder zu arrangieren. Aber sie *weiß* nichts Bestimmtes. Sie *denkt* es nur. Das verstehen Sie vielleicht, auch wenn Sie nicht verheiratet sind.«

»Ich bin verheiratet *gewesen*. Cynthia ist verheiratet.«

Kent sah zu ihr hinüber. »Tatsächlich? Ist Ihr Mann auch beim Militär?«

»Ja. Er ist in Fort Benning.«

»Schlimm, was?«

Und so fort. Alles sehr nett und freundlich. Zwei Warrant Officers, CID-Typen, und ein Colonel, der MP-Kommandeur, die sich bei einem Drink unterhalten, über das Leben, die Liebe und den Dienst reden und zwischendurch immer wieder auf einen Mord zu sprechen kommen. Eine interessante Vernehmungsmethode, die unter passenden Umständen wie hier sehr gute Ergebnisse liefern kann.

Aber Bill Kent war kein gewöhnlicher Verdächtiger, und mir war eindeutig klar, daß er wußte, worum es hier ging, daß er wußte, daß wir wußten, daß er wußte, und so weiter. Also spielten wir ein bißchen Theater, aber sobald unsere Blicke sich begegneten, wußte er es sicher, und ich war mir auch sicher.

Dieser Moment, in dem ein Verdächtiger erkennen muß, daß man ihm auf die Schliche gekommen ist, kann für alle Beteiligten etwas peinlich sein. Oft reagiert der Verdächtige mit übertriebener Nonchalance und bemüht sich, sorglose Unbekümmertheit zu demonstrieren. Manchmal tritt auch eine Art unlogischer Trotzreaktion ein: Der Verdächtige wird plötzlich mutig, manchmal geradezu aggressiv.

»Ich bin froh, daß ich Sie gebeten habe, den Fall zu übernehmen«, erklärte Kent uns. »Ich war mir ziemlich sicher, daß Bowes was mit ihr hatte, aber ich wollte's nicht sagen, weil ich's nicht beweisen konnte. Außerdem hat er in seinem Team keine Leute mit Erfahrung in Mordsachen, so daß er ohnehin Fachleute aus Falls Church gebraucht hätte. Oder das FBI wäre sofort eingeschaltet worden. Darum bin ich froh, daß Sie beide zufällig hier waren.« An mich gewandt fuhr er fort: »Wir haben schon früher zusammengearbeitet, und ich wußte sofort, daß Sie der richtige Mann für diesen Fall waren.« Er fügte hinzu: »Sie haben nur noch bis morgen mittag Zeit, stimmt's? Aber wissen Sie, was ich glaube? Ich denke, daß Sie den Fall schon eher lösen werden.«

Dann saßen wir minutenlang schweigend da und spielten mit Cocktailsticks und Servietten. Cynthia und ich fragten uns, ob wir einen Mörder am Tisch hatten. Bill Kent dachte zumindest ans Ende seiner Karriere und überlegte vielleicht sogar, ob er etwas sagen sollte, das uns ermöglichen würde, schon morgen vormittag abzureisen.

Manchmal wirkt ein kleiner Anstoß Wunder, deshalb fragte ich in einem Tonfall, den er verstehen würde: »Bill, möchten Sie einen Spaziergang machen? Oder wir könnten zu Ihnen fahren, um ein bißchen zu reden.«

Kent schüttelte den Kopf. »Ich muß weiter.« Er stand auf. »Nun, hoffentlich haben die Schlächter im Leichenhaus genug von ihr übriggelassen, damit sie im offenen Sarg aufgebahrt werden kann. Ich würde sie gern noch mal sehen. Ich hab' nicht mal ein Foto von ihr.« Er rang sich erneut ein Lächeln ab. »Von Seitensprüngen behält man nicht allzu viele Andenken.«

Tatsächlich hatte es einen ganzen Kellerraum voll Souvenirs gegeben. Cynthia und ich standen ebenfalls auf, und ich riet ihm: »Besorgen Sie sich einen dieser Poster, bevor alle auf dieselbe Idee kommen. Der wird ein Sammlerstück.«

»Richtig.«

»Danke für die Drinks«, sagte ich.

Er wandte sich um und ging.

Wir setzten uns wieder. Cynthia sah Kent nach und meinte dann wie zu sich selbst: »Bestimmt leidet er unter dem bevorstehenden Ende seiner Karriere, der zu erwartenden öffentlichen Bloßstellung, seiner zerrütteten Ehe und dem Tod eines Menschen, der ihm nahegestanden hat. Vielleicht haben wir das alles gesehen. Oder er war es wirklich.«

Ich stimmte zu: »Sein Verhalten ist schwer zu beurteilen, denn er macht natürlich viel durch. Trotzdem gibt's ein untrügliches Zeichen: der Blick eines Menschen. Die Augen sprechen ihre eigene Sprache, die aus dem Herzen, aus der Seele kommt. Sie sprechen von Liebe, Trauer, Haß, Schuld oder Unschuld. Sie sagen die Wahrheit, selbst wenn der Betreffende lügt.«

Cynthia nickte. »Ja, das tun sie.«

Wir saßen eine Zeitlang schweigend da, bis Cynthia fragte: »Also?«

Ich sah sie an, und sie erwiderte meinen Blick, gewissermaßen als eine Art Experiment, und wir waren uns wortlos darüber einig, daß Bill Kent unser Mann war.

KAPITEL EINUNDDREISSIG

Wir ließen das Abendessen ausfallen und fuhren auf der Rifle Range Road nach Jordan Field hinaus. An dem von Kent angekündigten MP-Kontrollpunkt mußten wir halten und uns ausweisen. Dieser Vorgang wiederholte sich am Flugplatztor und vor Hangar drei. Nach Ansicht der Army gehörten Reporter in den für Pressekonferenzen vorgesehenen Raum; nach Ansicht der Reporter war jede Einschränkung ihrer Bewegungsmöglichkeiten ein Angriff auf die Pressefreiheit. In neuerer Zeit hat die Army, die im Vietnamkrieg wenigstens eine Lektion gelernt hat, jedoch die Oberhand gewonnen.

Der Hangar war fast menschenleer, da die meisten Techniker aus Cal Seivers Team inzwischen nach Fort Gillem zurückgekehrt oder mit ihrer Ausrüstung zu anderen Tatorten unterwegs waren. Aber etwa ein halbes Dutzend Männer und Frauen hielten die Stellung, um Berichte zu tippen und Untersuchungen abzuschließen.

Ann Campbells Haushalt, ihr Jeep und ihr BMW-Cabrio waren noch da, aber ihr Dienstzimmer war abgeholt worden. Trotzdem saß Grace Dixon gähnend an einem Feldschreibtisch vor einem IBM Personalcomputer.

Sie sah auf, als wir herankamen, und sagte: »Ich habe mir einen anderen PC besorgt. Ich sortiere Dateien und lese Briefe und Tagebucheintragungen, ohne irgend etwas auszudrucken. Haben Sie das Zeug über Yardley rechtzeitig bekommen?«

»Ja«, antwortete ich. »Danke.«

»Verdammt heißes Zeug!« sagte Grace. »Aber mir gefällt's.«

»Am besten duschst du heute abend kalt, Grace.«

Sie lachte und wackelte mit ihrem breiten Hintern auf dem Klappstuhl. »Ich klebe schon fest.«

Cynthia fragte sie: »Wo bist du untergebracht?«

»Im Gästehaus in der Kaserne. Ich schlafe mit der Diskette. Keine Männer, das versprech' ich euch.« Sie fügte hinzu: »In ihrem Tagebuch kommt auch der Standortgeistliche vor. Ist denn nichts mehr heilig?«

Ich hätte gern darauf hingewiesen, daß der Verkehr mit einer Göttin an sich schon ein Sakrament ist, aber ich konnte mir nicht vorstellen, daß die beiden Ladies das zu würdigen wissen würden. Ich fragte Grace: »Kannst du alle Eintragungen ausdrucken, in denen ein Colonel William Kent vorkommt?«

»Klar. Den Namen habe ich schon gesehen. Ich kann ihn suchen lassen. Welche Dienststellung hat er, falls er darunter gespeichert ist?«

»Er ist der Provost Marshal. Seine Freunde kennen ihn als Bill.«

»Verstanden. Du willst Ausdrucke aller Seiten, auf denen er vorkommt, stimmt's?«

»Richtig. Außerdem können hier nachts oder am frühen Morgen FBI-Agenten auftauchen. Die Wachen werden sie nicht daran hindern, den Hangar zu betreten. Aber sobald einer dieser FBI-Typen auf dich zukommt, läßt du die Diskette verschwinden und gibst vor, einen Bericht zu tippen. Okay?«

»Klar. Aber was ist, wenn sie einen gerichtlichen Durchsuchungsbefehl oder so was haben?«

Der Umgang mit Militärs ist einfacher, weil sie's gewohnt sind, Befehle auszuführen. Zivilisten wollen Erklärungen und stellen Fragen. Ich antwortete geduldig: »Grace, du tippst bloß Berichte. Verbirg die Diskette an deiner Person, und wenn sie unter dein Kleid gucken wollen, gibt's was auf die Finger.«

Sie fragte lachend: »Was ist, wenn sie niedlich sind?«

Irgend etwas mußte die Libido dieser Frau angeregt haben.

Cynthia erklärte ihr: »Es ist wirklich sehr wichtig, Grace, daß außer uns niemand dieses Zeug zu sehen kriegt.«

»Okay.«

Ich fragte sie: »Ist Cal Seiver noch da?«

»Ja, dort drüben. Er hat sich ein bißchen hingelegt.« Grace spielte schon wieder mit der Tastatur, und wir gingen, um sie nicht länger zu stören.

Nachdem ich eine fahrbare Tafel so vor Grace gestellt hatte, daß sie nicht gleich vom Eingang aus zu sehen war, machten wir uns auf die Suche nach Cal Seiver. Er schnarchte auf einem Feldbett, und ich weckte ihn. Anfangs war er noch unsicher auf den Beinen und schien nicht recht zu wissen, wo er sich befand.

Ich ließ ihm einige Sekunden Zeit, bevor ich fragte: »Habt ihr was Neues oder Interessantes gefunden?«

»Nein, wir sind nur dabei, die Untersuchungen abzuschließen.«

»Habt ihr Stiefel- und Fingerabdrücke von Colonel Kent?«

»Klar.«

»Habt ihr seine Fingerabdrücke irgendwo am Tatort gefunden? Am Jeep, an ihrer Handtasche, in der Latrine?«

Er überlegte kurz, bevor er antwortete: »Nein, aber seine Stiefelabdrücke sind überall zu finden. Ich habe einen Vergleichsabdruck von seinen Stiefeln gemacht, um diese Abdrücke aussondern zu können.«

»Hast du schon einen Lageplan?«

»Natürlich.« Cal trat an eine fahrbare Tafel und knipste die Beleuchtung an. An die Tafel war ein eineinhalb mal zweieinhalb Meter großer Lageplan des Tatorts geheftet. Die Darstellung umfaßte ein Stück Straße, den abgestellten Jeep der Ermordeten, die erste Tribünenreihe und auf der anderen Seite den Anfang der Schießbahn mit einigen Klappzielen und dem Umriß der mit gespreizten Armen und Beinen auf dem Erdboden liegenden Ermordeten.

Fußabdrücke wurden durch farbige Nadeln markiert; eine Legende unterhalb des Lageplans gab an, zu wem die bekannten Schuh- und Stiefelabdrücke gehörten, während schwarze Nadeln nicht identifizierte oder undeutliche Abdrücke bezeichneten. Kleine Pfeile gaben Richtungen an, und Anmerkungen zeigten, ob die Abdrücke frisch, alt, verregnet oder sonst etwas waren. Überlagerte ein Abdruck einen anderen, hatte der spätere Abdruck eine längere Nadel. Mit weiteren Anmerkungen und Erläuterungen wurde versucht, etwas Klarheit in dieses Chaos zu bringen.

Irgendwann würde dieser ganze Lageplan in einen Computer übernommen werden, der eine graphische Darstellung zuließ, bei der Fußabdrücke auf Wunsch sogar nacheinander erscheinen konnten, als gehe dort ein Unsichtbarer. Außerdem konnte man jeden gewünschten Satz Fußabdrücke zeigen oder löschen. Aber vorläufig mußten wir mit unserem eigenen Vorstellungsvermögen auskommen.

Cal erklärte mir: »Wir haben den Plan noch nicht richtig analysiert. Das ist gewissermaßen deine Aufgabe.«

»Richtig. So steht's im Handbuch.«

Er fuhr fort: »Fürs FBI müssen wir alles noch ein bißchen aufpolieren. Er enthält zu viele Unbekannte, nicht zuletzt wegen der Tatsache, daß wir keine Abdrücke des Schuhwerks haben, das du getragen hast.«

»Das dürfte sich jetzt im Offiziersheim befinden.«

»Leute, die keine Schuhabdrücke rausrücken wollen, machen mich mißtrauisch.«

»Fuck off, Cal.«

»Klar.« Nach einem Blick auf die Legende sagte er: »Colonel Moore hat Gelb.«

»Uns interessiert Colonel Kent«, erklärte ich ihm.

Pause. *»Kent?«*

»Kent.« Ich sah auf die Legende. Kent hatte Blau.

Wir studierten den Lageplan, und in dem stillen Hangar war zu hören, wie der Computerdrucker Papier ausspuckte.

»Erzähl mir was«, forderte ich Cal auf.

»Okay.« Seiver begann, und seinen Ausführungen nach mußte Colonel William Kent nicht weniger als dreimal bei der Toten gewesen sein. »Siehst du, hier geht er von der Straße zu der Leiche. Er bleibt dicht davor stehen. Kniet nieder oder geht in die Hocke, weil seine Abdrücke eine Drehbewegung zeigen, richtet sich dann wieder auf und geht zur Straße zurück. Das war vermutlich das erste Mal, als er mit der Militärpolizistin, die die Leiche aufgefunden hat, draußen gewesen ist. Siehst du, das sind ihre Abdrücke – Casey. Sie hat Grün. Das nächste Mal könnte hier gewesen sein, als Kent dich und Cynthia mit ihren Tennisschuhen begleitet hat. Sie hat Weiß.« Er fing wieder von mir an: »Du hast Schwarz. Sobald ich deine Stiefelabdrücke habe, kriegst du Rosa. Aber vorläufig kann ich dich nicht von allen anderen unterscheiden, die...«

»Schon gut«, unterbrach ich ihn. »Was ist mit dem dritten Mal?«

Seiver zuckte mit den Schultern. »Er ist hingegangen, als ich draußen gewesen bin, aber da hatten wir schon Planen ausgelegt. Vermutlich ist er vor eurer Ankunft mehr als einmal rausgegangen, denn er scheint drei Spuren von der Straße zu der Toten hinterlassen zu haben. Aber das ist nicht hundertprozentig sicher, weil keine Spur vollständig ist. Wir haben Abdrücke, die sich überlagern, und der Untergrund ist teils hart, teils weich, teils mit Gras bewachsen.«

»Okay.« Wir studierten die Nadeln, die Pfeile, die Anmerkungen.

Dann sagte ich: »Außerdem sind ein Mann und eine Frau mit Zivilschuhen draußen gewesen. Ich könnte Ihnen diese Schuhe beschaffen, aber mich interessiert Colonel Kent. Ich glaube, daß er schon früher am Tatort gewesen ist, wahrscheinlich in Uniform und mit denselben Stiefeln, die er später getragen hat. Irgendwann zwischen, sagen wir mal, zwei Uhr fünfundvierzig und drei Uhr dreißig.«

Cal Seiver runzelte die Stirn. »Aber die Leiche ist doch erst – wann entdeckt worden? Gegen vier Uhr von St. John, dem Sergeanten vom Dienst.«

Ich äußerte mich nicht dazu.

Seiver kratzte sich seine Glatze, während er den Lageplan anstarrte. »Hmmm, könnte sein, ich meine, hier gibt's was, für das wir bisher keine Erklärung haben. Dies ist eindeutig St. Johns Stiefelabdruck. Orange. Er hat einen Kaugummi an der Sohle gehabt, der sich abgezeichnet hat. Okay, das ist also St. Johns Stiefelabdruck, der einen anderen Abdruck zu überlagern *scheint*, von dem wir *glauben*, daß er von Colonel Kent stammt. Kents Stiefel waren ganz neu und haben sehr deutliche Abdrücke geliefert.

Also, ich meine, wenn St. John um vier Uhr hier gewesen ist, während Colonel Kent erst gekommen ist, nachdem die Militärpolizei ihn gegen fünf Uhr alarmiert hatte, wäre St. Johns Stiefelabdruck *auf* Kents Stiefelabdruck irgendwie rätselhaft. Aber du mußt dir darüber im klaren sein, daß wir solche Abdrücke bei geeignetem Untergrund – Schnee, Schlamm, weicher Boden und so weiter – zwar eindeutig zuordnen können, aber daß die

Genauigkeit kleiner als bei Fingerabdrücken ist. Und in diesem Fall, wo wir zwei gute Abdrücke haben, können wir nicht bestimmt sagen, welcher den anderen überlagert.«

»Aber in der Anmerkung steht, daß St. Johns Abdruck Kents überlagert.«

»Das gibt die Beurteilung des Auswerters wieder, der sich getäuscht haben kann. Das ist sogar wahrscheinlich. St. John ist früher draußen gewesen, folglich kann er nicht über Kents – Aber du sagst, daß du glaubst, Kent sei dort gewesen, bevor St. John die Leiche aufgefunden hat.«

»Ja, das sage ich«, bestätigte ich, »aber du behältst das vorerst für dich.«

»Auskunft gebe ich nur euch beiden und vor Gericht.«

»Richtig.«

Cynthia forderte ihn auf: »Zeigen Sie uns den Gipsabdruck dieser Stelle.«

»Augenblick.« Cal blätterte in einer an die Tafel gehefteten Computerliste und führte uns dann in eine Ecke des Hangars, in der Hunderte von weißen Gipsabgüssen wie Beweismaterial für die Flucht der Bürger aus Pompeji aufgestellt waren.

Die Abgüsse waren mit schwarzem Fettstift numeriert. Cal fand den gesuchten, nahm ihn mit und trug ihn zu einem Tisch. Ich schaltete die an der Tischplatte festgeschraubte UV-Lampe ein.

Wir starrten den Abguß ein paar Sekunden lang an, bis Cal sagte: »Okay, das ist also der Stiefelabdruck St. Johns auf dem Weg zur Leiche. Diese kleine Markierung am Rand bezeichnet die Richtung, in der die Tote liegt. Und hier haben wir einen zweiten Stiefelabdruck mit gleicher Bewegungsrichtung, der von Colonel Kent stammt.«

Ich studierte die beiden Abdrücke. Sie überlagerten sich so, daß der linke Rand von Kents linkem Stiefel den rechten Rand von St. Johns rechtem Stiefel überdeckte – oder gerade umgekehrt. Das war die große Frage.

Als Cynthia und ich schwiegen, sprach Cal weiter: »Okay, wenn man – seht ihr diesen Eindruck hier? Das ist der Kaugummi an St. Johns Stiefelsohle, der Kents Stiefel aber nicht berührt hat – und umgekehrt. Seht ihr, wir haben's hier mit zwei Militärstiefeln derselben Marke mit gleichem Sohlenprofil zu tun. Die Abdrücke sind innerhalb von wenigen Stunden entstanden, sie überschneiden und überdecken sich.«

Ich fragte ungeduldig: »Warum hat jemand Kents Stiefelabguß auf dem Lageplan die kürzere Nadel zugeordnet?«

»Tut mir leid, das ist nicht mein Fachgebiet.«

»Wo ist der Fachmann?«

»Nicht mehr da. Aber ich will's versuchen.« Er veränderte die Stellung der UV-Lampe, schaltete sie dann aus, begutachtete den Abguß im Licht der Deckenlampen, holte eine Taschenlampe und experimentierte mit verschiedenen Winkeln und Entfernungen. Auch Cynthia und ich beteiligten uns daran, denn dies war keine exakte Wissenschaft, sondern eher eine Frage des gesunden Menschenverstands. In Wirklichkeit war es nahezu unmöglich, einwandfrei festzustellen, welcher Stiefelabdruck vor dem anderen entstanden war.

Cynthia fuhr mit ihrem Zeigefinger über die Linie, wo die beiden Abdrücke sich überschnitten. Bei glatten Sohlen ließ sich leicht sagen, welcher tiefer war, aber da Menschen sich in Gewicht und Auftreten unterscheiden, muß der tiefere Abdruck nicht unbedingt zuerst entstanden sein. Aber der tiefere ist im allgemeinen der erste, weil er den Untergrund so komprimiert, daß der nächste Stiefel weniger tief einsinkt – außer sein Besitzer ist ein richtiger Fettarsch.

»St. Johns Abdruck ist um Haaresbreite flacher als Kents«, stellte Cynthia fest.

»Kent schätze ich auf achtzig, fünfundachtzig Kilo«, sagte Cal. »Und St. John?«

»Ungefähr gleich.«

Cal dozierte weiter: »Entscheidend ist, wie fest sie aufgetreten sind. Ihre Schrittlängen und diese verhältnismäßig flachen Abdrücke zeigen, daß sie nicht gerannt sind. Ich vermute sogar, daß beide sehr langsam gegangen sind. Ist Kents Abdruck also um Haaresbreite tiefer, müßte er zuerst entstanden und später von St. Johns überdeckt worden sein. Aber das ist nur eine Vermutung.« Er fügte hinzu: »Aufs Schaffott würde ich damit keinen schicken.«

»Nein, aber es reicht, um ihm verdammt Angst einzujagen.«

»Richtig.«

»Kannst du deinen Fachmann noch heute nacht zurückholen?«

Cal schüttelte den Kopf. »Der ist dienstlich nach Oakland unterwegs. Ich kann veranlassen, daß ein anderer mit dem Hubschrauber hergeflogen wird.«

»Ich will den ursprünglichen Auswerter. Schick ihm diesen Abguß mit dem Flugzeug nach Oakland, damit er ihn nochmals analysiert. Aber er darf sein erstes Ergebnis nicht erfahren. Okay? Bei ein paar hundert Abdrücken kann er sich an diesen hier nicht mehr erinnern.«

»Wird gemacht. Ich kümmere mich sofort darum. Am schnellsten wäre ein Kurier mit der Linienmaschine von Atlanta nach San Francisco. Vielleicht fliege ich selbst hin.«

»Kommt nicht in Frage, Kumpel. Du bleibst hier bei mir in Hadley.«

»Scheiße.«

»Genau. Okay, ich brauche ein Spezialistenteam für Fußabdrücke aus Gillem. Deine Leute müssen bei Tagesanbruch auf Schießbahn sechs sein, um nach weiteren Stiefelabdrücken von Colonel Kent zu suchen. Entlang der Straße, auf der gesamten Schießbahn, noch mal am Tatort, bei den Latrinen und so weiter. Ich möchte einen deutlichen Lageplan, der nur Kents Abdrücke zeigt. Oder gleich eine Computerdarstellung, die bis morgen mittag vorführbereit sein muß. Okay?«

»Wir tun unser Bestes.« Cal zögerte, dann fragte er: »Bist du dir deiner Sache sicher?«

Ich nickte leicht. Mehr Ansporn brauchte er nicht, um seine Leute aus dem Bett zu holen und bis Tagesanbruch nach Hadley zurückzubeordern. Ich fuhr fort: »Cal, unter Umständen kreuzen die FBI-Leute heute nacht oder morgen hier auf. Für diesen Fall sind sie ab morgen mittag zuständig. Aber keine Minute früher.«

»Verstanden.«

»Am besten vereinbarst du mit den MP-Wachen ein Frühwarnsignal und alarmierst Grace, damit sie die Diskette, mit der sie gerade arbeitet, verstecken kann.«

»Kein Problem.«

»Danke. Du hast prima gearbeitet.«

Cynthia und ich gingen zu Grace Dixon zurück, die inzwischen einen Stapel Computerausdrucke auf ihrem Schreibtisch liegen hatte. »Das sind sie«, sagte sie zufrieden. »Sämtliche Tagebucheinträge mit William Kent, Bill Kent, Kent und so weiter.«

»Ausgezeichnet.« Ich blätterte den Stapel durch, der etwa vierzig Blätter mit oft mehreren datierten Einträgen umfaßte. Der erste Eintrag stammte aus dem Juni vor zwei Jahren, der letzte war gerade eine Woche alt.

»Die beiden sind viel zusammen gewesen«, stellte Cynthia fest.

Ich nickte. »Okay, noch mal vielen Dank, Grace. An deiner Stelle würd' ich die Diskette verstecken und für heute Schluß machen.«

»Mir geht's gut. *Du* siehst schlimm aus.«

»Danke. Dann bis morgen.«

Ich nahm den Stapel Ausdrucke mit, und wir machten uns auf den langen Weg zum Ausgang des Hangars. Draußen war es schwül und so windstill, daß man nicht einmal den Duft der Pinien wahrgenommen hätte, bevor man direkt unter ihnen stand. »Dusche?« fragte ich.

»Nein«, antwortete Cynthia. »MP-Gebäude. Colonel Moore und Ms. Baker-Kiefer. Oder hast du die vergessen?«

Die Borduhr des Blazers zeigte 22.35 Uhr an. Also blieben uns weniger als vierzehn Stunden, um diesen Fall zu lösen.

Cynthia hatte meinen Blick auf die Uhr gesehen und sagte: »Die Kerle vom FBI gähnen wahrscheinlich schon und denken ans Bett. Aber morgen früh wimmelt's dann überall von ihnen.«

»Richtig.« Ich fuhr an. »Von mir aus können sie sich damit brüsten, diesen Fall gelöst zu haben. Auf anerkennendes Schulterklopfen kann ich verzichten. Ich übergebe ihnen den Fall morgen mittag, und sie können damit machen, was sie wollen. Aber je näher wir an den Täter rankommen, desto weniger Schlamm müssen sie aufwühlen. Ich setze sie noch auf Kent an – und damit ist der Fall für mich erledigt.«

»Wie großzügig von dir, sie den Fall abwickeln zu lassen! Deine Karriere befindet sich sozusagen auch schon in Abwicklung. Aber ich hätte die Anerkennung brauchen können.«

Ich sah zu ihr hinüber. »Wir sind beim Militär. Wir führen nur Befehle aus. Du führst übrigens meine aus.«

»Ja, Sir.« Sie war eine Minute lang beleidigt, aber dann sagte sie: »Die Leute beim FBI sind meisterhafte PR-Strategen, Paul. Im Vergleich zu ihrer PR-Abteilung wirkt das Public Information Office der Army wie ein Informationsstand auf einem Busbahnhof. Wir müssen diesen Fall selbst abschließen – und wenn wir Kent eine Pistole an die Schläfe setzen, um ihm ein Geständnis zu entlocken!«

»Hey, heute abend sind wir aber energisch!«

»Paul, dieser Fall ist verdammt wichtig. Und du hast natürlich recht mit deiner Befürchtung, das FBI werde unnötig Schlamm aufwühlen. Es wird den Inhalt ihres Tagebuchs allen Medien zuspielen – und obendrein noch behaupten, es habe die Diskette gefunden und selbst geknackt. Diese Kerle sind gut, aber auch gewissenlos. Fast so gewissenlos wie du.«

»Vielen Dank.«

»Und sie machen sich nichts aus der Army. Die FBI-Philosophie könnte glatt von Nietzsche stammen: ›Was andere Behörden oder Organisationen schlecht aussehen läßt, fördert unser eigenes Image.‹ Darum müssen wir den Fall bis morgen mittag lösen.«

»Okay. Wer ist der Mörder?«

»Kent.«

»Hundertprozentig sicher?«

»Nein. Und du?«

Ich zuckte mit den Schultern. »Ich mag den Kerl.«

Sie nickte. »Ich habe eigentlich nichts gegen ihn, aber er ist mir nicht übermäßig sympathisch.«

Seltsam, wie Männer und Frauen einen anderen Menschen oft ganz unterschiedlich beurteilen. In einem der wenigen Fälle, in denen sich beide über die durchweg positiven Eigenschaften eines Mannes einig waren, war die Frau meine Ehefrau, die dann mit dem Kerl durchbrannte. Aus Neugier fragte ich: »Was gefällt dir an Kent nicht?«

»Er hat seine Frau betrogen.«

Hätte ich mir denken können. Ich fügte hinzu: »Vielleicht ist er auch ein Mörder. Nicht weiter wichtig, aber ich wollte's bloß erwähnen.«

»Deinen Sarkasmus kannst du dir sparen. Falls er Ann Campbell ermordet hat, war das eine impulsive Tat. Aber seine Frau hat er zwei Jahre lang systematisch hintergangen. Das deutet auf Charakterschwäche hin.«

»Schon möglich.« Wir fuhren die lange dunkle Straße durch den Pinienwald. Vor uns in der Ferne wurden die Lichter von Bethany Hill sichtbar. Ich überlegte mir, wie die Stimmung bei den Fowlers sein mochte – oder bei den Kents –, und meinte: »Heute abend würde ich mich nicht darum reißen, dort oben zum Essen eingeladen zu sein.«

Cynthia starrte nach vorn. »Eine verrückte Geschichte. Ich komme nach Hadley, um eine Vergewaltigung zu untersuchen – und habe jetzt mit den Nachwirkungen einer zehn Jahre zurückliegenden Vergewaltigung zu tun.«

»Verbrechen zeugt Verbrechen zeugt Verbrechen«, sagte ich weise.

»Richtig. Weißt du übrigens, daß die Wahrscheinlichkeit, daß ein Vergewaltigungsopfer erneut vergewaltigt wird, höher ist als die Wahrscheinlichkeit, daß eine Frau überhaupt vergewaltigt wird?«

»Nein, das hab' ich nicht gewußt.«

»Die Statistik ist eindeutig, aber keiner weiß, warum das so ist. Es gibt keinen gemeinsamen Nenner wie Alter, Beruf, Wohngegend oder dergleichen. Aber wenn's einmal passiert ist, kann's leichter noch mal passieren. Das ist unlogisch und unheimlich. Als gäbe es irgendwo dort draußen eine böse Macht, die genau weiß, was geschehen ist…«

»Gruselig«, bestätigte ich. Bei Mordfällen hatte ich diese Erfahrung nicht gemacht. Ermordet wird man nur einmal.

Cynthia begann von ihrer Arbeit zu erzählen – wie deprimierend ihr Job oft war und daß er vermutlich ihre Ehe zerrüttet hatte.

Sie hatte offenbar das Bedürfnis, sich auszusprechen, um einen Gesundungsprozeß in Gang zu setzen, bevor sie den nächsten Fall übernahm. Von jedem Fall bleibt etwas übrig, das wie ein Seelengift wirkt und einen von Jahr zu Jahr mehr belastet. Aber irgend jemand muß diese Arbeit tun, und während manche Leute beschließen, sie zu übernehmen, beschließen andere, sich nach einem neuen Job umzusehen.

Cynthia redete endlos weiter, und ich verstand allmählich, daß sie nicht nur von sich, ihrer Ehe und ihrer Arbeit, sondern über mich, über uns sprach.

Eben sagte sie: »Vielleicht bitte ich um Versetzung nach – zu irgendwas anderem.«

»Zum Beispiel?«

»Zur Army Band.« Sie lachte. »Früher hab' ich Blockflöte gespielt. Spielst du auch irgendwas?«

»Bloß Radio. Was ist mit Panama?«

Sie zuckte mit den Schultern. »Man geht hin, wohin man geschickt wird. Ich weiß nicht, was daraus wird… Alles hängt noch in der Luft.«

Vermutlich hätte ich etwas sagen, eine Alternative anbieten sollen. Aber in Wirklichkeit bin ich im Privatleben weit weniger selbstsicher und forsch als im Beruf. Redet eine Frau von »Bindung«, bitte ich um ein Aspirin. Sagt sie »Liebe«, schnüre ich sofort meine Laufschuhe.

Trotzdem mußte an dieser Sache mit Cynthia etwas mehr dran sein, denn immerhin hatte sie einige Zeit überdauert. Sie hatte mir gefehlt, und ich hatte ein Jahr lang Sehnsucht nach ihr gehabt. Aber als sie jetzt neben mir im Auto saß, begann ich in Panik zu geraten. Um nicht wieder alles zu verderben, sagte ich zu ihr: »Ich habe noch immer das Farmhaus außerhalb von Falls Church. Vielleicht möchtest du's mal sehen.«

»Liebend gern.«

»Gut.«

»Wann?«

»Na ja, vielleicht übermorgen? Wenn wir zurückfahren. Du kannst übers Wochenende bleiben. Auch länger, wenn's dir gefällt.«

»Ich muß am Montag in Benning sein.«

»Wozu?«

»Anwälte. Papierkram. Ich lasse mich in Georgia scheiden. Geheiratet habe ich in Virginia. Für Leute wie uns müßte es wirklich ein nationales Scheidungsgesetz geben.«

»Gute Idee.«

»Ende dieses Monats muß ich nach Panama. Bis dahin möchte ich die Scheidung durchziehen, sonst muß ich noch mal sechs Monate warten, weil ich außer Landes bin.«

»Meine Scheidungspapiere hat mir ein Hubschrauber mit der Kompaniepost gebracht, während unsere Stellung gerade unter Beschuß lag.«

»Wirklich?«

»Wirklich. Dazu noch ein Mahnschreiben wegen meiner Autofinanzierung und pazifistische Literatur von einer Friedensgruppe in San Francisco. An manchen Tagen lohnt's sich echt nicht, aus dem Bett zu kriechen. In Wirklichkeit hatte ich gar kein Bett. Da sieht man's wieder. Alles könnte schlimmer sein.«

»Alles könnte besser sein. Unser Wochenende wird bestimmt schön.«

»Ich freu' mich schon darauf.«

KAPITEL ZWEIUNDDREISSIG

Dann erreichten wir das MP-Gebäude. Die Reporter hatten sich verdrückt, und ich parkte im Halteverbot vor dem Eingang. Die Ausdrucke von Ann Campbells Tagebuch hatte ich unter dem Arm, als wir das Gebäude betraten.

Zu Cynthia sagte ich: »Wir sprechen erst mit Colonel Moore und fragen dann nach, was Ms. Kiefer festgestellt hat.«

Auf dem Weg zu den Arrestzellen meinte Cynthia: »Eigentlich unbegreiflich, daß der Mann, der das alles hier leitet, ein Verbrecher sein könnte.«

»Richtig. Irgendwie bringt das alle Vorschriften und Standardverfahren durcheinander.«

»Allerdings. Welches Gefühl hast du bei diesem Stiefelabdruck?«

»Er ist ungefähr alles, was wir haben«, antwortete ich.

Sie dachte darüber nach und sagte: »Nein, wir kennen auch ein mögliches Tatmotiv und wissen, daß er Gelegenheit gehabt hat, die Tat zu verüben. Gewisse Zweifel habe ich nur an unserem Psychoprofil des Täters und Kents Willen zur Tat. Außerdem haben wir fast keine Indizienbeweise.« Sie fügte hinzu: »Aber seitdem wir mit ihm im O Club gesessen haben, halte ich unsere Intuition für richtig.«

»Gut. Das kannst du dem FBI erzählen.«

Ich forderte den für die Arrestzellen zuständigen Sergeanten auf, uns zu begleiten, und wir gingen zu Colonel Moores Zelle. Moore saß bis auf seine Schuhe vollständig bekleidet auf seinem Feldbett. Dalbert Elkins hatte seinen Stuhl an die Gitterstäbe zwischen ihren Zellen gerückt und redete mit Moore, der entweder sehr aufmerksam zuhörte oder in eine katatonische Trance verfallen war.

Beide Männer standen auf, als sie uns kommen sahen. Elkins schien froh zu sein, mich zu sehen, aber Moore wirkte besorgt und schon ziemlich mitgenommen.

Elkins fragte mich: »Weiter alles klar für morgen, Chief? Kein Problem?«

»Kein Problem.«

»Meine Frau sagt, daß ich Ihnen von ihr danken soll.«

»Wirklich? Mich hat sie gebeten, Sie hierzubehalten.«

Elkins lachte.

Zu dem MP-Sergeanten sagte ich: »Sperren Sie bitte Colonel Moores Zelle auf.«

»Ja, Sir.« Er schloß die Tür auf und fragte mich: »Handschellen?«

»Ja, bitte, Sergeant.«

Der MP-Sergeant blaffte Moore an: »Handgelenke vor!«

Moore streckte seine zu Fäusten geballten Hände aus, und der Sergeant ließ die Handschellen zuschnappen.

Dann marschierten wir wortlos den langen, hallenden Korridor an größtenteils leeren Arrestzellen vorbei hinunter. Da Moore auf Strümpfen ging, hallten seine Schritte nicht. Nur wenige Orte auf dieser Welt sind so deprimierend wie ein Zellenblock, und nur wenige Szenen sind melancholischer als ein Häftling in Handschellen. Obwohl Moore sonst alles vom Intellekt her betrachtete, litt er sehr unter seiner jetzigen Lage, was schließlich Zweck der Übung war.

Wir betraten einen Vernehmungsraum, und der Sergeant ging wieder. Ich forderte Moore auf: »Setzen Sie sich.«

Cynthia und ich nahmen ihm gegenüber auf der anderen Seite des Tisches Platz.

Ich erklärte ihm: »Sehen Sie, ich hab' Ihnen gesagt, daß wir nächstes Mal hier miteinander reden würden.«

Moore gab keine Antwort. Er wirkte ängstlich, niedergeschlagen und leicht verärgert, obwohl er sich bemühte, sich das nicht anmerken zu lassen, weil er wußte, daß es ihm nur schaden würde. Ich fuhr fort: »Hätten Sie uns gleich alles erzählt, was Sie wissen, wären Sie jetzt wahrscheinlich nicht hier.«

Keine Antwort.

»Wissen Sie, was einen Kriminalbeamten wütend, richtig wütend macht? Wenn er wertvolle Zeit und Energie vergeuden muß, nur weil ein Zeuge mauert.«

Ich nahm Moore eine Zeitlang in die Zange und versicherte ihm, er widere mich an und sei eine Schande für seine Uniform, seinen Dienstgrad, seinen Beruf, sein Land und für Gott, die Menschheit und das Universum.

Moore ließ es stumm über sich ergehen, was aber wahrscheinlich nicht bedeutete, daß er sein im fünften Verfassungszusatz garantiertes Schweigerecht wahrnehmen wollte, sondern vielmehr darauf schließen ließ, daß er ganz richtig erfaßte, daß er den Mund halten sollte.

Während ich mit Moore beschäftigt war, stand Cynthia auf, nahm die Tagebuchblätter an sich und ging damit hinaus. Nach etwa fünf Minuten kam sie ohne die Ausdrucke, aber mit einem Tablett zurück, auf dem ein Styroporbecher mit Milch und ein Teller mit einem glasierten Donut standen.

Moore starrte mit gierigem Blick auf das Essen und hörte kaum noch, was ich sagte.

Cynthia erklärte Moore: »Das habe ich Ihnen mitgebracht.« Sie stellte das Tablett außerhalb seiner Reichweite ab und sagte: »Ich habe den Sergeanten gebeten, Ihnen die Handschellen abzunehmen, damit Sie essen können. Er kommt vorbei, sobald er einen Augenblick Zeit hat.«

Moore versicherte ihr: »Ich kann auch in Handschellen essen.«

Aber Cynthia teilte ihm mit: »Laut Vorschrift ist es verboten, einen Häftling zu zwingen, in Handschellen zu essen.«

»Sie *zwingen* mich zu nichts. Ich erkläre, daß ich freiwillig...«

»Tut mir leid, wir müssen auf den Sergeanten warten.«

Moore starrte den Donut an – vermutlich hatte er in seinem Leben noch nie so einen Hunger auf Donuts gehabt. Ich forderte ihn auf: »Okay, machen wir weiter! Und versuchen Sie nicht wieder, uns wie bei den letzten Malen reinzulegen. Damit Sie merken, wie tief Sie in der Scheiße stecken, erzähle ich Ihnen, was die Spurensicherung ergeben hat. Dann ergänzen Sie die fehlenden Einzelheiten.

Sie und Ann Campbell haben diese Inszenierung mindestens eine Woche lang geplant, seit ihr Vater ihr das Ultimatum gestellt hatte. Ich weiß nicht, wessen Idee es war, die Vergewaltigung in West Point nachzustellen...« Ich beobachtete seine Reaktion darauf und fuhr dann fort: »... aber die Idee hat jedenfalls nichts getaugt. Sie haben sie also im Stabsgebäude angerufen, um eine Zeit zu vereinbaren, und sind danach zur Schießbahn fünf hinausgefahren, wo sie Ihren Ford hinter den Tribünen abstellten. Aus dem Wagen nahmen Sie Zeltheringe, die Zeltschnur, einen Hammer, ein Mobiltelefon und einen Kassettenrecorder mit. Auf dem Knüppeldamm sind Sie bis zu den Toiletten von Schießbahn sechs gegangen und haben vermutlich erneut ihre Nummer gewählt, um sich zu vergewissern, daß sie vom Stabsgebäude abgefahren war.«

Die folgenden Minuten verbrachte ich damit, ihm den weiteren Ablauf zu schildern, wobei meine Darstellung auf den Ergebnissen der Spurensicherung und den daraus folgenden logischen Annahmen basierte. Colonel Moore wirkte angemessen beeindruckt, höchst erstaunt und zunehmend unglücklich.

Ich fuhr fort: »Sie haben den General übers rote Telefon angerufen, und als er sich gemeldet hat, hat Ann ihm den Tonbandtext vorgespielt. Sie wußten, daß ihnen noch etwa zwanzig Minuten Zeit blieben, und haben gemeinsam mit der Inszenierung begonnen. Für den Fall, daß unerwartet jemand vorbeikam, hat Ann sich im Jeep oder dahinter ausgezogen. Sie haben ihre Sachen in einem Plastiksack am Jeep zurückgelassen. Richtig?«

»Ja.«

»Aber ihre Uhr hat sie anbehalten.«

»Um zu wissen, wie spät es war. Sie hat geglaubt, das sei irgendwie beruhigend, während sie auf ihre Eltern wartete.«

Seltsam, dachte ich, aber weit weniger seltsam als der Anblick, der sich mir geboten hatte, als ich Ann Campbell mit nichts als ihrer Armbanduhr bekleidet auf dem Erdboden angepflockt vor mir liegen gesehen hatte. Tatsächlich hatte ich seit jenem Morgen, an dem ich sie für das Opfer eines Triebverbrechers gehalten hatte, eine Menge dazugelernt. In Wirklichkeit lag der Ursprung dieses Verbrechens, das in deutlich unterscheidbaren Phasen abgelaufen war, schon über ein Jahrzehnt zurück. Was wir jetzt sahen, war das Endergebnis einer furchtbaren Nacht, die auch anders hätte ausgehen können.

Ich fragte Moore: »Ist Ihnen übrigens aufgefallen, ob sie ihren West-Point-Ring getragen hat?«

Seine Antwort kam ohne Zögern. »Ja, den hat sie getragen. Für Ann war der Ring das symbolische Bindeglied zu ihrer damaligen Vergewaltigung. Auf der Innenseite war natürlich ihr Name eingraviert, und sie wollte ihn ihrem Vater als eine Art Symbol dafür geben, daß die schlimmen Erinnerungen, die dieser Ring verkörperte, damit in seinen Besitz übergegangen seien – daß sie nichts mehr mit ihnen zu schaffen haben wollte.«

»Ja, ich verstehe«, murmelte ich. Gleichzeitig drängte sich mir der Verdacht auf, zwischen Vater und Tochter müsse eine tief im Unterbewußtsein verwurzelte psycho-sexuelle Beziehung existiert haben. Vermutlich wußte Moore darüber Bescheid; vermutlich hatten alle Campbells die Hintergründe gekannt. Aber ich wollte ganz bestimmt nichts davon wissen.

Nach einem Blick zu Cynthia hinüber, der ähnliche Gedanken durch den Kopf zu gehen schienen, konzentrierte ich mich wieder auf das Verbrechen, das es aufzuklären galt. Zu Moore sagte ich: »Dann sind Sie beide auf die Schießbahn hinausgegangen und haben sich für eine Stelle ungefähr fünfzig Meter von der Straße entfernt vor dem ersten Klappziel entschieden. Dort hat Ann Campbell sich hingelegt und Arme und Beine gespreizt.« Ich musterte ihn und erkundigte mich: »Wie ist einem zumute, wenn man als nützlicher Eunuch betrachtet wird?«

Moore schien auffahren zu wollen, beherrschte sich jedoch und antwortete: »Ich habe noch niemals eine Patientin sexuell mißbraucht. Auch wenn Sie als Laie meine Therapie für unsinnig zu halten scheinen, sollte sie dazu beitragen, eine Katharsis für die Beteiligten zu bewirken. Auf keinen Fall gehörte es zu meiner Therapie, mit der gefesselten Patientin sexuell zu verkehren oder sie etwa zu vergewaltigen.«

»Ein toller Bursche sind Sie, ein wahres Vorbild für Ihren gesamten Berufsstand. Aber tragen Sie nicht zu dick auf, sonst bin ich bald wieder stinksauer. Ich will von Ihnen hören, was passiert ist, nachdem Sie den letzten Knoten festgezogen hatten. Los, reden Sie schon!«

»Nun, wir haben noch kurz miteinander gesprochen, und sie hat sich dafür bedankt, daß ich soviel riskiert habe, um ihr zu helfen.«

»Sparen Sie sich Ihr Eigenlob, Colonel. Bitte weiter.«

Er holte tief Luft und fuhr fort: »Dann bin ich zum Jeep zurückgegangen, habe den Plastiksack mit ihren Sachen mitgenommen – und auch meinen Aktenkoffer, in dem ich Hammer, Kordel und Zeltheringe transportiert hatte –, bin damit zu den Toiletten hinter der Tribüne gegangen und habe dort gewartet.«

»Worauf gewartet? Auf wen?«

»Natürlich auf ihre Eltern. Außerdem befürchtete Ann, in der Zwischenzeit könnte jemand vorbeikommen und den Jeep sehen. Daher hatte sie mich gebeten, bis zum Eintreffen ihrer Eltern in der Nähe zu bleiben.«

»Und was sollten Sie tun, wenn jemand vorbeigekommen wäre? Ihren Kopf in der Kloschüssel verstecken?«

Unter dem Tisch traf Cynthias Fuß mein Schienbein. Danach übernahm sie die Gesprächsführung und erkundigte sich freundlich: »Was hätten Sie also tun sollen, Colonel?«

Moore sah erst Cynthia, dann den Donut und dann wieder sie an, bevor er antwortete: »Nun, in dem Plastiksack hatte ich ihre Pistole, aber... Ich weiß nicht genau, was ich hätte tun sollen. Aber wenn jemand vorbeigekommen wäre und sie vor dem Eintreffen ihrer Eltern gesehen hätte, hätte ich dafür gesorgt, daß ihr kein Leid geschieht.«

»Aha. Und bei dieser Gelegenheit haben Sie die Toilette benutzt?«

Moore nickte überrascht. »Ja, ich – ich war auf der Toilette.«

»Sie mußten vor Angst pissen. Richtig? Danach haben Sie sich als guter Soldat die Hände gewaschen. Und dann?«

Moore starrte mich wütend an, bevor er sich wieder an Cynthia wandte. »Ich stand hinter der Toilette, als Scheinwerfer die Straße entlangkamen. Der Wagen hielt, und als die Fahrertür geöffnet wurde, erkannte ich den General. Im Vollmondschein war Mrs. Campbells Wagen deutlich zu erkennen, obwohl ich sie selbst nicht sehen konnte.« Er fügte hinzu: »Ich hatte Angst, General Campbell würde vielleicht ohne seine Frau kommen.«

»Was haben Sie befürchtet?«

»Nun, ohne Mrs. Campbell konnte die Sache leicht außer Kontrolle geraten. Ich konnte mir nicht vorstellen, wie der General auf diese Konfrontation reagieren würde. Aber ich war mir ziemlich sicher, daß Funken fliegen würden, wenn diese beiden allein zusammenkämen.«

Cynthia musterte ihn nachdenklich, bevor sie weiterfragte: »Sind Sie dageblieben, um sich das Gespräch zwischen General Campbell und seiner Tochter anzuhören?«

»Nein.«

»Warum nicht?«

»Wir hatten uns darauf geeinigt, daß ich nicht dableiben sollte. Sobald feststand, daß der General gekommen war, habe ich den Plastiksack mit ihren Sachen aufs Latrinendach geworfen und bin über den Knüppeldamm zu meinem Wagen zurückgelaufen. Dieser Rückweg hat ungefähr fünf Minuten gedauert, und ich konnte natürlich nicht wissen, wie lange die beiden miteinander reden würden. Ich wollte so schnell wie möglich zu meinem Wagen, um in Richtung Kaserne zurückzufahren, was ich dann auch getan habe.«

Cynthia erkundigte sich: »Und ist Ihnen unterwegs irgendein anderes Auto begegnet?«

Er schüttelte den Kopf. »Kein einziges.«

Cynthia und ich wechselten einen Blick, dann forderte ich ihn auf: »Colonel, überlegen Sie noch mal. Haben Sie irgendwelche anderen Autoscheinwerfer gesehen?«

»Nein. Bestimmt nicht! Ich habe natürlich sehr gut aufgepaßt.« Er fügte hinzu: »Ich weiß genau, daß ich nicht gesehen worden bin.«

»Und Sie haben auch keinen Fußgänger gesehen?«

»Nein.«

»Ist Ihnen auf den Schießbahnen fünf und sechs irgendwas Verdächtiges aufgefallen? In der Nähe des Jeeps, bei den Toiletten, auf dem Knüppeldamm?«

Moore schüttelte den Kopf. »Nein.«

»Nachdem Sie gegangen waren, hat irgend jemand Ann umgebracht«, stellte ich fest.

»Ja. Ich habe sie lebend zurückgelassen.«

»Wer hat sie Ihrer Meinung nach ermordet?«

Er sah mich überrascht an. »Natürlich der General. Ich dachte, das wüßten Sie.«

»Wie kommen Sie darauf?«

»Versteht sich das nicht von selbst? Sie wissen, was passiert ist. Sie wissen, daß ich ihr nur geholfen habe, eine Vergewaltigungsszene für ihre Eltern nachzustellen. Der General ist hingekommen – ich habe ihn mit eigenen Augen gesehen –, und ein paar Stunden später wird sie erdrosselt aufgefunden. Wer außer ihm käme als Täter in Frage?«

Cynthia fragte ihn: »Welche Reaktion hat sie von ihren Eltern erwartet? Was hat sie Ihnen darüber erzählt?«

Moore überlegte kurz, bevor er antwortete: »Nun, sie... Ich glaube, Ann hatte gehofft, sie würden... Sie hat nicht recht gewußt, wie die beiden reagieren würden, aber trotzdem damit gerechnet, daß sie ihr ungeachtet aller Schwierigkeiten helfen würden.« Er fuhr fort: »Sie hat gewußt, daß ihre Eltern sie nicht dort draußen zurücklassen würden. Also wären sie gezwungen gewesen, sich ihrer Nacktheit, ihrer Schmach und Erniedrigung zu stellen, ihre Fesseln mit eigenen Händen zu lösen und dadurch nicht nur Ann, sondern auch sich selbst psychologisch zu befreien.« Er musterte uns prüfend. »Verstehen Sie das?«

»Ja, diese Theorie kenne ich«, bestätigte Cynthia.

Ich äußerte meine Meinung: »Klingt leicht verrückt, finde ich.«

Moore erklärte mir: »Wenn Mrs. Campbell mitgekommen wäre, hätte dieser Plan funktionieren können. Zumindest hätte es dann kein so tragisches Ende gegeben.«

»Na ja, von Psychiatern geschmiedete Pläne taugen selten was«, stellte ich fest.

Er wandte sich erneut an Cynthia: »Könnten Sie mir wenigstens den Becher Milch geben? Mein Hals ist ganz ausgetrocknet.«

»Klar.« Cynthia stellte ihm den Styroporbecher hin. Moore griff mit beiden Händen danach und leerte ihn auf einen Zug. Danach stellte er den Becher ab und schien die Milch zu genießen, als habe er ein Glas seines geliebten Sherrys getrunken.

Cynthia fragte ihn: »Hat Ann Campbell jemals die Befürchtung geäußert, ihr Vater könnte allein aufkreuzen, in Wut geraten und sie umbringen?«

»Nein!« antwortete er rasch. »Hätte sie jemals davon gesprochen, hätte ich ihrem Plan niemals zugestimmt.«

Ich nickte resigniert. Ob das der Wahrheit entsprach, hätten mir nur zwei Menschen bestätigen können. Einer davon war tot, und der andere, der mir gegenübersaß, würde notfalls lügen, um sich nicht selbst zu belasten. General Campbell wußte natürlich, wie ihm zumute gewesen war, als seine Tochter ihm ihre Herausforderung entgegengeschleudert hatte. Aber er wollte es nicht sich selbst eingestehen und würde es mir erst recht nicht verraten. In gewisser Hinsicht spielte das auch keine Rolle mehr.

Cynthia fragte weiter: »Haben Sie oder Ann Campbell daran gedacht, daß der General vermutlich nicht darauf vorbereitet sein würde, seine Tochter zu befreien? Nicht psychologisch, meine ich, sondern ohne ein Messer für die Stricke oder irgendein Werkzeug, um die Zeltheringe herauszuziehen.«

»Ja, daran hat sie gedacht«, bestätigte Moore. »Darum habe ich ein Bajonett in die Erde gestoßen. Das haben Sie doch gefunden, nicht wahr?«

Cynthia fragte ihn: »Wo haben Sie das Bajonett zurückgelassen?«

»Nun, sozusagen zwischen ihren Beinen. Die Männer, die sie in West Point vergewaltigt hatten, haben ihr Bajonett vor ihrer Scheide in den Boden gerammt und sie davor gewarnt, den Überfall zu melden. Erst danach ist sie losgeschnitten worden.«

»Ja, ich verstehe«, sagte Cynthia nickend.

Moore berichtete weiter: »Ann wollte ihn natürlich schockieren; sie wollte beide schockieren und dazu zwingen, dieses Bajonett herauszuziehen, um sie loszuschneiden. Danach würde ihr Vater ihr seine Jacke oder sein Hemd anbieten. Ich hatte ihren Büstenhalter dort zurückgelassen, und ihr Slip lag um ihren Hals, wo Sie ihn bestimmt vorgefunden haben. So war sie damals von den Vergewaltigern zurückgelassen worden. Die Täter hatten ihre Sachen verstreut, und Ann mußte sie sich in der Dunkelheit zusammensuchen.

In diesem Fall sollten ihre Eltern sie jedoch zum Jeep begleiten, wo sie ihrem Vater sagen würde, wo ihre Uniform war – auf dem Dach der Toiletten –, damit er sie ihr holen konnte. Ihre

Handtasche mit den Schlüsseln hatte sie im Jeep zurückgelassen, und sie wollte sich anziehen und ins Stabsgebäude zurückfahren, als sei nichts passiert. Um sieben Uhr wollte sie dann wie vereinbart zum Frühstück zu ihren Eltern kommen, und bei dieser Gelegenheit sollte eine allgemeine Aussprache stattfinden.«

Cynthia nickte wieder. »Hat sie große Hoffnungen auf diese Aussprache gesetzt?«

»Sehr große«, bestätigte Moore sofort. »Natürlich war das Entscheidende die Reaktion ihrer Eltern auf die Vergewaltigungsszene. Nun, wie sich dann gezeigt hat, ist Mrs. Campbell leider nicht mitgekommen. Aber ich glaube, daß Ann sich darüber im klaren gewesen ist, daß ihre Lage unabhängig von der Reaktion ihres Vaters kaum noch schlimmer werden konnte. Eine Schocktherapie ist immer ziemlich riskant, aber wer praktisch nichts mehr zu verlieren hat, ist bereit, alles zu wagen und das Beste zu hoffen.«

Cynthia nickte erneut aufmunternd, wie es im Vernehmungshandbuch empfohlen wird. Vermeide es, unbeteiligt, abweisend oder skeptisch zu wirken, wenn der Befragte in Fahrt gekommen ist; nicke gelegentlich wie ein Psychologe während eines Therapiegesprächs. Moore erkannte diese Methode bestimmt wieder, aber in seinem gegenwärtigen körperlichen und geistigen Zustand wollte er nur ein Lächeln, ein Nicken und den blöden Krapfen. Cynthia fragte weiter: »Hat sie Ihnen gesagt, warum sie Hoffnungen auf diese Aussprache gesetzt hat? Wieso gerade jetzt – nach so vielen Jahren?«

»Nun, sie wollte endlich Frieden schließen. An diesem Morgen wäre sie zu allen möglichen Zugeständnissen bereit gewesen, hätte alles mögliche versprochen, um das frühere Vertrauensverhältnis zu ihren Eltern wiederherzustellen. Ann war kriegsmüde und hat ihre Katharsis schon erlebt, bevor wir zur

Schießbahn hinausgefahren sind. Sie war hoffnungsvoll, geradezu freudig erregt, und aus meiner Sicht zum erstenmal in den langen Jahren unserer Freundschaft glücklich und innerem Frieden nahe.«

Moore machte eine Pause und holte tief Luft, bevor er zögernd weitersprach: »Ich weiß, was Sie von mir denken, und nehme Ihnen das auch nicht übel, aber ich habe wirklich nur versucht, Ann zu helfen. Sie hatte auch mich verführt – allerdings auf andere Weise –, und ich war bereit, ihren bestimmt unorthodoxen Versuch zu unterstützen. Aber Sie hätten erleben sollen, wie optimistisch sie war, beinahe mädchenhaft, nervös, ängstlich, aber voller Hoffnung, daß der lange Alptraum damit enden würde. Ich habe natürlich gewußt, daß die Verletzungen, die Ann sich und anderen zugefügt hatte, nicht einfach verschwinden würden, nur weil sie zu ihren Eltern sagen wollte: ›Ich liebe euch und verzeihe euch, wenn ihr mir verzeiht.‹ Aber sie hat es geglaubt – und zuletzt auch mich davon überzeugt. Dabei hat sie – habe *ich* den Zorn ihres Vaters falsch eingeschätzt. Und das Tragische daran ist, daß Ann so kurz davor war, wieder glücklich zu sein! Sie hat ständig geprobt, was sie nachts und beim Frühstück zu ihren Eltern sagen würde.«

Zwei Tränen rollten plötzlich über Moores Wangen, und er verbarg sein Gesicht in den Händen.

Cynthia stand auf, legte ihm kurz eine Hand auf die Schulter und machte mir ein Zeichen, mit ihr nach draußen zu kommen. Auf dem Flur verlangte sie: »Laß ihn gehen, Paul.»

»Kommt nicht in Frage!«

»Du hast ihn in Haft verhört. Laß ihn in seinem Dienstzimmer schlafen und morgen an der Beisetzung teilnehmen. Seine Aussage können wir morgen oder übermorgen protokollieren. Er geht uns bestimmt nicht durch die Lappen.«

Ich zuckte mit den Schultern. »Gut, von mir aus.« Ich verschwand im Dienstzimmer des Wachhabenden und sprach mit dem Sergeanten. Nachdem ich den Vordruck für die Entlassung Colonel Moores in Kasernenarrest ausgefüllt und unterschrieben hatte, kam ich zu Cynthia zurück.

»Er ist frei, aber er darf die Kaserne nicht verlassen«, berichtete ich.

»Okay. Das ist wohl das Beste.«

»Vielleicht auch nicht.«

»Paul, Zorn ändert nichts mehr an den Ereignissen, und Rachsucht bringt keine Gerechtigkeit. Zumindest das solltest du aus diesem Fall lernen. Ann Campbell hat das nie begriffen – aber ihr Schicksal sollte dir wenigstens als abschreckendes Beispiel dienen.«

»Danke.«

Wir gingen in unser Dienstzimmer zurück. Ich setzte mich an meinen Schreibtisch und schob die Hälfte der Tagebuchausdrucke zu Cynthia hinüber. Aber bevor wir zu lesen begannen, fragte ich sie: »Was ist aus dem Bajonett geworden?«

»Keine Ahnung«, gab sie zu. »Falls General Campbell nicht in die Nähe seiner Tochter gekommen ist, hat er's nie gesehen und folglich nicht gewußt, daß er sie hätte losschneiden können. Uns hat er zwei Versionen erzählt: Er will versucht haben, die Zeltheringe herauszuziehen, um Ann zu befreien – oder hat es angeblich nicht über sich gebracht, sich ihr zu nähern.« Cynthia fügte hinzu: »Tatsächlich ist er niemals nahe genug an sie herangekommen.«

»Richtig. Wer nach ihm am Tatort gewesen ist – nehmen wir mal an, es sei Kent gewesen –, hat das Bajonett gesehen und die gleichen Möglichkeiten gehabt. Etwas später kamen die Fowlers, die selbst ein Messer hatten – aber da war sie schon tot. Danach waren Sergeant St. John und die Militärpolizistin Casey am Tatort. Interessant, nicht wahr? Wer das Bajonett rausgezogen hat, muß es behalten haben. Akzeptieren wir die zweite Version General Campbells, ist er es nicht gewesen. Der Mörder hat keinen Grund gehabt, das Bajonett mitzunehmen, St. John oder Casey auch nicht.«

»Soll das heißen, daß die Fowlers es mitgenommen haben?«

»Als die Fowlers die Tote aufgefunden und gesehen haben, daß ein Werkzeug, um sie zu befreien, zwischen ihren Beinen steckte, ist ihnen klar geworden, daß General Campbell gelogen hatte – daß er gar nicht versucht hatte, sie zu befreien, wie er ihnen gegenüber behauptet hatte. Tatsächlich ist der General, wie er in der zweiten Version wahrheitsgemäß berichtet hat, überhaupt nicht in ihre Nähe gekommen, sondern die beiden haben sich aus einiger Entfernung angeschrien. Das Bajonett hat den Fowlers gezeigt, daß der General sie hätte befreien *können*, aber er hatte es nicht getan, und deshalb war sie jetzt tot. Um ihm das nicht sagen zu müssen und damit er es in keinem offiziellen Bericht lesen mußte, haben sie das Bajonett mitgenommen und beseitigt. Damit haben sie Campbell einen weiteren Gefallen getan, aber zugleich unsere Ermittlungen behindert.«

Cynthia nickte langsam. »Ja, so muß es gewesen sein.« Sie zog die Augenbrauen hoch. »Und ihr West-Point-Ring?«

»Keine Ahnung.«

»Wieder die Fowlers?«

»Möglich. Ein weiterer Gefallen, den ich allerdings nicht verstehe. Vielleicht hat der Mörder ihn als Erinnerungsstück mitgenommen. St. John und Casey traue ich keine Leichenfledderei zu, obwohl man nie weiß, wozu Leute in solchen Situationen fähig sind. Aber vielleicht ist der General doch ein bißchen näher an seine Tochter herangekommen, als er zugegeben hat. Er hat das Bajonett herausgezogen, wollte sie losschneiden, hat sich die Sache anders überlegt, Ann den Ring abgezogen und ihr vorgeworfen, sie entehre ihre Uniform durch Fehlen derselben, und ist weggefahren. Unterwegs hat er sich die Sache doch wieder anders überlegt und ist zu den Fowlers gefahren. Wer weiß? Und wen kümmert's noch?«

»Mich, Paul. Ich muß wissen, was die Leute bewegt, was in ihren Herzen vorgeht. Das ist wichtig, sonst verkümmert unsere Arbeit zu bloßer Routine, wie sie im Handbuch beschrieben steht. Möchtest du wie Karl Hellmann werden?«

Ich rang mir ein Lächeln ab. »Manchmal schon.«

»Dann wärst du nie mehr imstande, ein Tatmotiv zu ermitteln oder zu begreifen, wer gut und wer böse ist.«

»Klingt okay, finde ich.«

»Sei bitte nicht so stur.«

»Da wir gerade bei Tatmotiven, Gut und Böse, Eifersucht, Haß und Leidenschaft sind, sollten wir rasch die Tagebuchnotizen durchlesen.«

Wir lasen eine Zeitlang. Dabei lernte ich nicht nur William Kents sexuelle Vorlieben kennen, sondern entdeckte etwas viel Wichtigeres: Er war für Ann Campbell offenbar immer mehr zu einem Problem geworden. Zu Cynthia sagte ich: »Hier ist eine Eintragung vom Juli.« Ich las laut vor: »›Bill meldet wieder mal Besitzansprüche an. Dabei dachte ich, wir hätten dieses Problem gelöst.

Heute abend ist er bei mir aufgekreuzt, als Ted Bowes hier war. Ted und ich waren noch nicht runtergegangen; Bill und er haben bei einem Drink im Wohnzimmer gesessen, und Bill ist sehr unfreundlich zu ihm gewesen und hat seinen höheren Dienstgrad ausgespielt.

Zuletzt ist Ted beleidigt gegangen, und Bill und ich haben uns gestritten. Wie er mir erklärt hat, ist er bereit, seine Frau zu verlassen und den Offiziersberuf aufzugeben, wenn ich verspreche, ihn zu heiraten oder wenigstens mit ihm zusammenzuleben. Obwohl er weiß, warum ich mich mit ihm und den anderen Männern abgebe, bildet er sich ein, zwischen uns existiere eine engere Bindung. Er setzt mir deswegen zu, und ich bemühe mich, ihn von dieser Idee abzubringen.

Heute abend wollte er nicht mal Sex. Er wollte nur mit mir reden. Ich habe ihn reden lassen – aber was er sagt, gefällt mir nicht. Warum glauben manche Männer, den Ritter in schimmernder Rüstung spielen zu müssen? Ich brauche keinen Ritter. Ich bin selbst ein Ritter, ich bin selbst ein Drache, ich lebe selbst in einem Schloß. Alle anderen sind Statisten oder spielen bestenfalls Nebenrollen. Bill ist nicht sonderlich sensibel. Er begreift ohnehin nichts, deshalb spare ich mir lange Erklärungsversuche.

Ich habe versprochen, über sein Angebot nachzudenken, und ihn zugleich aufgefordert, nicht wieder unangemeldet vorbeizukommen. Das hat ihn so wütend gemacht, daß er mich geohrfeigt, mir die Kleider vom Leib gerissen und mich im Wohnzimmer auf dem Fußboden vergewaltigt hat. Danach hat er sich für kurze Zeit besser gefühlt und ist zuletzt übelgelaunt abgehauen. Ich bin mir darüber im klaren, daß er gefährlich werden könnte, aber das ist mir egal. Tatsächlich ist er – von Wes abgesehen – der einzige von allen, der mich bedroht oder geschlagen hat – und nur das macht Bill Kent für mich interessant.‹«

Ich sah von dem Computerausdruck auf, und Cynthia und ich wechselten einen Blick. Colonel Kent war offenbar gefährlich. Niemand ist gefährlicher als ein steifer Paragraphenreiter, der zum Sklaven seiner Triebe wird. Ich wollte Cynthia gerade eine weitere Eintragung vorlesen, als jemand anklopfte und die Tür öffnete. Ich hatte mit Warrant Officer Kiefer gerechnet, aber es war Colonel Kent, und ich fragte mich, wie lange er schon vor der Tür gestanden haben mochte.

KAPITEL DREIUNDDREISSIG

Ich schob die Computerausdrucke zusammen und steckte sie in einen großen Umschlag. Colonel Kent stand da und beobachtete uns, ohne ein Wort zu sagen.

Kent trug seinen Stahlhelm. Im allgemeinen setzt man den Helm in Gebäuden ab – außer man ist bewaffnet. Dann ist eine Kopfbedeckung vorgeschrieben. Eine interessante Vorschrift, die vermutlich damit zu tun hat, daß man die Hände frei haben soll, wenn man bewaffnet ist, oder daß andere schon von weitem erkennen sollen, daß man eine Waffe trägt. Kent trug seine Dienstwaffe am Koppel.

Auch Cynthia und ich waren bewaffnet, aber wir trugen unsere Pistolen verdeckt und brauchten keine Kopfbedeckung zu tragen, die uns verraten hätte.

In unserem lediglich von zwei Schreibtischlampen beleuchteten Dienstzimmer war es so dunkel, daß Kents Gesichtszüge nur undeutlich zu erkennen waren. Ich fand seine Miene grimmig, aber auch bedrückt, und erinnerte mich daran, daß er in der Standortkirche gewesen war, um der Verstorbenen die letzte Ehre zu erweisen.

Als er jetzt sprach, klang seine Stimme ruhig, fast tonlos. »Warum hat Specialist Baker hier rumgeschnüffelt?«

Ich stand auf und antwortete: »Sie schnüffelt nicht herum. Sie holt in meinem Auftrag Informationen ein.«

»Das hier ist meine Dienststelle. Wenn Sie was brauchen, fragen Sie gefälligst mich.«

An sich hatte Kent recht. Aber in diesem Fall handelte es sich um Informationen über den Kommandeur. Ich sagte begütigend: »Lauter Nebensächlichkeiten, Colonel.«

»In diesem Gebäude ist nichts nebensächlich.«

»Nicht mal Verwarnungen wegen Falschparkens oder kleiner Geschwindigkeitsüberschreitungen?«

Kent stellte eine Gegenfrage: »Wozu brauchen Sie die?«

»Sie kennen unser Standardverfahren. Wir wollen feststellen, ob irgendwelche Fahrzeuge an irgendwelchen Orten...«

»Danke, das weiß ich. Und Sie wollten die MP-Streifenberichte, das Wachbuch des Sergeanten vom Dienst und die Tonbänder mit dem aufgezeichneten Funksprechverkehr. Suchen Sie ein bestimmtes Fahrzeug?«

Ihren Wagen, Colonel. Aber ich antwortete: »Nein. Wo ist Baker?«

»Ich habe sie ihres Postens enthoben und sie angewiesen, dieses Gebäude nicht mehr zu betreten.«

»Aha. Nun, ich werde Sie offiziell auffordern, diesen Befehl zurückzunehmen.«

»Ich habe Ihnen eine andere Schreibkraft zugewiesen. Ich dulde keinen Verstoß gegen interne Sicherheitsbestimmungen – durch wen und aus welchem Grund auch immer! Sie haben gegen Vorschriften verstoßen und sich möglicherweise sogar strafbar gemacht. Darüber spreche ich morgen mit dem Militärrichter im Stab des Generals.«

»Das ist Ihr gutes Recht, Colonel. Aber ich vermute, daß Colonel Weems im Augenblick andere Sorgen hat.«

Kent schien zu wissen, worauf ich anspielte, und antwortete: »Das Militärstrafgesetzbuch ist nicht von einzelnen abhängig und gilt für alle – auch für Sie beide.«

»Ganz recht. Ich übernehme die volle Verantwortung für alles, was Baker getan hat.«

Nun stand Cynthia auf und sagte: »Tatsächlich bin ich dafür verantwortlich, Colonel. Baker hat ihre Anweisungen von mir bekommen.«

Kent starrte sie stirnrunzelnd an. »Sie hätten mich bloß vorher fragen müssen.«

»Ja, Sir.«

Nachdem er nun einmal in die Offensive gegangen war, führte er seinen Angriff fort – allerdings ohne rechte Begeisterung. Kent wandte sich an mich: »Ich habe nichts gesagt, als Sie Colonel Moore eingesperrt haben, aber ich schreibe eine Meldung über die Art und Weise, wie Sie ihn behandelt haben. So behandelt man keinen Offizier!« Er dachte offenbar an die Zukunft, und seine Beschwerde hatte nichts mit Colonel Moore zu tun.

Ich antwortete gelassen: »Offiziere benehmen sich im allgemeinen anders. Er hat seinen Dienstgrad, seine Fachausbildung und seine Dienststellung mißbraucht.«

»Trotzdem hätte es genügt, ihn bis zum Abschluß der amtlichen Ermittlungen mit Kasernenarrest in einer angemessenen Unterkunft zu belegen.«

»Wissen Sie, Colonel, ich persönlich bin der Meinung, daß die Strafe um so strenger ausfallen sollte, je höher der Betreffende steht. Junge Mannschaftsdienstgrade, die aus Unwissenheit, Leichtsinn oder Übermut straffällig werden, trifft die ganze Härte des Gesetzes. Ich finde, daß straffällig gewordene hohe Offiziere dagegen exemplarisch bestraft werden sollten.«

»Trotzdem genießen Offiziere bestimmte Privilegien – und

dazu gehört, daß kein Offizier vor Eröffnung eines Verfahrens gegen ihn inhaftiert werden sollte, *Mister* Brenner.«

»Liegt jedoch eine Straftat vor, sollte die Strafe in direkter Beziehung zu Dienstgrad, Dienststellung und Gesetzeskenntnis des Täters stehen. Rechte und Vorrechte eines Offiziers bedingen hohes Verantwortungsbewußtsein, und jeder Verstoß gegen Dienstpflichten und Disziplin sollte entsprechend streng geahndet werden.« *Ich rede von Ihnen, Bill, das wissen Sie genau!*

»Dabei sind auch die bisherigen Leistungen eines Soldaten zu berücksichtigen«, wandte er ein. »Hat jemand zwanzig Jahre lang ehrenhaft gedient – wie zum Beispiel Colonel Moore –, hat er Anspruch auf respektvolle Behandlung. Über seine Bestrafung hat dann ein Militärgericht zu befinden.«

Ich starrte ihn lange an, bevor ich erwiderte: »Nach meiner Überzeugung hat ein Offizier, der besondere Vorrechte genießt und einen Diensteid geschworen hat, die Pflicht, seine Tat rückhaltlos zu gestehen, um dem Militärgericht die Peinlichkeit zu ersparen, eine öffentliche Verhandlung ansetzen zu müssen. Irgendwie gefällt mir der aus dem Altertum überlieferte Brauch entehrter Offiziere, sich in ihr Schwert zu stürzen. Aber da heutzutage niemand mehr den Mut dafür hat, sollte ein heutiger Offizier, der ein Kapitalverbrechen verübt oder sich und seine Uniform entehrt hat, zumindest erwägen, sich eine Kugel in den Kopf zu schießen.«

»Sie sind ja verrückt!« protestierte Kent.

»Schon möglich. Vielleicht sollte ich mit einem Psychiater reden. Charlie Moore könnte mir bestimmt helfen. Ich habe übrigens seinen Entlassungsschein unterschrieben, und er dürfte jetzt irgendwo auf dem Kasernengelände eine Schlafgelegenheit suchen. Sollten Sie Moore brauchen, finden Sie ihn vermutlich drüben in der Psy-Ops School. Er glaubt übrigens, der General habe seine eigene Tochter ermordet. Ich weiß, daß er's nicht getan hat. Der Täter muß sich also überlegen, ob er zulassen will, daß Moore seinen Verdacht dem FBI erzählt und einen an sich ehrenhaften Mann schwer belastet. Oder rettet der wahre Mörder wenigstens seine Ehre, indem er die Tat gesteht?«

Kent zuckte mit den Schultern. »Ich vermute, daß der Mörder seine Tat nicht für ein Verbrechen gehalten hat. Sie reden gern von Ehre, alten Bräuchen und den Rechten und Pflichten eines Offiziers. Nun, ich möchte wetten, daß der Mörder es für überflüssig hält, die Militärgerichtsbarkeit mit diesem – diesem Akt persönlicher Ehre und Gerechtigkeit zu behelligen. Das wäre wieder Ihre Philosophie – nur aus anderem Blickwinkel.«

»Genau. Aber wir haben uns an Recht und Gesetz zu halten, und meine persönlichen Empfindungen müssen ebenso zurückstehen wie Ihre. Ich ermittle seit über zehn Jahren in Mordsachen, Colonel, und auch Sie haben genügend Morde erlebt. In fast allen Fällen glaubt der Mörder, seine Tat sei gerechtfertigt gewesen. Auch Zivilgerichte lassen sich immer häufiger auf diese Argumentation ein, anstatt zu sagen: ›Okay, packen Sie aus, wenn Sie glauben, Ihre Tat rechtfertigen zu können.‹« Irgendwie waren wir vom Allgemeinen zum fast Besonderen gekommen – falls er diese Aufforderung wie beabsichtigt auf sich bezog.

Kent starrte erst mich, dann Cynthia an, bevor er sagte: »Ich war vorhin in der Kirche. Ich bin kein gläubiger Mensch, aber ich habe ein Gebet für sie gesprochen. Sie hat übrigens sehr friedlich ausgesehen. Vermutlich ist das die Kunst des Bestattungsunternehmens, aber ich möchte gern glauben, daß ihre Seele frei und ihr Geist wieder glücklich ist.« Er verließ den Raum.

Cynthia und ich saßen sekundenlang schweigend in unserem halbdunklen Dienstzimmer, bevor sie sagte: »So, jetzt wissen wir, wer Ann Campbells Schmerzen und Qualen geerbt hat.«

»Ja.«

»Glaubst du, daß er gestehen wird?«

»Keine Ahnung. Das hängt davon ab, wer den Kampf gewinnt, den er bis Tagesanbruch mit sich führen wird.«

»Ich halte nichts von Selbstmord, Paul, und du hattest kein Recht, dieses Thema auch nur anzuschneiden.«

Ich zuckte mit den Schultern. »Der Gedanke an Selbstmord ist ein großer Trost und hat schon vielen Menschen geholfen, eine schlimme Nacht durchzustehen.«

»Unsinn!«

»Nein, Nietzsche.«

»Verrückt.« Sie stand auf. »Komm, wir suchen Baker.«

»Kiefer.« Ich stand ebenfalls auf und klemmte mir den Umschlag mit den Ausdrucken unter den Arm. Cynthia und ich verließen das MP-Gebäude und traten in die Nacht hinaus.

In der Ferne zuckten Blitze am Himmel, und der Wind hatte stark aufgefrischt. »Es gibt ein Gewitter«, stellte ich fest.

»Typisch Georgia«, meinte Cynthia. »Wenn vorgestern nacht auch eins gewesen wäre…«

»Richtig. Oder genauer gesagt: Wenn es keine Vergewaltiger gäbe, wenn öffentliche Einrichtungen weniger auf ihren Ruf bedacht wären, wenn Eltern und Kinder miteinander reden könnten, wenn Rache nicht so süß wäre, wenn Monogamie biologisch zwanghaft wäre und wenn jeder seine Mitmenschen so behandeln würde, wie er selbst behandelt werden möchte, wären wir arbeitslos, und in den Zellenblocks könnten sie 'ne Hundezucht aufmachen.«

Cynthia hakte sich bei mir unter, und wir gingen zu meinem Blazer.

Als wir einstiegen, fielen schon die ersten Tropfen, und sie fragte: »Wie finden wir Kiefer?«

»Kiefer findet uns.«

»Wo findet sie uns?«

»Wo wir irgendwann sein werden – im Offiziersheim.« Ich ließ den Motor an, legte den ersten Gang ein und schaltete die Scheinwerfer an.

Der Regen wurde stärker. Wir fuhren schweigend über das fast menschenleere Kasernengelände. Die Borduhr zeigte 23.50 Uhr an, und obwohl ich letzte Nacht nur sehr wenig geschlafen hatte, fühlte ich mich noch ziemlich fit. Als ich wenige Minuten später auf dem Parkplatz des Offiziersheims hielt, verwandelte sich der Regen in einen Wolkenbruch und trommelte so laut aufs Autodach, daß ich Cynthia fast schreiend fragen mußte: »Soll ich dich zum Eingang fahren?«

»Nein«, wehrte sie ebenso laut ab. »Soll ich *dich* zum Eingang fahren?«

Einen Vorteil haben moderne Frauen immerhin: Sie sind wasserfester als ihre Vorgängerinnen. Tatsächlich sah mein Anzug viel teurer aus als ihr Outfit, so daß ich nahe dran war, dieses Angebot anzunehmen. Aber nachdem wir eine Minute lang vergeblich darauf gewartet hatten, daß der Wolkenbruch nachließ, rannten wir gemeinsam los. Der von Pionieren der U.S. Army angelegte Parkplatz stand unter Wasser, und schon keine fünfzig Meter vor dem Eingang waren wir bis auf die Haut naß. Aber das war eigentlich eher angenehm.

Der junge Corporal am Empfang teilte mir mit: »Ein Cop aus Midland ist dagewesen und hat einige Gepäckstücke für Sie gebracht, Sir.«

Ich schüttelte mich wie ein nasser Hund. »Ah, danke.« Mein Kumpel Burt hatte also Wort gehalten. »Wo sind meine Sachen? Oben in meinem Zimmer, ausgepackt, gebügelt und aufgehängt?«

»Nein, Sir, dort drüben in der Ecke.«

»Wie viele Sterne hat dieser Laden, Corporal?«

»Na ja, wenn wir noch einen bekämen, wären wir bei null.«

»Richtig. Irgendwelche Nachrichten?«

»Zwei.« Er gab mir zwei Gesprächsnotizen. Kiefer und Seiver. Ich ging zu meinem Gepäck hinüber, das aus zwei Koffern, einem olivgrünen Seesack und einer Reisetasche bestand. Cynthia erbot sich, mir zu helfen, und nahm einen Koffer und die Reisetasche. Wir schleppten das Zeug die Treppe hinauf, waren eine Minute später in meinem Zimmer und ließen das Gepäck auf den Boden fallen.

Cynthia atmete tief durch und sagte: »Ich ziehe mich erst mal um. Rufst du die beiden noch zurück?«

»Ja.« Ich warf meine klatschnasse Jacke auf einen Stuhl, setzte mich aufs Bett und streifte die Schuhe ab, während ich Kiefers Nummer wählte. Eine Frauenstimme meldete sich: »MP-Kompanie fünf-vier-fünf, Unteroffizier vom Dienst.«

»Hier spricht Colonel Hellmann«, sagte ich aus Spaß. »Kann ich Specialist Baker sprechen?«

»Ja, Sir. Bleiben Sie bitte am Apparat.«

Cynthia war in ihr Zimmer gegangen. Während ich mit zwischen Ohr und Schulter eingeklemmtem Hörer wartete, zog ich mich weiter aus, bis ich zuletzt in der Unterhose dasaß. Baker-Kiefer hatte sich dafür entschieden, hier in der Kaserne zu wohnen, was zur Tarnung nützlich, aber im Alltag unpraktisch war. Ich wußte, daß der Unteroffizier vom Dienst jetzt unterwegs war, um sie an den Apparat zu holen, weil die Army gar nicht daran dachte, ihre Unterkünfte mit Privattelefonen auszustatten.

Am anderen Ende wurde der Hörer aufgenommen, und sie meldete sich: »Specialist Baker, Sir.«

»Können Sie reden?«

»Nein, Sir, aber ich rufe zurück, sobald die Telefonzelle hier frei wird. Offiziersheim?«

»Richtig.« Ich legte auf, setzte mich auf den Boden, machte die Koffer auf und suchte meinen Bademantel. Dieser verdammte Yardley hatte alles durcheinandergeworfen – bis hin zu schmutziger Wäsche, Schuhen und Rasierzeug. »Dreckskerl!«

»Wer?«

Ich sah mich um. Cynthia war zurückgekommen. Sie trug einen Seidenkimono und frottierte sich mit einem Handtuch die Haare. »Ich suche meinen Bademantel«, sagte ich.

»Komm, ich helfe dir.« Sie machte sich daran, meine Sachen zu sortieren, Kleidungsstücke in den Schrank zu hängen, Hemden zusammenzulegen und so weiter. Frauen sind im Umgang mit Textilien unglaublich geschickt: Bei ihnen sieht alles ganz leicht aus, während ich nicht mal eine Hose gerade auf einen Kleiderbügel hängen kann.

Ich kam mir ein bißchen komisch vor, als ich in der Unterhose auf dem Fußboden sitzend mein Gepäck durchwühlte, aber dann fand ich endlich meinen in den Seesack gestopften Bademantel und schlüpfte hinein, während das Telefon klingelte. Cynthia erklärte ich: »Kiefer, die zurückruft.«

Ich nahm den Hörer ab und meldete mich: »Brenner.«

Am Apparat war jedoch Cal Seiver, der zu mir sagte: »Paul, ich habe die Karte mit den Fußspuren studiert, bis ich fast blind geworden bin, und mit Gipsabdrücken hantiert, bis ich mir fast 'nen Bruch gehoben habe. Ich kann keinen weiteren Beweis dafür finden, daß Colonel Kent früher als von ihm behauptet am Tatort gewesen ist. Da wir jetzt wissen, was wir suchen, wollte ich meine Spurensicherer morgen noch mal losschicken, aber dieser Regen verdirbt alles.«

»Habt ihr das Zelt und die Planen draußen gelassen?«

»Nein. Das wäre besser gewesen, aber Colonel Kent hat gesagt, er würde den Tatort bewachen und mit Zeltplanen abdekken lassen. Aber als ich vorhin draußen war, ist nichts abgedeckt gewesen – und Wachposten habe ich auch keinen gesehen. Der Tatort ist unwiederbringlich ruiniert.«

»Allerdings!«

»Tut mir leid, Paul.«

»Kein Problem. Hast du den Gipsabdruck schon nach Oakland geschickt?«

»Klar. Mit dem Hubschrauber nach Gillem, von dort aus mit der nächsten Militärmaschine weiter. Ich denke, daß ich vormittags was hören werde.«

»Gut.«

»Soll ich das Team aus Gillem trotzdem kommen lassen?«

»Was hältst du davon?«

»Ich bezweifle, daß dort draußen noch was zu finden ist.«

»Okay, dann lassen wir's. Wir haben schon genug Glück gehabt. Wo steckt Grace?«

»Sie sitzt noch immer am Computer. Ich soll dir sagen, daß sie einen Brief gefunden hat, den die Verstorbene vor kurzem an Mrs. Kent geschrieben hat. Du hast dich doch für Kent interessiert.«

»Der interessiert mich nach wie vor. Was steht in diesem Brief?«

»Captain Campbell hat Mrs. Kent mitgeteilt, Colonel Kent nehme eine platonische Freundschaft allzu ernst, und sie gebeten, mit ihrem Mann zu sprechen, bevor sie – Captain Campbell – sich dienstlich über ihn beschweren müsse. Und sie hat den Kents empfohlen, eine Therapie zu machen.« Er fügte hinzu: »So 'nen Brief dürfte *meine* Frau nicht kriegen!«

»Wann ist er geschrieben worden?«

»Augenblick.«

Ich sah zu, wie Cynthia Unterwäsche und Toilettenartikel sortierte. Dieser Dreckskerl Yardley!

Cal meldete sich wieder: »Am 10. August.«

Also vor elf Tagen. Ich vermutete, daß Mrs. Kent nach Empfang dieser Zeilen aus Bethany Hill abgereist war. Der Brief war offenbar eine Folge von Bill Kents unangemeldetem Besuch in Ann Campbells Haus, wo er schlechte Manieren bewiesen hatte, indem er ihren Liebhaber für diesen Abend an die Luft gesetzt und seine Gastgeberin vergewaltigt hatte. Du liebe Güte! Ann Campbell hatte also beschlossen, etwas gegen Kent zu unternehmen, aber dabei ging sie mit höchst brisantem Sprengstoff um, und dieser Brief war der Zünder gewesen. Ich sagte zu Cal: »Davon brauche ich einen Ausdruck. Nimmst du ihn für mich in Verwahrung?«

»Wird gemacht. Übrigens sind etwa eine halbe Stunde nach deiner Abfahrt drei Gentlemen vom Federal Bureau of Investigation hier aufgekreuzt.«

»Waren sie nett?«

»Bezaubernd nett. Sie haben praktisch alles gelobt – bis hin zum letzten beschissenen Fingerabdruck, den wir gefunden haben. Und sie haben mich ausgefragt und sich mindestens eine Stunde lang gründlich umgesehen. Grace hat sich in dieser Zeit auf 'nem Feldbett schlafend gestellt. Einer der Kerle hat sich sehr für den Computer interessiert, aber Grace hatte die Diskette bei sich.« Er fügte hinzu: »Morgen früh wollen sie mit ihrem eigenen Team wiederkommen.«

»Okay. Ab Mittag gehört alles ihnen. Sonst noch was?«

»Das war's für heute.«

»Danke, Cal. Sieh zu, daß dein Mann in Oakland sich ranhält.

Alles hängt davon ab, wer auf wessen Stiefelabdruck getreten ist. Wir reden morgen wieder miteinander.« Ich legte auf und informierte Cynthia, während ich ihr half, meine Sachen zu ordnen.

Cynthia legte das letzte Paar Socken zusammen und fragte mich: »Wer wäscht und bügelt für dich?«

»Oh, ich hab' eine Art Haushälterin. Eine Nachbarin, die auch das Haus hütet, wenn ich unterwegs bin.«

»Bist du eher der hilflose Typ?«

»Ja, wenn's um Nähen, Bügeln oder Waschen geht. Aber ich kann ein Sturmgewehr M-16 mit verbundenen Augen zerlegen und binnen drei Minuten wieder zusammenbauen.«

»Das kann ich auch!«

»Wunderbar. Ich habe eines zu Hause, das du für mich reinigen kannst.«

Das Telefon klingelte, und ich machte Cynthia ein Zeichen, sie solle abheben. Diesmal rief Kiefer an. Ich verschwand im Bad, streifte die nasse Unterhose ab, frottierte mir die Haare trocken, kämmte mich und putzte mir die Zähne. Danach war mir besser.

Ich warf die nasse Unterhose in den Abfalleimer und ging ins Zimmer zurück. Cynthia saß auf der Bettkante, hatte die Beine übergeschlagen und rieb sich einen Fuß mit der freien Hand, während sie zuhörte. Im Vorbeigehen fiel mir wieder mal auf, daß Cynthia hübsche Beine hatte.

Sie blickte zu mir auf, lächelte und sagte in die Sprechmuschel: »Okay, danke. Gut gemacht.« Cynthia legte auf. »Kiefer hat etwas Interessantes festgestellt. Mrs. Kent, die einen schwarzen Chrysler Cherokee fährt, ist in MP-Kreisen als Bat Lady bekannt, während ihr Jeep Batmobil heißt. In dem aufgezeichneten Funksprechverkehr ist dieses Batmobil einmal erwähnt worden. Irgendein Militärpolizist hat gemeldet: ›An alle, Vorsicht, Batmobil mit Randy One auf dem Büchereiparkplatz!‹« Cynthia fügte hinzu: »Das ist eine typische Warnung vor einem Vorgesetzten an die Truppe. Und die Bücherei ist gegenüber dem Stabsgebäude, falls dir das nie aufgefallen sein sollte.«

»Stimmt. Wann ist das gewesen?«

»Um null Uhr zweiunddreißig. Gegen ein Uhr hat Ann Campbell das Stabsgebäude verlassen und ist in den Jeep gestiegen, um zur Schießbahn sechs zu fahren.« Cynthia fragte mich: »Was hat Kent im Wagen seiner Frau auf der anderen Straßenseite getan?«

»Was jeder verliebte Idiot tut. Er hat nur dagesessen und ihr beleuchtetes Fenster angestarrt.«

»Aber vielleicht waren seine Absichten nicht ganz so harmlos.«

»Schon möglich. Vielleicht hat er nur überlegt, ob er mal zu ihr raufgehen sollte. Oder er hat darauf gewartet, daß St. John dienstlich wegfahren würde. Oder er hat darauf gewartet, daß das Objekt seiner Begierde wegfahren würde, was Ann Campbell dann wirklich getan hat.«

Cynthia zog die Beine hoch und nahm auf dem Bett eine Art Lotusposition ein. Wie Leute bloß so sitzen können! Ich rückte mir den einzigen Sessel ans Bett, ließ mich hineinfallen und sagte: »Hätte meine Frau so einen Brief von meiner Freundin bekommen, wäre ich verdammt sauer und würde einen weiten Bogen um meine Freundin machen. Wäre meine Frau andererseits wegen dieses Briefs verreist, während meine Freundin Nachtdienst hätte, könnte ich vielleicht der Versuchung nicht widerstehen, erneut Verbindung mit ihr aufzunehmen.«

»Du scheinst aus Erfahrung zu sprechen.«

»Hey, das kennen wir doch alle!«

»Ich nicht«, sagte Cynthia, »aber in Brüssel hab' ich mal 'nen Typen gekannt, dem ich immer wieder ›zufällig‹ über den Weg laufen mußte, bis er's endlich begriffen hat.«

»Der Typ war wahrscheinlich nicht so begriffsstutzig, wie du vermutest, aber er hatte den Verdacht, du seist gefährlich.«

»Kein Kommentar.« Sie überlegte kurz – die Lotusposition verleitet anscheinend dazu – und stellte dann fest: »Er ist ihr also nachgefahren.«

»Richtig. Aber er könnte sie schon auf dem Parkplatz des Stabsgebäudes angesprochen haben. Das wissen wir nicht.«

»Aber wie kann er ihr nachgefahren sein, ohne daß sie seinen Wagen auf der Rifle Range Road gesehen hat?«

»Den Wagen seiner Frau, meinst du.«

»Glaubst du, daß Ann Mrs. Kents Wagen gekannt hat?«

»Jede Freundin kennt den Wagen jeder Ehefrau«, antwortete ich. »Aber in dieser Kaserne gibt's genügend Cherokees, um ein Bataillon zu transportieren, deshalb ist er nicht aufgefallen. Auch die Fowlers fahren einen Cherokee – allerdings einen roten.«

»Trotzdem, Paul, wie weit kann Kent auf der Rifle Range Road hinter ihr hergefahren sein, ohne daß sie sich Sorgen wegen der Scheinwerfer hinter ihr gemacht hat?«

»Nicht sehr weit. Aber weit genug.« Ich stand auf, wühlte im Seitenfach meiner Reisetasche und holte einen Filzschreiber heraus, mit dem ich auf die weiße Wand zwischen den Fenstern zeichnete. »Also die Straße führt aus der Kaserne nach Süden und endet nach etwa fünfzehn Kilometern bei der letzten Schießbahn. Abzweigungen gibt es nur zwei: die General Pershing Road, die hier nach links führt, und zwei Kilometer weiter die rechts abzweigende Jordan Field Road.« Ich skizzierte den

Straßenverlauf. »Okay, er folgt ihr mit Licht und genügend Abstand, sieht sie an der General Pershing Road vorbeifahren und bleibt weiter hinter ihr. Sie fährt auch an der Jordan Field Road vorbei, aber Kent weiß, daß *er* dort abbiegen muß, weil sie sonst merkt, daß sie verfolgt wird. Richtig?«

»Bisher schon.«

»Kent biegt also nach Jordan Field ab, und sie beobachtet seine Scheinwerfer im Rückspiegel und atmet auf. Er weiß jedoch genau, daß die Rifle Range Road als Sackgasse endet, so daß Ann nur bis zur letzten Schießbahn und wieder zurück fahren kann. Richtig?«

Cynthia begutachtete meine Skizze und nickte. »Okay, was tut er dann? Ihr ohne Licht folgen? Marschieren? Sich auf die Lauer legen?«

»Was hättest *du* getan? Die Nacht ist so mondhell, daß jedes Auto auch ohne Licht aus ein paar hundert Metern Entfernung zu sehen ist. Dazu kommen Motorengeräusche, die Innenbeleuchtung, wenn eine Tür geöffnet wird, und aus bestimmten Winkeln sogar die Bremslichter. Um nicht gesehen zu werden, muß man gehen oder joggen. Kent schaltet also den Allradantrieb zu, fährt den Cherokee an der Abzweigung der Jordan Field Road unter die Bäume, steigt aus und marschiert die Rifle Range Road entlang weiter.«

»Das sind alles nur Annahmen.«

»Teilweise. Halb Intuition, halb die logische Lösung einer militärischen Standardaufgabe. Wir haben alle die gleiche Ausbildung hinter uns; wir sind alle zu Nachtübungen losgeschickt worden. Zu berücksichtigen sind der Auftrag, das Wetter, die Entfernungen, die Zeiten und so weiter, aber man muß beispielsweise auch wissen, wann es zweckmäßig ist, die Fahrzeuge stehenzulassen und sich zu Fuß in die Büsche zu schlagen.«

»Okay, er steigt also aus und marschiert oder joggt.«

»Richtig. Unterdessen ist es zwischen ein Uhr fünfzehn und ein Uhr dreißig. Colonel Moore ist bereits vorbeigefahren und wartet auf Ann Campbell. Das wissen wir bestimmt. General Campbell hat noch keinen Anruf bekommen. Kent trabt im Laufschritt die Straße entlang und hält nach den Scheinwerfern des Jeeps Ausschau, die Ann aber schon längst ausgeschaltet hat. Sie hat inzwischen die Schießbahn sechs erreicht und sich dort mit Colonel Moore getroffen.« Ich kennzeichnete die Schießbahn sechs mit einem X.

Meine Kartographie schien Cynthia nicht sonderlich zu beeindrucken. »Woran denkt Bill Kent unterwegs?« erkundigte sie sich. »Was hat er vor?«

»Nun, er ist neugierig, was sie nachts dort draußen allein zu suchen hat, obwohl er weiß, daß sie vermutlich nur den Wachposten am Munitionsbunker kontrolliert. In diesem Fall will er sie auf der Rückfahrt aufhalten, indem er sich mitten auf die Straße stellt, und eine Aussprache erzwingen. Nachdem er sie vor ein paar Wochen vergewaltigt hat, denkt er möglicherweise an eine Wiederholung.«

»Sie ist bewaffnet.«

»Er aber auch.« Ich fuhr fort: »Selbst in modernen Beziehungen sollte man seine Partnerin nie mit der Waffe bedrohen. Vor allem nicht, wenn sie selbst bewaffnet ist. Aber er traut sich zu, dieses Problem zu lösen. Vielleicht will er wirklich nur mit ihr reden.«

»Vielleicht. Aber ich möchte keinem Exgeliebten auf einer einsamen Straße begegnen. Ich würde ihn überfahren.«

»Gut, ich werd's mir merken. Aber er weiß nicht, wie Frauen denken. Er kann sich nicht vorstellen, wie sie darauf reagieren wird, daß er sie verfolgt hat und anhält. Er weiß nur, daß sie ein

Liebespaar sind, zwischen dem eine spezielle Beziehung existiert. Seine Frau ist verreist, und er verzehrt sich vor Geilheit und Sehnsucht nach Ann. Er will mit ihr reden. Tatsächlich will er Sex mit ihr – freiwillig oder unter Zwang. Er ist ein klassischer Triebtäter.«

»Er marschiert also die nachtdunkle Rifle Range Road entlang und hält Ausschau nach ihrem Jeep.«

»Genau. Irgendwann setzt sich in seinem Kopf der Verdacht fest, Ann Campbell sei zu einem nächtlichen Rendezvous unterwegs. Das wäre ihr durchaus zuzutrauen, und Bill Kents Herz jagt bei dem Gedanken daran, er könnte sie mit einem Liebhaber überraschen. Er dreht vor Eifersucht fast durch. Einverstanden?«

»Wenn du meinst…«

»Okay, inzwischen ist es etwa zwei Uhr fünfzehn. Colonel Moore hat General Campbell am Telefon die Tonbandaufnahme vorgespielt und Ann Campbell wie besprochen gefesselt. Jetzt wartet er in der Nähe der Toiletten auf das Eintreffen des Generals. Kent, der in eigener Sache unterwegs ist, beherzigt das früher Gelernte. Er weiß, daß er die Scheinwerfer eines Autos auf der geraden Straße aus mindestens einem Kilometer Entfernung sehen kann, so daß ein mäßig schnell fahrender Wagen ihn in weniger als einer Minute einholen könnte – falls er die Scheinwerfer nicht vorher wahrnimmt. Deshalb sieht er sich etwa alle halbe Minute um. Gegen zwei Uhr fünfzehn erkennt er tatsächlich Scheinwerfer hinter sich, hechtet in den Straßengraben und bleibt in Deckung liegen, bis der Wagen vorbei ist.«

»In dem er ihren Liebhaber vermutet.«

»Wahrscheinlich. Aus irgendeinem perversen Grund würde er sie am liebsten in flagranti ertappen. Er hat Spaß daran gehabt, Major Bowes aus Anns Haus zu verjagen und sie anschließend zu vergewaltigen. Wir haben es hier mit einem psychisch gestörten Mann zu tun, der sich einbildet, Ann Campbell werde auf seine aggressive Virilität, seine schimmernde Rüstung und seine Bereitschaft, als Drachentöter für sie aufzutreten, positiv reagieren. Richtig?«

Cynthia nickte zustimmend. »Ja, diesen Typ kenne ich. Fast jeder zweite Vergewaltiger, den ich verhöre, behauptet, die Frau habe es genossen. Aber das hat noch keine der Frauen bestätigt.«

»Fairerweise ist allerdings festzustellen, daß Ann Campbell nichts getan hat, um diese Auffassung Bill Kents zu widerlegen.«

»Richtig, aber ihr Brief an seine Frau hätte ihm beweisen müssen, daß Ann nichts mehr mit ihm zu tun haben wollte. Gut, okay, er ist ebenso verrückt wie sie. Er liegt also im Straßengraben und sieht das Auto an sich vorbeifahren.«

»Genau. Es kommt gegen zwei Uhr fünfzehn mit Licht die Straße entlang. *Das* waren die Scheinwerfer, die PFC Robbins beobachtet hat. Moore ist die beiden letzten Kilometer ohne Licht gefahren. Ann Campbell ebenfalls. Der General hat keinen Grund, es ihnen nachzutun. Der Wagen fährt also vorbei, und Kent richtet sich halb auf. Er kann Mrs. Campbells Buick erkannt haben – oder auch nicht.«

Cynthia stellte fest: »Wir haben's also mit zwei tatkräftigen, ehrgeizigen Männern zu tun – Colonel Kent und General Campbell –, die nachts heimlich mit den Autos ihrer Ehefrauen unterwegs sind.«

»Richtig. Wäre dein Dienstwagen allgemein bekannt und hättest du inoffiziell das Rufzeichen Randy One, würdest du dich vielleicht auch nach einem anderen Transportmittel umsehen.«

»Ich würde vielleicht einfach zu Hause bleiben. Okay, Kent drückt also jetzt aufs Tempo. Moore läuft inzwischen auf dem

Knüppeldamm zur Schießbahn fünf, steigt in seinen Wagen und fährt auf der Rifle Range Road nach Norden in Richtung Kaserne. Aber ohne Kent zu sehen?«

»Ja«, bestätigte ich. »Kent ist bereits an der Schießbahn fünf vorbei. Oder er sieht Moores Scheinwerfer so rechtzeitig, daß er wieder im Straßengraben verschwinden kann. Unterdessen bildet Kent sich ein, seine Freundin sei mit mehreren Liebhabern nacheinander verabredet, und ist sicher reichlich verwirrt.«

»Verwirrt oder nicht«, meinte Cynthia, »jedenfalls nimmt er das Schlimmste an. Er denkt nicht, sie sei vielleicht nur dienstlich unterwegs, fürchtet nicht, ihr könnte etwas zugestoßen sein, und kommt nicht auf die Idee, die beiden Autos könnten nichts mit ihr zu tun haben. Er ist der festen Überzeugung, daß sie irgendwo dort draußen vögelt. Würdest du das auch denken?«

»Klar! Oder hättest du was anderes erwartet?«

Cynthia mußte unwillkürlich lachen. »Schon gut. Bitte weiter, Paul.«

Ich lehnte mich in meinen Sessel zurück. »Jetzt beginnt der Zeitraum, über den wir nur Vermutungen anstellen können. Kent erreicht die Stelle, wo die Schießbahnen fünf und sechs zusammenstoßen, und sieht im Mondschein zwei Fahrzeuge am Straßenrand stehen: den Jeep und den Buick, der ihn vorhin überholt hat. Wir wissen, daß unterdessen die Auseinandersetzung zwischen Vater und Tochter im Gange oder schon beendet ist.«

Cynthia stellte fest: »Kent bleibt jedenfalls noch im Hintergrund.«

»Ja, wir wissen bestimmt, daß Kent nicht hingelaufen ist und festgestellt hat, daß der Buick General Campbell hergebracht hatte. Kent hat Abstand gehalten – zwei- bis dreihundert Meter, schätze ich – und vielleicht sogar etwas gehört, weil Südwind war. Aber er wollte sich nicht restlos blamieren oder gar eine bewaffnete Auseinandersetzung mit einem anderen Mann riskieren.«

»Oder«, sagte Cynthia, »diese Auseinandersetzung zwischen Vater und Tochter *war* beendet, und der General saß schon wieder im Auto.«

»Durchaus möglich. Als nächstes kommt der Buick ohne Licht auf ihn zu, und Kent verschwindet wieder im Straßengraben. Er muß zu Fuß unterwegs sein, denn weder Moore noch der General haben irgendeinen anderen Wagen gesehen.«

»Und sobald der Buick vorbei ist, steht Bill Kent auf und nähert sich Ann Campbells Jeep.«

»Richtig. Er bewegt sich sehr rasch, vielleicht mit gezogener Waffe, zu allem bereit – Vergewaltigung, Zärtlichkeit, Versöhnung oder Mord.«

Cynthia gab ihre Lotusposition auf und ließ die Beine über die Bettkante baumeln. »Und Kent findet Ann Campbell auf der Schießbahn angepflockt, vermutlich noch immer in Tränen aufgelöst, und weiß nicht, ob sie vergewaltigt worden ist oder bloß auf den nächsten Freund wartet.«

»Schon möglich. Jedenfalls ist er zu ihr gegangen – langsam, wie Cal Seiver gesagt hat – und hat sich neben ihr hingekniet. Sie war bestimmt alles andere als froh, ihn zu sehen.«

»Sie muß vor Angst fast gestorben sein.«

»Nein, dazu ist sie nicht der Typ. Aber sie befindet sich entschieden im Nachteil. Er sagt etwas, und sie sagt etwas. Da sie glaubt, ihr Vater habe sie erneut im Stich gelassen, hat sie sich auf längeres Warten eingerichtet. Sie weiß, daß das erste Wachfahrzeug gegen sieben Uhr vorbeikommt, hat über diese Möglichkeit nachgedacht und findet, daß das eine gelungene Rache für Daddys zweiten Verrat wäre. ›Generalstochter nackt von zwanzig Soldaten aufgefunden.‹«

Cynthia nickte langsam. »Aber sie weiß, daß ihr Vater früher oder später zur selben Einsicht gelangen und zurückkommen *muß*, um einen Skandal zu vermeiden. Deshalb will sie unbedingt, daß Kent verschwindet.«

»Vermutlich, denn er stört ihre Inszenierung. Er sieht das in der Erde steckende Bajonett – falls der General es nicht mitgenommen hat – und bietet ihr an, sie loszuschneiden. Oder er rechnet sich aus, daß sie ihm unter diesen Umständen zuhören muß, erkundigt sich, was das alles soll, oder bittet sie, ihn zu heiraten, oder sagt sonst irgend etwas, und der Dialog entwickelt sich, und Ann Campbell, die in ihrem Keller schon oft an die Bettpfosten gefesselt gewesen ist, empfindet weniger Angst und Scham als Ärger und Ungeduld. Wir wissen einfach nicht, was gesagt worden, was geschehen ist.«

»Nein, das wissen wir nicht, aber wir wissen, wie das Gespräch ausgegangen ist.«

»Richtig. Kent kann die Schlinge zugezogen haben, um sich ihre ungeteilte Aufmerksamkeit zu sichern; er kann sie sogar sexuell gereizt haben, während er sexuelle Asphyxie hervorgerufen hat – ein Trick, den er von ihr gelernt haben könnte –, aber irgendwann hat er die Schlinge noch fester zugezogen und nicht mehr gelockert.«

Nach längerem Schweigen stand Cynthia auf und sagte: »Ja, so muß es gewesen sein. Dann ist er zur Straße zurückgegangen, hat erkannt, was er getan hatte, und ist den ganzen Weg zu seinem Jeep zurückgetrabt. Vermutlich hat er ihn erreicht, bevor die Fowlers losgefahren sind, und ist nach Bethany Hill zurückgerast. Vielleicht ist er ihnen unterwegs sogar begegnet. Er ist heimgefahren, hat den Jeep seiner Frau in die Garage gestellt, ist ins

Haus gegangen und hat bestimmt erst mal geduscht, während er auf den Anruf von seinen Leuten gewartet hat.« Sie runzelte die Stirn. »Ob er in dieser Nacht ein Auge zugetan hat?«

»Schwer zu sagen, aber als ich ein paar Stunden später mit ihm zusammengetroffen bin, hat er sehr gefaßt gewirkt – vielleicht ein bißchen unkonzentriert, wenn ich's mir recht überlege.« Ich fügte hinzu: »Er hatte sich innerlich von der Tat losgesagt, wie es die meisten Verbrecher nach ein paar Stunden tun, aber jetzt stürzt alles wieder über ihn herein.«

»Können wir ihm irgendwas davon nachweisen?«

»Nein.«

»Was tun wir also?«

»Wir konfrontieren ihn mit unseren Erkenntnissen. Das ist allmählich überfällig.«

»Er wird alles leugnen, und wir werden uns einen Zivilberuf suchen müssen.«

»Möglicherweise. Und weißt du was? Möglicherweise verdächtigen wir den Falschen.«

Cynthia, die zwischen Bett und Fenster auf und ab gegangen war, blieb ruckartig stehen. »Sollten wir nicht die Stelle suchen, wo der Jeep die Straße verlassen hat?«

»Ja. Sonnenaufgang ist um 05.36 Uhr. Soll ich dich anrufen oder anstoßen?«

Ohne auf meine Frage einzugehen, sagte sie: »Die Reifenspuren sind längst verregnet. Aber wenn er ins Gebüsch gefahren ist, muß zu sehen sein, wo er die Straße verlassen hat.«

»Richtig. Damit wären unsere Zweifel zum Teil beseitigt. Trotzdem wäre das kein Beweis, und wir brauchen handfeste Beweise.«

»Vielleicht finden sich an seinem Wagen Blätter oder Tannennadeln, die mit dem Bewuchs an dieser Stelle übereinstimmen?«

»Das wäre möglich, wenn der Kerl ein Idiot wäre, aber er ist keiner. Der Cherokee ist blitzsauber wie ein Militärjeep vor der Jahresnachprüfung.«

»Verdammter Mist!«

»Wir müssen ihn im psychologisch richtigen Moment mit unseren Erkenntnissen konfrontieren – morgen nach dem Trauergottesdienst. Das ist unsere erste, letzte und einzige Chance, ihn zu einem Geständnis zu bewegen.«

Cynthia nickte zustimmend. »Falls er reden will, tut er's dann. Falls er sein Herz erleichtern will, redet er mit uns, nicht mit dem FBI.«

»Richtig.«

»Zeit zum Schlafengehen.« Sie griff nach dem Telefonhörer und bat den Corporal am Empfang, uns um vier Uhr zu wecken. Das bedeutete drei Stunden Schlaf für mich, wenn ich in den nächsten zehn Sekunden abkippte. Aber ich hatte eine andere Idee. »Was hältst du davon, wenn wir gleich duschen, um Zeit zu sparen?« fragte ich.

»Nun...«

Keine gute Reaktion. Cynthia und ich waren etwas schüchtern, glaube ich, was bei Exliebhabern normal ist, wenn sie versuchen, Vergangenes aufzufrischen. Und das viele Gerede über Vergewaltigungen war nicht stimmungsfördernd gewesen. Ich meine, hier gab es keine Musik, keine Kerzen, keinen Champagner. Sondern nur den Geist Ann Campbells, den Gedanken an ihren Mörder, der in seinem Bett auf Bethany Hill schlief, und zwei erschöpfte Menschen in der Fremde. »Aber das wäre vielleicht nicht passend«, gab ich zu.

»Nein, das wär's nicht. Laß uns warten, bis wir was Besonderes daraus machen können. Am Wochenende bei dir. Wir werden froh sein, daß wir gewartet haben.«

Klar, ich konnte mir überhaupt nichts Schöneres vorstellen, als darauf zu warten. Aber ich hatte keine Lust, lange zu diskutieren, und war nicht clever genug, um sie zu verführen. Also schlug ich gähnend meine Bettdecke zurück. »*Bonne nuit*, wie sie in Brüssel sagen.«

»Gute Nacht.« Cynthia ging zur Badezimmertür, blieb wie letztes Mal stehen, drehte sich um und sagte: »Darauf können wir uns schon mal freuen.«

»Stimmt.« Ich knipste die Lampe aus, ließ meinen Bademantel fallen und kroch nackt ins Bett.

Ich hörte die Dusche rauschen, hörte den Regen plätschern, hörte ein Paar auf dem Flur kichern.

Das Klingeln des Telefons um vier Uhr hörte ich nicht.

KAPITEL VIERUNDDREISSIG

Cynthia war angezogen, die Sonne schien durchs Fenster, und ich roch frischen Kaffee.

Sie saß auf meiner Bettkante. Als ich mich aufsetzte, gab sie mir einen Plastikbecher. »Unten gibt's eine Kaffeebar.«

»Wie spät ist's denn?« fragte ich.

»Kurz nach sieben.«

»Sieben?« Ich wollte aus dem Bett springen, aber dann fiel mir ein, daß ich splitternackt war. »Warum hast du mich nicht geweckt?«

»Wie viele Leute braucht man, um niedergewalztes Unterholz zu besichtigen?«

»Du bist draußen gewesen? Hast du was gefunden?«

»Ja. Etwa fünfzig Meter von der Rifle Range Road entfernt hat ein Fahrzeug die Jordan Field Road verlassen. Die Spuren sind deutlich zu sehen. Profil ist keines zu erkennen, aber der Wagen hat Büsche geknickt und von einer Tanne ein Stück Rinde abgeschält.«

Ich schlürfte Kaffee, während ich meine Gedanken zu ordnen versuchte. Cynthia, in Jeans und einem weißen Tennishemd, sah zum Anbeißen gut aus. »Rinde abgeschält?« fragte ich.

»Ja. Also bin ich nach Jordan Field weitergefahren und habe den armen Cal geweckt. Er und einer seiner Leute sind mitgekommen und haben den beschädigten Baumstamm abgesägt.«

»Und?«

»Nun, wir sind in den Hangar zurückgefahren und haben bei besserem Licht Lacksplitter entdeckt. Cal schickt das Baumstück zur Untersuchung nach Fort Gillem. Ich habe ihm gesagt, daß wir auf einen schwarzen Chrysler Cherokee tippen, und er meint, daß sich das durch eine Anfrage beim Hersteller überprüfen läßt.«

»Richtig. Und wir finden den dazugehörigen Kratzer an Mrs. Kents Jeep.«

»Hoffentlich! Damit hätten wir den Beweis, den wir brauchen, um unsere Rekonstruktion von Kents Bewegungen zu untermauern.«

»Stimmt.« Ich räusperte mich. »Sollte der Lack von einem schwarzen Cherokee stammen, beweist das leider nur, daß ein schwarzer Jeep diesen Baum gestreift hat. Trotzdem wäre das für mich der endgültige Schuldbeweis.«

»Für mich auch.«

Ich trank meinen Kaffee aus. »Ich wollte geweckt werden. Hast du mich zu wecken versucht?«

»Nein. Du hast wie tot geschlafen.«

»Na ja, okay. Gut gemacht.«

»Danke. Außerdem habe ich Cal Seiver deine Stiefel mitgenommen. Er hat sie mit den noch nicht identifizierten Gipsabdrücken verglichen und deine Spuren auf der Karte eingetragen.«

»Besten Dank. Werde ich jetzt verdächtigt?«

»Noch nicht. Aber Cal hat die Stiefel gebraucht, um deine Spuren identifizieren zu können.«

Sie ignorierte meine Frage. »Cal hat sich aus Fort Gillem ein Programm schicken lassen, das auf dem Computer im Hangar läuft und die Spuren aller identifizierten und nicht identifizierten Personen zeigt. Ich habe ihm ausführlich berichtet, was sich unserer Überzeugung nach in der Tatnacht abgespielt hat.« Sie stand auf und trat ans Fenster. »Es regnet nicht mehr. Die Sonne scheint wieder. Gut für die Ernte. Gut für die Beisetzung.«

Ich sah ein Blatt Papier auf der Bettdecke liegen, griff danach und hielt den Computerausdruck von Ann Campbells Brief an Mrs. Kent in den Händen. Der Text begann: *Liebe Mrs. Kent, ich schreibe Ihnen wegen einer Situation, die sich zwischen Ihrem Mann und mir entwickelt hat.* Der Brief endete: *Obwohl ich die beruflichen Fähigkeiten Ihres Mannes achte, habe ich kein persönliches Interesse an ihm. Ich schlage vor, daß er sich – allein oder gemeinsam mit Ihnen – einer Therapie unterzieht, seine Versetzung beantragt oder einen längeren Urlaub antritt. Meine Sorge gilt seiner Karriere, seinem Ruf, meinem Ruf und dem Bestreben, jeden Anschein einer Unschicklichkeit im Befehlsbereich meines Vaters zu vermeiden. Hochachtungsvoll. Ihre Ann Campbell.*

»Unschicklichkeit im Befehlsbereich meines Vaters«, sagte ich laut und hatte Mühe, mir ein Lachen zu verbeißen.

Cynthia wandte sich vom Fenster ab. »Mut hatte sie, das muß man ihr lassen.«

Ich warf den Brief auf den Nachttisch. »Kent muß das Original gesehen haben und daraufhin ausgerastet sein. Hat Cal übrigens schon was aus Oakland gehört?«

»Noch nicht.«

»Okay, ich möchte aufstehen, aber ich bin nackt.«

Cynthia warf mir meinen Bademantel zu und drehte sich zum Fenster. Ich stand auf, zog den Bademantel an und verschwand im Bad. Nachdem ich mir das Gesicht gewaschen hatte, begann ich mit dem Rasieren.

Das Telefon in meinem Zimmer klingelte, und Cynthia nahm den Hörer ab. Weil das Wasser lief, verstand ich nicht viel, aber eine Minute später steckte Cynthia den Kopf ins Bad und sagte: »Das war Karl.«

»Was wollte er?«

»Er wollte wissen, ob er mit dem falschen Zimmer verbunden sei.«

»Oh...«

»Er ist in Atlanta. Um zehn Uhr ist er hier.«

»Ruf ihn zurück und sag ihm, daß hier Tornados wüten.«

»Er ist schon unterwegs.«

»Großartig.« Ich rasierte mich fertig und begann, mir die Zähne zu putzen. Cynthia ging in mein Zimmer zurück. Als ich die Dusche aufdrehte, hörte ich das Telefon in ihrem Zimmer klingeln. Als sie nicht hinüberlief, warf ich einen Blick in mein Zimmer und stellte fest, daß sie von meinem Apparat aus telefonierte. Da ich glaubte, es handle sich um ein wichtiges Dienstgespräch, ging ich in ihr Zimmer und nahm den Hörer ab. »Hallo?«

Eine Männerstimme fragte: »Wer sind Sie?«

Ich stellte die Gegenfrage: »Wer sind *Sie*?«

»Major Sholte. Was tun Sie im Zimmer meiner Frau?«

Gute Frage. Ich hätte sagen können, er sei falsch verbunden, ich hätte alles mögliche sagen können, aber ich sagte: »Im Prinzip nichts anderes als in Brüssel.«

»Was? Verdammt noch mal, wer – Brenner? Sind Sie *Brenner*?«

»Zu Ihren Diensten, Major.«

»Sie Schweinehund! Sie sind so gut wie tot! Ist Ihnen das klar, Brenner? Sie sind so gut wie tot.«

»Sie haben Ihre Chance in Brüssel gehabt. Jeder kriegt nur eine Chance.«

»Sie Dreckskerl...«

»Ms. Sunhill ist nicht da. Kann ich ihr was ausrichten?«

»Wo ist sie?«

»Unter der Dusche.«

»Sie *Scheißkerl*.«

Warum regte dieser Kerl sich so auf, wenn er in Scheidung lebte und längst eine Freundin hatte? Na ja, Männer sind komisch, und manche betrachten ihre Frau noch unmittelbar vor der Scheidung als ihr Privateigentum. Aber hier stimmte irgend etwas nicht, und mir drängte sich der Verdacht auf, einen großen Fehler gemacht zu haben.

Major Sholte erklärte mir: »Diesmal besorg' ich's Ihnen, Brenner, darauf können Sie Gift nehmen!«

Ich erkundigte mich vorsichtig: »Leben Sie und Cynthia in Scheidung?«

»Scheidung? Wer hat Ihnen *den* Scheiß erzählt? Los, holen Sie mir die Schlampe ans Telefon!«

»Probeweise Trennung?«

»Holen Sie sie ans gottverdammte Telefon. Sofort!«

»Augenblick.« Ich ließ den Hörer achtlos aufs Bett fallen und dachte über einiges nach. Das Leben ist manchmal wirklich beschissen, aber dann wird's scheinbar besser, und man wird beinahe optimistisch, bis einem jemand den Teppich unter den Füßen wegzieht, so daß man wieder auf dem Arsch landet. Ich griff nach dem Hörer und sagte: »Ich richte ihr aus, daß sie zurückrufen soll.«

»Das will ich hoffen, Dreckskerl! Und lassen Sie gefälligst Ihre...«

Ich legte auf, ging ins gemeinsame Bad zurück, ließ meinen Bademantel fallen und stellte mich unter die Dusche.

Cynthia erschien an der Tür und rief, um das Rauschen des Wassers zu übertönen: »Ich habe in der Psy-Ops School angerufen und mir bestätigen lassen, daß Colonel Moore die Nacht dort verbracht hat. Ich habe ihm bestellen lassen, daß er in einer Stunde im MP-Gebäude sein soll. Okay?«

»Okay.«

»Ich habe deine Uniform zurechtgelegt. Zum Trauergottesdienst sollten wir Uniform tragen.«

»Danke.«

»Ich ziehe jetzt meine Uniform an.«

»Okay.«

Durchs Glas konnte ich sehen, wie sie das Bad durchquerte, um in ihr Zimmer zu gelangen. Sobald die andere Tür hinter ihr ins Schloß gefallen war, drehte ich das Wasser ab und trat aus der Kabine.

Um acht Uhr saßen wir – beide in Uniform – in meinem Chevy Blazer, den ich vor dem MP-Gebäude einparkte. Cynthia erkundigte sich: »Hast du irgendwas?«

»Nein.«

In unserem Dienstzimmer trank ich noch einen Kaffee, während ich in Gesprächsnotizen blätterte. Colonel Moore kreuzte ziemlich übernächtigt auf, aber er trug seine Ausgehuniform und hatte irgendwo passende Schuhe aufgetrieben. Cynthia bot ihm einen Stuhl an. Ich sagte ohne weitere Vorrede: »Colonel, wir haben Grund zu der Annahme, daß Colonel Kent Ann Campbell ermordet hat.«

Er wirkte erstaunt, fast wie vor den Kopf geschlagen, und äußerte sich nicht dazu.

Ich fragte ihn: »Könnte er's gewesen sein?«

Moore dachte lange nach, bevor er zögernd antwortete: »Er war für Ann zu einem Problem geworden, aber...«

»Was hat sie Ihnen über ihn erzählt?«

»Nun, daß er sie zu unmöglichen Zeiten angerufen, ihr Briefe geschrieben und sie daheim und im Dienst unangemeldet besucht hat.«

Und so fort. Ich fragte weiter: »Hat sie Ihnen in der Tatnacht bei Ihrem Anruf im Stabsgebäude erzählt, Kent habe sie besucht oder sich telefonisch gemeldet?«

»Nicht direkt, aber sie hat mir erklärt, sie würde entgegen dem ursprünglichen Plan nicht mit ihrem BMW fahren. Statt dessen sollte ich nach einem Jeep Ausschau halten. Sie hat gesagt, da Bill Kent sie wieder belästige, sei ein Jeep unauffälliger, und er solle ihren Wagen die ganze Nacht auf dem Parkplatz des Stabsgebäudes stehen sehen. Das war ein gewisses Problem, denn sie hatte ein Autotelefon im Wagen, während ich das Mobiltelefon hatte, und wir wollten auf ihrer Fahrt zur Schießbahn in Verbindung bleiben. Aber das war kein großes Problem, denn sie ist mit dem Jeep gekommen, und wir haben uns wie geplant getroffen.«

Cynthia fragte ihn: »Hat sie von Kent gesprochen, als Sie sich getroffen haben?«

»Nein.«

»Hat sie berichtet, daß sie verfolgt worden ist?«

»Nein. Na ja, sie hat gesagt, anfangs sei ein Auto hinter ihr hergefahren, dann aber nach Jordan Field abgebogen.« Er fügte hinzu: »Aber sie hatte das Gefühl, alles sei in Ordnung, deshalb habe ich ihren Vater über mein Mobiltelefon angerufen.«

Cynthia fragte weiter: »Und dann sind Sie mit ihr auf die Schießbahn hinausgegangen?«

»Ja.«

»Danach haben Sie bei den Toiletten gewartet, um zu sehen, ob alles wie geplant ablief?«

»Ja.«

»Haben Sie nicht vermutet«, fragte Cynthia ihn, »daß Colonel Kent dort draußen aufkreuzen könnte?«

Moore antwortete zögernd: »Ich muß flüchtig daran gedacht haben, nehme ich an. Ich hatte den Eindruck, er sei in letzter Zeit ständig hinter ihr her.«

»Aber Sie sind nie auf die Idee gekommen, er sei ihr tatsächlich gefolgt und habe sie möglicherweise ermordet?«

»Nun, wenn ich jetzt darüber nachdenke...«

Ich warf ein: »Sie wären ein klasse Detektiv, Colonel.«

Er antwortete gekränkt: »Ich dachte, der General habe... Nun, eigentlich habe ich nicht gewußt, was ich denken sollte. Als ich gehört habe, sie sei ermordet worden, habe ich gleich auf ihren Vater getippt. Aber dann ist mir eingefallen, er könnte sie einfach liegengelassen haben und irgend jemand – vielleicht ein Geistesgestörter – könnte zufällig vorbeigekommen sein. An Colonel Kent habe ich in diesem Zusammenhang nie gedacht.«

»Warum nicht?« fragte ich.

»Kent – er ist der hiesige Provost Marshal, ein verheirateter Mann. Er hat sie geliebt, aber – nun, bei näherer Überlegung kommt er sehr wohl als Täter in Frage. Ich meine, aus psychologischer Sicht hat er zwanghaft und irrational gehandelt. Ann konnte ihn nicht mehr kontrollieren.«

»Ann«, stellte ich fest, »hatte ein Monster erschaffen.«

»Ja.«

»Wußte sie das?«

»An sich schon. Aber sie hatte wenig Erfahrung im Umgang mit Männern, die sie nicht kontrollieren konnte. Die einzigen Ausnahmen dürften ihr Vater und vermutlich Wes Yardley gewesen sein. Nachträglich gesehen hat sie Bill Kent nicht genug ernst genommen. Sie hat ihn unterschätzt.«

»Sie ist in Psychologische Anomalien 101 durchgefallen.«

Moore gab keine Antwort.

»Okay, ich möchte, daß Sie in Ihr Dienstzimmer gehen und alles aufschreiben.«

»Was aufschreiben?«

»*Alles.* Einen vollständigen Bericht über Ihre Beteiligung an dieser Sache. Übergeben Sie ihn mir nach dem Trauergottesdienst in der Kirche. Sie haben fast zwei Stunden Zeit. Tippen Sie schnell! Und erzählen Sie niemandem, was wir hier besprochen haben.«

Colonel Moore stand auf und schlurfte hinaus. Ein Schatten seiner selbst, fand ich.

Cynthia schüttelte den Kopf. »Der Fall sah so kompliziert aus, und wir haben uns alle abgestrampelt, und dabei hatten wir die Lösung die ganze Zeit vor der Nase!«

»Deshalb war sie so schwer zu sehen.«

Cynthia machte einige Minuten lang Konversation, aber ich antwortete recht einsilbig. Zwischendurch musterte sie mich mehrmals prüfend.

Um Unannehmlichkeiten zu vermeiden, nahm ich den Telefonhörer ab und rief Colonel Fowler im Stabsgebäude an. Ich wurde sofort mit ihm verbunden und erklärte ihm: »Colonel, ich möchte, daß Sie die Schuhe verbrennen, die Sie und Ihre Frau auf der Schießbahn sechs getragen haben. Zweitens sollten Sie Ihre Aussage mit General Campbell abstimmen. Sie sind niemals dort draußen gewesen. Drittens rate ich Ihnen dringend, Ihre Frau sofort nach der Trauerfeier in ein Auto oder Flugzeug zu setzen.«

»Besten Dank für Ihre Empfehlungen«, wehrte er ab, »aber ich fühle mich verpflichtet, meine Beteiligung an diesem Fall einzugestehen.«

»Ihr Kommandeur wünscht, daß Sie das nicht tun. Der Wunsch eines Generals ist ein Befehl.«

»Das wäre ein widerrechtlicher Befehl.«

»Tun Sie allen einen Gefallen – sich selbst, Ihrer Frau, Ihrer Familie, der Army, den Campbells, mir – und vergessen Sie die Sache. Denken Sie darüber nach.«

»Gut, ich werde darüber nachdenken.«

»Frage: Haben Sie ihr den West-Point-Ring abgezogen?«

»Nein.«

»Hat in der Nähe der Leiche ein Bajonett im Erdboden gesteckt?«

»Nicht im Boden. Der Griff hat in ihrer Scheide gesteckt.«

»Oh…«

»Ich habe es herausgezogen und beseitigt.«

»Wie?«

»Ich habe es von der Chickasaw River Bridge geworfen.« Er fügte hinzu: »Sie hätten es bestimmt gern auf Fingerabdrücke untersucht.«

»Richtig, Colonel.« Aber Kent hatte bestimmt keine Fingerabdrücke hinterlassen.

»Tut mir leid. Das war eine instinktive Reaktion.«

»Die sind in letzter Zeit häufig.«

»Eine scheußliche Geschichte, Brenner. Und wir sind alle mit daran schuld.«

»Scheiß passiert eben.«

»Aber nicht mir! Angefangen hat alles damit, daß sie vor zwei Jahren herkam. Aber wissen Sie was? Das war unsere Schuld, nicht ihre.«

»Wahrscheinlich haben Sie recht.« Ich fügte hinzu: »Unter Umständen verhafte ich heute nachmittag einen Verdächtigen.«

»Wen?«

»Darf ich nicht sagen. Wir sehen uns beim Gottesdienst.«

»Gut.«

Ich legte auf. Kaum glaubt man, die einem zustehende Ration Scheiß für einen Tag verpaßt bekommen zu haben, gibt's 'nen Nachschlag. In diesem Fall brachte ihn ein MP-Major namens Doyle. Er kam herein, nickte Cynthia zu und wandte sich an mich: »*Mister* Brenner, Sie haben den Entlassungsschein für einen Staff Sergeant Dalbert Elkins unterschrieben. Richtig?«

»Ja, Sir.«

»Wir haben ihn in der MP-Unterkunft einquartiert.«

»Schön.« *Was geht mich das an?*

»Bedingung für seine Haftentlassung war, daß er sich alle drei Stunden auf der Schreibstube meldet.«

»Klingt vernünftig.«

»Zum ersten Termin um acht Uhr ist er nicht erschienen.«

Scheiße! »Was?«

»Und er ist seitdem nicht mehr aufgetaucht.«

Cynthia sah zu mir hinüber. Dann sah sie weg.

Major Doyle teilte mir mit: »Wir haben sofort Haftbefehl gegen ihn erlassen und die Midland Police, die County Police und die Georgia State Police alarmiert.« Er fuhr fort: »Major Bowes, der CID-Kommandeur, erwartet einen ausführlichen Bericht von Ihnen.« Doyle grinste hämisch und sagte: »Sie haben Scheiß gebaut.« Er machte kehrt und ging.

Ich starrte eine Zeitlang blicklos vor mich hin. Zuletzt sagte Cynthia: »Das ist mir auch schon mal passiert.«

Ich gab keine Antwort.

»Aber bloß *einmal.* Also kein Grund, die Menschen zynisch zu beurteilen.«

Woll'n wir wetten? Da gutes Timing entscheidend ist, wäre dies der richtige Augenblick gewesen, den Anruf ihres Mannes zu erwähnen, aber Karl Hellmanns Timing war schlecht, und er kreuzte ausgerechnet jetzt auf.

Cynthia und ich standen auf, als der große Mann unser winziges Dienstzimmer betrat. Karl nickte flüchtig, sah sich um und schüttelte uns beiden die Hand. Als Dienstgradjüngste bot Cynthia ihm ihren Schreibtischsessel an, den er dankend annahm, während sie den einzigen Stuhl bekam und ich an meinem Schreibtisch saß.

Karl, der ebenfalls seine grüne Ausgehuniform trug, warf seine Mütze auf den Schreibtisch.

Wie ich war Karl früher Infanterist gewesen und hatte ungefähr gleichzeitig mit mir in Vietnam gekämpft. Wir trugen im wesentlichen die gleichen Auszeichnungen – unter anderem den Bronzestern für Tapferkeit und das begehrte Infanterie-Sturmabzeichen. Als Kriegskameraden und Altersgenossen verzichteten wir im allgemeinen auf gewisse Förmlichkeiten. An diesem Morgen war ich jedoch nicht in »Karl«-Stimmung, deshalb fragte ich knapp: »Kaffee, Sir?«

»Nein, danke.«

Karl ist ein gutaussehender Mann mit grauschwarzem Haar,

energischem Kinn und blauen Augen. Frauen finden ihn jedoch nicht sexy. Das mag an seinem relativ förmlichen Auftreten liegen. Davon abgesehen, ist er ein hundertprozentiger Profi.

Nachdem wir etwa eine Minute lang Freundlichkeiten ausgetauscht hatten, sagte Karl mit seinem leichten Akzent zu mir: »Wie ich höre, befindet unser Hauptzeuge in der Waffenschiebersache sich auf der Flucht.«

»Ja, Sir.«

»Können Sie sich noch daran erinnern, was Sie dazu bewogen hat, ihn aus der Haft zu entlassen?«

»Nein, im Augenblick nicht, Sir.«

»Man fragt sich, warum ein Mann, dem Straffreiheit zugesichert worden ist, eine weitere Straftat begeht, indem er flüchtet.«

»Das tut man allerdings.«

»Haben Sie ihm erklärt, daß er Straffreiheit genießt?«

»Ja, Sir – aber offenbar nicht gut genug.«

»Wissen Sie, Paul, der Umgang mit dummen Menschen ist ein Problem. Man projiziert seine eigene Intelligenz und Vernunft in einen Menschen, der ein völliger Idiot ist und einen dann im Stich läßt. Er ist unwissend und ängstlich, und er ist ein Sklave seiner Instinkte. Die Gefängnistür öffnet sich, und er haut ab. Durchaus verständlich.«

Ich räusperte mich. »Ich dachte, ich hätte ihn überzeugt und sein Vertrauen gewonnen.«

»Natürlich haben Sie das gedacht. Das wollte er Sie glauben machen, solange er hinter Gittern gesessen hat. Die Kerle sind gerissen.«

»Ja, Sir.«

»Vielleicht fragen Sie mich nächstes Mal, bevor Sie einen Häftling freilassen, der einer schweren Straftat verdächtig ist.«

»Tatsächlich ist er ein Zeuge gewesen, Sir.«

Karl beugte sich zu mir hinüber und sagte: »Er hatte keinen blassen Schimmer vom Unterschied zwischen Häftling und Zeuge. Sie haben ihn eingesperrt, Sie haben ihn rausgelassen, er ist abgehauen.«

»Ja, Sir.«

»Paragraph neun-sechs des Militärstrafgesetzbuchs behandelt die fahrlässige oder vorsätzliche Freilassung von Häftlingen. Sie können sich auf ein Verfahren gefaßt machen.«

»Ja, Sir.«

Er lehnte sich in seinen Sessel zurück. »So, jetzt möchte ich hören, wie sich die Dinge hier entwickelt haben.«

Okay, ich habe keine Chance gehabt, mit Cynthia zu schlafen, sie hat mich in bezug auf ihren Ehemann angelogen, ich bin sauer und am Boden zerstört, Ann Campbell will mir nicht aus dem Kopf gehen, der Provost Marshal hier im Gebäude ist wahrscheinlich ein Mörder, dieser Idiot Dalbert ist getürmt, und ich hätte heute morgen lieber im Bett bleiben sollen.

Hellmann wandte sich an Cynthia. »Vielleicht reden Sie mit mir?«

»Ja, Sir.« Cynthia berichtete ihm von den Ergebnissen der Spurensicherung, Grace Dixons Computerfunden, Vater und Sohn Yardley und der bedauerlichen Verwicklung zahlreicher Stabsoffiziere in diesen Fall.

Karl hörte zu.

Danach folgte eine Zusammenfassung unserer Gespräche mit General Campbell, Mrs. Campbell, Colonel Fowler, Mrs. Fowler und Colonel Moore. Obwohl ich kaum zuhörte, fiel mir auf, daß Cynthia die Rolle der Fowlers nur sehr vage schilderte, kein Wort über Ann Campbells Kellerraum verlor und auch Bill Kent nicht erwähnte. Das wäre genau meine Taktik gewesen, und ich war beeindruckt, wieviel sie in diesen zwei Tagen dazugelernt hatte.

»Wie Sie sehen«, sagte Cynthia zu Karl, »hatte alles mit Rache, Vergeltung, einem perversen Experiment in Psychologischer Kriegführung und dem zu tun, was sich vor einem Jahrzehnt in West Point abgespielt hat.«

Karl nickte wortlos.

Zuletzt erwähnte Cynthia noch Friedrich Nietzsche – im Zusammenhang mit Ann Campbells persönlicher Lebensphilosophie. Das schien Karl zu interessieren, und ich merkte, daß Cynthia diesen Köder absichtlich ausgeworfen hatte.

Karl lehnte sich zurück, legte die Fingerspitzen aneinander und überlegte wie ein großer Weiser, der dabei ist, das Rätsel des Lebens zu lösen.

»Paul hat hervorragende Arbeit geleistet«, schloß Cynthia, »und ich habe viel von ihm gelernt.«

Wuff!

Karl blieb über eine Minute lang bewegungslos sitzen, und ich erriet, daß der große Weise keinen blassen Schimmer hatte. Cynthia versuchte, meine Aufmerksamkeit zu erregen, aber ich weigerte mich, zu ihr hinüberzusehen.

Schließlich sprach Colonel Hellmann doch. »Nietzsche. Ja. In Rache und Liebe ist die Frau barbarischer als der Mann.«

Ich fragte ihn: »Ist das Nietzsche, Sir, oder Ihre persönliche Meinung?«

Sein Blick zeigte mir, daß das Eis unter mir dünner wurde. Zu Cynthia sagte er: »Sehr gut. Sie haben hier Tatmotive, massive Korruption und große Geheimnisse aufgedeckt.«

»Danke, Sir.«

Karl sah zu mir hinüber, dann auf seine Uhr. »Sollten wir zur Kirche fahren?«

»Ja, Sir.«

Er stand auf, und wir folgten ihm. Wir nahmen unsere Mützen mit und verließen das MP-Gebäude.

Wir stiegen alle in meinen Blazer, und Karl bekam den Ehrenplatz auf dem Rücksitz. Unterwegs fragte er endlich: »Wissen Sie, wer's gewesen ist?«

»Ziemlich sicher«, antwortete ich.

»Wollen Sie mir nicht verraten, wen Sie verdächtigen?«

Was hast du davon? Aber ich antwortete: »Wir haben einige Indizien, einige Zeugenaussagen und einige gesicherte Spuren, die auf Colonel Kent hinweisen.« Ich sah in den Rückspiegel und stellte befriedigt fest, daß Karl große Augen bekam. Aber das blieb seine einzige Reaktion. »Ich meine den Provost Marshal«, fügte ich erklärend hinzu.

Sobald Karl sich erholt hatte, wollte er wissen: »Sind Sie beide bereit, ihn formell unter Anklage zu stellen?«

Danke für dieses As, Karl. »Nein«, sagte ich. »Ich übergebe unser Beweismaterial dem FBI.«

»Weshalb?«

»Die Ermittlungen sind noch nicht abgeschlossen.«

»Erzählen Sie mir, was Sie bisher wissen.«

Ich bog auf den Parkplatz der Standortkirche ab. Die Kirche selbst war ein großer Klinkerbau – bestens geeignet für Soldatenhochzeiten, Trauerfeiern, Gottesdienste und einsame Gebete vor dem Abflug in ein Kriegsgebiet. Wie stiegen aus dem Blazer und blieben in der heißen Sonne stehen. Der Parkplatz füllte sich rasch, und die nach uns Eintreffenden mußten auf der Straße oder dem Rasen parken.

Cynthia zog ein Blatt Papier aus ihrer Handtasche und gab es Karl. »Das hier stammt aus Ann Campbells Computer. Es ist ein Brief an Mrs. Kent.«

Er las den Brief, nickte und gab ihn Cynthia zurück. »Ja, ich verstehe, daß dieser Brief an seine Frau bei Colonel Kent Wut und Scham ausgelöst hat. Aber wäre er deshalb zum Mörder geworden?« In diesem Augenblick ging Colonel William Kent mit einem knappen Gruß an uns vorbei. Cynthia erklärte Karl: »Das ist Colonel Kent.«

Karl beobachtete ihn und stellte fest: »Er sieht nicht wie jemand mit Gewissensqualen aus.«

»Seine Gemütsverfassung schwankt sehr«, erwiderte Cynthia. »Ich glaube, daß er jetzt kurz davor ist, sich einzureden, er habe richtig gehandelt, und uns diese Überzeugung mitzuteilen.«

Karl nickte langsam. »Ja, das ist das große Geheimnis unserer Arbeit – den Täter nicht mit der moralischen Frage nach Recht oder Unrecht zu konfrontieren, sondern ihm Gelegenheit zu geben, seine Gründe zu erklären.« Er fragte Cynthia: »Welche weiteren Beweise haben Sie?«

Cynthia berichtete hastig von den Tagebucheinträgen, dem entscheidenden Stiefelabdruck, dem Jeep im Unterholz und unseren Gesprächen mit dem Verdächtigen. Sie fügte hinzu: »Er hat ein Motiv, Gelegenheit und vermutlich auch den Willen zur Tat gehabt – zumindest im entscheidenden Augenblick. Als Beteiligter an den Ermittlungen hat er sie in gewissen Grenzen manipulieren können – so hat er dafür gesorgt, daß am Tatort keine Spuren mehr festzustellen sind –, aber sein Alibi für die Tatzeit ist wie oft bei Gelegenheitstätern schwach, praktisch nicht vorhanden.«

Hellmann nickte, während Cynthia sprach. Dann gab der Weise sein Urteil ab: »Wenn Sie recht haben und Ihre Theorie beweisen können, haben Sie diesen Fall abgeschlossen, bevor er alle verschlingen kann. Haben Sie dagegen unrecht, verschlingt er Sie beide und zerstört noch viele weitere Leben, während die Ermittlungen weitergehen.«

»Ja, Sir«, bestätigte Cynthia, »deshalb haben wir Tag und Nacht gearbeitet. Aber wie's weitergeht, hängt nicht mehr von uns ab.« Nach einem Blick zu mir hinüber fuhr sie fort: »Paul hat recht: Wir wollen keine förmliche Anklage empfehlen. Das würde weder uns noch Ihnen, weder CID noch Army nützen.«

Karl betrachtete das Schachbrett in seinem Kopf, bevor er sich an mich wandte. »Sie sind doch sonst nicht so schweigsam.«

»Ich habe nichts zu sagen, Colonel«, antwortete ich. Die Nennung seines Dienstgrads sollte ihn daran erinnern, daß er seine Verantwortung nicht an mich abschieben konnte.

»Sind Sie sauer, weil Ihr Häftling getürmt ist?«

»Er ist ein Zeuge gewesen, und ich bin nicht sauer.«

Cynthia warf ein: »Er war schon den ganzen Morgen brummig. Schon bevor Sie gekommen sind.« Sie lächelte mich an, aber ich verzog keine Miene, und ihr Lächeln verblaßte. Ich wollte eigentlich nur raus – aus Hadley, aus der heißen Sonne, aus Georgia, aus dieser ganzen Scheiße. »Wir kriegen keinen Sitzplatz mehr«, sagte ich, wandte mich ab und ging in Richtung Kirche davon.

Die beiden folgten mir. Unterwegs sagte Karl zu Cynthia: »Sie sollten ihm wenigstens Gelegenheit zu einem Geständnis geben.«

»Sie meinen Paul?« fragte sie scherzhaft.

»Nein, Ms. Sunhill. Colonel Kent.«

»Richtig. Daran haben wir auch schon gedacht.«

»Leute gestehen die schrecklichsten Verbrechen, wenn man sie in die richtige Stimmung versetzt. Mörder, die einen geliebten Menschen umgebracht haben, tragen eine riesige Last, die sie mit jemandem teilen wollen. Im Gegensatz zu Berufsverbrechern haben sie keine Komplizen, keine Vertrauten; sie sind isoliert und haben keinen Menschen, dem sie das größte Geheimnis ihres Lebens erzählen können.«

»Ja, Sir«, antwortete Cynthia.

»Glauben Sie etwa«, fragte er, »Colonel Kent habe Sie und Paul bloß aus Zweckmäßigkeit zu den Ermittlungen hinzugezogen? Nein! Dahinter hat der unbewußte Wunsch gesteckt, gefaßt zu werden.«

Und so fort. Karl sagte lauter Dinge, die ich längst wußte, um uns dazu zu bewegen, es mit einem Verdächtigen aufzunehmen, der zwar professionell angeschlagen, aber noch immer ein hoher Offizier mit guten Verbindungen war. Ich sah mich bereits vor einem Ermittlungsausschuß stehen und mich stotternd abmühen, Colonel William Kent einen Mord nachzuweisen, während sieben strenge Offiziere es kaum noch erwarten konnten, mich in die Wüste zu schicken. Aber als unverbesserlicher Trottel war ich sogar bereit, es zu versuchen. Trotzdem wollte ich Karl zappeln lassen, bis er mir den dienstlichen Befehl gab, Kent mit dem Beweismaterial zu konfrontieren.

Wir stiegen die Stufen zum Portal hinauf und betraten den Vorraum, in dem sich etwa ein Dutzend Männer und Frauen halblaut unterhielten. Nachdem wir uns ins Kondolenzbuch eingetragen hatten, trat ich ins dunkle Kirchenschiff, in dem es nicht kühler als draußen war, und stellte fest, daß die Bankreihen schon fast alle besetzt waren. Die Beisetzung der Tochter des Kommandeurs war keine dienstliche Veranstaltung mit Anwesenheitspflicht, aber nur ein Schwachkopf hätte sich davor gedrückt, in die Kirche oder später zur Verabschiedung auf Jordan Field zu kommen.

Tatsächlich war die Standortkirche mit ihren etwa fünfhundert Plätzen zu klein für alle in Fort Hadley stationierten Offiziere, ihre Ehefrauen und die Prominenz aus Midland, aber auf Jordan Field warteten bestimmt schon weitere Trauergäste auf die endgültige Verabschiedung.

Auf der Empore über uns spielte leise die Orgel, und wir blieben einen Augenblick im Mittelgang stehen, während jeder von uns überlegte, ob wir nach vorn zum Sarg gehen sollten, der auf einem Katafalk vor den Stufen zum Altar stand. Dann setzte ich mich als erster in Bewegung, und Cynthia und Karl folgten meinem Beispiel.

Ich näherte mich dem mit den Stars and Stripes bedeckten, halb geöffneten Sarg und blickte auf die Verstorbene hinab.

Ann Campbell sah friedvoll aus, wie Kent sie geschildert hatte. Ihr Kopf ruhte auf einem blaßrosa Satinkissen, und die blonden Haare umgaben ihr Gesicht wie ein Strahlenkranz. Mir fiel auf, daß sie im Tod mehr Make-up trug, als sie vermutlich jemals im Leben getragen hatte.

Bekleidet war sie mit der weißen Abenduniform, die weibliche Offiziere zu gesellschaftlichen Anlässen tragen. Eine gute Wahl, fand ich, denn die weiße kurze Jacke mit Goldstickerei und die weiße Rüschenbluse ließen sie ätherisch, wenn nicht sogar jungfräulich erscheinen. Sie trug ihre Auszeichnungen auf der linken Brustseite, und ihre gefalteten Hände, die auch ein Kreuz oder einen Rosenkranz hätten halten können, umfaßten den Griff ihres West-Point-Degens. Die auf ihrem Körper liegende Klinge verschwand in der nicht geöffneten unteren Sarghälfte.

Ein sehr eindrucksvolles Bild, um es ehrlich zu sagen: das schöne Gesicht, das goldblonde Haar, die Goldstickerei, das glitzernde Messing und der blanke Stahl ihres Degens und die schneeweiße Uniform auf dem blaßrosa Satin, mit dem der Sarg ausgeschlagen war.

Ich nahm das alles rasch in mich auf, nicht länger als fünf Sekunden, bekreuzigte mich dann als guter Katholik, machte den Platz vor dem Sarg frei und trat den Rückweg an.

In den beiden ersten Reihen rechts sah ich die Angehörigen sitzen: General Campbell, Mrs. Campbell, einen jungen Mann, den ich nach dem Bild in Ann Campbells Familienalbum als ihren Sohn erkannte, und verschiedene weitere Familienmitglieder, alte und junge, alle in Trauerkleidung oder mit schwarzen Trauerbinden, die beim Militär noch üblich sind.

Ich vermied jeglichen Blickkontakt mit ihnen und schritt langsam den Mittelgang hinunter, bis mein Gefolge wieder zu mir aufschloß.

Wir fanden drei Plätze nebeneinander in der Bankreihe, in der auch Major Bowes, den ich nur an seinem Namensschild erkannte, neben einer Frau saß, die ich für Mrs. Bowes hielt. Bowes nickte Colonel Hellmann zu, der nicht daran dachte, den Gruß eines Ehebrechers und Esels zu erwidern. Mrs. Bowes war übrigens recht attraktiv, was wieder einmal bewies, daß Männer eigentlich Idioten sind.

Obwohl ich soeben die sterblichen Überreste einer jungen Frau betrachtet hatte, fühlte ich mich etwas besser, wie es bei Leuten der Fall ist, die ihre Lage im Vergleich zu weniger Glücklichen sehen – Männern mit großen Karriereproblemen wie Bowes, Mordverdächtigen wie Kent, Verheirateten wie Campbell sowie Kranken, Sterbenden und Toten.

Als Major Eames, der Standortgeistliche, der statt seines Talars nur die grüne Ausgehuniform trug, an die Kanzel trat, verstummten auch die letzten im Flüsterton geführten Gespräche. Major Eames begann: »Liebe Trauergemeinde, wir haben uns hier im Angesicht des Herrn versammelt, um Abschied von unserer Schwester Ann Campbell zu nehmen.«

Viele Leute schluchzten.

Ich flüsterte Karl zu: »Der Pastor hat sie auch gevögelt.«

Diesmal fiel Karls Unterkiefer herab. Dieser Tag bot also noch Möglichkeiten.

KAPITEL FÜNFUNDDREISSIG

Der schlichte Trauergottesdienst wurde mit Gebeten, Orgelmusik und einigen Liedern fortgesetzt. Hohe Offiziere sind natürlich fleißige Kirchgänger, weil sie sich Gott und Vaterland verpflichtet fühlen. Aber sie neigen dazu, sich auf keine bestimmte Glaubensrichtung festzulegen, was sicher, farblos und undefinierbar ist – wie der größte Teil ihrer Karrieren. Das hat wiederum den Vorteil, daß man bei Trauungen und Beisetzungen auf die besten Lieder und Gebete aller Konfessionen zurückgreifen und den Gottesdienst recht kurz halten kann. Als es dann soweit war, trat Colonel Fowler ans Rednerpult, um den Nachruf zu sprechen.

»In unserem erwählten Beruf«, begann Colonel Fowler, »hören und sehen wir mehr als in jedem anderen, daß junge Männer und Frauen eines vorzeitigen Todes sterben. Aber wir gewöhnen uns nicht an den Tod, wir sind nicht abgestumpft gegen ihn, sondern genießen das Leben um so mehr, weil wir die Tatsache kennen und akzeptieren, daß man als Soldat zu Schaden kommen kann. Als wir unseren Diensteid geleistet haben, sind wir uns bewußt gewesen, daß wir aufgerufen werden könnten, unser Leben für die Verteidigung unseres Landes einzusetzen. Captain

Ann Campbell ist sich dessen bewußt gewesen, als sie ihr Offizierspatent erhalten hat, als sie später am Golfkrieg teilgenommen hat, als sie zu einem Zeitpunkt, an dem die meisten Menschen friedlich in ihren Häusern schlafen, freiwillig losgefahren ist, um zu kontrollieren, ob in Fort Hadley alles sicher war. Das war eine gänzlich freiwillige Tat, die nichts mit ihren Dienstpflichten zu tun hatte, aber charakteristisch für die Dinge, die Ann Campbell unaufgefordert getan hat…«

Hätte ich's nicht besser gewußt, hätte ich ihm das alles bestimmt abgenommen. Ein tapferer junger weiblicher Captain meldet sich freiwillig als Offizier vom Dienst, fährt nachts los, um die Wachen zu kontrollieren und wird in Ausübung ihrer Pflicht ermordet. Wie traurig. So war es zwar nicht gewesen, aber die Wahrheit war noch trauriger.

Fowler hatte eine angenehme, tiefe Stimme, und sein Vortrag war fehlerlos. Wäre er nicht so darauf versessen gewesen, penibel zwischen Recht und Unrecht zu unterscheiden, hätte der Mann sicher einen guten Geistlichen oder Politiker abgegeben.

Ich bin ein schlechter Zuhörer, wenn Reden gehalten werden, und schweife in Gedanken gern ab. Diesmal dachte ich an Ann Campbells offenen Sarg, ihr Gesicht, den Degen und ihre gefalteten Hände, die den Griff umfaßten, und merkte plötzlich, was an diesem Bild nicht stimmte: Irgend jemand hatte ihr einen West-Point-Ring angesteckt. Aber war es *ihr* Ring? Und wer hatte ihn ihr angesteckt? Fowler? General Campbell? Colonel Moore? Colonel Kent? Wo war er plötzlich hergekommen? Aber spielte das jetzt noch eine Rolle?

Ich konzentrierte mich wieder auf Colonel Fowler, der gerade sagte: »Ich habe Ann schon als Kind gekannt – ein sehr intelligentes, fröhliches und manchmal ungezogenes Kind.« Er lächelte, wurde gleich wieder ernst und fuhr fort: »Ein schönes

Kind, schön an Leib und Seele zugleich, ein außergewöhnliches und hochbegabtes Kind Gottes. Und allen von uns, die sie gekannt und geliebt haben...«

Selbst ein guter Redner wie Fowler stockte bei dieser unbeabsichtigten Mehrdeutigkeit, aber er machte lediglich eine Atempause, die nur jene wahrnahmen, die sie *sehr* gut gekannt und geliebt hatten.

»...und allen von uns wird sie sehr fehlen.«

Jetzt schluchzten noch viel mehr Leute, und ich verstand, warum die Campbells Colonel Fowler gebeten hatten, den Nachruf zu sprechen. Der zweite Grund war natürlich, daß Colonel Fowler nicht mit der Verstorbenen geschlafen hatte und so auf die kurze Liste potentieller Nachrufer gelangt war. Aber ich war schon wieder zynisch. Fowlers Nachruf war bewegend, der Verstorbenen war schweres Unrecht zugefügt worden, ein junges Leben war durch Mörderhand vorzeitig beendet worden, und ich fühlte mich wieder wie Scheiße.

Colonel Fowler erwähnte nicht, wie sie gestorben war, sondern sagte: »Das Schlachtfeld wird in heutiger Militärterminologie als feindliche Umgebung bezeichnet, was es durchaus ist. Und erweitern wir den Begriff des Schlachtfelds auf jeden Ort, an dem ein Soldat steht und Dienst tut, können wir in der Tat sagen, Ann sei im Kampf gefallen.« Fowler blickte über die Trauergemeinde hinaus und fuhr fort. »Und es ist nur passend und recht, daß sie in unserer Erinnerung nicht als Opfer, sondern als gute Soldatin weiterlebt, die in Ausübung ihrer Pflicht gefallen ist.« Mit einem Blick zum Sarg hinüber schloß er: »Ann, so werden wir dich in Erinnerung behalten.« Colonel Fowler verließ das Rednerpult, nahm vor ihrem Sarg Haltung an, salutierte und ging an seinen Platz zurück.

Die Orgel setzte wieder ein, und der Gottesdienst ging einige

Minuten lang weiter. Major Eames las aus Psalm 23, dem Lieblingspsalm aller; daran schloß sich der Segen an, der mit den Worten »Gehet hin in Frieden« endete. Der Organist spielte einen Choral, und alle erhoben sich.

Alles in allem ein schöner Gottesdienst, soweit Trauergottesdienste schön sein können.

Das Ehrengeleit aus acht Offizieren stellte sich im Mittelgang vor dem Sarg auf, während die sechs Sargträger ihre Position zu beiden Seiten einnahmen. Mir fiel auf, daß alle Sargträger junge Lieutenants waren, die möglicherweise ausgesucht worden waren, weil sie jung und kräftig waren – oder weil sie nicht mit der Verstorbenen liiert gewesen waren. Selbst Lieutenant Elby, dessen Absichten ehrenwert gewesen waren, durfte ihren Sarg nicht mittragen.

Und das Ehrengeleit, das normalerweise aus hohen Stabsoffizieren oder engen Freunden der Verstorbenen gebildet worden wäre, bestand diesmal nur aus weiblichen Offizieren, darunter auch Captain Bollinger, die Erste Adjutantin des Generals. Auf den ersten Blick erschien ein ausschließlich weibliches Ehrengeleit durchaus passend, aber wer verstand, warum Stabsoffiziere ausgeschlossen worden waren, mußte den Eindruck gewinnen, der General habe sich schließlich doch durchgesetzt und die Trennung seiner Tochter von ihren Intimfreunden erzwungen.

Als das achtköpfige Ehrengeleit sich in Richtung Kirchenportal in Bewegung setzte, schlossen die sechs Sargträger den Sarg, bedeckten ihn mit der Flagge, umfaßten die seitlich angebrachten Griffe und hoben den Sarg vom Katafalk.

Major Eames ging vor dem Sarg her, und die Campbells folgten ihm. Wer in den Bankreihen Uniform trug, machte Front und salutierte, als der Sarg vorbeigetragen wurde.

So bewegte sich der Trauerzug zum Ausgang, wo das Ehrengeleit in zwei Reihen salutierend strammstand, während der Sarg aus der Kirche getragen wurde. Danach folgten ihm die übrigen Trauergäste ins Freie.

Draußen in der heißen Sonne beobachtete ich, wie die Sargträger den mit der Flagge bedeckten Sarg auf eine alte Lafette hoben, die von einem Jeep gezogen wurde.

Auf der weiten Rasenfläche neben der Kirche standen schon die Begleitfahrzeuge: Dienstwagen und Autobusse für die Angehörigen, das Musikkorps, die Sargträger, den Ehrenzug und die Fahnenabordnung. Jeder Veteran hat Anspruch darauf, mit militärischen Ehren auf einem Soldatenfriedhof beigesetzt zu werden, aber soviel Aufwand wird nur betrieben, wenn der Tod im aktiven Dienst eingetreten ist. Herrscht jedoch Krieg, werden die Gefallenen unter Umständen in fremder Erde beigesetzt oder wie aus Vietnam per Flugzeug zurückgeschickt, um auf ihre Heimatorte verteilt zu werden. Aber jeder, ob General oder Gefreiter, bekommt seine einundzwanzig Schuß Salut.

Die Trauergäste bildeten kleine Gruppen, machten gedämpft Konversation, redeten mit dem Geistlichen oder sprachen den Campbells ihr Beileid aus.

Ich sah ein paar der zur Trauerfeier zugelassenen Journalisten, die offenbar auf der Suche nach Interviewpartnern waren, und zwei PIO-Fotografen, die sehr diskret aus dem Hintergrund knipsten. Die Berichterstattung über den Fall Campbell war bisher wohltuend vage gewesen, aber sie hatte Dinge angedeutet, die meiner Ansicht nach lieber nicht angesprochen werden sollten.

In der Nähe der Campbells fiel mir der junge Mann auf, den ich aus Anns Familienalbum als ihren Bruder John kannte. Aber ich hätte ihn auch so erkannt. Er war groß, sah recht gut aus und hatte Augen, Haar und Kinn der Campbells.

John wirkte etwas verloren, als er so am Rand seines Clans stand, deshalb ging ich zu ihm hinüber, stellte mich als Warrant Officer Brenner vor und erklärte ihm: »Ich führe die Ermittlungen wegen des Todes Ihrer Schwester.«

Er nickte wortlos.

Wir sprachen kurz miteinander, ich drückte ihm mein Beileid aus, und wir redeten über nichts Bestimmtes. Er schien ein netter junger Mann zu sein: adrett, höflich und gebildet. In vieler Beziehung war er, was wir Offiziersmaterial nennen, aber John hatte sich gegen diesen Beruf entschieden, weil er nicht in die Fußstapfen seines Vaters hatte treten wollen – oder befürchtet hatte, seine Veranlagung werde sich als hinderlich erweisen. Das mochte die richtige Entscheidung gewesen sein, aber wie viele Söhne dominierender Väter hatte er seinen Platz in der Welt noch nicht gefunden.

John sah seiner Schwester sehr ähnlich, und ich hatte ihn nicht nur angesprochen, um ihm mein Beileid auszudrücken. So fragte ich ihn: »Kennen Sie Colonel William Kent?«

Er überlegte kurz. »Der Name kommt mir bekannt vor. Wahrscheinlich sind wir uns auf irgendwelchen Parties begegnet.«

»Er ist sehr gut mit Ann befreundet gewesen, und ich möchte Sie ihm vorstellen.«

»Klar.«

Ich führte ihn zu Kent, der sich auf dem Gehsteig mit einigen Offizieren unterhielt, darunter auch Major Doyle, mein Bekannter von heute morgen. Ich wartete eine Gesprächspause ab und sagte dann: »Colonel Kent, darf ich Ihnen Anns Bruder John vorstellen?«

Sie schüttelten sich die Hand, und John stellte fest: »Ja, wir kennen uns eigentlich schon. Ich danke Ihnen, daß Sie gekommen sind.«

Kent schien außerstande zu sein, eine passende Antwort zu finden, und warf mir einen hilfesuchenden Blick zu.

Ich erklärte John: »Colonel Kent ist nicht nur ein Freund Anns gewesen, sondern hat unsere Ermittlungen tatkräftig unterstützt.«

»Danke«, sagte John zu Kent. »Ich weiß, daß Sie alles tun, was in Ihrer Macht steht.«

Kent nickte wortlos.

Ich entschuldigte mich und überließ es den beiden, ihr Gespräch fortzusetzen.

Man könnte kritisieren, es sei geschmacklos, einen Tatverdächtigen auf der Beisetzung einer Ermordeten mit dem Bruder der Ermordeten zusammenzubringen. Aber wenn in der Liebe und im Krieg alles erlaubt ist, muß das erst recht für Ermittlungen wegen Mordes gelten.

Ich spürte natürlich, daß Bill Kent sich am Rande des Abgrunds bewegte, und was ich nur tun konnte, um ihn zu diesem letzten Schritt ins Nichts zu bewegen, war richtig und ehrenwert.

Die Versammlung löste sich allmählich auf, als die Gäste zu ihren Fahrzeugen gingen. Ich sah die beiden Yardleys, Vater und Sohn, in Begleitung einer Frau, die wie eine Verwandte der beiden aussah, aber vermutlich Burts Ehefrau war – *und* eine nicht allzu entfernte Verwandte. Wahrscheinlich wies der Stammbaum der Yardleys nicht allzu viele Zweige auf.

Außer den Yardleys waren weitere Zivilisten anwesend, darunter der Bürgermeister von Midland mit seiner Familie, aber ansonsten bestand die Trauergemeinde hauptsächlich aus Offizieren und ihren Ehefrauen – es sei denn, die Ehefrauen hatten es vorgezogen, zu Hause zu bleiben. Als Vertreter der Unteroffiziere und Mannschaften fungierte traditionellerweise der Sergeant Major im Stab des Generals, denn obwohl diese beiden Gruppen bei solchen Anlässen nicht ausgeschlossen werden konnten, hätte ihre bloße Zahl logistische Probleme aufgeworfen. Im Grunde genommen gibt es weder im Leben noch im Tode eine Fraternisierung zwischen Offizieren, Unteroffizieren und Mannschaften.

Ich sah Karl im Gespräch mit Major Bowes, dem vor seinem Rausschmiß stehenden CID-Kommandeur. Bowes hatte die Hacken zusammengenommen und nickte eifrig wie ein schlecht funktionierendes Aufziehspielzeug. Karl gehört nicht zu den Leuten, die jemanden am Heiligen Abend, auf einem Geburtstagsfest, am Hochzeitstag oder dergleichen rausschmeißen würden. Aber auf einer Beisetzung könnte er daran denken.

Cynthia sprach mit den Ehepaaren Fowler und Campbell, was mir insgeheim imponierte. Ich selbst versuche immer, mich vor Situationen dieser Art zu drücken.

Am Rand der sich verlaufenden Menge sah ich Warrant Officer Kiefer – diesmal in ihrer Offiziersuniform, die als Eintrittskarte zu dieser Veranstaltung diente. Ich ging zu ihr hinüber und erzählte ihr, was wir über das Batmobil in Erfahrung gebracht hatten. Trotz des Anlasses wirkte sie munter wie gewöhnlich, und ich hatte den Verdacht, sie sei immer munter. Als alter Trottel – und weil mein Ego etwas Stärkung brauchte – flirtete ich heftig mit ihr.

Das fand sie amüsant und interessant, und wir verabredeten uns vage auf einen Drink – entweder hier oder daheim in Falls Church.

Cynthia tippte mir auf die Schulter und sagte: »Wir sollten fahren.«

»Okay.« Ich verabschiedete mich von Kiefer und ging mit Cynthia zum Parkplatz.

Colonel Hellmann schloß sich uns an. Unterwegs begegneten wir Colonel Moore, der offenbar mich suchte und einen Packen mit der Maschine beschriebener Blätter in der Hand hielt. Ich stellte ihn Hellmann vor, der Moores ausgestreckte Hand ignorierte und ihn mit einem Blick musterte, den ich nie auf mich gerichtet sehen möchte.

Moore war jedoch zu begriffsstutzig, um nervös zu werden, und sagte zu mir: »Hier ist der Bericht, den Sie haben wollten.«

Ich folgte Karls Beispiel, nahm die Blätter entgegen, ohne Moore dafür zu danken, und forderte ihn auf: »Bitte halten Sie sich heute verfügbar, reden Sie mit niemandem vom FBI und sprechen Sie nicht mit Colonel Kent.«

Ich setzte mich in den Blazer und ließ den Motor an. Cynthia und Karl stiegen ein, als die Klimaanlage zu funktionieren begann. Wir reihten uns in die lange Fahrzeugkolonne ein, die auf der Chapel Road in Richtung Jordan Field rollte. Unterwegs sagte ich zu Karl: »Ich habe Colonel Moore für rückhaltlose Zusammenarbeit Immunität versprochen.«

Vom Rücksitz aus sagte Karl: »Diese Woche haben Sie schon mehr Leuten Immunität verpaßt als ein Arzt.«

Fuck you, Karl.

»Das war ein schöner Trauergottesdienst«, meinte Cynthia.

Karl fragte mich: »Wissen Sie das mit dem Geistlichen bestimmt?«

»Ja, Sir.«

»Weiß hier jeder von allen anderen?«

»So ziemlich«, bestätigte ich. »Sie war nicht sehr verschwiegen.«

Cynthia wandte ein: »Müssen wir darüber ausgerechnet jetzt sprechen?«

Ich belehrte sie: »Unser Vorgesetzter hat zu jedem beliebigen

Zeitpunkt ein Recht auf sämtliche Informationen, die er wünscht oder benötigt.«

Sie sah aus dem Seitenfenster und gab keine Antwort.

Ein Blick in den Rückspiegel zeigte mir, daß meine unwirsche Reaktion Karl etwas verblüfft hatte. Ich sprach weiter: »Der West-Point-Ring der Verstorbenen war seit Beginn unserer Ermittlungen verschwunden, aber heute ist er mir an ihrer Hand aufgefallen.«

»Tatsächlich? Vielleicht ist's ein Ersatzring.«

»Schon möglich.«

Cynthia sah zu mir hinüber, ohne etwas zu sagen.

Wir fuhren am Beaumont House und etwas später an der Psy-Ops School vorbei, machten dann einen Bogen um Bethany Hill und erreichten die Rifle Range Road.

Es war Mittag, und die Sonne schien so heiß, daß vom Asphalt flimmernde Hitzewellen aufstiegen. Ich sagte zu Colonel Hellmann: »Ab sofort ist die CID nicht mehr für die Ermittlungen in diesem Fall zuständig.«

»Meine persönliche Anwesenheit hat uns vorerst eine Stunde Aufschub verschafft, und ich kann uns eine weitere Stunde verschaffen.«

Glück gehabt! »Das ist gut«, antwortete ich mit null Begeisterung.

Ich folgte der endlos langen Kolonne auf die Jordan Field Road, und wir kamen am Wachgebäude vorbei, vor dem zwei bedauernswerte Militärpolizisten in der Sonne standen und bei jedem Wagen grüßten.

Weitere Militärpolizisten dirigierten die Fahrzeuge aufs betonierte Vorfeld, das als riesiger Parkplatz diente. Nachdem ich einige Zeit herumgefahren war, sah ich Kents Dienstwagen vor Hangar drei stehen. Ich parkte in der Nähe, und wir stiegen aus und folgten der Menge zu der für Trauergäste ausgewiesenen Fläche. An sich hätte jetzt die Beisetzung folgen müssen, aber in diesem Fall sollte die Leiche nach Michigan überführt werden, und die Air Force hatte großzügigerweise eine Maschine zur Verfügung gestellt: eine riesige olivgrüne Hercules C-130, die vor uns auf dem Rollfeld stand.

Nun waren alle wieder versammelt: das Ehrengeleit, das Musikkorps, der Ehrenzug und die Fahnenabordnung. Während der Trommler einen dumpfen Marschtakt schlug, schoben die sechs Sargträger die Lafette mit dem Sarg vor die offene Heckklappe unter dem turmhoch aufragenden Leitwerk der C-130. Die Uniformträger salutierten, und die Zivilisten legten ihre rechte Hand aufs Herz. Dann wurde die Lafette im Schatten unter dem Flugzeugheck abgestellt, wo der General und Mrs. Campbell bereits warteten. Der Marschtakt verstummte, und alle ließen die Arme sinken.

Die weiblichen Offiziere des Ehrengeleits ergriffen die Ränder der über den Sarg gebreiteten Flagge und hielten sie in Taillenhöhe gespannt, während Major Eames sagte: »Lasset uns beten.« Dieses Gebet endete mit den Worten: »Gib ihr die ewige Ruhe, o Herr, und lasse dein ewiges Licht leuchten über ihr. Amen.«

Die für den Salut eingeteilten sieben Soldaten hoben ihre Gewehre und schossen drei Salven in die Luft. Während die letzte verhallte, spielte ein in der Nähe des Sarges stehender Hornist den Zapfenstreich.

Ich mag dieses Hornsignal und finde es angebracht, daß dieses letzte Signal, das ein Soldat abends hört, auch an seinem Grab gespielt wird, um seinen letzten, langen Schlaf einzuleiten und die Versammelten daran zu erinnern, daß dem letzten Zapfenstreich dereinst das große Wecken folgen wird.

Die Sargträger falteten die Flagge zusammen und übergaben sie Major Eames, der sie Mrs. Campbell überreichte, die sehr gefaßt und würdig wirkte. Dann wurde der Sarg die Heckrampe hinauf in die Maschine getragen. Der General und Mrs. Campbell sprachen mit einigen wenigen Trauergästen, die zu ihnen gekommen waren: mit Angehörigen, den Fowlers und Captain Bollinger, der Adjutantin des Generals.

Plötzlich sprangen rasch nacheinander die vier Propellerturbinen an und machten mit ihrem ohrenbetäubenden Lärm jede Verständigung unmöglich. Der General verabschiedete sich mit knappem Gruß von den Umstehenden, bot seiner Frau den Arm und schritt mit ihr und John Campbell die Heckrampe hinauf. Ich dachte zunächst, sie gingen an Bord, um noch einmal Abschied zu nehmen, aber dann wurde mir klar, daß sie diesen Zeitpunkt gewählt hatten, um Fort Hadley und damit die Army endgültig zu verlassen. Tatsächlich wurde die Heckrampe angehoben und verriegelt. Ein Mann vom Bodenpersonal machte den Piloten mit hochgerecktem Daumen ein Zeichen, und die riesige C-130 rollte langsam an.

Fast alle waren überrascht, glaube ich, daß die Campbells so plötzlich mit dem Flugzeug abreisten, das die Leiche ihrer Tochter nach Michigan überführte. Aber bei näherer Überlegung – und allen schien dieser Gedanke gleichzeitig zu kommen – war das am besten für die Campbells, für das Fort und für die Army.

Alle beobachteten, wie die C-130 schwerfällig die Startbahn entlangrollte, bald schneller wurde, in gut einem Kilometer Entfernung abhob und sich als schwarze Silhouette vor dem wolkenlos blauen Himmel abzeichnete. Das schien das Signal zu sein, auf das alle gewartet hatten: Die Trauerversammlung löste sich auf, und die teilnehmenden Formationen rückten zu den wartenden Bussen ab.

Als hinter mir Motoren ansprangen, wandte ich mich ab und ging in Richtung Hangar drei davon. Cynthia und Karl blieben links und rechts neben mir. Cynthia tupfte sich die Augen mit einem Taschentuch ab und sagte zu mir: »Ich fühle mich nicht besonders.«

Ich gab ihr meine Autoschlüssel. »Setz dich ein paar Minuten ins Auto und stell die Klimaanlage an. Wir treffen uns in Hangar drei, wenn du dich besser fühlst.«

»Nein, nein, es geht schon wieder.« Sie nahm meinen Arm.

Auf dem Weg zum Auto sagte Karl zu mir: »Paul, ich möchte, daß Sie jetzt zuschlagen. Wir haben nicht mehr viel Zeit, und uns bleibt keine andere Wahl.«

»Stimmt, wir haben nicht mehr viel Zeit, aber ich *habe* die Wahl.«

»Muß ich Ihnen einen dienstlichen Befehl erteilen?«

»Sie können mir nichts befehlen, was meiner Ansicht nach taktisch unkorrekt ist und die Ermittlungen des FBI gefährden könnte.«

»Nein, das kann ich nicht. Glauben Sie, daß es unkorrekt ist, wenn Sie Kent jetzt mit den vorliegenden Beweisen konfrontieren?«

»Nein.«

»Also?«

»*Ich* konfrontiere ihn damit«, erbot Cynthia sich. Sie sah mich an. »Im Hangar, stimmt's?«

Ich gab keine Antwort.

»Schön«, sagte Karl zu ihr. »Mr. Brenner und ich warten im Auto auf Sie.«

Nachdem ich lange genug bockig gewesen war, grunzte ich: »Okay, ich mach's. Ich sitze sowieso schon tief genug in der Scheiße.«

Cynthia deutete nach vorn, und ich sah Kent, der mit zwei jüngeren Offizieren zu seinem Dienstwagen ging. Ich wies sie an: »Du wartest zehn Minuten und kommst dann nach.«

Ich holte Bill Kent ein und tippte ihm von hinten auf die Schulter.

Kent drehte sich um, und wir starrten uns sekundenlang an, bevor ich fragte: »Colonel, kann ich Sie einen Augenblick allein sprechen?«

Nach kurzem Zögern antwortete er: »Klar.« Er schickte seine beiden Untergebenen weg, und wir standen auf dem glühendheißen Beton vor dem Hangar, während um uns herum Autos anfuhren.

Dann sagte ich: »Heiß hier in der Sonne. Kommen Sie, wir gehen in den Hangar.«

Wir gingen nebeneinanderher, als seien wir Kollegen, Cops mit demselben Auftrag, und wenn man's genau nahm, waren wir das letzten Endes auch.

KAPITEL SECHSUNDDREISSIG

In Hangar drei war es etwas kühler als im Freien und viel ruhiger.

Kent und ich gingen an Ann Campbells BMW-Cabrio vorbei zu der Fläche, auf der ihre Möbel aufgestellt waren. Ich deutete auf einen Sessel in ihrem Arbeitszimmer, und Kent nahm darin Platz.

Cal Seiver, der ebenfalls Ausgehuniform trug, war offenbar

selbst erst von der Trauerfeier zurückgekommen. Ich nahm ihn beiseite und verlangte: »Cal, schick bitte alle deine Leute außer Grace hinaus. Sie soll alle relevanten Einträge in Captain Campbells Tagebuch ausdrucken.« Dabei nickte ich zu Kent hinüber. »Danach kann sie auch gehen. Aber sie soll die Diskette dalassen.«

»Okay.«

»Hast du inzwischen von deinem Spezialisten in Oakland gehört?«

»Ja. Letztlich läuft's darauf hinaus, daß er kein hundertprozentig sicheres Urteil abgeben kann. Aber wenn er eines abgeben *müßte*, würde er sagen, daß Colonel Kents Stiefelabdruck *vor* St. Johns Abdruck entstanden ist.«

»Okay. Und die Lacksplitter an dem angefahrenen Baum?«

»Ich habe den Baumstamm vor ein paar Stunden mit dem Hubschrauber nach Gillem bringen lassen. Das Labor hat festgestellt, daß der Lack schwarz ist und von einem Chrysler Cherokee stammen dürfte. Wo steht der Jeep übrigens?«

»Wahrscheinlich in Colonel Kents Garage. Er wohnt auf Bethany Hill. Ich schlage vor, daß du einen Mann hinschickst, der den Kratzer am Wagen fotografiert und eine Lackprobe für eine Vergleichsuntersuchung entnimmt.«

»Darf ich das?«

»Warum nicht?«

»Dazu brauche ich irgendwas Schriftliches von seinem direkten Vorgesetzten.«

»Sein direkter Vorgesetzter ist in den Ruhestand getreten und vorhin nach Michigan abgeflogen. Aber er hat mir gesagt, daß wir alles tun dürfen, was erforderlich ist. Spiel bloß nicht den Zivilisten, Cal! Wir sind hier bei der Army.«

»Richtig.«

»Kannst du Colonel Kent und mir deine Karte mit den Stiefelabdrücken auf dem Bildschirm vorführen?«

»Klar kann ich das.«

»Gut. Kents Abdruck ist eindeutig der frühere.«

»Verstanden.« Er sah zu Kent hinüber, der in Ann Campbells Arbeitszimmer saß, und fragte mich: »Ist's soweit? Nimmst du ihn fest?«

»Schon möglich.«

»Na, dann viel Erfolg!«

»Danke, Cal. Besuchst du mich, falls er *mich* in Handschellen in den Arrest abführt?«

»Nein, ich muß nach Gillem zurück. Aber ich schreib' dir.«

»Okay. Und sorg dafür, daß die Militärpolizisten das FBI fernhalten, solange ich hier zu tun habe.«

»Wird gemacht. Alles Gute!« Er klopfte mir auf die Schulter und ging davon.

Ich kam zu Kent zurück, setzte mich auf die Couch und sagte: »Wir sind dabei, noch ein paar Dinge zu klären, bevor das FBI hier aufkreuzt.«

»Wie ich höre, ist Ihr Hauptzeuge in der Waffenschiebersache abgehauen«, sagte Kent.

»Manchmal gewinnt man, manchmal verliert man.«

»Was ist mit diesem Fall hier?«

»Der steht auf der Kippe. Die Uhr läuft, das FBI zieht starke Kräfte zusammen, wir haben nur einen Verdächtigen.«

»Wer ist das?«

Ich stand auf und zog meine Uniformjacke aus, so daß mein Schulterhalfter mit der 9-mm-Glock sichtbar wurde. Kent folgte meinem Beispiel und zeigte mir so *sein* Schulterhalfter mit einem Smith & Wesson Police Special Kaliber 38. Nachdem dieser Punkt geklärt war, setzten wir uns wieder und lockerten unsere Krawatten. Dann fragte er nochmals: »Wer ist der Verdächtige?«

»Nun, darüber wollte ich eben mit Ihnen sprechen. Wir warten noch auf Cynthia.«

»Okay.«

Ein Blick in die Runde zeigte mir, daß Seivers Leute dabei waren, den Hangar zu verlassen, während Grace am PC saß, dessen Drucker arbeitete.

Ich sah zu der Tür im Hallentor hinüber, aber Cynthia war noch nicht hereingekommen. Obwohl ich im Augenblick ziemlich sauer auf sie war, hatte sie's verdient, das Ende mitzuerleben – wie es auch ausfallen mochte. Karl würde sich ganz aus dieser Sache heraushalten, das wußte ich. Nicht etwa, um sich vor der Verantwortung drücken zu können, falls etwas schiefging, sondern aus Respekt vor mir und meiner Arbeit. Er ließ seinen Ermittlern weitgehend freie Hand und versuchte nie, sich mit fremden Lorbeeren zu schmücken. Andererseits war er Fehlern – vor allem den Fehlern anderer – gegenüber nicht gerade tolerant.

»Ich bin froh, daß es vorbei ist«, sagte Kent.

»Das sind wir alle.«

Er fragte mich: »Warum wollten Sie, daß ich mit John Campbell rede?«

»Ich dachte, Sie würden ihm Trost spenden wollen.«

Kent äußerte sich nicht dazu.

Ich sah, daß der Kühlschrank in Ann Campbells Küche über eine Kabeltrommel ans Stromnetz angeschlossen war, ging durch die unsichtbaren Wände, öffnete den Kühlschrank und stellte fest, daß er voller Bier- und Limonadedosen stand. Ich nahm drei Büchsen Coors mit, kam ins Arbeitszimmer zurück und gab eine davon Kent.

Wir rissen die Bierdosen auf und tranken. Dann sagte Kent: »Sie sind jetzt nicht mehr für den Fall zuständig. Richtig?«

»Mein Auftrag ist um ein paar Stunden verlängert worden.«

»Sie Glücklicher! Zahlt die CID Überstunden?«

»Ja, das tut sie. Nach den ersten vierundzwanzig Stunden eines Tages gibt's den doppelten Satz – und an Sonntagen den dreifachen.«

Kent grinste und teilte mir dann mit: »Auf meinem Schreibtisch wartet 'ne Menge Arbeit auf mich.«

»Das hier dauert nicht lange.«

Er zuckte mit den Schultern und trank sein Bier aus. Ich gab ihm die Reservedose, die er sofort aufriß. Dann sagte er: »Ich habe nicht gewußt, daß die Campbells mit dieser Maschine abfliegen wollten.«

»Das hat mich auch überrascht. Aber es ist ein geschickter Schachzug gewesen.«

»Campbell ist erledigt. Dabei hätte er der nächste Vizepräsident werden können, eines Tages vielleicht sogar Präsident. Amerika ist bereit, wieder einen General zu wählen.«

»Von Politik verstehe ich nicht viel.« Ich sah, daß Grace die Ausdrucke und die Diskette auf den Computertisch legte. Sie stand auf, winkte mir zu und ging hinaus. Cal setzte sich an den PC, lud sein Grafikprogramm mit den Stiefelabdrücken und startete einen Probelauf.

Kent fragte mich: »Was tun sie noch hier?«

»Sie versuchen rauszukriegen, wer's gewesen ist.«

»Wo ist das FBI?«

»Vermutlich wartet es vor dem Hallentor, bis meine Uhr abgelaufen ist.«

»Mit dem FBI arbeite ich nicht gern zusammen«, sagte Kent. »Diese Leute verstehen uns nicht.«

»Richtig, das tun sie nicht. Aber keiner von ihnen hat mit der Verstorbenen geschlafen.«

Die ins Hallentor eingelassene Tür öffnete sich. Cynthia erschien, kam ins Arbeitszimmer und begrüßte Kent. Ich holte ihr eine Cola aus dem Kühlschrank und brachte Kent noch ein Bier mit. Wir nahmen alle Platz. Kent schien sich jetzt unbehaglich zu fühlen.

»Schrecklich traurig, nicht wahr?« murmelte Cynthia. »Sie war noch so jung. Ihre Eltern und ihr Bruder tun mir sehr leid.«

Kent äußerte sich nicht dazu.

Ich sagte zu ihm: »Bill, Cynthia und ich haben einige Dinge ausgegraben, die uns Sorgen machen und unserer Ansicht nach erklärungsbedürftig sind.«

Er trank noch einen Schluck Bier.

Cynthia fuhr fort: »Als erstes geht's um diesen Brief.« Sie zog den Computerausdruck aus ihrer Handtasche und gab ihn Kent.

Er las ihn – oder las ihn vielmehr nicht, weil er ihn bestimmt auswendig kannte – und gab ihn Cynthia zurück.

Sie erklärte ihm: »Ich kann mir vorstellen, daß Sie sich darüber geärgert haben. Ich meine, sie hat sich mit Dutzenden von Kerlen eingelassen, aber dem einzigen Mann, der sich etwas aus ihr macht, brockt sie so etwas ein.«

Sein Unbehagen schien zu wachsen, und er trank einen großen Schluck Bier. Dann fragte er: »Wie kommen Sie darauf, daß ich mir was aus ihr gemacht habe?«

»Durch weibliche Intuition«, antwortete Cynthia lächelnd. »Ich glaube, daß Sie sich etwas aus ihr gemacht haben, aber sie ist zu egoistisch und emotional gestört gewesen, um auf Ihre Besorgnis, Ihre ehrlichen Gefühle für sie einzugehen.«

Als Ermittler in einer Mordsache muß man dem Verdächtigen gegenüber natürlich sein Opfer herabsetzen. Der Mörder will nicht hören, daß er einen Ausbund von Tugend, ein Kind Gottes – um mit Colonel Fowler zu sprechen – umgebracht hat. Man betrachtet die moralische Frage nach Recht oder Unrecht gewissermaßen aus anderem Blickwinkel und suggeriert dem Verdächtigen, seine Tat sei möglicherweise verständlich.

Aber Bill Kent war kein Idiot; er merkte, worauf wir hinauswollten, und schwieg hartnäckig.

Cynthia fuhr fort: »Außerdem haben wir ihre Tagebucheintragungen, die jede einzelne intime Begegnung mit Ihnen wiedergeben.«

Ich fügte hinzu: »Sie liegen dort drüben neben dem Computer.«

Cynthia stand auf, ging hinüber und kam mit den Ausdrucken zurück. Sie setzte sich vor Kent auf den Couchtisch und begann, einzelne Einträge vorzulesen. Die Schilderungen waren ungeschminkt deutlich, aber keineswegs erotisch, sondern eher klinisch nüchtern. Für Bill Kent waren sie sicher peinlich, aber sie bewiesen auch, daß Ann Campbell nicht mehr von ihm gehalten hatte als von ihrem Vibrator. Ich merkte ihm an, daß er zornig wurde, und Zorn ist das am wenigsten beherrschbare menschliche Gefühl, das unweigerlich zur Selbstzerstörung führt.

Kent stand ruckartig auf. »Das muß ich mir nicht anhören!«

Ich stand ebenfalls auf. »Doch, das sollten Sie tun. Nehmen Sie bitte wieder Platz. Wir brauchen Sie wirklich hier.«

Kent schien zu überlegen, ob er gehen oder bleiben sollte, aber das war nur gespielt. Das wichtigste Ereignis seines Lebens passierte hier und jetzt, und wenn er ging, würde es ohne ihn passieren.

Er setzte sich mit gespieltem Widerstreben, und ich setzte mich ebenfalls.

Cynthia fand eine aufschlußreiche Eintragung und las weiter

vor, als sei nichts gewesen: »›Nachdem Bill lange nichts davon wissen wollte, hat er jetzt wirklich Geschmack an sexueller Asphyxie gefunden. Am liebsten hängt er mit dem Hals in der Schlinge am Wandhaken, während ich ihm einen blase. Aber er fesselt mich auch gern ans Bett, was er heute abend getan hat, und zieht die Schlinge um meinen Hals zu, während er mich mit dem großen Vibrator verwöhnt. Das kann er inzwischen so gut, daß ich wilde Mehrfachorgasmen erlebe.‹« Nach einem kurzen Blick zu Kent hinüber blätterte Cynthia weiter in den Ausdrukken.

Kent wirkte nicht mehr zornig, beschämt oder verlegen; ihm schien nicht einmal mehr unbehaglich zumute zu sein. Er machte den Eindruck, als sei er in Gedanken weit fort, als denke er an diese besseren Zeiten zurück – oder blicke in eine unerfreuliche Zukunft.

Cynthia las die letzte Eintragung aus Ann Campbells Tagebuch vor: »›Bill meldet wieder mal Besitzansprüche an. Dabei dachte ich, wir hätten dieses Problem gelöst. Heute abend ist er bei mir aufgekreuzt, als Ted Bowes hier war. Ted und ich waren noch nicht runtergegangen; Bill und er haben bei einem Drink im Wohnzimmer gesessen, und Bill ist sehr unfreundlich zu ihm gewesen und hat seinen höheren Dienstgrad ausgespielt.

Zuletzt ist Ted beleidigt gegangen, und Bill und ich haben uns gestritten. Wie er mir erklärt hat, ist er bereit, seine Frau zu verlassen und den Offiziersberuf aufzugeben, wenn ich verspreche, ihn zu heiraten oder wenigstens mit ihm zusammenzuleben. Obwohl er weiß, warum ich mich mit ihm und den anderen Männern abgebe, bildet er sich ein, zwischen uns existiere eine engere Bindung. Er setzt mir deswegen zu, und ich versuche, ihn davon abzubringen.

Heute abend wollte er nicht mal Sex. Er wollte nur mit mir reden. Ich habe ihn reden lassen – aber was er sagt, gefällt mir nicht. Warum glauben manche Männer, sie müßten den Ritter in schimmernder Rüstung spielen? Ich brauche keinen Ritter, ich bin selbst ein Ritter, ich bin selbst ein Drache, ich lebe selbst in einem Schloß. Alle anderen sind Statisten oder spielen bestenfalls Nebenrollen. Bill ist nicht sonderlich sensibel. Er begreift ohnehin nichts, deshalb spare ich mir lange Erklärungsversuche.

Ich habe versprochen, über sein Angebot nachzudenken, und ihn zugleich aufgefordert, nicht wieder unangemeldet vorbeizukommen. Das hat ihn so wütend gemacht, daß er mich geohrfeigt, mir die Kleider vom Leib gerissen und mich im Wohnzimmer auf dem Fußboden vergewaltigt hat. Danach hat er sich für kurze Zeit besser gefühlt und ist zuletzt übelgelaunt abgehauen. Ich bin mir darüber im klaren, daß er gefährlich werden könnte, aber das ist mir egal. Tatsächlich ist er – von Wes abgesehen – der einzige von allen, der mich bedroht oder geschlagen hat – und nur das macht Bill Kent für mich interessant.‹«

Cynthia legte die Ausdrucke weg, und wir saßen schweigend da, bis ich Kent fragte: »Sie haben sie also dort drüben auf dem Fußboden vergewaltigt?« Dabei nickte ich ins Wohnzimmer hinüber.

Kent war nicht bereit, Fragen zu beantworten. Aber er sagte: »Falls Sie's darauf anlegen, mich zu demütigen, leisten Sie erstklassige Arbeit.«

Ich schüttelte den Kopf. »Mir geht's darum, Colonel, Ann Campbells Mörder zu finden – und nicht zuletzt auch sein Tatmotiv.«

»Glauben Sie, daß ich – daß ich etwas weiß, das ich bisher verschwiegen habe?«

»Genau das glauben wir.« Ich griff nach der Fernbedienung

und schaltete Fernseher und Videorecorder ein. Auf dem Bildschirm erschien Ann Campbell. Zu Kent sagte ich: »Das stört Sie doch nicht? Diese Frau fasziniert mich, wie sie Sie und andere bestimmt auch fasziniert hat. Ich muß sie mir zwischendurch immer wieder mal ansehen. Das hilft mir weiter.«

Captain Ann Campbell führte aus: »Der Einsatz der Psychologie, die im allgemeinen eine heilende Wissenschaft ist, als Kriegswaffe wirft auch moralische Fragen auf.« Ann Campbell nahm das Mikrofon aus der Halterung und trat auf die Kamera zu. Sie setzte sich an den Rand des Podiums, ließ ihre Beine über den Rand baumeln und sagte dabei: »So sehe ich euch viel besser, Jungs.«

Ich blickte zu Kent hinüber, der Ann Campbell aufmerksam beobachtete. Falls er ähnliches empfand wie ich, wünschte er sich vermutlich, sie wäre hier in diesem Raum, damit er mit ihr reden und sie berühren könnte.

Ann Campbell referierte weiter über die moralischen Aspekte Psychologischer Kriegführung und die Wünsche, Bedürfnisse und Ängste der Menschen im allgemeinen. Sie stellte fest: »Psychologie ist eine sanfte Waffe; sie ist keine 155-mm-Granate – aber mit Flugblättern und Rundfunksendungen kann man mehr feindliche Bataillone kampfunfähig machen als mit Trommelfeuer. Gelingt es einem, Menschen seinen Willen aufzuzwingen, braucht man sie nicht zu erschießen. Es ist weit befriedigender, einen feindlichen Soldaten mit erhobenen Händen auf sich zulaufen und vor einem auf die Knie fallen zu sehen, als ihn zu erschießen.«

Nachdem ich den Fernseher ausgeschaltet hatte, sagte ich: »Sie hatte eine phantastische Ausstrahlung, nicht wahr, Bill? Eine dieser Frauen, von denen man visuell, verbal und mental geradezu gefesselt ist. Ich wollte, ich hätte sie gekannt.«

»Nein, da täuschen Sie sich«, antwortete Kent.

»Wie meinen Sie das?«

Kent holte tief Luft und sagte: »Sie war – sie war böse.«

»Böse?«

»Ja, sie – sie war eine dieser Frauen – diese Sorte gibt's zum Glück nur selten – eine Frau, die jeder liebt, eine Frau, die anständig, ehrlich und liebenswert zu sein scheint und damit alle täuscht. In Wirklichkeit hat sie sich aus nichts und niemandem etwas gemacht. Ich meine, auf bestimmter Ebene hat sie wie das Mädchen von nebenan gewirkt, das sich jeder als Frau wünschen würde, aber hier oben...« Kent tippte sich an die Stirn. »...hier oben war sie nicht ganz richtig.«

»Darauf sind wir inzwischen auch gekommen«, behauptete ich. »Können Sie uns mehr darüber erzählen?«

Das tat er zehn Minuten lang. Er schilderte uns seine Eindrücke von Ann Campbell, die manchmal der Realität nahekamen, aber oft meilenweit von ihr entfernt waren. Cynthia holte ihm noch ein Bier.

Bill Kent sprach wie die Hexenjäger vor drei Jahrhunderten eine moralische Verurteilung aus. Ann Campbell war durch und durch böse gewesen. Sie hatte sich des Verstandes, des Körpers und der Seele von Männern bemächtigt, sie durch Zauberei an sich gefesselt und vorgegeben, tagsüber an Gott zu glauben und ihre Arbeit zu tun, obwohl sie nachts Umgang mit bösen Mächten gehabt hatte.

»Die Videoaufnahmen zeigen, wie nett und charmant sie im Umgang mit Männern sein konnte«, schloß er, »aber lesen Sie ihr Tagebuch. Lesen Sie bloß ein paar Seiten, dann merken Sie, wie sie wirklich gewesen ist. Wie Sie wissen, war sie eine begeisterte Nietzsche-Anhängerin. Mensch und Übermensch, der Antichrist und dieser ganze Scheiß.« Er holte tief Luft und fuhr fort: »Ich meine, sie hat Männer nachts in ihren Dienstzimmern aufgesucht und ist mit ihnen intim gewesen – und am nächsten Tag hat sie ihre Gegenwart kaum noch zur Kenntnis genommen!«

Und so ging es weiter.

Cynthia und ich saßen da und hörten zu und nickten. Macht ein Mordverdächtiger die Verstorbene schlecht, ist er entweder nicht der Täter oder er erklärt, warum er's getan hat.

Kent merkte, daß er ziemlich erregt gesprochen hatte, und riß sich zusammen. Aber da wir gewissermaßen in Ann Campbells Haus saßen, sprach er vermutlich ebenso mit ihr wie mit uns. Und ich glaubte zu wissen, daß ihm durch die Videoaufnahmen ihr Bild sehr deutlich vor Augen stand. Cynthia und ich versuchten, eine ganz bestimmte Atmosphäre zu erzeugen, was ihm nicht verborgen bleiben konnte. Dazu trugen auch die vier Biere bei, die ich als Ersatz für inzwischen verbotene Wahrheitsdrogen einsetzte. Das funktionierte fast jedesmal.

Ich stand auf und sagte: »Kommen Sie, Bill, ich möchte Ihnen etwas zeigen.«

Wir standen auf und gingen zu Cal Seiver hinüber, der vor dem Computer saß. Zu Cal sagte ich: »Colonel Kent möchte die Darstellung sehen.«

»Sofort.« Er holte eine ziemlich gute grafische Darstellung des Tatorts mit Straße, Schießbahn, Tribüne und Klappziel, aber ohne die auf der Erde angepflockte Gestalt auf den Bildschirm. »Okay«, sagte er dann, »es ist ungefähr ein Uhr dreißig, und Captain Campbell kommt mit dem Jeep an.« Der von oben gesehene Wagen erschien von links nach rechts fahrend auf dem Monitor. »Er hält, und sie steigt aus.« Auf dem Farbbildschirm waren statt einer Frauengestalt nur zwei rote Schuhabdrücke neben dem Jeep zu sehen.

»Okay, jetzt kommt Colonel Moore von den Toiletten herüber.« Auf dem Bildschirm erschienen gelbe Schuhabdrücke, die sich vom oberen Rand zum Jeep bewegten und dort haltmachten. »Die beiden reden miteinander, sie zieht sich aus, auch Stiefel und Socken – obwohl wir das nicht sehen –, danach verlassen sie die Straße und betreten die Schießbahn. Sie ist rot, er ist gelb. Sie gehen nebeneinanderher. Hier und hier haben wir Abdrücke nackter Füße gefunden; die restlichen sind extrapoliert und blinken, um auf die Extrapolation aufmerksam zu machen. Das gilt auch für seine. Okay?«

Ich sah zu Kent hinüber. »Okay?«

Er starrte den Bildschirm an.

Seiver fuhr fort: »Okay, sie bleiben bei diesem Klappziel stehen, und sie legt sich hin.« Auf dem Monitor erschien eine rote Gestalt mit ausgebreiteten Armen und Beinen vor dem Klappziel. »Von ihr gibt's jetzt natürlich keine Fußabdrücke mehr, aber nachdem Moore sie gefesselt hat, geht er zur Straße zurück.« Wie jetzt die gelben Schuhabdrücke. Seiver fügte hinzu: »Ihre Hunde haben seine Fährte im Gras zwischen Straße und Latrinen aufgenommen, Colonel.«

Ich warf ein: »Solche grafischen Darstellungen machen vor Gericht immer großen Eindruck.«

Kent äußerte sich nicht dazu.

Seiver berichtete weiter: »Okay, gegen zwei Uhr siebzehn kommt General Campbell im Wagen seiner Frau an.«

Ich beobachtete Kent, den das ebensowenig zu überraschen schien wie vorhin die Information, daß Colonel Moore sich mit Ann Campbell getroffen, sie vor dem Klappziel angepflockt und allein zurückgelassen hatte.

Seiver fuhr fort: »Es ist nicht leicht, einen General dazu zu bringen, einem die am Tatort getragenen Schuhe oder Stiefel zu überlassen. Aber ich vermute, daß er sich nur wenige Meter von der Straße entfernt hat und gar nicht in die Nähe seiner Tochter gekommen ist. Okay, die beiden reden miteinander, dann fährt er wieder weg.«

Ich fragte Colonel Kent: »Passen Sie auch gut auf?«

Er sah mich an, blieb aber weiter stumm.

Cynthia provozierte ihn etwas. »Colonel, damit wollen wir sagen, daß weder Colonel Moore noch General Campbell sie ermordet haben. Das Ganze war eine mit militärischer Präzision geplante Inszenierung, sozusagen eine Psychofalle für den General. Sie hat sich dort draußen keineswegs mit einem Liebhaber getroffen, wie einige von uns vermutet haben, und ist auch nicht von einem Geisteskranken überfallen worden. Sie wollte sich nur an ihrem Vater rächen.«

Kent verlangte keine Erklärung dafür, sondern starrte nur weiter den Bildschirm an.

Cynthia lieferte die Erklärung trotzdem: »Als Kadettin in West Point ist sie von mehreren Soldaten überfallen und vergewaltigt worden. Aber ihr Vater hat sie gezwungen, Schweigen zu bewahren, und den Vorfall gemeinsam mit der Führungsspitze des Pentagons vertuscht. Haben Sie das gewußt?«

Kent erwiderte Cynthias Blick, ohne zu erkennen zu geben, ob er auch nur ein Wort verstanden hatte.

Cynthia fuhr fort: »Sie hat ihre damalige Vergewaltigung erneut inszeniert, um ihren Vater zu schockieren und zu demütigen.«

Das hätte Kent nicht alles zu erfahren brauchen, aber in seiner gegenwärtigen Gemütsverfassung war es vielleicht besser, wenn er's wußte.

Ich fragte ihn: »Haben Sie geglaubt, sie sei draußen, um eine sexuelle Phantasie zu inszenieren?«

Er gab keine Antwort.

Ich fügte hinzu: »Zum Beispiel Vergewaltigungen durch wie zufällig vorbeikommende Männer?«

Nun antwortete er endlich: »Von denen, die sie gekannt haben, haben das viele gedacht.«

»Ja, das haben wir auch gedacht, nachdem wir ihren Hobbyraum im Keller entdeckt hatten. Und Sie haben bestimmt ähnliches vermutet, als Sie sie dort draußen angepflockt vorgefunden haben. Sie haben ganz richtig auf eine Ann-Campbell-Inszenierung getippt. Aber Sie haben sie falsch gedeutet.«

Keine Reaktion.

Ich nickte Cal zu. »Bitte weiter.«

»Okay, der General fährt also weg, und wir sehen weitere Stiefelabdrücke. Das hier sind Ihre Abdrücke, Colonel, die blauen sind Ihre.«

»Nein«, widersprach Kent, »meine sind erst später gekommen. Nachdem St. John und Casey am Tatort gewesen waren.«

»Nein, Sir«, sagte Seiver, »Ihre sind *vor* St. Johns entstanden. Sehen Sie, hier haben wir Ihren Abdruck und den St. Johns übereinander. Der Gipsabguß zeigt, daß St. John auf Ihren Stiefelabdruck getreten ist. Folglich sind Sie vor ihm am Tatort gewesen. Das steht außer Zweifel.«

Ich fügte hinzu: »Als Sie hingekommen sind, Bill, nachdem der General weggefahren war, hat Ann noch gelebt. Der General ist losgefahren, um die Fowlers zu holen, und als sie zurückkamen, war Ann Campbell tot.«

Kent stand unbeweglich da.

Ich sprach weiter: »Der Chrysler Cherokee Ihrer Frau mit Ihnen am Steuer ist gegen null Uhr dreißig von einem Ihrer Militärpolizisten auf dem Büchereiparkplatz gegenüber dem Stabsgebäude gesehen worden. Erneut gesehen worden sind Sie auf der Fahrt zur Rifle Range Road«, log ich. »Wir haben die Stelle gefunden, wo Sie auf die Jordan Field Road abgebogen sind und den Cherokee im Unterholz versteckt haben. Sie haben Reifenspuren hinterlassen und einen Baum gestreift.

Wir haben festgestellt, daß die Lacksplitter vom Jeep Ihrer Frau stammen, und den Kratzer im Lack fotografiert. Außerdem haben wir Ihre Spuren im Straßengraben der Rifle Range Road entdeckt«, log ich erneut. »Sie sind dort nach Süden in Richtung Tatort unterwegs gewesen.« Ich fragte ihn: »Soll ich den gesamten Ablauf für Sie rekonstruieren?«

Er schüttelte den Kopf.

Ich fuhr fort: »Angesichts des Beweismaterials, das auch Hinweise auf ein mögliches Tatmotiv enthält – die Tagebucheintragungen, der Brief an Ihre Frau und weitere Beweise für Ihre Affäre mit der Verstorbenen –, sowie der Ergebnisse der Spurensicherung muß ich Sie bitten, sich sofort einem Lügendetektortest zu unterziehen.« Darauf waren wir nicht wirklich vorbereitet, aber das spielte keine Rolle. »Sollten Sie diesen Test verweigern, muß ich Sie festnehmen und veranlassen, daß jemand im Pentagon Ihnen befiehlt, sich dem Test zu unterziehen.«

Kent wandte sich ab und ging langsam in Ann Campbells im Hangar aufgebautes Haus zurück. Nachdem ich einen Blick mit Cal gewechselt hatte, folgten Cynthia und ich ihm.

Kent saß im Wohnzimmer auf einer Sessellehne, betrachtete stumm den Teppich und starrte vermutlich die Stelle an, wo er Ann auf dem Fußboden vergewaltigt hatte.

Ich baute mich vor ihm auf und sagte: »Sie kennen natürlich Ihre Rechte als Beschuldigter, und ich will Sie nicht beleidigen, indem ich sie Ihnen vorlese. Aber ich muß Ihnen leider die Waffe abnehmen und Ihnen Handschellen anlegen.«

Er sah schweigend zu mir auf.

Ich fuhr fort: »Ich stecke Sie nicht im MP-Gebäude in den Arrest, weil das eine überflüssige Demütigung wäre. Aber ich liefere Sie zunächst ins hiesige Militärgefängnis ein.« Ich fügte hinzu: »Darf ich Sie jetzt um Ihre Waffe bitten?«

Kent wußte natürlich, daß er erledigt war, aber er mußte sich wie ein in die Enge getriebenes Raubtier ein letztes Mal aufbäumen. Zu Cynthia und mir sagte er: »Das alles können Sie nie beweisen! Und sobald mich das Militärgericht freigesprochen hat, hänge ich Ihnen beiden ein Disziplinarverfahren wegen Verletzung Ihrer Dienstpflichten an.«

»Ja, Sir«, antwortete ich, »vor ein Militärgericht kommen Sie auf jeden Fall. Sollten Sie wider Erwarten freigesprochen werden, könnten Sie daran denken, mir ein Verfahren anzuhängen. Beweise für Ihre Verfehlungen gibt es allerdings reichlich. Selbst wenn man Ihnen den Mord nicht nachweisen kann, müssen Sie mit mindestens fünfzehn Jahren Leavenworth rechnen – wegen grober Verletzung Ihrer Dienstpflichten, Fehlverhalten als Offizier, Behinderung von CID-Ermittlungen, Vergewaltigung und weiterer Verstöße gegen Straftatbestände des Militärstrafgesetzbuchs.«

Er schien darüber nachzudenken und sagte dann: »Sie spielen nicht gerade fair, nicht wahr?«

»Wie das?«

»Ich meine, ich habe Ihnen freiwillig von meiner Beziehung zu der Verstorbenen erzählt, um Ihnen zu helfen, den Mörder zu fassen. Und jetzt werfen Sie mir Fehlverhalten als Offizier und Sexualverbrechen vor und versuchen, das übrige Beweismaterial so hinzudrehen, als hätte ich sie ermordet. Aber mit diesem verzweifelten Versuch kommen Sie nicht durch!«

»Bill, lassen Sie den Scheiß.«

»*Sie* sollen ihn lassen! Damit Sie's genau wissen: Ich bin *vor*

St. John draußen gewesen und habe sie bereits tot aufgefunden. Ich glaube, daß Fowler und der General sie umgebracht haben.«

»Bill, das hat keinen Zweck. Überhaupt keinen.« Ich legte ihm eine Hand auf die Schulter. »Handeln Sie wie ein Mann, wie ein Offizier und Gentleman – handeln Sie als Cop, verdammt noch mal! Ich sollte Sie überhaupt nicht auffordern müssen, sich einem Lügendetektortest zu unterziehen. Ich sollte Sie nur auffordern müssen, mir die Wahrheit zu sagen – ohne Einsatz eines Lügendetektors, ohne Beweise auf den Tisch zu legen, ohne Sie tagelang vernehmen zu müssen. Ersparen Sie uns allen diese Peinlichkeiten.«

Er starrte mich an, und ich merkte, daß er kurz davor war, in Tränen auszubrechen. Dann sah er rasch zu Cynthia hinüber, um festzustellen, ob sie das etwa auch merkte.

Ich fuhr fort: »Bill, wir wissen, daß Sie's gewesen sind, Sie wissen, daß Sie's gewesen sind, und wir alle kennen das Tatmotiv. Und wir wissen, daß es jede Menge Entschuldigungs- und Milderungsgründe gibt. Verdammt noch mal, ich kann mich nicht mal hinstellen, Ihnen in die Augen blicken und sagen: ›Das hat sie nicht verdient gehabt.‹« In Wirklichkeit hätte ich das jederzeit tun können, weil sie's nicht verdient hatte, aber wie jeder zum Tode Verurteilte sich die Henkersmahlzeit selbst aussuchen darf, sagt man auch alles, was er hören möchte.

Kent, der gegen seine Tränen ankämpfte, rief aufgebracht aus: »Sie *hat's* verdient! Sie ist 'ne Schlampe, 'ne gottverdammte Nutte gewesen, sie hat mein Leben und meine Ehe ruiniert!«

»Ja, ich weiß. Aber jetzt müssen Sie alles wieder in Ordnung bringen. Für die Army, für Ihre Familie, für die Campbells und für sich selbst.«

Plötzlich liefen ihm Tränen übers Gesicht, und ich wußte, daß er lieber tot gewesen wäre, als vor mir, Cynthia und Cal Seiver, der noch am Computer saß, loszuheulen. Zwischendurch sagte er schluchzend: »Ich kann's nicht in Ordnung bringen – ich kann's nicht mehr in Ordnung bringen.«

»Doch, das können Sie! Sie wissen, daß Sie's können. Und Sie wissen, wie Sie's können. Stemmen Sie sich nicht dagegen. Entehren Sie nicht sich selbst und alle anderen. Mehr bleibt Ihnen ohnehin nicht übrig. Tun Sie einfach Ihre Pflicht. Tun Sie, was ein Offizier und Gentleman tun würde.«

Kent stand langsam auf und wischte sich mit beiden Händen die Tränen aus dem Gesicht.

Ich forderte ihn auf: »Bitte geben Sie mir Ihre Waffe.«

Er starrte mich an. »Keine Handschellen, Paul.«

»Sorry, die müssen sein. Vorschrift.«

»Aber ich bin Offizier, verdammt noch mal! Soll ich mich wie einer benehmen, müssen Sie mich wie einen behandeln!«

»Benehmen Sie sich erst mal wie einer.« Ich rief Cal zu: »Holen Sie mir ein Paar Handschellen!«

Kent zog seinen Police Special Kaliber 38 aus dem Halfter und brüllte: »Okay! Okay! Paßt gut auf!« Er setzte den Revolver an seine rechte Schläfe und drückte ab.

KAPITEL SIEBENUNDDREISSIG

Das menschliche Auge kann fünfzehn oder sechzehn Grautöne unterscheiden. Ein zur Auswertung von Fingerabdrücken verwendeter Computer kann 256 Grautöne unterscheiden, was eindrucksvoll ist. Noch eindrucksvoller sind jedoch Herz, Verstand und Seele der Menschen, die eine unendliche Anzahl emotionaler, psychologischer und moralischer Abstufungen vom schwärzesten Schwarz bis zum weißesten Weiß unterscheiden können. Die Extreme dieses Spektrums habe ich noch nie erlebt, aber mit den Zwischentönen habe ich reichlich Erfahrungen gesammelt.

Die Menschen hier in Fort Hadley waren nicht anders, nicht besser oder schlechter als die Menschen, die ich in Hunderten von Standorten in aller Welt erlebt hatte. Aber Ann Campbell war ganz entschieden anders gewesen, und ich versuchte mir vorzustellen, wie es gewesen wäre, mit ihr zu reden, wenn ich beispielsweise den Auftrag gehabt hätte, wegen der seltsamen Zustände hier in Fort Hadley zu ermitteln. Ich glaube, daß ich erkannt hätte, daß sie keine bloße Verführerin, sondern eine starke, einzigartige und unter Zwang handelnde Persönlichkeit war.

Ich denke, daß ich nicht wie Bill Kent geendet hätte, aber ich kann diese Möglichkeit nicht ausschließen, deshalb maße ich mir kein Urteil über ihn an. Kent hat sich selbst gerichtet. Er hat gesehen, was aus ihm geworden war, ist über sein ganz anderes zweites Ich entsetzt gewesen und hat es ins Jenseits befördert.

In Hangar drei wimmelte es jetzt von Militärpolizei, FBI-Agenten, Sanitätern und den restlichen Leuten von Cal Seivers

Team, die schon geglaubt hatten, Fort Hadley demnächst verlassen zu können.

Zu Cal sagte ich: »Sobald ihr mit der Leiche fertig seid, läßt du den Teppich reinigen und sorgst dafür, daß Möbel und Hausrat den Campbells in Michigan geschickt werden. Sie werden die Sachen ihrer Tochter wollen.«

»Okay.« Er fügte hinzu: »Ich sag's nicht gern, aber damit hat er allen außer mir 'ne Menge Unannehmlichkeiten erspart.«

»Er ist ein guter Soldat gewesen.«

Ich wandte mich ab, durchquerte den Hangar, ging achtlos an einem FBI-Agenten vorbei, der irgend etwas von mir wollte, und trat in die heiße Sonne hinaus.

Karl und Cynthia standen neben einem Krankenwagen und redeten miteinander. Ich ging an ihnen vorbei zu meinem Blazer. Karl kam zu mir und stellte fest: »Ich kann nicht sagen, daß ich mit diesem Ergebnis zufrieden bin.«

Ich gab keine Antwort.

Er fügte hinzu: »Cynthia scheint zu glauben, daß Sie gewußt haben, daß er das tun würde.«

»Karl, ich bin nicht an allem schuld, was schiefgeht.«

»Niemand macht Ihnen Vorwürfe.«

»Klingt aber so.«

»Nun, Sie hätten seine Kurzschlußhandlung voraussehen und ihm den Revolver wegnehmen können, bevor er...«

»Colonel, ich habe diese Reaktion ehrlich gesagt nicht nur vorausgesehen, sondern bewußt provoziert. Ich habe ihn praktisch dazu gezwungen. Das weiß sie, und das wissen Sie.«

Karl äußerte sich nicht dazu, denn das war nichts, was er hören oder wissen wollte. Im Handbuch stand nichts davon – aber die Methode, einem entehrten Offizier Gelegenheit zu geben, sich zu erschießen, hatte in vielen Armeen der Welt Tradition, obwohl sie überall außer Mode zu kommen schien. Hätte ich mich zwischen einer Verurteilung wegen Mordes, Vergewaltigung und Dienstpflichtverletzung und diesem leichteren Ausweg entscheiden müssen, hätte ich möglicherweise die Kugel Kaliber 38 gewählt. Aber ich konnte mich nicht in Bill Kents Lage sehen. Andererseits hätte auch Bill Kent sich diese Situation vor einigen Monaten nicht vorstellen können.

Karl sagte irgend etwas, aber ich achtete nicht auf ihn. Zuletzt hörte ich ihn sagen: »Cynthia ist völlig durcheinander. Sie zittert noch immer am ganzen Leib.«

»Berufsrisiko.« In Wirklichkeit erlebt man nicht jeden Tag einen Selbstmord aus nächster Nähe. Kent hätte sich entschuldigen und auf die Toilette gehen sollen, um sich zu erschießen. Statt dessen hatte er überall Blut, Knochen und Gehirnmasse verspritzt, und Cynthia hatte etwas davon abbekommen. Ich sagte zu Karl: »In Vietnam hab' ich mehr als einmal was abgekriegt.« Hilfsbereit fügte ich hinzu: »Mit Seife geht's wieder ab.«

Karl war sichtlich aufgebracht. »*Mister* Brenner, das ist nicht lustig.«

»Darf ich fahren?«

»Ich bitte darum.«

Ich wandte mich ab, öffnete die Autotür und sagte dann zu Karl: »Bitte richten Sie Ms. Sunhill aus, daß ihr Mann heute morgen angerufen hat. Sie möchte ihn bitte zurückrufen.« Ich stieg in den Blazer, ließ den Motor an und fuhr davon.

Eine Viertelstunde später war ich in meinem Zimmer im Offiziersheim. Ich zog meine Uniform aus und stellte fest, daß ich einen kleinen Blutfleck auf dem Hemd hatte. Ich wusch mir rasch Gesicht und Hände, zog eine Sommerhose und eine leichte Sportjacke an und packte danach meine Sachen. Nach einem letzten Kontrollblick trug ich mein Gepäck nach unten.

Ich meldete meine Abreise, zahlte eine bescheidene Gebühr für Bettwäsche und Zimmerreinigung und mußte eine Schadensanerkennung für meine Skizze an der Wand unterschreiben. Die Rechnung dafür würde ich später bekommen. *I love the Army!* Der junge Corporal half mir, mein Gepäck einzuladen. Er fragte mich: »Haben Sie den Fall gelöst?«

»Ja.«

»Wer hat sie umgebracht?«

»Alle.« Ich warf meine Reisetasche in den Blazer, knallte die Heckklappe zu und setzte mich ans Steuer. Der Corporal erkundigte sich: »Reist Ms. Sunhill auch ab?«

»Keine Ahnung.«

»Wollen Sie eine Nachsendeadresse für Post hinterlassen?«

»Nein. Keiner weiß, daß ich hier bin. Ich bin bloß auf der Durchreise.« Ich gab Gas, fuhr durch die Kaserne nach Norden und passierte das von MP-Posten bewachte Haupttor.

Ich kam an Ann Campbells Wohnanlage vorbei, erreichte die Interstate und fuhr nach Norden weiter. Ich legte eine Willie-Nelson-Kassette ein, lehnte mich bequem zurück und lenkte mit einer Hand. Vor Tagesanbruch konnte ich in Virginia sein und morgens auf der Andrews Air Force Base eine Militärmaschine erreichen. Wohin der Flug ging, spielte keine Rolle, solange er mich irgendwohin ins Ausland brachte.

Meine Zeit in der Army ging zu Ende, aber das war in Ordnung. Das hatte ich schon gewußt, bevor ich nach Fort Hadley gekommen war. Ich empfand kein Bedauern, kein Zögern, keine Verbitterung. Wir geben im Dienst unser Bestes, und wenn wir nicht mehr dienstfähig sind oder überflüssig werden, gehen wir – oder werden dazu aufgefordert, wenn wir begriffsstutzig sind. Nichts für ungut. Der Auftrag hat immer Priorität, und jeder und alles muß sich ihm unterordnen. So steht's im Handbuch.

Vielleicht hätte ich noch etwas zu Cynthia sagen sollen, bevor ich abfuhr, aber davon hätte niemand etwas gehabt. Das Soldatenleben ist unstet, Leute kommen und gehen, und Beziehungen aller Art – und seien sie noch so eng und intensiv – werden als zeitlich befristet gesehen. Statt »Auf Wiedersehen!« sagen die Leute lieber: »Bis irgendwann auf der Straße« oder »Dann bis zum nächsten Mal«.

Aber diesmal war endgültig Schluß für mich. Irgendwie erschien es mir angebracht, jetzt zu gehen und Schwert und Rüstung abzulegen, die ohnehin ein bißchen rostig geworden waren – von schwer ganz zu schweigen. Meine Generation war durch Ereignisse geprägt worden, die heute nicht mehr relevant waren; möglicherweise waren auch unsere Ansichten und Wertvorstellungen nicht mehr gefragt. Selbst wenn wir trotz allem noch reichlich Energie haben, sind wir wandelnde Anachronismen, wie Cynthia mir gegenüber hatte durchblicken lassen. Gut gemacht, vielen Dank, halbes Gehalt, alles Gute.

Aber zwei Jahrzehnte bedeuten viele Erfahrungen und viele schöne Erlebnisse. Ich wußte letztlich, daß ich alles wieder so machen würde. Es war irgendwie doch interessant und spannend gewesen.

Willie sang »Georgia on My Mind«, und ich legte eine Kassette mit Buddy Holly ein.

Ich fahre gern von einem bestimmten Ort weg, obwohl das genaugenommen bedeutet, daß man gleichzeitig zu irgendeinem anderen Ort unterwegs ist. Aber so sehe ich die Sache nie. Ich fahre immer nur weg.

Da tauchte ein Streifenwagen in meinem Rückspiegel auf, und ich kontrollierte meine Geschwindigkeit, aber ich war nur zehn Meilen zu schnell, was in Georgia bedeutet, daß man den Verkehrsfluß behindert.

Der Kerl schaltete sein rotes Blinklicht ein und bedeutete mir, rechts ranzufahren. Ich hielt auf dem Seitenstreifen.

Der Polizeibeamte stieg aus und trat an mein Fenster, ich kurbelte es herunter. An seiner Uniform erkannte ich, daß er ein Cop aus Midland war, und fragte ihn: »Sind Sie nicht ein bißchen weit von daheim entfernt?«

»Führerschein und Zulassung, Sir.«

Nachdem ich beides vorgewiesen hatte, sagte er: »Sir, wir benützen die nächste Ausfahrt, und Sie fahren hinter mir her nach Midland zurück.«

»Warum?«

»Keine Ahnung. Der Befehl ist über Funk gekommen.«

»Von Chief Yardley?«

»Ja, Sir, von ihm persönlich.«

»Und wenn ich mich weigere?«

»Dann muß ich Sie in Handschellen mitnehmen. Sie können's sich aussuchen.«

»Gibt's eine dritte Möglichkeit?«

»Nein, Sir.«

»Okay.« Ich fuhr langsam an. Der Streifenwagen blieb hinter mir, wir rollten übers Kleeblatt der nächsten Ausfahrt, und ich befand mich plötzlich wieder auf der Fahrt nach Süden – in Richtung Midland.

Wir verließen die Interstate an der Ausfahrt Midland West, und ich folgte ihm zum städtischen Recycling Center, dem ehemaligen Müllabladeplatz.

Der Streifenwagen hielt am Müllverbrennungsofen, und ich parkte dahinter und stieg aus.

Burt Yardley stand in der Nähe eines breiten Förderbandes und beobachtete, wie ein Müllfahrzeug seine Ladung aufs laufende Band kippte.

Ich stellte mich neben ihn und sah ebenfalls zu, wie Ann Campbells Hobbyraum den Flammen überantwortet wurde.

Yardley, der in einem Stapel Polaroidfotos blätterte, hatte kaum einen Blick für mich übrig, aber er sagte: »Hey, sehen Sie sich das an! Sehen Sie diesen fetten Arsch da? Das bin ich. Und jetzt sehen Sie sich diese Bohnenstange an. Wer kann das bloß gewesen sein?« Er warf eine Handvoll Fotos aufs Förderband, bückte sich dann nach dem Stapel Videokassetten vor seinen Füßen und warf sie hinterher. »Ich dachte, wir wollten uns hier treffen? Soll ich die ganze Arbeit etwa allein erledigen? Los, packen Sie den Scheiß mit an, Mann!«

Ich half Yardley also, Möbelstücke, sexuelle Hilfsmittel, Reizwäsche und dergleichen aufs Förderband zu werfen. Dabei sagte er: »Ich halte Wort, Sohn. Aber Sie haben mir nicht getraut, was?«

»Doch, doch. Sie sind schließlich ein Cop.«

»Stimmt. Eine beschissene Woche! Hey, wissen Sie was? Ich hab' während der ganzen Beisetzung geweint.«

»Das ist mir nicht aufgefallen.«

»Ich hab' innerlich geweint. Das haben dort viele getan. Hey, haben Sie diesen Computerkram beseitigt?«

»Ich habe die Diskette selbst verbrannt.«

»Yeah? Von dem Scheiß schwirrt nichts mehr in der Gegend rum?«

»Nein. Alle sind wieder Unschuldslämmer.«

»Bis zum nächsten Mal.« Er warf lachend eine schwarze Ledermaske aufs Förderband. »Gott segne uns, jetzt werden wir alle wieder besser schlafen. Sie vermutlich auch.«

Ich gab keine Antwort.

»Hey, das mit Bill tut mir leid«, sagte er.

»Mir auch.«

»Vielleicht diskutieren die beiden die Sache jetzt oben vor dem Himmelstor aus.« Yardley sah in den Verbrennungsofen. »Oder sonstwo.«

»War's das, Chief?«

Er sah sich um. »So ziemlich.« Er zog ein Foto aus seiner Tasche, betrachtete es und gab es dann mir. »Souvenir.«

Die Aktaufnahme zeigte Ann Campbell, die lächelnd mit wehendem Haar, ausgestreckten Armen und leicht gespreizten Beinen auf dem Bett in ihrem Kellerraum herumhüpfte.

»Eine tolle Frau«, sagte Yardley. »Aber was in ihrem Kopf vorging, hab' ich nie verstanden. Sie etwa?«

»Nein. Aber ich glaube, daß sie uns mehr über uns erzählt hat, als wir wissen wollten.« Ich warf das Foto aufs Förderband und ging zu meinem Blazer zurück.

Yardley rief mir nach: »Passen Sie gut auf sich auf!«

»Sie auch, Chief. Schönen Gruß an Ihre Familie.«

Als ich die Autotür öffnete, rief Yardley nochmals: »Hey, das hätt' ich fast vergessen. Ihre Freundin, die hat mir gesagt, daß Sie auf der Interstate nach Norden unterwegs sein würden.«

Ich starrte ihn übers Autodach hinweg an.

»Sie hat mich gebeten, Ihnen Lebewohl zu sagen«, fuhr er fort. »›Bis irgendwann auf der Straße‹, hat sie gesagt.«

»Danke.« Ich stieg in den Blazer und fuhr über den Müllabladeplatz. Dann bog ich rechts ab, fuhr wieder in Richtung Interstate und folgte einer mit Lagerhäusern und Gewerbebetrieben gesäumten Straße. Eine schmuddelig trostlose Gegend, die wunderbar zu meiner Stimmung paßte.

Irgendwann auf der Straße schloß ein roter Mustang zu mir auf. Wir fuhren gemeinsam auf die Interstate, und sie blieb hinter mir, bis wir an der Ausfahrt vorbei waren, die nach Westen in Richtung Fort Benning geführt hätte.

Ich wurde langsamer, hielt auf dem Seitenstreifen, und sie folgte meinem Beispiel. Wir stiegen aus und blieben mit etwa drei Meter Abstand neben unseren Fahrzeugen stehen. Sie trug Jeans, ein weißes T-Shirt und Tennisschuhe, und mir wurde wieder einmal klar, daß wir nicht zur selben Generation gehörten. Ich sagte zu ihr: »Du hast deine Ausfahrt verpaßt.«

»Lieber die als meine Chance.«

»Du hast mich belogen.«

»Nun, ja. Aber was hättest du gesagt, wenn ich dir erzählt hätte, daß ich noch mit ihm zusammenlebe, aber ernsthaft daran denke, mich scheiden zu lassen?«

»Ich hätte dir geraten, mich anzurufen, sobald du die Sache geregelt hast.«

»Siehst du? Du bist zu passiv.«

»Ich nehme keinem Mann die Frau weg.«

Ein riesiger Sattelschlepper rollte vorbei, so daß ich ihre Antwort nicht verstand. »Was?«

»Aber in Brüssel hast du's getan!«

»Nie davon gehört.«

»Die Hauptstadt Belgiens.«

»Was ist mit Panama?«

»Ich hab' Kiefer gebeten, dir das zu erzählen – damit du endlich was *tust*.«

»Du hast wieder gelogen.«

»Richtig. Warum mache ich mir eigentlich die Mühe?«

Ein State Trooper hielt bei uns an und stieg aus. Vor Cynthia tippte er mit zwei Fingern an seinen Hut und erkundigte sich: »Alles in Ordnung, Ma'am?«

»Nein. Dieser Mann ist ein Idiot.«

Er sah mich an. »Was ist Ihr Problem, Freundchen?«

»Sie verfolgt mich.«

Er sah wieder zu Cynthia hinüber.

Sie fragte ihn: »Was halten Sie von einem Mann, der drei Tage mit einer Frau verbringt und sich dann nicht mal verabschiedet?«

»Nun, das ist nicht sehr nett...«

»Ich hab' sie überhaupt nicht angefaßt. Wir haben uns nur ein Bad geteilt.«

»Oh, nun...«

»Er hat mich fürs Wochenende in sein Haus in Virginia eingeladen und sich nicht mal die Mühe gemacht, mir seine Telefonnummer oder Adresse zu geben.«

Der State Trooper sah mich an. »Stimmt das?«

Ich erklärte ihm: »Ich hab' gerade rausgekriegt, daß sie noch verheiratet ist.«

Der Uniformierte nickte. »Da läßt man lieber die Finger davon.«

Cynthia fragte ihn: »Finden Sie nicht auch, daß ein Mann für das kämpfen sollte, was er haben will?«

»Klar doch.«

Ich stellte fest: »Das findet ihr Mann auch. Er hat versucht, mich umzubringen.«

»Das kann ins Auge gehen.«

»*Ich* hab' keine Angst vor ihm«, sagte Cynthia. »Ich fahre nach Benning, um ihm zu sagen, daß es mit uns aus ist.«

Er ermahnte sie väterlich: »Aber nichts überstürzen, ja?«

»Sorgen Sie dafür, daß er mir seine Telefonnummer gibt.«

»Nun, ich weiß nicht, ob...« Er wandte sich an mich. »Warum geben Sie ihr nicht einfach Ihre Telefonnummer, damit wir nicht länger in der Sonne rumstehen müssen?«

»Okay, meinetwegen. Haben Sie einen Bleistift?«

Er zog Notizblock und Bleistift aus seiner Jackentasche, und ich diktierte ihm meine Adresse und Telefonnummer. Er riß das Blatt ab und gab es Cynthia. »Bitte sehr, Ma'am. Und nun setzt sich jeder in seinen Wagen und fährt hin, wohin er muß. Okay?«

Der State Trooper stieg in seinen Streifenwagen und fuhr davon. Ich ging zu meinem Blazer zurück, und Cynthia ging zu ihrem Mustang. Sie rief mir noch zu: »Samstag!«

Ich winkte, stieg ein und fuhr nach Norden davon. In meinem Rückspiegel beobachtete ich, wie sie verbotenerweise über den Mittelstreifen hinweg wendete und in Richtung Fort Benning zurückfuhr.

Passiv? Paul Brenner, der Tiger von Falls Church, passiv? Ich wechselte auf die Überholspur, schlug das Lenkrad scharf links ein, fuhr durch die Büsche auf dem Mittelstreifen und gab wieder Gas. »Wir werden ja sehen, wer hier passiv ist!«

Auf der Landstraße nach Fort Benning holte ich sie ein und blieb von da an immer dicht hinter ihr.

DANKSAGUNG

Ich danke allen, die mich durch die Minenfelder des modernen amerikanischen Lebens geleitet haben: meinen Anwälten Dave Westermann, Mike Tyron und Pat Hennesey, meinem Steuerberater Steve Astor, meinem Finanzberater Tom Eschmann und meinem Agenten Nick Ellison. Ich danke ihnen, daß sie mir Zeit zum Schreiben verschafft haben. Ich wollte, ich wäre nicht auf ihre Dienste angewiesen, aber ich bin glücklich, sie zu Freunden zu haben.